Sarah Beth Durst
Die Todeskönigin

SARAH BETH DURST

DIE TODESKÖNIGIN

ROMAN

Deutsch von Michaela Link

penhaligon

Die Originalausgabe erschien 2017 unter dem Titel
The Reluctant Queen (The Queens of Renthia 2)
bei HarperVoyager, New York.

MIX
Papier aus verantwortungsvollen Quellen
FSC® C083411
FSC www.fsc.org

Verlagsgruppe Random House FSC® N001967

1. Auflage

Redaktion: Waltraud Horbas
Umschlaggestaltung und -illustration: Isabelle Hirtz, Inkcraft
Karte: © Andreas Hancock
HK · Herstellung: sam
Satz: Vornehm Mediengestaltung GmbH, München
Druck und Bindung: CPI books GmbH, Leck
ISBN 978-3-7645-3200-0

www.penhaligon.de

Für meinen Mann Adam – in Liebe,
für immer und ewig

Kapitel 1

Allem wohnt ein Geist inne: der Weide mit ihren Blättern, die sachte über die Oberfläche des Teiches streifen, dem Bach, der den Fluss speist, dem Wind, der den Geruch nach frischem Schnee mit sich bringt …

Und diese Geister wollen dich töten.

Es ist die erste Lektion, die jeder Bewohner von Renthia lernt.

Im Alter von fünf Jahren hatte Daleina miterlebt, wie ihr Onkel von einem Baumgeist in Stücke gerissen wurde, weil er in seinem eigenen Obstgarten einen Apfel gepflückt hatte. Mit zehn war sie Zeugin der Zerstörung ihres Heimatdorfes durch wild gewordene Geister geworden. Mit fünfzehn trat sie der namhaften Nordost-Akademie bei, und mit neunzehn wurde sie von einem Meister ausgewählt, der ihre Ausbildung vollendete. Noch im gleichen Jahr wurde sie Thronanwärterin und kurz darauf gekrönt: Königin Daleina der Wälder von Aratay, die einzige Überlebende des Krönungsmassakers. Sie hatte mindestens ein halbes Dutzend Lieder über ihre Geschichte gehört, und ein jedes schmerzte ihr mehr in den Ohren als das vorangegangene. Ganz besonders hasste sie die schrill klingenden Balladen über ihre Krönung, einen Tag, den sie lieber vergessen hätte. Doch immer wieder wurde er ihr von einem Sopran mit allzu einsatzfreudiger Lunge in den Schädel gehämmert.

Sechs Monate nach ihrer Krönung – die Beerdigungen lagen nun schon eine Weile zurück und die vielen Gräber ihrer Freundinnen waren nicht mehr so frisch – wollte ganz Aratay seine neue Königin feiern, und sie hatte sich von diesem Wunsch der Bevölkerung mitreißen lassen. Sie hatte beabsichtigt, ein Zeichen ihrer Herrschermacht zu setzen, indem sie eine der verödeten Landflächen, die während des Massakers entstanden waren, wieder fruchtbar machte und sie durch einen neuen Dorfbaum ersetzte.

Es ist, dachte sie, *eine der schlechtesten Ideen, die ich seit Wochen gehabt habe.*

Bei Tagesanbruch lag Daleina wach im Bett und wünschte, sie hätte sich entschieden, stattdessen mit einer Parade zu feiern. Paraden waren schön. Alle mochten Paraden. Oder sie hätte den heutigen Tag einfach zu einem Feiertag erklären und alle wieder ins Bett schicken können. *Aber nein, ich musste es dramatisch und königinnenhaft machen.*

Sie legte sich ihre seidene Robe um die bloßen Schultern und trat auf den Balkon. Daleina hatte für sich Gemächer in den Ästen eines der östlichen Bäume gewählt, statt in die Räume der ehemaligen Königin zu ziehen. Es erschien ihr falsch, im Bett der Frau zu schlafen, die zu töten sie geholfen hatte.

An das glatte Holz des Torbogens gelehnt spähte sie hinaus. Ihr offenes Haar mit seinen Strähnen in Rot, Gold, Orange und Braun fiel ihr ins Gesicht, und sie strich es zurück. Draußen drangen die zitronengelben Strahlen der Sonne zwischen den Blättern hindurch, und die Rinde erglänzte warm, wo das Licht sie berührte. Daleina sah kleine Fleckchen Himmel, helles Morgenblau, aber nur, wenn der Wind kräftig genug wehte, um das Blätterdach über ihr in Bewegung zu versetzen. Die Bäume in diesem

Bereich des Waldes waren groß und dicht, mit Ästen, die sich gegenseitig umschlangen, und Blättern, die den Blick nach oben auf den größten Teil des Himmels und nach unten auf die gesamte Erde versperrten. In den Ästen hockten bereits Menschen, die früh dort ihr Lager aufgeschlagen hatten, um die beste Sicht zu haben. Auf *sie*. Seufzend trat sie zurück.

Du hast gewusst, dass du Publikum haben würdest, sagte sie sich. *Du brauchst also gar nicht so überrascht zu tun.*

Hinter ihr ertönte eine amüsierte Stimme: »Sie nennen Euch nicht mehr die Blutkönigin. Jetzt nennen sie Euch Königin Daleina, die Furchtlose.«

Daleina schnaubte. »Alle furchtlosen Menschen, die mir je begegnet sind, waren schrecklich dumm.« Sie drehte sich um. Vor ihr stand Kommandantin Alet, ihre treue Wächterin und Freundin. Alet schien stets ein außergewöhnliches Gespür dafür zu haben, wann Daleina wach war. Sie war lautlos in den Raum getreten und stand jetzt vor der reich verzierten Tür, in Lederrüstung, mit Messern, die sie an Arme und Beine gegürtet trug. Ihr dichtes schwarzes Haar mit der weißen Strähne war hochgesteckt, und sie hatte noch mindestens zwei weitere Messer in ihren Locken verborgen.

»Es soll ein Kompliment sein, aber wenn ich die Menschen davon abhalten soll, Euch so zu nennen, dann braucht Ihr es nur zu sagen. Ich kann jederzeit ein paar der schlimmsten Missetäter erstechen.«

»Ihr seid zu freundlich. Blutrünstig, aber freundlich.« Daleina straffte die Schultern und ging zu ihrem Schrank hinüber. Sie öffnete die Türen, hinter denen ihr Krönungskleid sichtbar wurde, ein wahres Wunderwerk aus Spitze, die im Morgenlicht schimmerte. Vorsichtig berührte sie den Stoff. Siebzehn Näherinnen hatten daran gearbeitet und sorgfältig Hunderte von Glasperlen aufgestickt, damit sie aussah wie mit funkelndem Tau benetzt. Das Kleid konnte noch in nahezu vollständiger Dunkelheit das Licht einfangen. Es war bei Weitem das Hübscheste – und Unpraktischste –, was sie je gesehen hatte.

»Nach dem heutigen Tag wird man noch viel mehr Lieder über Euch schreiben«, bemerkte Alet.

»Vor allem, wenn ich sterbe.«

»Vor allem dann«, bestätigte Alet.

Daleina zog die Augenbrauen hoch. »Ihr solltet eigentlich sagen, dass mir mein Vorhaben zweifellos gelingen wird. Dass ich die großartigste Königin bin, die Aratay je gesehen hat, die Beste der Besten, das Juwel des Waldes, die Geißel der Geister, die unser Blut vergießen, und so weiter.« Alle Höflinge liebten diese Phrasen, und Daleina war überzeugt, dass sie auf das Repertoire zurückgriffen, dessen sie sich schon gegenüber ihrer Vorgängerin bedient hatten, Königin Fara. Daleina wusste nur zu genau, dass sie nie die Beste der Besten gewesen war.

Sie war lediglich die Einzige gewesen, die überlebt hatte.

Alet schwieg für einen Moment, dann sagte sie: »Ihr könnt es immer noch absagen.« Ihre Miene war ausdruckslos, sie verbarg geschickt, was sie dachte. Daleina hatte diesen Gesichtsausdruck im Spiegel geübt, aber bei ihr funktionierte es nie so recht. Stets verriet sie ein Zucken ihrer Lippen oder ihrer Augenbrauen.

»Ihr wisst, dass ich das nicht kann.«

»Doch, das *könnt* Ihr«, berichtigte Alet. »Ihr *wollt* es nur nicht.«

Daleina musterte ihre Freundin. Alet hatte eine frische Narbe über der Augenbraue. Sie war dick und rot, aber wer immer sie angegriffen hatte, hatte ihr Auge verfehlt.

Und sie hatte sich heute für ihre Kriegsrüstung entschieden statt für die Festtagskleidung. Auch auf dem Leder prangte das königliche Wappen, aber es war mit Gold und Grün gemalt, statt mit allerlei Schmuckelementen bedeckt zu sein, die sich an einem Zweig oder einer Waffe verfangen konnten. *Warum hat sie …* Plötzlich verstand Daleina. »Ihr könnt mir nicht folgen. Ich muss es allein tun. Und das beunruhigt Euch.«

Alet verzog das Gesicht. »Ihr werdet nicht geschützt sein vor Pfeilen, Speeren und geworfenen Gegenständen jeder Art. Die Situation ist eine ganz andere als bei den Thronprüfungen, wo Ihr ausreichenden Sicherheitsabstand zum Volk hattet. Ihr seid für jedermann sichtbar, und obwohl Euch Euer Volk von Herzen liebt, gibt es doch auch ein paar wenige, die Euch töten wollen.«

»Menschliche Feinde machen mir keine Sorgen«, wandte Daleina ein. »Die Geister werden mich beschützen.«

»Ihr wisst, dass Ihr ihnen nicht trauen könnt.«

»In dieser Angelegenheit kann ich es.«

Alet schüttelte den Kopf. Die Messer in ihrem Haar bewegten sich nicht. Eine widerspenstige Locke löste sich jedoch aus den Nadeln und fiel ihr in die Stirn. Dass Alet auch nur eine solche Kleinigkeit ihrer Kontrolle entgleiten ließ, überraschte Daleina. »Die Geister wollen Euren Tod«, erklärte Alet brüsk.

»Sie wollen mich töten. Kleiner Unterschied. Wenn sie einem menschlichen Bogenschützen gestatten, mein Herz mit seinem oder ihrem Pfeil zu durchbohren, dann wird ihnen das Vergnügen verwehrt, mich bei lebendigem Leib zu häuten.« Daleina nahm das wunderschöne Kleid aus dem Schrank und trug es zu ihrem Bett. »Helft Ihr mir beim Umziehen?«

Seufzend verließ Alet ihren Posten an der Tür und ging zum Bett hinüber. »Ihr solltet eine der Palastdienerinnen rufen lassen, damit sie Euch hilft. Dieses alberne Kleid hat mindestens tausend Knöpfe.«

Daleina ließ ihr Seidenkleid von den Schultern gleiten, und es sammelte sich als kleines Häufchen zu ihren Füßen. »Es hat siebenunddreißig Knöpfe, und ich will heute keine Dienerinnen um mich haben. Nur meine Freundin.«

Sie sah einen Muskel in Alets Wange zucken, beinahe ein Lächeln, und Daleina lächelte zurück. Als sie die Arme hob, streifte Alet ihr das Krönungskleid über den Kopf. Sie kam sich vor wie in eine Wolke gehüllt. Die verschiedenen Schichten des Rocks flatterten um sie herum. Sie drehte Alet den Rücken zu und wandte sich zum Spiegel, während ihre Freundin ihr das Kleid zuknöpfte.

Wahrscheinlich wäre es ratsam, ein klein wenig Puder unter den Augen aufzutragen, um die Spuren ihrer Schlaflosigkeit zu verbergen. Niemand durfte glauben, dass sie nicht im absoluten Vollbesitz ihrer Kräfte war. In diesem Punkt hatte Königin Fara recht gehabt: Die Menschen wollten nicht fürchten müssen, dass sie eine schwache Königin hatten. Vielleicht sollte sie einen Hauch Rosa auf ihre Wangen legen. Eingehüllt in das schimmernde Weiß und Gold ihres Gewandes wirkte sie bleich. »Sehe ich königlich oder kränklich aus?«, fragte Daleina.

Alet trat einen Schritt zurück und musterte sie. »Ihr seht ätherisch aus.«

Daleina verdrehte die Augen. In ihrem ganzen Leben hatte sie noch nie jemand als »ätherisch« bezeichnet. »Sagt mir einfach, ob ich Farbe oder Puder brauche.«

»Weder noch. Ihr seid wunderschön, und die Menschen sollten Eure Schönheit sehen.«

»Ihr seid heute in einer sehr seltsamen Stimmung, Alet.«

Daleina wandte sich wieder dem Spiegel zu und runzelte die Stirn. Der Anblick der Königin bei ihrem ersten festlichen Auftritt sollte den Menschen Trost spenden und für den Rest der Feier den richtigen Ton vorgeben. Sie hätte den Schneiderinnen nicht erlauben dürfen, ihren Rock mit so vielen Schichten zu versehen und ihre Arme nackt zu lassen. Sie fühlte sich entblößt und eingeengt zugleich. Langsam drehte sie sich im Kreis und betrachtete sich dabei im Spiegel.

Alet fragte leise: »Seid Ihr seit dem letzten Mal erneut ohnmächtig geworden, Euer Majestät?«

Sie stockte. Ja, sie war ohnmächtig geworden, allein in ihrem Bad in der vergangenen Nacht. »Kein einziges Mal«, log sie. »Es muss eine Ausnahme gewesen sein. Aber Heiler Hamon wird schon herausfinden, woran es lag. Er hat mein absolutes Vertrauen – und sechs Phiolen mit meinem Blut, was mehr als genug sein sollte, um jede Untersuchung durchzuführen, die ihm in den Sinn kommt.«

»Ihr könntet die Sache verschieben, bis …«

»Genug, Alet. Wenn Ihr vorhaben solltet, meine Zuversicht zu erschüttern, dann macht Ihr Eure Sache sehr gut.« Daleina wandte sich von dem Spiegel ab und trat an ihr Schmuckkästchen. Sie wählte eine schlichte Kette – fein gearbeitete, aus Holz geschnitzte Blätter auf einer Schnur aus Seide. Ein Geschenk von ihrer Familie, das sie nach ihrer Krönung erhalten hatte. Ihre Mutter hatte die Blätter geschnitzt, und ihre Schwester hatte das Band gewoben. Alet trat hinter sie und griff nach der Kette.

Daleina hob ihr Haar hoch und ließ Alet die Kette um ihren Nacken schließen. Dann nahm Alet eine Bürste und zog sie durch Daleinas Haar, bis es ihr glatt über Schultern und Rücken wogte. Keine der beiden Frauen sprach, bis draußen eine Glocke ertönte.

»Seid stark, Majestät«, sagte Alet. »Die Hälfte Eurer Minister hält Euch für töricht, weil Ihr Euch mit den Geistern einlasst, ohne eine Thronanwärterin als Nachfolgerin bereitstehen zu haben. Aber andererseits hat diese Hälfte Eurer Minister auch zu große Angst, um sich aus ihren Gemächern hinauszuwagen.«

»Und die andere Hälfte?«

»Ist bereits in den Bäumen, um Euren Sieg zu bejubeln.«

Daleina drehte sich zu Alet um. »Und wo werdet Ihr sein?«

Alets Miene blieb unverändert. »Hier an Ort und Stelle, wo ich auf Eure Rückkehr warten werde.«

Daleina umarmte sie und drückte ihre Wange an Alets. Der Griff von einem der Messer ihrer Freundin bohrte sich in ihre Rippen, aber Daleina schenkte dem keine Beachtung. Es war schön, wieder eine Freundin zu haben. Als seien all die Freundinnen, die sie verloren hatte – Linna, Revi, Mari, Zie, Iondra –, irgendwie noch bei ihr, vertreten durch Alet. »Wenn ich sentimental wäre, würde ich sagen, man hat Euch geschickt, um mich aufzumuntern.«

»Wenn Ihr sentimental wäret, hätte ich Euch nicht halb so gern.«

Daleina ließ sie los und lachte.

»Geht«, sagte Alet. »Zeigt ihnen allen, was es wirklich bedeutet, Königin zu sein.«

Königin Daleina von Aratay rauschte hinaus auf den Balkon. Versteckt in ihrem Haar waren Nadeln, um ihr zu helfen, die Krone fest auf dem Kopf zu halten, und versteckt in ihrem Mieder befand sich Meister Vens Messer, um ihr zu helfen, den Kopf auf ihrem Hals zu behalten. Als sie hinaustrat, hörte sie den Jubel ihrer Untertanen, die in alle Richtungen jeden verfügbaren Ast besetzt hatten. Ihre Stimmen vermischten sich mit dem Wind und bliesen über sie hinweg. Sie hatte das Gefühl, als atmete sie die Liebe dieser Menschen ein oder zumindest ihre Begeisterung. Sie hob eine Hand und lächelte sie an, und sie jubelten noch lauter.

Sehr nett, dachte sie. *Und jetzt verschwindet.*

Vorsichtig und mit Bedacht blendete sie sie aus – ihren Anblick, ihre Geräusche –, atmete tief durch, füllte ihre Lunge und leerte sie wieder ganz. Daleina konzentrierte sich allein darauf, nur auf ihren Atem. Sie schluckte den Wind und schmeckte die Luft, den würzigen Kiefernduft. Und dann trat sie vor, drei Schritte hin zum Rand des Balkons.

Die Menschenmenge verstummte auf einen Schlag. Daleina spürte ihr Schweigen als eine Veränderung im Wind, einen Wechsel des Lufthauchs. Aus dem Baum selbst herausgewachsen, ragte der Balkon weit über den Waldboden hinaus. Er hatte kein Geländer, seinen Rand schmückte nur ein filigraner Zopf aus lebenden Ranken.

Fangt mich auf. Sie ließ den Befehl wie einen Pfeil aus ihrem Inneren hinaus und hinein in die Welt fliegen. Im gleichen Augenblick zuckte sie zusammen, obwohl sie sich gewappnet hatte. Es fühlte sich an, als sei ihr ein Streifen Haut vom Körper gerissen worden. Vor der Krönung hatte sie nicht die Macht besessen, einen so weitreichenden Befehl auszusprechen und zu erwarten, dass er auch befolgt wurde. Sie hatte die Geister täuschen, umleiten und locken müssen, als seien sie ungezogene Kleinkinder, aber jetzt erwartete man von ihr, dass sie von der Macht, die die Geister ihr verliehen hatten, auch Gebrauch machte. Es gefiel ihr nicht, aber sie hatte nicht die Absicht, das irgendjemanden sehen zu lassen.

Sie trat hinaus in die Luft.

Der Wind heulte ihr in den Ohren, als sie in die Tiefe stürzte. Sie schloss die Augen, streckte die Arme weit aus und konzentrierte sich auf die Empfindung der sie umbrausenden Luft. *Fangt mich auf!* Sie legte ihre ganze geistige Kraft in den Befehl, ohne jeden Zweifel, ohne Furcht, ohne ein Gefühl. Sie würden ihr gehorchen. *Jetzt!*

Heulend wie der Wind pfiffen die Luftgeister um sie herum. Daleina öffnete die Augen und sah ihre Gesichter, durchscheinend, mit leeren Augenhöhlen und spitzen Zähnen. Sie griffen mit bleichen, vielgelenkigen Fingern nach ihr und fingen ihr Kleid auf, jede einzelne Schicht weit ausgebreitet, bis sie aussah wie eine glitzernde Wolke.

Hebt mich hoch, befahl sie.

Sie spürte ihre Hände auf dem Rücken, wie sie sie drehten, bis sie aufrecht auf dem Rücken von einem der Geister stand. Sie reckte sich, richtete den Blick auf das Blätterdach über ihr und dachte nicht darüber nach, wie nahe sie soeben dem Waldboden gekommen war. Die Menschen in den Ästen jubelten wieder, und die Luftgeister knurrten und schlugen nach ihnen.

Tut ihnen nichts zuleide.

Zischend zogen die Geister die Krallen ein. Einige bohrten die Krallen in den Stoff ihres Kleides, und sie spürte ihre Spitzen auf ihrer Haut, aber sie gruben sich nicht so fest in sie, dass sie geblutet hätte.

Höher.

Die Geister trugen sie empor, durch die Äste. Blätter schlugen ihr ins Gesicht, winzige Zweige stachen ihr in die Arme. Kleine Blutflecken tauchten auf ihrem weißen Spitzenkleid zwischen den Glasperlen auf, aber es funkelte noch immer, als sie durch die Baumkronen in den Himmel über dem Wald schoss.

Daleina füllte die Lunge mit der Himmelsluft. Sie schmeckte so sauber und klar wie Wasser aus einem Gebirgsbach. Nur wenige atmeten jemals diese Luft. Unter ihr lagen die Wälder Aratays, ein gewaltiges grünes Meer, das sich vom wirklichen Meer im Süden bis hin zu den Bergen im Norden erstreckte und zu den ungebändigten Landen im Westen. Wie sie so durch die Lüfte segelte, streckte sie die Hände aus und spürte, wie die Blätter ihre Handflächen streiften. Sie fühlte sich wie ein Vogel, der frei auf dem Wind reitet, bis einer der Geister sie angrinste, die Zähne züngelnd gebleckt. Sie schaute nach unten, um sich davon zu überzeugen, dass sie hoch genug war, dann wechselte sie von einem Befehl zu einer Frage: *Spielen?* Sie sandte die Frage in Spirallinien durch die Wolken aus – und spürte, wie sie beantwortet wurde.

Ein Luftgeist mit dem sehnigen Körper eines Hermelins und Fledermausflügeln schlängelte sich durch die Wolken und flog auf sie zu. Er schob sich unter sie und hob sie höher in den Himmel hinauf. *Wettrennen?*, fragte sie ihn. Sie stellte sich eine Karte von dem Wald vor, von oben aus der Luft gesehen, und bestimmte innerlich den Ort, an den sie sich begeben wollte.

Der Hermelingeist trillerte den anderen etwas Herausforderndes entgegen. Sie stießen Kampfrufe aus und zirpten Antworten, dann begann das Rennen. Daleina schlang die Arme um den Hals des Geistes, umklammerte ihn mit den Schenkeln und hielt sich fest, als er in die Wolken hineinschoss. Kleine Tröpfchen prasselten ihr ins Gesicht, dann brach sie aus den Wolken hervor und ins Sonnenlicht darüber. Andere Geister zischten neben ihnen her, schossen umeinander in die Höhe oder tauchten hinab.

Schließlich drosselten die Geister ihr Tempo und steuerten eine Öffnung im Blätterdach an. Sie hörte ihr zwitscherndes Gelächter, wie das Geräusch von brechendem Glas, und unterdrückte ein Schaudern. Nur wenige Schritte über dem kahlen Boden bremsten sie ab und ließen sie los. Sie landete in der Hocke und stand dann auf.

Aus dem Augenwinkel sah sie, dass sie nicht allein waren. Sieben Männer und Frauen standen Schulter an Schulter in einem Halbkreis am Rand des verödeten Landstrichs, aber Daleina schenkte ihnen noch keine Beachtung. Stattdessen verneigte sie sich vor den Luftgeistern. »Ihr habt mich mit den Schönheiten eurer Welt beehrt. Ich danke euch.«

Für einen Moment hörten die Luftgeister auf zu knurren. Einer von ihnen legte die Hände zusammen, und seine langen Finger berührten einander. Daleina sah rote Flecken an den Spitzen seiner Fingernägel und fragte sich, ob es ihr Blut war oder das von jemand anderem. Der Geist verbeugte sich vor ihr, dann wirbelten alle Luftgeister gemeinsam empor, höher und höher in den Kreis des blauen Himmels über dem Hain hinauf. Sie fragte sich, was die Magister an der Akademie von ihrer Methode halten würden, und dann beschloss sie, sich nicht darum zu kümmern, nicht heute.

Daleina straffte sich und wandte sich den Vertretern des hiesigen Dorfs zu. Es waren vier Frauen und drei Männer, alle in festlichen Gewändern. Alle gleichzeitig verneigten sie sich tief vor ihr. Sie verkniff sich den Zuruf, doch bitte nach Hause zu gehen, der ihr schon auf den Lippen lag. Sie wollte und brauchte für ihr Vorhaben kein Publikum. Die Geister waren launische Wesen, und zur Erfüllung ihrer Aufgabe musste sie sehr viele von ihnen beschwören. Aber diese Frauen und Männer wussten das und waren trotzdem gekommen. *Verschont mich vor neugierigen Narren,* dachte sie, sprach es aber nicht laut aus. Es wäre kein königliches Verhalten, genau diejenigen Menschen zu beleidigen, deretwegen sie hergekommen war. Weil sie ihnen helfen wollte. *Und ich bin die Königin.*

Sie musste sich das immer wieder ins Gedächtnis rufen.

Die Älteste der Dorfbewohner kam auf sie zugehumpelt. Ihr Gesicht war eingefallen und von so tiefen Runzeln überzogen, dass ihre Augen kaum sichtbar waren. Sie leckte über ihre rissigen und bleichen Lippen, ehe sie das Wort ergriff. »Im Namen aller möchten wir Euch danken.«

Dankt mir, wenn ich damit fertig bin, wollte sie antworten, aber wiederum biss sie sich auf die Zunge. Eine Königin zeigte weder Zweifel noch Schwäche, und bei diesem Ritual ging es ebenso sehr um ihr äußeres Auftreten wie um das Endergebnis. Mit förmlicher Stimme, die laut und vernehmlich durch den Hain scholl, erkundigte sie sich: »Habt Ihr die Saat?«

Zitternd streckte die Frau die Hand aus, die Finger fest zusammengeballt. Daleina wartete, während die Frau die Faust umdrehte und dann die Finger öffnete. Eine Eichel lag auf ihrer Handfläche.

Daleina legte ihre eigenen Hände übereinander, sodass sie eine Schale bildeten, und die Frau gab die Eichel hinein. »Ich danke Euch für dieses Geschenk.« Die Worte des Rituals waren einfach, auch wenn die ihnen folgende Handlung es nicht war. Sie legte den förmlichen Tonfall ab und sagte beinahe flehend: »Würdet ihr bitte in euer Dorf zurückkehren? Zu eurer eigenen Sicherheit.« *Geht, ihr vertrauensseligen Narren.*

Die Frau schüttelte den Kopf. »Wir bleiben, Euer Majestät. Ihr werdet uns beschützen.«

Daleina versuchte es noch einmal. »Das kann ich euch nicht versprechen. Ihr solltet heimkehren.«

Aber die Frau lächelte nur. »Wir vertrauen auf Eure Macht. Und wir vertrauen Euch.« Hinter ihr nickten alle ihre Begleiter. »Ihr habt dem Krönungsmassaker ein Ende gemacht.«

Sie hätte gerne weitere Einwände erhoben, aber dafür hatte sie weder die Zeit noch die Energie, und ganz bestimmt hatte sie nicht vor, über den Krönungstag zu reden, einen Tag, der sich von einem wunderschönen Ritual in einen Stoff für Albträume verwandelt hatte, als die Geister, statt eine Königin zur Krönung zu erwählen, alle anderen Thronanwärterinnen – Daleinas Freundinnen – getötet und auch Daleina selbst beinahe umgebracht hatten. Sie schloss kurz die Augen, um die Erinnerung wegzublinzeln, dann öffnete sie sie wieder, um die Ältesten anzublicken.

Blankes Vertrauen leuchtete aus den Augen der Dörfler, so wie Säuglinge ihre Mütter ansehen. Daleina nahm sich vor, sich von ihrem Glauben an sie ermuntern zu lassen, legte sich die Eichel auf den Schoß und grub die Finger in die weiche Erde. *Kommt zu mir,* befahl sie. Sie spürte, wie die Erde sich bewegte und grollte, als ließe ein Erdbeben sie erzittern. *Sanft, behutsam, kommt zu mir.*

Die Erde unter ihr gab nach, und sie sah die Männer und Frauen auf die Knie stürzen. *Idioten,* dachte sie, und dann hatte sie keine weiteren Gedanken mehr für sie übrig. Diese Aufgabe verlangte ihre volle Konzentration. *Sanft, behutsam, kommt zu mir,* wiederholte sie.

Eine schlammbedeckte Hand brach aus dem Boden. Moos schälte sich davon ab, wie die Schale von einer Orange, und ein kleines menschenähnliches Wesen, wie ein zwergenhafter Mann, zog sich halb aus dem Boden. Seine Stimme klang wie das Knirschen von Felsen, aber sie verstand nicht, was er sagte. Sie vermutete, dass er sie beleidigte. Sie zeigte ihm die Eichel. *Bereite die Erde vor,* wies sie ihn an.

Sein Gesicht dehnte sich zu einem zahnlosen Lächeln. Mehrere Zungen zuckten aus seinem Mund. Sie folgte seinem Blick und sah, dass er nach den Dörflern schielte. Das war der gefährlichste Moment: Wenn ein Geist gerade beschworen worden war, war sein Hass auf die Menschen am lebhaftesten.

Wieder drängte sie ihm entschieden ihren Willen auf: *Grabe. Sofort.*

Mit finsterer Miene tauchte er in die Erde zurück. Sie erhob sich und versuchte, das Gleichgewicht zu halten, während der Boden unter ihr auf und ab wogte wie das Meer. Er und seinesgleichen lockerten nun die Erde unter ihr, um sie für die Wurzeln vorzubereiten, die gleich zu sprießen beginnen würden. Als Nächstes brauchte sie Baumgeister. Jede Menge von ihnen. *Kommt,* rief sie in die Bäume hinein, in die Büsche, die Gräser, die Dornen, die Blumen. Dann trat sie zurück und ließ die Eichel in das Loch fallen, das der Erdgeist hinterlassen hatte. *Lasst den Baum wachsen, hoch und stark.*

Lachend lösten sich die Baumgeister aus den Schatten des Waldes. Hochgewachsen, geschmeidig und von einem durchscheinenden Grün, tanzten sie durch den Hain. Blumen flossen aus ihrem Haar. Moos wucherte in ihren Fußabdrücken. Daleina breitete die Arme weit aus und hieß sie willkommen. Sie sandte ihnen ihre Gedanken und vermittelte ihnen das Bild der Eichel, wie sie spross. Die Geister strömten zur ihr hin, drängten nah heran und wirbelten dann um das Loch herum.

Ja! So ist es richtig!

Ihr Gesichtsfeld teilte sich, und sie sah mit den Augen der Geister, wie sie ihre Energie in die Eichel strömen ließen. Die Frucht platzte auf, ein grüner Trieb schoss aus ihrer braunen Hülle und entfaltete sich. Immer noch lachend tanzten die Baumgeister, schneller, ein Wirbel rund um Daleina herum. Sie spürte, wie der Spross dicker wurde und wuchs. Neue Blätter brachen daraus hervor, und es kam Daleina so vor, als würden sie direkt aus ihrem eigenen Körper hervorschießen. Unter ihr lockerte der Erdgeist den Boden, und die Wurzeln der Eichel glitten durch die Erde, wurden dicker und härter. Der Baum schoss gen Himmel, höher und höher, wurde immer dicker und dichter. Äste stachen aus dem Stamm hervor.

Formt ihn, befahl sie den Geistern. Sie stellte sich vor, wie sich der Baumstamm weit öffnete, um Häusern in seinem Inneren Raum zu geben. Die Äste würden Treppenstufen sein, Zimmer sollten gebildet und gestaltet werden, als seien sie aus dem inneren Holz herausgeschnitzt worden. Daleina drängte den Geistern dieses Bild auf, und sie heulten auf – sie wollten den Baum wild und frei haben; doch Daleina wollte, dass er zu einem neuen Zuhause für die Dorfbewohner würde, die jetzt auf dem Waldboden lebten. Er sollte ihnen ein sicheres Heim bieten, hoch über den Gefahren, die durch Wölfe und Bären und all die unzähligen Geschöpfe drohten, die des Nachts dort unten jagten.

Sie bedrängte die Geister stärker und stärker, übte Druck auf sie aus, erfüllte ihre Gedanken, und sie zwangen nun ihrerseits den Baum, in der Form zu wachsen, die Daleina sich vorstellte. *Lasst ihn höher wachsen, breiter, und zwar so …* Sie fügte immer neue Räume hinzu. Dieser Baum würde viele Menschen beherbergen. Hoch oben breiteten sich die Äste zu einem Baldachin aus und verschluckten die Sonne.

Und dann, ohne Vorwarnung, wurde alles um sie schwarz.

Ohne etwas sehen zu können, hörte sie noch, wie die Geister kreischten, und dann hörte sie die Männer und Frauen schreien – um Daleinas willen und um ihrer selbst willen –, während sie selbst auf der aufgewühlten Erde zusammenbrach.

Kapitel 2

Sie erwachte, und rings um sie war Blut: auf der Erde, auf den Bäumen, auf ihrer Haut. Es schien sogar den Himmel mit Flecken zu überziehen, bis sie wach genug geworden war, um zu begreifen, dass sie nicht die Wolken über sich sah, sondern ihre weißen Röcke, die sich im Wind blähten. Um sie herum hörte sie schrilles Kreischen, durchmischt mit Gelächter, das so wild war wie ein Orkan. Die Geister erzeugten den Wind, während sie durch den Hain wirbelten.

Plötzlich schoss Schmerz durch ihr Bein, jäh und scharf, und sie schrie auf. Sie zuckte zur Seite, umklammerte ihren Oberschenkel, und ein Baumgeist huschte auf allen vieren von ihr weg. Mit einem heimtückischen Blick wischte er sich grinsend ihr Blut vom Mund.

»Nein!«, rief sie. »Aufhören!«

Da war Blut, als sei es eimerweise verschüttet worden, in alle Richtungen. Sie brauchte einen Moment, um zu begreifen, was sie da sah: Die Geister hatten die Männer und Frauen in Stücke gerissen und ihre Körperteile durch den Hain geschleudert. Das dort – das war keine Wurzel; es war ein Bein. Und das daneben war ein menschlicher Rumpf, aufgebrochen wie ein Schalentier und dann zerfetzt. Daleina nahm jeden Funken ihres noch funktionierenden Verstandes zusammen und schleuderte ihren Befehl den Geistern entgegen. *Halt! Ich bin eure Königin, und ich befehle euch, hört jetzt auf!*

Um sie herum war mit einem Schlag alles stumm und still.

Die Geister schwebten abwartend in der Luft. Sie alle starrten sie mit ihren leeren, durchscheinenden Augen an. Einer hielt den Kopf einer Frau in Händen. Blut sammelte sich in einer Lache auf dem Boden und sickerte ins Moos, färbte es in einem dunklen Rostrot.

Ihr werdet mir gehorchen.

Einer von ihnen lachte schrill auf und verstummte dann sofort, als Daleina nun ihren Schmerz unterdrückte, sich aufrecht setzte und dann langsam erhob. Sie spürte, wie das Blut ihr Bein hinunterlief, warm und feucht, und ihre Knie zitterten. Aber sie blieb aufrecht stehen. Sie sandte ihre Gedanken zu dem Geist, der gelacht hatte.

Verbrenne, befahl sie.

Der Geist krümmte und wand sich, schrie und weinte, aber sie hielt entschlossen an ihrem Befehl fest. Der Geist wurde immer blasser und schwächer, und Daleina wusste, dass anderenorts im Wald nun ein großer Baum brannte, umhüllt von Feuergeistern. Das hatte sie gelernt, seit sie Königin geworden war: Töte einen Holzgeist, und ein Baum stirbt, aber töte den richtigen Baum, und ein Geist stirbt. Sie dehnte ihren Willen weiter aus und rief nach den Wassergeistern.

Lasst nicht zu, dass das Feuer sich ausbreitet, wies sie sie an.

Sie richtete ihren Blick auf den dahinschwindenden Baumgeist. Er wand und krümmte sich weiterhin. Sein Gesicht war jetzt kindlicher. Er weinte Tränen aus poliertem Bernstein. Innerhalb von nur wenigen Sekunden verschwand der Geist, und übrig blieb nicht mehr als ein Häufchen gelber Edelsteine.

Draußen im Wald erstarb das Feuer zusammen mit

dem in Brand gesetzten Baum. Daleina konnte halb fühlen, halb sehen, wie die Wassergeister die Glut löschten, sah es verzerrt aus deren Augen. Endlich war die Asche kalt, und die Geister tanzten, als hätten sie den Tod eines der ihren gar nicht wahrgenommen.

Dann drehte sie sich zu den anderen um, die reglos und stumm abwarteten.

Baut.

Sie spürte ihre Erleichterung und ihr Glück, als sie zu den Ästen emporflogen, und wollte ihnen dieses Gefühl nehmen … *Nein, ich kann ihnen nicht wehtun.* Sie unterdrückte ihre eigenen Gefühle, ließ die Geister bauen, und der Baum begann wieder zu wachsen, formte sich zu dem Dorf, das sie geplant hatte. Sie drehte sich langsam und gequält um, um sich den Körpern der Dörfler zu stellen, die gekommen waren, um zuzusehen.

Sie waren alle tot.

Aber, nein, die alte Frau atmete noch. Sie lag auf dem Boden, unversehrt bis auf eine dunkle, feuchte Stelle auf ihrem Bauch. Daleina trat einen Schritt auf sie zu, und ihr Bein gab unter ihr nach. Mit zusammengebissenen Zähnen kroch sie den Rest des Weges. Dann blieb sie neben der alten Frau liegen.

Die Frau öffnete ihre kleinen Augen.

»Es tut mir leid«, sagte Daleina. *Es ist meine Schuld. Sie sind tot, und es ist meine Schuld. Ich hatte die Aufgabe, sie zu beschützen. Sie haben mir vertraut, und ich habe versagt …*

»Tötet mich«, flüsterte die Frau.

»Ich werde Heiler holen …« Sie hätte Hamon bitten sollen, sich hier mit ihr zu treffen, oder sich zumindest von Bayn begleiten lassen sollen. Der Wolf hätte einige der Geister fernhalten können, hätte aber auch ebenfalls getötet werden können. *Ich hätte sie wegschicken sollen. Ich hätte gar nicht herkommen dürfen.*

»Nichts mehr zu machen.« Die Frau bewegte ihre schwielige Hand, um über den Stoff ihrer Bluse zu streichen. Ihr Magen war zerfetzt, die Organe durchtrennt. Eine tödliche Wunde. Sie würde langsam und unter Schmerzen sterben, unausweichlich, von innen vergiftet.

»Ich kann Euch nicht töten«, erklärte Daleina, außerstande, den Blick von der Wunde zu lösen.

Die Frau gab einen Laut von sich, der ein Lachen oder auch ein Husten hätte sein können. »Das habt Ihr bereits getan, Euer Majestät. Erweist mir die Gnade der Königin.« Jedes Wort war ein angestrengtes Flüstern.

Daleina blickte sie lang und unverwandt an, bis die alte Frau die Augen schloss. »Es tut mir leid«, wiederholte Daleina, aber sie wusste, dass die Worte nicht genügten, um das Geschehene wiedergutzumachen, und sie verdiente keine Vergebung. *Ein weiteres Massaker, und diesmal ist es allein meine Schuld.* Trauer, Schuldbewusstsein, Hass, Wut … all diese Gefühle stiegen in Daleina auf, und sie zwang sie wieder hinunter, verknotete sie fest, tief in ihrem Inneren.

Sie zog Vens Messer aus ihrem Mieder und drückte es der Frau an die Kehle. Mit einem schnellen, festen Stich durchtrennte sie die Halsschlagader. Helles Blut bespritzte Daleina, überzog ihre Hand und ihren Arm.

Sie drehte den Kopf zur Seite, um zu den Baumgeistern hinüberzuschauen. Sie hatten ihren Anordnungen Folge geleistet und das Baumdorf so hoch und stabil gebaut, wie sie es sich nur hätte wünschen können.

Geht, befahl sie ihnen, und sie flohen in den Wald.

Sie wollte sie zurückrufen, sie alle verbrennen lassen, aber sie wusste, dass sie das nicht tun sollte. Wenn sie jeden Geist tötete, nur weil er seiner Natur folgte, würde sie ihre eigene Heimat zerstören. Die Geister waren an das Land gebunden und das Land an sie. Sie konnte das eine nicht ohne das andere haben. Rache an den Geistern war sinnlos; es würde dem Land schaden und die Toten dennoch nicht wieder zurückbringen. Aber es war so unendlich schwer, sich diese Wahrheit immer wieder vor Augen zu halten.

Sie sandte ihre Gedanken zur Erde hin und beschwor die Erdgeister. *Begrabt sie.* Die Erdgeister gehorchten und lockerten den Boden unter den zerfetzten Leichen der Dorfbewohner. Sie zwang sich zuzuschauen, sich für diese Toten verantwortlich zu fühlen, als sich der Untergrund nun über ihnen schloss. Als sie fertig waren, sandte sie die Erdgeister zurück in die Tiefe und rief gleichzeitig die Geister von Wasser und Luft.

Auf ihren Befehl hin fiel Regen auf das, was einst ein offenes Waldstück gewesen und jetzt ein überschattetes Grab war. Das Blut bildete Bäche und sickerte in die Erde, wurde weggewaschen. Sie ließ den Regen auf sich fallen, ließ ihn ihr blutiges Kleid durchtränken und ihre eigene Wunde auswaschen. Schmerz pochte in ihrem Bein. Aber sie schenkte ihm keine Beachtung, bis der Regen seine Arbeit getan hatte.

Als die Geister wieder fort waren, riss sie eine der Schichten ihres Rocks ab und verband sich den Oberschenkel. Der Baumgeist hatte nicht genug Zeit gehabt, um sich lange an ihrem Fleisch gütlich zu tun. Er hatte ihr Bein nicht tiefer aufgerissen, und das erleichterte sie. Dennoch fühlte sie sich schwach, und ihr war schwindelig, auch wenn sie nicht wusste, ob es am Blutverlust lag, am Schock oder an dem, was immer sie so gründlich das Bewusstsein hatte verlieren lassen, dass die Geister gegen ihre Befehle hatten verstoßen können.

Das hätte nicht geschehen dürfen, ging es ihr durch den Kopf. Sie war gekrönt worden; auch wenn Daleina bewusstlos gewesen war, hätte es den Geistern nicht möglich sein dürfen, in völlige Wildheit zurückzuverfallen. So lief das nicht. Revi, Linna, Zie … sie hatten ihr Leben verloren, aber sie selbst war gekrönt worden, und das hätte alle anderen beschützen müssen. Das Sterben hätte an jenem Tag enden müssen. *Ich hatte es mir gelobt: Es werden keine weiteren Unschuldigen mehr sterben.* Sechs Monate nach Beginn ihrer Herrschaft hatte sie ihren Vorsatz gebrochen.

Sie sah sich in dem ehemaligen Hain um. Zumindest würden die anderen Dorfbewohner ihr neues Heim nicht blutbesudelt vorfinden. Sie konnten hier neu anfangen. Ohne einige ihrer Lieben. Daleina humpelte zu dem Baum hinüber, zog ihr Messer wieder heraus und schnitzte sieben Kerben, eine für jeden Toten, damit die Dorfbewohner wussten, was aus ihren Verwandten geworden war.

Dennoch, sie hielt ihre Gefühle fest im Zaum und beschwor die Luftgeister. *Tragt mich nach Hause.* Und sie kamen und hoben sie in die Lüfte und flogen sie schnell über die grünen Wipfel hinauf. Sie konzentrierte sich auf den Horizont, fest entschlossen, nicht noch einmal das Bewusstsein zu verlieren. Als die Geister mit ihr durch das Blätterdach brachen, vernahm sie den Jubel der Menschen in den Bäumen … nur um zu hören, wie er sogleich wieder erstarb, als die Leute sie sahen, ihr Kleid schwer und rosa von dem mit Wasser ausgespülten Blut.

Die Luftgeister brachten sie zu ihrem Balkon. Sie zwang sich, aufrecht stehen zu bleiben, und entließ die Geister. Sie kreiselten gen Himmel und suchten das Weite, ließen bebende Blätter und zitternde Äste hinter sich zurück.

Königin Daleina schaute zu den Bäumen hinüber, zu

ihren Untertanen. Sie erhob ihre Stimme und sagte laut und vernehmlich: »Sieben sind tot. Aber der Baum ist gewachsen, und das Dorf wird blühen und gedeihen. Es ist vollbracht.« Dann drehte sie sich um und trat in ihre Gemächer, ohne auf eine Reaktion zu warten.

Außer Sichtweite der Menge verweigerte ihr Bein ihr den Dienst, und sie stürzte zu Boden. Sie wurde von vertrauten Armen aufgefangen, und als diesmal die Dunkelheit kam, war sie ihr willkommen.

Als sie die Augen öffnete, war da kein Blut. Da waren keine Leichen. Nur Alet, die neben ihr hockte, und Hamon, der in seinem blauen Gewand der königlichen Heiler auf ihrer anderen Seite saß – er musste gerufen worden sein, nachdem sie in ihrem Zimmer zusammengebrochen war. Daleina lag in ihrem eigenen Bett, eingehüllt in Seidenlaken und zwischen viele Kissen gekuschelt. Ihre Wunde war mit einem Verband umwickelt, und sie trug ein Nachthemd. Sie wünschte, sie wäre nicht aufgewacht, zumindest jetzt noch nicht, dann hätte sie sich nicht daran erinnern müssen, warum sie hier lag. Doch jetzt war es zu spät. Ihr Bein pochte, aber ihr Kopf war klar.

»Euer Majestät?«, begann Alet, ein Dutzend Fragen in ihrer Stimme.

Daleina war noch nicht bereit zu sprechen und schaute zu dem bunten Spitzenbaldachin über ihr empor, kunstvoll bestickt mit Bildern des friedlichen Waldes: Rehe tranken aus einem Bach, Glockenblumen blühten zwischen den Bäumen, Blätter tanzten im Wind. Sie hätte den Baldachin am liebsten in Stücke gerissen. *Er lügt. Im Wald herrscht niemals Frieden.*

»Erzähl uns, was passiert ist«, bat Hamon. Seine Stimme war tief und besänftigend. Er hatte sich diese Stimme antrainiert, das wusste sie. Sie wusste auch, dass er nicht so ruhig war, wie er klang. Er besaß nicht Alets Talent, ausdruckslos dreinzuschauen. Immer empfand er die Dinge so tief, dass es in ihm aufstieg und überströmte – auch das war einer der Gründe, warum er ein so großartiger Heiler war. Außerdem kannte ihn Daleina schon, seit sie eine Kandidatin gewesen war. Sie kannte sein Gesicht besser als ihr eigenes – seine frühlingsgrünen Augen, seine nachtschwarze Haut, sein kantiges Kinn, seinen weichen Mund und jetzt die Falte zwischen seinen Brauen auf der Stirn, die besagte, dass er sich Sorgen machte. Flüchtig fragte sie sich, ob er es vermisste, sie mit diesen sanften Lippen zu küssen, dann schob sie den Gedanken weit weg, zu all den Schuldgefühlen, dem Ärger und der Reue, die zu empfinden sie sich in diesem Moment nicht leisten konnte.

»Ihr wisst es bereits«, sagte Daleina. Ihre Stimme war nur ein Krächzen. Alet drückte ihr einen Becher Wasser in die Hand, und mit Hamons und Alets Hilfe stützte sie sich auf den Kissen auf. Sie trank, dann versuchte sie abermals zu sprechen. »Die Welt ringsum ist dunkel geworden, und ich habe die Kontrolle über die Geister verloren.«

»Sie hätten dich töten können«, erwiderte Hamon tonlos, und Daleina wusste, dass er nicht nur gegen seine Besorgnis um sie ankämpfte. Da war Angst in seinen Augen. Um sie? Um ihr Volk? Sowohl als auch? Er hatte sie schon zuvor blutverschmiert gesehen. Er war während ihrer Ausbildung bei ihr gewesen, hatte ihre Haut mehr als einmal wieder zusammengeflickt, die Blutungen ihrer Wunden gestillt und ihre verletzten Augen gepflegt, bis sie geheilt waren.

»Warum haben sie es dann nicht getan?«, fragte Alet.

Daleina sah, dass Hamon ihr einen finsteren Blick zuwarf. Aber es war eine berechtigte Frage. »Ich weiß es nicht.« Die Geister mochten nicht so denken wie Menschen, aber sie *konnten* denken. Der Mord an der Königin hätte sie alle befreit, und das Blutbad hätte sich über den Hain hinaus auf den ganzen Wald ausgedehnt. Das hatten die Geister zu erreichen versucht, nachdem die letzte Königin gestorben war, am Krönungstag, als sie alle anderen Thronanwärterinnen ermordet hatten. »Vielleicht haben sie mich nicht getötet, weil ich nicht davongelaufen bin. Oder sie wollten mich zum Nachtisch aufsparen.« Oder vielleicht wollten sie Aratay gar nicht zerstören. So sehr die Geister es hassten, eine Königin zu haben, brauchten sie sie im gleichen Moment doch auch, um sie im Gleichgewicht zu halten und sie daran zu hindern, in ihrer Blutgier ganz Aratay in Stücke zu reißen.

»Aber wenn sie Euch getötet hätten, ohne dass es eine Thronanwärterin gibt …«, begann Alet.

»Ich weiß«, fiel ihr Daleina ins Wort. Sie wusste es besser als irgendjemand sonst. Müde schloss sie die Lider und wünschte sich, nicht mehr ständig das Blut auf dem Moos und auf den Zähnen der Geister vor Augen zu haben. Sie wünschte, nicht mehr die entstellten toten Körper vom Krönungstag sehen zu müssen, ihre Freundinnen, in deren Augen das Licht erloschen und denen der Atem aus den Lungen gewichen war.

»Ihr hättet das Risiko nicht eingehen dürfen«, beharrte Alet.

»Ich musste es tun. Ich musste Zeit gewinnen.« Sie öffnete die Augen und wünschte, sie könnte sie dazu bringen zu verstehen, so wie sie den Geistern ihren Willen aufzwingen konnte.

Alet runzelte die Stirn. »Zeit wofür?«

»Zeit, um mich zu heilen.« Daleina legte Alet die Hand auf den Arm. Sie wusste, dass Alet das nicht hören wollte, aber es hatte keinen Sinn, es noch länger zu verbergen, zumindest vor ihr. Das mit dem Ohnmächtigwerden hatte drei Wochen zuvor begonnen und geschah immer häufiger. »Es wird schlimmer, Alet. Die Ohnmachtsanfälle. Ich kann sie weder vorhersagen noch beherrschen. Noch mehr Menschen werden sterben, wenn diese Krankheit, oder was auch immer mit mir nicht stimmt, nicht gestoppt wird. Ich musste einen großen Auftritt hinlegen, solange ich das noch konnte.« Sie drehte sich in ihren Kissen und richtete den Blick auf Hamon. »Du hast jetzt seit einigen Tagen mein Blut. Verrate mir, was du herausgefunden hast.«

Hamon schaute zu Alet hinüber, als wolle er sie bitten zu gehen.

Daleina spürte, wie sie sich innerlich verkrampfte. *Es ist schlimm. Ich weiß es.* Er würde nicht zögern, wenn es nicht ernst wäre. Im Geist baute sie eine Mauer um ihr Herz. *Wie auch immer die Neuigkeiten ausfallen, ich lasse mich nicht kleinkriegen.*

»Du solltest dich zuerst ausruhen«, erwiderte Hamon. »Dann sprechen wir darüber.«

Alets Finger drückten fest Daleinas Hand, aber Daleina schüttelte sie ab und setzte sich aufrecht, an das goldene Kopfende des Bettes gelehnt. Sie würde aus eigener Kraft stark sein. »Mach dir wegen Alet keine Sorgen, Hamon. Sag es mir; das ist keine Bitte.«

Er nahm Daleinas andere Hand und hielt sie fest, damit sie sie nicht wieder wegziehen konnte. »Ich habe jede meiner Untersuchungen doppelt durchgeführt. Einige noch häufiger. Die Antwort war immer die gleiche. Ich würde die Tests noch ein Dutzend weitere Male machen, würde ich glauben, etwas könnte sich ändern; wenn es auch nur einen Hauch von Zweifel gäbe …«

»Hör auf, um den heißen Brei herumzureden, Hamon«, unterbrach ihn Daleina. Ihr war, als würde ihr Herz doppelt so laut hämmern wie sonst, und sie meinte, ein Brausen in den Ohren zu hören. Sie legte ihre andere Hand auf die seine und löste seine Finger mit einem Ruck von den ihren. Ruhig legte sie ihre beiden befreiten Hände in ihren Schoß. Sie würde Hamon und Alet nicht erkennen lassen, was sie empfand. »Ich werde sterben, nicht wahr?«

»Nein!«, heulte Alet auf.

»Lasst das, Alet«, sagte Daleina ruhig. »Hysterisch zu werden hilft da nicht. Und so etwas ist ohnehin nicht Euer Stil. Ihr seid eine Kämpferin.«

Alet kniete sich neben das Bett und flehte: »Dann kämpfe ich, kämpfe gegen diesen …«

»Dagegen kann man nicht kämpfen, nicht mit Messern oder Worten oder irgendeinem bekannten Mittel, mit keinem Kraut und keinem Trank«, erklärte Hamon mit matter Stimme. »Du hast den Falschen Tod.«

Daleina nickte, als hätte sie das die ganze Zeit über erwartet. Innerlich hatte sie das Gefühl zu zerbrechen, aber ihre einzige Geste nach außen hin war, dass sie die Hände fest ineinander faltete. Das erklärte in der Tat, was im Hain geschehen war. »Deshalb haben sich die Geister meinem Befehl widersetzt. Und deshalb haben sie mich nicht getötet. Sie haben geglaubt, ich sei bereits tot.«

»Du warst wirklich tot«, erwiderte er. »Einen Moment lang.«

Genau das war der Falsche Tod: Momente, die dem Tod glichen und die allmählich zum wahren Tod führten. Daleina schluckte, aber ihre Kehle war trocken. »Wie lange habe ich noch?« Es überraschte sie, dass ihre Stimme so fest klang.

Er machte Anstalten, erneut ihre Hand zu ergreifen,

ließ es dann aber sein. »Ich habe da ein Kraut, die Schönranke. Das wird helfen, das Auftreten der Symptome zu verlangsamen. In der Zwischenzeit werde ich nach einem Heilmittel suchen. Dass es bisher noch keines gibt, heißt noch nicht …«

»Wie *lange* noch, Hamon?«

Er seufzte. »Drei Monate. Vielleicht mehr, vielleicht aber auch weniger. Und die falschen Tode werden immer häufiger werden und länger anhalten, je mehr Zeit vergeht.«

»Können wir sie vorhersagen, diese falschen Tode?« Könnte sie sie vorausberechnen, würde sie den Geistern zu den entsprechenden Zeiten aus dem Weg gehen können und so Katastrophen wie jene vermeiden, die sich an dem neuen Dorfbaum ereignet hatte. Solange keine Geister Zeugen ihres Zusammenbruchs wurden und solange sie nicht gerade aktiv mit einem von ihnen verbunden war …

Er schüttelte den Kopf. »In den meisten Fällen leider nicht. Aber es gibt Hinweise darauf, dass das Befehligen von Geistern einen falschen Tod auslösen könnte – das ist höchstwahrscheinlich das, was dir zugestoßen ist. Du solltest von deiner Macht über die Geister so wenig Gebrauch wie möglich machen.«

Das konnte sie hinbekommen, oder?

»Aber selbst wenn du es völlig vermeiden kannst, deine Macht einzusetzen, wird das die Krankheit nur verlangsamen. Die falschen Tode werden trotzdem kommen, und irgendwann …« Er beendete seinen Satz nicht. Brauchte er auch nicht.

Daleina sah den Kummer auf seinem Gesicht und auch auf Alets Zügen. Sie schaute zu dem Spitzenbaldachin auf, statt ihnen in die Augen zu sehen. Sie wollte toben und weinen und schreien, brüllen, dass er sich irren müsse, dass so etwas nicht mit ihr geschehen könne, dass es nicht wahr sei. Aber sie tat es nicht, und sie konnte es auch nicht tun. Noch nicht. *Reiß dich zusammen. Du bist eine Königin. Benimm dich auch wie eine.* »Ruft meine Meister zusammen.«

»Jetzt?«, fragte Alet.

Im gleichen Moment sagte Hamon: »Du solltest dich ausruhen …«

»Ruft sie schnell und unauffällig«, befahl Daleina. »Ihr dürft die Leute im Palast nicht in Sorge versetzen.« Sie richtete den Blick zuerst auf den einen, dann auf den anderen der beiden. »Wir können uns keine Panik leisten. Versteht ihr das? Was ich den Meistern zu sagen habe, ist allein für deren Ohren bestimmt. Alet, versammelt sie jetzt gleich, so viele Ihr könnt, und duldet keine Widerrede. Hamon, besorg mir ein Schmerzmittel, und zwar eines, das es mir erlaubt, in den Meistersaal hinaufzusteigen, ohne dass mir jemand meine Wunden ansehen kann. Ich muss stark erscheinen, solange das irgend möglich ist.« Sie streckte den Arm aus, damit er ihr helfen konnte aufzustehen. Dann schwang sie die Beine aus dem Bett und stellte beide Füße auf den Boden. Schmerz schoss durch sie hindurch, und ihr entfuhr ein Zischlaut. Sie zwang sich, gleichmäßig zu atmen und sich aufzurichten. *Ich werde nicht in Panik geraten,* befahl sie sich innerlich. *Ich lasse mich nicht kleinkriegen.*

»Was wollt Ihr den Meistern sagen, Euer Majestät?«, fragte Alet.

»Die Wahrheit«, antwortete Daleina. Ihre Stimme war fest, obwohl ihr innerlich nach Schreien zumute war. »Dass sie eine Thronanwärterin als mögliche Nachfolgerin für mich finden müssen, bevor ich sterbe.«

Kapitel 3

Die Kammer der Meister, hoch oben in den Wipfeln des Palastbaums, war weithin als ein Wunder bekannt. Es hieß, einhundert Baumgeister hätten zusammengearbeitet und sie unter dem Kommando einer lange verstorbenen Königin einst in einem einzigen Augenblick erschaffen. Der Saal war umschlossen von Bögen aus gewundenem Holz – lebendem Holz mit Blättern, die raschelten, wenn der Wind wehte. Sonnenlicht strömte in die Mitte des Saals und beleuchtete den Thron der Königin in einem formvollendeten Sternenmuster. Die Stühle der Meister waren rings um den Thron geschart, ein jeder Stuhl lebendig, wie eine Knospe aus dem Baum gewachsen. Da der Saal höher als die Wipfel der umliegenden Bäume war, konnte man ihn, ohne auf die Hilfe der Geister zurückzugreifen, nur erreichen, wenn man die Treppe hinaufstieg, die sich in Spiralen auf der Außenseite des gewaltigen Baumstamms hinaufwand.

Der Raum war unleugbar beeindruckend, aber heute konnte ihn Königin Daleina nicht ausstehen. Und sie hasste auch die namenlose Königin lang vergangener Zeiten, die es für eine großartige Idee gehalten hatte, eine so lange Treppe zu bauen.

Daleina raffte ihre Röcke und stieg höher hinauf. *Halb oben.* Sie könnte einen Luftgeist rufen, um sie nach oben zu fliegen, aber wenn sie ohnmächtig wurde … Allerlei Augen beobachteten sie von den Ästen her, sowohl menschliche als auch die von Geistern. Mit hocherhobenem Kinn setzte sie eine ausdruckslose Miene auf und stieg weiter, machte einen quälenden Schritt nach dem anderen.

Wenn ich natürlich wegen des Schmerzes ohnmächtig werde, den es mir bereitet, diese Treppe hinaufzusteigen …

Hamon hatte angeboten, sie zu begleiten. Alet hatte darauf bestanden. Daleina hatte sich über beide hinweggesetzt. Auch das Schmerzmittel hatte sie nicht genommen, noch nicht. Sie hatte nicht gewollt, dass es ihr klares Denken trübte. Wenn sie sich den Meistern stellte, brauchte sie einen klaren Verstand. Nicht alle Meister mochten sie – sie als Königin zu sehen war für sie eine ständige Erinnerung daran, dass die von ihnen erwählten Kandidatinnen gestorben waren. Sie fragte sich, wie viele von ihnen insgeheim froh sein würden zu erfahren, dass sie todkrank war, und dann verscheuchte sie den Gedanken so schnell wieder, wie er in ihr aufgetaucht war. *Es spielt keine Rolle, was sie empfinden; es zählt allein, was sie tun.*

Und was ihre eigenen Gefühle betraf … die spielten auch keine Rolle. Sie konnte sich nicht erlauben, etwas zu fühlen. Sie musste so herzlos sein wie ein Stein, so gefühllos wie ein See und so standhaft wie ein Baum. In dieser Hinsicht half der Schmerz. Sie konnte nicht über ihre Gefühle nachgrübeln, wenn sie sich darauf konzentrieren musste, nicht bei jedem Schritt Flüche in die Welt zu brüllen wie ein Holzfäller unten vom Waldboden.

Als sie den Saal der Meister erreichte, lief ihr der Schweiß als Rinnsal den Rücken hinunter, und ihre Wangen fühlten sich heiß an. Mit pochendem Bein ließ sie sich auf den hölzernen Thron sinken. Sie gestattete sich einen Moment, um durchzuatmen, dann drückte sie den

Rücken durch, zwang sich zu einer ausdruckslosen Miene, faltete die Hände im Schoß und wartete.

Einer nach dem anderen kamen ihre Meister.

Sevrin aus den Wäldern des Nordens, sein Bart schwarz und seine Augen noch schwärzer, mit einer Axt auf dem Rücken und einem Schwert an der Seite. Er war der Meister Berras gewesen, einer Thronanwärterin, der Daleina vor ihrem Tod nur einmal begegnet war.

Piriandra aus dem Osten in der Nähe der Berge, ihr Gesicht vernarbt von einem Kampf mit Holzgeistern – einem Kampf, den sie gewonnen hatte, obwohl es ihr selbst an magischen Kräften mangelte. Den Geschichten zufolge hatte sie sie mit bloßen Händen, scharfen Steinen und ihrem schlauen Verstand bekämpft. Aber all ihre Stärke hatte ihr nichts geholfen, als sich Linna, ihre Kandidatin und eine von Daleinas liebsten Freundinnen, im Krönungshain befunden hatte.

Havtru aus einem der äußeren Dörfer, der Beerenpflücker gewesen war, bis ein Erdgeist seine Frau getötet hatte. Er war neu in ihrer Runde, aber die Erfahrung von Verlust war ihm nichts Neues.

Ambir. Tilden. Gura. Und weitere, bis der Saal voller Krieger war. Viele von ihnen erinnerten Daleina an ihre verlorenen Freundinnen. Doch sie bemerkte, dass mehrere Stühle frei blieben. Einer der fehlenden Meister war in einem Scharmützel mit Banditen an der Grenze zu Semo verletzt worden. Drei andere waren zu weit entfernt, um herbeigerufen zu werden, sie waren ganz und gar damit beschäftigt, draußen im Wald ihre neuen Kandidatinnen auszubilden – ihnen würde man eine Nachricht schicken müssen. Und der Letzte ... Gerade als sie sich fragte, wo er denn war, betrat auch der letzte Meister den Saal: Ven, Daleinas eigener Meister, der sie als seine Kandidatin erwählt hatte, der an sie geglaubt und sie ausgebildet und sie kein einziges Mal im Stich gelassen hatte, auch nicht, nachdem sie selbst aufgehört hatte, an sich zu glauben. Während sie ihn ansah, spürte sie einen Kloß in der Kehle. Ihn würde die Neuigkeit am härtesten treffen. Sie hatten so viel gemeinsam überlebt, zu viel, um jetzt gegen eine Krankheit zu verlieren, gegen die man nicht kämpfen konnte …

Nein, befahl sie sich. Sie würde nicht in Selbstmitleid vergehen. Sie würde tun, was getan werden musste, so wie sie es immer tat, so wie Königinnen von Renthia es immer machten.

Trotzdem ließ Daleina ihren Blick auf ihm ruhen, wie er nun durch den Raum ging, seine Stiefel lautlos über den Holzboden schritten. Er trug Jägergrün und Braun, die perfekten Farben, um ihn ganz mit den Bäumen verschmelzen zu lassen, kam mit Pfeil und Bogen über dem Rücken und einem Schwert an der Hüfte. Sie erinnerte sich an ihre erste Begegnung mit ihm, als sie zehn Jahre alt gewesen war. Er war von Ast zu Ast gesprungen wie ein Held aus einem Märchen und hatte versucht, ihr dem Untergang geweihtes Dorf zu retten.

Ven legte Bogen und Köcher neben seinen Stuhl und setzte sich. Er streckte die Beine aus und überkreuzte die Füße an den Knöcheln. Für die anderen Meister hatte er nicht einmal einen Blick übrig; er sah nur sie an. Sie fragte sich, was er in ihrem Gesicht las: Kummer in ihren Augen, Reue oder Zorn, oder wirkte sie lediglich müde? *Wenn ich ihn nur vor dieser Sache hier schützen könnte.* Er betrachtete sie unverwandt, seine hellen blauen Augen stets auf sie gerichtet. Als sie Alet aufgetragen hatte, die Meister zusammenzurufen, als sie hier heraufgeklettert war, um ihnen die Neuigkeiten mitzuteilen, hatte sie gewusst, dass es nicht leicht werden würde.

Aber sie hatte nicht daran gedacht, wie schwierig es sein würde, es gerade ihm zu sagen.

»Euer Majestät, was verlangt die Krone von uns?«, fragte Piriandra. Sie sprach knapp und abgehackt, als wolle sie keine Zeit mit Worten verschwenden. Meisterin Piriandra, wie Daleina wusste, gehörte zu jenen, die ihr nicht verziehen hatten, dass sie Königin geworden war. Sie hatte Daleina als Kandidatin abgelehnt und für nicht gut genug befunden, hatte geglaubt, dass Linna eine bessere Königin abgeben würde. Daleina hätte das leichter ertragen, wenn sie in diesem Punkt nicht mit Piriandra ganz einer Meinung gewesen wäre – Linna hätte tatsächlich Königin werden sollen oder Iondra oder Zie oder *irgendeine* von ihnen. Irgendjemand, nur nicht Daleina.

Reichlich verspätet begriff Daleina, dass, während sie ihren Gedanken nachgehangen hatte, die Meister geduldig darauf gewartet hatten, dass sie das Wort ergriff. Sie merkte, dass sie errötete, und mühte sich, ihren Gesichtsausdruck unter Kontrolle zu behalten. Sie war die Königin, solange sie lebte. Sie musste wie eine Königin wirken und sich entsprechend benehmen, selbst wenn sie sich wie ein Schulmädchen vorkam, das mit gestohlenen Gewändern Verkleiden spielte. »Die Kunde von dem, was ich gleich sagen werde, darf diesen Raum nicht verlassen. Ihr müsst mir darauf euer Wort geben. Solange ihr nicht in eine Situation geratet, in der die Notwendigkeit, darüber zu sprechen, die dadurch entstehenden Nachteile aufwiegt, müsst ihr Stillschweigen bewahren. Ich vertraue darauf, dass ihr das gegebenenfalls sorgfältig abwägt.«

Sie hörte das Knarren von Holz, als die Meister auf ihren Stühlen hochfuhren. Jetzt hatte sie ohne Frage ihre Aufmerksamkeit. Königin Daleina sah sie alle der Reihe nach an, nun absichtlich schweigend, um sie alle den Ernst der Lage spüren zu lassen.

»Habt Ihr Sicherheitsvorkehrungen getroffen?«, fragte Ven.

Ihr Blick wanderte zu ihm. Das war die Frage eines Lehrers, und sie war eine hervorragende Schülerin gewesen. »Natürlich«, bestätigte sie. Es gab nirgendwo in der Nähe des Saals Geister. Dessen war sie sich sicher. Sie waren unten in den Bäumen, außer Hörweite – sie war immer gut darin gewesen, Geister zu spüren, auch schon bevor sie die Macht einer Königin besessen hatte. Sie konnte die Geister fühlen, ohne sie zu befehligen, ohne das Risiko einzugehen, einen weiteren falschen Tod auszulösen. Sie wusste außerdem, dass Alet am Fuß der Treppe Wache hielt, um zu verhindern, dass sich menschliche Lauscher zu nahe heranschleichen konnten.

Er nickte beifällig.

Es war erstaunlich, wie sehr ihr das Kraft gab. Sie würde immer noch alles für dieses Wohlwollen seinerseits tun. Er war strenger mit ihr gewesen als jeder Lehrer an der Akademie, hatte sie täglich auf die Probe gestellt und gezwungen, Geister abzuwehren, während sie aß, schlief oder reiste.

Er hatte ihren Körper und ihren Geist ausgebildet. *Es tut mir leid, Ven.* Sie schuldete ihm so viel. Sie hätte eine lange Regierungszeit haben, hätte ihr Volk über Jahrzehnte hinweg beschützen sollen. Sie hatte das Gefühl, als würde sie ihn verraten.

Er verzog die Lippen zu einem finsteren Gesichtsausdruck, und sie wusste, dass er etwas in ihren Zügen wahrgenommen hatte, das ihm nicht gefiel, etwas, das sie nicht hatte zeigen wollen. Ihre Hände zitterten. Sie hatte sich ganzen Horden von Geistern gestellt, den Willen von

Hunderten kontrolliert, aber sich selbst in diesem Raum unter Kontrolle zu halten war schwieriger.

Während sie darum kämpfte, stark und ruhig zu bleiben, stand Ven auf und kam zu ihr herüber. Er kniete vor ihrem Thron nieder und ergriff ihre Hände. Seine vernarbten kräftigen Finger legten sich um die ihren und verbargen ihr Zittern. Während die Berührungen Hamons und Alets voller Mitleid waren, gab die seine ihr Kraft. »Ihr habt Befehle für uns, Herrin«, begann er. »Wir werden gehorchen. Wir stehen zu Eurer Verfügung.«

Seinem Beispiel folgend erhoben sich auch alle anderen Meister von ihren Stühlen – einige schnell und einige langsam – und knieten nieder. Durch seinen melodramatischen Auftritt hatte Ven geschickt eine Botschaft übermittelt: Es handelte sich hier um kein gewöhnliches Treffen. Und gleichzeitig hatte er die anderen daran erinnert, dass Daleina Königin war, keine Kandidatin oder Thronanwärterin, während er sie zugleich von Daleinas Unbehagen abgelenkt hatte. Sie schuldete ihm Dank, wieder einmal.

Königin Daleina erhob die Stimme, sodass alle Meister sie hören konnten, und erklärte: »Ich habe nur einen einzigen Befehl für euch: Findet eine Thronanwärterin als mögliche Nachfolgerin für mich.«

Sie sah sie Blicke wechseln.

»Euer Majestät«, ergriff Sevrin das Wort. Seine Stimme war weltmännisch und elegant wie immer. »Viele von uns haben bereits Kandidatinnen erwählt. Tatsächlich haben wir gleich am Tag nach dem Massaker mit der Suche begonnen. Aber es kostet Zeit, eine geeignete Kandidatin heranzubilden, und angesichts des Ernsts der …«

Sie schüttelte den Kopf. »Sorgt dafür, dass eine Thronanwärterin bereit ist. Nicht nach Euren Zeitmaßstäben. Sondern nach meinen. Ich gebe euch drei Monate.«

Vens Griff um ihre Hände wurde fester, während die anderen Meister anfingen, wild durcheinander zu reden und sich gegenseitig übertönten, sodass sie sich anhörten wie von ihren Ruheplätzen aufgescheuchte Vögel. Daleina wartete, ließ die Äußerungen aus ihnen herausplatzen, bis sie sich zu wiederholen begannen. Sie sah in Vens wasserblaue Augen und ließ sich von ihnen trösten, als schaue sie über die Wipfel der Bäume, über Aratays grünes Meer hinaus.

Endlich verstummten die Meister.

»Ich habe den Falschen Tod«, sagte Königin Daleina. Es laut auszusprechen tat weh, jedes Wort traf ihr Herz wie ein Hammer. Die Wörter schmeckten in ihrem Mund wie Gift, und zum ersten Mal erschien es ihr wirklich, was sie da sagte. Dennoch ließ sie nicht zu, dass ihr Gesichtsausdruck sich veränderte.

Das Schweigen vertiefte sich.

Ven ließ sie los und stand auf.

Sie schaute zu ihm auf. Die Sonne war hinter ihm, und sein Gesicht lag im Schatten. »Ihr müsst eure Thronanwärterinnen ausgebildet haben, ehe drei Monate vorüber sind«, eröffnete sie ihm.

»Unmöglich!«, rief Sevrin. Auch andere wurden laut, wiederholten seinen Ausruf.

»Es bleibt kein Zweifel.« Daleina hielt den Blick fest auf Ven gerichtet. »Es ist jetzt etliche Male schwarz um mich herum geworden. Mein Blut wurde untersucht. Die Diagnose ist gesichert.« Ven biss die Zähne zusammen, und Daleina sah die Muskeln in seiner Wange zucken. Sein ganzer Körper war angespannt, als wolle er etwas oder jemanden schlagen. Es war, so fand sie, eine durch und durch angemessene Reaktion. Wenn sie die Krankheit aus ihrem Körper hätte prügeln können, so hätte sie es getan. »Meister Ven, nehmt auf Eurem Stuhl Platz.«

Er gehorchte.

Einem der Meister, Ambir, rollten Tränen über die wettergegerbten Wangen. Er war der Älteste von ihnen, und Daleina wusste, dass er gehofft hatte, in den Ruhestand treten zu können, ohne sich noch einer weiteren Thronprüfung stellen zu müssen. Er hatte seine Kandidatin, Mari, in Graubaum verloren, und es hatte ihn innerlich so gründlich gebrochen, wie die Geister Maris Knochen gebrochen hatten. Auf der anderen Seite des Raums warf Meisterin Piriandra eines ihrer Messer von einer Hand in die andere, eine nervöse Angewohnheit.

»Mein Heiler arbeitet an einem Mittel dagegen«, fuhr Daleina fort. Als nun die Meister durcheinanderzureden begannen, hob sie die Hand, um sie zum Schweigen zu bringen. »Aber da bisher kein Heilmittel bekannt ist, müssen wir uns so verhalten, als wären seine Bemühungen zum Scheitern verurteilt. Wer von euch noch keine Kandidatin hat, muss so schnell wie möglich eine auswählen. Wer schon eine angenommen hat, muss deren Unterricht vorantreiben. Ihr alle werdet mir in zwei Wochen die Kandidatin eurer Wahl vorstellen. Das sind vierzehn Tage, verstanden? Sobald ich mich mit euren Kandidatinnen einverstanden erklärt und sie anerkannt habe, habt ihr einen Monat Zeit, um sie alle auszubilden, und dann werden wir mit den Thronprüfungen beginnen, um festzustellen, welche von ihnen befähigt sind, Thronanwärterinnen zu werden.« Normalerweise war die Regel: Zuerst die Ausbildung und dann eine Audienz bei der Königin, aber diese umgekehrte Vorgehensweise würde ihnen einen zusätzlichen Antrieb geben und die Sache beschleunigen.

Havtru, ein anderer Meister, ergriff das Wort. »Ihr habt von drei Monaten gesprochen.«

»Ich werde schon früher schwach werden«, erklärte sie. »Es wäre schade, würde ich zu schwach werden, um euren Kandidatinnen zu helfen, bloß weil ihr zu langsam gewesen seid.«

»Es gibt keine Kandidatinnen, die weit genug sind«, wandte Sevrin ein. »Ein Monat ist unmöglich!«

Daleina und ihre Freundinnen hatten nur einige wenige Monate Zeit gehabt, um mit ihren Meistern zu trainieren, als Königin Fara die Thronprüfungen angesetzt hatte. Natürlich, sie alle hatten davor Jahre an der Akademie zugebracht. Sie musste davon ausgehen, dass die meisten der neuen Kandidatinnen viel weniger Erfahrung besaßen. Aber welche andere Wahl hatten sie? »Das ist nun einmal die Zeit, die wir haben. Die Zeit, die *ich* habe. Schätzt euch glücklich, überhaupt eine solche Vorankündigung zu erhalten.« Sie spürte, wie sie wütend wurde. *Gut. Sei wütend.* Wut würde sie antreiben. Sie ließ sich von ihrem Wutgefühl tragen, stand auf und ignorierte den Schmerz in ihrem Bein. »Meine Meister, Aratay braucht euch, und ich fordere euch hiermit auf, entsprechend zu handeln. Ihr habt eure Fähigkeiten schon zuvor unter Beweis gestellt. Ihr müsst es wieder tun. Denn wenn ihr versagt, wird unser Volk mit euch untergehen.«

Ven beugte sich vor. »Wir werden Euch nicht enttäuschen, meine Königin.«

Sevrin fing an: »Aber wir müssen besprechen …«

Daleina fiel ihm ins Wort. »Die Besprechung ist vorüber. Es gibt nichts mehr zu sagen. Eure Königin stirbt, ohne eine Thronanwärterin zu haben. Ihr habt geschworen, eine Thronanwärterin darauf vorzubereiten, Königin zu werden. Das ist eure Pflicht. Und diesmal muss es euch sehr schnell gelingen. Ich lege euch ans Herz, gleich damit anzufangen.«

Ven sprang sofort auf, ebenso die anderen Meister. Alle gleichzeitig verneigten sie sich und verharrten in gebeugter Haltung, als Königin Daleina an ihnen vorbei zur Treppe rauschte. Sie schaute nicht zurück. Das Kinn hocherhoben, den Rücken gerade, stieg sie die Stufen hinunter, die Hand auf dem Baumstamm. Die Rinde zerkratzte ihre Fingerkuppen. Der Schmerz in ihrem Bein strahlte in ihren ganzen Körper aus, und ihr Kopf hämmerte. *Geh weiter. Brich nicht zusammen. Du schaffst das.*

An der Stelle, an der die Treppe eine Biegung hinein in das Herz des Palasts beschrieb, wartete Alet auf sie. Sobald sie ins Innere getreten war, wo die Beobachter sie nicht sehen konnten, stützte sich Daleina auf ihre Freundin. Alet zog ein Taschentuch hervor und wischte der Königin den Schweiß von der Stirn. »Wie haben sie die Neuigkeit aufgenommen, Euer Majestät?«

»Nicht so heldenhaft, wie man es sich vielleicht erhofft hätte.« Daleina blickte zur Treppe zurück, die sich um den Baum und außer Sicht wand, als würde sie vom Grün verschluckt. »Sie haben Angst.«

»Aber sie werden eine Thronanwärterin für Euch finden?«, fragte Alet.

Sie hörte die Hoffnung in Alets Stimme, hatte aber nicht mehr genug Kraft, um zu lügen. »Sie werden es versuchen.«

Nachdem sie die Ungestörtheit ihrer Gemächer erreicht hatte, schälte Königin Daleina die Verbände von ihrem Bein. Die Wunde hatte sich wieder geöffnet, und Blut durchtränkte den Verbandsmull. Sie musste die Verletzung neu verbinden. Aber zuerst musste sie sich ausruhen, nur für einen Moment. Sie lehnte sich zurück, schloss die Augen, atmete ein und aus und versuchte, ruhig, gelassen und bei klarem Verstand zu bleiben.

Plötzlich hörte sie ein Zischen, und als sie die Augen öffnete, sah sie einen Holzgeist auf der Rückenlehne eines Stuhls hocken.

»Ich habe dich nicht gerufen«, sagte Daleina. Die Augen des Geistes leuchteten, als spiegele sich die Sonne in den eingefallenen Augenhöhlen wider, aber der Geist selbst befand sich zur Gänze im Schatten. Sie sah die Umrisse ihres Kleiderschranks durch den durchsichtigen Körper des Geistes.

Dieser Geist war klein und knorrig, mit Armen und Beinen, die wie Zweige aussahen. Er war von Blättern bedeckt, als seien sie sein Fell. Daleina fand, er wirkte wie ein Kind, aber das hieß nicht, dass sie ihm vertraute.

Er deutete mit seinem zweigartigen Finger auf das Blut an ihrem Bein.

»Bist du gekommen, um mich bluten zu sehen?«, fragte sie, mit betont gleichmäßiger und ruhiger Stimme.

Der Geist kicherte, ein schrilles Geräusch wie Wind, der durch ein enges Loch pfeift. Sie war noch nie zuvor in ihren Gemächern von einem Geist besucht worden. Für gewöhnlich hielten sie Abstand, weil sie Angst hatten, dass man sie zwingen würde, einem weiteren Befehl Folge zu leisten. »Ich bin gekommen, um Euch sterben zu sehen«, antwortete der Geist.

Die Worte waren wie Krallen auf ihrer Haut. Es war selten, dass Geister das Wort direkt an sie richteten, erst recht nicht unaufgefordert. Für einen Augenblick fiel ihr das Atmen schwer. Sie wollte ihn wegschicken – ihn wegzwingen –, aber sie wagte es nicht, sich ihrer Macht zu bedienen. »Woher weißt du davon?«

»Es wispert durch die Wälder.«

Sie nickte. Mit so etwas hätte sie rechnen sollen. Die Geister konnten sich auf die gleiche Weise miteinander in Verbindung setzen wie Daleina. Sie hatte dort in dem Hain Glück gehabt, dass sie wieder erwacht war, bevor die Nachricht von ihrem angeblichen Tod die Runde gemacht hatte. »Ich werde nicht zulassen, dass ihr meinem Volk schadet«, ließ sie den Geist wissen.

Plötzlich war der Baumgeist neben ihr, so schnell, dass sie noch nicht einmal gesehen hatte, wie er sich bewegte. Er roch nach verfaulendem Holz, das im Regen aufgebrochen war, und lächelte mit seinen haifischartigen Zähnen. Jetzt streichelte er ihr mit einem Finger über die Wange, sachte, regelrecht zärtlich. »Wir werden ihnen nichts tun … solange Ihr lebt.«

»Und wenn ich sterbe?« Sie hatte die Frage nicht stellen wollen. Sie kannte die Antwort. Aber die Worte brachen trotzdem aus ihr heraus.

Der Holzgeist gab keine Antwort. Er lachte nur wieder, dann sprang er zum Fenster und war draußen. Im selben Moment ertönte von der Tür ihres Gemachs her ein Klopfen. Sie starrte auf das offene Fenster, auf das Grün draußen.

Ein weiteres Klopfen.

Daleina griff nach einer Decke, warf sie über ihr Bein und verbarg die Verletzung. Als der Stoff sie berührte, zuckte sie zusammen. »Kommandantin Alet, wer ist da?«

»Heiler Hamon ist gekommen, um nach Euch zu sehen.« Es war eine andere Wache, die antwortete, nicht Alet. Sie erkannte die Stimme, auch wenn sie sich an den Namen der Wache nicht erinnerte.

»Lasst ihn herein«, befahl Daleina. »Und sagt bitte allen weiter, dass Heiler Hamon immer hereingelassen werden soll.« Verzögerungen, wenn ihr Heiler zu ihr kam, konnte sie am allerwenigsten gebrauchen. Sie fragte sich, wo Alet war.

Hamon trat ein und schloss die Tür hinter sich. Daleina entspannte sich und nahm die Decke weg. Kühle Luft strich über die offene Wunde. Wortlos trat er mit einer Schale Wasser und einem Waschlappen zu ihr hin. Sie zuckte zusammen, als er begann, die Wunde zu säubern. Wieder einmal.

Ohne sie anzusehen, sagte er: »Ich werde ein Heilmittel finden.«

»Es gibt kein Heilmittel, Hamon.« Sie wusste, dass ihre Stimme müde klang, aber sie gab sich keine Mühe, ihre Müdigkeit zu verbergen. Nicht bei Hamon. Er hatte sie in ihren schlimmsten Stunden erlebt und war zurückgekommen – bei ihm brauchte sie sich nicht zu verstellen. »Wir müssen es irgendwie schaffen vorherzusehen, wann ich einen falschen Tod erleiden werde. Wenn Geister in der Nähe sind, sobald es geschieht, oder schlimmer noch, wenn sie dabei mit mir verbunden sind und wissen, dass ich …« – sie konnte sich nicht dazu überwinden, das Wort »tot« zu verwenden – »… bewusstlos bin, dann werden weitere Menschen sterben. Wir müssen die Zahl der Tode möglichst gering halten, bis eine Thronanwärterin gefunden ist. So viel Zeit gewinnen, wie wir können.«

»Und ein Heilmittel finden.«

»Mach mir nichts vor, Hamon«, ermahnte sie ihn sanft. »Hier sind nur wir beide im Raum. Niemand ist je wieder vom Falschen Tod genesen. Wir wissen nicht einmal, was ihn verursacht!« Ihr war klar, dass es ihn innerlich zerreißen musste, sie nicht gesund machen zu können. Er war Heiler geworden, weil er das Bedürfnis verspürte, wieder heil zu machen, was in die Brüche gegangen war.

Das schätzte sie an ihm. Während sie nun sein Gesicht musterte, die Haltung seiner Schultern, die Ruhe seiner Hände, als er ihr Bein neu verband, kam ihr in den Sinn, dass das nicht ganz zutreffend war. Sie schätzte *ihn,* und sie hatte es ihm nie gesagt. Sie hatte ihn nach Königin Faras Tod weggestoßen, so, wie er sie auch von sich gestoßen hatte. Es war ihnen nicht gelungen, den Weg zurück zueinander zu finden. Doch wenn ihre Zeit jetzt so kostbar war, würde sie dafür sorgen, dass die anderen Dinge, die ihr kostbar waren, nicht noch länger vernachlässigt wurden.

Sein Gesicht war ernst. »Ich würde dich niemals belügen, meine Königin.«

»Du belügst mich jeden Tag, und ich belüge dich.« Sanft, sehr sanft drückte sie ihre Lippen auf die seinen. Seine Augen weiteten sich vor Überraschung. Sie war diejenige gewesen, die erklärt hatte, dass sich die Dinge ändern würden, wenn sie Königin Fara töteten; und sie hatte recht gehabt. Aber vielleicht war es an der Zeit, dass sich die Dinge abermals änderten. »Kannst du mich daran erinnern, dass ich noch lebendig bin?«

»Ja, meine Königin.« Er nahm sie sanft in die Arme, und als sie ihn diesmal küsste, erwiderte er ihren Kuss. Sie schmeckte seine Tränen auf den Lippen.

Kapitel 4

Während die anderen Meister einer nach dem anderen den Raum verließen, legte Ven die Hand auf den Thron der Königin. So wie das Holz der Stühle, war auch das Holz des Throns lebendig. Lebende Blätter wanden sich über seine Oberseite, und Äste waren an der Rückenlehne zu Mustern verwoben. Ven war in dem Moment, da sie die Nachricht überbracht hatte, die ihnen allen das Herz brach, so ungemein stolz auf sie gewesen. Sie hatte sich gehalten wie eine wahre Königin. Er hatte keinen Zweifel daran, dass sie, sobald sie davon erfahren hatte, innerhalb von Minuten sogleich alle Meister hatte zusammenrufen lassen. Noch bevor sie sich eigenen Kummer erlaubt hatte, hatte sie zuerst an ihr Volk gedacht und daran, was ihr Tod für ihre Untertanen bedeuten würde.

Ihr Tod … So ein hässliches Wort. An jedem Tag und zu jeder Stunde ihrer Ausbildung hätte Daleina den Tod finden können, ermordet von den Geistern, die sie zu beherrschen trachtete, aber er hatte sich nie gestattet zu glauben, dass es tatsächlich geschehen könnte. Nach Satas Tod war sie seine strahlende Hoffnung für die Zukunft gewesen. Und jetzt … »Wie geht es ihr?«, fragte er laut.

»Nicht gut«, erklang eine Frauenstimme – Kommandantin Alet, die Wache der Königin. Sie war lautlos eingetreten, aber Ven hatte sie trotzdem gehört. »Während des

Rituals sind sieben Männer und Frauen gestorben. Sie hat die Kontrolle über die Geister verloren.«

Als er das hörte, hatte er das Gefühl, binnen eines einzigen Tages um ein Jahrzehnt gealtert zu sein. Bei Königin Fara hatte er befürchtet, dass sie dabei gewesen war, die Kontrolle zu verlieren, und dann herausgefunden, dass die Wahrheit noch schlimmer war. Daleina hatte geschworen, dass während ihrer Regierungszeit kein Unschuldiger sterben würde – der Tod dieser Menschen musste sie innerlich zerrissen haben. »Davon hat sie nicht gesprochen.«

Alet antwortete nicht.

»Leidet sie Schmerzen?«

»Einer der Geister hat gerade auf ihrem Bein herumgekaut, als sie aufgewacht ist. Und dann ist sie diese aberwitzige Treppe bis ganz oben hinaufgestiegen, ohne auf ihre Verletzungen zu achten. Also würde ich sagen, ja, sie leidet Schmerzen, aber sie wird das leugnen, bis sie nicht mehr kann. Ihr seid ihr ein guter Lehrmeister gewesen.«

Er fragte sich, ob er zu ihr gehen sollte. Sie hatte einen Befehl ausgesprochen, aber schließlich gab es jede Menge weiterer Meister, die eine Thronanwärterin für sie finden konnten, und vielleicht brauchte sie ihn an ihrer Seite.

Andererseits, was konnte er tun? *Sie braucht kein Mitleid, sie braucht Taten. Und ein Heilmittel, das es nicht gibt.* Ven nahm die Hand vom Thron. »Wenn Ihr die Königin seht …«

»Ihr werdet wohl jemand anderen suchen müssen, der Eure Nachricht überbringt«, unterbrach ihn Alet. »Ich komme mit Euch. Ihr seid der beste Meister, den Aratay hat. Wenn jemand die nächste Thronanwärterin findet, dann Ihr.«

»Ich arbeite allein.«

»Um vorbereitet zu sein, muss Eure Kandidatin schneller ausgebildet werden als jede andere Kandidatin vor ihr, und da wird es helfen, einen zweiten Ausbilder zu haben.« Sie fügte hinzu: »Ihr wisst, dass ich Euch im Kampf besiegen kann.«

»Ihr tragt eine Verantwortung Königin Daleina gegenüber«, wandte Ven ein. »Und besiegen könntet Ihr mich auch nicht.« Es war mehr eine automatische Reaktion, da er sich nicht hundertprozentig sicher war, ob es wirklich stimmte – er hatte Alet im Übungsring gesehen. Sie war schnell und geschickt und außerdem mindestens zwei Jahrzehnte jünger als er. Er *sollte* in der Lage sein, ihr die Stirn zu bieten, aber er würde nicht darauf wetten.

Nicht, dass das seine Meinung geändert hätte.

»Jede Wache kann die Tür der Königin im Auge behalten«, sagte Alet, als könne sie seine Gedanken lesen. »Ihr wisst ebenso gut wie ich, dass Aratay so schnell wie möglich eine taugliche Thronanwärterin braucht. Königinnen haben kein sicheres Leben, mit oder ohne Krankheit.«

Ven musterte sie und dachte über ihre Worte nach. Beim letzten Mal, mit Daleina, hatte er einen Heiler mitgenommen, um sie auszubilden – Heiler Hamon –, aber er hatte noch nie in Erwägung gezogen, einen anderen Krieger mitzunehmen. Er hatte auch wirklich gemeint, was er gesagt hatte: Er arbeitete allein. Aber Alet war eine der besten Kämpferinnen, denen er je begegnet war, und das konnte ein unschätzbarer Vorteil sein. Er hatte sie kennengelernt, als er die Geister gejagt hatte, die seine ehemalige Kandidatin getötet hatten, die Thronanwärterin Sata. Alet war es auch gewesen, die Königin Faras Verrat offengelegt hatte. Später hatte er Alet in zeremonieller Rüstung vorgefunden, wie sie in irgendeinem unwichtigen Porträtsaal Wache stand, und sie hatte ihm mitgeteilt, dass ihre Fähigkeiten nutzlos vergeudet würden. Er hatte mit ihrem Befehlshaber gesprochen, der erklärt hatte, dass sie zur Strafe dort Dienst tue – sie hatte in einem Übungskampf mehrere Veteranen besiegt und nicht die Höflichkeit besessen, ihnen entsprechend zu salutieren. Ven hatte dem Vorgesetzten sehr genau mitgeteilt, was er von dieser Maßnahme hielt – sowie ihm zur Unterstreichung seines Standpunkts einige farbenprächtige blaue Flecken verpasst –, und am nächsten Tag war Alet wieder dem aktiven Dienst zugewiesen worden. Als Königin Daleina ihren Wohnsitz im Palast bezogen hatte, hatte sie Alet dazu auserkoren, sie zu bewachen, und sie hatte sie in den Rang einer Kommandantin erhoben.

Und doch wollte sie jetzt ebendiesen Posten aufgeben.

»Warum wollt Ihr das tun?«

»Königin Daleina wünscht eine Thronanwärterin.«

»Und?« Ven wartete ab.

»Und ich will nicht zusehen, wie sie stirbt.« Alet sah ihm nicht in die Augen. Ihr Blick war starr auf den leeren Thron gerichtet. »Nennt es feige, wenn Ihr wollt, aber es ist die Wahrheit.«

Doch so etwas hätte er niemals gesagt. Wie konnte er es feige nennen, wenn er selbst ganz genauso empfand? Er traf seine Entscheidung innerhalb von einer Sekunde. »Also gut. Unser erster Schritt besteht darin, eine Kandidatin auszuwählen.«

»Habt Ihr jemanden im Sinn?«

»Ich habe mir überlegt, mit der Nordost-Akademie anzufangen. Dort habe ich Daleina gefunden.« *Und dort ist auch Königin Fara ausgebildet worden.*

»Klingt vielversprechend. Geht voran.«

Er schritt zur Treppe, und Alet folgte ihm. Ihre Füße waren auf den Stufen so lautlos wie die Pfoten einer Katze. Jetzt, da er zur Tat schritt, fühlte er sich besser.

Über die Launenhaftigkeit des Schicksals nachzugrübeln würde Daleina nicht helfen. Seine Königin sah dem Tod ins Auge, und sie hatte keine Thronanwärterin, die sie beerben konnte. Ersteres konnte er nicht ändern, aber bei Letzterem konnte er Abhilfe schaffen – und er würde es tun.

Auf halbem Weg die Treppe hinunter sprang er von den Stufen auf den nächsten Baum. Er landete auf einem Ast, der unter seinem Gewicht nachgab. Balancierend lief er über den Ast. Neben ihm sprang Alet auf einen dickeren Ast und von dort aus auf einen schmaleren, den sie leichtfüßig entlanglief und Ven überholte. Da er schwerer war als sie, entschied sich Ven für eines der Seile und schwang sich an ihr vorbei. Sie beschleunigte ihr Tempo und sprang von Ast zu Ast, und Ven tat das Gleiche. In diesen kurzen Momenten spürte Ven den Wind auf dem Gesicht und er gestattete es sich, seinen Kopf frei von allen Gedanken zu machen.

Schließlich erreichten sie ihr Ziel. Mit einem mächtigen Satz warf sich Ven auf das Dach der Schule, wo die Glocken hingen, um die Schülerinnen zum Unterricht zu rufen. Er bekam einen Ast zu fassen und hielt sich fest.

Sechs alte Bäume schlangen sich ineinander, um die Schule zu bilden, ihre Rinde war zu einem einzigen Turm verschmolzen. Ursprünglich hatte man sie wachsen lassen, um eine Festung zur Verteidigung gegen Luftgeister zu bilden, dann hatte sich daraus eine Schule für jene entwickelt, die mehr als nur eine Art von Geistern zu kontrollieren vermochten, eine von mehreren solcher Schulen in Aratay. Weit unten, innerhalb des Kreises aus Holz auf dem Waldboden, lag der durch dichte Schichten von Blättern geschützte Übungsring. Einige Gestalten huschten die Wendeltreppen hinauf und hinab.

Das hier war der Ort, an dem er Daleina entdeckt hatte. Und genau hier würde er jetzt seine Kandidatin finden. Hoffte er jedenfalls.

Seit Daleinas Krönung war er nur wenige Male hier gewesen. Er hatte eigentlich vorgehabt, sich mehr um die Schule zu kümmern, aber dann war er allzu sehr damit beschäftigt gewesen, das Sicherheitspersonal im Palast zu beaufsichtigen und außerdem einen neuen Meister zu finden und auszubilden. Jetzt, wo seine Daleina auf dem Thron saß, hatte er noch nicht über Kandidatinnen, Thronprüfungen oder Thronanwärterinnen nachdenken wollen. *Kurzsichtig und dumm,* durchzuckte es ihn. Aber er würde das korrigieren.

»Sollen wir, oder würdet Ihr lieber noch länger untätig vor Euch hinbrüten?«, fragte Alet.

Ohne eine Antwort abzuwarten, huschte sie wie ein Eichhörnchen von Ast zu Ast, das Innere des Baums hinab. Ven nahm die Treppe und sah zu, wie sich Alet mit Schwüngen, Sprüngen, Wirbeln und Verdrehungen ihren Weg zum Waldboden hinab bahnte. Unten angekommen, verspürte er nach so vielen Treppen ein Stechen in den Knien, während Alet frisch und ausgeruht wirkte. Sie machte keine Bemerkung darüber, auch wenn er aus dem Funkeln in ihren Augen schloss, dass sie es bemerkt hatte. *Das war vielleicht ein Fehler.* Zusammen traten sie in den Übungsring.

Viele der Schülerinnen und Lehrer befanden sich dort, und er freute sich zu sehen, dass die Direktorin ebenfalls anwesend war. Direktorin Hanna war eine ältere Frau mit verblüffend weißem Haar und untadeliger Haltung, die diese Schule leitete, seit Ven denken konnte. Sie wählte jeden Lehrer selbst aus, legte jeden Stundenplan fest und überwachte jede Schülerin mit einer Aufmerksamkeit, wie sie ein General seiner Armee schenkte. Als er sie erreicht hatte, verneigte er sich vor ihr.

»Ah, Meister Ven! Wir haben Euch nicht erwartet.« Direktorin Hanna nahm seine Hände und küsste ihn auf die Wangen, rechts, dann links. Sie lächelte, was eine Seltenheit war, und die dunklen Schatten, die sie unter den Augen gehabt hatte, waren verblasst.

»Ihr seht gut aus, Frau Direktorin«, begrüßte er sie. »Darf ich Euch Kommandantin Alet vorstellen, Mitglied der königlichen Wache?«

Alet verbeugte sich ebenfalls, und die Direktorin neigte den Kopf, um sich dann wieder an Ven zu wenden. »Ihr seid uns eine ganze Weile nicht mehr besuchen gekommen.« Es war ein mütterlich wirkender Tadel, und er zuckte ein wenig zusammen, so wie es sich in einem solchen Fall gehörte. »Was führt Euch heute hierher?«

Es war nicht seine Art, um den heißen Brei herumzureden, nicht bei Hanna. »Ich bin hergekommen, um eine Kandidatin zu wählen.«

Sie musterte für einen Moment sein Gesicht. Beim letzten Mal, nach Satas Tod, hatte er nur deshalb eine Kandidatin gewählt, weil die Direktorin ihn dazu gedrängt hatte. Doch das war eine andere Zeit gewesen, denn damals war er bei der herrschenden Königin in Ungnade gefallen. Ven versuchte, seinem Gesicht einen gleichgültigen Ausdruck zu geben, und hoffte, dass sie den wahren Grund seines Besuchs nicht erriet. Er respektierte sie, aber nach Faras Tod vertraute er ihr nicht mehr. Sie würde tun, was sie für das Richtige für Aratay hielt, und auf die möglichen Folgen pfeifen. »Unsere Mädchen wollten gerade an ihrer Kontrolle über die Geister arbeiten. Ihr könnt ihnen gerne dabei zuschauen.« Hanna hakte sich bei Ven unter und führte ihn zu den Schülerinnen. »Natürlich hat keine von ihnen das Format der lieben Daleina, aber ich glaube, es wird Euch gefallen, wie gut sie sich machen. Ich bin mir sicher, welche auch immer Ihr auswählt, sie wird unter Eurer Anleitung blühen und gedeihen.« Er konnte keinen Sarkasmus in ihrer Stimme entdecken, obwohl doch Daleina weit davon entfernt gewesen war, die beste Schülerin zu sein. Sie hatte in all ihren theoretischen Kursen herausragende Leistungen gezeigt, sich aber schwergetan, wenn es um das Beschwören von Geistern ging – den einzigen Bereich, der hier wirklich zählte. Doch vielleicht hatte sie ihre Worte gar nicht um seinetwillen gewählt – sie schrieb vielmehr die Erzählung von Daleinas Geschichte zum Vorteil ihrer Akademie um. Er ließ sie gewähren.

Zusammen mit Alet stellte er sich an den Rand des Übungsrings. Es waren insgesamt vierundzwanzig Schülerinnen dort, alle in weichen Lederuniformen, das Haar zurückgebunden und die Gesichter von Dreck und Schweiß verschmiert – er hatte sie mitten in ihrer Übung unterbrochen. *So wenige?*, fragte er sich.

Auf den Befehl der Direktorin hin beschworen alle Schülerinnen nacheinander einen der kleineren, schwächeren Geister, wie sie im Moos, in Quellen und Windböen lebten. Sie versuchten, dem Geist eine Aufgabe zu erteilen, wie ein Baumblatt zu holen oder ein Lüftchen aufkommen zu lassen. Versagten sie in ihren Bemühungen, griff eine Lehrerin ein und verscheuchte die Geister.

»Ven, es sind Kinder.« Alets Stimme war ein Flüstern.

Als er die Schülerinnen anschaute, sie richtig anschaute, wurde ihm schwer ums Herz. *Sie hat recht,* dachte er. Es waren fast alles Erst- und Zweitklässlerinnen, nicht älter als sechzehn. Alle diese Mädchen waren von ihren Familien hierhergeschickt worden, weil sie gezeigt hatten, dass sie mehr als nur eine Art von Geist zu befehligen vermochten. Mädchen, die nur auf eine Art Geist Einfluss nehmen konnten, blieben zu Hause und gingen bei ihren heimischen Dorfhexen in die Lehre. Sie würden später einmal sehr wertvoll für ihre Gemeinschaft werden – aber bei *diesen* Mädchen hier hoffte man, dass sie wertvoll für das ganze Reich werden würden. Das Problem war, dass sie eben noch immer im Werden waren.

Es ist mehr als nur ein Problem, begriff Ven. *Es ist eine Katastrophe.*

»Direktorin Hanna, wo sind die älteren Schülerinnen?«

»Bereits erwählt oder fort«, kam die Antwort. »Nach der Krönung hatten wir einen Zustrom von Meistern, die auf der Suche nach neuen Kandidatinnen waren, und eine große Abwanderung von Schülerinnen, die sich für ein weniger gefährliches Leben entschieden haben. Das hier sind die Schülerinnen, die geblieben sind.«

Der Nachmittag zog sich in die Länge, bis endlich jedes der Mädchen seine sogenannten Fähigkeiten mehr als nur einmal mit einer Vielzahl von Geistern demonstriert hatte. Ven wurde immer schwerer ums Herz.

Endlich trat die Direktorin auf ihn zu. »Ihr wirkt nicht erfreut, Meister Ven.«

»Das ist sein normaler Gesichtsausdruck«, warf Alet ein.

Die Direktorin schenkte ihr ein kurzes Lächeln. »Ich kenne das Temperament unseres Lieblingsmeisters nur zu gut, Wächterin. Kommt, Meister Ven, was habt Ihr erwartet, nachdem die Krönung uns die Besten und Vielversprechendsten genommen hat?« In ihrer Stimme schwang ein scharfer Unterton mit, und Ven fragte sich flüchtig, ob sie ihm einen Vorwurf machte, tat aber dann den Gedanken ab. Niemand hätte vorhersehen können, was am Krönungstag geschehen war, als sich die Geister gegen die

Thronanwärterinnen gewandt hatten, statt eine von ihnen zu krönen. Er wusste noch immer nicht, wie es Daleina an jenem Tag geschafft hatte, den Sieg davonzutragen. Sie sprach niemals darüber.

Leise fragte er: »Hat irgendeine von ihnen eine Begabung im Umgang mit allen Arten von Geistern?«

»Natürlich, Meister Ven, die haben sie alle, oder sie werden sie entwickeln. Jede, die auf ihrer jeweiligen Fortbildungsstufe in der Eignungsprüfung ihrer grundlegenden Fähigkeiten versagt, wird sofort nach Hause geschickt. Keine der gegenwärtigen Schülerinnen hat schon die Stufe der Meisterschaft erreicht, aber sie arbeiten alle hart an sich, und ich bin überzeugt, Ihr werdet ihr Talent erkennen.«

Ohne zu antworten, drehte er sich wieder zum Übungsring um. Ein Erdgeist, der nicht größer war als ein Maulwurf, hatte gerade ein jüngeres Mädchen flach auf den Rücken geworfen. Der Geist stürzte sich auf den Knöchel eines ihrer Füße und hatte schon zugebissen, ehe eine der Lehrerinnen eingreifen konnte.

Ich kann das nicht. Er würde sie in ein Gemetzel führen. Daleina und die anderen jungen Frauen waren zu Beginn der Thronprüfungen zumindest alle fertig ausgebildet gewesen.

Er richtete seine Aufmerksamkeit auf die Lehrerinnen und hoffte gegen alle Vernunft, bei einer von ihnen den richtigen Funken der Macht zu entdecken. Diese Frauen waren älter, erfahrener, aber keine von ihnen beherrschte alle Geister oder hatte auch nur die Anlage dafür. Die meisten verstanden sich nur auf eine Art von Geist, was auch der Grund dafür war, warum so viele Lehrerinnen anwesend waren. Eine (oder mehrere) für jede Art Geist: Luft, Erde, Wasser, Holz, Eis und Feuer. Sie wechselten sich darin ab, die Schülerinnen zu unterrichten und für ihren Schutz zu sorgen, und ihre Ausbildung war streng und hart, aber erfolgreich – diese Schule hatte im Laufe der Jahre mehrere Königinnen hervorgebracht, darunter Königin Daleina und die gegenwärtige Königin von Semo in den nördlichen Bergen, die mitten in ihrer Ausbildung die Länder gewechselt hatte. Berichte ließen darauf schließen, dass sie gut für Semo geeignet war, da ihre stärkste Verbindung den Erdgeistern galt, und die Berge beherbergten ebenso viele Erdgeister, wie es in Aratay Holzgeister gab. Aber die bloße Anlage zu späterer Größe löste sein unmittelbares Problem nicht.

»Welche werdet Ihr wählen?«, fragte Alet. »Die Rothaarige macht einen vielversprechenden Eindruck.« Sie zeigte auf ein drahtiges Mädchen, das in einer Ecke des Übungsfeldes mit dem Schwert trainierte.

Ven brummte. Das Mädchen konnte nicht älter als fünfzehn sein. Sie war dürr und schlaksig, nur Knochen und Muskeln, die sich gerade erst herauszubilden begannen. Ihre Lippen waren zu einer schmalen Linie der Entschlossenheit zusammengepresst. »Sie weiß, was sie will, und verliert es nicht aus dem Blick«, räumte er ein. Aber war das auch genug? Er hatte Daleina wegen ihrer Entschlossenheit erwählt. Vom Augenblick ihrer ersten Begegnung an hatte er gewusst, dass sie eine gute Königin abgeben würde. Nein, eine großartige Königin.

Und das wäre sie auch geworden, dachte er. *Sie wäre eine unserer größten geworden. Wenn sie die Zeit dazu gehabt hätte.* Seine Fäuste waren geballt. Er entspannte sie bewusst und schüttelte die Hände aus. Das war in der Tat das Problem: Zeit. Sie hatten nicht genug Zeit, irgendeines dieser Mädchen zu der Frau heranwachsen zu lassen, die das Land brauchte.

Abrupt wandte er sich ab und schritt aus dem Übungsring, durch die Eingangshalle und hinaus aus der Akademie. Er hörte, dass Alet ihm folgte. Erst als er so weit entfernt war, dass er weder die Mädchen noch ihre Lehrerinnen hören konnte, blieb er stehen.

Eine graue Gestalt huschte zwischen Baumstämmen hindurch. Ven kniete sich hin, streckte die Hand aus, und ein Wolf kam hervorgetrottet, wie ein Hund. Er schnupperte an Vens Fingern, und Ven kraulte ihn hinter den Ohren. Bayn mochte die Hauptstadt nicht, und Ven machte ihm das nicht zum Vorwurf. »Ich nehme nicht an, dass Ihr irgendeine Macht über Geister habt«, bemerkte er zu Alet, ohne sich umzudrehen.

Sie stieß ein freudloses Lachen aus. »Ich? Nicht die geringste. Daher habe ich auch so ausgeprägte Kampfkünste entwickelt.«

Niemand wusste, warum manche mit Macht über die Geister geboren wurden und andere ohne. Niemand wusste, warum es nur Frauen waren, und niemand wusste, warum einige mehr Macht hatten als andere. Manchmal wurde die Anlage von der Mutter auf die Tochter vererbt und manchmal nicht. Manchmal zeigte sich die Macht bereits früh und manchmal erst spät. Aber in jeder Generation gab es zumindest ein paar wenige Frauen, die genug Macht hatten, um die Geister zu lenken, und die die nötige Geisteskraft besaßen, um Königin zu werden. Das Problem bestand darin, eine von ihnen zu finden. »Hier werden wir sie nicht entdecken«, entschied Ven.

Bayn beobachtete ihn unverwandt. Er war ein unheimliches Geschöpf, so intelligent und aufgeweckt, dass Ven manchmal vergaß, dass er nur ein Tier war. Ven stellte fest, dass er Bayn so ansah, als erwarte er, dass dem Wolf die ideale Lösung einfiel – als könne Bayn überhaupt wissen, wo das Problem lag.

»Gebt ihnen eine Chance«, meinte Alet. »Ihr braucht Eure Entscheidung nicht zu überstürzen. Ihr habt vierzehn Tage – unsere Herrin hat gewusst, dass Ihr Zeit brauchen würdet. Sie ist vernünftig, selbst wenn andere es nicht sind.«

Er hörte die Bewunderung in ihrer Stimme und teilte sie. Daleina war etwas Außergewöhnliches. Sie sollte so etwas nicht erdulden müssen. Ven ballte die Hand zur Faust und schlug gegen einen Baum, dass die Rinde splitterte. Er hörte ein Knurren hinter sich, und es war nicht der Wolf. *Lass sie nur kommen,* dachte er grimmig. Ein Kampf war ihm jetzt gerade recht.

Alet hielt seinen Arm fest, als er ausholte, um noch einmal zuzuschlagen. »Ihr erzürnt die Geister.«

»Sie erzürnen mich.« Er konnte gegen sie kämpfen, wenn es sein musste. Geister waren schwer zu verletzen, aber sie litten Schmerzen, und sie starben, wie alles andere, wenn man sich nur ausreichend Mühe gab. Trotzdem, es wäre dumm, wegen eines Wutanfalls eine Verletzung zu riskieren, und die Direktorin wäre nicht gerade erfreut, wenn er den Tod eines Baums in der Nähe der Akademie verursachte. Also unterdrückte er den Drang, weiter auf den Baum einzudreschen, und kletterte ihn stattdessen hinauf. Alet folgte ihm.

Unten stapfte der Geist, den Ven mit seinem Hieb geweckt hatte, um den Baumstamm herum. Wurzeln verdickten sich unter seinen Füßen, und Farne entfalteten sich. Der Geist knurrte, verfolgte sie jedoch nicht. Bayn verzog sich wieder ins Unterholz.

Aus dem Augenwinkel sah Ven, dass Alet ihr Tempo beschleunigte. Sie kletterte nun an seiner Seite, griff zur gleichen Zeit wie er nach den Ästen und zog sich daran höher hinauf. Schon bald hatten sie einen gemeinsamen Rhythmus gefunden – die Zweige bogen sich unter ihnen und warfen sie dann in die Höhe, wenn sie sprangen. »Ven, Ihr müsst eine Kandidatin auswählen. Ich weiß, dass Ihr es nicht tun wollt. Ich weiß, es bedeutet zuzugeben, was wir nicht wahrhaben wollen, aber Ihr müsst es tun. Die Königin braucht Euch. Sie zählt auf Euch. Auf *Euch*, Ven. Ihr seid derjenige, der sie entdeckt hat. Ihr seid es, von dem sie erwartet, dass er für sie eine Thronanwärterin als Nachfolgerin findet.«

»Ich sage nicht, dass ich keine finden werde. Nur werde ich nicht an irgendeiner Akademie eine Thronanwärterin finden.« Er stand auf dem obersten Ast und reckte sich, bis seine Schultern und sein Kopf über das Blätterdach ragten. Dann schaute er hinaus über das grüne Meer, die Wipfel des Waldes von Aratay.

Alet kam heraufgeklettert und stellte sich neben ihn. »Das könnt Ihr nicht wissen. Eine der anderen Akademien könnte …«

»Es wird überall das Gleiche sein. Kinder, alle durch die Bank.« Es gab keinen Grund zu glauben, dass es bei einer anderen Akademie anders aussah. Die Nordost-Akademie war die beste. Er würde seine Zeit verschwenden. *Daleinas Zeit*, korrigierte er sich. »Wenn ich ein Kind auswähle, wird es sterben und Aratay mit ihm.« Ven schüttelte den Kopf, als könne er damit die Bilder aus seinem Geist schütteln, Bilder dieser Kinder, wie sie von Geistern in Stücke gerissen wurden. »Es ist ein Jahrhundert oder mehr her, dass Aratay das letzte Mal ohne eine Thronanwärterin war. Und daher glaube ich, dass wir unsere Thronanwärterin auf die altmodische Weise finden müssen. Nicht über eine Akademie.«

Alet hatte die Fäuste in die Hüften gestemmt, während sie mit gespreizten Beinen auf zwei Ästen stand. Wind umpeitschte sie und ließ den Baum erzittern, aber sie blieb reglos stehen und blickte Ven finster an. »Ihr wollt mir erzählen, dass Ihr blind in den Wald hinausgehen wollt, um nach einem Wunder zu suchen?«

»Ja«, antwortete er.

Kapitel 5

Die Wälder von Aratay waren so gewaltig und tief wie ein Ozean. Es gab dunkle Wege, die seit einem Jahrhundert kein Sonnenlicht gesehen hatten, und stille Haine mit neuen Schösslingen, deren Stämme nur so dick waren wie ein Kinderfinger. Einige Straßen, eigentlich nur bessere Tierpfade, verliefen zwischen den Bäumen. Die Drahtwege führten durch die obere Wipfelschicht, aber die meisten Städte und Dörfer schmiegten sich in die Äste auf halber Höhe des Waldes und waren durch Brücken untereinander verbunden. Andere befanden sich im Inneren der Stämme. Einige weitere gediehen auf dem Waldboden, und wenige Männer und Frauen, vorwiegend die Wipfelsänger, lebten im obersten Bereich der Bäume, der Sonne am nächsten. Naelin und ihre Familie lebten auf mittlerer Waldhöhe in einer Ansammlung verstreuter Häuser, die als Dorf zählte. Als Naelin einst dort hingezogen war, war das Dorf nicht einmal groß genug gewesen, um einen Namen zu verdienen, aber jetzt hieß es Ost-Immertal, als würde die Verbindung zu der größeren Ortschaft Immertal seine Existenz rechtfertigen. Sie mochte ihr Dorf, ob es nun einen Namen hatte oder nicht. Es war ihr Zuhause.

Naelin liebte den Wald, all die Schichten und Schattierungen von Grün, so viele, dass es keine Worte gab, um sie alle zu beschreiben – das ganze Spektrum von Grün, vom hoffnungsvollen Hellgrün neuer Blätter bis hin zum beschaulichen Moosgrün auf dem Waldboden, so dunkel, dass es beinahe schwarz war. Sie wünschte, sie wäre eine Dichterin, um die Art, wie sich der Wald mit dem Wechsel des Lichts veränderte, in Worte fassen zu können. Doch das war sie nicht, und so musste sie sich damit zufriedengeben, einfach die Farben in sich aufzusaugen, als sie sich nun einige kostbare Augenblicke für sich allein gönnte, ehe ihr Mann zum Abendessen nach Hause kam. Sie ließ sich in der Beuge eines Asts über dem Dach ihres Hauses nieder, ein zerrissenes Hemd auf dem Schoß und Nadel und Faden in der Hand.

Unter sich im Haus hörte sie die Stimmen ihrer Kinder: Erian und Llor. Während sie im Innern umherstapften, prahlte Llor damit, wie viele Eichhörnchen er mit seinem neuen Bogen geschossen hatte. Erian lobte ihn und wies ihn dann an, die Eichhörnchen selbst zu häuten, weil Mama davon sehr beeindruckt sein würde. Naelin lächelte. Sie hatte ihre Tochter gut erzogen. Sie hörte das Echo ihrer eigenen Stimme in der Stimme ihrer Tochter. Lauschend hörte Naelin zu, wie Erian ihren kleinen Bruder geduldig durch die einzelnen Schritte für die Zubereitung des Fleisches führte. Er kreischte und stieß Ekellaute aus, und schon bald lachten beide Kinder. Naelin griff nach dem zerrissenen Hemd, machte einige weitere Stiche und erstarrte dann.

Sie schnupperte.

Der Wald roch stärker, so als hätte es kürzlich geregnet.

Mit dem Fuß hämmerte sie auf das Dach ihres Hauses. »Erian, hat dein Vater die neuen Amulette gegen die Geister ausgelegt?«, rief sie.

»Ja, er hat gesagt, das habe er …«

Er sagt alles Mögliche, dachte Naelin. *Manches davon*

stimmt sogar. »Würdest du bitte nachsehen?« Sie hielt den Klang ihrer Stimme unbeschwert und freundlich. »Schau auf das Regal, ob sie noch da sind.«

Naelin hörte ein Rascheln, als durchstöbere Erian das Kräuterregal. Ein vertrautes Kribbeln wanderte an ihrer Haut auf und ab – sie wurde von glanzlosen Augen beobachtet, Geisteraugen. Viele Augenpaare. Sie waren noch nicht nah genug, um sichtbar zu sein, aber sie konnte sie spüren.

»Erian?«

Er hatte es nicht getan. Davon war Naelin überzeugt.

»Erian, ich verspreche, nicht wütend zu werden. Sag mir die Wahrheit, Kleines. Wann sind die Amulette das letzte Mal ausgelegt worden?«

Erians Stimme war ein Jammern, das durch das Dach nach oben stieg. »Ich weiß es nicht! Vater hat gesagt, er habe die von heute und von gestern angebracht … Aber der Korb ist immer noch hier, und die Kräuter sind trocken. Ich nehme ihn jetzt und …«

Naelin sprang auf und warf das halb geflickte Hemd beiseite. »Nein! Bleibt im Haus, alle beide. Schließt die Fensterläden, versperrt die Türen und versteckt euch. Ihr wisst, wo. Ich will keinen Piep hören.«

Unten begann Llor zu weinen. Sie hatte den beiden keine Angst machen wollen, nur dass sie es, na ja, eben doch gewollt hatte. Sie sollten Angst haben. Verängstigte Kinder versteckten sich, und es war wichtig, dass sie sich jetzt versteckten.

Die großen und die kleineren Städte hatten organisierten Schutz, aber in den Randbezirken kümmerte sich jeder um sich selbst – die Menschen dort hatten genug Königinnen erlebt, um zu wissen, dass sie sich nicht immer auf deren Schutz verlassen konnten, ganz gleich, was die Lieder und Erzählungen so fröhlich versprachen. Lieder wurden von den Bewohnern der Baumwipfel und Geschichten von Städtern geschrieben. Die Geister hier draußen waren wagemutiger. Trotzdem war sie immer gut zurechtgekommen. Sie hatte eine Begabung für die Herstellung von Amuletten, die die Geister abschreckten. Schon seit der Zeit vor der Geburt ihrer Kinder hatte es keine Probleme mehr gegeben.

Aber heute stimmte irgendetwas nicht. Ganz und gar nicht.

Naelin ging in die Hocke und suchte den Wald ab. Der Geruch legte die Vermutung nahe, dass sich mindestens zwei Baumgeister anpirschten. Sie waren bereits an der Stelle vorüber, wo ihr Ehemann für gewöhnlich die Amulette aufhängte. Naelin atmete tief ein. Und vielleicht … ja, auch ein Erdgeist. Ihr stockte der Atem. Zwei Arten von Geistern gleichzeitig.

Der Wald war ihnen heute nicht gnädig.

Sie griff in ihre Taschen und umklammerte das Kräuterbündel, das sie für sich selbst vorbereitet hatte. Kräuteramulette sollten Geister abhalten, sie täuschen, sodass sie Naelin einfach für einen harmlosen Teil des Waldes hielten – statt für einen der Menschen, die sie hassten. Doch waren die Kräuteramulette nicht stark genug, um die Geister zu zwingen, sie in Ruhe zu lassen, sobald sie erst einmal ihr Interesse geweckt hatte.

Innerlich verfluchte sie ihren Mann. Und auch sich selbst. Sie hätte sich selbst um die Amulette kümmern sollen. Aber als sie es das letzte Mal versucht hatte, hatte er das als eine schwere Beleidigung aufgefasst und ihr vorgeworfen, ihrer Ehe zu schaden, die Märtyrerin zu spielen, ihm nicht zu gestatten, die Rolle des Beschützers ihrer Familie zu übernehmen. Die Ehefrauen machten die

Amulette, und ihre Männer legten sie aus – so wurde es in Immertal immer gemacht, auch wenn das in anderen Dörfern anders gehandhabt wurde und auch wenn sie es nach dem Tod ihrer Eltern und vor ihrer Heirat mit Renet jahrelang selbst getan hatte. Doch das spielte alles überhaupt keine Rolle.

Ich bin eine Idiotin.

Der Geruch wurde stärker. Sie sah einen Ast zucken und dann noch einen. Naelin wirbelte herum, versuchte, alle Äste gleichzeitig im Auge zu behalten. Durch die Blätter hindurch sah sie unter sich einen Erdgeist um den Stamm ihres Baums herumschnuppern. Der Geist war mit Fell bedeckt und hatte ein Gesicht wie eine zerquetschte Walnuss. Er reckte es ihr entgegen, um sie anzusehen, und sie schauderte. Seine Zähne waren gebleckt, und er strich sich mit seiner schwarzen Zunge über die Reißzähne. »Du kannst uns nichts anhaben«, sagte sie an ihn gewandt. »Das werde ich dir nicht gestatten.«

Sie wollte nach dem Messer an ihrem Gürtel greifen und merkte, dass sie mit nichts außer einer Nähnadel bewaffnet war. Sie war nicht davon ausgegangen, dass es notwendig werden würde, sich auf dem Dach ihres eigenen Hauses zu verteidigen. Aber selbst wenn sie ihr Messer bei sich gehabt hätte – sie war darin geübt, Kräuter zu hacken, und nicht darin, gegen mehrere Geister zugleich zu kämpfen.

»Geh weg!«, brüllte sie. »Lass uns in Ruhe!«

Wie dumm, sagte sie sich. Verflucht sei dein Stolz. Sie hätte es besser wissen müssen. Aber in letzter Zeit hatte er sich solche Mühe gegeben, ein besserer Ehemann zu sein, und für die Kinder war es immer schrecklich, wenn sie sich stritten …

Einer der Äste krümmte sich nur wenige Schritte

vor ihr. Ein Baumgeist klammerte sich daran. Der Geist grinste sie höhnisch an. Er hatte die Form eines Affen mit hellgrünem Fell, aber mit Kindergesicht.

Sie atmete tief ein und schrie: »Hilfe! Irgendwer muss mir helfen!«

Aber es würde niemand kommen. Es *konnte* niemand kommen. Niemand lebte nah genug, und selbst wenn da jemand gewesen wäre, würden sie nun alle in die entgegengesetzte Richtung rennen, um ihre eigene Haut zu retten. Sie hätte ihnen nicht einmal einen Vorwurf daraus gemacht. Besser einer stirbt als viele, sagte das Sprichwort.

Unter sich hörte sie die Tür klappern. Sie schaute hinab und sah einen größeren Geist – einen Baumgeist mit langen Armen wie Stöcke und Haaren aus Gras. Er rüttelte an der Tür. »Nein! Bleib draußen!« Sie sprang auf die Dachkante, und der affenähnliche Geist ließ sich vor ihr fallen.

Sie erstarrte.

Gackernd kratzte der Geist mit seinen Nägeln über ihre Haut, nicht sehr fest, ohne das Fleisch aufzureißen. Ihre Kehle war wie zugeschnürt, und ihr versagte die Stimme. *Aufhören!*, wollte sie rufen, und sie schleuderte den Gedanken aus sich heraus, als sei er ein Schrei.

Der Geist runzelte die Stirn und zog sich einige Zentimeter zurück, seine Nägel schwebten direkt über ihrer Haut. Unter ihr hörte das Türrütteln auf.

Entsetzen presste ihr das Herz zusammen. Sie hatten sie gehört.

Sie wollte den Gedanken zurücknehmen. Sie leckte sich die Lippen. »Ich habe nicht … Du konntest doch nicht … Ich bin doch keine …« *Oh, was habe ich getan?* Sie wusste nur zu genau, wie es ablief: Mach Gebrauch von deiner Macht, und weitere werden kommen. Tu es erneut, und noch mehr werden folgen. Und dann immer mehr und mehr, bis ihre Zahl viel zu groß ist, als dass du sie noch kontrollieren könntest. Und dann töten sie alle, die sie finden. Das Gleiche war ihrer Mutter widerfahren. Unter dem Boden ihres Elternhauses versteckt war Naelin die einzige Überlebende gewesen. Sie hatte alles mitangehört: wie ihre Mutter versucht hatte, die Geister aufzuhalten, sich zu verteidigen, sie alle zu beschützen. Sie hatte ihren Vater sterben hören und ihren Bruder und ihre Schwestern. Sie war die Einzige gewesen, die es ins Versteck geschafft hatte, und sie war dort geblieben, lange noch, nachdem die Geister längst wieder verschwunden waren.

Es war niemand zur Hilfe gekommen. Niemand war aufgetaucht, um nachzusehen, ob einer von ihnen am Leben geblieben war.

Sie hatte allein begraben, was von ihrer Familie übrig geblieben war, und das Haus hinter sich verschlossen. Neun Jahre war sie damals alt gewesen, genauso alt wie Erian jetzt. Sie hatte einen kleinen Bruder im selben Alter wie Llor gehabt: Sechs war er gewesen, und dann hatte sie noch zwei kleine Zwillingsschwestern gehabt.

Sie hatte sich geschworen, niemals den gleichen Fehler zu machen, den ihre Mutter begangen hatte. Die Geister niemals ihre Stimme hören zu lassen. Ihnen niemals einen Grund zu geben, ihre Familie zu bemerken. Still und leise bleiben, versteckt bleiben, in Sicherheit bleiben. Es hatte ihnen über all die Jahre gute Dienste geleistet. Aber jetzt … es musste eine andere Möglichkeit geben, sie abzuwehren.

Der affenähnliche Baumgeist beobachtete sie, als sie sich nun vorbeugte, um an ihrem Familienbaum hinunterzuschauen. Unten umkreisten drei Erdgeister die Wurzeln des Baums und beschnupperten die Rinde. Sie blickte auf und sah weitere Augen in den Bäumen.

Es gibt keine andere Möglichkeit, dachte sie dumpf. *Sie töten dich entweder sofort, oder du hältst sie jetzt auf, und dann töten sie dich später. Das sind die beiden Möglichkeiten. Wofür entscheidest du dich?* Sie schaute in die leeren, gefühllosen Augen des affenähnlichen Baumgeistes. Im Wald war alles still. Keine Vögel. Kein Wind. Als halte alles den Atem an – als warteten die Geister darauf, dass sie sich entschied.

Naelin spürte Tränen auf den Wangen. Sie holte tief Luft und konzentrierte all ihre Angst, all ihre Entschlossenheit, all ihre Liebe zu ihren Kindern auf Worte, die sie stumm in den Wald hinauszwang:

Ihr werdet uns nichts antun.

Ihr geht jetzt fort.

Sie spürte, wie die Worte aus ihr herausschnellten wie Pfeile von einem Bogen, ihre Hände flogen über ihren Mund, wie um alles Übrige in ihrem Inneren zu halten, als nun ihre Lunge, ihr Herz und ihr Magen ihren Worten hinaus an die Luft folgen wollten. In ihrem Kopf begann es zu hämmern, aber sie wiederholte den Gedanken, stärker und lauter: *Ihr werdet uns nichts antun!*

Ihr geht jetzt FORT!

Unter Rufen und Schreien flohen die Geister. Die Äste zitterten und die Blätter bebten, als die Geister aufhüpften, in die Lüfte schwebten und zwischen den Bäumen verschwanden. Der Waldduft wurde schwächer, und der Druck in Naelins Kopf ließ nach. Sie sackte rückwärts gegen die Wölbung des Stamms.

Sie hatte es geschafft.

Eigentlich sollte sie nun ein Gefühl des Triumphs empfinden, aber das blieb aus. Stattdessen schloss sie die Augen und sah noch einmal ihre Eltern und Geschwister in den Momenten vor dem Angriff der Geister vor sich, hörte die Geräusche, als ihre Mutter überwältigt wurde, hörte das verzückte Kreischen der Geister, als sie Naelins Welt in Stücke rissen. Naelin beugte sich vor und vergrub das Gesicht in den Händen. »Was habe ich getan?«

»Du hast sie gerettet!«, jauchzte eine vertraute Stimme von unten.

Sie sprang auf.

Auf dem Waldboden stand Renet, ihr Mann. »Ich habe es gesehen! Du warst großartig! Sie sind vor dir geflohen wie … wie … Du hast es geschafft! Wusste ich doch, dass du es kannst! Dass du das Zeug dazu hast!«

Naelin kletterte schweigend die Vorderseite ihres Hauses hinunter. Sie fürchtete, dass ihre Stimme ihr nicht gehorchen würde, wenn sie jetzt etwas sagte. Sie wollte kein Lob, nicht hierfür, niemals hierfür. Ihre Hände zitterten, als sie die Tür öffnete. »Erian? Llor? Die Luft ist jetzt rein. Ihr könnt herauskommen.«

Für einen kurzen, schrecklichen Moment glaubte sie, versagt zu haben – dass die Geister eingebrochen waren und sie gefunden hatten, während sie noch geschwankt hatte, unentschlossen, ob sie Gebrauch von ihrer Macht machen sollte oder nicht – aber dann klappte Erian die Falltür im Boden auf. Ihre Tochter half Llor hinauszuklettern.

Naelin ließ sich auf die Knie fallen, nahm ihre Kinder in die Arme und drückte sie fest an sich. Sie schlangen die Arme um ihren Hals und klammerten sich an sie, als seien sie beide noch Wickelkinder, die sich vor der Dunkelheit fürchteten. »Sie sind weg«, flüsterte sie in Erians Haar. Sie atmete den Duft ihrer Kinder ein, spürte die Wärme ihrer Körper.

Hinter sich hörte sie Renet die Leiter hinaufsteigen und ins Haus stürmen.

»Ich habe gewusst, dass du es kannst«, wiederholte er.

Langsam hob Naelin den Kopf, um ihren Mann ins Auge zu fassen. »Was«, begann sie vorsichtig, ohne zu schreien, ohne Ärger in der Stimme, nur mit ruhigen, bedächtigen Worten, »was meinst du mit: Du hättest es ›gewusst‹?«

»Ich habe es nicht wirklich gewusst, aber ich habe es vermutet.« Er ließ sich neben ihnen auf die Knie fallen, und sein Gesicht leuchtete vor Aufregung. »Und es ist wahr. Du hast Macht!«

Sie starrte ihn an und gab sich größte Mühe, nicht die Beherrschung zu verlieren. »Sag mir bitte nicht, dass du damit andeuten willst, du hättest gewollt, dass das geschieht. Sag mir nicht, dass du die Amulette mit Absicht ›vergessen‹ hast. Sag mir …« Sie nahm sich zusammen und sprach nicht weiter. Llor schluchzte in ihre Bluse, und ihre tapfere Erian zitterte, als weine sie ebenfalls. Sie umarmte ihre Kinder fester und versuchte, ruhig nachzudenken, vernünftig zu sein. Die Geister wussten jetzt, wozu sie in der Lage war. Sie würden wiederkommen. Wie schnell? Und wie viele würden es sein?

Verspätet wurde ihr bewusst, dass Renet wieder zu sprechen angefangen hatte. » … der Meister wird schon morgen in Immertal sein!«

»Hast du es etwa deshalb getan?«, fragte sie scharf. »Du meinst, ein Meister …«

» … sucht nach dir! Ja! Oder er wird es zumindest tun, sobald er erfährt, dass du die Macht hast. Ich habe gehört, dass er Dorf für Dorf nach einer Kandidatin absucht, so wie sie es vor hundert Jahren gemacht haben. Oh, Naelin, verstehst du denn nicht? Das ist eine Gelegenheit!«

»Gelegenheit? Gelegenheit wozu – zur Zielscheibe für jeden Geist im Wald zu werden?« Sie versuchte, ihren Zorn zurückzuhalten. Die Gegenwart ihrer Kinder war

Anlass genug, sich daran zu erinnern, dass sie diesen Mann doch wirklich liebte. Aber …

»Nein, nein, eine Million Mal nein! Renet, versprich mir, dass du dem Meister nichts von mir erzählen wirst. Ich will keine Kandidatin werden. Ich weigere mich.« Allein schon der Gedanke daran ließ sie ihre Kinder noch fester umklammern. Wenn dieser Meister sie erwählte, würde er sie von ihnen fortholen, von Renet, von ihrem Zuhause, von ihrem Leben. Erian und Llor zu verlassen wäre so, als müsse sie ihre Seele zurücklassen.

Naelin vergrub das Gesicht im Haar ihrer Kinder, atmete tief ein und aus und versuchte, sich so weit zu beruhigen, dass sie nachdenken konnte. Sie würden ein wenig Zeit haben, bis die Geister es wagten zurückzukehren. Sie würde so viele Amulette anfertigen, wie sie nur konnte. Dann könnte sie das Haus mit ihnen bedecken, nicht nur die benachbarten Bäume; sie würde sie zwischen die Schindeln stopfen und um die Fenster herum und in den Kamin. Sie würde alle erdenklichen Vorsichtsmaßnahmen ergreifen und für jeden in der Familie ein Kräuterpäckchen machen, das er oder sie immer bei sich tragen musste. Außerdem könnte sie die Amulettzauber auffrischen und doppelt überprüfen, für den Fall, dass Renet noch weitere tollkühne Ideen hatte, wie er sie »testen« konnte.

Und wenn Naelin und ihre Familie vorsichtig waren, wenn sie nicht nochmals Gebrauch von ihren Kräften machte und sie den Geistern keinen Anlass gab, zu ihnen zu kommen, dann würden die Geister die ganze Sache irgendwann vergessen und weiterziehen. Und dann wären Erian und Llor wieder sicher. Und sie selbst würde ihr Zuhause und ihr Leben zurückbekommen.

Sofern ihr Mann versprach, es nicht weiterzuerzählen.

Völlig ruhig, oder jedenfalls so ruhig, wie sie konnte, fragte sie: »Renet, liebst du mich?«

»Natürlich! Aber …«

»Wenn du mich liebst – wenn du mich jemals geliebt hast –, dann versprichst du mir, es dem Meister nicht zu erzählen, wenn er nach Immertal kommt. Und dass du es auch sonst niemandem verrätst. Niemals.«

»Niemals.«

Kapitel 6

Vier Tage lang reisten Ven und Alet durch die äußeren Wälder. Sie rasten an den Drähten durch die Wipfelschicht und stiegen dann in die bequemer gelegenen Siedlungen hinab, die auf mittlerer Höhe im Wald verstreut lagen, um nun von dort aus die auf dem Waldboden versteckt liegenden Ortschaften aufzustöbern, wo Menschen zwischen den Wurzeln großer Bäume hinter Schutzwällen aus Stein und Holz lebten. Jede Stadt und jedes Dorf hatte seine eigene Dorfhexe, und Ven bestand darauf, sie sich alle vorzunehmen. Er beurteilte sie knapp und, wie er wusste, ungerecht, doch er suchte nach etwas ganz Bestimmtem, nach Talent. Aber nicht nach unentwickeltem Talent. Davon gab es in den Schulen zur Ausbildung jede Menge. Was er wollte, war etwas ganz anderes. Talent, das bisher übersehen worden war.

Bis jetzt hatte er es nicht gefunden.

Alet deutete auf ein Eichhörnchen, das einen Baum in der Nähe hinaufhuschte. »Da ist unser Abendessen.«

Mit ruhigen Bewegungen zog Ven einen Pfeil hervor, legte ihn an die Sehne seines Bogens und zielte. Das Eichhörnchen huschte einen immer schmaler werdenden Ast entlang. Gleich würde es das Ende erreichen. Drei … zwei … eins … Als das Eichhörnchen sprang, schoss Ven. Der Pfeil traf das Tier genau durchs Auge, und es stürzte in die Tiefe. Alet sauste davon, um es aufzufangen, schwang sich von Ast zu Ast und riss es dann am Schwanz mitten aus der Luft, bevor es auf die Erde fiel.

Als er unten auf dem Waldboden anlangte und zu ihr stieß, hatte sie zwischen zwei Steinen bereits ein kleines Feuer zum Kochen entfacht. »Ihr werdet langsam, alter Mann.«

Er war einundvierzig, kein Greis. »Ich bin weder alt noch langsam.«

Sie legte das Eichhörnchen auf einen Stein und machte sich daran, es zu häuten. »Alles ist relativ.«

»Ihr mögt halb so alt sein wie ich, aber dafür habe ich doppelt so viele Fähigkeiten.«

Alet hielt inne und zog die Augenbrauen hoch.

»Ein Viertel so viele«, berichtigte er sich.

Sie schwieg.

»Können wir uns auf ›insgesamt mehr Erfahrung und Weisheit‹ einigen?« Ven legte die schützenden Amulette um sie herum im Kreis aus. Er war sich sicher, dass Alet sorgfältig darauf geachtet hatte, nur totes Holz für das Feuer zu wählen. Trotzdem war es klüger, auf möglichen Ärger durch Geister vorbereitet zu sein.

»Es heißt, die Geisteskräfte lassen schnell nach mit fortschreitendem Alter.« Sie spießte das Eichhörnchen auf einen Stock und wischte sich dann an einem herabgefallenen Blatt die Hände ab. »Habt Ihr gehört, was die Leute in der letzten Stadt geredet haben? Ihr habt eine Art Mode ausgelöst. Einige der anderen Meister suchen nun ebenfalls die Dörfer ab, selbst solche, die bereits eine Kandidatin haben.«

Er hatte das nicht gehört, aber er freute sich darüber. *Es kann keine allzu dumme Idee gewesen sein, wenn andere mich jetzt nachahmen.* »Es gibt viele Frauen, die ihre eigene Macht nicht zu schätzen wissen oder die deren Bedeutung nicht erkennen.« Er griff nach dem Stock mit dem Eichhörnchenfleisch und hielt ihn über die Flammen. »Nicht jedes begabte Kind wird zur Ausbildung auf eine Schule geschickt.«

»Nur die Guten.«

»Oder auch diejenigen, deren Eltern ihre Fähigkeiten bemerken.«

»Jede, die Macht über die Geister hat, weiß es auch«, wandte Alet ein.

Er drehte den Stock. »Aber nicht jede, die Macht hat, will Königin sein.«

Alet gab neues Holz ins Feuer, und die Flammen schossen in die Höhe, tanzten mit dem Rauch. »Warum solltet Ihr denn eine Frau suchen wollen, die keine Königin sein will?«

Darauf hatte er keine Antwort, und so wechselte er das Thema. »Als Nächstes gehen wir nach Immertal. Ihr sorgt dafür, dass sich die Nachricht von unserer Suche verbreitet, und ich rede mit der örtlichen Dorfhexe.«

»Die Nachricht hat bereits die Runde gemacht. Ich muss schon sagen, Dorftratsch verbreitet sich schneller als der Wind.«

»Betont diesmal, dass wir nicht nach Kindern suchen. Wir suchen nach Frauen, die ihre Gelegenheit nicht genutzt haben. Wir suchen nach den Übersehenen.«

»Vielleicht sind sie aus gutem Grund übersehen worden.« Flammen leckten an dem Eichhörnchenfleisch und ließen es anbrennen. »Erinnert Ihr Euch an die Frau in Nordblye? Sie konnte ganz gut mit Geistern reden, aber sie redete auch mit toten Zweigen, leeren Pfützen und irgendwelchen x-beliebigen Erdhaufen. Und was war mit der Frau in Cohn, von der Ihr so geschwärmt habt? Sie ist beim Anblick eines Geistes ohnmächtig geworden. War nicht so ganz praktisch, nachdem sie zuvor eine ganze Bootsladung von ihnen beschworen hatte. Ihr hattet Glück, dass Ihr nicht bei lebendigem Leib gefressen worden seid.«

»Ihr hattet ebenfalls Glück«, bemerkte er.

»Das war Können.« Alet zuckte die Schultern. »Was ich sagen will, ist: Jede, deren Befähigung groß genug ist, befindet sich bereits an einer Akademie, daher sollten wir ebenfalls dort sein. Diese Suche hier ist vergebliche Mühe.«

Sie hatte nicht unrecht, vor allem, was die Frau aus Cohn betraf. Aber er war dennoch überzeugt davon, dass es sinnlos war, eine zu junge Schülerin zu wählen. Die herkömmliche Methode würde angesichts ihrer eng gesetzten Frist nicht funktionieren.

Daleinas Frist, berichtigte er sich.

Er fragte sich, wie es ihr wohl ging. Sie lebte jetzt seit vier Tagen mit der Diagnose. Er war sich sicher, dass Hamon bei ihr war und dafür sorgte, dass sie es so gut wie möglich hatte, ebenso, wie er sich sicher war, dass sie alle guten Ratschläge des Heilers in den Wind schlug und sich selbst so stark wie irgend möglich forderte, so lange sie konnte – so würde jedenfalls er es machen, und er hatte sie ausgebildet.

Nach dem Essen schliefen Ven und Alet abwechselnd, bis die Schatten im Wald zu einem hellen Grau wurden und die Vögel zu zwitschern begannen. Es dämmerte noch nicht, aber die Dämmerung war nahe genug, dass sie sich zurechtfinden konnten, und das war alles, was sie brauchten. *Nur noch zehn Tage – keine Zeit zu verschwenden.* Rasch bauten sie ihr Lager ab, rollten ihre Schlafsäcke zusammen und traten das Feuer aus. Dann kletterte Ven in die Bäume hinauf und sammelte seine Amulette ein. Alet hielt sich dicht hinter ihm.

Im trüben Licht unmittelbar vor der Morgendämmerung erreichten sie Immertal sehr schnell, und als die Morgensonne schließlich durch die Blätter fiel, schwangen sie sich bereits ins Herz der Stadt. Das Zentrum von Immertal war eine große Hochterrasse, die zwischen mehreren Baumstämmen aufgehängt war. Läden schmiegten sich an die Stämme, und Händler huschten umher, um für den Markttag Stände und Zelte aufzubauen.

Seufzend trottete Alet Richtung Markt. »Ich werde dafür sorgen, dass alle wissen, dass wir hier sind.«

Ven rückte den Köcher auf seinem Rücken zurecht und ging zu einem Laden mit einem Schild hinüber, das prahlerisch die besten Schutzamulette nördlich des Flusses anpries. Er rüttelte an der Tür, in der Erwartung, dass sie verschlossen sein würde, aber sie schwang mühelos auf. In manchen Städten hatte er die Tür fast schon eintreten müssen, um so früh mit der Dorfhexe reden zu können. Er hatte keine Zeit für solche Feinheiten wie die Einhaltung der Marktstunden. »Guten Morgen.«

»Wir haben noch nicht geöffnet, aber tretet ein und seid mir willkommen!« Er hörte eine Frauenstimme, sah aber niemanden. Der Laden war schlecht beleuchtet und mit allem Möglichen vollgestopft. Auf Fässern waren Kerzen aufgestellt, und die Regale waren voller Kräuter und Amulette. Windspiele hingen von der Decke, und er musste sich unter ihnen hindurchducken – sie klimperten, als Ven sie passierte. Eine Frau in mittleren Jahren mit ungekämmtem Haar und einer fleckigen Schürze kam durch eine Hintertür geeilt. Sie hielt eine Laterne in der Hand, die sie an einen Haken hängte, sodass es heller im Raum wurde. Im Schein der Laterne sah der Laden nicht weniger vollgestopft aus. Eine dicke Staubschicht lag über den Amuletten, und Spinnweben hingen zwischen den

Dachsparren. Als die Frau ihn sah, schnappte sie hörbar nach Luft und setzte dann ein breites Lächeln auf. »Wofür kann ich Euer Interesse wecken, mein Herr? Amulette, nehme ich an? Wir haben eine große Auswahl, passend für jede Art von Geist. Sogar welche, die erwiesenermaßen einen Erdkraken abwehren können.«

Ven unterdrückte einen Seufzer. Er merkte schon jetzt, dass diese Frau mehr Ladenbesitzerin als eine Kandidatin war. Er vermutete, dass ihre Kräfte schwach ausgeprägt waren und sich vielleicht nur auf die Fähigkeit beschränkten, Amulette herzustellen. »Welche Art Geister beherrscht Ihr?«

»Holz, auch wenn ich es eher eine bloße Verbindung als echte Beherrschung nennen würde.« Sie stieß ein schrilles verlegenes Lachen aus. Ven fragte sich, was sie so nervös machte. Er? Dergleichen war schon zuvor passiert. Er war übergroß für diese winzigen Läden. Es kam ihm so vor, als brauche er nur tief zu atmen, und alle Tontöpfe würden zerspringen und die Dachsparren erbeben. »Ihr seht aus wie ein weitgereister Waldbewohner. Lasst mich sehen, was ich habe, das Euch bei Euren Reisen dienlich sein kann …« Sie eilte geschäftig zu den überladenen Regalen hinüber.

Er hielt sie zurück. »Ich suche nach einer Frau, die mehr als nur eine Art von Geistern beherrscht, eine Frau, die die Anwerber übersehen haben.«

Die Dorfhexe erstarrte wie ein vor seinen Bogen gelaufenes Reh. »So jemanden gibt es hier nicht«, antwortete sie hastig. »Ich bin hier im Umkreis die Einzige mit irgendeiner Verbindung zu den Geistern.«

Ven runzelte die Stirn. »Seid Ihr Euch sicher, dass nicht …«

Die Vordertür schwang auf, und ein Mann streckte den Kopf herein. »Corinda, es heißt, der Meister sei jetzt …

Er ist hier! Ihr seid der Meister! Ihr müsst es sein!« Aufgeregt trat der Mann in den Laden. Er sah aus wie ein typischer Waldbewohner: eine taugliche Axt auf den Rücken gebunden, und Amulette, die von seinem Gürtel baumelten. Sein Bart war ungleichmäßig gestutzt, und er umklammerte seinen Hut so fest, dass sich die Krempe zusammenrollte. »Corinda, du hast versprochen, mir Bescheid zu geben, wenn er kommt.«

Die Dorfhexe wirbelte zu dem Mann herum. »Erstens ist er gerade eben erst hier angekommen. Zweitens habe ich gelogen, Renet. Um dich davor zu bewahren, den schlimmsten Fehler deines Lebens zu machen. Geh nach Hause, entschuldige dich bei deiner Frau und hoff darauf, dass sie dir nicht den Allerwertesten versohlt und dich in all deiner Jämmerlichkeit vor die Tür setzt.«

»Es ist kein Fehler! Es ist eine Möglichkeit, um …«

Die Frau trat einen Schritt auf ihn zu. »Renet, noch ein Wort, und sie wird dir nie, niemals wieder verzeihen. Und du wirst es auf ewig bereuen.«

Er wich zurück. »Aber sie versteht nicht, dass …«

»Sie weiß ganz genau, was das Beste ist, und sie will nicht, dass du herumgehst und ausplauderst, dass …«

Ven ging dazwischen. »Gehe ich recht in der Annahme, dass wir über eine Frau mit magischen Kräften sprechen?«

Der Mann namens Renet nickte so heftig, dass es aussah, als würde ihm gleich der Kopf herunterfallen. »Meine Ehefrau, Herr! Sie tut so, als sei sie eine gewöhnliche Waldfrau, die sich gerade mal auf den Umgang mit Amuletten versteht, aber sie ist mehr. Ich habe es mit eigenen Augen gesehen. Als ich gehört habe, dass Ihr nach Immertal kommen würdet …«

Die Ladenbesitzerin drängelte sich zwischen Ven und Renet. »Halt den Mund, Renet.« An Ven gewandt sagte sie: »Herr, dieser Mann übertreibt gern. Er sucht immer nach einer Möglichkeit, um schnell zu Reichtum zu kommen. Er will es sich immer so leicht wie möglich machen, statt hart für seine Familie und sich selbst zu arbeiten. Das ist jetzt einfach sein neuestes Hirngespinst: seine Frau in die Hauptstadt zu verkaufen …«

»Es ist kein Hirngespinst!«, rief Renet. »Sie hat erst gestern Holz- *und* Erdgeister befehligt. Hat meine Kinder vor ihnen gerettet!«

»Er verschwendet Eure Zeit, Herr«, sagte die Ladenbesitzerin.

»Es ist meine Zeit, und ich kann sie verschwenden, wie es mir beliebt«, entgegnete Ven, obwohl das nicht der Wahrheit entsprach. Es war Königin Daleinas Zeit. Aber er hielt seine Stimme weiterhin betont gelassen und bestimmt. Es war weniger die Beharrlichkeit des Mannes, die Vens Aufmerksamkeit erregte; es war der Widerstand der Dorfhexe. Sie war allzu nervös, zu entschieden und drängend. Er richtete seine Aufmerksamkeit ganz auf sie. »Warum beschützt Ihr sie?«

»Weil er es nicht tut!« Sie wedelte mit den Armen, als wolle sie Renet eine Tracht Prügel verpassen, wage es aber in Vens Gegenwart nicht – und die Art, wie der Mann zusammenfuhr, ließ keinen Zweifel, dass sie es ansonsten auch getan hätte. »Du bist ihr Ehemann! Du solltest für sie sorgen, dich darum kümmern, was sie braucht und was sie will. Stattdessen denkst du nur ganz allein an dich, dich, dich. Du willst reich sein. Du willst sicher sein. Aber um welchen Preis? Was geschieht mit Naelin? Was geschieht mit deinen Kindern, wenn dieser Mann Naelin fortbringt? Denkst du auch daran? Wie auch immer, du solltest besser daran denken und die Klappe halten. Diese Kinder brauchen ihre Mutter, nicht ihren Taugenichts von Vater.«

Ven hob die Hand, noch ehe der Mann antworten konnte. »Ich würde Eure Frau gern kennenlernen.«

Renet stieß erleichtert den Atem aus, und auf seinen Zügen machte sich ein Grinsen breit. »Natürlich, Herr!«

Naelin hämmerte mit dem Stößel auf die Kräuter ein. Dabei gab sie sich alle Mühe, sich dabei *nicht* vorzustellen, dass die Kräuter Renets Gesicht waren. Sie schärfte sich ein, dass sie ihm nicht wirklich wehtun wollte. Er war mehr wie ein Welpe, ausgelassen und verantwortungslos … und er gehörte an die Leine genommen.

»Mama, wirst du dich heute Abend wieder mit Vater streiten?«, fragte Llor.

Sie seufzte. Ihr Haus war zu winzig, um Dinge zu verbergen, und sie war zu laut geworden, sie wusste es. »Nein, mein Schatz, er wird mit frisch gepflückten Blumen nach Hause kommen, wie er das immer tut, und alles wird gut sein.«

»Bis du ihn wieder anschreien musst«, bemerkte Erian. Sie trug einen Krug mit Wasser an den Tisch. An Llor gewandt fügte sie hinzu: »Manchmal braucht Vater das einfach. Dass man ihn anschreit.«

Naelins Mundwinkel verzogen sich zu einem Lächeln. Das stimmte. Aber sie hätte es lieber, wenn ihr nicht so oft danach zumute wäre, ihn anzubrüllen. Im Allgemeinen meinte er es gut, und ganz bestimmt hatte er nicht gewollt, dass Erian und Llor etwas zustieß. *Aber es hätte geschehen können,* dachte sie. Sie hätten getötet werden können. Ihr Lächeln verschwand, und erneut lief ihr ein Schauder über den Rücken. Sie verdoppelte ihre Anstrengungen beim Zerstoßen der Kräuter. Zusätzliche Schutzamulette. Das würde helfen. Und sie würde Knoblauchknollen und Zwiebeln aufhängen, damit das Haus so abscheulich roch, dass kein Geist auch nur in die Nähe kommen wollte.

Draußen knarrte die Leiter.

»Vater kommt!«, rief Llor. Er lief zum Fenster und riss die Läden auf.

Naelin ließ den Stößel fallen, eilte zum Fenster und zog ihren Sohn zurück. »Immer zuerst fragen.« Sie versuchte, keine Angst in ihrer Stimme durchklingen zu lassen. Fenster waren im Moment nicht sicher, nicht, solange sie sich noch nicht davon überzeugt hatte, dass die Geister das Interesse an ihr verloren hatten. Sie schloss die Läden und verriegelte sie.

»Er ist früh dran«, bemerkte Erian. »Glaubst du, es ist etwas nicht in Ordnung?«

Bei Renet konnte es alles Mögliche sein: ein Geisterangriff, ein vergessenes Mittagessen, oder er hatte an diesem Tag einfach keine Lust zum Arbeiten. Es wäre nicht das erste Mal. Manchmal war das ganz nett, zum Beispiel wenn er die ganze Familie zu einem improvisierten Picknick entführte, und manchmal war es nicht nett, zum Beispiel wenn er wegen irgendeiner eingebildeten Beleidigung wütend nach Hause kam, die dann offensichtlich ihre Schuld war. Wie auch immer, sie war heute nicht in Stimmung für seine Launen. »Renet, bist du das?«, rief sie.

»Ja!«, rief er zurück. Er klang fröhlich.

Sie war sich nicht sicher, ob sie deswegen erleichtert oder verärgert sein sollte. *Beides,* befand sie.

»Ich habe Gäste mitgebracht!«

Diesmal war sie es, die die Fensterläden öffnete und sich hinausbeugte. Als sie hinunterschaute, sah sie nur ihren Mann auf der Leiter. Und dann spürte sie Blicke auf sich ruhen. Mit kribbelnder Haut sah sie ruckartig auf, in Erwartung, weitere Geister zu erblicken, aber stattdessen hockten da zwei Menschen, ein Mann und eine Frau, auf den Ästen direkt gegenüber von ihrem Haus.

Das waren nicht die gewohnten Freunde ihres Mannes. Sie hatte sie nicht nur noch nie gesehen, sie glichen auch niemandem, den sie je gesehen hatte. Der Mann war groß, sehr groß, mit einem grau melierten Bart, harten blauen Augen und einer alten Narbe auf der Stirn. Er hatte einen Bogen und einen Köcher auf dem Rücken, außerdem einen Reisesack, und er trug grüne Lederkleidung, die den Eindruck machte, als hätte sie bereits Kontakt mit einer Menge Baumrinde gehabt. Er war genau der Typ Mann, diese Mischung aus gefährlich und gut aussehend, über den die Frauen aus der Stadt gern tuschelten. Naelin starrte ihn an und musste sich zwingen, den Blick von ihm loszureißen, um seine Gefährtin zu begutachten, eine gelenkige Frau mit nackten muskulösen Armen, aus dem Gesicht frisierten Locken und Messern, die an ihre Waden gebunden waren. Sie beobachtete Naelin, als wäre sie ein Eichhörnchen, ein schmackhaftes, dickes Eichhörnchen, das die Frau als ihr Abendessen in Erwägung zog. Naelin hätte am liebsten die Fensterläden geschlossen und Renet gesagt, er solle seine »Freunde« wieder dorthin zurückbringen, wo sie hergekommen waren. Aber diese beiden sahen nicht aus wie die Sorte Mensch, zu der man unhöflich war. Zumindest nicht gefahrlos.

Meister, flüsterte es in ihrem Hinterkopf, aber dann schob sie den Gedanken von sich. Das konnte nicht sein, Renet hatte es versprochen. Außerdem, würden Meister nicht hoheitsvoller aussehen? Diese beiden sahen aus wie wilde Jäger, die Sorte Mensch, die ohne ein festes Zuhause durch den Wald streift.

Bevor sie zu einer Entscheidung kam, was zu tun war, zog Llor an der Tür, und Erian öffnete die Schlösser. Llor stolperte rückwärts, als die Tür aufschwang. Dann wechselte er die Richtung, machte einen Satz nach vorn und umarmte Renets Bein. »Vater! Mach dir keine Sorgen. Mutter ist nicht mehr böse. Sie hat gesagt, sie will dich nicht mehr anschreien.«

Renet sah sie an, und sein Gesichtsausdruck war wie der eines Kleinkindes mit Schokolade im Gesicht, das erwartet, eine Ohrfeige zu bekommen, ohne allerdings den Schokoladendiebstahl zu bereuen. *Bitte,* dachte sie. *Bitte sag mir, dass das keine Meister sind. Bitte sag mir, dass nicht du die Sache ausgeheckt hast.* Doch irgendetwas hatte er getan – so viel war klar.

Wann war ihre Ehe so geworden? Zu Anfang waren sie so glücklich gewesen. Er hatte sie zum Lachen gebracht, wie das niemand sonst je vermocht hatte. Er hatte ihr das Tanzen beigebracht und sie ihm das Lesen, zumindest ein wenig – er war kein sehr guter Schüler gewesen und sie keine strenge Lehrerin. Sie hatten oft die mondhellen Nächte auf dem Dach verbracht und durch die Blätter Blicke auf die Sterne erhascht. Und sie hatten in den Waldteichen nackt gebadet. Aber das lag Jahre zurück. Jetzt konnte sie sich nicht mehr daran erinnern, wann sie das letzte Mal miteinander gelacht oder auch nur beide wirklich über dasselbe geredet hatten. Irgendwann war es ihnen nicht mehr gelungen, miteinander zu reden, ohne sich anzuschreien, und mit jedem Streit war ihnen ihre unbefangene Freundschaft weiter entglitten. »Wer sind deine Freunde?«, fragte sie, als der Mann und die Frau durch die Tür traten.

Er drehte sich zu ihnen um und verbeugte sich leicht. »Darf ich euch mit Naelin bekanntmachen, meiner Frau.«

»Und mit mir!« Llor zog am Hemd seines Vaters. »Tu mich als Nächstes bekanntmachen.« Er sagte das Wort

»bekanntmachen« mit vorsichtiger Sorgfalt, wobei er den Tonfall seines Vaters nachahmte.

Renet zauste ihm durchs Haar. »Das ist Llor, mein Sohn, und das ist Erian, meine Tochter.«

Erian machte einen Knicks und trat dann näher an Naelin heran. Automatisch legte Naelin ihrer Tochter den Arm um die Schultern. Sie machte Erian keinen Vorwurf, dass sie diesen Neuankömmlingen mit Argwohn begegnete. Bei ihr selbst war es fraglos ganz genauso. Sie schienen das Haus allein mit ihrer bloßen Gegenwart auszufüllen.

Llor hüpfte zu dem Mann hinüber. »Ist das ein Langbogen? Darf ich ihn mir ansehen? Ist er schwer zu spannen?«

»Llor, belästige den Mann nicht«, ermahnte Erian ihren Bruder.

Naelin drückte Erians Schultern, ließ sie dann los und trat einen Schritt vor. »Willkommen in unserem Heim. Bitte entschuldigt, aber Renet hat eure Namen nicht genannt …«

Der Mann duckte sich, um unter einem der Dachbalken hindurchzupassen. Zum Trocknen aufgehängte Kräuter streiften sein Haar. »Ich bin Ven, ein Meister der Königin. Und meine Gefährtin ist Kommandantin Alet von der königlichen Wache.«

Ihr kam es vor, als sei alle Luft aus dem Raum gewichen. Das Atmen war plötzlich schwerer geworden. Sie schnappte nach neuer Luft, im Bewusstsein, dass sie keuchte, und außerstande, es zu unterdrücken. Das war gleichzeitig das Schlimmste und das Wunderbarste, was sie sich hätte vorstellen können. Ein Meister, hier. Königin Daleinas eigener Meister, bei ihr zu Hause!

»Donnerwetter«, sagte Llor, seine Augen so groß wie die einer Eule. »Ihr seid ein *Held*.«

»Wie ist die Königin denn so?«, fragte gleichzeitig Erian atemlos. An die Frau gewandt fügte sie hinzu: »Seid Ihr ihre persönliche Wache? Kennt Ihr sie? Ist sie so schön, wie man sagt?«

»Noch schöner«, antwortete die Kommandantin mit ernster Stimme.

»Hat sie wirklich ganz allein hundert Geister besiegt?«, fragte Erian weiter.

»Ich habe gehört, sie ergreifen die Flucht, wenn sie sie sehen!«, mischte sich Llor ins Gespräch. »Sie braucht sie nur anzuschauen, und sie rennen davon. Ich habe gehört, dass sie einen mit nur einem Wort zerrissen hat! Und sie zerstört sie auch und steckt ihre Bäume in Brand – aus einer Entfernung von Meilen!«

»All das kann sie tun«, bestätigte die königliche Wache.

Llor öffnete den Mund zu einem weiteren stummen »Donnerwetter«. Er starrte den Meister und die Wache an, als seien sie aus dem Himmel über dem Wald herabgestiegen. Naelin verstand, was in ihm vorging – sie hatte Llor Geschichten über Königin Daleina und ihren Meister erzählt (und mit ihm auch Erian, die zwar behauptete, zu alt für Gutenachtgeschichten zu sein, trotzdem aber immer zuhörte). Königin Daleina war diejenige, die sie alle beschützte. Sie war Aratays Schutzzauber, die Frau, die gegen die Angst kämpfte und *siegte*. Und das hier war der Mann, der sie unterrichtet hatte.

Und jetzt waren sie hier …

»Sie wollten dich kennenlernen, Naelin«, sagte Renet mit zitternder Stimme. »Bitte, ich weiß, dass du verärgert bist, aber hör dir bitte an, was sie zu sagen haben, Naelin. Sie haben nach dir gesucht.«

Sie trat einen Schritt zurück, und ihre Fersen schlugen gegen die Kochstelle. *Oh nein. Er hatte es versprochen!* Er hatte sie geküsst und es versprochen, und sie hatte ihm geglaubt.

»Eurem Mann zufolge habt Ihr gestern sowohl Baumgeister als auch Erdgeister kontrolliert, um Eure Familie zu beschützen«, sagte der Meister.

All ihr Staunen und die Verwunderung über ihre Anwesenheit waren plötzlich wie weggeblasen. Es spielte keine Rolle, wie legendär sie waren; für sie zählte nur, warum sie hier waren. »Er hat gelogen«, antwortete Naelin brüsk.

»Ich weiß, was ich gesehen habe!«, rief Renet. »Du warst umzingelt, und du hast sie weggeschickt. Wie sollte das denn gehen, wenn du sie nicht kontrolliert hast? Gib es zu! Du hast magische Kräfte.«

Sie schüttelte heftig den Kopf. *Ich muss sie überzeugen.* »Renet, was hast du getan? Du hast diese braven Leute angelogen, diese wichtigen Leute, hast ihren Tagesablauf gestört und ihre Zeit beansprucht. Ich bin mir sicher, sie haben viel wichtigere Dinge zu tun, als uns zu besuchen.«

»Oh, bitte, bleibt doch noch zu Besuch!«, rief Llor. Er packte das Handgelenk des Meisters und klammerte sich an ihn, ließ sein volles Gewicht am Arm des Mannes baumeln. Die Muskeln des Meisters spannten sich an und stützten das Kind, aber er schüttelte ihn nicht ab oder sah ihn auch nur an. Der Blick des Meisters schien in Naelin einzudringen, als könne er all ihre Gedanken und all ihre Geheimnisse wahrnehmen. Naelin schaute weg, zu der Frau hinüber, aber die Augen der Wache waren nicht tröstlicher – tatsächlich wirkten sie beinahe feindselig.

»Ich bin eine einfache Waldbewohnerin«, erklärte Naelin. »Ich mache Amulette für meine Familie und zum Verkaufen. Im Laufe der Jahre habe ich einiges Geschick darin entwickelt. Sobald die Geister nah genug herangekommen waren, um die Amulette zu spüren, sind sie geflohen. Da war keine magische Macht im Spiel. Keine Befehle. Ich fürchte, mein Ehemann hat sich in seiner Begeisterung geirrt.« *Bitte, glaubt mir,* dachte sie.

Der Meister fuhr fort, sie zu mustern, und sie spürte, wie ihr Gesicht glühend rot wurde. Sie wünschte, sie wäre ein Vogel und könnte zum Fenster hinausfliegen. Ihre Tochter drückte sich wieder enger an sie, und Naelin legte den Arm um sie, wobei sie nicht wusste, wer von beiden jetzt wen tröstete.

Der Meister kniete sich vor Llor hin und fragte: »Hat deine Mutter die Ungeheuer verscheucht?«

Llor warf einen raschen Blick in ihre Richtung, und Naelin schüttelte den Kopf. »Nein«, antwortete Llor.

Braver Junge, dachte Naelin.

»Wir haben uns da drunter versteckt.« Llor zeigte auf den Teppich, der über der Falltür lag. »Als wir herausgekommen sind, waren die Ungeheuer fort, und Mama hat Vater für eine Weile angebrüllt. Er hat die Geister kommen lassen, weil er nicht sehr schlau ist.«

Die Wache gab einen Laut von sich, der beinahe wie ein Lachen klang.

»Warum sagst du: ›Er hat die Geister kommen lassen‹? Warum gibst du ihm die Schuld?« Die Stimme des Meisters war sanft, und Naelin fragte sich plötzlich, ob er wohl selbst Kinder hatte. Sie hätte nie gedacht, dass Meister gut im Umgang mit Kindern waren.

»Weil er die neuen Amulette nicht aufgehängt hat, und zwar absichtlich. Mama fand das gemein. Und ich finde auch, dass das gemein war.«

Renets Gesicht lief erst rot und dann violett an. »Ich wollte nur testen …«

Der Meister hob die Hand und schnitt ihm damit das Wort ab. »Ich rede jetzt mit Eurem Sohn. Mit Euch habe ich bereits geredet. Wenn ich das richtig verstehe, habt Ihr vorsätzlich die Schutzvorkehrungen um Eure Kinder entfernt und Eure Frau nicht gewarnt.« Er wandte Renet absichtlich den Rücken zu.

Renet schreckte zurück wie ein kleiner Junge, der weiß, dass er in Schwierigkeiten steckt, sich aber nicht vorstellen kann, was er falsch gemacht hat, und Naelin hätte ihn am liebsten für seine Verständnislosigkeit geschüttelt. Sie würde heute Abend erneut erklären müssen, warum sie ihre Fähigkeiten versteckte, warum ihre Eltern sie vor Meistern gewarnt hatten, warum sie nie auf eine Schule zur Ausbildung gegangen war. Nur die Stärksten konnten ihre Kräfte gegen die Geister einsetzen und überleben. Und sie gehörte nicht zu den Stärksten. Sie würde nicht überleben. Ganz gleich, wie wohlhabend es ihre Familie machen würde, wenn sie in die Hauptstadt ging – sie war der Überzeugung, dass ihre Kinder arm besser dran waren als mutterlos. Es war doch nicht so schwer, das zu begreifen.

»Erzähl mir von deiner Mutter«, wandte sich der Meister an Llor.

»Sie riecht gut«, sagte Llor.

»Schön. Was noch?«

»Sie erzählt mir abends Geschichten, damit ich einschlafen kann«, fuhr Llor fort. »Ich habe manchmal schlimme Träume.« Schnell fügte er hinzu: »Aber ich weine nicht. Ich bin kein Baby.«

»Nein, das bist du nicht«, erwiderte der Meister mit ernster Stimme.

»Mama denkt, ich wäre eins. Sie lässt mich nicht einmal allein zur Schule gehen. Alle anderen Kinder dürfen es, aber Mama …«

»Das reicht, Llor«, unterbrach ihn Naelin forsch. Sie

richtete ihren Blick auf den Meister. »Ich beschütze meine Familie, indem ich vorsichtig bin. Vielleicht übertrieben vorsichtig, aber wir sind nicht wie Ihr. Menschen wie unsereins können es sich nicht leisten, keine Angst zu haben.«

Er erhob sich, und Naelin wich ein wenig zurück. Erneut wurde ihr bewusst, wie groß er war. Er war wie ein Baum, mit Armmuskeln, die so hart wirkten wie ein Stamm. »Ihr glaubt, wir hätten keine Angst?«

»Ihr könnt gegen Geister kämpfen«, gab Naelin zur Antwort. »Wir müssen zurechtkommen, so gut wir können.«

»Es klingt so, als würdet Ihr ganz gut ›zurechtkommen‹«, bemerkte die Frau.

Naelin neigte den Kopf. »Danke.« Sie begann zu hoffen, dass das bedeutete, dass sie ihr Glauben schenkten. Zwar hatte sie Übung darin, in Bezug auf ihre Fähigkeiten zu lügen, aber nicht Menschen wie diesen gegenüber. Sie fühlte sich vor ihnen nackt und war sich jedes Einzelnen ihrer Makel bewusst, von ihren knochigen Ellbogen über ihre allzu dünnen Augenbrauen bis hin zu ihrem Haar, in dem in letzter Zeit die ersten grauen Strähnen aufgetaucht waren. *Solche Menschen sollten nicht mit Leuten wie mir reden. Sie sind wie Rosen, und ich bin wie … wie Erde. Zweckdienliche gewöhnliche Erde, die niemals etwas Außergewöhnliches oder auch nur Unerwartetes tut.* Sie strich sich übers Haar und zwang sich dann, die Hand sinken zu lassen. »Noch einmal, es tut mir leid, dass Ihr umsonst hergekommen seid, aber ich bin kein Mensch, für den Leute wie Ihr sich jemals interessieren würden.«

Der Meister machte eine Verbeugung – eine Verbeugung, vor ihr! Verwirrt versuchte sie zu knicksen und rempelte dabei Erian an. Der Meister schien es nicht zu bemerken oder tat zumindest so. »Wir danken Euch, dass

Ihr uns Eure Zeit geschenkt habt.« Er wandte sich zur Tür, und die Wache folgte ihm.

»Naelin!«, stieß Renet hervor, seine Stimme ein erstickter Aufschrei. Er eilte durch den Raum und griff so fest nach ihrem Arm, dass sie zusammenzuckte. Dann flüsterte er ihr ins Ohr: »Du kannst sie nicht einfach gehen lassen. Das ist unsere Gelegenheit. Sei kein Feigling! Du könntest unser Leben verändern, genau hier, genau jetzt. Diese Menschen haben die Macht, uns alles zu bieten, was wir immer wollten: Sicherheit, Schutz, Wohlstand.«

Sie löste mit Gewalt seine Finger von ihrem Arm und schob seine Hand weg. Mit einem leisen Wispern, das kaum ein Hauchen war, fügte sie hinzu: »Und Tod.« Er zuckte zusammen.

Sie meinte, den Meister kurz zögern gesehen zu haben … aber nein, er drehte sich nur um, um die Leiter hinunterzusteigen. Llor und Erian eilten zur Tür, um den beiden nachzuschauen. Erian lehnte sich mit offenem Mund zur Tür hinaus, und Llor quiekte entzückt. Naelin ließ Renet stehen und eilte zu ihren Kindern. Ihre Arme um beide gelegt schaute sie hinaus.

Der Meister und die Wache hatten die Leiter verlassen und sprangen von Baum zu Baum, höher und höher. Hinter ihnen zitterten und bebten die Blätter.

»Sie gehen!«, rief Renet.

»Gut«, sagte Naelin entschieden.

Naelin und ihre Kinder schauten den beiden nach, bis sie außer Sicht waren. Sie machte sich klar, wie dankbar sie doch sei, dass die Sache vorüber war, und wie glücklich sie sich schätzen könne, dass sie fort waren, aber sie starrte weiter zu den Bäumen hinaus, noch lange, nachdem sich die Blätter wieder beruhigt hatten. Es geschah nicht jeden Tag, dass man Helden kennenlernte.

Kapitel 7

Hoch über dem winzigen Haus im Wald hockte Ven neben Alet. »Sie lügt.« Er beobachtete, wie die Waldbewohnerin das Haus verließ, prüfend in alle Richtungen schaute und dann auf das Dach ihres Hauses kletterte. An ihrem Arm baumelte ein Korb mit Amuletten. Sie begann, sie auf dem Dach zu befestigen.

»Ihr glaubt also eher ihrem Schwachkopf von Ehemann?«

»Ich weiß, wann Menschen Geheimnisse verbergen.«

Sie schnaubte belustigt.

»Das ist keine Prahlerei«, betonte er. »Es ist die Wahrheit. Ich musste das lernen.« Er dachte an Fara – er hatte nicht gewusst, was die Königin verborgen hatte, aber er hatte gewusst, dass sie Geheimnisse hegte. »Es ist der Palast. Man kann dort nicht überleben, wenn man nicht lernt, Menschen zu durchschauen. Mit der Zeit werdet Ihr es ebenfalls lernen.«

»Richtig, oh weiser, erfahrener Mann. Dann erklärt mir dieses Geheimnis: Warum sollte eine Frau die Sorte von Mann heiraten, die sie bewusst in Gefahr bringen würde? Wenn er sich geirrt hätte, wären sie und ihre Kinder eines schrecklichen Todes gestorben und er wäre ein Mörder gewesen.«

»Aber er hat sich nicht geirrt.«

»Es sei denn, er hat sich doch geirrt«, wandte Alet ein.

»Ihr habt all die nagelneuen Amulette in dem Haus gesehen.«

Ja, er hatte sie gesehen, aber er hatte auch noch etwas anderes gesehen, nämlich die Angst in den Augen der Waldfrau. Sie hatte versucht, sie zu verbergen, aber er war es gewohnt, danach Ausschau zu halten – man konnte eine Menge über einen Gegner in Erfahrung bringen, indem man herausfand, wovor er Angst hatte. *Ich habe recht.*

»Selbst wenn es wahr ist und sie ungeheure geheime Fähigkeiten verbirgt, spielt das keine Rolle. Was wollt Ihr mit einer unwilligen Kandidatin anfangen? Ihr wisst aus erster Hand, wie schwierig die Thronprüfungen sind, und das gilt schon für Frauen, die sie bestehen *wollen*.«

»Sie würde die Thronprüfungen schon auch bestehen wollen«, erklärte Ven. »Sie will überleben. All diese Amulette in dem Haus? Sie möchte um jeden Preis überleben. Und auch, dass ihre Familie überlebt.«

»Also?«, hakte Alet nach.

Ven schaute seine Begleiterin an. Ihr würde nicht gefallen, was er vorzuschlagen im Begriff stand. In Wahrheit gefiel es auch ihm selbst nicht besonders. »Ich glaube, ihr Wunsch, sich selbst und die Menschen, die sie liebt, zu schützen, wird jede mangelnde Bereitschaft überwiegen. Meiner Meinung nach würde sie für sie kämpfen, wenn es sein muss.«

»Falls sie es überhaupt kann«, warf Alet ein. »Ich behaupte immer noch, dass sie vielleicht gar keine magischen Kräfte besitzt.«

»Dann müssen wir mit den Dorfbewohnern reden und mehr über sie in Erfahrung bringen, und wenn sie geeignet scheint, werden wir sie prüfen«, antwortete Ven. »Wir werden sowohl ihre Fähigkeiten als auch ihre Bereitschaft prüfen.« Er schaute wieder hinab und beobachtete, wie die Waldfrau sich auf einen der Äste hinaufwagte. Sie war fraglos eine erfahrene Kletterin – sie balancierte sich genau richtig aus, um auszugleichen, dass der Zweig so dünn war, was weder ein einfaches noch ein selbstverständliches Manöver war. Dann streckte sie den Arm aus und befestigte ein Amulett am nächsten Baum. Sie war voller Entschlossenheit. Selbst aus dieser Entfernung konnte er das wahrnehmen.

Ven spürte, dass Alet ihn grimmig anblickte. »Ihr wollt genau das tun, was dieser Typ, ihr Mann, getan hat«, warf sie ihm vor. Er hörte Abscheu in ihrer Stimme, weigerte sich aber, sich davon beeindrucken zu lassen. Schließlich hatte er diese Aufgabe nicht übernommen, um nett zu sein. »Ihr wollt sie mit Tricks dazu bewegen, ihre magischen Kräfte einzusetzen, *falls* sie denn welche hat.«

»Ich werde sie dazu bringen, die Wahrheit zu sagen, dazu braucht es keine Tricks«, antwortete Ven. »Aber, ja, ich habe vor, sie dazu zu bringen, Gebrauch von ihren Kräften zu machen. Im Gegensatz zu ihrem Mann bin ich allerdings in der Lage, sie zu beschützen, falls die Sache schiefgeht.« *Und dann … werden wir sehen, aus welchem Holz sie tatsächlich geschnitzt ist.*

»Es wird etwas schiefgehen«, prophezeite Alet.

Ven zuckte die Schultern. »Es geht immer etwas schief.«

Bei Morgengrauen füllte Naelin ihre Taschen mit schützenden Amuletten, küsste ihre schläfrigen Kinder und informierte ihren Ehemann darüber, dass sie den Geistern befehlen würde, ihm die Arme abzureißen, wenn er die Kleinen aus dem Haus ließ. Er brummte nur und rollte sich im Bett herum, sodass er die Decke wie einen Kokon um sich hüllte.

Nachdem sie in der Tür einen Moment lang gezögert hatte, schaute sie noch einmal in ihr behagliches, geschütztes, wohlig warmes Heim zurück, vom Kaminfeuer in ein bernsteinfarbenes Licht getaucht. Ihr Lieblingsstuhl stand neben der Herdstelle, und Steppdecken türmten sich darauf. Auf dem kleinen Tisch daneben lag ein halb fertig gestrickter Pullover. Vielleicht wäre es klüger, zu Hause zu bleiben. Bestimmt könnte sie noch die eine oder andere Mahlzeit zusammenrühren – zumindest gebratene Wurzeln. Doch sie hatten kein Mehl mehr und auch weder Eier noch Sprossen. Realistisch betrachtet konnte sie ihre Familie höchstens noch ein oder zwei Tage versorgen, ohne neue Nahrungsmittel zu benötigen, und es war sicherer, die vom häufigen Verkehr ausgetretenen Brücken zum Markt zu nehmen, als dass sie oder Renet sich in den Wald hinauswagten, um zu jagen. Wenn es ein oder zwei Abende lang nur gebratene Wurzeln gab, würde Renet darauf bestehen hinauszugehen, um Nahrung zu beschaffen. *Ich will diesen Streit nicht haben. Oder überhaupt irgendwelche Streitereien.*

Sie verschloss die Tür sorgfältig hinter sich und überprüfte die Leiter – die Luft war rein. Der Wald wirkte frisch und wach, wie er da im Morgentau funkelte und vom Zirpen fröhlicher Vögel mit Leben erfüllt wurde. Oder auch den Rufen liebeshungriger Vögel mit ausgeprägtem Revierinstinkt.

Sie kletterte die Leiter zum Waldboden hinab. Eilig stieg sie über Wurzeln, bahnte sich einen Weg um Buschwerk herum und war sich dabei jedes Zweigs bewusst, der unter ihren Füßen zerbrach, und jedes Bröckchens Erde, das sie aufwühlte, aber sie bemerkte keine Geister. Vor und über ihr lag die Hauptstraße: die Seilbrücken, die sich zwischen Immertal und den benachbarten Städten durch den Wald spannten. Schnell huschte sie die Leiter hinauf und betrat den vertrauten Pfad, wo sie vergleichsweise sicher war.

Nach einer Weile entspannte sie sich zunehmend. Es war schön, aus dem Haus zu kommen und weg von Renets Anschuldigungen. Am Ende des Abends war »Feigling« noch das freundlichste Wort gewesen, mit dem er sie belegt hatte, während er pausenlos darüber schwadronierte, dass sie die einzige Gelegenheit ihrer Familie zu künftigem Glück ruiniert habe.

Sie war kein Feigling; sie war lediglich praktisch veranlagt. Jede Überlappung zwischen den beiden Begriffen war zufällig. Renet gab sich einer Wahnvorstellung hin, wenn er glaubte, Menschen wie der Meister und die Kommandantin, deren Leben mit der Welt der Königin verwoben waren, böten Sicherheit und Schutz. Tatsächlich traf das Gegenteil zu. Man brauchte sich nur ins Gedächtnis zu rufen, wie viele Menschen während der letzten Thronprüfungen und während der Krönung gestorben waren: alle bis auf eine.

Man konnte darüber so viele Lieder singen und Geschichten erzählen, wie man wollte, es änderte nichts an der Tatsache, dass die meisten Menschen, die von ihrer Macht über Geister Gebrauch machten, keine Königinnen wurden. Die meisten starben.

Er hatte sie beschuldigt, keinen Ehrgeiz zu haben, und sie hätte am liebsten zurückgeschrien: *Du hast recht!* Naelin war eine Waldfrau, und sie war gerne eine. Naelin wollte nichts anderes sein. Sie mochte ihr Leben – die Momente ausgenommen, in denen Renet zu dem Schluss kam, es wäre doch lustig, es auf den Kopf zu stellen. Sie mochte ihr Zuhause und ihre Familie und ihre Nachbarn und den Wald. Tatsächlich mochte sie alles genau so, wie es war, herzlichen Dank auch. Sie brauchte keine Meister und keine königlichen Wachen, die sich in ihr warmes, behagliches Heim zwängten, ihre Kinder in weltfremde Verzückung versetzten und ihren Ehemann in seinen lächerlichen Ideen bestärkten.

Ja, sie besaß Macht über Geister. Aber nicht *genug* Macht. Sie würde keine von den wenigen sein, die überlebten; sie würde eine der vielen sein, die den Tod fanden, und würde das irgendjemandem nützen? War es ihren Tod wert, wenn Renet und die Kinder dafür in einem größeren Haus leben, hübschere Kleider tragen, kostbarere Gewürze verwenden und glänzenderen Nippeskram sammeln konnten? Sie hatten alles, was sie brauchten – ein Dach über dem Kopf, Kleider am Leib und Essen auf dem Tisch. *Warum kann er damit nicht zufrieden sein? Ich bin es!*

Naelin atmete die frische Waldluft ein und richtete sich auf. Sie sollte sich beruhigen und sich nicht wieder in Rage bringen. Der Meister und seine Gefährtin waren gegangen. Renet würde sich irgendwann damit abfinden, und das Leben würde wieder normal werden. Sie musste sich einfach gewissenhaft ihren Schutzvorkehrungen widmen, und alles würde wieder gut werden.

Vor sich sah sie das Zentrum von Immertal. Bunte Zelte waren auf dem Platz errichtet worden, und so wie es sich anhörte, war der Raum dazwischen bereits gerammelt voll mit Menschen. Sie hörte Stimmen, in die sich Gelächter mischte, und fühlte sich sogleich sicherer. Kein Geist würde es wagen, einen überfüllten Marktplatz anzugreifen. Also tauchte sie in den Strom einkaufender Menschen ein und betrat den Marktplatz.

Männer und Frauen verstummten, als sie vorbeiging. Köpfe drehten sich, und Blicke folgten ihr. Sie hörte hinter sich Getuschel einsetzen, sagte sich aber, dass es nur Einbildung sei – die Menschen redeten nicht über sie. Während sie vorbeieilte, grüßte sie einige Nachbarn, die sie mit Namen kannte, und diese winkten vorsichtig zurück.

Naelin gab sich alle Mühe, den starrenden Blicken und dem Getuschel keine Beachtung zu schenken, wählte, was sie an Vorräten brauchte, und begann erst zu feilschen, als der Müller versuchte, seinen Preis über jedes vernünftige Maß hinaus in die Höhe zu treiben. Sie händigte ihm ein kleines Häufchen Münzen aus, den größten Teil dessen, was sie mit dem Verkauf ihrer letzten Lieferung Amulette verdient hatte, und als er das Geld nahm, stöhnte er laut, dass sie ihn in den Bankrott treibe. Trotzdem dankte sie ihm freundlich, so als würde er sich nicht gerade lächerlich aufführen, und stopfte den Sack mit Mehl in ihr größeres Bündel.

Auf der anderen Seite des Marktes winkte ihr Corinda zu, die örtliche Dorfhexe. »Naelin!« Corinda eilte durch die Menge und rempelte mit ihren rundlichen Ellbogen die Umstehenden aus dem Weg. »Oh, Naelin!«

»Corinda, ich habe mir gedacht, ich könnte dir weitere Amulette zum Verkaufen bringen …«

Die Frau umarmte sie. »Ich habe mir solche Sorgen um dich gemacht!«

Naelin tätschelte Corinda linkisch den Rücken. *Schön, ist ja wirklich … nett?* Von ihren Kindern abgesehen, äußerte sich Naelin anderen Menschen gegenüber nicht gerade oft überschwänglich herzlich, und Corinda hatte sie noch nie mit einer Umarmung begrüßt. »Ach ja? Das ist …« Sie suchte nach dem richtigen Wort. Lieb? Seltsam? Beunruhigend? »Es geht mir gut. Uns allen geht es gut. Warum solltest du dir Sorgen machen?«

Corinda beugte sich so nah zu ihr vor, dass Naelin das Honigbrot in ihrem Atem roch und den leicht säuerlichen Schweiß auf ihrer Haut. »Wegen der beiden. Du weißt schon. Ich war dabei, als Renet ihnen von dir erzählt hat. Ich habe versucht, ihn zum Schweigen zu bringen, aber du weißt, wie er ist.« Sie umarmte Naelin abermals. »Oh, ich habe geglaubt, sie würden dich bestimmt mitnehmen!«

Naelin wäre es lieber gewesen, Corinda würde nicht so laut sprechen. Sie schaute nach rechts und nach links – die anderen Menschen auf dem Markt schienen zu lauschen, und einige machten sich nicht einmal die Mühe, es zu verbergen. »Es gab keinen Grund, warum sie mich hätten mitnehmen sollen«, sagte Naelin mit lauter, fester Stimme. »Ich besitze keine besonderen Fähigkeiten.«

»Aber sie denken es«, wandte Corinda ein. »Sie sind in der Stadt gewesen und haben sich nach dir erkundigt.«

Naelin begann es mit einem Mal zu frösteln. *Dann habe ich sie also doch nicht täuschen können,* schoss es ihr durch den Kopf. *Ich hätte es wissen müssen.* »Ich habe geglaubt, sie seien wieder fortgegangen.« Sie löste sich von ihrer Freundin und warf einen suchenden Blick in die Menge, erwartete halb, plötzlich den Meister und die Wache zu sehen, die sie heimlich beobachteten. Eine Gänsehaut überzog ihren Körper. »Ich muss nach Hause.«

»Natürlich«, pflichtete Corinda ihr bei. »Ich wünsche dir einen sicheren Heimweg. Aber, Naelin, du solltest wissen, dass sie mit allen reden. Und die Leute haben ihnen gesagt, dass … du weißt schon.« Sie machte eine vielsagende Kopfbewegung nach Norden, in Richtung Schule.

Oh nein, durchzuckte es Naelin. Sie hatte gehofft, dass alle es inzwischen vergessen hätten. Es war Jahre her, dass irgendjemand das letzte Mal davon gesprochen hatte. Erian war noch klein gewesen, jünger als Llor jetzt, als ein wild gewordener Holzgeist den Stamm des Baums, der die Schule beherbergte, ganz unten an der Basis gespalten hatte. Der Baum hatte geschwankt, und alle Kinder waren weit oben auf der Hochterrasse gefangen gewesen. Naelin hatte sich unten bei den anderen Eltern befunden und gesehen, wie es geschah. Ihr war völlig klar gewesen, dass der Baum mit allen Kindern darauf umstürzen würde, was deren sicheren Tod bedeutete, wenn sie nichts unternahm. Und sie erinnerte sich daran, wie sie zusammen mit den anderen Eltern zugeschaut hatte, während der Geist gezwungen wurde, den Baum wieder heil zu machen, den Stamm wieder zusammenzufügen, ihn mit Ranken zu stärken und aufrecht zu halten, bis alle Kinder gerettet waren – und dann war Naelin ohnmächtig geworden. Woraufhin die Gerüchte begonnen hatten, dass sie selbst das Ganze bewerkstelligt habe. »Niemand hat irgendeinen Beweis dafür.«

»Die Leute brauchen keine Beweise, um Gerüchte zu verbreiten«, erwiderte Corinda. »Du gehst jetzt besser nach Hause und hältst dich im Hintergrund. Der persönliche Meister der Königin! Es ist das Aufregendste, was in Immertal seit Ewigkeiten passiert ist, und alle wollen sie mit ihm reden. Schon sehr bald werden sie anfangen, Geschichten über dich zu erfinden, nur um einen Blick auf den Mann werfen zu können, der die Frau ausgewählt hat, die unsere Königin geworden ist.«

»Ich werde zu Hause bleiben«, versprach Naelin. »Sobald sie weiterziehen, haben die Leute mich vergessen. Irgendetwas anderes wird geschehen, und dann werden sie darüber reden.«

Corindas Miene hellte sich auf. »Ooh, du könntest jederzeit eine Affäre mit jemandem anfangen. *Das* würde für neuen Gesprächsstoff sorgen. Oder ich könnte eine Affäre mit jemandem anfangen …«

Naelin warf ihr ein Lächeln zu und hoffte, dass sie nicht so besorgt aussah, wie sie sich fühlte. »Danke für die Warnung.« Sie winkte der Dorfhexe zum Abschied und gab ihren Plan auf, genug Vorräte für die ganze Woche zu kaufen. Stattdessen huschte sie eilig über den Markt.

Während sie sich einen Weg durch die Menge bahnte, war sich Naelin mit allen Sinnen bewusst, dass die Menschen, ihre Nachbarn und angeblichen Freunde, sie tatsächlich alle anstarrten und über sie tuschelten, und sie spürte, wie tief in ihrem Bauch nicht nur die Angst, sondern auch die Wut immer größer wurde. Diese Fremden hatten kein Recht hierherzukommen, in ihr Heim, und ihr Leben zu verpfuschen. Sie hatte sich ein schönes Leben für sich selbst und ihre Familie aufgebaut. Sie war Teil der Dorfbevölkerung, oder zumindest hatte sie das gedacht. Sie hatte hart dafür gearbeitet, einfach nur eine x-beliebige Waldbewohnerin zu sein. Es war nicht recht, dass sie all das durcheinandergewirbelt hatten.

Als sie die Seilbrücken erreichte, blieb sie nicht stehen. Sie eilte über den schwankenden Weg und schaute dabei regelmäßig über ihre Schulter zurück. Noch nie zuvor hatte sie sich auf dem Markt nicht sicher gefühlt. Dort sollte immer eine vertraute, freundliche Atmosphäre herrschen, und …

Sie bog um eine Ecke und fuhr zurück. Der Meister und die Wache lehnten lässig am Geländer der Brücke, als hätten sie auf sie gewartet, und ihr Zorn kochte über. »Was macht ihr immer noch hier?«, begehrte sie auf. »Ich habe euch gesagt, dass ich nicht diejenige bin, die ihr sucht.« Sie erschrak vor sich selbst. *So kann ich nicht mit einem Meister reden!* Aber sie gab nicht klein bei. Hier ging es nicht nur um sie – sie musste für Erian und Llor stark sein.

»Uns gefällt, was wir über Euch gehört haben«, sagte der Meister.

»Ihr habt Lügen gehört.« Naelin versuchte, an ihrem

Zorn festzuhalten – er war besser als die Angst. »Immertal ist eine langweilige Kleinstadt. Ihr seid aufregend. Die Menschen erzählen euch, was immer ihr hören wollt, nur damit ihr länger bleibt.«

»Alle, nur Ihr nicht«, warf die Wache ein.

Ist es das, was mich verraten hat?, fragte sich Naelin.

»Ich möchte Euch eine Prüfung vorschlagen«, sagte der Meister, ohne sie aus den Augen zu lassen. »Wir werden einige Geister gegen Euch aufbringen. Wenn es Euch an der Macht mangelt, sie wegzuschicken, lassen wir Euch in Ruhe. Wenn nicht … dann hört Ihr auf zu lügen und redet mit uns. Hört Euch an, warum die Königin und Euer Land Euch brauchen.«

Naelin wich zurück. Das war … *ungerecht*, ergänzte ihr Gehirn. *Gefährlich. Dumm. Auf dumme Weise gefährlich.* »Damit schickt ihr mich in den sicheren Tod.«

»Nicht, wenn Ihr Gebrauch von Euren Fähigkeiten macht«, erwiderte die Kommandantin.

»Ich habe Kinder zu Hause«, flehte Naelin, »zwei kleine, wunderschöne Kinder, die ihre Mutter brauchen. Zwingt mich nicht, so etwas zu tun.« Sie schaute zwischen ihnen hin und her und versuchte, in ihren Augen einen Funken Mitgefühl zu entdecken. Der Gesichtsausdruck der Wache war kälter als ein Gebirgsbach.

»Man wird sich um sie kümmern, ganz gleich, wie die Sache ausgeht«, erwiderte der Meister, als könnte sie das beruhigen. »Die Krone hat Mittel für Familien wie die Eure. Eurem Mann und Euren Kindern wird es niemals wieder an etwas mangeln.«

»Außer an ihrer Mutter!« Naelins Stimme war schrill. Ihre Muskeln schrien ihr zu: *Renn weg, renn weg, renn weg!* Aber sie wusste, dass sie zwei trainierten Kriegern nicht davonlaufen konnte.

Die Kommandantin schnalzte mit der Zunge. »Das ist aber nicht die Haltung eines Siegers. Nutzt Eure Kräfte, und Ihr werdet überleben.«

Und dann werdet ihr mich trotzdem fortholen, dachte Naelin. Sie konnte nicht gewinnen. Das war eine Falle. Wenn sie von ihren Kräften Gebrauch machte, würden sie sie von ihrer Familie wegbringen, in die Hauptstadt, wo ihr immer schlimmere und schlimmere Prüfungen bevorstanden, bis eine sie schließlich umbrachte. Oder sie nutzte ihre Macht nicht und riskierte, hier und jetzt zu sterben. »Ihr verurteilt mich zum Tode. Wenn sich die Geister über mich hermachen, werde ich sie nicht aufhalten können, und dann seid ihr Mörder.«

»Ich bin sicher, die Königin wird uns begnadigen«, erwiderte die Wache heiter. »Viel Glück!«

»Nutzt Eure Kräfte«, wies sie der Meister an. Dann griff er nach einem Seil über der Brücke und kletterte hinauf. Die Wache rannte los, sprang von der Brücke und landete wie ein Eichhörnchen auf einem Ast mehrere Bäume entfernt.

Für einen Moment stand Naelin wie erstarrt da. Was sollte sie tun? Nach Hause gehen und riskieren, dass die »Prüfung«, worin auch immer sie bestehen mochte, dort stattfand? Hier bleiben, ganz allein? Oder auf den Markt zurückkehren?

Auf den Markt, entschied sie. Der Meister würde es nicht wagen, sie zu »prüfen«, während sie von unschuldigen Menschen umringt war, und ihre Familie wäre in Sicherheit. Sie wirbelte herum und lief zurück zum Marktplatz. Es war nicht weit. Gleich hinter der Biegung.

Die Seilbrücke erbebte unter ihr, und sie warf einen Blick hinter sich.

Drei Holzgeister kamen hämisch lachend auf allen vieren auf sie zugesprungen, wie schlaksige Eichhörnchen. Naelin rannte schneller. Seitenstechen peinigte sie, und der Mehlsack hämmerte schwer auf ihren Rücken. Vor sich sah sie die Hochterrasse … »Hilfe! Hilfe! Geister kommen!«

Auf der Marktterrasse wurde ihr Ruf wiederholt, und Menschen sprangen schreiend auseinander. Naelin lief weiter. Ihre Waden brannten, und ihr Atem kratzte ihr in der Kehle. Eine Krallenhand packte ihren Rock. Sie spürte ein Ziehen und hörte den Stoff reißen.

Sie schwang sich ihren Sack vom Rücken und schleuderte ihn dem nächsten Geist mitten ins Gesicht. Der Mehlsack platzte, und der weiße Staub legte sich als Wolke um sie herum. Hustend verlangsamten die Geister ihr Tempo. Naelin eilte weiter und erreichte die Marktterrasse.

Vor ihr auf dem Markt herrschte Chaos. Menschen rannten davon, um Waffen zu besorgen oder sich zu verstecken. Stände wurden umgeworfen und als Schutzschilde benutzt. Eltern schnappten sich ihre Kinder und versteckten sie in Fässern oder hinter Kisten. Irgendjemand brüllte Befehle, und Naelin lief mitten in das Gewirr der Menschen hinein. Sie hatte es geschafft! Jetzt mussten der Meister und die Wache herkommen! Sie würden nicht zulassen, dass die Geister unschuldige Menschen verletzten, oder etwa doch?

»Mehr kommen von oben!«, rief jemand.

Naelin schaute hinauf und sah Luftgeister zwischen den Ästen herabstoßen. Hinter ihnen kreiselten Blätter im Wirbelwind. Sie zupften an den Tüchern, die als Zeltplanen gedient hatten, und der Stoff wirbelte durch die Luft, als sei das Ganze ein Fest – eine schreckliche, furchterregende Feier.

Gefangen im Gedränge der Menschen wurde Naelin zurück zu den Läden geschoben. Sie zog Amulette aus ihrer Tasche und verteilte sie an alle, die sie erreichen konnte. »Haltet sie fern«, befahl sie.

Aber die Geister griffen nicht an. Sie umkreisten die Menschenmenge – die Luftgeister oben und die Baumgeister unten auf der Marktterrasse. Schreiend stürzten die Menschen zur Seite und drückten sich platt gegen die Läden, während die Geister über den Markt schlichen, in jeden Winkel spähten und schnupperten, als suchten sie nach jemandem ganz Bestimmtes.

Nach mir, durchfuhr es Naelin.

Sie würden sie finden, wenn sie hierblieb, draußen im Freien. Sie warf einen Blick hinter sich und sah einen vertrauten Laden – den von Corinda! So schnell sie konnte, schlängelte sie sich durch das Gedränge der Menschen und bahnte sich einen Weg durch die Tür.

Die Dorfhexe stand im Ladeneingang und war emsig damit beschäftigt, Amulette zu verteilen. »Bezahlt mich später, nehmt sie jetzt«, sagte sie. Als sie Naelin sah, rief sie: »Du solltest eigentlich zu Hause sein!«

»Scht! Du hast mich nicht gesehen!« Naelin zwängte sich an ihr vorbei in den Raum und hockte sich ans Fenster. Draußen marschierten sechs Baumgeister auf dem Platz hin und her. Sechs! Sie zischten die Menschen an, und diese hielten mit zitternden Armen Amulette vor sich. *Greift nicht an,* dachte sie, aber sie achtete darauf, dass die Worte ihren Kopf nicht verließen.

Da der Meister und die Wache irgendwo dort draußen waren und zuschauten, wagte sie es nicht, von ihrer Macht Gebrauch zu machen. Naelin eilte zu den Regalen. Das Mehl hatte sie benommen gemacht, und die Amulette stießen sie ab – was, wenn sie beides miteinander verband?

In Corindas Laden gab es alle Zutaten, die eine Dorfhexe je gebrauchen würde. Naelin nahm einen Behälter nach dem anderen aus den Regalen und kippte den Inhalt in eine Schale. Sie sagte sich im Geiste die Rezeptur auf, vervielfachte die Zutaten und begann zu rühren. Sie spürte ein schwaches Kribbeln auf den Armen, wo sich die feinen Härchen sträubten. Fast fertig.

Die Schüssel in den Armen lief Naelin zum Fenster und spähte hinaus. Auf der anderen Seite des Platzes, bei den umgestürzten Ständen, sah sie den Müller mit zitterndem Finger auf Corindas Laden zeigen. Innerlich verfluchte sie ihn und sein überteuertes Mehl.

Der größte Baumgeist drehte den Kopf in Richtung Laden, und Naelin wich zurück. Sie drückte die Schüssel mit den Kräutern fester an ihre Brust. Ihr Herz hämmerte laut, und sie dachte an Erian und Llor – Erian mit ihrem Lächeln, das ihre Augen leuchten ließ, und Llor mit seinem fröhlichen Grinsen. Sie stellte sich vor, wie sie im Bett zusammengerollt dalagen, friedlich und wach; Erian erzählte von ihrem Tag in der Schule, und Llor zupfte an ihrem Rock und bat sie, mit ihm zu spielen.

Schnuppernd schritt der Geist auf den Laden zu. Er gab ein Zeichen, und die anderen schlossen sich ihm an und verteilten sich. Die Luftgeister schwebten nur Zentimeter über dem Terrassenboden. Corinda wich ins Haus zurück. »Versteck dich«, flüsterte sie Naelin zu. »Sie kommen!«

Naelin duckte sich an die Tür und machte die Schüssel bereit.

Corinda schlug die Tür zu.

Die Geister draußen heulten. Corinda schob ein Fass vor die Tür, um sie zu verstärken, doch dann brach die Tür auf, und sie wurde nach hinten geworfen. Holz splitterte in alle Richtungen. *Jetzt!* Naelin sprang vor, warf sich schützend vor ihre am Boden liegende Freundin und schleuderte den Inhalt der Schüssel nach den Geistern, die durch die Tür geströmt kamen.

Die Geister kreischten auf. Sie kratzten sich überall am Körper und heulten. Ihre Arme schnellten vor, und Naelin wich zurück. Dann griff sie nach Corindas Arm und zerrte sie weg, während die Geister hereingewogt kamen, mit Kräutern bedeckt und kreischend, als habe Naelin sie verbrannt.

Einer der Geister griff jedoch an und machte sich über Corinda her. Seine Krallen fuhren ihr durchs Fleisch, und Corinda schrie auf. Naelin warf sich nach vorn und versuchte, den Geist von ihrer Freundin herunterzuziehen. Der Geist schlüpfte ihr durch die Finger, stürzte sich auf sie und grub ihr seine Reißzähne in die Schulter. Naelin brüllte, und der Geist biss fester zu. Der Schmerz blendete alle Vernunft aus, alle Erinnerungen, da war nur noch der Wunsch, dass es aufhörte. Aufhören, aufhören, *hör auf*!

Der Gedanke schnellte wie ein Pfeil aus ihr heraus, und das Wort riss nicht weniger heftig an ihrer Haut als die Zähne des Geistes. Ihr Blut auf seinen Reißzähnen bäumte der Geist sich auf und fuhr zurück, als hätte sie ihn geschlagen. Naelin griff sich an die Schulter und sah, dass der Geist aufgehört hatte, sie anzugreifen.

Alle Geister hatten aufgehört.

Sie krümmten sich und drängten sich in einem Winkel des Ladens zusammen. Während Naelin noch immer ihre Schulter hielt, stemmte sie sich an der Wand hoch. Sie sah Corinda an. Auf dem Arm ihrer Freundin war Blut, und sie stöhnte.

Der Meister und die Wache kamen durch die zerschmetterte Tür geschlendert. Lächelnd gingen sie an den eingeschüchterten Geistern vorbei. »Ihr habt es geschafft«, sagte die Kommandantin. »Herzlichen Glückwunsch!« Sie sprach laut, und ihre Stimme hallte über den Platz. Naelin sah die Leute draußen, die sich an der Tür und am Fenster drängten und auf jedes Wort lauschten.

»Zwei Eigenschaften sind es, die eine wahre Königin benötigt: den Instinkt zu überleben und den Instinkt zu beschützen«, erklärte der Meister. »Ihr besitzt beides. Eure Königin und Euer Land brauchen Euch.« Er streckte die Hand aus und befahl: »Ihr kommt mit uns.«

Naelin sah auf seine Hand, dann auf ihre verwundete Freundin und schließlich auf die Geister, die sie mit großen hohlen Augen musterten. Dieser Meister und die Wache hatten die Geister hierherkommen lassen, wo sie einer unschuldigen Person wehgetan und andere in Angst und Schrecken versetzt hatten. Die Geister hätten Corinda töten können. Oder Naelin. Oder jeden anderen auf dem Markt. Und der Meister und die Wache hätten es zugelassen, alles in dem Glauben, dass das, was das Land brauchte, wichtiger sei als der Schmerz gewöhnlicher Menschen, wichtiger als deren Leben. *Auf dumme Weise gefährlich,* dachte sie.

Laut und deutlich antwortete Naelin: »Nein.«

Der Meister schüttelte den Kopf. »Ihr versteht nicht.«

Sie verstand genug. Naelin richtete den Blick auf die Geister, formte einen bewussten Gedanken und schleuderte ihn ihnen entgegen: *Helft mir zu entkommen. Haltet sie hier fest.*

Knurrend sprangen die Geister zu dem Meister und der Wache hinüber. Die Wache zückte ihre Messer, und der Meister … Naelin blieb nicht, um zu sehen, was er machte. Die Hand auf ihre blutende Schulter gedrückt schoss sie an ihnen vorbei, zur Tür hinaus und über die Marktterrasse.

Draußen wich die Menge vor ihr zurück, und sie sah Menschen, die sie seit vielen Jahren kannte – Freunde ihrer verstorbenen Eltern, Ladenbesitzer, die sie allwöchentlich aufsuchte, Waldmänner und Waldfrauen, die in Corindas Laden Naelins Amulette gekauft hatten, Nachbarn, die sie täglich auf den Waldpfaden und in der Stadt sah –, und sie alle starrten sie an, als sei sie genauso gefährlich wie ein Geist. Niemand sprach sie an, und niemand versuchte, sie aufzuhalten.

Naelin lief auf die Seilbrücken hinaus, nach Hause.

Kapitel 8

Zu Hause.

Graues Dach, rindenbraune Wände, blaue Fensterläden mit Töpfen voller Paprika- und Tomatenpflanzen auf den Fensterbrettern und einem Korb mit Kräutern, der an der Tür hing, um in den Fleckchen von Sonnenlicht zu baden – ihr Zuhause, das sie gemeinsam mit Renet gekauft und mit einem Hammer und den im Tausch gegen ihre Amulette erworbenen Nägeln hergerichtet hatte. Ein Haus, geformt mit ihrer beider Liebe, ihrem Lachen und ihrem Schmerz – Naelins ganzes Herz hing an diesem Haus. Es hatte sie und ihre Familie vor Wind, Regen, Wölfen, Bären und Geistern beschützt, sie sowohl vor der Kälte im Winter als auch vor der Hitze im Sommer behütet. Es hatte ihnen durch alle wesentlichen Momente ihres Lebens hindurch ein sicheres Dach über dem Kopf gegeben, in den großen und bedeutenden Augenblicken, wie den Geburten von Erian und Llor, und in den stilleren Momenten wie denen, wenn sie abends die Kinder ins Bett brachte und zudeckte, oder wenn sie an einem faulen Morgen gemeinsam frühstückten. Der Küchenboden war von unzähligen Schrammen überzogen, die von all den Malen herrührten, als sie ihre Stühle näher an den Tisch gerückt hatten, und im Badezimmer befanden sich immer noch die Wasserflecken von dem Tag, an dem Renet versucht hatte, eine Dusche anzubringen. Llor hatte seinen ersten Zahn zwischen den Dielenbrettern verloren, und Erian hatte einmal Männchen an die Wand gekritzelt, bevor Naelin ihr den Bleistift hatte wegnehmen können. Sie hatte nicht vorgehabt, ihr Zuhause jemals zu verlassen.

Jetzt aber blieb ihr keine andere Wahl.

Naelin eilte auf das Haus zu, die Leiter hinauf und ins Innere. Sie stürmte in die Küche und schlang die Arme um Erian und Llor. »Packt schnell eure Sachen«, wies sie sie an. Sie küsste beide Kinder auf die Stirn. »Nur das, was ihr braucht.«

»Mami, ich will nicht …« Llors Stimme schlug um in ein hohes Heulen.

Seine Schwester gebot ihm zu schweigen. »Siehst du nicht, dass sie ihr ernstes Gesicht aufgesetzt hat?«

Llor zog eine Grimasse, bis er aussah wie ein verschrumpelter Apfel. Seine Unterlippe zitterte, und Naelin wurde klar, dass sie ihm Angst eingejagt hatte, als sie so hereingeplatzt war. »Es ist alles gut, Schatz, aber wir müssen einen Ausflug machen, nur für eine kleine Weile. Du darfst Bubu mitnehmen.«

Seine Miene hellte sich auf und er flitzte davon, um sein Stoffeichhörnchen zu holen, das Erian aus alten Bettlaken für ihn genäht und mit zusätzlichen Knöpfen versehen hatte. Sein Schwanz war eine alte Scheuerbürste, die sie gesäubert und gefärbt hatte. Jetzt, wo der Junge beschäftigt war, holte Naelin drei Säcke von den Dachsparren herunter und stopfte sie mit Kleidern, Amuletten, Bettzeug und Medikamenten voll. In den ihren packte sie noch einiges an Küchengerät: ein Schälmesser, ein Teesieb, Gabeln und Löffel, eine Schöpfkelle, die einmal ihrer Mutter gehört hatte. Während sie packte, gab sie sich große Mühe, allein an praktische Dinge zu denken: Sie hatte keine Zeit, sich in ihren mannigfachen Erinnerungen zu verlieren, sich mit der schiefen Eule aufzuhalten, die Erian geschnitzt hatte, oder mit der zerfetzten Babydecke, die einst die von Llor gewesen war, oder mit der Pastellzeichnung von ihrem Hochzeitstag. Sie besaß noch immer den getrockneten Ring aus Rosen, den sie im Haar getragen hatte, und oben hinter den Dachsparren lag, säuberlich weggepackt, ihr Hochzeitskleid mit der Perlenstickerei auf dem Mieder, an dem ihre Großmutter sechs Monate lang jeden Abend genäht hatte … *Ich gehe zurück in mein Heimatdorf*, beschloss sie. Seit dem Tag, an dem ihre Eltern gestorben waren, war sie nicht mehr dorthin zurückgekehrt. Es war selten, dass sie den Ort überhaupt einmal erwähnte. Niemand würde je auf den Gedanken kommen, dass sie dorthin gegangen war. Mit ein wenig Glück war ihr altes Haus noch unbewohnt, auch wenn das Dach inzwischen sicherlich eingestürzt war …

Sie hörte ihren Mann sich an der Tür die schmutzigen Füße abtreten, und plötzlich saß ihr ein Kloß in der Kehle. Es hatte keinen Sinn, den Dreck aus dem Haus zu halten, nicht mehr. *Halt*, ermahnte sie sich energisch. Sie wusste nicht, ob sie nicht wieder zurückkommen würde. Sie brauchte nur einen Ort zu finden, wo sie sich verstecken konnte, bis Gras über die Sache gewachsen war, bis die Geister vergessen hatten, bis die Nachbarn zu anderen Skandalen übergegangen waren, und dann konnte sie zurückkehren. Nur einen Monat, vielleicht auch mehr, aber dann würde alles wieder seinen normalen Gang nehmen.

Zumindest im Wesentlichen.

»Du wirst nicht mit uns kommen, Renet.« Sie drehte sich nicht um.

»Du gehst fort?« Sie hörte den Schock in seiner

Stimme, als habe sie ihn mit der Bratpfanne geschlagen, und empfand nichts als Müdigkeit. Er konnte nicht überrascht sein. Er hatte das alles in Gang gesetzt. Was hatte er denn erwartet, wie es enden würde? Naelin kniff für einen Moment fest die Augen zu und sagte sich entschlossen, dass sie nicht weinen würde. Um ihr Heim, ja. Um ihr Leben hier, das behagliche, angenehme Leben, das sie für sich und ihre Familie aufgebaut hatte, ja. Aber später, nicht jetzt.

»Diesmal bist du zu weit gegangen, Renet. Das kann ich dir nicht verzeihen.« Sie eilte zu Llor hinüber und steckte noch eine Decke in sein Bündel, außerdem warme Socken. Dann überprüfte sie Erians Bündel und verstaute ihre Bürste darin. Erians Augen strahlten allzu hell. Sie gab sich alle Mühe, tapfer zu sein. Naelin drückte ihre Hand und versuchte ein Lächeln, was ihr jedoch kläglich misslang. Dann lud sie das Bündel auf Erians Rücken. »Haben alle Pipi gemacht? Llor, musst du mal?«

Mit noch immer zitternden Lippen schüttelte er den Kopf. Sie sah, wie er auf dem Stuhl hin und her rutschte, und deutete dann auf die Toilettentür. Er huschte hinein, und sie ging zu dem Fenster über der Küchenspüle hinüber, dem einzigen, von dem aus man einen Blick auf die Stadt hatte. Sie wusste nicht, ob sich der Meister und die Wache ihr noch einmal an die Fersen heften würden, oder ob sie sie als allzu widerspenstig abgeschrieben hatten. Was Letzteres betraf, machte sie sich allerdings keine allzu großen Hoffnungen. Aber wie auch immer, die Geister jedenfalls würden diesen Ort nicht so schnell vergessen. *Du weißt, dass du verschwinden musst,* schärfte sie sich ein. *Du darfst nicht länger zögern.*

Renet stand mitten in der Küche und fuhr sich mit den Fingern durchs Haar, als habe ihn die ganze Sache wie aus heiterem Himmel getroffen. »Naelin, sei vernünftig. Du reagierst übertrieben.«

Nun endlich drehte sie sich zu ihm um, und mit einer leisen Stimme, von der sie nie gedacht hatte, dass sie einmal von ihr würde Gebrauch machen müssen, antwortete sie: »Nicht hier vor den Kindern, nicht mit mir, das mache ich nicht mit. Ich werde nicht schlecht über dich reden, weder jetzt noch später. Du kannst in ihrer Erinnerung der liebe, hingebungsvolle Vater bleiben. Aber du kannst jetzt nicht mit uns kommen. Wir sind mit dir nicht sicher.« Und mit diesen Worten führte sie Llor und Erian zur Tür und ließ Renet mit heruntergeklapptem Unterkiefer stehen, sein Gesicht schlaff, sein Blick so geschockt und verletzt wie der eines angeschossenen Rehs.

Ich werde jetzt nicht weinen.

Mit ihren Bündeln auf dem Rücken kletterten sie die Leiter hinunter und eilten über den Waldboden. Llor wimmerte. »Warum kann Vater nicht mit uns kommen? Wohin gehen wir? Ich will nicht fort. Ich will nach H-H-Hause, zu Vater.«

Erian umklammerte Naelins Arm. »Mama, schau.«

Naelin drosselte ihr Tempo, blickte nach oben und sah, dass ein Gesicht sie aus der Rinde beobachtete – Augen wie Astknorren, das gekrümmte Antlitz mit den Runzeln der Rinde verschmolzen. »Geht weiter«, flüsterte Naelin. Der Geist würde schon das Interesse an ihnen verlieren, sobald sie sich weit genug von ihm entfernt hatte.

Aber das war nicht der Fall.

Und noch mehr kamen.

Ein Erdgeist mit einem Körper wie ein Dachs und einem faltigen Gesicht wie ein alter Mann kam aus einem Loch zwischen zwei Wurzeln gekrochen. Drei Luftgeister, nicht größer als Naelins Handfläche, huschten über ihr zwischen den Blättern umher, verfolgten sie mit der gleichen Geschwindigkeit. Sie erhaschte einen Blick auf einen Feuergeist, der in der Ferne auf und ab tanzte, ganz am Rand ihres Gesichtsfeldes, sodass sie sich nicht sicher war, ob ihre Augen ihr nicht vielleicht etwas vorgaukelten. Ihre Haut kribbelte, und die Luft schien zu knistern, als sehe ihnen der ganze Wald dabei zu, wie sie die Leiter ansteuerten, die zu den Brücken führte. Naelin half Llor über eine Wurzel. Er keuchte vor Anstrengung – seine kleinen Beine würden nicht mithalten, wenn sie schnell rennen mussten. Für ein Weilchen würde sie ihn wohl tragen können, aber gleichzeitig nicht auch die Bündel, und die brauchten sie, wenn sie ihr Lager aufschlagen wollten …

Wem willst du da eigentlich etwas vormachen?, fragte sie sich. Sie konnten draußen kein Lager aufschlagen, nicht, solange so viele Geister sie beobachteten. Sie war naiv gewesen zu glauben, sie könne vor diesem Schlamassel weglaufen, und nichts und niemand würde es bemerken oder ihr folgen.

»Mama?«, flüsterte Erian mit gepresster Stimme.

»Ich weiß. Ich sehe sie.«

»Was sollen wir tun?«

Genau das war die Frage. Sie konnten nach Hause zurückkehren, das Haus mit so vielen Amuletten sichern, wie sie hatte, und versuchen, so lange zu warten, bis alles vorbei war. Sie konnten schneller fliehen und hoffen, dass die Geister das Interesse verloren, aber es waren jetzt noch mehr als zuvor, und die Geister würden ihnen weiter folgen.

Naelin zwang sich, stehen zu bleiben. Schluss damit.

Ihre Beine sollten nicht mehr schneller ausschreiten, als Llor hinterherkommen konnte.

Ihre Gedanken sollten sich nicht mehr schneller verwirren, als sie die Knoten in ihrem Kopf auflösen konnte.

Es ist zu spät. Sie hatte von ihren Kräften Gebrauch gemacht, und die Geister hatten sie und ihre Macht wahrgenommen. Dass sie noch nicht angegriffen hatten, war reines Glück, und sie konnte die Sicherheit ihrer Kinder nicht dem Glück überlassen. Sie musste die Geister dazu bringen, sie fortan nicht mehr wahrzunehmen, und sie hatte nicht den blassesten Schimmer, wie sie das anstellen sollte. Aber sie kannte zwei Menschen, die in Sachen Geister Experten waren … Auch wenn sie bezweifelte, dass die beiden ihr würden helfen wollen, nachdem sie ihnen die Geister auf den Hals gehetzt hatte. *Sie haben dieses Schlamassel angerichtet,* dachte sie. *Sie müssen es auch wieder in Ordnung bringen.* »Wir gehen Tante Corinda besuchen«, entschied sie schließlich.

Llors Miene hellte sich auf. »Wird sie mir erlauben, mit Meister Wuggels zu spielen?«

Naelin sah ihn einen Moment lang verständnislos an. »Was?«

»Mit der Katze«, erklärte Erian.

»Sie hat sie Meister Wuggels genannt?«

»Ja!« Llor trabte jetzt glücklich voraus. »Eigentlich habe ich ihr gesagt, sie soll ihn Lord Mauser den Dritten nennen, weil sie immer behauptet, er würde sich aufführen, als sei er der Herr des Hauses; außerdem fängt er Mäuse.«

Sie lud sich Erians Bündel, das sich in einem Busch verheddert hatte, zusammen mit ihrem eigenen auf die Schulter. Ein Glitzern gelber Augen blitzte tief in den Büschen auf – *ein Wolf,* vermutete sie, *viel zu nah.* Sie schlug einen bewusst unbeschwerten Tonfall an. »Hat es denn auch Lord Mauser den Ersten und den Zweiten gegeben?«

»Nein.«

Sie nahm nun auch noch Llors Bündel und scheuchte die Kinder Richtung Leiter zur Stadt. Immer wieder warf sie Blicke auf die Büsche und hielt nach dem Wolf Ausschau. »Warum sollte er dann der Dritte sein?«

»Weil er nicht der Vierte ist«, erwiderte Llor, als sei sie der dümmste Mensch auf der Welt.

»Ah. Natürlich.«

»Mama«, flüsterte Erian. »Da ist ein Tier im Gebüsch.«

»Geh einfach weiter«, antwortete Naelin.

»Mama, ich glaube, es ist ein Wolf!« Ihre Stimme zitterte vor Angst.

Genau das, was ihr jetzt noch fehlte. Das Schicksal musste wirklich wütend auf sie sein. »Schultern zurück, Kinn hoch. Du musst wirken wie ein Raubtier, nicht wie Beute. Lass uns ein Spiel daraus machen. Sei ein Bär.«

Tränen rannen aus Erians Augenwinkeln, aber sie nickte, hielt den Rücken durchgedrückt und das Kinn erhoben und versuchte, mutig dreinzuschauen. Llor stampfte auf und knurrte: »Ich bin ein Bär! Grrrr!«

»So ist es richtig. Mehr Lärm!« Naelin knurrte ebenfalls. »Brüll!« Sie streckte die Arme hoch und trat mit Absicht auf die am lautesten knackenden Zweige und die trockensten Blätter. Das würde vielleicht zumindest den Wolf verscheuchen. Sie hegte keinerlei Hoffnung, damit den Geistern Angst machen zu können.

Sie erreichten die Leiter, und Naelin scheuchte die beiden Kinder hinauf und kletterte dann hinter ihnen her. Unten streiften Erdgeister um den Fuß der Leiter. Sie fühlte sich wie eine Zielscheibe, wie sie da in der Luft baumelte, beide Hände mit den Sprossen beschäftigt, aber sie konzentrierte sich darauf, Sprosse für Sprosse hinaufzusteigen, bis sie die Brücke erreichten.

Naelin schob Erian und Llor vor sich her, spürte das Schwanken der Brücke unter ihnen und fragte sich, in welchem Augenblick die Geister angreifen würden. Vielleicht würde es nicht einmal ein direkter Angriff sein. Sie hatte von in jeder Hinsicht intakten Brücken gehört, die plötzlich brüchig wurden; Seile rissen, Holz faulte unter den Füßen von Waldbewohnern, die den Zorn der Geister auf sich gezogen hatten. Schon bald sah sie den Marktplatz vor sich, die leuchtenden Markisen, die zerrissen im Wind flatterten. Einige wenige Menschen huschten zwischen ihnen umher, aber die meisten Türen waren verschlossen und die Fenster verriegelt. Sie steuerte direkt den Laden der Dorfhexe an. »Bleibt hinter mir«, befahl sie Erian und Llor, »und kommt nicht herein, bis ich sage, dass die Luft rein ist.«

Naelin duckte sich in die Schatten, blinzelte und versuchte, ihre Augen dazu zu zwingen, sich möglichst schnell an das schwache Licht anzupassen – es waren Gestalten im Raum, hinter den Ladentischen. Corinda kauerte in einer Ecke, das Gesicht in den Armen vergraben, und machte sich neben einem Fass so klein wie möglich. Die beiden Fremden, Meister Ven und Kommandantin Alet, standen gegen die Wand gedrückt, durch die durchscheinenden Körper der Geister hindurch nur als verschwommene Gestalten sichtbar.

Sie waren noch hier. *Gut*, dachte sie.

Jetzt musste sie die beiden dazu überreden zu helfen, nachdem sie sie gerade noch abgewiesen hatte. Und sie von den Geistern hatte gefangen nehmen lassen.

Die Luftgeister waren formlos und hatten sich wie Quallen zu einer einzigen wogenden Masse ausgebreitet, mit Augen und Mündern, die in den oberen Verdickungen ihrer Körper schwammen, und Anhängseln, die ineinander verwickelt waren. Sowohl der Meister als auch die Frau hatten Schwerter gezückt, zielten auf das Zentrum der gallertartigen Leiber und sprachen leise miteinander.

»Mama, was tun sie da?«

Sie spürte, wie sich jeder Muskel in ihrem Körper anspannte, bereit, sich zwischen die Gefahr und ihr Kind zu werfen. »Llor, ich habe dich gebeten, draußen zu warten.«

Erian kam hereingesprungen. »Tut mir leid, Mama! Ich habe versucht …«

»Werden die Geister ihnen wehtun?«

Sie trat vor, nur einen Schritt, und richtete ihren Blick auf die Geister. Ihre Leiber flossen auch weiterhin ineinander, aber sie schienen sich nicht auf die beiden zuzubewegen. Sie hatten sich zu einer Mauer geformt, die die beiden an Ort und Stelle festhielt, genau wie Naelin es ihnen aufgetragen hatte. Sie war nicht davon ausgegangen, dass sie ihrem Befehl so lange Zeit Folge leisten würden. »Das glaube ich nicht.«

»Werden sie den Geistern wehtun?«

Dieselbe Antwort. »Das glaube ich nicht.« Naelin hatte keinen Zweifel daran, dass sie die Geister töten konnten, wenn sie wollten. Sie wusste außerdem, was geschehen würde, wenn sie es taten – ihr Tod würde einen Teil des Waldes zerstören, vielleicht sogar den Dorfbaum selbst.

»Pst, Llor, man soll keine Geister töten«, meldete sich Erian zu Wort. »Das bringt Unglück.«

»Schlimme Dinge geschehen, wenn man es tut«, pflichtete ihr der Meister mit ruhiger Stimme bei, sein Schwert fest in der Hand. »Ich habe einen Geist sterben und einen Baum zu Staub zerfallen sehen; die Feuchtigkeit ist aus der Luft gewichen, und das Land wurde öde und unfruchtbar. Wir versuchen es zu vermeiden, sie zu töten.«

»Es tut mir leid, was hier …«, begann Naelin, dann brach sie ab. Es tat ihr ganz und gar nicht leid – es wäre nicht geschehen, wenn der Meister und die Wache die Geister nicht auf sie losgelassen hätten. Vielleicht war sie zumindest jetzt im Vorteil. »Ich möchte euch einen Handel anbieten. Ihr bringt mir bei, wie ich die Geister von meiner Familie fernhalten kann, und ich werde den Geistern befehlen, euch freizulassen.« Sie spürte, wie Erian ihre Hand in die ihre schob. Llor klammerte sich an ihr Bein. Sie legte ihm ihren freien Arm um die Schultern.

»Ihr habt versucht wegzulaufen, und sie sind Euch gefolgt«, riet der Meister.

»Sie sind euretwegen auf mich aufmerksam geworden. Jetzt will ich, dass ihr das wieder in Ordnung bringt. Ich will mein Leben und meine Familie wieder so haben, wie sie waren.« *Nur ohne Renet,* dachte sie, und ein Stich durchfuhr sie. Sie konnte ihm nicht mehr vertrauen, vor allem jetzt, da sie wusste, wie gefährdet ihre Sicherheit war.

»Ihr könnt nicht ändern, was passiert ist«, antwortete der Meister, »und Ihr könnt nicht leugnen, wer Ihr seid.«

Naelin hielt ihre Kinder eng an sich gedrückt und ihre Gedanken fest im Zaum. Sie hätte diesen eitlen, selbstgefälligen Dreckskerl am liebsten den Geistern überlassen, aber leider war er nun einmal derjenige, der über das Wissen verfügte, das sie benötigte. »Wer ich bin? Eine Mutter, eine Waldbewohnerin, eine Amulettmacherin.« Sie fügte nicht hinzu: eine Ehefrau. »Es ist mein Recht zu bestimmen, wer ich bin, nicht das Eure.«

Die Kommandantin schnaubte. »Ich mag sie.«

»Das ist mir gleichgültig«, schoss Naelin zurück. »Ich brauche eure Anerkennung nicht, und es schert mich nicht, ob ich in euer Bild einer Frau mit Macht über die

Geister passe. Sucht euch ein kleines Mädchen, das ihr eurer Gehirnwäsche unterziehen könnt. Nur helft mir, wieder in Ordnung zu bringen, was ihr zerstört habt.«

»Aratay braucht Euch«, sagte der Meister.

»Meine Familie braucht mich mehr.«

Er schüttelte den Kopf. »Seid Ihr wahrhaftig so selbstsüchtig?« Durch die schlierigen Leiber der Geister hindurch schien er zu verschwimmen und auf und ab zu hüpfen.

Jetzt meldete sich Llor zu Wort. »Nennt meine Mama nicht selbstsüchtig! Es ist mir egal, ob Ihr ein Held seid. Ihr seid kein netter Mann. Ich hoffe, die Geister werden Euch fressen!«

Naelin kniete sich hin und zog Llor und Erian enger an sich, ihre warmen Körper waren wie tröstliche Decken. Llor zitterte vor Zorn und ballte seine pummeligen kleinen Fäuste. Erian war bleich, die Lippen vorgeschoben, als konzentriere sie sich angestrengt darauf zu verstehen, was hier geschah. Naelin befahl Llor nicht, sich zu entschuldigen oder seine Worte zurückzunehmen – sie empfand ganz genauso. Es war ein Fehler zu versuchen, sich auf Verhandlungen einzulassen. Aber ihr fiel keine andere Möglichkeit ein. Niemand in Immertal konnte ihr helfen.

Die Wache stieß einen tiefen Seufzer aus. »Sagt es ihr.«

Meister Ven zögerte. »Königin Daleina würde nicht wollen, dass …«

»Nicht das. Von ihrer Macht.«

Naelin zog die Augenbrauen zusammen. Sie traute den beiden ungefähr so weit, wie sie sie hätte werfen können – also überhaupt nicht, schließlich waren sie beide außerordentlich mit Muskeln bepackt. Es war klar, dass sie Geheimnisse hegten, und Naelin war sich hundertprozentig sicher, dass ihr diese Geheimnisse nicht gefallen würden. »Was soll mit meiner Macht sein?« Sie mochte es gar nicht, hier von ihren Kräften zu sprechen. Sie hatte nie darum gebeten, Macht über die Geister zu haben, und sie würde nicht zulassen, dass diese Macht ihren Kindern die Mutter nahm. »Ich will sie nicht. Habe sie nie gewollt.«

Der Meister durchbohrte sie mit einem Blick seiner hellblauen Augen. Sie wusste nicht, wie sie durch den verschwommenen Nebel der Leiber der Geisterkörper hindurch so blau wirken konnten, aber sie waren wach und klar. »Ihr seid mächtig.«

»Aberwitzig mächtig«, fügte die Kommandantin hinzu. Sie versetzte einem der Geister einen Stoß mit der Schwertspitze. »Diese Geister weigern sich, sich von der Stelle zu rühren. Wir haben sie verletzt, und trotzdem sind sie geblieben.«

»Ich habe ihnen befohlen, euch hier festzuhalten«, erklärte Naelin.

»Ja, vor einer ganzen Weile, und dann seid Ihr fortgegangen«, antwortete die Wache. »Euer Befehl hätte seine Wirkmacht verlieren sollen, aber seht« – ein weiterer Schwerthieb –, »sie sind ganz außergewöhnlich gehorsam. Ich habe dergleichen noch nie gesehen, zumindest nicht bei jemandem, der keine Königin ist. Und schon gar nicht bei einer Frau, die nicht einmal trainiert wurde.«

»Sie hat recht«, bekräftigte der Meister. »Ihr habt mehr unausgebildete Gewalt über die Geister, als ich je erlebt habe, und wenn ich das weiß, dann könnt Ihr sicher sein, dass die Geister das ebenfalls wissen. Sie werden Euch nicht in Ruhe lassen, ganz gleich, wohin auch immer Ihr davonlauft.«

Naelin packte Erian und Llor fester, bis Llor aufkreischte. Sie zwang sich, ihren Griff zu lockern. »Und wenn ich ihnen befehle, mich in Ruhe zu lassen? Wenn ich so überaus mächtig bin, werden sie doch gehorchen, oder nicht?«

»Oder sie werden das ganze Dorf verlassen, und keine Pflanze wird mehr wachsen, kein Feuer sich mehr entfachen lassen, und Ihr habt Eure Heimat zerstört«, gab der Meister zurück. Aus der Ecke ertönte ein Quieken Corindas, halb Seufzer, halb Weinen. »Ihr seid nicht ausgebildet. Das macht Euch gefährlich.«

Naelins Mund war plötzlich ganz trocken. Sie schluckte und versuchte, Wörter zu formen.

»Ich möchte Euch einen Handel vorschlagen, Naelin«, begann er. »Kommt mit mir nach Mittriel. Lernt die Königin kennen. Sprecht mit ihr. Und ich werde Euch beibringen, wie Ihr Eure Kräfte beherrschen könnt.«

Unvermittelt packte Erian ihren Arm. »Mama, er will, dass du eine Thronanwärterin wirst?«

Er lächelte. »Das ist richtig. Deine Mutter kann eine Heldin sein.«

Sowohl Erian als auch Llor brachen in Tränen aus. »Nein! Mama, nein!«, heulte Llor. Erian klammerte sich an sie und rief: »Nein, Mama, die Thronanwärterinnen sind gestorben! Sie sind alle gestorben! Ich will nicht, dass du stirbst!« Im Knien schlang Naelin die Arme um beide Kinder und drückte sie an sich.

»Gut gemacht«, murmelte die Kommandantin.

Der Meister fluchte. »Ich habe nie behauptet, gut im Umgang mit Menschen zu sein.«

Naelin flüsterte in das Haar ihrer Kinder: »Königin Daleina ist doch nicht gestorben, oder? Sie wollen mir beibringen, wie man nicht stirbt. Sie wollen mir zeigen, wie ich euch beschützen kann. Ich werde nicht zulassen, dass sie mich zu einer Thronanwärterin machen. Ich werde nicht zulassen, dass sie mich von euch trennen.«

Sie weinten, als würde ihnen das Herz brechen, und Naelin spürte, wie sich ihr eigenes Herz zusammenkrampfte. Sie wollte nichts anderes, als die feuchten Wangen ihrer Kinder küssen und all das wiedergutmachen, was dieser Tag in ihnen zerstört hatte. Sie wollte das Leben ihrer Kleinen wieder zusammenflicken, sie nach Hause bringen, so tun, als sei nichts von alledem je geschehen, wollte es aus dem Gedächtnis der beiden löschen. »Geh nicht, geh nicht, geh nicht!«, weinten sie.

Ich will ja auch gar nicht!

Aus der Ecke sagte Corinda mit zitternder Stimme: »Du musst mit ihnen gehen, Naelin. Renet kann …«

»Ich habe ihn verlassen«, ging Naelin mit fester Stimme dazwischen. Es laut auszusprechen machte die Sache offiziell. Als sie diesen Satz sagte, spürte sie, wie ein Schauder sie durchlief, dann war sie ganz ruhig. Zumindest gab es da eine Entscheidung, derer sie sich auch ganz sicher war.

»Ich verstehe. Und ich bin froh darüber«, antwortete Corinda. »Dann lass Erian und Llor bei mir. Ich werde auf sie aufpassen, als wären sie meine eigenen …«

»Nein, Mama, wir verlassen dich nicht!«, rief Erian, und Llor wiederholte ihre Worte.

Naelin richtete den Blick auf den Meister. Jede Faser ihres Körpers schrie: *Du darfst sie nicht verlassen.* »Werden sie hier sicher sein, bei Corinda?«

Der Meister zögerte, nur für den Bruchteil einer Sekunde – sie sah es. »Ja.«

Sie kniff die Augen zusammen, so wie sie Llor ansah, wenn er behauptete, er habe sich die Zähne geputzt, obwohl in den Zwischenräumen immer noch die Reste seines Abendessens steckten. »Ihr lügt.«

Er zuckte die Schultern – zumindest respektierte er sie genug, um sich wegen seiner Lüge zur Rede stellen zu lassen. »Es ist möglich, dass die Geister begreifen werden, dass die beiden Eure Kinder sind. Manche von ihnen sind … rachsüchtig. Aber ich kann versprechen, dass sie hier so sicher sein werden wie überall sonst in Aratay und jedenfalls sicherer, als sie es bei Euch wären. Tatsache ist: Sie werden umso sicherer sein, je weniger Kontakt Ihr zu ihnen habt.«

»Ihr seid wirklich fürchterlich im Umgang mit Menschen«, wandte sich die Wache an den Meister.

Er funkelte sie finster an. »Könnt Ihr es denn besser?«

Naelin wollte sich umdrehen und den Laden verlassen. Nein, sie wollte wegrennen. Schnell und weit, bis über die Grenzen Aratays hinaus, wenn es sein musste. Sie würde ihre Kinder so weit wie nötig fortbringen, damit sie in Sicherheit waren. »Ihr verlangt von mir, meine Kinder aufzugeben? Auf die bloße *Möglichkeit* hin, dass sie dann sicherer sein könnten? Aber ihre Sicherheit könnt Ihr mir nicht versprechen.«

»Niemand kann Sicherheit versprechen außer der Königin«, warf die Kommandantin ein. Es war ein Sprichwort, das die Bewohner von Renthia oft wiederholten, für gewöhnlich dann, wenn Menschen im Begriff standen, eine Reise anzutreten. Sie sagte es auf wie etwas Auswendiggelerntes, aber die vertrauten Worte gruben sich tief in Naelins Bewusstsein. »Das Leben ist unsicher«, fuhr die Wache fort. »Und genau deshalb brauchen wir Euch. Ihr habt die Macht …«

»Ich will, dass die Königin verspricht, dass die beiden in Sicherheit sind«, unterbrach Naelin.

Alle verstummten.

»Ich werde mitkommen, ich werde mich ausbilden lassen, aber die Königin muss Erian und Llor beschützen.« Sie spürte, dass Erian aufhörte zu weinen. Ihre Schultern beruhigten sich, und sie drückte sich fest an ihre Mutter; sie vertraute Naelin. »Ihr wollt mich haben? Das ist die Bedingung, auf die ich bestehe.«

Meister Ven musterte sie eindringlich, und Naelin blieb unter der Macht seines Blicks ruhig, fest und stark. »Abgemacht«, antwortete er. »Jetzt befehlt den Geistern, uns freizulassen.«

Lasst sie frei, sagte sie in Gedanken zu den Geistern. So mühelos, als habe sie mal eben einen Wasserhahn abgedreht, fluteten die Geister von dem Meister und der Wache weg. Dann nahmen sie wieder feste Formen an, breiteten die Flügel aus und flogen zur Tür hinaus und zum Himmel empor.

Llor riss sich von ihr los, rannte zur Tür und schaute den entschwindenden Geistern nach. »Du hast es geschafft, Mama!«

Ja, das habe ich, dachte sie.

Aber alles, was sie sagte, war: »Kommt, nehmt eure Bündel.« Sie hielt Llor sein Bündel hin. Neben ihr streifte sich Erian ihr eigenes Bündel über die Schultern. »Wir haben eine weite Reise vor uns.«

Kapitel 9

»Ich kenne fünf Lieder über den Falschen Tod.«

Daleina öffnete ein Auge und drehte sich auf die Seite, um Hamon anzusehen. »Sag mir, dass eines davon ein glückliches Ende hat.« Sie sah ihm zu, wie er, Mörser und Stößel auf dem Schoß, die Blütenblätter einer Schönranke zermahlte. Ihr übersüßer Duft hing schwer in Daleinas Gemächern.

»Ich dachte, es gäbe da eins über eine sterbende Geliebte, die ein Wundermittel trinkt, das nach sieben gefahrvollen Reisen bereitgestellt werden konnte. Aber dann ist mir klar geworden, dass das vielmehr die Ballade von Tyne war, über den Bauernjungen aus Chell, der am Biss einer Juwelenschlange tödlich erkrankt war – das Gegenmittel war so selten, dass nur eine einzige Einsiedlerin darüber verfügte, und sie verlangte, dass seine Geliebte, die Tochter eines Schafhirten …«

»Hamon?« Mit sanfter Stimme nannte sie seinen Namen. Er geriet nicht oft ins Schwadronieren, aber er hatte während der letzten paar Tage nicht viel geschlafen und war ihr kaum von der Seite gewichen. Sie hatte das Gerücht, dass sie wieder Liebende seien, schüren helfen müssen, um eine Erklärung dafür bieten zu können, warum sich ständig ein Heiler in ihren Gemächern aufhielt. Würde er jemals in seiner Heilertätigkeit pausieren, würde sie mit Freuden dafür sorgen, dass es kein bloßes Gerücht blieb, sie würde seine Ängste vertreiben und all seine Gedanken an die Krankheit, an der sie litt. Im schimmernden Mondlicht sah er lieb und attraktiv aus.

»Oh, entschuldige, ich wollte eigentlich nur sagen, dass all die Lieder über den Falschen Tod die gleichen Symptome beschreiben: Atemnot, Herzklopfen, Organversagen … Natürlich bedienen sie sich einer poetischeren Ausdrucksweise, reden vom Erstarren des Herzens, vom Schwachwerden des Windes, aber was mir auffällt, ist, dass du die ganze Zeit über keines dieser Anzeichen gezeigt hast und es jetzt immer noch nicht tust. Bei dir hat die Krankheit direkt mit den falschen Toden begonnen, und du zeigst kaum andere Symptome, einmal abgesehen von deiner Müdigkeit, die auf schlichte Überanstrengung zurückzuführen sein könnte.«

Sie schloss kurz die Augen und öffnete sie dann wieder. Ihre Lider waren schwer, und sie fragte sich, wie viel Uhr es wohl war. Sehr spät. Oder sehr früh. Sie wollte nicht an ihre Krankheit denken – sie kam ihr unwirklich vor, als sei es die Krankheit von jemand anderem. »Glaubst du, dass das ein gutes oder ein schlechtes Zeichen ist?«

Er schwieg.

»Schlecht«, vermutete sie.

»Es bedeutet ein schnelles Einsetzen der Krankheit, was ungewöhnlich ist.« Er wählte seine Worte mit Bedacht. »Ich weiß von keinem vergleichbaren Fall.«

»Mein Vater hat immer gesagt, ich sei etwas Besonderes.«

Er trug seinen Heiltrank zu ihr herüber und hielt ihr die Schale an die Lippen. Sie stützte sich auf den Ellbogen, nahm die Schale und trank ohne Hilfe. Dabei zuckte sie zusammen – die Schönranke schmeckte wie Erde und verschimmelte Beeren, mit einem Nachgeschmack von kreidigem Salz. »Alles in Ordnung?«

Sie leckte sich die Lippen. »Köstlich.«

Er lächelte beinahe. »Du bist eine schlechte Lügnerin.«

»Wollen wir hoffen, dass ich das eben nicht bin.« Sie blieb aufgestützt und sah ihm zu, wie er die Schale zurücktrug und sorgfältig auswusch. »Wenn das Volk herausbekommt, dass ich krank bin, wird Panik ausbrechen. Ich möchte, dass zumindest einige Kandidatinnen von mir anerkannt sind und ihre Ausbildung begonnen haben, ehe sich die Neuigkeit herumspricht. Noch besser wäre es, wenn mindestens eine echte Thronanwärterin als mögliche Nachfolgerin verfügbar wäre.« Sie wunderte sich, dass sie so ruhig darüber sprechen konnte. Es war, als sei das Wissen um das, was geschah, von dem getrennt, was sie empfand – sie fühlte sich bestens, und daher würde sie sich eben immer gut fühlen. *Ich bin wohl eine Optimistin,* überlegte sie. *Eine Optimistin mit Sinn fürs praktisch Notwendige.*

»Du wirst Hilfe brauchen, jemanden, dem du vertraust. Dieser rasche Ausbruch der Krankheit könnte bedeuten, dass sich dein Zustand schneller verschlechtert, als wir vermutet haben, und ich kann nicht ununterbrochen bei dir sein, wenn ich mich auf die Suche nach einem Heilmittel mache.«

»Ich vertraue Ven, aber er ist mit Kommandantin Alet unterwegs, um nach einer Kandidatin zu suchen.« Sie schloss die Augen. Sie wollte nicht darüber nachdenken. Es war schon schlimm genug, dass sie am Falschen Tod litt, aber dann auch noch ein rascher Ausbruch der Krankheit? Und ein Krankheitsverlauf, den Hamon noch nicht einmal kannte? *Ich glaube nicht, dass Papa wirklich das im Sinn gehabt hat, als er meinte, ich sei etwas Besonderes.* »Sing mir eines der Lieder über den Falschen Tod. Ich will hören, wie jemand daraus etwas Hübsches hat machen können.«

Er begann zu singen, und seine tröstende Stimme wogte über sie hinweg.

Bald, so bald, kleine Taube, werde ich hier an deiner Seite sein
Um deine Tränen zu schmecken und zu trinken den Wein
Weine nicht, kleine Taube, ich werde hier an deiner Seite sein
Wenn die Dunkelheit kommt, werde ich es nicht fühlen
Aber wenn der Tag wiederkehrt, werde ich hier an deiner Seite sein
An deiner Seite, kleine Taube, denn der Tod ist kein Abschied.

»Sehr hübsch«, murmelte sie. Ihre Glieder fühlten sich an, als seien sie mit Holz gefüllt. Sie wollte fragen: *Ist das normal?*, war aber zu müde, um die Wörter zu formen. Morgen würde sie wieder weinen. Morgen würde ihr alles wieder wirklich vorkommen, und sie würde sich allem stellen, was auch immer es war, dem sie sich stellen musste. Aber für den Augenblick waren ihre Kissen weich, und sie merkte, wie ihre Gedanken abschweiften und sich auflösten, wenn sie nach ihnen greifen wollte.

»Wirst du darüber nachdenken? Wirst du jemanden suchen, dem du vertraust? Wem vertraust du?«

»Meiner Schwester«, sagte Daleina, entweder laut oder nur in ihrem Kopf. »Ich vermisse meine Schwester.«

Hamon sah zu, wie Daleina wieder einnickte, und versuchte, sich einzureden, dass es normale Schläfrigkeit sei. Es war jedoch nicht seine Gewohnheit, sich selbst zu belügen, nicht, was medizinische Belange betraf. Sie hatte erst heute Morgen wieder eine Ohnmachtsattacke gehabt – keinen vollständigen »falschen Tod«, aber sie hatte für sieben Sekunden das Bewusstsein verloren. Die Geister in der Nähe hatten nicht reagiert, was bedeutete, dass sie weder »falsch« noch wirklich gestorben war, aber ihr Herzschlag hatte sich verlangsamt und sie hatte nach Luft gerungen, als sie wieder erwachte. Es war nicht sonderlich überraschend, dass sie das Ganze erschöpfte.

Er wusste herzlich wenig über etwaige Fälle eines raschen Ausbruchs der Krankheit. Schon die gewöhnlichen Fälle waren selten genug. In manchen Familien häuften sich die Krankheitsfälle, dabei wurden aber häufig mehrere Generationen übersprungen, und meist traf es eher die Älteren, deren Körperkräfte bereits nachließen. Heiler Popol, sein ehemaliger Lehrmeister, hatte sich einmal des Längeren darüber ausgelassen – hatte gemeint, es sei ein Fehler im Gehirn, eine Unterbrechung zwischen Geist und Körper, ein Versagen der Verständigung zwischen beidem, und die bloße Existenz der Krankheit hatte dem geschwätzigen Heiler so viel Kopfzerbrechen bereitet, dass er sie regelrecht als eine persönliche Beleidigung betrachtete. Die Verständigung zwischen Körper und Geist sollte nicht versagen, ebenso wenig wie die Verständigung zwischen Heiler und Patient, und dann war sein Lehrmeister dazu übergegangen, darüber zu reden, wie man am besten für Vertrauen zwischen Heiler und Patient sorgen könne. Ruhe zu bewahren half, und Hamon tat sein Bestes, immer ruhig zu bleiben. Ehrlichkeit war ebenfalls wichtig, und er hatte Daleina in Bezug auf ihre Krankheit nicht belogen. Aber genauso wichtig war Wissen. Ein Heiler, hatte Popol immer gesagt, solle eine sprudelnde Quelle der Fakten sein, und das war Hamon nicht, zumindest nicht, was diese Krankheit betraf.

Das kann ich ändern, dachte er.

Er setzte sich ans Fenster und entfachte eine Feuermooslaterne. Dann drückte er das Moos zusammen, damit sein Licht aufleuchtete, und stellte die Blenden der Laterne so ein, dass ihr Licht nur auf ihn fiel und nicht auf seine schlafende Königin. Als Nächstes zog er einen Stapel leerer Seiten aus seinem Bündel und begann zu schreiben. Er würde angeben, dass er Nachforschungen anstelle, um sich um eine Aufnahme an der Universität zu bewerben. Außerdem konnte er behaupten, dass er vom Heiler zum Wissenschaftler wechseln wolle und dass er als Spezialgebiet den Falschen Tod gewählt habe, aber zuerst wollte er die gesammelte Weisheit seiner illustren zukünftigen Kollegen zusammentragen – ja, du musst sie loben, ihnen das Gefühl geben, etwas Besonderes zu sein, schmeichle ihnen, rühme sie ihrer Weisheit und ihres Wissens. Er konnte den demütigen Gelehrten spielen. Während er weitere Pergamentblätter zusammensuchte, beschloss er, sich nicht auf die Heiler und Gelehrten Aratays zu beschränken. Er würde sich auch an jene in Semo und Chell wenden, sogar die in den fernen Landen Belene und Elhim mit einbeziehen. Irgendwo hatte irgendjemand vielleicht das eine oder andere bisschen Information, das Daleina helfen konnte. Er adressierte jeden Brief mit der gleichen Sorgfalt, versiegelte sie alle mit seinem persönlichen Siegel und verschnürte jeden mit einem Band in der blauen Farbe der Heiler.

Als mit Beginn der Dämmerung die Morgenglocken ertönten, ließ er einen Diener an die Tür der Königin kommen und reichte dem Mann den Stapel Briefe mit der strikten Anweisung, sie mit größtmöglicher Eile zu verschicken. Solange er auf Antworten wartete, würde er sich in die Bestände der Krankenhausbibliothek vertiefen – dort waren vielleicht relevante Fallstudien zu finden – und außerdem mit jedem reden, der auch nur ein Fitzelchen Wissen besaß …

Wirklich mit jedem?, fragte er sich.

»Du machst es schon wieder«, bemerkte Daleina. Sie war aufgestanden und wusch sich in einem Becken das Gesicht. Ihre Blicke trafen sich im Spiegel. Sie war schön wie immer, wenn auch mit dunklen Ringen unter den Augen und einer von ihrem Kissen herrührenden Falte auf der Wange.

»Was mache ich?«

»Du machst dir solche Sorgen, dass du fast schon zitterst. Wie gut ich lügen kann, tut nichts zur Sache, sobald dir jeder meinen Zustand vom Gesicht ablesen kann, selbst wenn er dich gar nicht kennt.« Sie klang so ungeheuer ruhig und vernünftig. Er wusste nicht, wie sie das hinbekam. Hamon wusste nur, dass er mit jedem Patienten, den er bisher je gehabt hatte, auch so hatte umgehen können – auf Distanz gehen, die Symptome losgekoppelt vom befallenen Menschen sehen, eine Atmosphäre von tröstlicher Ruhe verbreiten. Er hatte hart daran gearbeitet, diese Ausstrahlung zu entwickeln. *Es ist schwerer, wenn der Patient Daleina ist,* dachte er.

»Habe ich dir je erzählt, warum ich Heiler geworden bin?«, fragte er.

»Dein Vater ist gestorben, und du hast ihn nicht retten können«, erwiderte Daleina sofort.

Er blinzelte, überrascht, dass sie sich an diese Geschichte erinnerte. Er hatte es ihr nur einmal erzählt, und sie war nie wieder darauf zu sprechen gekommen oder hatte irgendwelche Fragen gestellt. Was er ihr gesagt hatte, war eine stark bearbeitete Darstellung der Wahrheit gewesen – er hatte behauptet, sein Vater sei krank gewesen und er selbst habe ihn nicht zu heilen vermocht. »Ja. Und es ist meine Mutter gewesen, die ihn umgebracht hat.« Das war ein Detail, das er nicht oft irgendjemandem gegenüber erwähnte. Wenn überhaupt jemals.

Daleina zuckte zusammen – er hatte sie geschockt. Er hatte gewusst, dass das der Fall sein würde. Mitgefühl stieg in ihren Augen auf, in ihren wunderschönen Augen, und er sah weg und zwang sich weiterzusprechen: »Sie hat ihm Blutholz in seine Mahlzeiten gegeben – er hat immer ein Butterbrot mit kaltem Schweinebraten gegessen, und sie hat den Braten mit Salz und Blutholz gepökelt. Hat mir nie etwas davon gegeben und selbst nur wenig gegessen, obwohl ich im Nachhinein glaube, dass sie das Gegessene hinterher wieder herausgewürgt haben muss, um Symptome zu vermeiden. Als ich sie später danach fragte, sagte sie, sie habe den Lauf der Dinge lediglich ein wenig beschleunigt. Er habe über Schmerzen in den Beinen geklagt, meinte sie. Und das war's. Nur Schmerzen, die gewöhnliche Steifheit, die man nach einem Leben als Holzfäller in großer Höhe entwickelt, die Art Schmerzen, die sich mit einem Bad in heißem Wasser lindern lassen könnten. Sie hatte keinen anderen Grund, es zu tun, behauptete sogar, ihn zu lieben, obwohl ich bezweifle, dass sie die Fähigkeit hat, überhaupt irgendjemanden zu lieben.«

Daleina schwieg für einen Moment. »Wie alt warst du damals?«

»Acht.«

»Und in diesem Alter bist du von ihr fortgegangen?«

Er hörte das Mitgefühl in ihrer Stimme und wünschte, er könne sich darin einhüllen wie in einen Mantel, aber er verdiente es nicht. »Nein, das war die Zeit, als sie meinen Unterricht intensivierte und mir mehr über Pflanzen, Kräuter und Giftstoffe beigebracht hat. Fortgegangen bin ich, als ich zwölf war, nachdem sie mich zu ihrem Werkzeug gemacht hatte, um unseren Nachbarn zu töten, einen älteren Mann, dessen Schnarchen meine Mutter nachts nicht schlafen ließ.«

Er schaute Daleina an, in der Erwartung zu sehen, wie sich das Mitgefühl in ihren Augen in Abscheu verwandelte – er hatte soeben gestanden, einen hilflosen alten Mann ermordet zu haben –, aber stattdessen war da nur noch mehr Mitleid, was nicht besser war. Er wandte den Blick von ihr ab und betrachtete die Wandteppiche, die ihre Wände mit kräftigen Grün-, Gold- und Blautönen überzogen. »Hamon?« Ihre Stimme war sanft. »Warum erzählst du mir das?«

»Deshalb weiß ich über Schönranken Bescheid … und über die Nachtdunkelbeeren«, bekannte er. Bei der Erwähnung der Beeren, die dem Leben ihrer Vorgängerin ein Ende bereitet hatten, zuckte Daleina zusammen. »Sie wusste – weiß – über alle möglichen kaum bekannten Pflanzen und ihren Verwendungszweck Bescheid, im Wesentlichen deshalb, weil sie sich nicht an irgendwelche moralischen Grundsätze gebunden fühlt, wenn es um Experimente damit geht. Vielleicht verfügt sie – und das ist nur eine sehr, sehr vage Möglichkeit – über ein winziges Fünkchen von Wissen, das dir helfen könnte.«

Plötzlich weiteten sich Daleinas Augen, und er wusste, dass sie erraten hatte, wohin seine Gedanken ihn geführt hatten. »Du willst sie nach dem Falschen Tod fragen.«

»Ich will es nicht. Denn wenn ich Kontakt zu ihr aufnehme, wird sie erfahren, wo ich bin, und herkommen.« Jahrelang hatte er sich von ihr ferngehalten, vor allem indem er gereist war, zuerst mit Heiler Popol und dann mit Meister Ven, wobei er sich in den äußeren Dörfern und fern der Städte aufgehalten hatte. Aber wenn er sich mit ihr in Verbindung setzte, würde er ihr mitteilen müssen, wo er war, und sei es auch nur, damit ihre Antwort ihn erreichen konnte. Er kannte sie gut genug, um zu wissen, dass sie nicht einfach nur eine Nachricht schicken würde. Sie würde kommen, ganz gleich, ob sie helfen konnte – oder wollte – oder nicht. »Aber wenn ich es nicht tue …«

»Du bittest mich um die Erlaubnis, diese … deine Mutter hierher einzuladen?« Sie wählte ihre Worte mit Bedacht. Seit ihrer Krönung war sie vorsichtiger mit ihren Worten und ihrem Tonfall geworden. Wenn er sie nicht gekannt hätte, hätte er jetzt geglaubt, dass es um nicht mehr ging, als etwa um die Entscheidung, welches Gericht die Köchin zum Abendessen zubereiten solle.

»Du missverstehst mich. Ich frage dich nicht. Ich *werde* sie einladen. Wenn die Möglichkeit besteht, dass sie irgendetwas weiß, das dir helfen könnte, dann muss ich es tun. Ich sage es, um dich zu warnen: Falls sie kommt, dann ist die Wahrscheinlichkeit, dass sie dich töten will, ebenso groß wie die Möglichkeit, dass sie dich heilen will. Du darfst ihr nicht vertrauen. Niemals.«

»Ich muss schon sagen, das hört sich irgendwie nicht wirklich nach einer guten Idee an.«

Er sah sie an. Die Wärme der Morgensonne drang durch ihr Haar und ließ es wie einen Strahlenkranz um ihr Gesicht herum glänzen. Ihre Augen waren leuchtend, hellwach, gesund und schön. Sie hatte eine Art, einen anzusehen, die einem das Gefühl gab, als sei man wichtig und dass sie tun würde, was immer sie konnte, um einen zu beschützen; als sei sie einem in hingebungsvoller Treue ergeben. Hamon wusste, dass sie jeden auf diese Weise anschaute, dass sie sich persönlich verantwortlich für die Sicherheit eines jeden Menschen fühlte, aber trotzdem wärmte es ihm das Herz und weckte in ihm den Wunsch, nur umso härter zu arbeiten, damit sie weiterlebte und gesund blieb. »Dass du sterben sollst, ist eine schlechte Idee, und ich werde es nicht zulassen.« Wenn das bedeutete, sich den Dämonen seiner Kindheit zu stellen, dann würde er es tun. »Ich würde für dich durchs Feuer gehen.«

Sie schien drauf und dran, mindestens ein halbes Dutzend Dinge zu sagen, die sie alle in Gedanken erwog und dann wieder verwarf. Schließlich meinte sie nur: »Ich werde einen Eimer Wasser griffbereit halten.«

In diesem Augenblick liebte er sie mehr als jemals zuvor.

Kapitel 10

Ven konnte nicht behaupten, dass er kleine Kinder nicht mochte.

Im Allgemeinen weckten sie gar keine starken Gefühle in ihm, weder in die eine noch in die andere Richtung – es sei denn, sie waren tot. Das war traurig, eine Verschwendung, die jedes Mal den Wunsch in ihm aufflammen ließ, Dinge zu zerschlagen. Lebende Kinder … er hatte nicht viel Zeit mit ihnen verbracht, seit er selbst ein Kind gewesen war. Aber Tatsache war, sie verfügten über ein beeindruckendes Talent, einander zu ärgern.

»Mama, er macht es schon wieder«, beklagte sich das ältere Kind – das Mädchen, Erian.

»Mach ich nicht.« Der jüngere war … wie hieß er noch gleich? Irgendetwas mit F? B? Ven sah, dass der Junge absichtlich einen Stock hinter sich schleifen ließ und seine Schwester damit unauffällig in die Seite pikste. Sie schlug nach ihm, aber er war schneller, ließ den Stock fallen und breitete die Hände aus, um seine Unschuld zu beweisen. »Ich bin ganz weit weg von ihr, Mama. Ich kann sie nicht einmal berühren. Muss wohl ein Geist gewesen sein.«

Ihre Mutter, Naelin, nähte ein frisches Amulett auf die Jacke des Jungen. Sie schaute nicht mal von ihren säuberlichen, gleichmäßigen Stichen auf. »Llor, wir machen keine Scherze über Geister.«

Llor. Fast hätte er sich an den Namen erinnert.

Nun ja … oder auch nicht.

»Aber über tollwütige Eichhörnchen darfst du Scherze machen«, setzte Naelin hinzu, »wie über das da hinter euch.«

Beide Kinder wirbelten so schnell herum, dass sie fast vom Ast fielen. Es waren keine Eichhörnchen hinter ihnen, weder tollwütige noch sonstige. Nur eine Amsel, die den Kopf schief legte, einen Blick auf sie warf und dann zwitschernd von ihrem Ast flog. »Mama«, sagte Erian mit einem Ton tiefer Missbilligung in der Stimme.

Ven sah Naelins Mundwinkel zucken – es war beinahe ein Lächeln. Es gefiel ihm, dass sie Sinn für Humor hatte. Das verhieß Gutes in Bezug auf ihre Chancen, all das zu überleben, was sie vor sich hatte. »Sagt Meister Ven und Kommandantin Alet Gute Nacht«, wies sie die Kinder an.

Wie aus einem Mund sagten die beiden: »Gute Nacht, Meister Ven. Gute Nacht, Kommandantin Alet.«

Naelin legte ihre Näharbeit beiseite und half, beide Kinder in dem Netz zu sichern, das Ven zwischen den Ästen aufgespannt hatte. Sie wickelte sie in Decken und küsste beide auf die Wange. »Süße Träume, meine Lieben.«

Es war eine ganz einfache Handlung, aber so voller kompromissloser Liebe, dass etwas in Vens Brustkorb zu schmerzen begann. Er rieb sich den Brustbereich, als leide er an einer Magenverstimmung.

»Ich will nicht träumen«, eröffnete Llor seiner Mutter.

»Warum nicht?«, fragte Naelin. »Träume können schön sein. Du träumst vielleicht von einem freundlichen Bären, der dich durch den Wald spazieren trägt. Oder von einem Tanzbären, der auf Drahtseilen balanciert.«

Llor kicherte. »In einem Tanzkleid?«

»Mit Bändern in seinem Fell.«

Er hörte auf zu kichern. »Was ist, wenn ich einen Albtraum habe?«

Seine Schwester antwortete: »Dann werde ich dich in den Arm nehmen, bis du wieder einschläfst.«

»Was ist, wenn *du* einen Albtraum hast?«, hakte er nach.

»Dann werde ich es Mama erzählen, und sie wird mir dumme Geschichten erzählen, bis ich keine Angst mehr habe«, gab Erian zurück.

»Erzähl mir jetzt eine dumme Geschichte«, verlangte Llor.

Naelin küsste beide Kinder abermals, diesmal auf die Stirn. »Jetzt ist es Zeit zum Schlafen. Ihr habt einen sehr anstrengenden Tag hinter euch.« Ven zuckte zusammen, als sie das sagte, obwohl sie ihn dabei nicht angesehen hatte. Er hatte immer wieder vergessen, dass Kinder keine so langen Beine haben. Sie hatten sich regelmäßig ausruhen, Wasser trinken und einander schubsen und stoßen müssen. Er hatte nicht die Hälfte der Entfernung geschafft, die er normalerweise zurückgelegt hätte. Trotzdem gelang es ihr, ihm mit diesem einen Satz Gewissensbisse zu machen, als sei es seine Idee gewesen, Kinder auf eine solche Ausbildungsreise mitzunehmen.

Apropos … *Ich muss anfangen, sie auszubilden*, ermahnte er sich. *Heute Nacht*. Er hatte ihre Ausbildung bisher vernachlässigt, um zunächst so weit wie möglich von ihrem Heimatdorf wegzukommen und so das Risiko möglichst gering zu halten, dass sie ihre Meinung wieder änderte. Jetzt aber waren sie ausreichend weit entfernt, und außerdem befanden sich keine anderen Menschen in der Nähe, daher brauchte er sich keine Sorgen zu machen, dass er Unschuldige gefährdete.

Er wartete, während sie den Kindern eine Geschichte erzählte – anscheinend war es ihnen doch noch gelungen, ihrer Mutter eine abzuschwatzen –, irgendetwas über eine Schnecke, die auf einen Baum klettern will, um den Sonnenaufgang zu sehen. Die Schnecke wurde im Ganzen von einem Vogel verschluckt, über dem Meer wieder ausgeschieden (»Kacka!«, rief Llor voller Vergnügen) und dann an einer Insel an Land gespült, die für ihre schönen Sonnenaufgänge am Strand bekannt war – aber die Schnecke sah niemals auch nur einen einzigen Sonnenaufgang, weil sie von ihrem drei Jahre währenden Abenteuer so müde war, dass sie danach jeden Morgen bis in die Puppen schlief. Ven nahm an, dass die Geschichte irgendeine Moral hatte, wahrscheinlich verbunden mit einer *Schlaf jetzt sofort ein*-Botschaft, aber er kam nicht über die Vorstellung hinweg, dass die Schnecke all das überlebt haben sollte.

»Ihr starrt sie schon wieder an«, bemerkte Alet mit leiser Stimme und ließ sich neben ihm auf dem Ast nieder.

»Ich habe eigentlich nicht sie …«

»Ich verstehe das. Sie ist eine Bärenmama. Selbst ich bewundere das. Ich habe so etwas nie gehabt. Als ich aufgewachsen bin, gab es nur meine Schwester und mich – unsere Mutter war kurz nach meiner Geburt auf und davon gegangen, und unser Vater musste die ganze Zeit arbeiten, bis er schließlich zu krank war, um sich um sich selbst kümmern zu können, geschweige denn um irgendjemanden sonst. Wir wären froh gewesen, jemanden zu haben, der uns unsere Wehwehchen wegküsst und uns Gutenachtgeschichten erzählt. Ich vermute mal, Eure Kindheit war auch nicht gerade perfekt? Nicht, dass ich wirklich darüber sprechen möchte.«

Eigentlich war es nicht seine Kindheit, an die er dachte, wenn er Naelin beobachtete. Sie weckte ganz andere Gefühle in ihm; doch das war nichts, was er auch nur im

Entferntesten in Erwägung ziehen sollte. Er hatte eine Aufgabe zu erfüllen. »Wir besprechen hier gar nichts, wir bilden eine Kandidatin aus. Und damit werden wir jetzt anfangen.« Er wickelte die Amulette vom Griff seines Messers und grub dann die Klinge ins Mark des Baums. Langsam bewegte er die Klinge vor und zurück und drehte sie hin und her. Er spürte, wie sich die Klinge in die weiche Holzmasse bohrte, und richtete den Blick auf Naelin. Sie hatte Erian und Llor in ihren Hängematten allein gelassen und war ans Feuer zurückgekehrt, um sich wieder ihrer Näharbeit mit dem neuen Amulett zuzuwenden.

Nach einer Sekunde schoss ihr Kopf hoch. »Irgendein Geist ist in der Nähe.«

»Ihr seid diejenige, die über Macht verfügt«, meinte Ven und behielt sie im Auge, während er das Messer bewusst noch tiefer in das Holz grub. »Schickt ihn weg.«

»Ihr seid derjenige mit dem Messer, schickt Ihr ihn doch weg«, konterte sie, dann hielt sie inne. »Was tut Ihr da?«

»Eure Ausbildung beginnen.« Er zog das Messer aus dem Baum und zeigte damit auf einen Ast hinter Naelin. »Seid auf der Hut.«

Sie warf sich zur Seite und streckte die Arme weit von sich, um den Weg über den Ast, der sich zwischen dem Geist und ihren Kindern befand, zu versperren. Dann griff sie nach dem Amulett, an dem sie gerade gearbeitet hatte, riss es von der Jacke ihres Sohnes und hielt es wurfbereit. Ven beugte sich vor, nahm ihr das Amulett aus der Hand und schleuderte es vom Ast. Es flatterte in die Tiefe, prallte im Fallen gegen mehrere Äste und verschwand außer Sicht. »Was macht Ihr da?«, flüsterte sie – ihm fiel auf, dass sie trotz ihrer Angst leise sprach, um ihre Kinder nicht zu wecken und zu erschrecken.

»Gebraucht Eure Macht.«

»Das wird nur weitere Geister anlocken.«

»Dann werdet Ihr eben von noch mehr Macht Gebrauch machen. Ihr werdet Eure Macht so lange einsetzen, bis Ihr ein Verständnis für sie entwickelt habt.« Er ließ sein Messer in der Luft herumwirbeln. »Ich kenne viele Methoden, um Geister wütend zu machen, und ich werde damit weitermachen, bis …«

Sie wartete nicht, bis er mit seiner Ankündigung fertig war. Stattdessen nahm sie Llor in die Arme und rüttelte Erian wach. »Kommt, meine Süßen, lasst uns ein wenig klettern, in Ordnung? Nur eine kleine Kletterpartie, hinunter zum Waldboden.«

Erian rieb sich die Augen. »Mama, was ist los?«

Llor schlang ihr die Arme um den Hals und vergrub das Gesicht in ihrem Haar. Seine Beine schlossen sich um ihre Hüfte wie die eines Affenbabys. Ven freute sich zu sehen, dass Naelin stark war – sie schien klettern zu wollen, während sie zugleich das Kind trug. Körperliche Stärke war für eine Thronanwärterin zwar kein zwingendes Erfordernis, aber sie war hilfreich.

Doch was genau wollte sie tun? Sie würde doch nicht *fortgehen*, oder?

Doch, genau das tat sie.

»Meister Ven trifft keine guten Entscheidungen«, erklärte Naelin ihrer Tochter, »daher werden wir ihm ein wenig Zeit für sich allein geben, damit er darüber nachdenken kann, was er getan hat.«

»Oooh«, wandte sich Erian an ihn, »Ihr steckt in Schwierigkeiten. Das hat Mama einmal zu Vater gesagt. Und dann hat sie ihn eine ganze Nacht aus dem Haus ausgesperrt, obwohl es geregnet hat. Er ist sehr nass geworden, bevor sie ihm ein Zelt hinausgeworfen hat.«

»Meister Ven kann sich durchaus allein um den Schlamassel kümmern, in den er sich gebracht hat«, stellte Naelin schroff fest, »genau wie euer Vater. Es ist wichtig zu begreifen, dass Taten Folgen haben.« Sie war bereits dabei hinunterzuklettern. Dabei positionierte sie sich so, dass sie Erian von den Geistern abschirmte, während sie zugleich Llor trug – sie hatte das offensichtlich schon früher getan, war in Verteidigungshaltung geklettert. *Bärenmama*, schoss es ihm durch den Kopf.

Hinter ihm flüsterte Alet: »Ihr wollt sie einfach gehen lassen?«

Er versuchte erfolglos, sich seine Erheiterung – und Bewunderung – nicht anmerken zu lassen. »Ich glaube, dass von mir jetzt erwartet wird, hierzubleiben und darüber nachzudenken, was ich getan habe.« Über sich bemerkte er ein Rascheln in den Blättern, und ein kantiges Gesicht spähte hindurch – die Züge des Geistes waren verzogene Rinde, seine Augen lodernde Glut und seine Hände mit Dornen bedeckt. Der Geist zischte ihn an und zeigte Reihen von Zähnen. Sofort schwand Vens Erheiterung. Naelin hätte ihre Macht einsetzen sollen, um sie alle zu beschützen. Stattdessen flüchtete sie schnell aus der Gefahrenzone, und die Geister waren richtigerweise zu der Schlussfolgerung gelangt, dass Ven derjenige gewesen war, der ihren geliebten Baum beschädigt hatte. Hinter ihm seufzte Alet. Er hörte, wie sie ihr Schwert zog.

Naelin hörte den Kampf über sich, und er fiel leiser aus, als sie erwartet hatte: das Schlurfen von Füßen auf Rinde, das hohle Geräusch von Stahl, der auf Fleisch trifft, ein Grunzen, ein Zischen. Sie kletterte schneller. Erian und Llor hingen an ihr wie festgeklebt und sprachen kein Wort.

Sie stieß die Füße in die Kerben der Rinde und ertastete

sich ihren Weg nach unten. Auf der einen Seite klammerte sich Llor an sie – er hatte sich ihren Gürtel um die Hüfte gewickelt, wie sie es geübt hatten. Erian war vor ihr und kletterte zwischen Naelins Armen. Sie spürte die Bewegungen ihrer Tochter, wenn ihr Körper den ihren berührte, und hörte den Atem ihrer beiden Kinder. Sobald sie sich vom Lager entfernt hatten, hüllte sie die Dunkelheit ein wie eine Decke. Naelin spitzte die Ohren und lauschte, hoffte, dass die Geister sie nicht bemerkten.

Schließlich landete ihr Fuß in Erde – der Waldboden. Sie spähte in die Dunkelheit um sie herum. Sie waren zwischen den Wurzeln gelandet. »Versteckt euch hier«, flüsterte sie und schob Erian und Llor in den Schutz der gewaltigen Wurzeln. Dort drängten sie sich aneinander, Wurzeln von drei Seiten, hineingeschmiegt in die Umarmung des Baumes. Naelin drückte ihre Kinder fest an sich und wünschte, sie hätten ihr Zuhause nicht verlassen. Sie gehörte nicht hierher; sie hatte ihre Familie in Gefahr gebracht und einem Mann vertraut, der nicht zu verstehen schien, dass es Risiken gab, die einzugehen nicht hinnehmbar war. Unwillkürlich musste sie an Renet denken und fragte sich, ob sie einfach nur einen Mann mit schlechtem Urteilsvermögen gegen einen anderen eingetauscht hatte. Dennoch vermisste sie Renet nicht. Zumindest hatte Meister Ven sie noch nie belogen. »Schlaft«, flüsterte sie in das Haar ihrer Kinder.

»Ich kann nicht«, flüsterte Erian zurück.

»Ich weiß. Aber tu so als ob, und vielleicht kannst du dir dadurch selbst etwas vormachen und tatsächlich einschlafen.«

Llor schmiegte sich enger an sie, und sie atmete seinen süßen Kleine-Jungen-Duft ein. Es schien keine Rolle zu spielen, in wie viele Schlammpfützen er fiel, immer verströmte er einen Geruch, der besser war als Backwerk im Ofen. »Mama, ich habe Angst.«

»Das ist gut. Angst kann dein Freund sein. Sie sagt dir, wann du wegrennen und wann du dich verstecken musst. Der besondere Kniff besteht darin, nachdem man weggelaufen und sich versteckt hat, seiner Angst dann zu sagen: Herzlichen Dank, alles in Ordnung, komm später wieder.«

»Wird Meister Ven und Kommandantin Alet auch nichts passieren?«, fragte Erian kleinlaut. Naelin drückte sie noch fester an sich. Manchmal vergaß sie, dass auch Erian noch ein Kind war. Sie wuchs so schnell heran und wollte unbedingt schon eine Erwachsene sein.

»Ja«, setzte Naelin zu einer Antwort an. Dann brach sie ab, als sie einen Schatten sah, der sich inmitten der anderen Schatten bewegte, ein sich verlagerndes Grau. »Scht.«

Sie verstummten gehorsam und waren klug genug, nicht zu fragen, warum.

Es fühlte sich nicht so an, als wäre ein Geist in der Nähe. Sie konnte kein Kräuseln der Luft spüren, aber sie hörte die nächstgelegenen Büsche rascheln, und dann stieß Erian ein leises Keuchen aus und presste sich enger an sie. *Ein Tier?* Es klang größer als ein Eichhörnchen. Waschbär? Dachs?

Naelin sah erneut, wie die Gestalt sich bewegte, und hörte ein leises Grollen, ein Knurren. *Raubtier.* Sie verharrte vollkommen reglos, als sei jeder Muskel in ihr erstarrt. Instinktiv hatten sie sich zwischen die überhängenden Wurzeln geschmiegt auf der Suche nach Schutz, aber jetzt kam es ihr mehr wie eine Falle vor.

Und in diesem Moment wusste sie, dass sie wieder Gebrauch von ihrer Macht machen würde. Aber nicht als erstes Mittel. Nicht so, wie Meister Ven es wollte. Wenn sie ihre Macht einsetzte, dann nur zu ihren eigenen Bedingungen.

Entschieden drückte sie ihre Kinder in die Mulde zwischen den Baumwurzeln, bis ihre Atmung sich verlangsamte und gleichmäßig wurde und ihre Körper sich entspannten, sich weich gegen sie schmiegten. Hellwach starrte sie in die Dunkelheit vor sich.

Die Nacht im Wald war niemals nur Schwärze. Sie bestand aus Schichten von Farblosigkeit, Formlosigkeit und Stille. Hier wirkte die Stille nur noch verstärkt durch die Grillen, deren Lied aus allen Richtungen ertönte und zu einem stetigen Summen verschmolz.

Sie hatte nicht vor, überhaupt zu schlafen, aber irgendwie – trotz der Angst, trotz ihrer durcheinanderwirbelnden Gedanken, trotz all dem, was dort draußen in der Dunkelheit lauern mochte – überwältigte sie die Müdigkeit, und sie nickte ein, eng mit ihren Kindern umschlungen.

In der Dämmerung erwachte sie, als das Licht grau und fahl bis zum Waldboden vordrang. Vor ihr saß, mit dem Rücken zu ihr, als halte er Wache, ein gewaltiger Wolf. Naelin spannte die Muskeln an, drückte ihre Kinder fester an sich, und sie spürte, dass Erian und Llor sich bewegten, dass sie aufwachten. Sie lockerte ihren Griff um die beiden und machte einen Arm frei. Ihr Küchenmesser war in ihrem Reisesack … den sie natürlich bei dem Meister zurückgelassen hatte. Sie hielt Ausschau nach irgendetwas, das sich als Waffe benutzen ließe – ein dicker Ast, ein scharfer Stein.

Meister Vens Stimme wurde laut. »Er heißt Bayn.«

Sie schluckte, weil sie Angst hatte, ihr würde die Stimme versagen. Er war hier, und er kannte den Wolf. Und das war … gut? Meister Ven lehnte am Stamm des Baums, die Arme verschränkt, das Gesicht im Schatten.

Blutspuren befleckten den Ärmel seiner Lederrüstung. Im fahlen Licht der Morgendämmerung sah es aus wie Rost. Er machte den Eindruck, als sei er direkt einer Heldenballade entsprungen, und sie fühlte sich sofort sicherer. Nicht wirklich sicher, aber sicherer. Trotzdem hämmerte ihr Herz weiter. »Er scheint eine Zuneigung zu Euch entwickelt zu haben«, bemerkte er.

In ihren Armen erwachte Erian und gab sich alle Mühe, einen Schrei zu unterdrücken – er kam als ein schrilles *Hach!* heraus. Der Wolf drehte den Kopf und sah die Gruppe von Menschen an. Der Blick seiner gelben Augen fiel auf Naelin. Sie rührte sich nicht.

»Hündchen?«, kam es von Llor, seine Stimme verschlafen.

»Ist er … zahm?« Naelins Stimme überschlug sich nur ein ganz klein wenig. Sie leckte sich die Lippen und setzte erneut an. *Keine Angst zeigen.* »Wird er uns auch nichts tun?«

»Warum fragt Ihr ihn nicht selbst?«

Weil er ein Wolf ist, dachte Naelin. »Macht keine Scherze mit mir.«

»Das würde ich nie tun.«

Sie glaubte, ein verschmitztes Funkeln in seinen Augen wahrzunehmen, aber vielleicht war das auch nur Einbildung. Bestimmt hatte er keinerlei Sinn für Humor. Erian nahm den Meister beim Wort und wandte sich direkt an den Wolf: »Hallo, Herr Wolf, gedenkt Ihr uns zu fressen?«

Als sei ihre Frage unter seiner Würde, wandte der Wolf den Blick ab und spähte wieder in den Wald hinein. Um sie herum raschelten Blätter, und über ihnen zirpten Vögel einander ihre Lieder zu, ließen ihre Rufe ertönen, während sie unsichtbar von Ast zu Ast flogen. Der Wald erwachte, als langsam das Licht der Dämmerung durch die Blätter drang.

»Nettes Hündchen«, murmelte Llor, dann schnarchte er weiter.

Nachdem auch ein paar Minuten später noch niemand von irgendwelchen wilden Tieren angegriffen worden war, löste sich Naelin von Erian und Llor und stand auf. Ihre Muskeln schmerzten, ihr Rücken tat weh. Sie hatte seit Jahren nicht mehr draußen geschlafen, und noch nie so ungeschützt wie diese Nacht. Sie drückte den Rücken durch und versuchte, ihren kribbelnden Fuß zu schütteln, der eingeschlafen war, weil er so lange unter einem nicht mehr ganz so kleinen Kind festgesteckt hatte. Vor Meister Vens Füßen, an den Baum gelehnt, standen ihre Reisesäcke – all ihr Gepäck, das Naelin zurückgelassen hatte, als sie in der Nacht mit den Kindern davongeklettert war. Sie konnte Kommandantin Alet nicht sehen, und Unruhe befiel sie. »Ist mit Eurer Begleiterin alles in Ordnung?«, erkundigte sie sich.

»Ja, aber Ihr habt uns in der Gefahr zurückgelassen. Das ist kein angemessenes Benehmen für eine Thronanwärterin.«

Kurz überlegte sie, wie sie darauf reagieren sollte. Sie wusste, er erwartete, dass sie sich schämte oder sich zumindest für ihre Flucht entschuldigte, aber nachdem sie ihre Gefühle erforscht hatte, entschied sie, dass es ihr nicht im Mindesten leidtat. Sie entschloss sich zu der Antwort: »Ich bin froh, dass keiner von euch beiden verletzt worden ist.« *Das immerhin war die Wahrheit.*

»Ihr habt Euch einverstanden erklärt, Euch ausbilden zu lassen«, erwiderte er. »Wenn Ihr die Thronprüfungen überleben wollt, *müsst* Ihr auch ausgebildet werden.«

»Und Ihr habt Euch einverstanden erklärt, meine Kinder zu beschützen«, gab sie zurück. »Wenn Ihr wollt, dass ich trainiere, dann weiht mich in Eure Pläne ein. Keine

Überraschungen. Keine Anmaßungen. Ich werde nicht Euer dressiertes Äffchen sein und zu Euren Liedern tanzen, ohne Fragen zu stellen.« So. Sollte er sich darauf erst einmal eine Antwort überlegen.

»Mama hat immer gern eine Erklärung«, ergriff Erian das Wort. »Wenn Ihr zuerst erklärt, warum Ihr etwas tun wollt, und auch beweisen könnt, dass Ihr die Sache wirklich gut durchdacht habt, dann wird sie es auf jeden Fall in Erwägung ziehen.« Das Mädchen plapperte nach, was Naelin ihnen immer wieder klarzumachen versucht hatte. Wenn sie sich reif aufführten, würde sie sie auch wie reife Menschen behandeln. Sie nickte Erian anerkennend zu. Schön zu wissen, dass man ihr zuhörte.

Meister Ven seufzte und fuhr sich mit den Fingern durchs Haar. »Vielleicht habt Ihr recht. Ich bin an Kandidatinnen gewöhnt, denen man etwas über Geister in der Wildnis beibringen muss – sie haben Jahre an der Akademie verbracht, wo sie gelernt haben, ihre Kräfte in einer weitestgehend kontrollierten Umgebung einzusetzen, und meine Aufgabe ist es dann, sie mitten in die wirkliche Welt hineinzuwerfen und ihnen beizubringen, wie sie ihre Fähigkeiten anpassen und flexibel machen, damit sie nicht zugrunde gehen. Ihr dagegen wisst bereits von den Gefahren und der Unberechenbarkeit der Welt. Vielleicht braucht Ihr umgekehrt gerade das feste Gerüst.«

Naelin blinzelte ihn an, unsicher, ob seine Worte eine Entschuldigung, eine Beleidigung oder ein Kompliment waren. Sie überlegte … vielleicht wirklich Letzteres? »Was genau meint Ihr damit?«

»Teilt mir mit, was Ihr bereits wisst, und wir entwickeln einen Unterrichtsplan für Euch.«

Er gab sich größte Mühe, sowohl nett als auch vernünftig zu sein, was angesichts der Tatsache, dass sie ihn in der letzten Nacht einfach den Geistern überlassen hatte, durchaus beeindruckend war. »Ich werde keinem Plan zustimmen, der Erian oder Llor in Gefahr bringt.«

»Das habt Ihr inzwischen sehr klargemacht.« Sie glaubte, einen Anflug von Erheiterung in seiner Stimme wahrzunehmen. Er lachte über sie, oder zumindest ging es in die Richtung. »Und Bayn scheint mit Euch einer Meinung zu sein. Er hat die ganze Nacht Wache gehalten.«

Sie sah wieder zu dem Wolf hinüber. »Danke schön.«

Der Wolf neigte den Kopf, ganz so, als verstehe er sie.

»Wenn wir also jetzt einer Meinung sind …?«, begann der Meister fragend.

Naelin nickte vorsichtig, den Blick immer noch auf den Wolf gerichtet. Sie war sich nicht sicher, ob sie dieser versöhnlichen Stimmung Vens trauen sollte. Es kam ihr wie eine Falle vor, nur dass er Naelin ja zustimmte. *Wo ist da der Haken? Ach, richtig …*

»Ich habe immer noch nicht zugestimmt, Thronanwärterin zu werden.«

»Das tut nichts zur Sache. Ihr müsst ohnehin erst einmal ausgebildet werden.«

Sie starrte ihn an. Er erwiderte ihren Blick. Und zum ersten Mal hatte sie das Gefühl, hier mit jemandem zusammen zu sein, der sie sah, wie sie war, mit all ihren Stärken und all ihren Fehlern, und der … mit allem auch so einverstanden war? »Also gut, in Ordnung.«

»Gut. Wir fangen heute an. Jetzt.«

Kapitel 11

Naelin bemerkte, dass Ven tief ausatmete, als habe er sich Sorgen gemacht, dass sie ablehnen könnte. Keine Frage, sie lehnte es tatsächlich immer noch ab, eine Thronanwärterin zu werden. Er aber musste befürchtet haben, dass sie sich jeder Ausbildung überhaupt verweigern würde – nach seiner Nummer von vergangener Nacht. Und, wahrhaftig, sie hatte es auch in Erwägung gezogen. Wenn er nur eine Spur weniger ehrlich gewesen wäre, eine Spur weniger freundlich …

Er ließ sich auf einer Wurzel nieder. »Habt Ihr jemals einen Geist beschworen?«

»Niemals. Und das werde ich auch nicht tun. Nicht hier draußen, nicht in Erians und Llors Nähe.« Sie sagte es in ihrem entschiedensten Tonfall, den sie nur anschlug, wenn sie klarmachen wollte, dass etwas in keiner Weise zur Debatte stand. Bei ihren Kindern funktionierte das gut; sie war sich aber nicht sicher, ob es bei einem Meister die gleiche Wirkung hatte.

»Aber Ihr habt Geister fortgeschickt? Ihr habt sie ja befehligt.«

Sie sah, worauf die Sache hinauslief, und es gefiel ihr nicht. »Nur, wenn Renet mich dazu gezwungen hat. Nur insoweit, wie Ihr es selbst erlebt habt. Ich werde sie wieder wegschicken, wenn ich muss, aber nur wenn es notwendig ist, und ich werde sie nicht beschwören. Nicht hier, wo wir ganz allein sind und nicht genug Amulette haben.«

»Ich weiß, dass Ihr Geister spüren könnt. Beschreibt mir das Gefühl.«

Es wirkte wie ein Themenwechsel – sie hatte eigentlich Widerspruch erwartet. Doch sie zögerte nicht, sondern antwortete prompt und kam sich dabei wie ein Schulmädchen vor. »Es ist wie ein Knistern in der Luft, so als würde gleich ein Blitz einschlagen.«

»Gut. Ihr solltet auch in der Lage sein zu erkennen, wie nahe sie sind und wie groß und wie stark, und Ihr solltet ihre generelle Absicht wahrnehmen können: ob sie planen, Euch im nächsten Moment in Stücke zu reißen, oder ob sie Euch einfach nur ganz allgemein töten wollen. Könnt Ihr das?«

Hinter sich hörte Naelin, wie Erian bei dem Wort »töten« einen Laut ausstieß, der halb Keuchen, halb Heulen war, und sah den Meister zusammenzucken. Er war es offensichtlich nicht gewohnt, auf seine Worte zu achten. Sie fragte sich, ob ihm das schon früher Ärger eingebracht hatte. Nicht jeder wusste Ehrlichkeit zu schätzen. Sie selbst allerdings tat es. Ein klein wenig entspannte sie sich – er machte nicht den Eindruck, als versuche er, sie zu überlisten oder zu irgendetwas zu überreden. »Nein, das glaube ich nicht. Zumindest habe ich es noch nie versucht.« *Ich bin nicht dumm oder leichtsinnig.* Sie hatte jede Menge Zeit damit verbracht, so zu tun, als besitze sie keine Macht, und sich aufzuführen, als sei sie ganz normal. Sie hatte das, was sie hatte, niemals durch irgendwelche Experimente gefährden wollen.

»Dann werden wir damit anfangen.« Er hob die Hand, um ihrer Frage zuvorzukommen. »Keine Sorge. Wir werden nichts und niemanden beschwören. Diese Übung wird niemanden in Gefahr bringen.« Er sah sie mit aufrichtigem Blick an. Und mit Respekt – das war ein Ausdruck, den sie in Renets Augen seit langer Zeit nicht mehr gesehen hatte. Ven behandelte sie, als sei ihm wichtig, was sie dachte und fühlte. »Wenn die Sache klappen soll, müsst Ihr meinem Wort Vertrauen schenken.«

Naelin griff hinter sich und drückte Erians Schulter, halb um dem kleinen Mädchen, halb um sich selbst Mut zu machen. Sie hielt den Blick auf Ven gerichtet und beobachtete vor allem seine Hände, um sicherzustellen, dass er sein Messer nicht wieder in die Bäume stach. Sie wusste, dass sie ihm nach der vergangenen Nacht nicht vertrauen sollte … und doch wollte sie ihm vertrauen können, vor allem, wenn er sie so ansah wie jetzt. »Ich höre.«

»Wenn Ihr mit Euren Kindern zusammen seid, seid Ihr Euch der Geister stärker bewusst, nicht?« Er deutete mit seinem Messer auf Erian und Llor, dann schien er sich eines Besseren zu besinnen, warf das Messer hoch und fing es wieder auf, sodass es nun mit dem Griff auf sie zeigte, statt mit der Spitze. Llor stieß einen Pfiff aus, offensichtlich beeindruckt. Wenn Naelin nicht achtgab, würde der Junge anfangen, Ven ernsthaft als Helden zu vergöttern. Ven schien es nicht zu bemerken, was ein weiterer Punkt war, der zu seinen Gunsten sprach. Er war selbstsicher, ohne arrogant zu sein. Sie hatte reichlich Menschen kennengelernt, bei denen das Gegenteil der Fall war, und außerdem sehr viele, die es deutlich weniger verdient hatten, bewundert zu werden. »Ihr weitet Euer Empfinden von dem, was ›Ihr selbst‹ seid, aus, um die Geister mit einzuschließen, genauso, wie man sich des Messers in seiner Hand als einer Erweiterung seiner selbst bewusst ist.«

»Ja, genau.« Sie war überrascht, ihn den Sachverhalt so treffend beschreiben zu hören.

»Ich bin lange Zeit Leibwächter gewesen. Es ähnelt der Elternschaft. Nur ist es mit einer Spur mehr Blutvergießen verbunden.« Bei diesen Worten lächelte er doch tatsächlich, und sie hatte große Mühe, sein Lächeln nicht zu erwidern. Sie *wollte* wütend auf ihn sein, aber er hatte etwas an sich, das es ihr unmöglich machte. Vielleicht war es seine Ernsthaftigkeit. Oder seine Entschlossenheit. Er war einfach so verflixt *aufrichtig*. Er strahlte Heldentum aus, selbst wenn er nichts besonders Heldenhaftes sagte oder tat. *Wenn ich nicht aufpasse*, schoss es ihr durch den Kopf, *werde vielmehr ich diejenige sein, die hier anfängt, Helden zu vergöttern.* Sie schüttelte den Gedanken ab und versuchte, sich ganz auf seine Worte zu konzentrieren. Er fuhr fort: »Ich will, dass Ihr Euer Bewusstsein ausdehnt, so weit Ihr könnt. Betrachtet den Wald um Euch herum als einen Teil Eures Körpers und sendet Euren Geist aus, um Eure neuen ›Gliedmaßen‹ zu berühren.« Er schob sein Messer in die Scheide.

Erian kam neben sie gekrochen. »Darf ich es versuchen?«

Meister Ven musterte sie. »Hat Eure Tochter eine Verbindung zu den Geistern?«

»Nein«, begann Naelin und hielt dann inne. »Wir wissen es nicht.« Sie hatten da nie herumexperimentiert, und sie würde jetzt auch nicht damit anfangen. »Erian, ich muss für eine Weile mit Meister Ven arbeiten. Wie wäre es, wenn du …« Sie brach ab, unsicher, was sie vorschlagen sollte. Sie wollte nicht, dass sich Erian weiter von ihr entfernte, aber sie konnte auch nicht von ihr erwarten, dass sie sich die ganze Zeit über in den Wurzeln zusammenkauerte.

Die Kommandantin ließ sich von einem Ast auf eine der Wurzeln herabfallen. Naelin konnte keinerlei Spuren vom Kampf der vergangenen Nacht an ihr ausmachen – ihr

Gesicht war sauber geschrubbt, ihr Haar glatt zurückgebunden, die Lederrüstung makellos. Sie ließ in der einen Hand ein Messer rotieren, steckte es dann in die Scheide und kauerte sich hin, um Erian zu mustern. »Ich kann ihr das eine oder andere beibringen. Verteidigungsstellungen. Wie man sich aus einem Würgegriff befreit.«

Das klang …

»Ja!« Erian sprang auf.

… großartig.

Als Alet nun Erian zu einem Fleckchen mit weichem Moos führte und ihr eine Verteidigungshaltung vorführte, begann Naelin ihre Meinung von dieser Frau zu überdenken. Die Kommandantin war eine freundlichere Lehrerin, als sie erwartet hätte, blaffte Erian weder an noch tadelte sie sie wegen ihrer fehlenden Kenntnisse. Sie brachte Arme und Beine des Mädchens in die richtige Stellung und schenkte ihr sogar ein ermutigendes Lächeln.

Sowohl Naelin als auch Ven beobachteten die beiden eine Weile lang.

»Mama, darf ich mit dem Hündchen spielen?«, fragte Llor. Er war näher an den Wolf herangekrochen und streckte die Hand aus, die Innenfläche nach oben gedreht, damit der Wolf sie beschnuppern konnte. Der Wolf lehnte es ab zu schnuppern.

»Nur wenn er es will«, antwortete Naelin und unterdrückte ihren natürlichen Impuls, der darin bestand, sich Llor zu schnappen und mit ihm so schnell und so weit wie möglich vor dem Raubtier wegzulaufen. Bisher hatte der Wolf nichts anderes getan, als sie zu beschützen. »Er heißt Bayn. Zieh ihn nicht am Schwanz.«

»Das würde ich nie tun!«, rief Llor mit der ganzen Würde eines gekränkten Sechsjährigen.

Der Hauch eines Lächelns glitt über die Züge des Meisters. »So, Eure Kinder haben Aufpasser, zumindest für die nächsten Minuten. Würdet Ihr Euch jetzt auf Eure Ausbildung konzentrieren?«

Ungewöhnliche Aufpasser, dachte sie, aber er hatte recht. Erian und Llor waren beide in der Nähe und so sicher, wie Naelin sich das unter den gegebenen Umständen nur erhoffen konnte. Sie hatte keine Ausreden mehr. »Das Wahrnehmen der Geister beschwört sie auch nicht?«

»Nicht nach meiner Erfahrung, und die ist nicht unbeträchtlich.«

Sie konnte erkennen, dass er sich größte Mühe gab, beruhigend zu klingen, und das beeindruckte sie. Sie wusste nicht, warum er sie unbedingt als seine Schülerin haben wollte, vor allem da sie sich weigerte, eine Thronanwärterin zu werden, aber Geister wahrzunehmen klang ebenso harmlos wie nützlich. »Na gut, ich werde es versuchen.«

Naelin schlug die Beine übereinander und setzte sich auf eine der Wurzeln. Sie fühlte, wie sich die Rinde in ihre Oberschenkel bohrte, durch den Stoff ihrer Röcke hindurch. Sie spürte die feuchte Morgenkälte in der Luft und atmete den schweren, nassen Moosgeruch des Waldbodens ein. Vögel zirpten über ihr in den Bäumen, und in der Nähe raschelte es in einigen Büschen … höchstwahrscheinlich Eichhörnchen. Mühsam konzentrierte sie sich und versuchte zu tun, was er verlangt hatte – sich vorzustellen, sie wäre ein Teil des Waldes, der sie umgab, und dass ihre Arme sich bis in die Bäume hinein erstreckten, dass ihre Oberschenkel in die Erde hinabflossen, dass ihre Lunge sich ausdehnte, um all die Luft einzuatmen.

Doch ein Teil ihrer Sinne lauschte noch immer auf Erian und Llor – sie hörte Alet Erian Anweisungen erteilen und Erian darauf reagieren, etwa indem sie fragte, wie sie Arme und Schultern halten solle, während sie die Stellung ihrer Füße in den zerbröselten alten Blättern und Kiefernnadeln anpasste. Zwischen den Wurzeln plapperte Llor glücklich mit dem Wolf und erzählte ihm von seinen Sammlungen daheim: Er sammele gern Steine, Federn und interessante Stöcke, aber Mama erlaube ihm nicht, die besten Stöcke mit ins Haus zu bringen, weil sie zu spitz seien, was er unendlich enttäuschend fand. Mama habe nichts gegen die Steine, vertraute er dem Tier an, solange sie nicht zu groß waren, und auch die Federn waren in Ordnung, solange er sie selbst fand und sie nicht aus irgendwelchen Vögeln zu rupfen versuchte. Er habe sogar eine Adlerfeder, die so lang sei wie sein Arm. Aber er habe sie zurücklassen müssen, als sie fortgegangen seien. Er versprach dem Wolf, sie ihm zu zeigen, wenn sie irgendwann zurückkehrten.

Sie schüttelte den Kopf. »Ich kann nicht. Meine Kinder …«

»Versucht nicht, sie auszublenden«, riet ihr Ven. »Nehmt sie in Euch auf und tastet Euch dann weiter. Tut so, als würdet Ihr ihnen zuhören und gleichzeitig Amulette anfertigen. So etwas habt Ihr doch schon gemacht, nicht?«

Das konnte sie tatsächlich tun. Sie war daran gewöhnt, ihre Aufmerksamkeit zwischen der Erledigung ihrer eigenen Aufgaben und der Betreuung ihrer Kinder aufzuteilen. Das machte sie jeden Tag so. Sie hatte nie versucht, ihre Sinne darüber hinaus weiter auszudehnen, aber sie nahm an, dass der Meister recht hatte – zumindest theoretisch sollte es nicht viel anders sein. Sie ließ ihr Bewusstsein den Raum durchdringen und spürte das Erbeben naher Geister. Es war so mühelos, so einfach, dass sie nach Luft schnappte. *Ich kann sie spüren.*

Da! Ein Holzgeist, über ihr. Er huschte an einem Ast entlang.

Im Osten flatterte ein Luftgeist durch die Bäume, ließ die Blätter rascheln und zog eine leichte Brise hinter sich her.

Unten wühlte sich ein Erdgeist durch den Grund.

Sie konnte Größe und Stimmung der Geister spüren, so wie sie einen Juckreiz am Arm spüren konnte. Es war schockierend einfach, wie ein billiger Taschenspielertrick, nur eine Frage der Konzentration auf das »Kräuseln« in der Luft. Sie fragte sich, und es war wie ein Verrat an sich selbst, warum sie sich bisher so sehr dagegen gesträubt hatte. Wenn sie das gewusst hätte … Wenn ihre Mutter es gewusst hätte, als die Geister Jagd auf sie gemacht hatten …

»Ihr übt das jetzt jeden Tag, bis es Euch in Fleisch und Blut übergegangen ist.«

Naelin nickte. Es gefiel ihr nicht, wie sie über ihre Haut zu kriechen schienen, auch wenn sie nicht in der Nähe waren. Aber das war ein kleines Opfer, wenn es sie dafür in die wohltuende Lage versetzte zu erkennen, wo sie waren. Sie rieb sich die Arme, auf denen sich eine Gänsehaut gebildet hatte, und lenkte ihre Aufmerksamkeit wieder ihrem Lager zu.

»Mit ein wenig mehr Übung werdet Ihr in der Lage sein, Eure Reichweite zu vergrößern«, versprach er. »Eine Königin ist sich eines jeden einzelnen Geistes in ihrem Land bewusst. Dieses Bewusstsein wird ihr bei der Krönungszeremonie verliehen. Bei dieser Zeremonie verbindet sie sich mit allen Geistern in Aratay und kann diese Verbindung fortan wachrufen, wann immer sie es wünscht. Es hilft, wenn man vorher geübt habt, damit einen das Gefühl nicht überwältigt.« Kopfschüttelnd öffnete sie den Mund, um zu erwidern, dass sie niemals Königin sein werde und diese Bemerkung also überflüssig sei, aber dann fügte er hinzu: »Daleina hatte schon immer die Begabung, die Geister zu spüren, noch vor dem Krönungstag.«

Er war dort gewesen, bei dem Massaker, rief sie sich ins Gedächtnis. Sie konnte sehen, dass er sich jetzt daran zurückerinnerte, erkannte es an der Art, wie er in den Wald hinausschaute, als habe er diesen Moment wieder vor Augen und blicke in Wirklichkeit auf eine ganz andere Gruppe von Bäumen. Sie verspürte den Drang, ihm die Hand auf den Arm zu legen und ihn zu trösten, aber sie tat es nicht.

Als er sie aufforderte, mehr zu üben, erhob sie keine Einwände. Fast eine Stunde lang machte sie weiter, bis Llor krähte, dass er Hunger habe, und plötzlich bemerkte sie, dass sie ebenfalls hungrig war. Nach dem Frühstück reisten sie weiter, und auch jetzt fuhr sie fort zu üben.

Naelin ertappte den Meister dabei, wie er ihr alle paar Minuten Blicke zuwarf, als sei sie ein Rätsel, das er lösen wolle. Wäre sie nicht so sehr damit beschäftigt gewesen, Erian und Llor zu helfen, damit sie mithalten konnten, und zugleich die Geister um sie herum zu »erfühlen«, hätte sie ihn gefragt, was er denn so faszinierend fand. Sie war nämlich nicht der Meinung, dass sie sonderlich interessant war. *Lies nicht so viel hinein,* ermahnte sie sich. Der Moment würde kommen, in dem ihm klar wurde, dass sie eine allzu schwierige Schülerin war und zu viel Ballast mit sich herumschleppte. Und dann würde er ein Kind finden, das er ausbilden konnte, eines, das das auch wirklich wollte. Doch bis dahin würde sie jeden Kniff lernen, der sie und ihre Kinder zu beschützen versprach.

Und sie würde einen Weg finden, sich gefahrlos davonzumachen.

Am nächsten Morgen erklärte Naelin, dass die Kinder gewaschen werden müssten. Sie fand einen Bach in der

Nähe ihres Lagers, wo die Äste einer Weide über das Wasser hingen. Bei jedem Windhauch streichelten die Blätter der Zweige über das Wasser und kräuselten die Oberfläche bis zu den Kieselsteinen am Ufer. Naelin behielt die kleinen Wellen im Auge, ihre Sinne weit geöffnet, während sie nach Geistern Ausschau hielt und auf deren Geräusche lauschte. Zwei hockten in den Ästen eines Baumes im Norden, und ein Wassergeist lauerte hinter der nächsten Biegung, fing Fische, die zwischen den Felsen schwammen, und schlug sie dann gegen den nächstbesten großen Stein.

In ihrer Nähe planschte Llor im flachen Wasser herum, während sich Erian das Gesicht wusch. Als sie fertig war, reichte sie den Lappen an Llor weiter, der ihn prompt ans Ufer warf. »Nicht schmutzig«, verkündete er.

»Sehr schmutzig«, informierte ihn Naelin. Sie tauchte den Lappen ins Wasser, packte Llors Arm und machte sich daran, seinen Hals zu schrubben. Er wand sich und zappelte, trat mit den Füßen ins Wasser, bis er seine Schwester nassspritzte und sie zu kreischen anfing. »Es wird nicht geschrien, Erian. Du bist klug genug, um zu wissen, dass man im Wald keine lauten Geräusche macht. Und Llor, spritz deine Schwester nicht nass und zappel nicht herum. Halt still, dann ist es umso schneller vorüber.«

Ohne jede Vorwarnung brach Erian in Tränen aus. »Es ist nicht meine Schuld! Er hat mich nassgespritzt.«

»Und eben deshalb habe ich ihm das Spritzen verboten. Erian, man weint nicht wegen nichts und wieder nichts.«

Erian unterdrückte ihr Schluchzen. Ihre Unterlippe bebte. »Vater würde es verstehen.«

Der Satz war wie ein Stich ins Herz. Naelin wollte sich entschuldigen, sagen, dass ihr das alles leidtue, aber es war ja nicht sie gewesen, die sich selbst gezwungen hätte, Gebrauch von ihren besonderen Fähigkeiten zu machen. Nicht sie, die einen Meister in ihr Zuhause geschleppt hatte. Nicht sie, die ihrer aller Leben auf den Kopf gestellt hatte. Sie versuchte nur, ihr Bestes zu tun … Sie atmete tief ein und ermahnte sich, ruhig zu bleiben. Es würde alles nur schlimmer werden, wenn sie zeigte, dass sie ebenfalls aufgebracht war. »Dann weine eben, wenn du es nötig hast. Ich weiß, was wir durchmachen, ist schwierig, und ich kann nicht versprechen, dass es einfacher wird. Ich kann nur versprechen, dass ich alles daransetzen werde, dass ihr beide in Sicherheit seid. Soweit das in meiner Macht steht.«

»Das reicht mir nicht«, schluchzte Erian. »Ich will nach Hause.«

»Ich will auch nach Hause«, stimmte Llor mit ein und begann ebenfalls zu weinen.

Naelin wünschte, Renet wäre da, damit sie ihn jetzt anschreien könnte. Stattdessen breitete sie die Arme aus, und beide Kinder klammerten sich an sie; ihre nassen Kleider durchweichten auch Naelins Sachen, als sie nun an ihren Schultern schluchzten. *Es tut mir leid. Es tut mir so leid.* Sie streichelte ihnen das Haar, während sie weinten, und war ebenfalls den Tränen nahe, aber sie gestattete sich nicht zu weinen. Sie konnte sich keinen Zusammenbruch leisten. Nicht, wenn sie niemanden hatte, der ihr half, sich wieder zusammenzureißen.

Sie hörte ein leises Klirren und schaute auf. Kommandantin Alet hockte auf einem der Steine. Sie hatte ihr Messer gezückt und konzentrierte sich auf eine Gestalt im Wasser.

Den Wassergeist.

Er kam auf sie zugeglitten, wie eine Schlange durch die Wellen. Alet sprang von dem Stein, landete im Wasser und stach mit ihrem Messer auf ihn ein. Der Geist kreischte auf, tauchte unter und schoss davon. »Ihr dürft in Eurer Aufmerksamkeit nicht nachlassen«, mahnte sie, »ganz gleich, was sonst noch geschieht.«

»Ich habe das hier nie gewollt«, verteidigte sich Naelin. »Ich wollte ein gewöhnliches Leben: Haus, Ehemann, Kinder, ein ehrliches Dasein. Ein paar Kräuter als Pflanzen. Nachbarn, die ich nicht hasse. Ein ruhiges Leben.«

»Wir bekommen selten, was wir wollen.«

»Was habt Ihr denn gewollt?« Während sie ihre Kinder immer noch in den Armen hielt, sah Naelin der Wache zu, wie sie ihre Klinge reinigte und sich dann Wasser auf Gesicht und Hals spritzte. Schmutzflecken verwandelten sich in Schlamm, der an ihr herabtropfte.

Sie zuckte die Schultern. »Nicht so ein Leben, wie Ihr es beschreibt. Viel zu langweilig.«

»Friedlich heißt nicht langweilig.«

»Ich wollte etwas bewirken. Wollte, dass mein Leben zählt. So viele Menschen sterben, und niemand weiß, dass es sie je gegeben hat. Sie sind Wellen auf einem Bach, sie verschwinden, wenn der Wind weht.«

Erian wurde langsam ruhiger. Llor schniefte immer noch. Er hatte höchstwahrscheinlich schon vergessen, weshalb er weinte. Er wusste nur noch, dass er jetzt eben weinen sollte. Naelin ließ beide Kinder an ihren Schultern ruhen. »Habt Ihr Menschen verloren?«

»Jede Menge.« Ihre Stimme klang, als wäre sie weit weg, und ihr Blick war stromabwärts gerichtet. Vom Wassergeist war keine Spur mehr zu sehen. Naelin sandte ihr Bewusstsein aus und spürte den Wassergeist. Er hockte in den Stromschnellen ein gutes Stück stromabwärts, doch schien er sie bereits vergessen zu haben. »Alle, um genau zu sein. Bis auf meine Schwester. Ich würde alles für sie tun, alles, damit sie stolz auf mich ist.«

Naelin suchte nach einer tröstlichen Antwort. »Klingt doch ganz so, als hättet Ihr da eine wichtige Arbeit gefunden – als Mitglied der königlichen Garde, das mit Meister Ven zusammenarbeitet. Sie ist bestimmt stolz auf Euch.«

Den Blick immer noch flussabwärts gerichtet, nickte Alet.

»Wie ist die Königin denn eigentlich so?«, erkundigte sich Naelin. Sie wollte noch mehr fragen: Wird sie zuhören? Wird sie verstehen? Wird sie helfen? Wird sie meine Kinder beschützen?

»Edelmütig«, antwortete Alet. »Ernsthaft. Hat hohe Ziele.«

»Kennt Ihr sie schon lange?«

»Lange genug, um zu wissen, dass sie eine gute Königin ist«, antwortete Alet, und da war ein Ausdruck auf ihrem Gesicht, den Naelin nicht recht deuten konnte – ein wenig wie Sehnsucht. »Sie will ihr Volk beschützen, und sie ist bereit, ihr Leben dafür zu geben. Sie weiß, was Pflicht und Opfer bedeuten.«

Während sie Erian und Llor weiter an sich gedrückt hielt, fragte sich Naelin, ob das wohl als Beleidigung gegen sie gerichtet war. »Wollt Ihr damit andeuten, dass es sich bei mir anders verhält? Ich würde mein Leben für meine Kinder geben.« Sie spürte, wie sich ihre Kinder in ihren Armen regten, sich fester an sie pressten. »Aber ich würde für sie viel lieber eine Mutter als eine Märtyrerin sein.«

Ein flüchtiges Lächeln huschte über Alets Züge. »Bevor ich Euch kennengelernt habe, habe ich gedacht, dass alle Frauen mit Macht über die Geister Königin werden wollen. Ein Sichweigern erschien mir unvorstellbar. Euer Mangel an Ehrgeiz ist … auf merkwürdige Weise bewundernswert. Ihr seid zutiefst entschlossen, ein unbedeutendes Leben zu leben.«

»Unbedeutend ist völlig in Ordnung. Ich will keinen Ruhm, ich will Glück.« Sie drückte die Lippen auf Erians Haar. »Aber ich werde mich auch mit Zufriedenheit begnügen. Ich finde das gar nicht so merkwürdig.«

Alet betrachtete sie, als versuche sie zu entscheiden, wie viel Wahrheit in ihren Worten lag, und schließlich sagte sie: »Ich werde Euch helfen, so gut ich kann.«

Naelins Augen weiteten sich. Sie hatte nicht damit gerechnet, in der strengen Kommandantin eine Verbündete zu finden. Wenn ihre Arme nicht bereits voller Kinder gewesen wären, hätte sie sie an sich gedrückt. So konnte sie zum Dank nur nicken. »Das weiß ich zu schätzen. Und nicht nur ich, sondern wir alle.«

»Ihr müsst auch zur Königin Nein sagen können«, fuhr Alet fort. »Das wird nicht leicht werden. Sie ist sehr leidenschaftlich, und sie ist die Königin. In der Pracht ihres Palastes werdet Ihr vielleicht alles Mögliche sagen wollen, um ihr zu gefallen. Ihr werdet Euch wünschen, dass sie Euch mit Wohlwollen betrachtet. Es kann schwer sein, im Blick zu behalten, wer man ist und was man tun muss.« In ihren Augen lag ein eigenartiger Ausdruck – wieder diese merkwürdige traurige Sehnsucht, ein Bedauern vielleicht –, als habe sie einmal selbst versucht, der Königin etwas abzuschlagen, und sei gescheitert.

»Ich habe hier zwei Erinnerungshilfen«, erklärte Naelin. »Der Palast wird mich nicht einschüchtern.«

»Das hoffe ich. Um ihretwillen.« Alet streckte die Hand nach Erian und Llor aus. »Kommt, Kinder, ich werde euch zeigen, wie man einen Wassergeist am besten mit dem Messer angreift.«

Die Kinder, deren Tränen inzwischen getrocknet waren, gingen bereitwillig mit ihr mit.

Kapitel 12

Arin hatte im Alter von vier Jahren beschlossen, dass Daleina, ihre Schwester, Königin werden würde, aber seltsamerweise hatte sie sich während ihrer gesamten Planung nicht ein einziges Mal vorgestellt, dass sie selbst einmal den Palast besuchen würde. Sie war auch nie auf die Idee gekommen, dass sie sich die Augenbrauen würde zupfen lassen müssen, um ihre Schwester besuchen zu können, aber die Palastdienerin, die sie nach ihrer Ankunft schnell zur Seite gezogen hatte, hatte sie nur fassungslos angeblickt. Für sie sahen ihre Brauen offenbar aus wie zwei wollige Raupen, die sich über Arins Augen schlafen gelegt hatten. Arin dagegen fand, dass ihre Augenbrauen völlig in Ordnung waren und dass Daleina außerdem auch keinerlei Anstoß daran nehmen würde, es sei denn, das Dasein als Königin hatte sie in ungeahnter Weise verändert. Für gewöhnlich kümmerte sich Daleina nur darum, dass Arin noch alle Glieder am Leib hatte und dass diese auch ordnungsgemäß funktionierten. Aber die Palastdienerin machte den Eindruck, als bekäme sie schon bei der bloßen Vorstellung, dass Arin und ihre wolligen Augenbrauen die geheiligten Innenräume des Palastes betreten könnten, einen Herzanfall, und so überließ sich Arin ohne weiteren Protest der Fürsorge der Palastbediensteten.

Außerdem war es schön, so umsorgt zu werden.

Ein Palastdiener, der ein besticktes goldenes Gewand

trug und sich mit der Zeichnung eines Vogels brüsten konnte, der ihm an den Hals gemalt war, schrubbte die Schwielen an Arins Händen, während eine Dienerin, auf deren Arme Blätter gemalt waren, vor einem Hocker mit einem Samtkissen kniete und Arin die Fußnägel schnitt. Eine weitere Bedienstete wirbelte durch den Raum und wählte viel mehr Kleidungsstücke aus, als Arins Meinung nach von einem einzigen Menschen überhaupt getragen werden konnten, ohne umzukippen. Sie stellte sich ihre Schwester vor, wie sie von zwanzig kunstreichen Gewändern niedergedrückt wurde, und musste sich ein Kichern verkneifen.

Der Raum, in dem sie sich befand, wirkte genauso raffiniert und kunstvoll gestaltet wie die Menschen darin mit ihrer bemalten Haut. Er war geschmückt mit Pfauen, Singvögeln und farbigen Streifen in allen Tönen des Sonnenuntergangs. In die Wände eingelegt waren Mosaike aus verschiedenfarbigem Holz, in den Schattierungen von Honig, Mahagoni und Kirsche und mit Mustern, die ihr das Gefühl gaben, mit dem Kopf nach unten zu hängen, wenn sie sie zu lange betrachtete. Die Decke war durchzogen mit Streifen aus Feuermoos, die aussahen wie Zuckerwatte, und auf den Böden lagen Teppiche über Teppiche, die einen so flauschigen Eindruck machten, dass Arin hoffte, die Palastbediensteten würden sie barfuß gehen lassen, sobald sie mit der Verschönerung ihrer Zehen fertig waren – sie konnte sich nicht vorstellen, wieso Daleina auch nur bemerken sollte, wie die Zehen ihrer Schwester aussahen, und erst recht nicht, warum sie sich in irgendeiner Weise darum scheren sollte.

Endlich waren sie fertig mit ihr, erklärten sie für ausreichend herausgeputzt und streiften ihr das Leinengewand ab, das sie ihr gegeben hatten, um sie nun in ein weiches, seidiges blaues Kleid zu hüllen, das sich rund um ihre Knöchel am Boden auftürmte. Ihre Füße wurden in das zarteste Leder gesteckt, das sie je gefühlt hatte. Sie wackelte darin mit den Zehen und dachte, dass diese Schuhe doch lächerlich ungeeignet für jegliche echte Arbeit seien. Sie hätte sie in weniger als einer Stunde abgewetzt und zerschrammt. Nur eine einzige Kletterpartie aufs Dach, um eine Schindel zu reparieren, und sie wären völlig hinüber, von einem Ausflug in die Stadt gar nicht erst zu reden. Der Waldboden würde sie zerfetzen. Sie hatte schon davon gehört, dass die Palasthöflinge nur selten ins Freie hinausgingen, aber sie hatte es nicht geglaubt.

»Darf ich jetzt bitte meine Schwester sehen?«, fragte Arin, so höflich und unterwürfig, wie sie nur konnte. Es war der Tonfall, der ihr normalerweise alles verschaffte, was sie nur wollte. Arin war gern nett zu Menschen; es hatte für gewöhnlich positive Nebeneffekte. Unglücklicherweise schienen diese Menschen hier jedoch nicht sonderlich an dem interessiert, was sie zu sagen hatte. Sie plapperten weiter miteinander, diskutierten über die Vorzüge der einen Rouge-Tönung im Vergleich zu der anderen, so als sei das eine Sache von höchster Bedeutsamkeit. *Na schön, vielleicht sollte ich dann eben einfach selbst nach ihr suchen gehen.* Arin erhob sich von ihrem Stuhl und ging auf die Tür zu. »Hier entlang?«

Einer der Höflinge eilte sogleich herbei, versperrte ihr den Weg und verneigte sich. »Erst wenn Ihr gerufen werdet, hochgeschätztes Fräulein. Entschuldigt bitte die Unannehmlichkeiten, aber vielleicht möchtet Ihr ja einen Spaziergang durch die Rosengärten machen? Oder eine Führung durch die Schatzkammern des Palastes? Wir haben viele herrliche Sehenswürdigkeiten und angenehm ausgestattete Räume.«

»Meine Schwester hat mich hergebeten.« Eigentlich eher herbefohlen, auch wenn Mutter und Vater leise zweifelnd angemerkt hatten, dass Daleina an der Formulierung des genauen Wortlauts des Schreibens selbst wohl nicht beteiligt gewesen sei. Arin plante, mit Daleina darüber zu sprechen, natürlich in freundlichem Tonfall. *Nur weil sie Königin ist, bedeutet das nicht, dass ich nach ihrer Pfeife tanze.* Familienmitgliedern sollte königliche Herrschsucht erspart bleiben. »Weiß sie schon, dass ich da bin?«

Der Höfling wich der Frage aus. »Es gibt viele Dinge, die ihre Aufmerksamkeit und ihre Zeit beanspruchen ...«

Eine sanfte, aber feste Stimme unterbrach: »Ich werde sie jetzt unter meine Obhut nehmen.«

Arin erkannte den Mann, der den Raum betreten hatte – er hatte sie zusammen mit Daleina vor den Thronprüfungen besucht und ihr gebrochenes Bein untersucht. Sie schenkte ihm ein erleichtertes Lächeln. »Heiler Hamon! Wie schön, dich zu sehen.«

Er rümpfte für einen kurzen Moment die Nase – er musste einen Hauch von den miteinander in Wettstreit liegenden Düften aufgefangen haben, die sie umgaben –, dann glätteten sich seine Züge zu einem freundlichen Lächeln. »Ich sehe, die Höflinge haben dir einen fürsorglichen Empfang bereitet.«

Lachend breitete sie die Arme aus, deren Ärmel sich in weiten Wellen bauschten, und drehte sich im Kreis. »Sie haben mich vorzeigbar gemacht.«

Er lächelte immer noch. »Also dann. Ihre harte Arbeit soll nicht vergeblich gewesen sein. Komm, gehen wir dich vorzeigen.« Mit einer Verbeugung vor den Höflingen geleitete er Arin aus dem Raum und in einen Flur mit polierten schwarzen Wänden, der sich nach links wand und dann eine Reihe weißer Stufen hinaufführte. Hamons Hand lag in ihrem Kreuz, und zuerst dachte Arin, er würde sie führen, als sei sie nicht in der Lage, auf simple Links-Rechts-Anweisungen zu reagieren, aber dann begriff sie, dass er sie in gewisser Weise als seinen offiziell gebilligten Gast präsentierte. Die Höflinge und Wachen, die sie passierten, sahen zuerst sie an, dann Hamon. Daraufhin traten sie zur Seite, um sie ohne irgendwelche Fragen vorbeizulassen.

»All diese Menschen – sind sie hier, um Daleina zu beschützen?«

»Sie ist der wichtigste Mensch von Aratay«, erklärte Hamon, seine Stimme leise, aber ruhig und angenehm wie immer, »vor allem, solange wir noch keine Thronanwärterinnen haben. Niemand will ein Risiko eingehen, wenn es um ihre Sicherheit geht.«

Sie konnte sich nicht vorstellen, von so vielen Wachen umringt zu leben, so viele Menschen um sich zu haben, die über jede ihrer Bewegungen Bescheid wussten, und im Prinzip in diesem Palast eingekerkert zu sein. Sie fragte sich, ob Daleina es wohl auch so sah – wie einen hübschen Käfig. *Vielleicht tut sie das tatsächlich.* Daleina hatte es nie als ein Vergnügen betrachtet, Königin zu sein, sondern lediglich als ihre Pflicht. Kurz durchzuckte sie ein leiser Anflug von Schuldgefühlen, die sie schnell wieder wegschob. Den Bitten eines kleinen Mädchens konnte man nicht die Schuld an den Entscheidungen eines ganzen Lebens geben. Daleina hatte sich dafür entschieden, auf der Akademie zu bleiben, mit ihrem Meister zu trainieren und die Thronprüfungen abzulegen, um nach der Krone zu greifen. Beim Gedanken an das Krönungsmassaker wurde Arins Kehle trocken. »Es *ist* hier doch sicher, oder?«

Hamon ließ eine Tür aufschwingen, ohne zu antworten, und Arin blinzelte im plötzlichen Sonnenlicht. Sie hob einen ihrer mit Stoff umhüllten Arme, um sich vor dem blendend hellen Licht zu schützen, und spähte in den Raum.

Das Gemach der Königin war der schönste Raum, den sie in ihrem ganzen bisherigen Leben gesehen hatte. Alles war aus Elfenbein und Gold und glänzte in dem Sonnenlicht, das vom Balkon hereinströmte. Als sie vortrat, sah sie, dass die Bäume draußen gewölbt gewachsen waren, um eine Öffnung für das Licht zu lassen. Sie sah außerdem die Umrisse einer Frau – der Königin, ihrer Schwester –, die draußen auf dem Balkon stand.

Hinter ihr sagte Hamon: »Ich stehe dir danach zur Verfügung, wenn du Fragen hast.«

Sie drehte sich um, um nachzuhaken, was er damit meinte – Wenn sie Fragen hatte? Welche Art Fragen erwartete er von ihr? –, aber er zog bereits die massiven, mit Schnitzarbeiten versehenen Türen hinter sich zu.

»Daleina?«

Sie rechnete damit, dass Daleina sie stürmisch umarmen würde, wie sie das für gewöhnlich tat, als sei sie noch immer das kleine Kind, das die große Schwester hochheben und herumwirbeln konnte, aber Daleina blieb reglos auf dem Balkon stehen und schaute über die Bäume hinweg. Sie hätte eine Statue sein können. Arin trat langsam an sie heran. Sie spürte, wie der Teppich unter den dünnen Sohlen ihrer eleganten Schuhe nachgab, und fühlte das Rauschen ihres Seidenkleides hinter ihr. Arin kam sich vor wie eine Katze, die verkleidet worden war, und hätte am liebsten so lange am Stoff gezerrt, bis sie sich wieder wie sie selbst fühlte. Sie trat auf den Balkon und stellte sich neben ihre Schwester. »Also … was schauen wir uns denn da an?«

»Alles, nur nicht dich«, antwortete Daleina. »Wenn ich dich anschaue, fange ich an zu weinen.«

»So schlimm sind meine Augenbrauen nun auch wieder nicht.«

Die Lippen ihrer Schwester verzogen sich und begannen dann zu zittern. Arin sah, wie sie tief einatmete, und begriff, dass Daleina nicht scherzte – irgendetwas stimmte da ganz und gar nicht. »Es war Hamons Idee, dich herzuholen, obwohl er behauptet, ich sei es gewesen, die deinen Namen genannt hat«, erklärte Daleina. »Ich erinnere mich nicht. Ich habe zu der Zeit halb geschlafen. Vielleicht habe ich ihn wirklich genannt, aber ich hätte es nicht tun sollen. Du solltest zu Hause sein.«

»Nicht direkt die Begrüßung, die ich erwartet habe. Du verstehst dich wahrlich gut darauf, mir das Gefühl zu geben, erwünscht zu sein.« Sie bemühte sich um einen unbeschwerten Tonfall.

»Ich hätte ihnen befehlen sollen, dich nach Hause zurückzuschicken. Eine Ausrede erfinden, die deine Gefühle nicht verletzt, aber sobald mir Hamon mitgeteilt hat, dass du hier bist … verzeih mir meine Selbstsucht.«

»Natürlich. Und ich verzeih dir auch deine Rätselhaftigkeit.« Arin legte Daleina die Hand auf den Arm. *Komm schon, rede mit mir. Sieh mich an!* »Willst du darüber sprechen, was los ist, oder möchtest du lieber um den heißen Brei herumreden, bis du irgendwann dazu bereit bist? Ich könnte dir von Vatis albernem neuen Projekt erzählen. Er will einen Vogelkäfig bauen, der eine Kopie der Bibliothek in der Zitadelle des Südens ist, inklusive vogelgroßen falschen Büchern auf den Regalen. Zwei Wochen lang hat er jetzt versucht, Mutter dazu zu überreden, die Bücher für ihn zu schnitzen. Er glaubt, es gebe vielleicht einen Markt von sehr reichen Sammlern dafür.«

»Menschen sammeln Vogelkäfige?«

»Oh ja, Vati hat mit ein paar anderen Waldleuten getratscht – er würde es natürlich nicht tratschen nennen. ›Marktinformationen austauschen‹, würde er sagen. ›Tratschen‹, sage ich. Wie dem auch sei, anscheinend gibt es da einen Mann auf dem Waldboden, der lebensgroße Statuen von Bären und Waschbären schnitzt, mit ausgehöhlten Bäuchen, sodass man sie als Schränke benutzen kann, als Bücherregale oder als Betten für Säuglinge. Und Vati hat eben beschlossen, seine Marktnische wären Vogelkä …«

»Ich sterbe, Arin.«

Arin verstummte. Daleinas Worte plumpsten in sie hinein wie Steine in einen Teich, und Arin spürte, wie sie von ihrem Bauch aus Wellen schlugen, durch ihre Adern rauschten und ihr das Gefühl gaben, untergetaucht zu werden. »Wie meinst du das?«, fragte sie vorsichtig.

»Ich habe den Falschen Tod.«

Nein.

Nein, das konnte nicht wahr sein.

Nicht Daleina.

»Aber du bist noch so jung!«

»Es ist nicht das erste Mal, dass so etwas passiert.«

»Es ist sehr selten. Und wir haben noch nie auch nur einen einzigen Fall in unserer Familie gehabt. Es ist erblich, nicht wahr? Wie kannst du diese Krankheit haben? Auf Vaters Seite ist Großmutter in unglaublich hohem Alter gestorben, und Großvater ist gestürzt und hat sich das Genick gebrochen. Auf Mutters Seite … Ich kann mich nicht richtig erinnern, aber ich weiß, dass es nicht der Falsche Tod war. Ich nehme mal an, da hat es irgendeine andere Art von Krankheit gegeben … Deine Heiler müssen sich irren. Außerdem siehst du gar nicht krank aus.« Tatsächlich sah sie wunderschön aus, ihr Haar, in dem sich Gold-, Rot- und Orangetöne mischten, glänzte wie ein Baum im Herbst. Jemand hatte goldene Punkte um ihre Augen gemalt, die sie noch deutlicher hervortreten ließen. Daleina hatte immer schon tiefe, leidenschaftliche Augen gehabt. Sie war immer in allem tief und leidenschaftlich gewesen. Und das Sterben machte sie in keiner Weise weniger tief und leidenschaftlich. »Sie irren sich.«

»Hamon ist einer der Besten. Die anderen Palastheiler haben große Ehrfurcht vor ihm.«

»Das ist nett von ihnen, aber er irrt sich trotzdem.«

Daleina sah sie an, zum ersten Mal, seit Arin auf den Balkon hinausgetreten war, und Arin spürte die volle Wucht dieser so leidenschaftlichen Augen. »Du bist weniger trostspendend, als du es eigentlich sein solltest.«

»Ich lasse dich nicht sterben.«

»Du hast da nicht direkt ein Mitspracherecht.«

»Du musst dagegen ankämpfen.«

Daleina wandte den Blick ab. »Es ist in mir. Ich kann nicht mit dem Messer danach werfen.«

»Er sucht nach einem Heilmittel, nicht wahr? Dein Heilerfreund?« Sie dachte daran, wie ruhig und gelassen seine Stimme geklungen hatte, weltmännisch wie immer, und war sich nicht sicher, ob das geschauspielert gewesen war oder nicht. Heiler wurden dazu ausgebildet, gegenüber ihren Patienten beste Krankenbettmanieren an den Tag zu legen. Sie würde ihn später abfangen und aus ihm herauskitzeln, wie ernst die Angelegenheit wirklich war, auch wenn sie noch nie von einem Fall gehört hatte, bei dem der Falsche Tod *nicht* ernst gewesen war. *Das darf einfach nicht wahr sein, es darf nicht passieren. Nicht mit Daleina!*

»Er wollte, dass jemand in meiner Nähe bleibt, dem ich vertraue, während er nach einem Heilmittel sucht«, bekannte Daleina. »Deshalb hat man dich gerufen. Aber ich will dich nicht in Gefahr bringen …«

Sofort unterbrach Arin: »Was immer du brauchst, ich bin für dich da.«

»Er will, dass du meine Symptome beobachtest, wenn er es nicht tun kann.«

Warum ich?, wollte sie fragen. *Warum nicht einer der Palastheiler?* Aber sie stellte diese Frage nicht, denn sie wollte nicht wieder weggeschickt werden. *Daleina wollte mich hierhaben, egal ob sie sich noch daran erinnert oder nicht.* »Du hast Symptome gezeigt?«

»Sieben Menschen sind deshalb gestorben.«

»Oh.«

Daleina verschränkte die Hände hinter dem Rücken und schaute hinaus in das Grün, als enthalte es alle Antworten, die sie brauchte. Die Sonne flutete immer noch über sie hinweg und badete sie in Licht, das von ihrem glitzernden Gesicht widerstrahlte und in ihrem Kleid so hell glänzte, dass es aussah, als verströme sie selbst Licht.

Mit einer Stimme, die so trocken klang, wie sie es nur hinbekommen konnte, sagte Arin: »Wenn die meisten Menschen krank werden, niesen sie einfach bloß viel. Du bist echt eine Streberin.«

Daleina schnaubte, was beinahe ein Lachen war, dann wurde sie wieder ernst. »Wenn ich ohnmächtig werde, musst du dich verstecken. Versprich mir das. Such jeden Raum, den wir zusammen betreten, nach einer Stelle ab, an der du dich verstecken wirst, wenn es passiert, und sobald ich zusammenbreche, musst du dort hinlaufen. Und wann immer ich dich nicht brauche … zu allen anderen Zeiten will ich dich nicht in meiner Nähe haben.«

»Daleina, ich kann doch nicht …«

»Versprich es mir. Oder ich werde die Wachen rufen, damit sie dich nach Hause schicken.«

Arin starrte sie an. Ihre Schwester hatte ihr gegenüber zuvor noch *nie* einen solchen Ton angeschlagen. Sie klang … nun ja, wie eine Königin. Arin gefiel das nicht. »Ja, Euer Majestät.«

»Sag es.«

»Ich verspreche es.«

Daleinas Schultern sackten herab. »Ich weiß nicht, was das Richtige ist. Soll ich die Menschen warnen, damit sie darauf vorbereitet sind, wenn ich in Ohnmacht falle? Oder soll ich es nicht tun, damit sie nicht in Panik geraten? Es wäre anders, wenn ich eine Thronanwärterin als mögliche Nachfolgerin hätte. Ich würde auf der Stelle abdanken.«

»Du kannst abdanken? Ich habe geglaubt, Königinnen …« Arin verstummte. Eine Königin konnte abdanken, ja, aber sie konnte nicht abdanken und weiterleben – die Geister würden Jagd auf sie machen, und ihr würde die Macht fehlen, sich zu verteidigen. Selbst wenn sie den Schutz der neuen Königin genösse, wäre sie ständig in Gefahr. Irgendwann würde die Kontrolle der neuen Königin über die Geister nachlassen, oder sie würde sterben, oder irgendetwas würde sie ablenken, und die Geister könnten sich über Daleina hermachen. Dergleichen war schon früher geschehen. Es gab Lieder und Geschichten über die Königinnen früherer Tage, die versucht hatten, abzudanken und ihr Leben in Frieden zu Ende zu leben – keiner von ihnen war das gelungen. Jede Einzelne war innerhalb eines einzigen Jahres gestorben. Es war unmöglich. *Sie meint das ernst*, dachte Arin. *Sie glaubt wirklich, dass sie … Sie ist wirklich krank.* Plötzlich verspürte Arin den Wunsch, mit der Faust in irgendetwas zu schlagen, und das war bei ihr sonst nie der Fall. Sie war immer lieb zu kleinen Kindern und zu aufdringlichen Tieren, ebenso wie zu aufdringlichen Kindern und kleinen Tieren. Sie war geduldig mit selbst den anstrengendsten Kunden, die in die Bäckerei kamen, Frau Millia eingeschlossen, die Windbeutel ohne Sahne verlangte und sich dann beschwerte, wenn der Brandteig nun in sich zusammenfiel, was er natürlich tat, sobald man in so ein Gebäckstück hineinbiss. »Du darfst es ihnen nicht erzählen.« Es würde in der Tat eine Massenpanik auslösen, vor allem ohne eine bereitstehende Thronanwärterin. Aber wenn es eine Thronanwärterin gäbe … »Er wird ein Heilmittel finden. Du kannst nicht abdanken, bevor Hamon nicht ein Heilmittel gefunden hat.«

»Ich habe meine Meister angewiesen, die Ausbildung ihrer Kandidatinnen zu beschleunigen. Sie werden mir die Kandidatinnen bald vorstellen, und ich werde in einem Monat Thronanwärterinnen auswählen.«

»Dann sollte Hamon besser schnell arbeiten«, bemerkte Arin.

Daleina nickte, aber es schien eher eine höfliche Geste als tatsächliche Zustimmung zu sein.

Die Sonne stand jetzt tiefer am Himmel, und die Blätter der Baumkronen warfen Schatten auf den Balkon. Seite an Seite mit ihrer Schwester sah Arin einem Geist nach, der Richtung Sonne in den Himmel emporkreiste und dann über die Wipfel der Bäume sauste. Daleina ergriff wieder das Wort. »Also, Vater baut jetzt Vogelkäfige?«

»Reichlich ausgefallene.«

»Und Mutter ist damit einverstanden?«

»Sie sagt, es gäbe schlimmere Steckenpferde, denen er sich widmen könnte.«

Daleina verzog die Lippen. »Dürfte stimmen.«

»Stimmt definitiv. Habe ich dir jemals von unserer Nachbarin erzählt, die für ihre zahmen Eichhörnchen Pullover strickt?« Schwungvoll begann Arin einen ausführlichen und größtenteils wahren Bericht über die Kapriolen ihrer Nachbarin und wurde in ihren Beschreibungen immer lebhafter, bis Daleina endlich ein schwaches Lachen von sich gab und Arin das Gefühl hatte, einen Sieg errungen zu haben.

Zumindest für den Augenblick.

Kapitel 13

In Mittriel, der Hauptstadt Aratays, wimmelte es von Menschen. Emsig huschten sie überall umher, wie Eichhörnchen, die sich auf den Winter vorbereiten. Naelin und ihre Kinder bewegten sich über eine Brücke, die breiter war als der ganze Markt von Immertal, und konnten sich trotzdem kaum zwischen den Massen hindurchzwängen. Wenn Alet und Ven nicht bei ihnen gewesen wären und ihnen einen Weg gebahnt hätten, wären sie überhaupt nicht vom Fleck gekommen, da war sich Naelin sicher. *Oder wir hätten uns irgendwo in eine Ecke gekauert,* überlegte sie. Erian und Llor gingen links und rechts von Naelin und klammerten sich an ihre Hände wie Kletten, die in ihrem Rock hingen. Sie gafften jeden und alles an.

»Das ist alles so …« Naelin versuchte, ein Wort zu finden, mit dem sich ihr Gesamteindruck zusammenfassen ließe, was ihr jedoch misslang.

»Farbenfroh?«, schlug Ven vor.

»Ja.« Jeder Zentimeter eines jeden Baums war mit Schnitzereien verziert oder bemalt, und über jeden Ast waren Bänder und Zeichen gehängt, die auf alle möglichen Läden und Lokale hinwiesen. Brücken liefen sowohl über wie unter ihnen kreuz und quer und waren vollgestopft mit Männern, Frauen und Kindern, die alle genauso leuchtend bunt geschmückt waren wie die Bäume. Daheim im Dorf trugen alle Braun oder Grün, um eins mit dem

Wald zu werden, aber hier … »Ich wusste gar nicht, dass es möglich ist, Farbstoffe herzustellen, die derart …« Eine Frau ging mit einem grell orangefarbenen Damenhut an ihr vorüber, der mit vielfarbigen perlenbesetzten Schnüren an ihren Ärmeln festgemacht war. Die Perlen klimperten bei jedem ihrer Schritte. »… orange sind.«

»Sie trägt einen Kürbis auf dem Kopf«, flüsterte Llor, während er der Frau nachstarrte.

Einige der Menschen erwiderten ihre ungenierten Blicke. Naelin war sich bewusst, wie schmutzig und ungepflegt sie alle nach ihrer tagelangen Reise wirken mussten, obwohl sie ihrer aller Gesichter jedes Mal geschrubbt hatte, wenn sie an einen Bach gelangt waren, in dem kein Wassergeist wohnte. Verglichen mit den raffinierten Gewändern der Bürger der Hauptstadt erschien ihr ihr Kleid, das sie selbst genäht hatte, wie grobes Flickwerk.

»Mama, wir sind nicht glitzernd genug«, meinte Erian.

Alet tätschelte Erians Schulter. »Du siehst genau richtig aus. Die anderen sind diejenigen, die lächerlich aussehen.«

Naelin warf ihr einen dankbaren Blick zu. Sie wusste Alets Freundlichkeit ihnen allen gegenüber zu schätzen, vor allem jetzt, wo sie sich so klein, braun und trist vorkam wie ein Spatz, der in eine Schlammpfütze gefallen ist. »Es ist ein wenig einschüchternd«, räumte Naelin ein. »Ich fühle mich, als habe man mich in einen Pfauenstall geworfen.«

»Ziemlich zutreffend«, meinte Ven, und das Lächeln, das er ihr schenkte, war wie ein Rettungsanker. »Man gewöhnt sich entweder daran, oder man verabscheut es bis in alle Ewigkeit.« Er blieb stehen und deutete nach vorn. »Das da jedoch ist ein Anblick, an den ich mich niemals gewöhnen werde und den ich trotzdem nie verabscheue.« Sie näherten sich dem Palast in mittlerer Waldhöhe, wo die Brücken zu einer einzigen breiten bemalten Brücke zusammenliefen, die zu den Palasttoren führte.

»Oh, Mama, das ist wunderschön!«, stieß Erian hervor, und ihr blieb der Mund offen stehen.

Sie hatte recht: Die weißen Bäume des Palasts leuchteten so zart und ätherisch wie der Mond. Ihre Zweige wanden sich umeinander und schufen eine Art Spitzenmuster aus glatten Ästen, die sich zu einem dünnen Baldachin aus goldenen Blättern ausbreiteten. Sechs von Bögen gekrönte Türmchen erhoben sich über dem Blätterbaldachin. Einer, mit einer Aussichtsterrasse, der als der Turm der Königin bekannt war, ragte in ihrer Mitte am höchsten empor. Ein anderer, der den berühmten Saal der Meister beherbergte, erwies ihm ein Stück seitlich davon seine Reverenz. Die anderen Türme, hieß es, boten verschiedenen Thronsälen und Schlafgemächern Platz, ein jedes prunkvoller als das vorangegangene. Elegante Treppen wanden sich um die Baumstämme, und Balkone zierten die höheren Bereiche. Naelin wollte ihre Kinder an sich reißen und nach Hause rennen, in ihre unscheinbare, behagliche Hütte.

»Werden wir dort leben?«, fragte Erian.

»Was? Nein. Natürlich nicht. Das ist der Palast.« Es war dumm gewesen zu glauben, sie würde eine Audienz bei der Königin selbst bekommen; es war närrisch zu denken, ihre Majestät würde sich um die Familie irgendeiner Waldbewohnerin scheren.

»Aber du hast gesagt, die Königin würde uns beschützen«, meldete sich Llor zu Wort. »Ich habe dich das sagen hören! Ich höre zu!«

Erians Augen waren groß und rund. »Werden wir die Königin kennenlernen?«

Zuvor hätte sie mit Ja geantwortet. Sie hatte den festen Willen gehabt, direkt in den Palast hineinzumarschieren und zu verlangen, dass … Ach, jetzt klang alles so lächerlich. Wer war sie, dass sie es wagte, irgendetwas von der Königin zu verlangen? *Ich bin niemand, nichts, nicht einmal eine richtig ausgebildete Dorfhexe.* Nur eine Waldbewohnerin, deren Fähigkeiten an einem Ort wie diesem nicht gebraucht wurden. Sie war niemand, und auch wenn ihre Kinder ihr die Welt bedeuteten, war die Königin für alle Kinder Aratays verantwortlich. Es gab keinen Grund für sie, ein besonderes Interesse an Naelins Kindern zu haben. Höchstwahrscheinlich würde Naelin sie niemals zu Gesicht bekommen, nicht einmal aus der Ferne. *Und das ist auch gut so. Ich weiß nicht, was ich einer Königin sagen soll.* »Ihr werdet bei mir bleiben, wo immer ich hingehe. Wenn wir die Königin kennenlernen sollen, lernen wir sie kennen. Wenn wir den vierten Hilfs-Schweinewärter kennenlernen sollen, lernen wir den vierten Hilfs-Schweinewärter kennen.«

»Warum haben sie vier Schweinewärter?«, wollte Llor wissen. »Haben sie denn so viele Schweine?«

»Es ist der *Palast*«, gab Erian zu bedenken. »Sie haben wahrscheinlich Hunderte von Schweinen!«

»Tausende?«, fragte Llor.

»Hunderttausende«, bestätigte Erian im Brustton der Überzeugung, um dann zu berichtigen: »Oder sie könnten sie jedenfalls haben, wenn die Königin es wollte, weißt du, was sie wahrscheinlich nicht tut, denn es sind schließlich Schweine. Und sie würde sie wahrscheinlich ohnehin nicht im Palast halten, weil er so schick ist.«

»Schweine sind nicht schick«, räumte Llor weise ein.

»Gibt es diese Art von Gesprächen häufiger bei euch?«, wandte sich Ven an Naelin.

Naelin lächelte und fühlte sich schon besser. »Wenn man Kinder hat, ertappt man sich bei Sätzen, von denen man sich nie vorgestellt hätte, dass irgendjemand sie jemals würde sagen müssen, wie zum Beispiel: ›Du kannst nicht nackt in die Schule gehen‹, und ›Bitte steck in Zukunft kein Streifenhörnchen mehr in den Schuh deines Vaters‹.« Ihr Lächeln schwand bei der Erinnerung an dieses Ereignis – es war ein witziger Augenblick gewesen. Sie und Renet hatten eine Woche lang darüber gelacht – Renet war ständig mit nur einem Schuh herumgelaufen und hatte gefragt, wo er denn sein anderes Streifenhörnchen finden könne. Sie hatten gute Momente miteinander gehabt. *Warum hat er das alles kaputt machen müssen?* Sie stocherte in ihrem Kummer herum und fragte sich, ob sie denn ihn vermisste oder nur vermisste, was hätte sein können.

»Ihr werdet die Königin jetzt noch nicht kennenlernen«, machte Ven ihren Gedanken ein Ende. »Sie wird es uns wissen lassen, wenn sie bereit ist, die Kandidatinnen anzuerkennen.«

Naelin weigerte sich, über die Formulierung »jetzt noch nicht« nachzudenken. Es war viel wahrscheinlicher, dass man sie niemals auch nur in die Nähe der Königin lassen würde. Für die Königin von Aratay gab es viel wichtigere Menschen zu treffen als eine ganz gewöhnliche Waldfrau.

»Bis dahin gehen wir zur Nordost-Akademie.«

»Ooh, zu Direktorin Hanna?« Erian hüpfte auf und ab. Naelin empfand das Gleiche – sie hatte Geschichten über die berühmte Direktorin gehört. Sie erwartete, dass sie mindestens drei Meter groß war und leuchtete wie der Mond.

»Ja«, bestätigte Ven, an Erian gewandt. »Alet, würdet Ihr sie dorthin geleiten? Ich muss vorausgehen, um die Direktorin von eurem Kommen in Kenntnis zu setzen.«

»Natürlich«, versicherte Alet.

Naelin unterdrückte ihren Impuls, ihn am Arm festzuhalten und zu bitten, sie nicht allein zu lassen. Sie war kein Kind mehr, und sie vertraute darauf, dass Alet sie sicher durch die Stadt bringen würde. Trotzdem … sie hatte sich daran gewöhnt, mit ihm gemeinsam zu reisen.

»Sie wird beurteilen, ob Ihr bereit seid«, wandte sich Ven an Naelin. Ohne eine Antwort abzuwarten, eilte er voraus und schlängelte sich durch die Menge von Menschen, als seien sie Hindernisse in einem Wettrennen.

Das klang ganz genauso anstrengend wie eine Begegnung mit der Königin. Während sie ihn verschwinden sah und wünschte, er wäre geblieben, murmelte Naelin: »Ich bin *nicht* bereit. Was soll ich Direktorin Hanna sagen? Sie hat die Geister beim Massaker von den Eichen gesehen. Außerdem hat sie zwei Königinnen ausgebildet.«

»Es ist Euch gelungen, Meister Ven für Euch zu gewinnen«, antwortete Alet. »Ihr werdet das schon schaffen.«

Naelin wäre beinahe stehen geblieben. So aber stolperte sie über Llors Fuß und prallte gegen Erian. Erian kreischte auf, und Naelin brauchte mehrere Sekunden, um sich davon zu überzeugen, dass niemand sich wehgetan hatte – was auch nicht der Fall war –, bevor sie fragen konnte: »Was genau meint Ihr damit?« Sie fand, dass ihre Stimme fest und normal klang, aber sie konnte nichts dagegen tun, dass ihr Herz schneller schlug.

Erian antwortete anstelle von Alet. »Er bewundert dich. Es ist offensichtlich, Mama. Und ich mag ihn auch. Er schaut oft finster drein, aber er meint es nicht böse.« Eine Sekunde lang tauchte Naelin ganz in diesen Gedanken ein – ihre Kinder mochten ihn, und er war freundlich zu ihnen. Sogar sanft.

Naelin warf Alet einen Blick zu, und diese nickte, ein amüsiertes Grinsen im Gesicht. »Er ist es nicht gewohnt, dass Menschen ihm die Stirn bieten.« Alet zuckte die Schultern. »Ihr habt ihn beeindruckt.«

Sie hatte ihn nicht beeindrucken wollen, und erst recht hatte sie ihn nicht für sich einnehmen wollen. Außer vielleicht, dass … *Nein.* »Gut. Nun, ich suche nicht nach Bewunderung, vor allem, wenn Ihr damit die Art von Bewunderung andeuten wollt, von der ich glaube, dass Ihr sie andeutet.« Sie dachte an seine hellblauen Augen, die sie die ganze Zeit über musterten. Sie war davon ausgegangen, dass er ihre Aussichten als mögliche Thronanwärterin taxierte und nicht die als … egal. Es war lächerlich, diese Gedanken zu hegen, während sie auf dem Weg war, eine lebende Legende kennenzulernen. Alet zog sie nur auf. *Und ich benehme mich albern und schwelge in Fantasien.* »Lächerlich.«

»Ihr habt Euren Mann verlassen, was Ihr vor Zeugen kundgetan habt«, unterstrich Alet. »Habt Ihr vor, zu ihm zurückzukehren?« Zielstrebig vorausschreitend teilte Alet die Menge. Naelin, Erian und Llor huschten hinter ihr her.

»Nun, nein, aber …« Sie hatte ihn verlassen, die Kinder mitgenommen und vor Zeugen verkündet, dass sie nicht die Absicht habe, zu ihm zurückzukehren. Das machte ihre Gelübde nach dem Waldgesetz null und nichtig. Aber sie hatte nicht innegehalten, um die möglichen Folgen zu durchdenken, etwa die, dass Fantasien vielleicht keine Fantasien *bleiben* mussten. Stattdessen war sie so damit beschäftigt gewesen zu reagieren, und dann die Reise … »Jetzt ist nicht die Zeit für ein solches Gespräch.« Sie musste sich um wichtigere Dinge sorgen als um die Frage, ob denn Ven der freundlichste, ernsthafteste und aufrichtigste Mann war, den sie je kennengelernt hatte … Es war reine Ausschweifung, so etwas auch nur zu denken, wenn sie zwei Kinder hatte, um die sie sich in einer erdrückend fremden Stadt kümmern musste. Naelin richtete ihren Blick auf Erian und Llor und fragte sich, ob ihnen wohl klar war, dass ihre Familie dauerhaft zerstört war. Sie fragte sich, ob sie das jemals völlig verstehen würden. *Ich habe ihnen ein Leid angetan*, dachte sie. Ob sie es bereits wussten oder nicht, ob sie es so gewollt hatte oder nicht, ob sie eine Wahl gehabt hatte oder nicht und ob es ihre Schuld war oder nicht – sie hatte sie entwurzelt.

Gewissensbisse sind ein ebenso unvermeidliches wie nutzloses Gefühl, entschied Direktorin Hanna, *vor allem nachdem man einen Mord an einer Königin begangen hat.* Trotzdem gestattete es sich Hanna, sich einige Minuten ihren Schuldgefühlen hinzugeben. Sie hatte ihr Fenster geöffnet und sich auf das Sims gesetzt. Vor ihr lag das dichte Grün des Waldes. Tief unten, in Büsche gehüllt, war der Waldboden. Vögel riefen einander, vertraute Revierrufe, die wie wunderschöne Beschimpfungen klangen.

Sie hörte hinter sich die Bürotür aufschwingen. Ohne sich umzudrehen, sagte sie: »Ich brauche nichts.« Bis auf ein Heilmittel für die Königin.

Eine vertraute Stimme antwortete: »Ich hoffe doch sehr, dass Ihr nicht vorhabt hinauszufallen?« Meister Ven. Sie hatte ihn nicht erwartet, war jedoch nicht überrascht. Heiler Hamon hatte vorausgesagt, dass er aus dem Wald zurückkehren würde nach seiner erfolglosen Suche und nun eine von ihren Schülerinnen erwählen würde.

Es war ein Jammer, dass keine von ihnen bereit war.

Mehr als nur ein Jammer.

Laut sagte sie: »Es wäre verantwortungslos von mir. Außerdem würde es einen unappetitlichen Haufen auf dem Eingang zur Akademie verursachen. Ich könnte den

Verwaltern und Hausmägden nicht zumuten, eine solche Sauerei zu beseitigen.« Sie verließ ihren luftigen Platz nicht, rutschte jedoch zur Seite, damit er sich neben sie setzen konnte.

Doch er blieb stehen. »Sagt mir, dass Ihr das nicht oft tut.«

»Nur wenn meine Gedanken mich erdrücken. Ich mag die frische Luft.« So hoch oben umpeitschte der Wind den Turm. Sie spürte, wie er gegen ihre Füße drückte. »Wir haben für eine gerechte Sache etwas Schreckliches getan, und jetzt scheint es, als würde das Universum uns dafür bestrafen.«

»Daleina hat es Euch gesagt?«

»Heiler Hamon. Er ist heute Morgen zu Besuch gekommen.«

»Es ist keine Strafe.«

»Das hat mir Hamon ebenfalls gesagt, aber es kommt einem eben so vor. Ich glaube an Schicksal, und ich glaube, dass das Schicksal Rache für unsere Anmaßung nehmen will – dafür, dass wir versucht haben, es zu beherrschen.« Hanna stieß einen tiefen Seufzer aus. »Statt Unschuldige zu beschützen, haben wir sie zum Tode verurteilt. Ohne eine geeignete Thronanwärterin … Ich fürchte, wir haben unserem Land großen Schaden zugefügt.«

Er legte ihr die Hand auf die Schulter. »Es tut mir leid, dass Eure Schuldgefühle so schlimm sind, dass Ihr springen wollt, aber ich kann es Euch nicht gestatten.«

Hanna funkelte ihn zornig an und schob seine Hand weg. »Ich hatte nicht die Absicht, mich umzubringen. Ich wollte einfach nur frische Luft schnappen, wie ich Euch ja bereits gesagt habe.« Über welche Gedanken sie in der Einsamkeit ihrer Reue brütete, war ihre Angelegenheit, und seine unverblümten Worte waren ihr nicht willkommen.

»Ihr habt Euch pathetischen Gefühlen hingegeben. Aber dafür haben wir keine Zeit. Ihr habt eine Aufgabe zu erfüllen.«

Sie empörte sich nur noch mehr. »Ich bin mir vollauf bewusst, dass …«

»Ich brauche Eure Hilfe.«

Sie stutzte. Das war ein Satz, den sie niemals von ihm zu hören erwartet hätte. »Ihr?«

»Ich habe eine Frau mit mehr untrainierter Naturgewalt über die Geister gefunden, als mir je zuvor begegnet ist. Das Problem ist, sie hat kein Interesse daran, von ihrer Macht auch Gebrauch zu machen. Sie will so tun, als sei sie unsichtbar, will mit ihren beiden Kindern an einem unbedeutenden Ort leben und …«

»Mehr Macht als Fara?«

Er zuckte zusammen, als sei allein die Erwähnung ihres Namens für ihn wie ein Hieb. Hanna kannte dieses Gefühl. »Ja, ich glaube schon«, antwortete er. »Aber sie weigert sich, Gebrauch davon zu machen. Sie hat sich geweigert, Geister zu beschwören, als wir draußen im Wald waren. Sie hat Angst.«

Hanna zog sich vom Fenstersims hoch, indem sie sich an Meister Vens übermäßig muskulöser Schulter abstützte, dann trat sie an ihren Schreibtisch. Sie ließ sich auf ihren Stuhl sinken. »Sie hat recht, Angst zu haben. Ihr solltet wissen, dass die anderen Meister ihren Kandidatinnen alles abverlangen. Eine Kandidatin ist heute Morgen gestorben. Sie war eine Schülerin an der Akademie der Zitadelle des Südens. Eine sehr vielversprechende. Ich habe sie für die aussichtsreichste Bewerberin gehalten.«

Sie sah, wie sich Vens Züge verdüsterten, und wusste, dass er an Sata dachte, seine ehemalige Thronanwärterin. Sata war einst die Beste der Besten gewesen, und Königin

Fara hatte sie deshalb getötet. »Umso besser ist es, dass ich eine starke Kandidatin gefunden habe«, gab Ven zur Antwort. »Sie wird die anderen einholen und übertreffen … falls sie bereit ist, es zu versuchen.«

»Erzählt mir alles von ihr.«

»Sie ist die Richtige«, antwortete er. Hanna hörte zu, während er berichtete, wie er sie entdeckt hatte, was er beobachtet hatte und was er für die Zukunft für sie plante. Er zeichnete ein deutliches Bild: eine reife Frau, die wusste, was sie wollte, aber ihre eigene Macht nicht kannte, eine Frau, deren Ehe gescheitert war, die aber ihre Kinder liebte, eine Frau, deren Entschlossenheit derjenigen Daleinas gleichkam, deren Lebensziele sich aber nicht über ihre persönliche kleine Sphäre hinaus erstreckten.

»Sie ist eine erwachsene Frau«, bemerkte Hanna, als er geendet hatte. »Warum glaubt Ihr, dass sie sich so verhalten wird, wie Ihr es gerne hättet?«

»Weil sie eine Schwäche hat: ihre Kinder.«

Hanna stemmte sich von ihrem Pult hoch und ging in ihrem Büro auf und ab. Wenn diese Frau so mächtig war, wie Ven vermutete, würde sie vielleicht dringender benötigt, als selbst er es wusste. Meister Ven beschäftigte sich nicht mit der allgemeinen Politik, aber Hanna war darauf bedacht, immer auf dem Laufenden zu sein, was Neuigkeiten und Gerüchte betraf, und sie wusste von den Problemen an der Grenze. Königin Merecot von Semo ließ ihre Muskeln spielen – wenn sie von Daleinas Schwäche erfuhr, würde sie nicht zögern anzugreifen. Hanna erinnerte sich an Merecot noch gut aus der Zeit, als sie Schülerin bei ihr an der Akademie gewesen war, und sie bezweifelte, dass der Ehrgeiz der jungen Frau nachgelassen hatte. Sie war der Typ Mensch, der sich nach Macht verzehrte. Wenn sie Schwäche spürte oder, schlimmer noch, ein Machtvakuum … »Ihre Kinder sind nicht ihre Schwäche.«

»Ach?«

»Sie sind ihre Stärke. Und, ja, ich glaube tatsächlich, dass wir das ausnutzen können.«

Drinnen in der Akademie schloss Naelin leise die Tür zu dem Zimmer, in dem sowohl Erian als auch Llor sehr schnell eingeschlafen waren, Seite an Seite auf derselben Pritsche, wo sie sich aneinanderkuschelten, als sei einer die Decke des anderen. Sie lehnte die Stirn gegen die Tür und wünschte, es wäre auch ihr möglich gewesen zu schlafen. Sie war todmüde von der Reise hierher … alles war neu und beängstigend, und die Notwendigkeit, vor ihren Kindern stets die Starke und Mutige zu spielen, war zermürbend – sie kam sich zunehmend vor wie ein Stück Käse, das auf einer Reibe klein gerieben wird.

»Schlafen sie?«, fragte Alet hinter ihr.

»Wie erschöpfte Welpen.« Naelin richtete sich auf und wandte sich der Wache zu. Sie war froh, sie wiederzusehen – ein vertrautes Gesicht! Alet trug eine frische, schicke Lederrüstung mit dem königlichen Wappen in Grün und Gold auf der Brust, das sie als Mitglied der königlichen Wache auswies. Ihr Haar war sorgfältig zusammengebunden, die weiße Strähne in ihren schwarzen Locken unter einen Helm zurückgesteckt. Sie war mit etlichen Messern mit juwelenbesetzten Griffen bewaffnet, die aussahen, als seien sie ebenso sehr als Zierde wie auch zum Kämpfen gedacht. »Geht Ihr zum Palast?«, erkundigte sich Naelin.

Alet nickte. »Ich werde mich demnächst auf den Weg machen. Aber ich wollte mich vergewissern, dass Ihr ein Abendessen bekommen habt, bevor ich mich zum Dienst melde.«

Naelin merkte, wie sich trotz ihrer Müdigkeit ihre Lippen zu einem Lächeln verzogen. Der Knoten in ihrem Magen löste sich allmählich. »Kommandantin Alet, bemuttert Ihr mich etwa?«

»Würdet Ihr es mir gestatten?«

Darüber musste sie nur den Bruchteil einer Sekunde lang nachdenken. »Keine Frage.«

Sie ließ sich von Alet die Wendeltreppe hinunter in einen Speisesaal führen. Mitten in den Baum eingelassen hatte der Saal die Form eines Halbkreises und verfügte über eine gewölbte Decke sowie jede Menge Fenster mit Blick auf den Übungsring. Selbst die langen Tische waren gebogen, um sich in den Raum einzupassen. Naelin folgte Alet und stellte sich in eine Schlange von Schülerinnen, die Tabletts mit verschiedenen Speisen trugen. Sie ließ sich einen Löffel voll kartoffelähnlicher Wurzeln auf den Teller häufen, außerdem ein Stück Nussbrot und eine Scheibe Fleisch, die dick mit irgendeiner Art Soße bedeckt war, sowie schließlich einen Becher mit Stachelbeeren. Um sie herum plapperten und lachten die Schülerinnen. Sie war dankbar, als Alet einen Tisch ein wenig abseits des Getümmels aussuchte, wo sie ihr Tablett abstellte. Naelin gesellte sich zu ihr. Sie ließ ihren Blick über die Schar der Schülerinnen schweifen. Es waren alles Kinder. »Ven will wohl, dass ich wieder in die Schule gehe? Das wird nicht hinhauen.«

»Ihr braucht Euch nicht mit ihnen anzufreunden«, antwortete Alet und tunkte ihr Nussbrot in die Fleischsoße. »Ihr müsst einfach nur das lernen, was sie wissen. Um es ganz klar zu sagen: Sie alle, selbst das schwächste Würstchen unter ihnen, das wahrscheinlich noch vor Ende der Woche schlappmachen wird, wissen mehr über Eure Macht als Ihr selbst.«

»Das Einzige, was ich über meine Macht wissen will, ist: Wie werde ich sie wieder los?« Ihr Magen knurrte, und sie machte sich über das Fleisch her. Sie kostete einen Bissen. Nicht so gut wie ein selbst zubereiteter Braten von einem frisch getöteten Tier, aber doch überraschend ordentlich. Sie knabberte daran. Das Fleisch war stark gesalzen und mit Gewürzen versehen, die sie nicht kannte – sie kitzelten auf der Zunge, aber nicht unangenehm, eine hübsche, pfefferartige Schärfe. Vielleicht sollte sie versuchen herauszufinden, wer hier Koch war, und diese Person dann fragen, welche Art von Gewürz sie oder er benutzte ... Da bemerkte sie, dass Alet sie anstarrte. »Was ist?«

»Ihr befindet Euch in der berühmten Nordost-Akademie, unmittelbar vor einem Gespräch mit Direktorin Hanna höchstpersönlich, und Ihr wollt dieses Leben immer noch nicht?«

»Das habe ich doch gesagt.«

»Ich hatte geglaubt, Ihr würdet Eure Meinung ändern, sobald Ihr hier ankommt. Ich hatte geglaubt, dass Ihr vielleicht einfach nur Angst habt.« Sie sah Naelin an, und ihr Gesichtsausdruck verriet ... Respekt? Nein, nicht ganz. Es wirkte eigentlich sogar ein wenig wie Erleichterung.

»Ich habe tatsächlich Angst. Jeder Mensch mit Verstand hätte in dieser Situation Angst.« Naelin machte eine Handbewegung, um die Akademie zu umfassen, die Hauptstadt, alles. »Ich gehöre nicht hierher, ganz gleich, was die Königin gesagt hat. Das hier ist weder meine Welt noch mein Kampf.« Ihre letzten Worte hallten in die Stille ringsum hinein, denn alle im Speisesaal verstummten.

Alle drehten sich zu ihr hin, um sie anzustarren, und richteten ihre Blicke dann in Richtung Tür.

Sie drehte sich auf ihrem Stuhl um und sah eine ältere Frau in einem grün-schwarzen Gewand, begleitet von

Meister Ven. Sein Blick wanderte durch den Speisesaal, auf der Suche nach jemandem – nach ihr. Als er sie sah, wies er mit der Hand auf sie und richtete das Wort an die Frau neben ihm.

Naelin versuchte seinen Gesichtsausdruck zu deuten, um festzustellen, ob er sich darüber freute, sie zu sehen, ob er erleichtert oder resigniert wirkte, ob er überhaupt irgendeine Gefühlsregung zeigte, aber seine Miene war ausdruckslos und professionell. Sie versuchte sich darüber Klarheit zu verschaffen, was sie bei seinem Anblick empfand, und war überrascht, dass sie ihn vermisst hatte, obwohl er nicht lange fort gewesen war. *Eine lächerliche Reaktion,* tadelte sie sich und gab Alets Worten die Schuld, derartige Gedanken in sie eingepflanzt zu haben.

Die Frau sah Naelin an, und plötzlich fühlte sich Naelin wie eine Fünfjährige, durchbohrt vom Blick ihrer Großmutter, einer respekteinflößenden Frau, die sich von niemandem etwas hatte bieten lassen, insbesondere dann nicht, wenn man sie beim Backen störte.

Alet reichte ihr das Stück Brot. »Nehmt das mit«, sagte sie mit leiser Stimme. »Ich habe gehört, von Magie bekommt man Hunger. Denkt daran: Wenn Ihr das alles nicht wollt, dann müsst Ihr auch weiterhin Nein sagen. Lasst Euch von ihnen nicht dazu überreden, Eure Meinung zu ändern.«

Naelin verstaute das Brot in ihrem Rock. »Danke«, flüsterte sie.

»Kandidatin Naelin, meldet Euch zum Unterricht«, sagte Ven scharf.

Alle Schülerinnen fuhren wieder auf ihren Stühlen herum, und Naelin spürte die Blicke Dutzender Augenpaare auf sich, als sie sich nun zwischen den Tischen mit Kindern zu Ven und der älteren Frau hindurchschlängelte, die, wie sie vermutete, Direktorin Hanna war. Sie fragte sich, ob sie sich verbeugen, grüßen oder die Hand ausstrecken sollte. Schließlich entschied sie sich dafür, respektvoll den Kopf zu neigen. Dann schaute sie zu Ven auf, in der Hoffnung auf einen Hinweis darauf, was ihr bevorstand.

Naelin wusste nichts über Direktorin Hanna, nur dass sie in verschiedenen der Gutenachtgeschichten aufgetaucht war, die sie gern Erian und Llor erzählte. In diesen Geschichten war Direktorin Hanna die weise, mächtige Ratgeberin gewesen – die Frau, die sich beim Massaker von den Eichen bewährt hatte, die Thronanwärterinnen ausgebildet und Königinnen beraten hatte. Sie war der ruhige See, der Felsgrund unter der Stadt, die weiche Erde, aus welcher der Weizen wuchs. Die Direktorin war eine lebende Legende, ebenso wie Meister Ven und Königin Daleina, und Naelin kam sich abermals klein, bedeutungslos und schrecklich fehl am Platze vor. Sie wollte ihnen sagen, dass sie einen Fehler gemacht hatten, und gleichzeitig wollte sie, dass diese Frau sie niemals mit Enttäuschung in den Augen ansah. So wie sie es jetzt gerade tat.

»Ich weiß um Eure Einwände gegen die Ausbildung. Meister Ven hat mich über Eure Situation und Eure Vorlieben ins Bild gesetzt, und auch wenn ich mit Euch fühle, missbillige ich Eure Schlussfolgerungen«, begann die Direktorin. Ihre Stimme hallte klar und deutlich durch den Speisesaal. »Ihr lebt in dieser Welt. Eure Kinder leben in dieser Welt. Daher ist dies sehr wohl auch Euer Kampf. Es bleibt nur festzustellen, über welche Art von Waffe Ihr verfügt, um diesen Kampf auszufechten.«

Naelin öffnete den Mund, um sich zu verteidigen, um zu erklären, dass die Sache so einfach nicht sei, aber die

Direktorin rauschte davon, bevor sie zu sprechen anheben konnte. Naelin fühlte sich wie ein gescholtenes Kind, als sie nun der Direktorin und Ven aus dem Speisesaal folgte, während aller Augen noch immer auf ihr ruhten. Als sie einen raschen Blick zurückwarf, sah sie Alet ebenfalls gehen – offensichtlich auf dem Weg zum Palast. Sie wünschte, ihre Freundin hätte bleiben können.

Sobald Naelin auf dem Weg nach draußen die Türschwelle des Speisesaals überquert hatte, hörte sie, wie die Schülerinnen wieder wild zu plappern begannen – höchstwahrscheinlich ging es um sie –, und sie versuchte, es auszublenden, sagte sich, dass es sie nicht scherte, was ein Haufen Kinder, die nie in der wirklichen Welt gelebt hatten, über sie dachte.

Es wäre ihr jedoch lieber gewesen, wenn Ven nicht mitbekommen hätte, wie sie öffentlich getadelt worden war.

Das sollte dir gleichgültig sein, ermahnte sie sich. *Du hast andere Sorgen.*

Als Naelin ihnen die Wendeltreppe hinab folgte, musterte sie die Direktorin – die steife Haltung ihres Halses, die sanfte Wölbung ihres Kinns, ihre zusammengepressten, dünnen Lippen. »Direktorin Hanna, ich kann – und ich werde – keine Thronanwärterin sein. Es gibt andere, die weitaus besser geeignet sind, um …«

Die Direktorin fiel ihr ins Wort. »Das werden wir sehen.«

Als sie den Übungsring erreichten, spürte Naelin, wie ihre Füße in den moosbewachsenen Boden sanken. Im Ring standen keine Bäume, doch lagen über dem Kreis aus Erde und Moos verstreut herabgefallene Blätter und Kiefernnadeln, als habe sich hier einst ein Wald befunden. Sie hatte bereits von dem berühmten Ring der Akademie gehört, der sich für jede Übungseinheit veränderte, von einem Wald zu einer Wüste und weiter zu einem See, je nachdem, was die Magistras für ihren Unterricht gerade benötigten. Doch nie hätte sie gedacht, dass sie einmal hier stehen würde. »Was soll ich tun?«, fragte Naelin.

»Beschwört einen Geist«, antwortete die Direktorin knapp.

»Aber ich habe noch nie …«

»Ihr könnt sie spüren«, schaltete sich Ven in ermutigendem Tonfall ein. »Der Unterschied ist nicht allzu groß.«

»Formt einen Gedanken und sendet ihn aus«, erklärte die Direktorin. »Ich empfehle einen einfachen Befehl: Komm.« Ihre Züge wurden weicher. »Habt keine Angst. Ich bin ja auch hier, und Meister Ven ebenfalls.«

»Nur zu«, drängte Ven. »Es ist hier sicher. Die Akademie ist voller Magistras, deren vorrangige Aufgabe darin besteht, Geister zu vertreiben, die die Schülerinnen gerufen haben.«

»Aber ich kann nicht …«

»Ihr besitzt Macht; Ihr müsst ausgebildet werden«, sagte Direktorin Hanna schroff. »Wenn nicht, seid Ihr eine Gefahr für Euch selbst und für andere. Das ist eine Tatsache, ob Ihr nun eine Thronanwärterin werdet oder nicht.«

Ich habe all die Jahre ohne jedwede Ausbildung überlebt, dachte sie. Es war alles in Ordnung gewesen, und ihre Familie war sicher gewesen, bis Ven aufgetaucht war. Bis jetzt – bis zu Renets idiotischer Aktion – war sie niemals auch nur in Versuchung geraten, ihre Macht zu gebrauchen. »Ich will meine Macht nicht.«

»Und ich will kein Knie, das bei Regen schmerzt«, erwiderte die Direktorin barsch. »Eure Macht ist ein Teil von Euch, und Ihr müsst lernen, damit umzugehen. Sich zu weigern ist kindisch. Es bedeutet, sich unter Decken zu verstecken und zu hoffen, dass die Ungeheuer den dicken Knubbel im Bett nicht bemerken. Beschwört einen Geist.«

Naelin holte tief Luft. »Meine Mutter wurde von Geistern getötet, weil sie sie beschworen hatte.« Sie hatte das seit sehr langer Zeit nicht mehr laut ausgesprochen, nicht, seit sie Renet noch vor ihrer Heirat einmal spätnachts davon erzählt hatte. Sie zerrte die Erinnerung nicht gern zurück ans Tageslicht.

»Dann dürft Ihr ihren Fehler nicht wiederholen«, betonte die Direktorin. »Aber ihr Fehler bestand nicht darin, von ihrer Macht Gebrauch zu machen; er bestand darin, dass sie ihre Macht *schlecht* gebraucht hat. Eine Ausbildung wird Euch größere Kontrolle und größere Sicherheit verleihen.« Ihre Worte fühlten sich wie Ohrfeigen an.

»Das hat den Thronanwärterinnen nicht geholfen«, wandte Naelin mit leiser Stimme ein. »Ich kenne die Geschichte vom Krönungsmassaker.« Sie sah Ven zusammenzucken, aber sie hatte nicht vor, klein beizugeben. Sie war kein Kind, das sich von einem Stirnrunzeln einschüchtern ließ – oder zumindest redete sie sich das ein. »Ihr macht das nicht zu meinem eigenen Wohl oder um meiner Sicherheit willen. Ihr wollt mich benutzen, und ich will nicht benutzt werden.« Sie schluckte hörbar. Es war nicht leicht, so etwas zu einer lebenden Legende zu sagen. Sie verschränkte die Hände hinter dem Rücken und hoffte, dass die beiden nicht bemerkten, wie sie zitterte. Natürlich war sie sich der Tatsache bewusst, dass sie geborgte Kleider trug, die ihr von den Hausmägden der Akademie aufgedrängt worden waren, und dass hoch oben über ihr ihre Kinder behütet in Pritschen schliefen und sich zum ersten Mal seit Tagen beschützt fühlen konnten. In vielfacher Hinsicht war sie diesen beiden

Menschen auf Gedeih und Verderb ausgeliefert. »Ich bin nicht undankbar für die Aufmerksamkeit, die …«

»Ihr betrachtet Eure Macht als eine Krankheit?«, fragte die Direktorin. »Dann seht in mir die Ärztin, die eine Untersuchung durchführt, um festzustellen, wie krank Ihr wirklich seid. Arbeitet mit Eurer Heilerin zusammen, und wir können gemeinsam nach einem Heilmittel suchen. Wenn Eure Macht nur geringfügig ist, dann finden wir einen Weg, die Geister von Euch abzulenken. Ihr könnt Euer Leben wie geplant fortsetzen, und die Königin wird niemals von Euch hören.«

Ja! Das war genau das, was sie wollte. Durfte sie es wagen zu hoffen? »Ehrlich? Ihr versprecht mir das? Ich beschwöre einen Geist, und dann werdet Ihr mir helfen, mich von alledem zu befreien?«

»Wenn Ihr nicht mächtig genug seid, wäre das das Beste für alle Seiten«, bestätigte die Direktorin. »Falls sich Meister Ven in Euch irrt, dann werden wir Euch alle helfen, damit Ihr bekommt, was Ihr Euch wünscht.«

Naelin sah Ven an. »Und Ihr erklärt Euch damit einverstanden? Ihr werdet mir helfen fortzugehen, wenn Direktorin Hanna es sagt?« *Bitte, stimmt zu!*

Sein Gesichtsausdruck war leer. Schließlich sagte er: »Ja, das werde ich.«

Sie musterte sein Gesicht und kam zu dem Schluss, dass sie ihm glaubte. Er würde sie nicht belügen, dessen war sie sich sicher. Sie hatte die Chance, diese Sache auf der Stelle zu beenden, in ihr altes Leben zurückzukehren … oder ein neues Leben zu beginnen, zusammen mit ihren Kindern, weit weg von dem Ort, an dem alles schiefgegangen war. Vielleicht im Westen, in einem der kleineren äußeren Dörfer in der Nähe der herrenlosen Lande, an einem Ort, an dem niemand je von ihr gehört hatte. Naelin musste der Direktorin lediglich beweisen, dass sie nichts Besonderes war, dann würde dieser ganze Albtraum vorüber sein. Sie würde die Königin niemals persönlich davon überzeugen müssen, dass sie unwürdig war.

»Dann beginnt, Kandidatin Naelin.«

Naelin atmete noch einige Male tief durch und schloss die Augen. Sie ließ ihr Bewusstsein durch den Raum dringen, wie sie es geübt hatte, und spürte in der Luft das Knistern von winzigen Geistern: von Feuergeistern, die sich in den Laternen wanden, Luftgeistern, die über ihr durch die Wolken huschten, Baumgeistern, die an den Wänden der Akademie emporkrochen, und Erdgeistern, die sich mit den Würmern unter ihren Füßen durch den Boden gruben. Schließlich entschied sie sich für die Erdgeister – sie fühlten sich am nächsten an – und tat, wie die Direktorin sie geheißen hatte. Sie formte in Gedanken den Befehl, sandte ihn aus und stellte sich vor, sie rufe ihre Kinder nach Hause:

Kommt!

Und sie kamen.

Kleine Geister wühlten sich durch die Erde, schoben das Moos beiseite und schnüffelten im Übungsring herum. Sie sahen aus wie Maulwürfe, mit spitzen Nasen und weichem schwarzem Fell, aber ihre Augen und Hände waren menschlich. Hinter ihnen brachen größere Geister durch die Löcher, die sie gegraben hatten. Diese Geister sahen aus wie Steinbrocken, mit Gesichtern, Armen, Beinen und Leibern aus Fels. Stein knirschte auf Stein, als sie sich bewegten, näher an Naelin herangekrochen kamen.

Mit ruhiger, fester Stimme fragte die Direktorin: »Wie viele habt Ihr gerufen?«

»Das weiß ich nicht«, antwortete Naelin und wich zur

Treppe zurück, als die Geister auf sie zugeschlurft kamen, schnuppernd die Luft einsogen und in der Erde scharrten. »Ich habe nur gesagt: ›Kommt.‹«

Weitere Geister quollen durch die Löcher im Boden. Die Direktorin griff in die Falten ihrer Gewänder und förderte eine silberne Glocke zutage. Sie läutete sie laut und durchdringend. »Es ist üblich, mit einem einzigen Geist zu beginnen.«

»Ich bin nicht ausgebildet, habt Ihr das vergessen?« Sie hatte nicht vorgehabt, ihren Ruf so weit auszusenden. Schließlich hatte sie nicht einmal gewusst, dass es verschiedene Weisen gab, sie zu rufen, oder eine Methode, um nur einen einzigen Geist zu beschwören. Es gab, wie Alet bemerkt hatte, eine Menge, was sie nicht wusste. Ihr wurde schwer ums Herz. Das war vermutlich nicht die Leistung einer Frau mit nur geringer Macht gewesen.

»Fordert sie auf, in die Erde zurückzukehren.«

Geht fort, sandte Naelin ihnen einen weiteren Gedanken.

»Mit Überzeugung, bitte«, verlangte die Direktorin. Von oben auf der Treppe hörte Naelin das Dröhnen von Schritten, aber sie konnte ihren Blick nicht von den Geistern losreißen, die sich noch immer aus den Löchern ins Freie gruben. Sie hatte nicht gewusst, dass es so viele gab. Sie hatte immer nur einen oder zwei gleichzeitig gesehen, aber hier …

Sie versuchte es noch einmal. *Geht fort!*

Einige der kleineren huschten wieder in ihre Löcher. Ermutigt schritt sie auf sie zu. *Geht fort!* Ängstlich geworden wichen die Geister zurück und zogen das Moos hinter sich her. Als die anderen Magistras in den Übungsring geströmt kamen, war jeder Geist, den sie gerufen hatte, wieder verschwunden, hatte sich in die Erde zurückgezogen. Ihr schwirrte der Kopf. Das Blut summte ihr in den Adern. Mit einem ausgelassenen Lächeln auf den Lippen drehte sie sich wieder zu Ven und der Direktorin um …

Und dann geschah es.

Tentakel brachen links und rechts von ihr durch die Erde, und der Boden bewegte sich, warf sie auf die Knie. Sie spürte den Geist unter sich, so breit wie der gesamte Übungsring. Seine Tentakel reichten weit in die Tiefe. Er wirkte hungrig, eine gewaltige, sehnsuchtsvoll verlangende Leere unter ihr.

Die Direktorin schrie: »Erdkrake!«

Der Krake krümmte seine Tentakeln, und die Wände der Akademie begannen zu zittern und zu zersplittern.

Geh fort!

Geh f…

Kapitel 14

Hamon stand so steif und aufrecht da wie die Wachen. Er schwitzte unter seinen Heilerkleidern, und die sommerliche Feuchtigkeit machte die Luft so schwer, dass sie sich um seine Zunge legte, aber er bewegte sich nicht von der Stelle weg, an der er Aufstellung bezogen hatte, während er nun seiner Mutter dabei zusah, wie sie aus einem Korb ausstieg. Als der Korbträger die Hand ausstreckte, um sich bezahlen zu lassen, wedelte seine Mutter mit dem Taschentuch in ihrer Hand in Richtung Palast und begann auf den Träger einzureden. Es wirkte wie eine lange Erklärung in Monologform. Hamon stellte Blickkontakt zu einem der Palastdiener her und nickte. Der Diener huschte die Brücke hinunter, um für Hamons Mutter zu bezahlen.

Als sie ihn sah, begann sie zu strahlen und winkte begeistert.

»Ich bereue es jetzt schon«, murmelte Hamon.

»Das spart zumindest später Zeit«, ertönte eine gut gelaunte Stimme hinter ihm – Arin, Daleinas Schwester. »Mit niedrigen Erwartungen kann man nicht enttäuscht werden.«

»Du solltest eigentlich bei der Königin sein.«

»Sie hat mich weggeschickt. Wieder einmal. Sie scheint sich nicht entscheiden zu können, ob ich nun an ihrer Seite kleben, oder doch lieber ans andere Ende von Renthia verfrachtet werden soll, fein säuberlich verstaut in einer Kiste in einem Berg auf der anderen Seite einer Wüste.«

»Sie liebt dich. Sie will dich sowohl in ihrer Nähe haben als auch in Sicherheit wissen.«

»Das habe ich kapiert. In der Theorie ist das lieb von ihr. In der Praxis nervig.« Seite an Seite sahen sie zu, wie seine Mutter ihre Koffer, Taschen und Kisten auslud, die ihr kostbares Mikroskop und ihre speziellen Gläser enthielten. Sie schien ihr ganzes Laboratorium mitgebracht zu haben. Er würde ihr sehr deutlich machen müssen, dass sie keine Sekunde länger bleiben durfte als nötig. »Ich gehe mal davon aus, dass du für deine Mutter etwas anders empfindest?«

»Wir hatten eine … *angespannte* Beziehung.«

Seine Mutter nahm den Diener und drei Wachposten in Beschlag, damit sie ihr halfen, ihr Gepäck über die Brücke zu ihm herüberzuschleppen. Sie selbst trug nur eine Hutschachtel, die – wenn ihre Gepflogenheiten noch immer dieselben waren wie früher – ihre kostbarsten Kräuter, Pulver und Tränke enthielt.

Und Gifte.

»Du solltest jetzt besser gehen«, wandte sich Hamon an Arin. »Je weniger Menschen sie kennenlernt, umso weniger Menschen kann sie ein Leid antun.« Er hatte bereits Wachen für die Räume seiner Mutter angefordert – um ihrer eigenen Sicherheit willen, würde er ihr gegenüber behaupten.

»Du solltest ihr eine zweite Chance geben«, erwiderte Arin. »Menschen ändern sich.«

»Nicht alle Menschen.« Er setzte sich in Bewegung, nahm einer der Wachen eine Kiste ab und verhinderte auf diese Weise, dass seine Mutter ihn umarmte. »Ich grüße dich, Mutter. Danke, dass du so schnell gekommen bist.«

»Oh, mein lieber Junge, natürlich bin ich gekommen! Ich habe mir solche Sorgen um dich gemacht!«

»Wir sollten nicht gleich wieder mit Lügen anfangen.«

»Warum denn nicht? Lügen sind die Grundlage einer jeden zivilisierten Gesellschaft.« Sie klatschte in offenkundigem Entzücken in die Hände, als sie sich nun zu Arin umdrehte, die leider doch nicht fortgegangen war. »Ah, und das ist deine Freundin? Sie ist noch sehr jung, oder, Hamon? Aber ich nehme an, als königlicher Heiler hast du eine große Auswahl, und je jünger sie sind, umso mehr fruchtbare Jahre liegen vor ihnen zum Kinderkriegen. Mein Lieber, ich bin doch nicht etwa peinlich für dich?«

»Nur für dich selbst, Mutter«, gab Hamon zurück.

»Gut, dann werde ich mir mehr Mühe geben müssen.«

Er musterte sie. Sie passte zu der Frau aus seiner Erinnerung. Sie war immer noch schön, mit einem betörenden Lächeln, funkelnden Augen und einem Gesicht, nach dem sich die Leute auf der Straße umdrehten. Aber sie war auch kleiner, schwächlicher und grauer geworden. Ihre Haut war um die Augen herum runzlig. Ihre Hände wirkten verschrumpelt und waren an manchen Stellen aschgrau – offensichtlich hatte sie nicht aufgehört, mit gefährlichen Stoffen zu hantieren.

»Ja, ich bin älter geworden. Gebrechlich, schwach und hässlich. Ich kann sehen, dass du das denkst.«

»Du weißt, dass du immer noch schön bist, Mutter.«

»Ach, wie lieb.« Sie spitzte die Lippen. »Komm, gib deiner Mutter einen Kuss.« Ihre Lippen hatten die Farbe von roten Äpfeln.

Hamon rührte sich nicht. »Hast du dir den Mund mit einem deiner Präparate bemalt?«

Grinsend schmatzte sie mit den Lippen. »Geheime Zutaten.«

»Dann also nicht.« An Arin gewandt sagte er: »Sie hat sich die Lippen früher gerne mit Schlafpulver angepinselt und dann Männer geküsst. Hat sie bestohlen, während sie schlummerten.«

»Ja, das schon, aber sie hatten herrliche Träume.« Sie hakte Hamon unter. »Wie wäre es, wenn du mich in mein hoffentlich prunkvolles Quartier führst und ein Festmahl für mich orderst? Danach kannst du mir dann ja erklären, wie du mich für die Jahre des Kummers zu entschädigen gedenkst, weil mein einziges Kind mich im Stich gelassen hat. Und wenn du schon dabei bist, kannst du mir auch gleich noch erklären, wie du so anmaßend sein konntest zu glauben, ich würde dir helfen, nachdem du meine Bitten um Liebe und Beistand so grausam zurückgewiesen hast.«

Er führte sie in den Palast. »Du bist gekommen.«

»Ich wollte meinen einzigen Sohn sehen. Und den Palast.« Sie deutete auf die glänzenden Wände und dann auf Arin. »Du wirst dich um dieses Festmahl kümmern, nicht wahr? Braves Mädchen. Ich glaube, meine Eingeweide sind inzwischen völlig verrottet von dem Reiseproviant, den ich tagelang zu mir nehmen musste. Ich will Kuchen. Eine Torte mit Glasur, Früchten und drei verschiedenen Füllungen.«

»Ich werde sie selbst backen«, erbot sich Arin und bog dann glücklicherweise in einen anderen Flur ein. Hamon nahm sich vor, mit Daleina zu reden. Sie musste Arin ermahnen, sich von seiner Mutter fernzuhalten. Arin war zu jung und zu leicht zu beeindrucken, um mit einer Frau wie seiner Mutter Umgang zu pflegen. Eigentlich fiel ihm überhaupt niemand in ganz Renthia ein, der für seine Mutter nicht zu unschuldig war.

»Braves Mädchen. Ich mag sie. Du solltest sie heiraten.

Mir Enkelkinder schenken. Man kann von mir ja wohl erwarten, dass ich mir Enkelkinder wünsche, nicht wahr? Ich wäre eine absolut hingebungsvolle Großmutter, die die lieben Kleinen ständig mit Leckerbissen und Überraschungen verwöhnt.«

»Sie ist nicht meine Freundin. Sie ist selbst kaum mehr als ein Kind.« *Und ich würde dich nie, niemals in die Nähe irgendwelcher Enkelkinder lassen.* Er spürte ein Pochen in den Schläfen. Hinter sich hörte er, wie einer der Wachposten ein Lachen unterdrückte und wusste, dass andere nur das kokette, lustige Benehmen seiner Mutter wahrnahmen, nicht aber die gerissene Frau ohne jede Moral, die sich dahinter verbarg. »Du bist aus ernsten, wichtigen Gründen hierher eingeladen worden, und ich erwarte von dir, dass du dich entsprechend verhältst.«

»Ach, du bist ungemein wichtigtuerisch, Hamon. Das habe ich dir aber nie beigebracht.«

»Es gibt eine Menge Dinge, die du mir nie beigebracht hast.« *Wie zum Beispiel Mitgefühl, Barmherzigkeit und Güte.* Er hatte hart daran gearbeitet, das genaue Gegenteil von allem zu werden, was sie war. Auf halbem Weg den Hauptturm hinauf blieb er vor einer dicken grünen Tür mit eisernen Angeln stehen, die sich wie Ranken und Blätter um den Rahmen schlängelten. Er zog die Tür auf und deutete eine Verbeugung an, um seine Mutter in ihren Gemächern willkommen zu heißen. Sie rauschte an ihm vorbei, und die Wachen folgten mit ihren Siebensachen. Sie stapelten sie an der Wand, während Mutter den Raum begutachtete: das Himmelbett, das marmorne Waschbecken, den alabasternen Kamin, die Sessel, die aus dem Baum selbst herausgewachsen waren und in dem gleichen glänzend weißen Ton gehalten waren. Vorhänge hingen an der Wand wie vor einem Fenster, aber als seine Mutter sie zur Seite zog, sah sie dahinter nur ein Wandbild aus roten, goldenen und schwarzen Steinen, die in das Holz eingelegt waren.

»Ein hübsches Gefängnis.«

»Ein vorübergehendes Zuhause«, korrigierte Hamon. »Ich werde mit Proben zurückkommen, die du untersuchen sollst. Bitte mach es dir bequem, und« – er zwang sich, es auszusprechen – »danke, dass du gekommen bist, Mutter.«

Seine letzten Worte schienen sie aufrichtig zu verblüffen. Sie schwieg, als Hamon und die Wachen ihr Zimmer verließen und die Tür hinter sich schlossen. »Tag und Nacht zwei Wachposten vor der Tür«, sagte Hamon leise, damit seine Worte nicht durch das Holz zu hören waren. »Ihr dürft nicht mit ihr reden. Ihr nehmt auch nichts von ihr an. Und ihr berührt sie nicht und lasst euch auch nicht von ihr berühren. Verstanden?«

Die Wachen salutierten, und Hamon ging davon, um seine Königin aufzusuchen und zur Ader zu lassen.

Königin Daleina beobachtete, wie sich der Geist einen Weg durch ihr Zimmer suchte, vom oberen Rand ihres Spiegels huschte und dann über die Balken zum Kleiderschrank kletterte. Er knabberte an einem Vorhang und kaute an den Fransen, um sich dann auf einem Stuhl niederzulassen. »Ihr seid noch nicht tot«, verkündete er.

»Nein.«

»Warum nicht? Ich hätte gedacht, Ihr wäret inzwischen tot.«

»Bist du hier, um mir Angst zu machen?« Sie wollte ihn auf keinen Fall merken lassen, dass es funktionierte. Die Geister waren kühner geworden und trauten sich nun in ihre Gemächer. Sie hatten bemerkt, dass es ihr widerstrebte, von ihren Kräften Gebrauch zu machen; auch wenn sie nicht wusste, ob sie herausbekommen hatten, warum dem so war. Hamon hatte gesagt, es könne weitere falsche Tode auslösen, wenn sie ihre Macht gebrauchte, und sie glaubte ihm. Sie war einmal ohnmächtig geworden, nachdem sie einen Feuergeist angewiesen hatte, die Palastlichter zu löschen, und natürlich war da zuvor die erste große Ohnmacht bei dem neuen Dorfbaum gewesen. Glücklicherweise war seither niemand mehr gestorben.

Der Geist bleckte die Zähne und kicherte dann, ein schrilles Geräusch, das Daleina Schauder über den Rücken jagte. »Eure Angst ist herrlich.« Der Geist kam näher herangehuscht, so schnell, dass es schien, als würde er kurz verschwinden und dann wieder auftauchen, und weniger als eine Sekunde später war er bereits neben ihr, nah genug, um an ihr lecken zu können. Seine Zunge schoss aus seinem Mund hervor und wieder zurück, und sie wich aus.

»Du verschwindest jetzt wieder«, befahl sie ihm.

»Och, Ihr wollt mir etwas antun?«

»Nicht ich, aber er.« Sie stieß einen durchdringenden hohen Pfiff aus, und mit einem Knurren sprang Bayn, der Wolf, durch die Vorhänge vor dem Balkon. Mit weit geöffnetem Maul stürzte er sich auf den Geist.

Kreischend schoss der Geist durch das Fenster und verschwand mit einem Rascheln zwischen den Ästen eines Baums. Daleina kraulte Bayn am Hals, und der Wolf lehnte sich an sie. »Gut gemacht«, lobte sie ihn. »Entschuldige, dass ich dich bei deinem Nickerchen gestört habe.«

Er trottete wieder hinaus auf den Balkon, drehte sich zweimal im Kreis und legte sich dann nieder. Sie schenkte ihm ein Lächeln, auch wenn es schnell wieder verflogen war. Die Geister hatten bemerkt, dass sie es vermied, sie zu befehligen, und es würde nicht lange dauern, bis sie mehr unternehmen würden, als sie nur zu verspotten – das war nur ein Test gewesen, um zu sehen, wie sie reagierte. Sie war nicht gerade überzeugt, dass sie den Test bestanden hatte.

Es klopfte an der Tür. »Ja?«, rief Daleina.

Eine vertraute Stimme antwortete forsch: »Kommandantin Alet meldet sich zum Dienst, Euer Majestät.«

Lächelnd schritt Daleina durch den Raum und öffnete selbst die Tür. »Alet!«

Alet machte Anstalten, sich zu verneigen, aber Daleina umarmte ihre Freundin stattdessen. »Ich bin so froh, dass Ihr wieder da seid und dass Euch die wilden Tiere nicht aufgefressen haben, all die Bären, Wölfe und …«

Draußen auf dem Balkon gab Bayn ein lautes Schnauben von sich.

»Entschuldige, Bayn.« Daleina trat einen Schritt zurück und musterte Alet. Sie sah gut aus. Keine sichtbaren Verletzungen. Sie hatte kürzlich gebadet – ihre Haut hatte das dafür typische frisch geschrubbte Aussehen, und ihr Haar war unter dem traditionellen Helm der Wache zurückgekämmt. »Seid Ihr und Ven fündig geworden?«

Alet schloss die Tür und gab keine Antwort. Sie betrachtete Daleina stirnrunzelnd. »Ihr habt nicht genug gegessen. Oder nicht genug geschlafen.«

»Ich entnehme Euren Worten, dass ich nicht so überirdisch gut aussehe, wie es sich für eine Majestät geziemt?« Sie hatte es vermieden, in einen Spiegel zu sehen – ihr war bewusst, dass sie mittlerweile kränklich wirken musste, selbst wenn noch niemand sonst eine Bemerkung darüber verloren hatte. Doch Alet würde sie niemals belügen. Das war einer der Gründe, warum Daleina sie so sehr vermisst hatte.

Alet wandte sich in Richtung Tür. »Ich werde Euch etwas zu essen bringen lassen.«

Daleina hielt sie zurück, indem sie ihr eine Hand auf den Arm legte. »Es geht mir gut. Nun ja, nicht gut. Aber ich habe keinen Hunger. Ich würde lieber etwas über Eure Reise hören. Hat Ven eine neue Kandidatin gefunden?«

»Ja.«

Sie spürte, wie die Anspannung von ihr wich, ihr wie Wasser aus Armen und Beinen strömte. Ihre Knie wurden weich – ihr war nicht bewusst gewesen, wie sehr sie auf diese Antwort gehofft hatte. »Und glaubt Ihr, dass sie die Richtige ist? Ist sie stark? Ist sie gut?«

Alet zögerte – und in dieser Pause spürte Daleina, wie ihre neu geweckte Hoffnung dahinschwand. »Sie ist sowohl stark als auch gut«, antwortete Alet endlich.

»Aber …?«

Die Kommandantin ging zum Balkon hinüber, als wolle sie sich davon überzeugen, dass der Raum auch sicher war.

»Alet?«, hakte Daleina nach. »Ihr meint vielleicht, dass Ihr den Gesichtsausdruck der unbewegten Soldatin perfekt beherrscht, aber diejenigen von uns, die Euch gut kennen, können in Euch lesen wie in einem Buch. Keine Geheimnisse zwischen uns, Alet. Hat Ven eine Thronanwärterin für mich gefunden?«

»Es tut mir leid«, sagte Alet, und als sie sich umdrehte, sah Daleina in den Augen ihrer Freundin Schmerz und Kummer schimmern, »aber ich glaube nicht, dass ihm das gelungen ist.«

Daleina schloss die Augen, ließ sich für einen Moment vom Schmerz dieser Enttäuschung überwältigen. Dann sperrte sie das Gefühl weg, mauerte Ziegelsteine rund um ihr Herz. »Ich verstehe. Nun gut, Aratay dankt Euch für Eure Bemühungen.«

»Jetzt, da ich zurückgekehrt bin, bitte ich darum, meine Pflichten als Eure Wache wieder aufnehmen zu dürfen.« Ihr Ton war förmlich – eine offizielle Anfrage. Sie hatte ihre Palastwachenrüstung angelegt, wie Daleina bemerkte, offenkundig in Erwartung einer Zustimmung.

Daleina öffnete den Mund, um ihre Frage zu bejahen, um zu antworten, dass ihr das selbstverständlich freistehe, aber die Worte blieben ihr im Hals stecken. Sie hatte plötzlich ein Bild von Alet vor Augen, wie sie gegen die Geister kämpfte, während Daleina halb tot dalag. Sterbend, während Daleina hilflos war und sie nicht zu retten vermochte. »Hamon sagt, die falschen Tode würden immer häufiger werden und auch länger anhalten. Jeder Wachposten, der sich in meiner Nähe befindet, ist in Gefahr.«

»Ein Grund mehr, dass ich die Wache übernehmen sollte. Ich bin die Beste.«

»Alet …« Daleina konnte nicht aussprechen, dass sie Alet beschützen wollte, weil sie eine Freundin war. Das Leben des einen Wachpostens sollte ihr nicht teurer sein als das eines anderen. Und Alet hatte recht: Sie war die Beste. Wenn irgendjemand in der Lage sein könnte, einen Ansturm von Geistern zu überleben, dann war sie es. »Es wäre mir eine Ehre, von Euch bewacht zu werden.«

»Die Ehre ist ganz auf meiner Seite«, erwiderte Alet, dann zögerte sie wieder. »Und ich bin froh … das heißt … es ist schön, Euch zu sehen. Ich wollte nicht … ich meine, während wir fort waren …«

Daleina brachte ein Lächeln zustande. »Ich habe Euch auch vermisst.«

Alet verneigte sich, öffnete die Tür und trat hinaus, um ihre Stellung als Wachposten einzunehmen. Daleina hörte, wie sie die andere Wache wegschickte und dann Hamon begrüßte. Während sie lauschte, versuchte Daleina nichts zu denken und nichts zu fühlen, aber die hinterhältigen Gedanken ließen sie nicht los, gingen ihr wieder und wieder im Kopf herum: *Ven ist gescheitert. Und ich bin eine Gefahr für alle, die ich liebe.*

Sie sah zu, wie Hamon eintrat und die Tür hinter sich schloss. Da sie Angst hatte, dass ihr die Stimme versagen würde, wartete sie darauf, dass er ihr den Grund seines Besuchs mitteilte. Sie fragte nicht, ob er ein Heilmittel gefunden habe oder auch nur mögliche Hinweise auf ein solches. Sie wurde das schreckliche Gefühl nicht los, dass sie ihre Freundin womöglich gerade zum Tode verurteilt hatte.

Hamon blieb an einem Tisch stehen und rollte ein Päckchen mit medizinischen Gerätschaften auseinander. »Ich bin gekommen, um weitere Proben zu nehmen, wenn du dich kräftig genug fühlst.« Er wählte eine Spritze aus, bereitete sie vor und legte zwei zusätzliche Röhrchen daneben. »Fühlst du dich benommen, schwach oder schwindlig?«

»Es geht mir gut.« Sie musterte ihn eine Weile und ihr fiel auf, dass er ihr nicht in die Augen geschaut hatte, seit er begonnen hatte, mit seinen Nadeln und Reagenzröhrchen zu hantieren. »Hamon, was ist los?«

Er kam auf sie zu, krempelte ihren Ärmel hoch und schlang dann ein Band fest um ihren Arm. »Mach eine Faust.« Sie gehorchte und sah zu, wie er ihr auf die Armbeuge klopfte und nach einer Vene suchte. Als er die richtige Stelle gefunden hatte, stieß er die Nadel hinein. »Meine Mutter ist eingetroffen. Ich werde sie bitten, dein Blut zu untersuchen. Allerdings werde ich ihr nicht sagen, um wessen Blut es sich handelt.« Er zapfte das Blut gleichmäßig ab, dann zog er die Nadel heraus und presste einen Fetzen Baumwolle auf den Einstich. »Drück für einen Moment auf den Tupfer, bitte.«

Sie drückte auf den Baumwollstoff, während Hamon die Röhrchen zustöpselte und wegräumte. Er versah ein jedes davon mit einem Etikett und verstaute die Nadel in seinem Bündel, nachdem er zuvor eine Hülle darüber gezogen hatte, zum Zeichen, dass sie benutzt worden war. In Hamons Heilerbündel hatte alles seinen festen Platz. Jeden einzelnen Handgriff erledigte er mit Präzision. »Wie fühlst du dich, nachdem du sie jetzt wiedergesehen hast?«

»Ich habe keine Zeit, irgendetwas zu fühlen«, antwortete Hamon. »Sie ist hier, um eine bestimmte Aufgabe zu erfüllen. Sobald sie fertig ist, wird sie fortgehen. Ich empfinde rein gar nichts.«

Sie beugte sich vor und streifte seine Lippen mit den ihren. »Rein gar nichts?«

»Nichts für sie«, stellte er richtig. »Alles für dich.« Und dann erwiderte er ihren Kuss, so heftig, als könne er sie mit der Kraft seiner Lippen, seiner Zunge und seiner Hände am Leben erhalten.

Wie sehr sie sich doch wünschte, dass genau *dies* das Heilmittel wäre.

Arin spähte durch die Tür der Palastküche und lauschte den vertrauten Geräuschen von Töpfen und Pfannen, Messern, die auf Schneidbretter schlugen, Löffeln, die gegen Schalen klopften, nahm die Gerüche von Muskatnuss, Zimt und Salbei in sich auf. Das Innere der Küche war in ein tröstliches bernsteinfarbenes Licht getaucht, das von den gewaltigen Herdstellen kam, von denen sie mindestens drei sehen konnte, eine jede bemannt von einem Knaben, der mit einer Eisenstange in der Glut stocherte. Neben ihnen stapelte sich Holz, das darauf wartete, die Feuer zu speisen. Eine ganze Schar von Köchen umschwirrte mehrere lange Tische.

»Du da!«, donnerte eine tiefe Männerstimme und übertönte das Geplapper und Geklirr in der Küche. »Das hier ist eine Küche, keine öffentliche Sehenswürdigkeit. Wenn du etwas zu essen willst, wende dich an die zuständige Dienerschaft.«

Arin schaute hinter sich, dann erst begriff sie, dass sie gemeint war. Eine Sekunde später machte sie den Sprecher aus: Ein Mann mit dem Körper eines Fasses sowie einem roten Vollbart, der mit Mehl bestäubt war. Er schwang eine Schöpfkelle, als sei es der Taktstock eines Dirigenten.

»Ich bin Arin, die Schwester der Königin.« Für einen Moment erstarben sämtliche Geräusche, und alle im Raum starrten sie an. Sie trat in die Küche und lächelte. »Ich würde gern einen Kuchen backen.«

Man bat sie herein, band ihr eine Schürze um und teilte ihr ihren eigenen Tisch zu sowie drei hingebungsvolle Helferinnen. Rührschüsseln und Löffel lagen griffbereit neben ihr, und sobald sie um Zutaten bat, wurden sie ihr herbeigebracht. Sie fragte nach einigen eher seltenen und ungewöhnlichen Zutaten, und auch diese wurden ihr gebracht. Vor sich hin grinsend machte sie sich ans Werk, fest entschlossen, die beste Torte zu bereiten, die sie je gebacken hatte.

Schon bald war sie genauso mit Mehl bestäubt wie der Chefkoch, und aus dem Ofen wehte der himmlische Duft von backendem Kuchen herüber. Nachdem sie fünf Tortenschichten angefertigt hatte, mischte sie die Zutaten für den Belag. Kurz machte sie Pause, um sie zu kosten. Sie nahm einen Löffel voll, drehte sich um und schnappte sich den nächstbesten Koch. »Hier. Kosten.« Sie schob ihm den Löffel zwischen die Lippen.

Er riss die Augen auf und nickte.

»Mehr Vanille? Einen Hauch mehr Vanille. Richtig. Dachte ich's mir doch.« Sie wandte sich wieder ihrem Belag zu und sah aus dem Augenwinkel, wie eine ihrer Helferinnen eine Tortenschicht aus dem Ofen zog. »Noch nicht. Knusprig und golden, nicht gewölbt und leicht gelb. Wieder zurück damit.«

Das hier. So etwas wie das hier konnte sie tun. Nicht eine Königin trösten oder auch nur eine Schwester. Nicht jemanden vor einer Krankheit schützen, die sie nicht sehen konnte. Sondern Zutaten auswählen, rühren und backen. Speisen herstellen, die Menschen zum Lächeln brachten. Das hatte sie unter Kontrolle. Sie gestattete nun ihren Helferinnen, die Tortenschichten aus dem Ofen zu holen, und ließ sie abkühlen, während sie die Glasur vorbereitete. Unter ihrer Anweisung strichen die Helferinnen den Füllungsbelag zwischen die einzelnen Schichten, aber sie war diejenige, die den Zuckerguss anrührte, ihn in Röhrchen füllte und Rosetten und Schleifen aus Zucker damit malte. Sie verzierte die Torte mit Zuckergussblüten und fügte Ranken und Blätter hinzu. So versunken war sie in ihre Tätigkeit, dass sie gar nicht bemerkte, dass die Hälfte der Köche in der Küche näher herangetreten war. Jetzt standen sie im Kreis um ihren Tisch herum und sahen zu, wie sie die Torte verschönerte.

»Ihr habt das Geschick einer Künstlerin«, lobte sie der Chefkoch, als sie zurücktrat, durchatmete und nun ihr Publikum registrierte. »Ist das für die Königin?«

»Die Torte ist für einen Gast der Königin.« Vielleicht würde sie die Frau freundlicher stimmen und sie zugänglicher machen. Sie war offensichtlich aus einem bestimmten Grund hier – und da Arin um Hamons Hingabe an ihre Schwester wusste, vermutete sie, dass dieser Grund direkt mit Daleina zusammenhing. »Darf ich mir ein Tablett ausborgen?« Doch statt einem Tablett fand sich noch Besseres, nämlich eine richtige Kuchenplatte samt Deckel. Arin hob die Platte mit der Torte vorsichtig hoch. Zwei Helfer sprangen herbei, um die Torte im Gleichgewicht zu halten.

»Bringt die Torte zum Aufzug.« Der Chefkoch deutete auf eine Art Schrank, der ein Stück zur Seite in die Wand eingelassen war. Er öffnete die Tür, hinter der sich ein leerer Küchenschrank befand – es war ein Speiseaufzug. »Stellt die Torte hinein. Wie weit muss sie nach oben?«

»Raffiniert.« Sie hatte draußen in den Dörfern Aufzüge gesehen, mit denen das geerntete Getreide vom Waldboden nach oben gebracht wurde, aber die hatten sich niemals im Inneren eines Baums befunden. »Sechs Treppen hinauf.« Die Torte passte mit knapper Not gerade so in den Aufzug, dessen Tür ungefähr die Größe eines Kindes hatte. Der Chefkoch zeigte ihr die Kurbel und erlaubte ihr, sie zu drehen – die Torte schwebte ins Herz des Baumes hinauf.

Der Mann reichte ihr eine Marke, in die das Bild eines Ofens eingeprägt war. »Das hier ist das Zeichen für die Wachen, dass Ihr berechtigt seid, das Gebäckstück entgegenzunehmen, und dass die Zutaten auf Gift untersucht worden sind. Wenn die Torte an die Königin ginge, müsstet Ihr einen Vorkoster rufen, der zuerst davon isst, aber für einen Gast reicht es auch so.« Einer der Helfer übernahm nun die Kurbel und ließ die Torte weiter nach oben steigen.

Sie dankte dem Chefkoch sowie den Helferinnen und Helfern, gab die Schürze zurück, versuchte, sich das Mehl aus dem Haar zu schütteln und von den Kleidern zu klopfen, und stieg dann mit der Marke fest in der Hand die Treppe hinauf. Jedweder Neid auf das Heer von Köchen mit ihrer gut ausgestatteten Küche wurde aufgewogen durch den Gedanken an die Vorkoster, die zuerst von jeder einzelnen Speise essen mussten, bevor man darauf vertraute, dass sie nicht vergiftet war. *Sie sind übervorsichtig,* ging es ihr durch den Kopf. Alle liebten die Königin – oder, wenn sie es nicht taten, so erkannten sie doch zumindest an, dass sie sie brauchten, vor allem solange es keine Thronanwärterin als mögliche Nachfolgerin gab. In gewisser Weise war Daleina noch nie zuvor so sicher gewesen wie jetzt. Oder wäre es jedenfalls gewesen, wenn nicht ihre Krankheit wäre.

Im sechsten Stockwerk reichte Arin den Wachen die Marke und durfte sodann die Torte aus dem Speiseaufzug nehmen. Eine der Wachen half ihr, sie zum Zimmer von Hamons Mutter zu tragen. Zwei Wachen waren davor postiert. Da Arin die Hände voller Torte hatte, klopfte einer von ihnen für sie an.

»Herein!«, ertönte eine Stimme. »Vor allem, wenn du muskulös und nackt bist!«

Der Wachposten ließ die Tür aufschwingen, und Arin trug die Torte hinein.

»Ah, noch besser, das sieht nach etwas Essbarem aus. Komm, bring es hierher, Kind.« Arin folgte ihrer Stimme und trug die Torte durch das Schlafgemach, um sie dann auf einen Tisch mit zwei Stühlen zu stellen. Hamons Mutter schob ein Mikroskop beiseite, damit die Torte auch Platz fand. »Wachen, ihr dürft uns allein lassen.« Mit verschwörerischem Ton fügte Hamons Mutter hinzu: »Ich teile nicht gern. Komm jetzt, schneide sie an. Ich will sehen, welches Festmahl du mir mitgebracht hast.«

»Eure Torte.« Mit einer schwungvollen Geste nahm Arin den Deckel ab und wurde mit einem überraschten Nach-Luft-Schnappen und einem Klatschen belohnt.

»Oh, du wunderbares Kind! Das ist prachtvoll!« Hamons Mutter umkreiste die Torte und bewunderte sie aus allen Winkeln. »Und du hast sie für mich gebacken? Ich bin so entzückt, dass ich dich küssen könnte.«

Arin erinnerte sich daran, was Hamon über den Lippenstift seiner Mutter gesagt hatte, und trat einen Schritt rückwärts. Jetzt, da die Torte abgeliefert war, sollte sie gehen. Sie hatte nicht vorgehabt, so lange von Daleina wegzubleiben – sie war nur so ins Backen versunken gewesen, dass sie alles andere vergessen hatte. Zum ersten Mal seit ihrer Ankunft im Palast hatte sie sich wieder wie sie selbst gefühlt. Sie war sich nützlich und anerkannt vorgekommen, statt jene grässliche Hilflosigkeit zu empfinden, in der sie förmlich zu ertrinken glaubte, wenn sie an die Krankheit ihrer Schwester dachte. »Guten Appetit«, murmelte sie und machte einen Knicks.

»Sag mir die Wahrheit«, verlangte Hamons Mutter. »Hast du diese Torte selbst gebacken oder lieferst du sie nur ab?«

»Ich bin Bäckerin. Ich mag das Verzieren.«

»Du hast eine ruhige Hand; das ist nützlich.« Hamons Mutter zog einen Kreis um Arin und begutachtete sie. »Ja, ja, ich denke, du bist bestens geeignet. Ich brauche eine Gehilfin. Mein Hamon hat mich hier mit einem faszinierenden Rätsel konfrontiert, und mit einem Paar junger, ruhiger Hände als Beistand würde die Arbeit schneller vonstatten gehen.«

Sie hatte das Gefühl, als läute eine Warnglocke in ihrem Hinterkopf. Sie wusste, dass sie hier nicht bleiben und Zeit mit Hamons Mutter verbringen sollte. Womöglich war er sowieso schon zornig auf sie, aber sie hatte nun mal die Torte abliefern wollen, solange sie noch frisch war. Mit altbackenem Kuchen machte man sich keine Freunde. »Es tut mir leid, aber ich habe bereits eine Stellung im Palast.« Ihre Aufgabe war es, über ihre Schwester zu wachen, auch wenn Daleina sie immer wieder fortschickte.

»Aber keine Stellung, die wichtiger wäre als die bei mir.« Jede Spur der koketten, überkandidelten Persönlichkeit von eben war verflogen, wie mit einem Waschlappen weggewischt. »Sei versichert: Wenn es sich bei dieser Sache nicht um den ernstesten Notfall überhaupt handeln würde, hätte mein Sohn mich nicht hierhergerufen. Er ist ein Schwachkopf, wenn er glaubt, ich hätte nicht erraten, wessen Blut ich hier untersuchen soll. Oder wenn er meint, ich könne die Furcht in seinen Augen nicht deuten. Du wirst mir helfen, einfach weil es notwendig ist.«

Alles hervorragende Argumente, aber sie sollte wirklich erst einmal Rücksprache halten und sich mit …

Ohne abzuwarten, bis Arin laut irgendwelche Einwände erheben konnte, strahlte Hamons Mutter sie an und klopfte ihr auf die Schulter. »Sei ein braves Mädchen und borg dir von einer der Wachen draußen etwas Scharfes. Schneiden wir erst einmal die Torte an, und dann stürzen wir uns in die Arbeit, ja?«

Sie zögerte abermals. Eine Waffe in die Nähe von Hamons Mutter zu bringen, war wahrscheinlich auch keine gute Idee.

»Glaubst du, ich werde dir die Kehle aufschlitzen und dann wegrennen?« Die Frau lächelte. »Ich wäre nicht hergekommen, wenn ich von hier wegrennen wollte. Ich bin hier, um zu sehen, wie sich die Dinge entwickeln. Aber wenn du die Wachen nicht fragen willst, mache ich es eben einfach selbst.«

Arin spannte die Muskeln an, aber Hamons Mutter griff einfach nur nach einem Teller und benutzte ihn, um ein Kuchenstück aus der Torte herauszutrennen. »Siehst du? Unordentlich, aber es funktioniert. Sei nicht so argwöhnisch.« Hamons Mutter reichte Arin das erste Stück und nahm das zweite für sich selbst.

Arin biss in die Torte und musterte dabei Hamons Mutter. Die ältere Frau machte sich mit Appetit über die Torte her und biss große Stücke ab, als hätte sie seit Tagen nichts gegessen. Arin knabberte an ihrem Teil. Es war, das musste Arin zugeben, eine hervorragende Torte. Der Hauch von Muskatnuss war genau das i-Tüpfelchen, das sie von etwas bloß Gutem in etwas Großartiges verwandelte, und die Glasur ... Eigenartig, dass sie diesen seltsam scharfwürzigen Geschmack hatte. Sie konnte sich nicht erinnern, ein entsprechendes Aroma beigemengt zu haben. Sie hatte ein hervorragendes Gedächtnis für den Geschmack von Speisen.

Die Torte verschwamm für einen Moment vor ihren Augen, und Arin musste blinzeln.

»Alles in Ordnung mit dir, Kind?«, fragte Hamons Mutter.

Kopfschüttelnd verscheuchte sie die verschwommenen Bilder. Unvermittelt war alles wieder klar. Sie sah Hamons Mutter an und bemerkte, was für ein freundliches Lächeln sie doch hatte. Jemand, der so lächelte, konnte nichts Böses im Schilde führen, und natürlich war es wichtig, ihr zu helfen. Arin kam sich dumm vor, dass sie sich dem Wunsch von Hamons Mutter zuerst widersetzt hatte. Sie *wollte* dieser Frau helfen. »Ich freue mich, wenn ich Euch unterstützen kann.«

»Natürlich, mein Kind. Und du wirst mich auch nicht allein lassen, wenn ich dich brauche, nicht wahr?«

Sie ist wunderschön, dachte Arin. Und so geistreich und freundlich. »Niemals.«

Hamons Mutter lächelte sie an, und Arin nahm einen weiteren Bissen von ihrer Torte.

Kapitel 15

Die Akademie begann sich zu drehen, als würde sie von der Hand eines Riesen aus dem Erdboden geschraubt, und Risse schossen die Wände empor und verästelten sich zu einem Dutzend weiterer Risse. Naelin mühte sich, nicht völlig den Halt zu verlieren, während sich der Boden um sie krümmte und wellte. Sie bekam Vens Arm zu fassen, und er riss sie aus der losen, sandähnlichen Erde, die ihre Schuhe füllte und an ihren Knöcheln zog. Am Arm zerrte er sie zur Treppe hinüber, während er zugleich die Direktorin vor sich herschob. Sie stürzten auf die Stufen. Die anderen Magistras drängten sich um ihre Direktorin und halfen ihr auf die höheren Stufen hinauf.

»Konzentriert euch«, befahl ihnen die Direktorin. »Ihr müsst handeln, nicht nur reagieren.«

Über ihnen schrien die Schülerinnen. Gegen die Fenster gepresst klammerten sie sich an die Simse, während der Turm bebte und schwankte. Naelin versuchte, ihre Kinder zu entdecken – *welches Fenster?* Sie konnte sie nicht sehen, aber sie mussten aufgewacht sein, mussten Angst haben, und sie war nicht bei ihnen.

»Schickt ihn zurück, Naelin«, forderte Ven sie auf und hielt ihren Arm fest. »Ihr schafft das.«

»Erian und Llor …« Sie musste zu ihnen! Sie musste …

»Ihr müsst es für sie tun!«

Ja. Ja, das musste sie.

Er hatte recht.

Sie hatte dieses Ungeheuer gerufen; sie musste es auch aufhalten. Hastig wandte sie sich um und stolperte die Treppe hinunter, auf die aufgewühlte Erde zu. Einem Impuls gehorchend kniete sie sich auf die letzte Stufe und stieß die Hände in den Treibsand. *Du wirst ihnen nicht wehtun. Du wirst jetzt AUFHÖREN.*

Sie spürte, wie ein Schauder den Erdkraken überlief und er zurückwich – seine Gegenwart war überwältigend, so als falle man in einen grundlosen See, mit nur trübem Wasser ringsum, und zäh haftendem Schlamm unter den nackten Füßen. Sie spürte, wie seine Feindseligkeit über ihre Haut kroch, und dann fühlte sie seine Neugier.

»Füllt ihn mit Euch selbst«, sagte Ven hinter ihr. »Mit Eurer Kraft.«

»Mit Euren Gedanken«, fügte die Direktorin hinzu. »Euren Gefühlen. Eurer Angst. Eurer Liebe.«

Geh fort, wies sie ihn an. Sie warf all ihre Angst und all ihre Liebe zu ihren Kindern in den Befehl, jeden Funken Hoffnung, den sie für sie beide und ihre Zukunft hatte, jeden erdenklichen Wunsch nach ihrem zukünftigen Glück, jede Erinnerung an ihre Sorge um sie in den nächtlichen Stunden, wenn eines von ihnen krank neben ihr gelegen hatte, an jedes Mal, wenn sie einen ihrer Kratzer verarztet hatte, an jede Träne, die sie weggeküsst hatte, an jede Träne, die sie selbst verursacht hatte, wenn sie ihnen befahl: *Halt, tu das nicht, nein!*

Der Krake wich zurück. Er zog seine Tentakeln an sich und versank in der Erde. Der Boden hob und senkte sich, als der Krake verschwand, und Naelin konzentrierte sich unverwandt weiter auf den Sand und das Gestein darunter, bis sie den Kraken nicht mehr spüren konnte und er verschwand, wie eine Sturmwolke, die sich im Wind auflöste.

Zitternd sank sie gegen die Treppe, dann stemmte sie sich hoch und schob sich an den Magistras und den Schülerinnern vorbei – hinauf, dorthin, wo sie ihre Kinder zurückgelassen hatte. Sie stürmte in den Raum hinein.

»Mama!« Llor sprang auf und warf sich ihr entgegen. Sein kleiner Körper bebte. Erian folgte ihm. Ihr Gesicht war tränennass, und das feuchte Haar klebte ihr an der Wange. Naelin nahm sie beide in die Arme.

»Es tut mir leid«, murmelte sie in ihr Haar. »Es tut mir so leid.«

»Ihr habt sie gerettet«, ertönte eine Stimme hinter ihr – Ven. »Ihr habt den Kraken fortgeschickt. Ihr ganz allein. Ohne dafür ausgebildet zu sein.«

Mit gedämpfter Stimme und ohne ihn anzusehen, antwortete sie: »Ich habe ihn auch gerufen. Es war meine Schuld.« *Ihr habt es mir aufgetragen,* wollte sie hinzufügen. Es war auch seine Schuld gewesen; er hatte sie zu etwas gedrängt, das sie nicht gewollt hatte, etwas, vor dem ihre Instinkte sie gewarnt hatten, weil es zu gefährlich war. Aber sie konnte ihren Zorn nur für einen Moment gegen ihn wenden, bevor er sich schon wieder gegen sie selbst richtete. Sie war es gewesen, die mehr als nur einen einzelnen schwachen Geist beschworen hatte. Sie hatte alle in Gefahr gebracht.

»Stellt Euch nur vor, was Ihr mit einer Ausbildung alles zuwege bringen könntet!«

Naelin drückte Erian und Llor fester an sich, atmete deren Duft ein und spürte ihren eigenen Atem in ihren warmen Leibern, als sie an ihrer Brust zitterten, stumm weinten, immer noch voller Angst. »Ihr könnt mich nicht ausbilden. Ich bin eine Gefahr. Für sie. Für jeden.«

»Beim nächsten Mal könnte er von allein und ungerufen kommen. Oder ein anderer, ähnlicher Geist. Wollt

Ihr nicht wissen, wie Ihr Eure Kinder beschützen könnt? Wollt Ihr nicht *alle* Kinder beschützen? Als ausgebildete Thronanwärterin könntet Ihr das tun. Als Königin könntet Ihr noch mehr tun.« Die Hoffnung in seiner Stimme, sein Glaube an sie, war regelrecht berauschend.

»Ihr versucht, mich zu beeinflussen.«

»Ja. Klappt es auch?«

Sie strich ihren Kindern übers Haar, und es war, als würde ihr das Herz in tausend Stücke zerspringen. Sie konnte nicht riskieren, dass sie durchleben mussten, was sie selbst einst durchlebt hatte – mitansehen zu müssen, wie ihre Mutter allzu mächtige Geister anlockte, zuhören zu müssen, wie sie starb. Aber war es vielleicht schon zu spät?

»Sie kann hier nicht ausgebildet werden«, ergriff die Direktorin das Wort.

Vens Kopf schnellte in die Höhe. »Aber sie …«

»Ihr müsst sie zur Königin bringen. Daleina ist die Einzige mit genug Macht, um mit der Situation fertigzuwerden, falls Naelin Geister beschwört, die sie nicht zu befehligen vermag.«

»Jetzt ist nicht der rechte Zeitpunkt …«

Die Direktorin schnitt ihm das Wort ab. »Es ist genau der richtige Zeitpunkt. Schließlich haben wir keinerlei Zeit zu verlieren. Sie braucht die Königin … und die Königin braucht sie.«

Langsam nickte Ven.

Ja, wir brauchen die Königin, dachte Naelin. Die Königin konnte den Kraken davon abhalten, jemals wieder zurückzukommen. Sie hatte Macht über alle Geister. *Vielleicht könnte sie ihnen befehlen, mich zu vergessen. Sie könnte ihnen befehlen, meine Kinder und mich in Ruhe zu lassen, für immer.*

Naelin löste sich von Erian und Llor, streichelte die Wange ihrer Tochter und strich ihr das Haar hinters Ohr. Sie schenkte beiden Kindern ein Lächeln, ein zittriges Lächeln zwar, aber es war das Beste, was sie hinbekommen konnte. »Wir gehen in den Palast. Ist das nicht aufregend? Ihr werdet sehr, sehr brav sein müssen.«

»Ich will das nicht!«, heulte Llor.

»Die Königin wird uns helfen.« Sie tätschelte ihm den Rücken, als er ihr nun die Arme um den Hals schlang. »Sie bietet uns allen Sicherheit. Vor den Geistern. Vor mir.« Sie holte tief Luft. »Ich scheine doch … mehr als eine Dorfhexe zu sein.« Sie konnte sich vor dieser Tatsache nicht mehr verstecken. Ven hatte recht. Sie wusste nur zu gut, dass so mächtige Geister wie der Krake nicht zu einer schwachen, unreifen Macht geeilt kamen. Was immer in ihr war … es war groß, größer vielleicht, als die Macht ihrer Mutter es gewesen war. Beängstigender. Aber wenn die Königin die Geister davon überzeugen konnte, der Macht, die sie in ihr erkannt hatten, keine Beachtung zu schenken …

Llor wimmerte. »Gibt es dort auch Ungeheuer?«

Sie zog ihn fester an sich und wünschte von ganzem Herzen, sie könnte seine Frage verneinen. »Es gibt immer Ungeheuer. Aber ich werde immer da sein, um sie zu verscheuchen.«

»Wirst du … wirst du sicher sein, Mama?«, fragte Erian. Ihre Lippen zitterten, aber sie weinte nicht mehr. Sie versuchte, tapfer zu sein.

»Natürlich«, beruhigte Naelin sie. »Es wird alles gut werden. Ihr werdet schon sehen. Wir werden alle zusammen sein, und das ist es, was zählt.« Die Königin war mächtiger als irgendwer sonst. Sie konnte Naelin helfen, falls sie sich dafür entschied, es zu tun.

»Versprochen?«, fragte Llor.

»Doppelt versprochen«, antwortete Naelin. Sie hakten ihre kleinen Finger ineinander, alle drei, während Ven und die Direktorin schweigend zuschauten. Naelin setzte ein breites Lächeln auf, um ihre Kinder keinen Funken Angst oder Zweifel sehen zu lassen … auch wenn diese Gefühle gleichzeitig versuchten, sie von innen her aufzufressen.

Bald – schneller, als es Naelin lieb war – standen sie vor dem Palasttor. Sie blieb bei Erian und Llor, während Ven mit den Wachen sprach. Nach einer Minute winkte Ven sie heran, und Naelin schlurfte mit den Kindern, die sich an ihrer Hüfte festhielten, auf das Tor zu. Sie alle starrten die Wachen an, wie sie mit steif durchgedrücktem Rücken dastanden, bewaffnet mit Schwertern und Stäben mit glitzernden Klingen an den Enden. Alle Wachen schauten starr geradeaus, vollkommen reglos.

»Sind das Statuen?« Llor streckte einen seiner dicklichen Finger aus, um eine der Wachen zu piksen, und sie hielt ihn am Handgelenk fest.

»Nicht anfassen«, ermahnte sie ihn.

»Darf ich sie kitzeln?«

»Inwiefern sollte das von ›nicht anfassen‹ denn nicht abgedeckt sein?« Sie lockerte ihren Griff um sein Handgelenk nicht, bis sie an den Wachen vorbei waren und durch das große Tor traten.

Im Inneren war der Palast genauso elegant wie von außen, mit Wänden aus poliertem Holz und Glaskugeln, die entweder von Feuermoos oder durch Feuergeister von innen her beleuchtet waren. Naelin erweiterte ihr Bewusstsein und spürte die Anwesenheit Dutzender Geister, die durch den Palast flatterten. Weitere waren draußen in der Hauptstadt, größtenteils kleine, harmlose Geister, nicht größer als Vögel. Erdgeister arbeiteten im Garten, und ein Wassergeist badete in Teichen, die Naelin nicht sehen konnte – sie konnte jedoch die Zufriedenheit des Geistes im Wasser spüren.

Ven ging vor ihnen her, nickte den Wachen zu beiden Seiten der gewaltigen Treppe zu, und machte dann einen Bogen um die Treppe herum, um eine Tür darunter anzusteuern. Naelin atmete erleichtert aus – der Gedanke, unter den beobachtenden Blicken all dieser Wachen jene Stufen hinaufzusteigen, hatte ihr nicht gerade Vergnügen bereitet. Ihre Schritte erschienen ihr in der höhlenartigen Eingangshalle viel zu laut.

»Ihr müsst erst entsprechend vorbereitet werden, um die Königin treffen zu können«, erklärte Ven. »Seid deshalb nicht gekränkt. Die Palastbediensteten haben sehr feste Vorstellungen davon, was ›vorzeigbar‹ ist und was nicht.«

Bevor sich Naelin nach Einzelheiten erkundigen konnte, fielen die Palastbediensteten bereits über sie her: Drei kunstvoll frisierte Frauen und zwei Männer zogen sie durch die schmale Tür, weg von Ven. Sie tuschelten miteinander, so schnell, dass es Naelin vorkam, als sprächen sie eine andere Sprache. Einer zerrte an Naelins Haar und schnupperte daran, um sogleich zurückzufahren. Naelin presste Erian und Llor fester an sich.

Einer der Palastdiener verbeugte sich vor ihr. »Ihr werdet jetzt ein Bad nehmen.«

»Will nicht«, kam es von Llor.

»Das ist eine glänzende Idee.« Durch einen halb geöffneten Vorhang konnte Naelin einen Blick auf dampfende Bäder werfen. »Geh mit dem netten Mann. Mama bleibt immer ganz in der Nähe.« An den Bediensteten gewandt fügte sie hinzu: »Bringt ihn aber nicht aus meiner Hörweite. Und beachtet ihn nicht weiter, falls er schreien sollte, wenn Ihr ihm den Hals wascht.«

Llor ließ ihre Hand los und ging mit dem Palastdiener. »Ich bin kitzlig«, warnte er ihn. »Ich beiße, wenn man mich kitzelt.«

»Es wird nicht gebissen!«, rief Naelin ihm nach.

Erian umklammerte noch immer Naelins Hand. »Bitte, zwing mich nicht, mit ihnen zu gehen.«

»Sie wollen uns doch nur sauber machen. Willst du etwa nicht sauber sein?« Sie kniete sich vor Erian hin. »Sauber wirst du dich besser fühlen. Du riechst dann auch besser. Ich wette, sie haben hier wunderbare Duftbäder.«

Ein weiterer Bediensteter verbeugte sich. »Ihr könnt Euren Duft wählen. Kiefer, Flieder, Magnolie.«

»Ooh, Magnolie.« Naelin setzte ein falsches Lächeln auf, den Blick immer noch auf Erian gerichtet. »Das ist eine Blume von einem Baum, der nur dort wächst, wo es warm ist, im südlichen Aratay. Ich habe gehört, ihr Duft ist süßer als der der Heckenkirsche.« Durch den Vorhang hörte sie Llor einen spitzen Schrei ausstoßen und Wasser spritzen, und sie hoffte, dass ihr Sohn nicht gleich einen Palastbediensteten beißen würde. Sie mussten hier doch vorher schon mal junge Besucher gehabt haben, oder? »Ich bin ganz in der Nähe.« Sie betete, dass die Palastdiener sie nicht zwingen würden, ihr Versprechen zu brechen. Sie war sich der Wachen gleich draußen vor den Türen vollauf bewusst. Irgendwie musste es ihr gelingen, dass ihre Kinder hier keine Szene machten, wenn sie wollte, dass man sie in ihrer Nähe bleiben ließ. »Willst du denn nicht, dass dein Haar entwirrt wird? Du hast so viele Knoten darin, dass die Vögel es bestimmt schon als Nest benutzen. Wahrscheinlich haben sie bereits Eier reingelegt.« Sie drückte ein Ohr gegen Erians Haar. »Ich höre ein Piepsen! Die Küken schlüpfen!«

Erian kicherte, dann ließ sie sich von Dienerinnen in eines der Bäder führen. Den Blick auf die Vorhänge gerichtet folgte Naelin anderen Dienerinnen zu ihrem eigenen Bad. Die Wanne sah aus, als sei sie aus Stein, und sie grenzte direkt an die Holzwand, auf der Wasserperlen glänzten, die von dem aufsteigenden Dampf herrührten. Sie streifte ihre Kleider ab und ließ sich in das Wasser gleiten. Es roch süß, wie Vanille, und die Schaumbläschen verbargen ihren Körper vor den Dienerinnen, die ihr nun gründlich Arme, Rücken und das Haar schrubbten. Sie rief sich in Erinnerung, dass sie zwei Kinder zur Welt gebracht hatte – sie brauchte sich in puncto Schamgefühl also nicht den Kopf zu zerbrechen.

Hinterher ließ sie sich mehrschichtige goldene Röcke und ein Mieder anziehen, das mit so vielen winzigen Perlen bestickt war, dass es sich wie ein Fußboden aus Kieseln anfühlte, wenn sie mit der Hand darüberstrich. Die Dienerinnen flochten ihr Haar zu kunstvollen Zöpfen, die so fest miteinander verdreht waren, dass Naelin bezweifelte, das Ganze jemals wieder entwirren zu können, und sie tränkten ihre Haut mit wohlriechenden Ölen. Eine der Frauen zupfte ihr Härchen aus den Augenbrauen. Während der gesamten Prozedur versuchte sie sich zurechtzulegen, was sie der Königin sagen wollte.

Erian und Llor erwarteten sie in der hell glänzenden Eingangshalle. Llor trug einen goldenen Überrock und hatte einen mürrischen Gesichtsausdruck aufgesetzt, während Erian strahlte. Sie war so stark herausgeputzt, wie Naelin es bisher nur aus Bilderbüchern kannte. Jemand hatte ihr Blumen ins Haar geflochten. »Ich rieche widerlich«, verkündete Llor.

»Vielleicht mag die Königin widerliche Gerüche«, gab

Naelin zur Antwort. »Kommt, wir wollen es herausfinden gehen.«

Sie fasste ihre Kinder an den Händen und folgte den Wachen eine Wendeltreppe hinauf. Llor schnaufte und war außer Atem, als sie oben ankamen, und auch Naelin rang nach Luft, als die Wache sie nun einer neuen Gruppe von Wachposten überließ. Sie trugen Rüstungen, die mit Silber verziert waren. Die neuen Wachen führten sie durch einen gewundenen Flur voller Spiegel, Wandbilder und Skulpturen, die Renthianer aus Aratay und den übrigen Ländern zeigten: Waldbewohner, Höflinge, Akrobaten, Bauern, Bergbewohner, Insulaner … Sie wünschte, sie hätte bei jedem Einzelnen dieser Kunstwerke stehen bleiben können, die alle aus verschiedenen Holzsorten geschnitzt und mit Steinen und sogar Juwelen geschmückt waren, aber die Wachen verlangsamten ihr Tempo nicht. Ein Stück voraus sah sie Ven, der seine gewohnte grüne Lederrüstung trug, nun aber sauberer war und noch feuchtes Haar hatte. Sie blieb vor ihm stehen – er schien sie förmlich mit Blicken zu verschlingen, und ihre Wangen wurden warm. Sie konnte sich nicht daran erinnern, wann sie das letzte Mal rot geworden war. Eigentlich neigte sie nicht zum Erröten.

»Ihr riecht nicht widerlich«, wandte sich Llor in anklagendem Tonfall an Ven.

»Wenn sie dich nicht gebadet hätten, hättest du die Wachmänner wahrscheinlich in Angst und Schrecken versetzt«, antwortete Ven. »Sie sind nicht an so wilde, grimmige Kerle wie dich gewöhnt.«

Nur geringfügig beschwichtigt griff Llor nach Vens Hand. Naelin bemerkte, wie sich Vens Augen weiteten, als ihr Sohn seine Hand in die des Meisters legte, ganz als gehöre sie ihm, und unterdrückte ein Lächeln. Wie sie zu ihrer Freude bemerkte, ließ Ven die Hand des Jungen nicht los. Stattdessen hielt er sie in sanftem Griff umfangen, als er sie nun durch einen Türbogen führte, in den Bilder von Vögeln und Waldgeschöpfen hineingeschnitzt waren, und dann weiter, hinein in den Thronsaal.

Naelin entdeckte Alet. In einer juwelenübersäten, grün-goldenen Rüstung stand Alet neben dem Thron Wache, und an jedem Arm und jedem Bein trug sie in einer Scheide ein Messer. Ihre Blicke trafen sich, und Alet begrüßte Naelin mit einem Nicken. Dann zwinkerte sie Erian und Llor zu, der kicherte. Naelin fühlte sich sogleich eine Spur besser. Aber nur eine Spur.

Auf dem Thron saß die Königin.

Sie war … nun ja, sie war schön, obwohl sich nicht so leicht sagen ließ, wie viel von dieser Schönheit auf sie selbst zurückzuführen war und wie viel auf all die Schichten von kostbaren Stoffen und Juwelen, die sie umgaben. Ihr Haar hatte goldene, rote und orangefarbene Strähnen, die im Licht des Kaminfeuers schimmerten und die Flammen in ihren Locken spiegelten. Edelsteine umgaben ihren Hals und funkelten wie eingefangene Sterne. Erst nachdem Naelin all diese Juwelen eine Weile lang betrachtet hatte, fiel ihr eine schlichte, hölzerne Halskette dazwischen auf, drei geschnitzte Blätter. Die Königin hatte außerdem ein gewöhnliches Messer auf dem Schoß liegen. Es hatte einen ramponierten Griff und steckte in einer schlichten Lederscheide. Was Naelin jedoch am meisten auffiel, als sie vortrat: *Sie ist so jung!*

Rein verstandesmäßig hatte sie das gewusst. Königin Daleina hatte ihre Ausbildung an der Akademie gerade erst abgeschlossen, als ihre Vorgängerin zu den Thronprüfungen gerufen hatte. Sie war höchstens neunzehn oder zwanzig Jahre alt. Jung genug, dass Naelin ihre

Mutter hätte sein können, wenn sie schon in jüngeren Jahren Kinder gehabt hätte. Wie sie, eingehüllt in ihre königlichen Kleider, dort oben auf dem Thron saß … da sah die Königin aus, als sollte sie eigentlich draußen in einem Dorf sein, ihre eigene Werkstatt aufbauen, nette junge Männer küssen oder versuchen, ihren Platz in der Welt zu finden – statt hier im Palast gefangen zu sein, mit der Verantwortung für eine ganze Nation auf den Schultern.

»Es tut mir leid«, murmelte Naelin, ohne darüber nachzudenken, was sie da sagte.

Eine Regung blitzte über das Gesicht der Königin – und war so schnell wieder verschwunden, dass Naelin nicht mehr hatte erkennen können, was es war, nur dass der Ausdruck auf ihrem Gesicht auf einen unvermittelten Gefühlswechsel der Königin hindeutete. »Verratet mir bitte: Was tut Euch leid?«

Sie spürte die Blicke von Ven und Alet auf sich lasten, konnte die junge Königin jedoch nicht aus den Augen lassen. Sie hätte nichts sagen sollen, aber jetzt, da sie es getan hatte, musste sie auch weiterreden. »Das, Euer Majestät.« Sie machte eine Armbewegung, die den Thron, den Saal, die Kronleuchter, die Wandbilder, die Wachen, die fensterlosen Wände, den ganzen vergoldeten Käfig umfasste. »Ihr hättet eine Jugend haben sollen. Es tut mir leid, dass Aratay Euch so viel abverlangt hat.«

Die Königin fuhr fort, sie mit ihren dunklen, sommergrünen Augen zu mustern. Sie hatte tiefe, leidenschaftliche Augen, die einem direkt ins Herz zu blicken schienen. Augen, die zu viel gesehen hatten. »Das Land wird vielleicht auch von Euch so viel verlangen.«

»Ich habe es Ven erklärt … ich meine, Meister Ven … Ich habe Nein gesagt.«

Königin Daleina kniff kurz die Augen zusammen. »Nein?«

»Ich will keine Thronanwärterin werden. Ich will diese Macht nicht.«

»Sie hat Nein gesagt«, wiederholte die Königin Naelins Aussage, nun an Ven gerichtet.

»Das weiß ich«, antwortete Ven, »aber sie hat eingewilligt, sich ausbilden zu lassen. Und ich glaube, sie wird ihre Meinung ändern und doch Thronanwärterin werden, sobald sie erst einmal verstanden hat, wie dringend sie gebraucht wird.« Der Meister und seine Königin sahen einander mit so intensivem Blick an, dass Naelin überzeugt war, dass es hier zwischen den beiden noch eine weitere Ebene der stummen Unterredung gab, von der Naelins Ohren nichts hören konnten. Sie hatte immer das gleiche Gefühl gehabt, wenn Renet sie belogen hatte.

»Eine schlechte Königin kann genauso gefährlich sein wie gar keine Königin«, sagte Königin Daleina. »Das wisst Ihr.«

»Sie ist diejenige, die wir brauchen«, erwiderte Ven entschieden und ruhig, und die Worte tauchten in Naelin ein wie Steine in einen Teich. *Oh nein*, dachte sie. Der Zwischenfall an der Akademie hatte ihn nicht davon überzeugt, dass sie ungeeignet war. Tatsächlich schien vielmehr das Gegenteil der Fall zu sein.

»Das bin ich nicht«, versuchte Naelin zu protestieren. Sie warf einen verstohlenen Blick in Richtung Alet, die ihr ermutigend zunickte. Naelin erinnerte sich an das, was Alet draußen im Wald einmal zu ihr gesagt hatte: dass es schwierig sei, der Königin etwas abzuschlagen. *Aber ich muss es tun.* »Ich bin eine Waldbewohnerin, eine Mutter, keine mögliche Thronanwärterin. Ich will das nicht. Habe es nie gewollt.« Sie holte tief Luft. »Euer Majestät, bitte … ich will ein ruhiges Leben, ein friedliches Leben.«

Die Königin verdrehte die Augen und richtete ihren Blick zur Decke. Mit sanfter, ja allzu sanfter Stimme fragte sie: »Meister Ven, habt Ihr diese Frau gezwungen hierherzukommen?«

»Nein!« Er zögerte. »Vielleicht überredet.«

Llor ballte seine kleinen Hände zu Fäusten und schrie: »Er hat Mama versprochen, dass Ihr uns beschützen würdet! Sie hat gesagt, sie würde sich ausbilden lassen, wenn die Königin uns beschützt! Sie haben eine Vereinbarung getroffen!«

Naelin stupste ihn an. »Scht.« Und Erian flüsterte: »Sag ›Euer Majestät‹!«

Llor versteckte sich hinter Naelin und schob murmelnd hinterher: »Euer Majestät.«

»Ich verstehe.« Die Königin trommelte mit den Fingern auf die Armlehne ihres Throns. Naelin bemerkte, dass ihre Nägel vollständig abgekaut waren. *Immer noch ein Kind*, schoss es Naelin durch den Kopf. Das war einfach nicht richtig. »Lasst mich sichergehen, dass ich das richtig verstanden habe: Ihr habt zugestimmt, Euch ausbilden zu lassen, wenn ich Eure Kinder beschütze, aber Ihr habt nicht zugestimmt, eine Thronanwärterin zu werden.«

Naelin verbeugte sich erneut. »Und jetzt wünsche ich nicht einmal mehr, mich ausbilden zu lassen. Ich will einfach nur frei sein. Bitte, Euer Majestät, könntet Ihr Eure Macht dazu verwenden, den Geistern zu befehlen, dass sie mich vergessen? Es so einrichten, als hätten sie von meiner Macht niemals Notiz genommen?«

Das Trommeln der königlichen Finger auf der Armlehne wurde heftiger.

Naelin spürte, wie Erians und Llors Finger in ihren Händen feucht wurden, weil sie so sehr schwitzte. Das war der Moment, auf den es ankam. »Wir werden ein ruhiges

Zuhause weit fort von allen anderen finden.« Naelin versuchte, nicht allzu flehentlich zu klingen. »Ich werde nie wieder von meiner Macht Gebrauch machen. Ich brauche nur Eure Hilfe, damit sie mir keine Beachtung mehr schenken, bis sie mich wieder vergessen haben. Könntet Ihr ihnen das befehlen?«

»Es ist unmöglich, den Geistern zu befehlen, etwas zu vergessen«, entgegnete die Königin. »Und im besten Fall würde mein Befehl, Euch in Ruhe zu lassen, nur so lange Geltung besitzen, wie ich lebe. Nach meinem Tode würden die Geister zu Euch kommen und Euch in Stücke reißen, und mit Euch alle, die Ihr zu beschützen trachtet. Wenn Ihr so mächtig seid, wie Ven sagt, und wenn Ihr Euch weigert, Eure Macht einzusetzen, werden sie Euch behandeln wie eine Königin, die ihren Thron verloren hat – sie werden Euch jagen und vernichten.«

Erian wimmerte und klammerte sich noch fester an sie. Llor begann zu weinen.

»Ihr seid jung und stark«, erwiderte Naelin. »Ihr werdet mich überleben. Und selbst wenn ich sterbe, könntet Ihr meine Kinder beschützen.«

»Dessen könnt Ihr Euch nicht sicher sein«, wandte die Königin ein.

»Königin Fara hat kein langes Leben gehabt«, fügte Ven hinzu.

Die Königin neigte den Kopf.

»Bitte, Euer Majestät.« Egal, wie sehr Naelin sich bemühte, ihre Worte kamen nur als ein Flüstern heraus. Ihre Kehle war wie zugeschnürt. »Ich bin zu gefährlich.«

»Ohne jede Ausbildung hat sie den Erdkraken beschworen«, berichtete Ven der Königin, »und ihn dann wieder fortgeschickt.«

Die Finger der Königin hörten mit ihrem Geklopfe auf.

Stattdessen ließ sie sie reglos über der Armlehne in der Schwebe. Sie sah Naelin, Erian und Llor an und sprach kein Wort. Naelin versuchte, ihre Miene zu deuten, aber Königin Daleina hätte geradeso gut aus Holz geschnitzt sein können.

»Er hat die Grundfesten der Akademie beschädigt«, erklärte Naelin. »Meinetwegen hätten Menschen getötet werden können.«

»Weil Ihr nicht ausgebildet seid. Mit entsprechender Ausbildung …« Ven wandte sich wieder an die Königin. »Mit entsprechender Ausbildung kann sie den Palast beschützen, solltet Ihr dazu nicht in der Lage sein. Sie könnte hier ausgebildet werden, um dann auch an Ort und Stelle zu sein, wenn sie gebraucht wird.«

Die Königin sah Ven durchdringend in die Augen. Die Stille lastete schwer auf dem Thronsaal. Llor zappelte neben Naelin herum, aber sie hielt seine Hand fest in der ihren.

Die Königin ergriff wieder das Wort: »Wenn sie keine Königin sein will …«

Naelin fiel ihr ins Wort. »Das will ich auch nicht.«

»… dann beweist das nur, dass sie vernünftiger ist, als ich es gewesen bin. Es enthebt sie jedoch nicht ihrer Verantwortung dem Land gegenüber. Werdet Ihr sie schnell ausbilden können, Meister Ven?«

»Das werde ich.«

»Aber …« *Nein, das war nicht der Verlauf, den dieses Gespräch nun eigentlich nehmen sollte!* Sie hatte sich den Wünschen der Königin verweigert. Sicherlich hatte sie damit doch ihre Untauglichkeit bewiesen? »Euer Majestät, obwohl ich mich geschmeichelt fühle, dass Meister Ven glaubt, ich sei seiner Zeit würdig, ändert es doch nichts an der Tatsache, dass ich Verpflichtungen habe, die vorgehen. Meine Kinder kommen an erster Stelle, bevor ich irgendeinen Ehrgeiz …«

»Meint Ihr denn, ich sitze aus Ehrgeiz hier?« Die Königin erhob sich, und ihre Schleppe bildete ein Häufchen um ihre Füße. Sie rauschte die Stufen hinunter, an Naelin vorbei und zu einem Bogengang hin. Nach einem Moment des Zögerns schloss sich Naelin ihr an und nahm Erian und Llor mit sich. Ven und die Wachen, Alet eingeschlossen, folgten ihnen in diskretem Abstand.

Der Bogengang öffnete sich zu einem gewaltigen Halbkreis von Fenstern, die einen Blick auf die königlichen Gärten boten. Rosen in einer überbordenden bunten Pracht füllten den Garten unter ihnen, und angesichts all der üppigen Farben konnte Naelin für einen Moment nichts anderes tun, als den juwelengeschmückten Regenbogen aus Blüten unter ihr auf sich wirken zu lassen. Dann bemerkte sie unten ein Mädchen, älter als Erian. Sie war vielleicht dreizehn oder vierzehn, ging zwischen den Rosen umher, pflückte hier und da eine Blüte und legte sie in einen Korb. Alle paar Schritte trat sie ihre Röcke zur Seite. Offensichtlich war sie es nicht gewöhnt, in einem so langen Kleid herumzulaufen.

»Meine Schwester Arin«, erklärte die Königin, und Naelin sah die wilde Mischung an Gefühlen in Daleinas Augen: Liebe, Bedauern, Schuld, Angst. »Versteht Ihr: Wir alle haben jemanden, den wir beschützen wollen. Ihr sollt Euch ausbilden lassen, und Ihr werdet hart trainieren. Um Aratays willen, um meiner Schwester willen und um Eurer Kinder willen – Ihr werdet sie alle beschützen.«

Kapitel 16

Hamon strich die Falten seines Heilerkleides glatt und fuhr sich dann mit den Fingern durchs Haar. Der bevorstehende Besuch bei seiner Mutter gab ihm das Gefühl, acht Jahre alt zu sein, mit Schmutzflecken auf den Wangen und Dreck unter den Fingernägeln. Früher hatte sie jedes kleinste derartige Detail immer sofort entdeckt.

Jetzt kam es ihm so vor, als ginge ihr scharfer Blick sogar noch tiefer, und das machte ihn nervös.

Die Wachen zu beiden Seiten der Tür blickten unbewegt den Flur entlang und übersahen höflicherweise, wie er zappelte und zauderte. Er schärfte sich ein, sie bei ihren Vorgesetzten lobend zu erwähnen.

Schließlich setzte er einen gleichgültigen Gesichtsausdruck auf, rief sich noch einmal ins Gedächtnis, dass er ruhig und professionell bleiben musste, und nickte dann den Wachen zu. Einer von ihnen öffnete die Tür, und er hörte von innen leises Gelächter – die Stimme einer jungen Frau.

»Ihr habt einen Gast zu ihr vorgelassen?«, zischte er die Wachleute an.

Die Wachen wechselten Blicke. »Sie hat darauf bestanden.«

»Ihr habt mit meiner Mutter *gesprochen?*«

»Wir meinen nicht sie. Es war die Schwester der Königin.«

Hamon schob sich in den Raum. Seine Mutter hatte

sich auf eines der Sofas gelümmelt, ihre nackten Füße auf ein Kissen gebettet. Arin, Daleinas Schwester, wirbelte mit über ihre Arme gelegten Tüchern durch den Raum. Als sie Hamon sah, ließ sie die Tücher fallen.

»Ah, Hamon, da bist du ja endlich!«, rief seine Mutter. »Komm her. Setz dich. Fräulein Arin und ich haben gerade unseren Erfolg gefeiert.« Sie hob ein Glas mit etwas, das aussah wie schäumender Birnensekt – wenn ja, war es eines der teuersten Getränke in der Hauptstadt. Seitlich im Raum standen die Überreste einer mehrschichtigen Torte, außerdem ein großer Haufen von abgezupften Traubenstängeln und ein halb verzehrtes Gericht aus gewürztem Fleisch. Ameisen krochen über den Kuchen, und Hamon meinte, eine Maus unter der Tischdecke davonhuschen zu sehen. Blüten aus den königlichen Gärten – Blüten von seltenen, hier eigens gezüchteten Blumen – lagen um die Mikroskope, Reagenzröhrchen und Bechergläser seiner Mutter verteilt, von einem sehr teuren Festtagskranz umgeben.

Arin eilte zu einer kleinen Theke an der Seite, füllte einen Kristallkelch mit Birnensekt und hielt ihn Hamon hin. »Feier mit uns und trink auf die Gesundheit deiner wunderbaren Mutter!«

»Nein«, antwortete er. »Nein zu allem, was hier vor sich geht. Mutter, was tust du da? Du weißt, dass ich dich aus einem ernsten Grund hierhergeholt habe.«

Seine Mutter wedelte mit dem Glas in der Luft herum, bis der Schaumwein auf den Boden, das Sofa und ihren Arm kleckerte. »Und ich habe meine Aufgabe erfüllt! Großartig und eindrucksvoll.«

Einen Moment lang konnte er sich nicht bewegen, konnte nicht denken, konnte nicht atmen. »Du hast ein Heilmittel?«

Sie kippte den Birnensekt hinunter. »Mach dich nicht lächerlich. Allerdings fühle ich mich von deinem Vertrauen in meine Fähigkeiten geschmeichelt. Wirklich aufrichtig geschmeichelt. Zu wissen, dass du eine so hohe Meinung von mir hast …«

»Mutter, wenn du kein Heilmittel gefunden hast …«

»Eine *Ursache*, mein Junge«, unterbrach sie ihn. »Ich habe die Ursache gefunden.«

Das war kein Vorwand für ein Fest. Das war offensichtlich. »Mutter, sie hat den Falschen Tod. Die Krankheit ist erblich. Die Ursache liegt in ihrer Herkunft.« Alle Antwortbriefe, die er von Gelehrten aus ganz Renthia erhalten hatte, stimmten in diesem Punkt überein: Daleina war für dieses Schicksal geboren worden. Alle hatten ihm ihr Mitgefühl für seine kranke »Freundin« ausgesprochen und ihm viel Glück bei seinen Untersuchungen gewünscht.

»Die Ursache war in ihrem Wein«, erwiderte seine Mutter. »Oder in ihrem Kuchen. Oder ihrem Brot. Oder auf ihrem Kissen verstäubt. Oder eine ihrer Wunden wurde damit getränkt.«

Hamon seufzte. »Dabei handelt es sich offensichtlich um einen Feh …«

»Sie ist vergiftet worden, mein lieber Hamon. Sehr raffiniert vergiftet.«

Hamon spürte, wie die Knie unter ihm nachgaben. Er dachte an Königin Fara und die Nachtdunkelbeeren. Der Raum um ihn herum begann sich zu drehen. Seine Daleina, vergiftet? »Unmöglich. Es ist der Falsche Tod.«

»In der Tat, das stimmt. Man hat ihr ein Gift verabreicht, das den Falschen Tod auslöst. Oder, genauer gesagt, es löst Symptome aus, die denen der Krankheit ähneln. Du hast Nachforschungen über andere Fälle angestellt, nicht wahr?«

Er hatte viele Fälle untersucht – die Wissenschaftler und Heiler, zu denen er Kontakt aufgenommen hatte, hatten ihm ganze Bände von Untersuchungsbefunden geschickt. Doch er hatte keinen einzigen Fall gefunden, bei dem keine anderen Symptome als die Ohnmachtsattacken aufgetreten waren. Insofern war Daleinas Erkrankung etwas Einzigartiges. Nur war ihm nicht klar gewesen, was das bedeutete. Hamon ließ sich auf einen Stuhl sinken. »Das würde erklären, warum sie keine anderen Symptome aufweist – also, wenn die Krankheit keines natürlichen Ursprungs ist. Aber gibt es denn ein solches Gift? Ich habe noch nie von etwas Derartigem gehört.« Noch hatte irgendjemand sonst davon gehört – jedenfalls keiner von denen, die auf seine Nachfragen geantwortet hatten. Niemand hatte so ein Gift als mögliche Ursache erwähnt.

»Ehrlich gesagt, ich auch nicht. Aber ich habe das Blut gründlich getestet. Die Krankheit kommt von außen. Du kannst meine Untersuchungen überprüfen.« Sie deutete mit dem Kopf auf einen Tisch im hinteren Teil des Raums. Er war voller Glasröhrchen und Pergamentstapel.

Arin eilte zu dem Tisch hinüber und zeigte Hamon eine Schale mit einem Tropfen Blut unter einem gewölbten Stück Glas. Er schob das Glas unter das Mikroskop und spähte hinein.

Seine Mutter trat hinter ihn und sagte: »Ich habe diese Probe mit Immerbeerensaft behandelt. Würden die Zellen die Anomalie aufweisen, die den Falschen Tod bewirkt, dann …«

Als er die Zellen begutachtete, sah er, dass sie durch orangefarbene Punkte verfärbt waren. »Sie hätten den Saft abgestoßen. Natürlich.« Er ballte die Hand zur Faust und wollte damit auf den Tisch schlagen, zügelte sich aber, um die Gerätschaften nicht zu beschädigen. Er hätte daran denken sollen, das Blut daraufhin zu untersuchen. Aber warum hätte er auch ein Gift vermuten sollen, wenn es ein derartiges Gift noch nie gegeben hatte? »Und was sonst noch?«

Seine Mutter stellte ihr Sektglas beiseite und zeigte ihm die verschiedenen Untersuchungen und Experimente, die sie durchgeführt hatte. Es war, das musste er zugeben, beeindruckend – sie hatte in nur drei Tagen mindestens die Arbeit einer Woche erledigt, hatte noch einmal alle Untersuchungen durchgeführt, die er bereits angestellt hatte, und zusätzlich viele eigene unternommen. Mehrere von ihnen waren so raffiniert, dass er sich vornahm, sich dazu Notizen zu machen.

Alle Untersuchungen führten zum gleichen Ergebnis: Es war der Falsche Tod, aber die Krankheit war keines natürlichen Ursprungs.

»Wie konnte das geschehen?«, wollte er wissen. Neues Gift hin, neues Gift her, es gab Vorkehrungen, um zu verhindern, dass die Königin mit irgendeiner Art von Gift in Berührung kam. Und angesichts des Endes, das Königin Fara genommen hatte, war er besonders vorsichtig gewesen. »Sie hat Vorkoster, und ich bin ihr Heiler. Nur die vertrauenswürdigsten Menschen dürfen ihre Zimmer betreten oder in die Nähe ihres Throns gelangen.«

»Mein Junge, du weißt, dass es viele Möglichkeiten gibt, ein Gift dort zu platzieren, wo es wirken soll.« Sie lächelte Arin an, als sie das sagte, und sah dabei zu, wie das Mädchen die Speisen auf dem Tisch wieder ordentlich herrichtete.

Hamon folgte ihrem Blick. »Mutter, was hast du getan?«

»Getan? Ich habe dein Problem gelöst.«

»Mit ihr, meine ich.«

Seine Mutter lachte. »Glaubst du denn, ich würde meine beste Gehilfin vergiften?«

Arin lachte ebenfalls fröhlich. »Die gute Frau Garnah würde mir niemals Schaden zufügen! Sie ist die liebste Seele, die je gelebt hat. Und so ungemein klug.«

Hamon schüttelte den Kopf. Irgendetwas stimmte hier nicht, aber er hatte eine wichtigere Frage zu stellen: »Weißt du denn, wie man das Gegenmittel herstellt?«

»Einmal mehr schmeichelst du mir. Ich hatte ja keine Ahnung, dass du so eine hohe Meinung von mir hast. Ich muss zugeben, das erfüllt mich mit einer gewissen Genugtuung. Ich bin sehr froh, dass ich hergekommen bin.« Sie schlenderte zu dem Tisch mit den Speisen und schnappte sich eine Traube. »Das Gift hat sich bereits in ihrem Blutkreislauf aufgelöst. Ich kann es nicht aussondern. Aber … wenn du eine unverdünnte Probe des Gifts auftreibst, sollte ich in der Lage sein, ein Heilmittel herzustellen.«

Abermals hatte er das Gefühl, nicht mehr atmen zu können.

»Oh, dieser Ausdruck in deinen Augen! Wenn ich wirklich ein Heilmittel finde …« Sie ließ den Satz unvollendet in der Luft hängen und schritt tänzelnd durch den Raum.

Seine Augen folgten ihr und beobachteten sie, wie ein Habicht ein Eichhörnchen beobachtet … oder vielleicht doch eher wie ein Eichhörnchen, das einen Habicht erblickt. Seine Mutter würde sich von niemandem zur Beute machen lassen. »Was willst du?«

»Anerkennung. Durch dich. Und durch das Land. Ich will eine Stellung im Palast … Meisterheilerin?«

»Du bist keine Heilerin.«

»Dann Meisterapothekerin?«

»Du bist zu gefährlich, als dass man dir eine derartige Machtfülle gewähren dürfte.«

Arin sah ihn finster an. »Die gute Frau Garnah ist nicht gefährlich! Sie ist rein und hochvernünftig! Sie will nur das Beste für dich, ihren Sohn. Sie liebt dich und hat dich vermisst. Das hat sie mir selbst gesagt. Du hättest eigentlich ihr Lehrling werden sollen – derjenige, an den sie all ihr Wissen weitergibt –, aber stattdessen bist du fortgelaufen!« Sie schaufelte ein Stück Kuchen auf einen Teller und hielt ihn ihm hin. »Nimm ein Stück. Dann wirst du dich gleich besser fühlen.«

»Bring sie wieder in Ordnung«, meinte Hamon und deutete auf die Schwester der Königin, »und stell dich darauf ein, bald ein Gegenmittel zu finden. Man wird dich reichlich belohnen.« Er schritt aus dem Raum hinaus. »Ich werde das Gift ausfindig machen.«

Als er an den Wachen vorüberging, befahl er noch: »Esst nichts von dem Kuchen.«

Ihre geliehenen bestickten Schuhe machten kein Geräusch auf dem glatten Boden, als Naelin Ven eine Treppe hinauf in einen der vielen Türme des Palastes folgte. Er hatte kaum gesprochen, seit er gekommen war, um seine Ausbildung mit ihr zu beginnen. Er hatte ihr die Wachen vorgestellt, die auf ihre Kinder achtgeben würden, während sie schliefen, und dann so lange gewartet, bis sie ihnen hinsichtlich ihrer Eignung und Vertrauenswürdigkeit auf den Zahn gefühlt hatte. Aber danach hatte zwischen ihnen nur Schweigen geherrscht.

Ihr kam der Gedanke, dass er sich vielleicht vor dem fürchtete, was sie sagen könnte. Oder, nun ja, »sich fürchten« war vielleicht nicht der richtige Ausdruck. Er war schließlich ein Meister. Aber … dass er eben auf der Hut war.

Es war fast schon lustig.

Wäre sie jünger gewesen, hätte Naelin ihn vielleicht angebrüllt und beschimpft. Sie hätte ihn womöglich gehasst und ihm an allem die Schuld gegeben, so wie sie ihren Eltern die Schuld gegeben hatte – ihrer Mutter, weil sie unvorsichtig mit ihrer Macht über die Geister umgegangen war, und ihrem Vater, weil er keinen Weg gefunden hatte, sie alle zu beschützen. Oder so, wie sie jetzt immer noch Renet die Schuld gab, der die ganze Sache überhaupt erst losgetreten hatte.

Aber sie wollte sich nichts vormachen: Sie selbst war es gewesen, die den Kraken beschworen hatte. Es war ihre Macht, und sie war dumm gewesen zu glauben, die Königin würde ihr helfen oder könnte überhaupt helfen. Es gab keine einfache Lösung für das alles.

»Berichtet mir von Eurem Ausbildungsplan«, wandte sich Naelin an Ven.

Er schwieg für einen Moment. Sie hatte den Eindruck, dass er überhaupt nicht an sie oder an ihre Ausbildung gedacht hatte. Schließlich antwortete er: »Bei Daleina damals war es wichtig, dass sie lernte, ihre Fähigkeiten mit Bedacht einzusetzen. Sie sollte diejenigen Techniken bevorzugen, die sie am besten beherrschte, und jene beiseitelassen, bei denen das nicht so war. Eine Handvoll Steinchen, die Ihr Eurem Feind in die Augen werft, kann die gleiche gewünschte Wirkung haben wie ein Felsblock, den man auf seinen Kopf fallen lässt.«

»Und in meinem Fall?«

»Ihr müsst lernen, *nicht* jedermann Felsblöcke auf den Kopf fallen zu lassen.«

Sie schnaubte. »Und wie genau kann ich das lernen?«

»Indem Ihr ein paar auf meinen Kopf fallen lasst. Ihr lockt die Geister an, und wenn Ihr nicht mit ihnen fertigwerden könnt, werde ich mein Schwert in sie stoßen.

Ganz einfach und direkt. Wir haben keine Zeit für Raffinesse.« Er stapfte die Stufen hinauf, als wolle er sie mit den Füßen platthämmern. Sie musste sich anstrengen, um mit ihm Schritt zu halten. Das Treppenhaus wurde von Feuermoos erhellt, dessen Licht flackerte, als sie und Ven vorbeistiegen.

»Was ist, wenn ich einen weiteren Kraken anziehe?«

»Genau deshalb steigen wir hinauf, statt unten auf dem Waldboden zu bleiben. Außerdem mögen es selbst große Geister nicht, wenn man mit spitzen Metallstäben nach ihnen sticht. Ihr habt mich in der Akademie überrumpelt. Ich werde mich nicht noch einmal überrumpeln lassen.« Er erreichte einen Treppenabsatz und blieb vor einer reich mit geschnitzten Ranken verzierten Tür stehen, um einen Schlüssel hervorzuziehen. »Niemand lebt in diesem Turm. Nicht mehr. Ihr könnt hier üben, ohne irgendjemanden in Gefahr zu bringen.«

Die Tür schwang auf, und Naelin schnappte nach Luft.

Sie hätte eigentlich gedacht, im Thronsaal und in den prächtigen Hallen Reichtum im Überfluss gesehen zu haben, und doch war der Rest des Palastes nichts im Vergleich zu diesen Räumen. Gold schien förmlich von jeder Oberfläche zu tropfen: von dem geschwungenen Sofa, dem Tisch mit der gläsernen Platte, dem Sims über dem Kamin, dem Waschbecken mit dem filigran gearbeiteten Krug. Alles glitzerte im Licht eines Dutzends cremefarbener Kerzen, die in Leuchtern steckten. Auf einem Podest stand ein Himmelbett, auf dem sich Kissen türmten. Aber was sie am meisten verblüffte, war die Decke: In sie waren winzige Kristalle eingelegt worden, sodass sie funkelte wie der Nachthimmel selbst. Staunend trat Naelin in die Mitte des Raums. »Ihr wollt, dass ich *hier* übe?«

Er antwortete nicht, und sie blickte zu ihm hinüber.

Er hatte seine Hand auf das Kaminsims gelegt und strich über das Muster der Schnitzarbeiten. Seine Augen waren traurig.

»Ven, wessen Räume sind das gewesen?«

Sie erriet die Antwort im gleichen Moment, als er sie aussprach: »Die von Königin Fara.« Er rieb sich den Staub von den Fingerspitzen. »Jetzt kommt niemand mehr hierher. Hier können wir ungestört üben.«

Naelin ging durch die Räume, ohne irgendetwas zu berühren, und trat hinaus auf den Balkon. Vor ihr lag der nächtliche Wald. Lichter überzogen die Äste und säumten Brücken, die selbst allerdings nicht zu sehen waren. Sie spürte die Geister da draußen, inmitten der Äste. Dann hörte sie, wie Ven neben sie auf den Balkon hinauskam. »Habt Ihr Königin Fara gut gekannt?«

»Sehr gut.«

»Wie war sie so?«

»Ganz genau so, wie man sich eine Königin vorstellt. Furchtlos. Ehrgeizig. Entschlossen. Felsenfest von ihrer eigenen Unfehlbarkeit überzeugt. Ihr fehlte auch der geringste Funke Bescheidenheit, aber ihre Macht war so groß, dass das keine Rolle spielte.« Er lehnte sich an das Geländer des Balkons und starrte in den Wald hinaus, als seien dort die Antworten auf alle seine Fragen zu finden.

»Ich bin ganz anders.«

Er gab keine Antwort.

Sie würde da niemals mithalten können. Weder konnte sie seinen Erwartungen entsprechen noch an seine Erinnerungen herankommen. *Er macht sich etwas vor, wenn er glaubt, ich sei aus dem Holz geschnitzt, aus dem man Königinnen macht.* »Und wie ist Königin Daleina gewesen, bevor sie Königin geworden ist?«

»Entschlossen, wenn auch auf eine andere Weise. Sie

glaubte nicht wie Fara, dass die Krone ihr zustehe; sie sah sie vielmehr als ihre Pflicht. Sie hatte sich in jungen Jahren diesem Ziel verschrieben.«

»Und was ist mit Euch? War es Euch denn von jeher bestimmt, ein Meister zu werden?«

»Ja.«

Naelin widerstand dem Impuls, die Augen zu verdrehen. Das war absurd. Sie verkehrte hier mit Menschen, die von Geburt an zu Helden bestimmt waren. Sie war dessen nicht würdig. »Ihr müsst doch an irgendeinem Punkt eine Entscheidung getroffen haben. Irgendetwas muss der Auslöser dafür gewesen sein, dass Ihr Euch auf diesen Weg begeben habt. Kommt schon, gebt es zu. Ihr seid nicht mit Muskeln geboren worden. Oder habt Ihr Euch den Weg aus dem Schoß Eurer Mutter freigeboxt?«

Ein leises Lächeln umspielte seine Lippen, unter seinem Bart fast unsichtbar. »Sie jedenfalls hätte gesagt, genau so sei es gewesen. Sie hätte Euch gemocht, glaube ich. Sie war ebenfalls eine Bärenmama.« Er verfiel wieder in Schweigen, ganz in seine Gedanken verloren.

»Ihr bildet Eure Schülerinnen normalerweise nicht auf diese Weise aus, stimmt's?«

»Für gewöhnlich müssen die Auszubildenden lernen, aus ihrem Flüstern einen lauten Ruf zu machen. Ihr dagegen müsst lernen, einen Ruf zu einem Flüstern werden zu lassen. Wenn ich Euch auf die übliche Weise ausbilden sollte, würdet Ihr wahrscheinlich etliche Naturkatastrophen verursachen, ehe wir fertig wären.«

»Klingt nicht sehr tröstlich.« Zugleich gefiel es ihr nicht, dass sie so dachte. Unsicherheit war der kürzeste Weg zum Versagen. »Können wir vielleicht einfach anfangen?«

Er nickte ruckartig, als habe sie ihn unterbrochen, dann ging er ihr voran zurück in den Raum und hin zum

Kamin. Zwei Kandelaber standen rechts und links vom Kamin, aber der Kamin selbst war kalt. Alle Asche war fortgeschafft worden. Im Inneren stapelten sich Holzscheite und wirkten so, als wären sie eher zur Zierde als zum Gebrauch gedacht.

»Keine Überraschungen«, ermahnte ihn Naelin.

»Keine Überraschungen«, bestätigte Ven. Er zog sein Schwert, ging in die Hocke und hielt sich bereit. »Beginnt mit einem Feuergeist, ruft ihn ins Innere des Ofens. Konzentriert Euch auf einen, der sich bereits im Palast befindet, erspürt ihn zuerst, lenkt seine Aufmerksamkeit auf Euch und richtet Euren Befehl an ihn. Nur auf ihn, als würdet Ihr flüstern und wolltet nicht belauscht werden.«

Sie weitete ihr Bewusstsein aus, streifte die Baumgeister, die in den Ästen herumlungerten, einen Erdgeist, der tief unter ihr die Wurzeln beschnupperte … da, ein Feuergeist. Er huschte um die Balkonvorhänge herum und ließ mit seiner Hitze deren Borte schrumpeln. *Du. Nur du. Komm zu mir.* Sie versuchte zu flüstern, ein sanfter Befehl.

Sie spürte, wie der Feuergeist, neugierig geworden, innehielt. Während er auf dem Balkon zögerte, verfärbte sich die Rinde unter seinen Füßen schwarz. Sie drängte erneut, nachdrücklicher: *Du, komm zu mir.*

Er flitzte näher heran, ein Strahl aus Licht. Dann tauchte er in den Raum ein und direkt in den Kamin. Flammen schossen fast einen halben Meter in die Höhe, und Naelin stolperte zurück, aber dann wurde das Feuer ruhiger, und der Geist wirbelte darin herum, tanzte ohne Musik. Er war nicht größer als ihre Hand, mit einem Körper aus Feuer und einem Gesicht aus sich windenden Flammen, im Zentrum weiß, eine Brust aus geschmolzenem Gold, orangefarbene Arme und rote Hände, die in schwarzen Fingern endeten. Seine Augen waren Glutstückchen, und im Mund hatte er eine Zunge aus Flammen, die hinein- und wieder herausschnellte.

Naelin sah ihn genau an. Er starrte zurück.

»Gut«, lobte Ven.

»Es war der Einzige, der in der Nähe war.«

»Trotzdem gut. Prüft, ob Ihr ihn befehligen könnt.«

Der Geist flackerte mit jeder Bewegung, und Naelin wurde bewusst, dass seine Glutaugen auf sie gerichtet waren, als warte er. »Und was soll er tun?« Das Licht des Feuers tanzte, und Naelin kam es so vor, als könne sie den Blick nicht davon abwenden. Sie spürte die Wärme auf der Haut und tief in ihrem Inneren, als brenne das Feuer in ihrer Brust.

»Er soll kontrollieren, welches Holzscheit brennt – und welches nicht.«

Sie fasste ein Holzscheit ins Auge, einen dicken Eichenklotz. Ihn hatte bisher keine Flamme berührt; noch wartete er darauf, dass das Feuer auf ihn übergriff. *Verbrenn den da.*

Mit einem gackernden Heulen stürzte sich der Feuergeist auf das Holzscheit. Flammen schossen aus dem Kamin, rasten durch den Raum und trafen das Bett. Eines der Seidenkissen fing Feuer. Naelin rannte los, schnappte sich einen Krug vom Waschbecken und goss seinen Inhalt auf das Bett. Das Wasser erstickte die Flammen, und Rauch wogte empor, schwärzte den Betthimmel. Kreischend ergriff der Geist die Flucht, stürzte durch den Türbogen auf den Balkon hinaus und schoss direkt in den Himmel hinauf, um mit den Sternen zu verschmelzen.

»Sehn wir's mal positiv: Zumindest steht der Palast noch«, bemerkte Ven milde.

Naelin schaute zu den Sternen empor. »Ich brauche vielleicht noch ein wenig Übung.«

Kapitel 17

Daleina lag flach auf dem Boden und schaute zu der bemalten Decke hinauf. Sie atmete tief durch und dann noch einmal, schob ihre Angst tief in sich hinab und begrub sie unter ihrem Atem. *Du musst das tun.* Es war ihre Pflicht, trotz des damit verbundenen Risikos. Zögernd, langsam sandte sie ihr Bewusstsein aus. Wenn sie vorsichtig und bedächtig war … vielleicht würde der falsche Tod dann nicht kommen. Als Erstes berührte sie die Geister im Palast. In jedem Winkel des Gebäudekomplexes gegenwärtig, fühlten sie sich an wie ein Summen auf ihrer Haut. Dann weitete sie ihr Bewusstsein auf die Hauptstadt aus und berührte die Erdgeister, die sich unter die Wurzeln gegraben hatten, und die Luftgeister, die zwischen den Bäumen umherflatterten. In den belebteren Vierteln der Stadt waren es nicht so viele, aber sie wurden mehr, als sie ihr Empfinden weiter nach draußen ausbreitete …

Klick.

Sie hörte von Ferne, wie sich die Tür zu ihrem Schlafzimmer öffnete, dann kamen Schritte näher. Sie konzentrierte sich unvermindert auf die Geister – wenn jemand mit feindseligen Absichten versuchte, ihr Zimmer zu betreten, würde Alet ihn aufhalten. Und wenn Alet das nicht gelang, würde Bayn Daleina verteidigen. Seit seiner Rückkehr war er an ihrer Seite geblieben. Er war mindestens genauso oft bei ihr wie Alet, sogar noch öfter.

Ihre Schwester hatte sie seit ihrer Ankunft im Palast nur zweimal besucht. *So ist es sicherer,* sagte sich Daleina und schob ihr leichtes Gekränktsein zusammen mit der Angst beiseite. Schließlich ging sie gerade im Moment das Risiko ein, einen weiteren falschen Tod zu erleiden. Es war besser, dass Arin nicht in der Nähe war. Sie dehnte ihr Bewusstsein noch weiter aus, und es begann, sich über die Wälder von Aratay hinweg zu erstrecken.

Wer auch immer in den Raum gekommen war, wartete. Sie hörte sein Atmen.

Nun umfasste ihr Geist beinahe ganz Aratay. Ihre Haut war feucht vor Schweiß. Sie spürte den Regen im Osten und die Sonne im Westen, als berührten sie ebenfalls ihre Haut. Sie atmete Fichtenduft ein, Magnolie und Flieder und das süße Aroma der Erde.

Bleib wach, sagte sie sich innerlich vor. *Bleib am Leben.*

Das war nun der gefährlichste Augenblick, wenn sie mit ihnen allen verbunden war. Sollte sie sterben, während sie mit ihnen verbunden war …

»Tut nichts Böses«, dachte sie.

Sie sandte den Gedanken hinaus an sie alle. Fügte zu all den anderen Malen, da sie diesen Befehl erteilt hatte, ein weiteres Mal hinzu und spürte, wie sich ihre Aufforderung tief in die Geister grub.

»Tut. Nichts. Böses.«

Sie spürte, wie sie sich ihr widersetzten, wie sie gegen ihr neuerliches Erteilen des grundlegenden und wichtigsten Befehls ankämpften, und dann spürte sie, wie er in sie hineinsank, nun wie ein Gewicht in ihnen lastete.

Daleina zog sich schnell zurück, ließ ihr Bewusstsein in ihren Körper zurückwirbeln. Sie nahm die Kühle des Bodens wahr, den Geruch des Holzfeuers im Kamin, das Geräusch, das die Wachen machten, die draußen den Flur auf und ab schritten. Gewaltsam öffnete sie die Augen. Ihre Lider fühlten sich verkrustet an, als hätte sie stundenlang geschlafen, und ihre Muskeln waren steif. Sie atmete tief aus – wenn sie einen falschen Tod ausgelöst hätte, während sie mit den Geistern verbunden gewesen war … Aber es war nicht geschehen, und der wichtigste Befehl war verstärkt worden. Sie hatte ihre Pflicht erfüllt, und alle hatten überlebt – für diesmal.

»Keine neuen Ohnmachtsanfälle?«, ertönte eine Stimme. Hamon.

Sie wandte den Kopf, um ihn zu sehen, blieb aber auf dem Boden liegen. Aus Erfahrung wusste sie, dass sich ihr ganzer Kopf wie durchgeschüttelt anfühlen würde, wenn sie zu schnell aufstand. »Nicht heute.«

»Du bist vergiftet worden.«

Sie blinzelte. Einmal, zweimal. Langsam löste sie sich vom Boden und rappelte sich hoch. Einen Moment lang blieb sie sitzen, den Kopf zwischen den Knien. Mit gelassener, quälend ruhiger Stimme bemerkte sie: »Früher konntest du besser mit deinen Patienten umgehen.«

Sein Mund zuckte bei ihrem Scherz, aber der Ausdruck in seinen Augen blieb eindringlich. *Es ist sein Ernst*, schoss es ihr durch den Kopf. Er fuhr fort: »Meine Mutter hat mit der Hilfe deiner Schwester ihre Untersuchung deines Blutes beendet und ist zu dem Schluss gekommen, dass deine Krankheit keine natürliche Ursache hat. Sie wurde dir von außen aufgezwungen, vermutlich mit Absicht.«

Daleina nahm die Neuigkeit in sich auf, wälzte den Gedanken im Kopf hin und her und begann dann zu lachen. Sie wusste, dass sie jetzt nicht lachen sollte, aber sie konnte einfach nicht aufhören damit. Ihr ganzer Körper bebte, und ihre Augen tränten.

Er wartete schweigend, bis sie sich wieder beruhigte.

Allmählich bekam sie sich unter Kontrolle, und es blieb nur ein Schluckauf. »Das ist passend, auf eine bittere Weise.«

»Niemand weiß, dass wir Königin Fara vergiftet haben. Und ich glaube nicht an Schicksal. Allerdings glaube ich an Meuchelmörder.« Er ließ sich neben ihr auf die Knie nieder. »Daleina, wenn wir denjenigen finden können, der dich vergiftet hat, wenn wir eine Probe des Giftes auftreiben … meine Mutter glaubt, sie könnte dann ein Heilmittel herstellen.«

Daleina wurde plötzlich ganz reglos, und jeder Anflug von hysterischem Gelächter war wie weggeblasen. »Meinst du, dass sie das wirklich kann?«

»Sie mag eine amoralische Mörderin sein, aber sie ist auch ein amoralisches Genie. Und sie ist stolz auf ihre Fähigkeiten. Sie würde in dieser Angelegenheit nicht lügen, nicht wenn es bedeutet, dass sie damit meine Anerkennung gewinnt. Als ich ein Kind war, erzählte sie, wenn sie mal wieder jemanden vergiftet hatte, die Geschichte wieder und wieder und erwartete jedes Mal von mir, dass ich sie wegen ihres großartigen Könnens regelrecht verehrte. Sie nährt sich von Bewunderung. Wenn sie dich rettet, wird sie irgendeine Art von Entlohnung erwarten – sie selbst hat eine Position im Palast vorgeschlagen; sie wird Ansehen und Lob wollen.«

Daleina machte eine wegwerfende Geste mit der Hand. »Wenn sie mich rettet, soll sie ihren Lohn haben. Meinem Truchsess zufolge besteht der ganze Sinn einer Schatzkammer überhaupt nur darin, amoralische, aber nützliche Menschen zu bestechen. Er nutzt sie seit Jahren, um die Grenzpatrouille unserer Nachbarländer zu schmieren.« Eine plötzliche Erkenntnis übermannte sie, und sie schloss für einen Augenblick die Augen. »Es ist nicht erblich bedingt. Das bedeutet, dass Arin sicher ist.« Sie öffnete die Augen wieder und schlang die Arme um Hamon.

Er drückte sie fest an sich. Sie spürte seinen Atem auf ihrem Hals und den festen Druck seiner Arme um ihren Körper, und sie bettete die Wange an seine Schulter. Zum ersten Mal seit langer Zeit gestattete sie sich, sich geborgen zu fühlen.

Dann erinnerte sie sich an etwas anderes, das er gesagt hatte, und hob den Kopf. »Hast du eben gesagt, meine Schwester sei bei deiner Mutter?«

»Ich werde dafür sorgen, dass ihr nichts zustößt«, versprach Hamon. »In der Zwischenzeit müssen wir das Gift ausfindig machen. Wer könnte versuchen, dich umzubringen?«

»Niemand. Jeder. Keine Ahnung.« Sie dachte an Königin Fara. Ihre Vorgängerin hatte die Thronanwärterinnen gefürchtet, aber momentan gab es keine Thronanwärterinnen, die Daleinas Krone hätten begehren können. Wegen des Krönungsmassakers … »Vielleicht die Familien der Thronanwärterinnen, die gestorben sind? Einige von ihnen haben es mir zum Vorwurf gemacht, dass ich überlebt habe, während ihre geliebten Familienmitglieder ums Leben gekommen sind. Eine dieser Familien könnte auf Rache aus sein.«

Hamon nickte bedächtig. »Sie hatten sowohl ein Motiv als auch die Gelegenheit dazu.«

Das Gleiche dachte sie auch. Nach der Krönung hatte sie jede Einzelne dieser Familien besucht, sich auf ein Mahl zu ihnen gesellt, sie getröstet, so gut sie konnte … Sie dachte an die Menschen, die weinend zusammengebrochen waren, dachte daran, wie manche wütend geschimpft hatten, während andere reglos wie Steine dagesessen waren, als hätte die Neuigkeit sie innerlich verhärtet. Aus jeder dieser Familien hätte sie jemand vergiften können. »Ich habe fast fünfzig Familien besucht«, sagte Daleina. »Wo sollen wir anfangen? Woher sollen wir wissen …«

»Es hätte nicht einfach jeder sein können«, begann Hamon. »Die Herstellung von Giften, insbesondere von neuen, ist eine Kunst, die nur wenige beherrschen. Dieses Gift wurde so entwickelt, dass seine Wirkung den Symptomen einer bestimmten Krankheit gleicht. Außerdem wurde es so konzipiert, dass es bei einer gewöhnlichen Blutuntersuchung nicht bemerkt wird – ich selbst habe bei meinen Tests nichts entdeckt. Nur wenige Menschen in Aratay verfügen über die Fähigkeit, so etwas zu bewerkstelligen.«

»Weißt du, um wen es sich bei diesen Menschen handelt?«

Er zögerte. »Meine Mutter könnte es vielleicht wissen. Aber der- oder diejenige, die dich vergiftet hat, ist nicht zwangsläufig dieselbe Person, die das Gift hergestellt hat. Die meisten Giftmischer machen nicht selbst von dem Gebrauch, was sie zusammenrühren. Das Risiko, erwischt und eingekerkert zu werden, ist zu hoch.«

»Also suchen wir entweder nach einem Freund deiner Mutter oder nach einer sehr wohlhabenden Person. Das engt den Kreis der Infragekommenden zumindest ein. Willst du noch einmal mit deiner Mutter sprechen? Bitte sie um eine Liste ihrer giftmischenden Bekannten …« Daleina zögerte, denn sie war sich nicht sicher, wie sie ihre nächste Frage formulieren sollte. Er wirkte so angespannt, dass das falsche Wort ihn womöglich aus der Fassung brachte. Sie hatte jedoch keine Zeit, auf seine Gefühle Rücksicht zu nehmen. »Hamon, ich frage das sehr ungern, aber … besteht irgendeine Möglichkeit, dass deine Mutter dahinterstecken könnte?«

»Ja, natürlich«, antwortete er sofort. »Aber eigentlich glaube ich es nicht. Ihre Überraschung, an den Palast gerufen zu werden, wirkte echt. Und wenn sie ein derart raffiniertes Gift entwickelt hätte, würde sie sich die Gelegenheit, sich damit zu brüsten, wohl kaum entgehen lassen. Wenn ich mich allerdings irre … die Wachen haben die Aufgabe, dafür zu sorgen, dass sie ihre Räumlichkeiten nicht verlässt.«

Das musste genügen, zumindest für den Augenblick. Immerhin war er sich der Möglichkeit durchaus bewusst, dass seine Mutter etwas mit dem Gift zu tun haben könnte. »Ich werde königliche Untersuchungsbeamte zu den Familien der Thronanwärterinnen aussenden, zu den wohlhabendsten zuerst. Und du sprichst mit deiner Mutter über ihre Bekanntschaften. Hamon, wir werden denjenigen finden, der das getan hat! Ich werde weiterleben!« Sie umfasste mit beiden Händen sein Gesicht, als er nun zu weinen begann. »Ich werde leben.«

Daleina faltete die Hände im Schoß und versuchte, sich nicht anmerken zu lassen, wie stark die Wirkung ihres Gesprächs mit Hamon auf sie noch immer war. Er hatte ihr neue Hoffnung gegeben, und das Gefühl wirkte so mächtig wie der stärkste Wein. Sie hatte ihre Ermittler hinzugezogen, nachdem sie ihnen eine Abwandlung der Wahrheit erzählt hatte – nämlich, dass jemand versucht habe, sie zu vergiften; dass dieser Jemand damit auch Erfolg gehabt hatte, berichtete sie ihnen nicht –, und jetzt brauchte sie nur noch abzuwarten. Und die Königin zu sein.

Sie hatte beschlossen, heute im Saal des Sonnenaufgangs

Hof zu halten. Ins Zentrum des Ostturms geschmiegt war der Saal des Sonnenaufgangs in Zitronengelb, Rosa und Hellblau bemalt, und in seinen Boden war so viel Bernstein eingelegt, dass er leuchtete, wenn die Sonne durch die Blätter fiel. Ihr Thron war von Licht umflutet. Es war ein Raum, der ein Gefühl der Hoffnung ausstrahlte, und sie hatte seit Tagen nicht mehr die Energie gehabt, sich seiner fröhlichen Heiterkeit zu stellen. Aber heute erschien es ihr richtig, in diesem Raum zu sein.

Dennoch fiel ihre erste Zusammenkunft hier keineswegs fröhlich aus.

Eigentlich sollten ihr die eher nebensächlichen alltäglichen Details der Verwaltung eines Landes erspart bleiben – es gab Legionen von Höflingen, Verwaltern und Ministern, die sich aufopferungsvoll um alles kümmerten, vom Handel über die Erziehung der Kinder bis hin zur Abfallbeseitigung. Die Aufgabe der Königin bestand dagegen zuerst und vor allem darin, die Geister zu beherrschen, und dann erst darin, die Stimme Aratays zu sein, wenn das Land einmütig reagieren musste. Aber an manchen Tagen gab es viele Dinge, die dieser Stimme Aratays zu Gehör gebracht werden mussten.

Vierzig Minuten lang hatte eine ihrer Grenzwachen vor einem Publikum, bestehend aus Daleina selbst sowie zwei ihrer Berater, über beunruhigende Aktivitäten im Norden, an der Grenze zum Bergland Semo, Bericht erstattet. Der Mann hatte in allen Einzelheiten die Bewegungen der Grenzwachen beschrieben und anhand einer Karte gezeigt, wie Soldaten aus Semo in kleinen Gruppen, die zusammengenommen gleichwohl eine große Zahl ergaben, in das Gebiet eingedrungen waren. »Sie nennen es eine Übung«, sagte er. Während er sprach, fingerte er am Aufschlag seiner Jacke herum – die Palastaufseher hatten ihm erlaubt, eine Variante seiner Uniform zu tragen, aber das Kleidungsstück hatte offensichtlich immer noch mehr Rüschen, als er es gewohnt war. Sie würde irgendwann einmal mit den zuständigen Höflingen darüber reden müssen. Es störte sie nicht, Menschen in gewöhnlichen Kleidern zu sehen. *Was* sie allerdings störte, war, wenn sie vierzig Minuten lang ununterbrochen redeten; vor allem, wenn sie stattdessen bei ihrer Schwester sein und ihr die Neuigkeiten hätte mitteilen können. Oder bei Ven. Oder bei Alet. Aber ihre Berater waren darin übereingekommen, dass es für sie wichtig sei, diesen Bericht zu hören.

»Königin Merecot hat uns nicht den Krieg erklärt«, bemerkte einer ihrer Berater, Minister Isolek. Er war ein untersetzter Mann mit einem geflochtenen Bart. Seine Bartzöpfe waren an den Spitzen mit Juwelen besetzt, und er hatte in Sachen Zeitverschwendung sogar noch weniger Geduld als Daleina, was bedeutete, dass er dieses Treffen für wichtig hielt.

»›Übung‹ ist eine Beschönigung für die Mobilmachung zu einem Krieg«, unterstrich Ministerin Quisala, die dritte Person im Raum. Sie war bereits älter und hatte schon mehreren Königinnen gedient. Daleina vertraute ihrer Meinung in Auslandsangelegenheiten mehr als der all ihrer anderen Berater.

»Merecot würde nicht gegen mich in den Krieg ziehen«, wandte Daleina ein. Sie waren an der Akademie Freundinnen gewesen. Seither war nichts geschehen, was daran etwas hätte ändern sollen. Merecot – Königin Merecot von Semo – hatte zur Feier von Daleinas Krönung sogar eine hübsche Diamantenstatue geschickt. »Unsere Länder sind Verbündete.«

»Das hat sie ihren Soldaten vielleicht vergessen mitzuteilen«, erwiderte Ministerin Quisala. »Seht Euch die Stellungen hier und hier an.« Sie zeigte auf die Karte, die der Grenzwächter über und über vollgekritzelt hatte.

»Wir haben Bündnisverträge unterzeichnet.« Zwischen Daleinas Schläfen meldete sich ein Kopfschmerz. Sie rieb sich die Stirn. Das war eindeutig nicht das, womit sie sich heute eigentlich beschäftigen wollte. Sie wollte den Giftmischer jagen, aber sie hatte bereits ihre Ermittler darauf angesetzt. Die Wahrheit war, dass sie jetzt nichts anderes tun konnte, als abzuwarten. »Sie kann uns nicht den Krieg erklären.«

»Sie kann den Krieg nicht *erklären*«, antwortete Ministerin Quisala. »Aber sie könnte Krieg gegen uns *führen*.«

»Nicht Merecot. Das würde sie nicht tun.« Noch während Daleina den Satz aussprach, wurde ihr bewusst, dass er nicht der Wahrheit entsprach – Merecots Ehrgeiz war grenzenlos –, aber dass ihre alte Freundin dafür gerade den gegenwärtigen Zeitpunkt gewählt haben sollte, war fürchterlich. Es musste einen Weg geben, die Sache zu beenden, bevor es ernster wurde. Sie mussten das Ganze im Keim ersticken.

Minister Isolek schob seinen Stuhl zurück und begann, im Raum auf und ab zu gehen. »Wenn wir Grenzwachen in diese Gebiete verlegen, wird man das als einen Akt der Aggression auffassen. Wir werden ebenfalls behaupten müssen, ›Übungen‹ abzuhalten. Beide Seiten werden sich nur gegenseitig aufschaukeln.«

»Wir müssen den Konflikt entschärfen«, betonte Daleina. Ihre Situation war zu unsicher und gefährdet. Sie brauchte alle Wachen in der Nähe ihres Volkes, nicht an den Grenzen – für den Fall, dass sie wieder in Ohnmacht fiel. Es spielte keine Rolle, ob Merecot sich an die geschlossenen Bündnisverträge hielt oder nicht. Daleinas Volk musste vor der Gefahr von innen verteidigt werden;

sie konnte sich keine Sorgen um Gefahren von außen machen. »Ich will, dass man Merecot eine Nachricht schickt, eine persönliche Nachricht von Königin zu Königin. Um sie an unsere Freundschaft zu erinnern und an die Verträge zwischen unseren Staaten.«

»Höfliche Sendschreiben sind vielleicht nicht genug«, gab Ministerin Quisala zu bedenken. Sie beugte sich über die Karte und zeigte auf verschiedene Städte innerhalb Aratays. »Hier sind unsere Wachen gegenwärtig postiert. Wenn wir sie aus den Städten abziehen, sie nach Norden beordern und die Verteidigung den örtlichen Waldleuten überlassen, bis dieses Problem gelöst ist …«

»Das können wir nicht tun«, fiel ihr Daleina ins Wort. Sie wünschte, sie hätte den Grund dafür erklären können. Ihr war klar, dass sie naiv und unerfahren wirkte, wenn sie sich weigerte, den Rat der beiden zu beherzigen, aber sie durften die Wahrheit nicht erfahren.

»Bei allem schuldigen Respekt, Euer Majestät, Ministerin Quisala hat recht, dass dieses Vorgehen einer Antwort bedarf«, warf Minister Isolek ein. »Wenn sich die Übungsmanöver zu einem feindlichen Einfall ausweiten, müssen wir Truppen vor Ort haben. Aber wir brauchen Eure Erlaubnis.«

Als Königin war sie die Oberbefehlshaberin aller Truppen Aratays. Sie hatte das letzte Wort, was den Einsatz von Soldaten betraf, auch wenn sie von dieser Macht noch nie zuvor hatte Gebrauch machen müssen. Bis jetzt hatten die Wachen ihre Arbeit auch ohne sie bestens erledigt. *Ach, Merecot, nicht jetzt!* »Ich werde nicht zulassen, dass sich die Spannungen verstärken, und ich werde einer Umpositionierung unserer Krieger nicht zustimmen. Merecot ist nicht unsere Feindin, und wir sind nicht ihre Feinde. Vielleicht muss Merecot daran erinnert werden, wer der wahre Feind ist, aber das wird nicht geschehen, indem wir mit unseren Schwertern rasseln und ihre Wachen bedrohen.«

Der Mann von der Grenzwache verneigte sich. »Euer Majestät, wenn sie doch …«

»Das wird sie nicht. Ich kenne Merecot, und sie wird auf die Stimme der Vernunft hören.« In Wirklichkeit war Merecot nicht gerade dafür bekannt, dass sie auf überhaupt irgendetwas oder irgendjemanden hörte, aber Daleina sah kaum eine andere Möglichkeit. Nicht, wenn sie nach wie vor jeden Moment sterben konnte. Bis sie eine Probe von dem Gift hatten oder zumindest eine Thronanwärterin verfügbar war, war Daleina selbst die größte Bedrohung für Aratay. Da sie das jedoch nicht laut sagen konnte, musste sie schlicht und einfach entschieden bleiben und hoffen, dass ihre Befehle zumindest einigermaßen vernünftig *klangen*. »Wir versuchen es zuerst mit Diplomatie.«

»Und wenn das scheitert, Euer Majestät?«, fragte Ministerin Quisala. »Ihr habt die Darstellung der Grenzwache gehört. Auch Euch dürfte klar sein, dass die Grenzverletzungen mit Absicht und Methode erfolgen.«

»Zuerst Diplomatie«, wiederholte Daleina. Als ihre Berater Einwände erheben wollten, setzte sie hinzu: »Haltet mich über die Situation auf dem Laufenden, aber lasst wegen dieser unangebrachten Angst unsere Städte nicht ohne Verteidigung gegen den wahren Feind. Ihr seid entlassen.« Sie alle verneigten sich und verließen den Saal des Sonnenaufgangs, und Daleina wünschte, sie hätte lieber doch einen der eher düsteren Empfangsräume gewählt. *Merecot, was tust du da? Ich habe dafür jetzt keine Zeit!* Sie ließ sich auf ihren Thron sacken und richtete sich erst wieder auf, als Alet die Tür öffnete, um den Truchsess einzulassen.

Sie hatte den alten Truchsess von Königin Fara übernommen und keinen Grund gesehen, ihn durch jemand anderes zu ersetzen. Er war geradezu beängstigend tüchtig, trug ständig mindestens zwanzig Listen bei sich und wusste so viel über Geschichte und Gesetze, dass man eine ganze Bibliothek damit hätte füllen können.

Sie fragte sich, wie er sich wohl gefühlt haben musste, als Fara gestorben war und Daleina die Krone übernommen hatte. Sie hatte nie den Eindruck gehabt, dass er sie sonderlich mochte, aber andererseits schien es auch nicht so, als ob er etwas gegen sie hätte. Sein Herz gehörte seiner Arbeit. Wer die Krone trug, schien für ihn unerheblich zu sein.

Aber was, wenn dem nicht so war? Er hatte täglich Zugang zu ihr, und ihr blieb kaum etwas anderes übrig, als ihm zu vertrauen – er allein kannte die alltäglichen Details im Leben einer Königin, er verwaltete ihren Terminplan und entschied darüber, wer Zugang zu ihr hatte.

Hör auf damit, ermahnte sie sich. Sie durfte nicht anfangen, alle um sie herum zu verdächtigen. Wenn sie ohne eine Thronanwärterin starb, würde der Truchsess seine Arbeit und seinen Daseinszweck verlieren. Er war der Krone treu ergeben, wenn diese Treue auch nicht ihr persönlich galt. »Was kommt als Nächstes?«

»Meisterin Piriandra hätte gern Eure Zustimmung zu ihrer neuen Kandidatin«, antwortete der Truchsess, nachdem er einen Blick auf seine Notizen geworfen hatte. »Sie wartet draußen.«

»Bittet Kommandantin Alet, sie hereinzulassen.«

Der Truchsess notierte sich etwas auf seinem Klemmbrett und eilte dann zur Tür. Er öffnete sie, richtete das Wort an Alet, und Meisterin Piriandra betrat den Raum. Ein Mädchen folgte ihr. Sie war genauso drahtig wie Piriandra und hatte wirres rotes Haar, das mit einiger Mühe zu einem Haarkranz gebändigt worden war. Einige ihrer

Locken hatten sich aus den Bändern gelöst, und Daleina wusste, ohne nachfragen zu müssen, dass das Ganze wieder einmal das Werk ihrer Palastbediensteten war, die es sich nicht nehmen ließen, Daleinas Besucher »vorzeigbar« zu machen. Das Mädchen würde in ihre neue Lederrüstung noch etwas hineinwachsen müssen. Unbehaglich trat sie von einem Fuß auf den anderen und sah immer wieder zu den Türen hin, als wolle sie wegrennen. Sie machte den Eindruck, als sei sie etliche Jahre jünger als Daleina. Daleina musste an Meister Vens Kandidatin denken, die Frau namens Naelin, die Daleina wegen des Verlusts ihrer Kindheit bemitleidet hatte – dieses Mädchen, das Piriandra da auserwählt hatte, machte den Eindruck, als sei sie mitten aus ihrer eigenen Kindheit herausgerissen worden. Sie war zu jung, um eine Thronanwärterin zu sein, und viel zu jung, um Königin zu werden.

»Euer Majestät«, begann Meisterin Piriandra und neigte den Kopf. »Erlaubt mir, Euch Beilena vorzustellen, meine neueste Schülerin, damit Ihr sie als Kandidatin in Erwägung ziehen könnt.«

»Ihr hattet schon einmal eine Kandidatin«, erwiderte Daleina.

»Sie ist gestorben.«

»Mein Beileid.« Sie kramte in ihrem Gedächtnis und versuchte, sich daran zu erinnern, ob irgendjemand sie darüber informiert hatte. Für gewöhnlich hatte es absoluten Vorrang, sie über die Fortschritte der Kandidatinnen auf dem Laufenden zu halten. Sie musste einräumen, in letzter Zeit abgelenkt gewesen zu sein, aber ein Todesfall hätte zu ihr durchdringen sollen. Daleina richtete das Wort an die neue Kandidatin: »Du musst dir darüber im Klaren sein, dass du dich da auf eine gefährliche Unternehmung einlässt, mit einer verkürzten Lebenserwartung.

Du wirst im Dienste Aratays stehen, und deine Tage und deine Wünsche werden nicht deine eigenen sein. Du übernimmst jedoch eine bedeutende Rolle …« Sie sah zu Piriandra hinüber. »Meisterin Piriandra, konntet Ihr kein älteres Mädchen finden?«

»Ich hatte ein älteres Mädchen«, versetzte Meisterin Piriandra. »Linna. Ihr habt sie sterben sehen. Danach habe ich eine frische Absolventin der Akademie namens Ulina erwählt. Die Geister haben auch sie getötet, wenn auch auf weniger dramatische Weise. Beilena ist eine passende nächste Wahl.«

Daleina zuckte zusammen und senkte den Blick. Sie konnte die Meisterin nicht ansehen, nicht, während Bilder ihrer Freundin vor ihren Augen tanzten: Wie sie an ihrem ersten Tag an der Akademie zusammen aus dem Labyrinth entkommen waren, wie sie in ihren jeweiligen Zimmern bis spät in die Nacht gelernt hatten, wie sie bei den Mahlzeiten im Speisesaal geredet, gelacht und geklagt hatten, wie sie sich den Thronprüfungen unterzogen hatten und dann dem Krönungsritual … Sie, Daleina, war dort gewesen, an Linnas Seite, und hatte sie nicht retten können. In der einen Minute war sie lebendig gewesen und in der nächsten … Daleina fragte sich, ob sie wohl eines Tages in der Lage sein würde, an ihre Freundin zurückzudenken, ohne wieder diesen Moment vor Augen zu haben.

Ihr kam plötzlich ein Gedanke: Was, wenn der Giftmischer nicht aus einer der Familien der Thronanwärterinnen stammte? Was, wenn er oder sie jemand war, der ihr näher stand? Ein Meister oder eine Meisterin? *Nein.*

Das waren die Menschen, denen sie vor allen anderen vertrauen sollte, doch sie waren auch die Menschen, die die Mädchen und Frauen vorbereiteten, die Daleina eines Tages ersetzen sollten. Sie zu verdächtigen war lächerlich.

Trotzdem …

Es war kein Geheimnis, dass die meisten Meister verstimmt darüber waren, dass ausgerechnet sie überlebt hatte. Sie hatten sie als die geringste aller Thronanwärterinnen betrachtet – und tatsächlich war es gerade ihr Mangel an Macht gewesen, der sie hatte überleben lassen. Die Geister hatten sie übersehen und sie nicht als Bedrohung betrachtet, bis zum Ende. Das hatte sie noch nie irgendjemandem erzählt.

Sie hatte mit allen Meistern zusammen gegessen, hatte Zeit mit ihnen verbracht, war mit jeder und jedem Einzelnen von ihnen allein gewesen. Sie alle hätten Gelegenheit gehabt, sie zu vergiften. *Aber sie würden Aratay nicht in Gefahr bringen wollen,* überlegte sie. Ohne eine vollständig ausgebildete Thronanwärterin war das Land verwundbar. Kein Meister würde diese Art von Risiko eingehen.

Doch jetzt, da der Verdacht einmal in ihr aufgekeimt war, ließ er sich nur schwer wieder aus der Welt schaffen, selbst wenn sie sich immer wieder bewusst machte, wie ungeheuer unwahrscheinlich es war, dass ein Meister dahintersteckte. Gleichwohl konnte sie es sich nicht leisten, auch nur irgendeine Möglichkeit unbeachtet zu lassen.

»Du bist anerkannt«, zwang sie sich zu murmeln.

Meisterin Piriandra und ihre Kandidatin verneigten sich und verließen den Saal des Sonnenaufgangs. Allein im Raum schritt Daleina auf dem Bernsteinboden auf und ab. Draußen zwitscherten die Vögel miteinander, und sie spürte die Gegenwart von Geistern, die durch die Luft wirbelten, durch die Bäume kletterten und sich durch die Erde wühlten.

Schließlich hob sie die Stimme. »Kommandantin Alet, ruft mir Meister Ven her.«

Kapitel 18

Als ihn die Aufforderung, vor der Königin zu erscheinen, erreichte, spießte Meister Ven gerade einen Luftgeist mit einem Kerzenständer auf. Der Geist kreischte laut, als das Eisen seine Schulter an die Wand nagelte, und dann zerschmolz er mit der Luft und strich als Wind durch den Raum, um auf dem Balkongeländer wieder festere Formen anzunehmen.

»Naelin, Ihr müsst Eure Gefühle unter Kontrolle halten«, mahnte Ven. »Ihr dürft nicht in Panik geraten.« Er riss den Kerzenständer von der Wand, musterte mit finsterer Miene den Riss in seiner Goldblattverzierung und drehte sich dann um.

Ein Höfling klammerte sich an Naelin fest.

»Nicht *ich* bin in Panik geraten«, verteidigte sich Naelin. »Das war er.« Mit festem Ruck löste sie seine Finger von ihrem Arm und tätschelte ihm dann die Schulter. »Beim nächsten Mal solltet Ihr vorher anklopfen.«

Der Höfling machte eine tiefe Verbeugung. Seine Augen hatten immer noch einen verstörten Ausdruck, als wolle er wegrennen, aber seine Knie zitterten zu heftig, um ihn aus dem Raum tragen zu können. »Meister Ven, die Königin bittet darum, dass Ihr Euch sofort zu ihr begebt. Sie befindet sich im Saal des Sonnenaufgangs.«

»Ist sie …« Er brach ab. »Selbstverständlich. Naelin,

setzt die Übungen fort. Diesmal bitte mit etwas mehr Leichtigkeit. Denkt kleine Gedanken.«

»Ich werde alleine keine Geister beschwören.«

Neben dem Kamin streckte sich der Wolf Bayn, wie um daran zu erinnern, dass er schließlich auch noch zugegen war. Ven fiel einmal mehr auf, wie viel der Wolf von alledem verstand, was um ihn herum geschah. »Bayn wird alles beißen, womit Ihr nicht fertigwerden könnt, und er heult, wenn es etwas gibt, womit selbst er nicht fertigwerden kann. Ihr seid völlig sicher.«

»... sagte die Katze zur Maus.«

»Vertraut mir. Oder, wenn Ihr mir nicht vertraut, dann wenigstens Euch selbst. Ihr habt immer noch kein Vertrauen in Eure Fähigkeiten.« Er trat zu ihr hin und legte ihr die Hände auf die Schultern, als könne er sie durch seine Eindringlichkeit überzeugen.

»Ich bin gefährlich.«

»Ja, das seid Ihr – aber auch für sie. Vertraut darauf, dass Euch das beschützen wird.« Ihr störrischer Gesichtsausdruck verriet ihm, dass er nicht zu ihr durchdrang. Sie sah sich selbst nicht so, wie er sie sah: Stark in jeder Hinsicht, die zählte. Er war noch nie jemandem wie ihr begegnet, jemandem, der seine eigene Art von hellem Licht ausstrahlte, jemandem, der in ihm den Wunsch weckte, besser zu sein und härter zu kämpfen. Aber er konnte nicht hierbleiben und mit ihr streiten, wenn Königin Daleina ihn zu sich rief. Er warf dem Wolf einen Blick zu, und der Wolf blähte die Nasenlöcher, als sei er der gleichen Meinung wie er. Kein gutes Zeichen, wenn ein Tier ihn besser verstand als seine Schülerin. Ven deutete mit dem Zeigefinger auf Naelin. »Wir machen später weiter.«

Dann schritt er aus Faras Gemächern. Er kannte den Weg, aber der Höfling bestand darauf, hinter ihm herzuhetzen und zu versuchen, seiner Pflicht, den Meister zu führen, unbedingt nachzukommen, obwohl Ven ihn rasch abhängte und schon unten am Ende der Wendeltreppe angekommen war, während der Höfling immer noch hinter ihm auf den Stufen keuchte.

Er versuchte, nicht daran zu denken, warum Daleina ihn benötigen mochte. Wenn sie einen Ohnmachtsanfall erlitten hätte, wäre sie nicht in der Lage gewesen, ihn zu sich zu rufen. Außerdem würden die Geister sich dann mordlustiger aufführen. Der Luftgeist war verärgert gewesen, aber auch nichts Schlimmeres als das, und Ven wusste, dass ringsum Feuergeister von Laterne zu Laterne huschten, als sei nichts geschehen. Vielleicht hatten sich weitere Symptome gezeigt? Aber dann hätte sie Hamon rufen lassen, nicht ihn. *Sie muss über ihre Sicherheit reden wollen.* Er hatte einen Großteil der Verantwortung den Palastwachen übertragen, aber er wusste, dass Daleina sich am wohlsten fühlte, wenn er das Kommando hatte.

Nachdem er Kommandantin Alet und der zweiten Wache vor dem Saal des Sonnenaufgangs zugenickt hatte, schritt er durch die Tür. Daleina saß nicht auf dem Thron. Sofort fuhr seine Hand an den Schwertgriff, und er suchte den Raum ab, hielt nach Gefahren Ausschau. Einen Moment später sah er sie, sie stand vor einem Wandbild und starrte es an.

»Lasst uns allein und schließt die Türen«, befahl sie.

Die Wachen gehorchten. Er hörte die massiven Türen scheppernd zufallen und bemerkte, dass der Raum, soweit er das erkennen konnte, frei von Geistern war – und er betrachtete sich als jemanden, der in Sachen Geister einen ausgeprägten Instinkt hatte. Er mochte nicht über die Fähigkeit verfügen, sie zu spüren, aber er war sich der Phänomene bewusst, die mit der Gegenwart von Geistern einhergingen, des Kribbelns in der Luft, der Vibrationen in der Erde und des Erzitterns einer Flamme. Jetzt jedoch waren er und Daleina allein.

»Hasst Ihr mich wegen Königin Faras Tod?«, begann Daleina das Gespräch.

Die Frage traf ihn wie der Pfeil eines unsichtbaren Bogenschützen. »Ihr seid meine Königin, und ich könnte Euch nicht hassen.«

»Schöne Antwort, aber Ihr müsst mir doch die Schuld an ihrem Tod geben.«

Er konnte sich nicht vorstellen, warum sie gerade jetzt darüber sprechen wollte. »Natürlich gebe ich Euch die Schuld an ihrem Tod. Und ich gebe auch mir selbst die Schuld. Aber vor allem gebe ich die Schuld Fara und dem Geist, der sie zum Bösen verführt hat.« Er korrigierte sich: »Dem Geist, dem sie gestattet hat, sie zum Bösen zu verführen.« Fara war nicht unschuldig gewesen an dem, was sich zugetragen hatte. Sie mochte in Versuchung geführt worden sein, aber sie hatte sich selbst dafür entschieden, dieser Versuchung nachzugeben. »Warum sprecht Ihr das an?«

»Wegen Hamons Mutter.« Daleina wandte sich von dem Wandbild ab und sah ihn an. Er war erleichtert festzustellen, dass sie gut aussah. Keine Anzeichen von Krankheit. Einige dunkle Schatten unter ihren Augen, vom Schlafmangel. Sie musste mehr essen. Er schärfte sich ein, ihre Schwester zu bitten, ihr etwas süßes Gebäck zu backen.

»Na schön. Ich beiße an. Würdet Ihr Euch dazu herablassen, mir zu erklären, was Ihr damit meint, oder wollt Ihr diese rätselhafte Bemerkung einfach in der Luft hängen lassen? Zugegeben, es bei der rätselhaften Bemerkung zu belassen ist mehr nach Königinnenart, aber ich bin hier der Einzige, den Ihr beeindrucken könnt.«

Ihre Mundwinkel verzogen sich zu einem Lächeln.

»Hamons Mutter hat herausgefunden, dass mein Fall von Falschem Tod nicht auf natürliche Ursachen zurückzuführen ist. Ich bin vergiftet worden.«

Er spürte, wie er innerlich erstarrte und alle Muskeln sich anspannten. Es war das gleiche Gefühl, wie er es direkt vor einem Angriff empfand. Er war sich des Geschmacks der Luft bewusst, der Reglosigkeit und des Schweigens im Raum, nur unterbrochen von seinem und Daleinas Atem, der Wärme der Sonne auf dem Bernsteinboden. »Hat Hamon das bestätigt?«

»Er glaubt ihr, und das bedeutet, dass ich es ebenfalls tue. Es erklärt den raschen Ausbruch der Krankheit und das Fehlen von anderen Symptomen. Aber da gibt es noch etwas: Seine Mutter ist der Ansicht, sie könne ein Heilmittel herstellen, falls es uns gelingt, eine Probe des ursprünglichen Giftes aufzutreiben. In meinem Blut ist es im Moment zu sehr verdünnt.«

»Dann werden wir dieses Gift finden.« Er würde den ganzen Palast auseinandernehmen, Ast für Ast. »Wir werden es aus demjenigen herauspressen, der Euch das angetan hat …« Er brach ab. »Aber wer würde so etwas tun? Es kann niemand sein, der bei klarem Verstand ist. Sie alle wissen, dass es Aratay zerstören würde, wenn sie Euch töten, solange es keine Thronanwärterin gibt. Wir sind hinter einem Wahnsinnigen her.«

»Oder hinter jemandem, der von Kummer verzehrt wird. Ich habe Untersuchungsbeamte zu den Familien der Thronanwärterinnen geschickt, mit der Anweisung, Nachforschungen anzustellen, ohne ihre Trauer noch schlimmer zu machen. Aber es könnte sich auch um jemanden handeln, der mich heimlich und aus privaten Gründen hasst – ob er dazu nun Anlass hat oder nicht. Ein Palastdiener. Ein Höfling. Ein Wachmann. Ein Koch.«

»Dann werden wir sie alle befragen.«

»Alle in Aratay?«

»Alle, die im vergangenen Monat Kontakt zu Euch hatten. Euer Truchsess wird eine entsprechende Liste haben. Ruft sie einen nach dem anderen in den Palast …«

»Es könnte auch ein Meister sein.«

Sie beobachtete ihn, prüfte seine Reaktion, daher reagierte er gar nicht, jedenfalls nicht gleich. Er dachte darüber nach. Seine erste und offensichtliche Reaktion war: nein, unmöglich und lächerlich. Die Meister hatten geschworen, die Krone zu beschützen. »Es kann kein Meister gewesen sein.«

»Doch, kann es.«

»Wir haben geschworen, die Krone zu beschützen.«

»Die Krone, nicht die Frau, die sie trägt.«

»Wortklauberei.«

Er ging im Raum auf und ab, und ihr Blick ruhte immer noch auf ihm. Er wollte auf irgendetwas einschlagen – auf eine Wand, einen Feind, den Thron. »Wir haben eine Königin getötet. Für das Wohl unseres Landes«, gab sie zu bedenken. »Was ist, wenn jemand anderes das Gleiche tun wollte?«

Er kannte alle anderen Meister. Hasste einige wenige von ihnen. Trotzdem glaubte er nicht, dass irgendein Meister des Königinnenmordes schuldig war. Aber andererseits hätte er so etwas auch nie von Hamon und Direktorin Hanna erwartet, ganz zu schweigen von Daleina. »Es gibt im Moment keine Thronanwärterin. Kein Meister würde Aratay gefährden.« Keiner von ihnen war ein Wahnsinniger oder so von Kummer verzehrt, dass er derart wider alle Vernunft handeln würde.

»Es ist ein langsam wirkendes Gift«, erinnerte ihn Daleina. »Ein Meister könnte davon ausgehen, dass er noch genug Zeit haben wird, um eine neue Thronanwärterin auszubilden. Er oder sie könnte meine Reaktion vorausgeahnt haben: dass ich die Ausbildung der Kandidatinnen schneller vorantreiben und die Thronprüfungen früher ansetzen würde. Er könnte gewusst haben, dass ich früher als üblich eine Thronanwärterin ernennen würde.«

Es war Unfug. Dennoch konnte er die Vorstellung nicht gänzlich von der Hand weisen. Die Meister hatten ungehinderten Zutritt zu Daleina und dem Palast. Alle vertrauten ihnen. Und sie hatte recht, was die Sache mit der Wahl eines langsam wirkenden Giftes anging: Jeder, der sich nicht um die Folgen scherte, hätte sie auch einfach niederstechen können. Gift war das Mittel der Wahl für jemanden, der Zeit gewinnen wollte. »Es ist sehr, sehr, sehr unwahrscheinlich.«

»Aber nicht unmöglich.« Ihre Schultern sackten herab, als habe sie gehofft, er würde Einwände erheben, bis er sie davon überzeugt hatte, dass sie falschlag.

Er wäre auch froh gewesen, wenn er das hätte tun können, aber sobald die Saat des Zweifels gesät war, schlug sie Wurzeln. »Gute Menschen können aus den richtigen Gründen das Falsche tun«, sagte Ven langsam. Viele Meister waren bestürzt und aufgebracht gewesen, als ihre Thronanwärterinnen gestorben waren und stattdessen Daleina als Königin aus dem Hain hervorgetreten war. Viele waren der Ansicht, dass sie des Amtes nicht würdig sei und ihr die nötigen Fähigkeiten fehlten. Er hatte leises Murren gehört … nichts, was darauf schließen ließ, dass irgendwer ihr Böses wünschte, aber es reichte doch, um zu wissen, dass sie kaum wirklich begeisterte Anhänger unter den Meistern hatte. Sie hatte sie noch nicht zu beeindrucken vermocht. Schon seit ihrer Krönung war sie immer vorsichtig im Umgang mit ihrer Macht gewesen, und seit ihrer Erkrankung war sie noch sehr viel vorsichtiger geworden. Die meisten nahmen sie als umsichtig und zurückhaltend wahr, doch es gab auch jene, die sie für schwach hielten. »Trotzdem, es sind Eure *Meister*, von denen wir hier sprechen. *Ihr* solltet nicht an uns zweifeln. *Ich* kann das. Aber ich bin ein verbitterter und abgebrühter alter Mann, und Ihr seid das frische Gesicht der Hoffnung und des Lichtes.« Er schüttelte den Kopf. Jetzt, da sie den Gedanken ins Spiel gebracht hatte, konnte er nicht umhin, alle Meister nacheinander durchzugehen und sie einzeln unter die Lupe zu nehmen: Piriandra, Cabe, Ambir … Nein, es war unglaublich, dass er dergleichen auch nur in Erwägung zog.

»Es ist keine hinreichend wahrscheinliche Möglichkeit für mich, um dafür eigens einen Ermittler zu erübrigen«, räumte Daleina ein. »Aber ich habe mir überlegt, dass Ihr sie vielleicht einmal befragen könntet, und sei es auch nur, um unsere Sorgen zu zerstreuen.«

»Ich kann mich ihnen nicht ohne Weiteres nähern. Sie würden glauben, ich wolle ihre Kandidatin abwerben oder zumindest versuchen, deren Ausbildung zu stören. Ihr bräuchtet dafür jemand Unbeteiligtes.« Ven ging nun schneller auf und ab, und seine Füße dröhnten auf dem Bernsteinboden. Er kannte die anderen Meister. Es würde ihm nie gelingen, deren Geheimnisse zu durchdringen. »Nein, nicht jemand Unbeteiligtes. Ihr braucht jemanden, der nur Euch allein treu ergeben ist. Kommandantin Alet.«

Sie ließ sich auf ihren Thron sinken. »Ja. Natürlich, ja. Sie ist ideal dafür.«

»Behauptet den Meistern gegenüber, Alet würde zu ihnen kommen, um ihnen behilflich zu sein – um der ausgleichenden Gerechtigkeit willen. Sie alle wissen schließlich, dass sie bereits mir behilflich war. Oder sagt, dass sie dafür da sei, sie zu beurteilen und festzustellen, ob ihre Kandidatinnen schon für die Thronprüfungen bereit sind. So oder so werden sie keinen Verdacht schöpfen und den eigentlichen Grund nicht erraten.« Und wenn Alet, wie unwahrscheinlich es auch war, den Giftmörder entlarvte, konnte sie sich, im Gegensatz zu einem gewöhnlichen Untersuchungsbeamten, zumindest selbst verteidigen, wenn der Mörder Verdacht schöpfte. Sie war eine der wenigen, die eine gute Aussicht hatten, eine derartige Entlarvung des Schuldigen zu überleben. Daher wäre sie in der Lage, Bericht zu erstatten oder sogar die schuldige Person zu überwältigen und das Gift an sich zu bringen. Er hatte ihre Fähigkeiten gut genug kennengelernt, um zu wissen, dass sie einen Meister in die Knie zwingen konnte. Ein Frösteln überlief ihn bei dem Gedanken, dass irgendjemand einen Meister bezwang und ihn oder sie als Verräter und Mörder bloßstellte … »Daleina, Euch ist doch klar, dass wir uns hier wie ein Ertrinkender an einen Strohhalm klammern. Beim Giftmischer handelt es sich viel wahrscheinlicher um einen politischen Feind oder um einen Bürger mit gebrochenem Herzen als um jemanden aus dem Kreis der Helden des Reiches.«

Leise erwiderte die Königin: »Ich weiß. Aber, Ven, versteht Ihr denn nicht? Jetzt haben wir Hoffnung. Ich kann mir die Gelegenheit nicht durch die Finger schlüpfen lassen. Ich muss alles tun, was in meiner Macht steht.«

»Ich weiß«, gab er zurück. »Und genau das werden wir auch.«

Ven von ihrem Verdacht zu erzählen war nicht sehr schwer gewesen. Weitaus schwieriger würde es werden, Alet zu bitten, die Helden Aratays auszuspionieren. Daleina würde ihr nicht befehlen, es zu tun. Sie wollte, dass die Bitte von einer Freundin kam, nicht von einer Königin. Sie hätte nicht sagen können, warum ihr das wichtig war, aber das war es. Es war eine derart aberwitzige Idee, dass sie daraus keinen königlichen Befehl machen konnte.

Daher wollte sie auch nicht im Saal des Sonnenaufgangs mit Alet sprechen, sondern die Sache viel lieber in ihren Gemächern mit ihr erörtern. Als sie zurückkam, erwartete sie, ihre Schwester dort vorzufinden, aber Arin war nicht zurückgekehrt. *Eigentlich nur gut so,* versuchte sie sich einzureden, *denn dieses Gespräch ist nicht für ihre Ohren bestimmt.*

Trotzdem … vielleicht sollte sie Arin nicht immer wieder fortschicken. Sie vermisste sie. *Sie ist aber sicherer, wenn sie nicht bei mir ist,* rief sich Daleina ins Gedächtnis.

Kommandantin Alet schloss die Tür hinter ihnen. Daleina sah, wie sie den Blick durch den Raum wandern ließ, eine Bestandsaufnahme möglicher Gefährdungspunkte machte und nach irgendwelchen bereits vorhandenen Gefahren suchte. Ven tat das Gleiche, wann immer er den Raum betrat – eine ständige Wachsamkeit, die etwas mit ihrer Ausbildung zu tun haben musste. Daleina machte selbst etwas Ähnliches, aber sie suchte nach Geistern, nicht nach Menschen. Das war vielleicht ihr Fehler gewesen.

Sie fragte sich, wo der Giftmischer sie erwischt haben könnte. War das Gift in ihren Speisen oder in ihren Getränken gewesen? Hatte eine vergiftete Klinge ihr einen Kratzer zugefügt, so geringfügig, dass sie es nicht bemerkt hatte? War das Gift auf eine Oberfläche gestrichen worden, die sie berührt hatte, wie zum Beispiel ihr Kissen? Es könnte auch eines ihrer Kleider damit bestreut worden sein. Sie konnte es eingeatmet haben. Andere konnten ebenfalls damit in Kontakt gekommen und krank geworden sein.

Sie würde Hamon später fragen, ob seine Mutter wusste, wie ihr das Gift verabreicht worden war. Sie würde ihn bitten, sich jeden anderen Fall von Falschem Tod anzusehen, der in letzter Zeit gemeldet worden war … Das war sogar eine gute Idee. Wenn auch andere vergiftet worden waren, ließe sich vielleicht ein Muster erkennen … Der Giftmischer könnte experimentiert haben, oder vielleicht hatte er auch noch andere mögliche Opfer im Visier.

»Ihr seid am Grübeln«, bemerkte Alet. »Ich kenne diesen Gesichtsausdruck. Ich bin draußen, falls Ihr mich braucht.«

Daleina schüttelte den Kopf, und plötzlich war es ihr, als würden alle Gedanken in ihrem Inneren zu schreien anfangen. Sie trat an Alets Seite. »Geht nicht.« Hastig fügte sie hinzu: »Ich bin nicht krank.«

Alets Augen weiteten sich, und ihr klappte die Kinnlade herunter.

Daleina begriff plötzlich, wie ihre Worte klingen mussten. »Ich bin immer noch dem Tode nah. Aber ich bin nicht krank, nicht auf eine natürliche Weise. Man hat mich vergiftet.«

Alet klappte den Mund wieder zu und fragte: »Seid Ihr sicher?«

»Experten haben mich wissen lassen, dass dem so sei. Und ich will auch glauben, dass es wahr ist.«

»Ja, wirklich?«

»Ja, weil es zu Giften Gegenmittel gibt.« Sie spürte plötzlich, dass sie lächelte, als strahle die Sonne durch die Bäume. Sie zog Alet quer durch den Raum hin zum Balkon und hinaus ins Sonnenlicht. Nur ein dünner Sonnenstrahl hatte sich durch das dichte Blätterdach gekämpft, aber dieser Lichtfleck war ihr genug. »Schaut nur, ein Sinnbild für Hoffnung! Lasst das Gefühl in Euch eindringen!«

Alet starrte sie an. »Ich werde Heiler Hamon holen gehen. Wahnvorstellungen könnten auch eine Nebenwirkung der …«

»Hamon hat mir das alles selbst gesagt«, unterbrach sie Daleina. »*Wollt* Ihr etwa nicht glauben, dass es wahr ist?«

»Was ich will und was wahr ist, hat selten etwas miteinander zu tun«, gab Alet zurück und löste sich von ihr. »Es ist zu schön, um wahr zu sein, vor allem, wenn Hamon auch das Gegenmittel hat. Hat er es denn schon?«

»Noch nicht. Zuerst müssen wir den Giftmörder finden. Herausbekommen, was für eine Art von Gift er oder sie genau benutzt hat. Wir wissen noch nicht einmal, wie es mir verabreicht wurde. Trotzdem … es besteht Hoffnung.« Wieder deutete Daleina auf den Sonnenstrahl, und als Alet nicht in den Lichtkegel hineintrat, zog sie abermals an der Hand ihrer Freundin.

»Ich will nicht, dass Ihr Euch falsche Hoffnungen macht«, bekannte Alet, ohne sich von der Stelle zu bewegen. »So etwas kann sogar noch qualvoller sein.«

»Wenn es wirklich eine falsche Hoffnung ist, werde ich bald tot sein«, erklärte Daleina, »und dann gibt es nichts mehr, was für mich qualvoll wäre.« Sie hatte nicht vor, dieses Gefühl loszulassen. Sie würde hinter jeder Idee herjagen, auf die sie kommen konnte, jedem Hinweis folgen, alles in ihrer Macht Stehende tun, um weiterzuleben. »Also werde ich weitermachen, als sei es eben keine falsche Hoffnung. Und ich will, dass Ihr mir helft.«

»Immer, meine Königin.«

Daleina holte tief Luft. »Die königlichen Ermittlungsbeamten sprechen mit allen, die Zugang zu mir hatten und die ein Motiv haben könnten … aber es gibt eine

Gruppe von Leuten, an die sie sich nicht wenden werden: die Meister.« Sie hob die Hand, um jedwedem Einwand zuvorzukommen. »Ich weiß, es ist lächerlich, das auch nur in Betracht zu ziehen. Aber ich darf nichts unversucht lassen.«

Alet nickte nur. »In Ordnung.«

Daleina blinzelte. »Dann wollt Ihr gar nicht hören, was ich mir überlegt habe?«

»Sagt mir einfach, was ich für Euch tun soll«, erwiderte Alet. »Wenn es in meiner Macht steht, werde ich es tun.« Sie streckte den Arm aus, als wolle sie Daleinas Hand berühren, und wich dann wieder zurück. »Ich will nicht, dass Ihr sterbt.« Doch unausgesprochen klang noch ein anderer Satz mit: *Was ich will und was wahr ist, hat selten etwas miteinander zu tun.*

Daleina trat vor und griff nach der Hand ihrer Freundin. »Ich weiß, es klingt nach Verrat. Und es ist ziemlich sicher zwecklos. Angst und Hoffnung sind Zwillinge – und, ich kann mir nicht helfen, aber ich will einfach jeder erdenklichen Möglichkeit nachgehen, ganz gleich, wie abwegig sie ist.«

»Noch einmal, in Ordnung.«

»Ich will, dass Ihr die Meister ausspioniert. Begebt Euch zu jedem und jeder Einzelnen. Erzählt ihnen, ich hätte vor, bald die Thronprüfungen abzuhalten, wolle mich aber vergewissern, dass ihre Schützlinge auch bereit dazu sind. Ihr wäret gekommen, um sie schon einmal vorzuwarnen und um zu beurteilen, wie gut sie vorbereitet sind. Bringt sie zum Reden und findet so viel heraus, wie Ihr könnt. Fasst sie genau ins Auge. Schnüffelt ihnen nach. Stellt fest, wem wir vertrauen können und wem nicht. Könnt Ihr das?«

»Und wenn ich denjenigen finde, der Euch ermorden will?«

»Bringt ihn oder sie zu mir. Lebend.«

»Lebend?«

»Ja. Ich habe Fragen an diesen Menschen.« Es gefiel ihr, dass Alet keine Zweifel äußerte, ob sie auch in der Lage sein würde, den Betreffenden gefangen zu nehmen. Immerhin handelte es sich um die Meister, die Besten der Besten. Aber Alet verfügte selbst ebenfalls über bemerkenswerte Fähigkeiten. Sie würde es mit jedem von ihnen aufnehmen können.

»Darf ich dem Betreffenden zuerst eine Tracht Prügel verabreichen?«

»Das wäre großartig.« Daleina schlang die Arme um Alet. »Ihr seid eine wahre Freundin.« Sie erstarrte und wurde ganz steif, aber Daleina wusste, dass das einfach so ihre Art war. Sie wusste sehr zu schätzen, was sie beide hatten. Das war etwas Seltenes. Es kam ihr so vor, als würde sich das Sonnenlicht ausbreiten, obwohl es auf den schmalen Lichtstreifen auf dem Balkon beschränkt blieb. Mit vereinten Kräften würden die Ermittler und Alet denjenigen entlarven, der sie vergiftet hatte.

Sie hoffte nur, dass sie ihn oder sie rechtzeitig fanden.

Meisterin Piriandra riss das Fenster des Übungsraums auf – sie hatte einen der Meisterräume in Beschlag genommen, um darin mit ihrer Kandidatin zu trainieren. »Die Königin hat kaum einen Blick auf dich geworfen.« Sie stampfte durch den Raum, an ihrer Kandidatin vorbei und hin zu der Wand mit den Waffen. Wild riss sie Waffen von der Wand und warf sie auf einen Haufen.

»Sie hat mich anerkannt.« Beilenas Stimme war kaum mehr als ein Flüstern.

»Sie ist nicht würdig, Königin zu sein.«

Piriandra hörte Beilena nach Luft schnappen, aber sie

schenkte ihr keine Beachtung. Sie zog eine schwere Plane über den Haufen von Schwertern, Keulen, Äxten und Messern und schleppte dann Kisten heran, die sie auf den Ecken der Plane platzierte – in der nächsten Ausbildungsphase durfte Beilena keinen Zugriff mehr auf irgendwelche Waffen haben. Sie musste sich ganz auf ihre Macht über die Geister verlassen. Piriandra war nicht davon überzeugt, dass ihre Schülerin wirklich bereit war, aber sie hatten nun einmal mit einem bedrohlichen Zeitmangel zu kämpfen.

»Wenn ich fragen darf …«, begann Beilena, »was macht Ihr da?«

»Du magst genug getan haben, um dich Königin Daleina gegenüber zu beweisen« – sie stieß das Wort »Königin« mit einem Knurren aus –, »aber du musst dich immer noch vor *mir* beweisen. Eine Thronanwärterin muss in der Lage sein, allein mit ihrer Geisteskraft mit einem zornigen Geist fertigzuwerden. Keine Waffen. Keine Hilfsmittel.«

»Aber ich hatte noch nicht die …«

»Keine Entschuldigungen.« Die Leute fanden immer Entschuldigungen für Königin Daleina. Sie sei so jung, sie habe eine Tragödie miterlebt, sie habe die Verantwortung nicht erwartet, die nun auf ihr laste … aber gleichviel. Sie würde bald tot sein, und dann würde eine andere Königin ihren Platz einnehmen. Piriandra musste einfach nur dafür sorgen, dass eine würdige Thronanwärterin bereitstand. »Diesmal werde ich dir nicht zu Hilfe kommen, um dich zu retten. Du musst dich selbst retten.«

Ihre erwählte Kandidatin hatte Talent. Unmengen von Talent. Anderenfalls hätte Piriandra sie auch nicht erwählt. Das Mädchen war jung – in diesem Punkt hatte die Königin natürlich recht –, ließ sich dadurch aber umso besser formen. Sie kannte ihre Grenzen nicht, weil sie noch nie bis an ihre Grenzen getrieben worden war. Es war Piriandras Aufgabe, das zu ändern.

Piriandra wuchtete eine Kiste auf einen Tisch. Sie war mit einem dicken Tuch bedeckt. »Komm näher, Mädchen.«

Beilena schluckte so heftig, dass Piriandra es hören konnte, und schlich durch den Raum zu ihr hin. Sie war so angespannt, dass ihr die Schultern förmlich an den Ohren klebten. Piriandra hätte ihr am liebsten einen Klaps gegeben und sie angeherrscht, sich gefälligst zu entspannen, aber sie nahm sich zusammen. Stattdessen legte sie einen Unterton von Freundlichkeit in ihre Stimme. »Du hast deine Sache gut gemacht. So gut, dass ich glaube, du bist bereit für den nächsten Schritt.«

»Was ist in der Kiste?«, fragte Beilena.

Piriandra zog das Tuch beiseite. Darunter befand sich ein Metallkäfig, und darin ein schlafender Geist. Er sah aus wie eine Rolle aus Silber, mit kristallartigen Stacheln – seine Arme und Beine. Sein Gesicht war aus einem Eiszapfen geformt. Der Geist war nicht größer als Piriandras Handfläche und wirkte zerbrechlich, auch wenn sie wusste, dass er wohl kaum so empfindlich war, wie es den Anschein hatte. Sie hatte noch immer Schnittwunden an ihrem Bein von dem Tag, an dem sie ihn gefangen hatte – das Ding war schnell. Zum Glück war sie selbst noch schneller. »Deine Aufgabe besteht darin, ihn zu beruhigen und ihn dann aus dem Fenster hinauszuschicken.«

»Klingt einfach. Wo ist der Haken?«

Piriandra lächelte freudlos. Zumindest hatte sie Beilena gut genug ausgebildet, dass ihr klar war, dass die Sache einen Haken haben würde. »Er wird sehr, sehr böse auf dich sein, wenn er aufwacht.«

»Warum wird er sehr, sehr böse auf mich sein?«

»Weil er glauben wird, du hättest das getan.« Piriandra

schnappte sich eine Fackel von der Wand und stieß sie zwischen die Gitterstäbe des Käfigs. Dann trat sie aus dem Weg, sodass nur Beilena vor dem Käfig stand, als der Geist nun die Augen aufriss.

Er reagierte auf die Flamme, indem er aufkreischte und sich gegen die Gitterstäbe des Käfigs warf. Eis breitete sich über das Metall aus. Beilena wich schnell zurück, steuerte die mit der Plane zugedeckten Waffen an.

»Keine Waffen. Mach Gebrauch von deinem Verstand«, befahl Piriandra.

»Es ist ein Eisgeist. Ich habe noch nie einen Eisgeist kontrolliert!«

»Du kannst sie doch alle befehligen, oder etwa nicht?«

»J-ja, natürlich. Aber … aber … sie sind selten.«

Für eine Sekunde zögerte Piriandra. Es war möglich, dass Beilena es tatsächlich noch nie zuvor mit einem Eisgeist zu tun gehabt hatte. Aber Direktorin Hanna hätte doch sicherlich nicht zugelassen, dass sie als Kandidatin erwählt wurde, wenn sie ihre Fähigkeit, alle Geister zu beherrschen, nicht bewiesen hätte. »Sie sind nicht immer selten.« In den schlimmsten Wintern heulten die Eisgeister aus Elhim über ganz Aratay hinweg. Sie umhüllten die Äste mit Eis, ließen die Waldbäche gefrieren und brachen die Erde um die Wurzeln der Bäume herum auf. »Vergiss nicht, er ist wütend. Lass ihn nicht aus den Augen.«

Beilena nickte. »Er kann doch nicht aus dem Käfig raus, oder?«

Der Geist huschte von Gitterstab zu Gitterstab und zischte wütend. Das Metall knirschte und knackte.

»Natürlich kann er das«, erwiderte Piriandra und verließ den Übungsraum.

Beilena machte einen Satz vorwärts. »Wartet …«

Piriandra schob den Riegel vor. Sie hörte Beilena

schreien, und einen Moment lang fühlte sie sich versucht, den Riegel wieder aufzureißen, aber nein. Es war nur ein einziger Geist, und Beilena war stark und schlau genug, um mit ihm fertigzuwerden. Sie zwang sich, von der Tür zurückzutreten und wegzugehen.

Sie ging weiter, hinunter in die Küche, die sie mit den wichtigsten Grundvorräten ausgestattet hatte: Nussriegel, Äpfel, Wasser. Mechanisch goss sie Honig auf einen Nussriegel und zwang sich, sich zu setzen und ruhig sitzen zu bleiben, als läge ihr der Magen nicht wie eine fest geschlossene Faust im Bauch.

Bei all ihren Ausbildungseinheiten hatte Beilena immer Lehrer um sich gehabt, Sicherheitsnetze. Sie war an der Akademie sicher gewesen, sozusagen am Busen der Direktorin geborgen. Sie musste erst lernen, dass sie Dinge allein regeln konnte, und es wäre nicht im Sinne von Piriandras Ausbildung, würde sie jetzt eilig wieder ins Zimmer stürzen. *Gib ihr Raum*, sagte sie sich. *Lass sie lernen.* Wenn sie weiterhin ein Sicherheitsnetz hatte, würde sie niemals lernen, auf sich selbst zu vertrauen, und das war eine der wichtigsten Lektionen.

Außerdem war es nur ein einzelner Geist. Ein Eisgeist, aber trotzdem, ein kleiner.

Piriandra verzehrte den Nussriegel und zwang sich, ihn mit normaler Geschwindigkeit zu kauen, statt ihn eilig hinunterzuschlingen. Als sie fertig war, wischte sie sich mit einer Serviette die Lippen ab und spülte ihren Teller. Sie hatte keine weiteren Schreie gehört, und Beilena hatte nicht um Hilfe gerufen, was ein gutes Zeichen war. Sie fragte sich, ob sie wirklich die Kraft gehabt hätte, draußen zu bleiben, wenn ihre Kandidatin doch nach ihr gerufen hätte. Sie war eine gestrenge Lehrerin, aber sie war nicht herzlos. *Und ich habe bereits eine Kandidatin verloren.*

Sie drückte das Ohr an die Tür. Es war still im Raum. Ein gutes Zeichen? Nur, dass Beilena, wenn sie den Geist besiegt hätte, doch bestimmt herausgekommen wäre, oder? »Beilena? Ist er besiegt?«

Keine Antwort.

Wenn sie hineinstürmte und störte, dann würde ihre Kandidatin annehmen, dass sie ihr nicht vertraue, was alles zunichte machen könnte, was diese Übung eigentlich hatte erreichen sollen … »Beilena?«

Immer noch keine Antwort.

Piriandra riss die Tür auf – alles war mit Eis bedeckt. Sie zog ihr Schwert. Wind peitschte durch das offene Fenster, aber das Tuch des Käfigs rührte sich nicht. Es war steifgefroren.

»Beilena?« Sie trat ein.

Sie schaute sich im Raum um, konnte den Eisgeist aber nirgends entdecken, ebenso wenig wie ihre Kandidatin. Alles war weiß vereist … bis auf das Rot, das unter der Plane hervortropfte. Mit gezücktem Schwert durchquerte Piriandra den Raum und trat vor die Plane.

Sie zog die Plane zurück.

In der Mitte des Waffenhaufens lag Beilena. Ihre Augen waren offen, blicklos, und eine kleine Blutlache hatte sich in ihrem Mundwinkel gesammelt und verfärbte ihre Lippen. Eine ganze Ansammlung von Eiszapfen war ihr in die Kehle gerammt worden wie eine Halskette.

Sie musste zu den Waffen gerannt sein, hatte sie aber nicht rechtzeitig erreichen können.

Es könnte gleich in den ersten Momenten geschehen sein, dachte Piriandra. *Dieser erste Schrei.* Aber es hätte ihr eigentlich nicht so schwer fallen sollen, Eisgeister zu kontrollieren. Es war nur ein einziger gewesen, und der war noch nicht einmal übermäßig klug.

Ein Flimmern am Fenster erregte ihre Aufmerksamkeit, und Piriandra ging darauf zu, geschmeidig und lautlos, ihr Schwert erhoben. Der Eisgeist lag auf dem Sims. Er lebte noch. Seine Arme fehlten – das mussten die Eiszapfen sein, die sich in Beilenas Hals gegraben hatten.

Beilena musste sich gewehrt haben und hätte den Eisgeist beinahe besiegt. Doch am Ende war er zu stark für sie gewesen.

Piriandra fluchte. Erst leise und dann lauter.

Ich hätte im Raum bleiben sollen. Ich hätte sie nicht allein lassen sollen. Sie war noch nicht so weit. Und ich wusste eigentlich, dass sie noch nicht so weit war. Das ist meine Schuld. Ganz allein meine Schuld.

Mit der Spitze ihres Schwertes hob Piriandra den geschwächten Geist hoch, trug ihn zum Käfig und schloss ihn darin ein. Den Käfig bedeckte sie mit einem Tuch. Der Geist würde nicht bestraft werden – er hatte nur getan, wozu man ihn angestachelt hatte. Geistern, die bei Übungen eingesetzt wurden, drohten für gewöhnlich keine Vergeltungsmaßnahmen. Sie würde ihn aus der Hauptstadt wegbringen und freilassen müssen.

Piriandra fühlte sich steif, und mit mechanischen Handgriffen sperrte sie den Geist ein, während sie überlegte, was jetzt als Nächstes zu tun war.

Die Familie der Kandidatin würde benachrichtigt werden müssen, außerdem Direktorin Hanna. Piriandra musste Vorkehrungen für das Begräbnis treffen. Wenn sie den Bediensteten ein Extrageld bezahlte, würden sie sich um den größten Teil der Vorbereitungen kümmern. In der Zwischenzeit sollte sie sich eine neue Kandidatin suchen, die sie nun sogar noch schneller ausbilden musste, ohne dass es mit ihr ebenfalls ein schlimmes Ende nahm. Die Zeit war knapp. Schon bald würde die Königin die Thronprüfungen ansetzen … *Es tut mir leid, Beilena! Das habe ich nicht gewollt!* Zwei Kandidatinnen tot. Nein, das war es ganz und gar nicht gewesen, was sie vorgehabt hatte. Am liebsten hätte sie mit der Faust nun auf irgendetwas eingedroschen, möglichst fest, und ihr Blick fiel auf den gefangenen Geist.

Sie hörte ein Klopfen hinter sich. Automatisch zog sie die Plane über Beilenas Leichnam. Dann richtete sie sich auf und drehte sich um. »Ja?«

Einer der Palastdiener – sie hatte sich nie die Mühe gemacht, sich seinen Namen zu merken – verbeugte sich. »Eine Vertreterin der Königin ist hier, um Euch einen Besuch abzustatten. Kommandantin Alet. Sie sagt, die Königin habe sie gebeten, sich ein Bild über die Fortschritte Eurer Kandidatin zu machen.«

Piriandra fluchte halblaut, dann seufzte sie. »Führt sie herein.«

Kapitel 19

In der Mitte des Schlafgemachs der verstorbenen Königin umkreisten drei Wassergeister Naelins Kopf. Sie schnatterten, und ihre Stimmen klangen wie Regen, der gegen die Fensterscheiben schlägt, während sie ihr Wasser ins Gesicht spritzten. Naelin zuckte zusammen und hielt schützend die Arme vor sich, aber das Wasser traf sie, gerade als sie Luft holte. Sie atmete Wasser ein und musste husten.

»Schafft sie hier heraus, Naelin«, forderte Ven sie auf.

Immer noch hustend griff sie auf den einen Befehl zurück, den sie besser kannte als jeden anderen: *Geht fort.* Sie schleuderte ihn ihnen entgegen, und sie flohen durch die offene Balkontür, wobei sie es allerdings noch einmal heftig regnen ließen. Naelin watete durch die Pfützen, schlug die Balkontür zu und zog die Vorhänge vor. Einer hing schlaff herunter, halb von der Gardinenstange gezerrt, mit Rissen, die ein Luftgeist am Vortag hinterlassen hatte. »Das muss aufhören«, sagte sie und wischte sich das Wasser aus dem Gesicht. »Es ist nur eine Frage der Zeit, bis ich versehentlich mal jemanden töte.«

»Ihr lernt, sie unter Kontrolle zu halten«, entgegnete Ven.

Er wollte nur nett sein. »Das ist keine Kontrolle.« Sie deutete auf die Wasserlache auf dem Boden mit den Einlegearbeiten. »Ich kann sie nicht länger als ein paar Minuten kontrollieren.«

Ven lehnte am Kaminsims – einer der wenigen Gegenstände im Raum, die im Laufe ihres Unterrichts noch nicht zerstört worden waren, auch wenn er jetzt mit Asche bedeckt und verrußt war – und wirkte ruhig und gelassen. Seine grüne Lederrüstung war sauber, während Naelin nach ihrer Begegnung mit den Wassergeistern ganz durchnässt war. Der von den Erdgeistern hinterlassene Dreck war zu Schlamm geworden, der ihr an den Armen hinabrann. Ven wirkte so lässig und entspannt, als sei er nur mal eben auf eine Tasse Rindentee vorbeigekommen. »Es sind nicht die Geister, die Ihr zu kontrollieren lernen müsst; Ihr selbst seid es. Im Moment kontrolliert Euch Eure Angst, statt dass Ihr sie beherrscht.«

»Erzählt mir bitte nicht, ich müsste mich einfach nur ›beruhigen‹. In der Geschichte der Welt hat die Aufforderung ›Beruhige dich‹ niemals etwas anderes bewirkt, als den Betreffenden nur noch mehr aufzubringen.« *Selbst Renet war klug genug gewesen, solche Bemerkungen zu unterlassen.* Sie stapfte durch den Raum, trat an einen Krug und schenkte sich ein Glas Wasser ein. Nachdem sie so viel verschlucktes Wasser ausgehustet hatte, fühlte sich ihre Kehle ganz wund an. Sie nahm einen Schluck. Ihre Hände zitterten.

Ven verschränkte die Finger über dem Bauch. Er musterte sie erneut. Offensichtlich machte er eine Bestandsaufnahme ihrer sämtlichen Mängel. Sie straffte die Schultern und starrte wütend zurück.

»Braucht Ihr wieder einmal aufmunternde Worte?«, fragte er mit sanfter Stimme. »Die kann ich Euch nämlich gerne liefern, aber Ihr müsstet doch meine besten Ansprachen bereits alle auswendig können.«

»Hebt Euch das für Eure nächste Kandidatin auf.« Sie schloss für einen Moment die Augen, bereitete sich auf seine Reaktion vor. Aber er begann nicht mit seiner üblichen Rede. *Vielleicht kann er sie auch schon nicht mehr hören. So wie ich.* Sie fand es schrecklich, dass sie ihn enttäuschte, auch wenn sie das Ganze doch nie gewollt hatte. »Wie schafft Königin Daleina das?«

»Jede Königin und jede Thronanwärterin, mit der ich je gearbeitet habe, war im Herzen eine Optimistin. Auch wenn sie wussten, dass sie nur wenig Aussicht auf Erfolg hatten, haben sie sich alle doch nie Zweifel an ihrem Sieg erlaubt. Daleina erlebte beim Krönungsmassaker einen Schock. Nie hätte sie geglaubt, dass die Geister die anderen Thronanwärterinnen wirklich töten könnten. Ihr dagegen wäret dort hineingegangen und hättet es bereits erwartet.«

Jedes Mal, wenn Geister kamen, erinnerte sie sich unweigerlich wieder an den Tag, an dem ihre Familie gestorben war – all die Geräusche und Gerüche und wie sie sich, zusammengekauert unter den Dielen, damals gefühlt hatte. »Ihr könnt mich nicht zu einer Optimistin machen. Ich habe zu viel Tod gesehen.« Sie konnte nicht aufhören, die Geister zu fürchten, und sie wollte das auch nicht. Der Tag, an dem man aufhörte, Angst vor ihnen zu haben, an dem man das Gefühl hatte, sie zu beherrschen, war auch der Tag, an dem man starb. Ihre Mutter hatte nicht erwartet, dass die Geister, die sie gerufen hatte, sie überwältigen würden. Das Gleiche galt, dessen war sich Naelin sicher, auch für die Thronanwärterinnen, die in dem Hain gestorben waren.

Er zögerte, und Naelin mochte ihn wegen dieses Zögerns umso mehr – er wusste auch nicht, was zu tun war, und seltsamerweise war das tröstlich. Aber sofort hatte er wieder seine übliche Miene des »verantwortlichen Meisters« aufgesetzt, und erneut sprach er mit Autorität und Überzeugung in der Stimme, was bei jungen Kandidatinnen wahrscheinlich äußerst wirkungsvoll war; Naelin allerdings, die sich selbst viele Male dieses Tonfalls bedient hatte, zeigte sich weniger beeindruckt. »So abgedroschen das auch klingen mag, Ihr müsst an Euch glauben.«

Naelin schnaubte. »Ihr könnt mir nicht weismachen, dass die Königin die Geister nicht fürchten würde. Sie hat selbst gesehen, wozu sie imstande sind. Es kann nicht einfach nur um fröhliche Zuversicht und eine positive Grundhaltung gehen.«

»Daleina fühlt Angst, aber sie lässt sich dadurch nicht dazu verleiten zurückzuweichen. Sie legt sich vielmehr nur umso entschlossener ins Zeug.«

»Schön für sie.« Sie vergrub das Gesicht in den Händen. »Mist, warum kann ich das nicht auch? Ich habe den Kraken vertrieben! Diese kleinen Geister sollten rein gar nichts für mich sein!«

»Ihr braucht diese tiefinnerste Entschlossenheit …«

»Ich bin entschlossen.« Wie viele Male hatte Renet sie stur genannt? *Meine Sturheit ist mein hervorstechendstes Merkmal.* Sie war auch der Grund gewesen, warum sie so lange mit Renet verheiratet geblieben war, auch wenn sie seit geraumer Zeit mehr die Rolle der Mutter innegehabt hatte als die der Ehefrau. Sie war so entschlossen gewesen, ihre Ehe am Leben zu erhalten … statt einfach zuzugeben, dass sie längst tot war. »Ihr habt gesehen, wie entschlossen ich sein kann.«

»Mir gegenüber, ja. Aber im Umgang mit den Geistern? Eure Angst verschlingt Eure Entschlossenheit.«

Er hatte natürlich recht. Naelin wusste, was Angst anrichten konnte: Sie konnte einen so vollständig erstarren lassen, wie es nicht einmal ein Eisgeist vermochte. Sie erinnerte sich daran, dass Erian, als sie fünf Jahre alt gewesen war, Angst vor dem Klettern gehabt hatte; was ein Problem ist, wenn man dreißig Meter hoch oben in einem Baum wohnt, und ihre Schule war sogar noch höher gelegen. *Schau nicht nach unten,* hatte Naelin ihr geraten. Aber Renet hatte gesagt: *Doch, schau nach unten. Es ist völlig in Ordnung, Angst zu haben.* Erian hatte nach unten geschaut und gezittert wie ein Blatt im Sturmwind, und sie hatte sich nicht bewegt. Eine gute Stunde lang hatte sie nur dagehockt und in die Tiefe gestarrt, und schließlich hatte sie angefangen, sich zu langweilen; sie war damals ja erst fünf Jahre alt gewesen. Und dann war sie losgeklettert. Renet hatte den richtigen Impuls gehabt.

Ven hatte wieder zu sprechen begonnen und erklärte gerade, wie stark ihre Macht doch sei, dass sie bereits bewiesen habe, wie viel Talent sie besäße, dass sie auf sich selbst vertrauen solle – und so weiter und so weiter.

Naelin ließ die Hände sinken. »Mir kommt da gerade eine wirklich fürchterliche Idee.«

Das war genug, um hinter die Fassade seiner vorgetäuschten Entspanntheit zu dringen. Zum ersten Mal seit Beginn ihrer Übungen wirkte er interessiert. »Ich mag fürchterliche Ideen.«

»Ich will mich ringsum mit Geistern umgeben.«

»In Ordnung.«

»Ich will sie gar nicht beherrschen. Mich nur an ihre Gegenwart gewöhnen.« Sie ging zur Balkontür hinüber und spähte hinaus. Im näheren Umkreis spürte sie Dutzende von Geistern: Feuergeister, die in den Kerzen und Kaminen tanzten, Luftgeister, die über dem Blätterdach hin und her huschten und mit den Fahnen spielten, Wassergeister, die die Wolken schwer von Regen machten,

Erdgeister, die sich durch die Gärten wühlten, Baumgeister, sogar ein paar wenige Eisgeister. Wenn sie sich ihnen öffnete und sie zu sich einlud … sie näher herbeirief, aber darauf verzichtete, ihnen Befehle zu erteilen … »Glaubt Ihr denn nicht, dass das eine fürchterliche Idee ist?«

»Passt schon.« Er zog sein Schwert.

»Als ich das letzte Mal alle Geister gerufen habe, hat ein Krake beinahe die Akademie zerstört. Ich kann nicht versprechen, dass etwas Derartiges nicht wieder passiert.«

»Hier befindet Ihr Euch hoch über der Erde. Außerdem weiß Daleina, dass Ihr gerade übt. Sie wird schon dafür sorgen, dass wir den Palast nicht zu Kleinholz machen. Ruft die Geister herbei.«

Naelin öffnete die Balkontür und trat hinaus. Sie spürte Wind im Gesicht, der den Duft von Kiefernnadeln und Rosen herantrug, hörte das geschäftige Treiben der Menschen in der Stadt, die über die zahlreichen Brücken gingen, unter der dichten Blätterdecke. Unter ihr versammelten sich Wachen in der Nähe des Eingangs, und ein Pärchen schlenderte durch einen Pavillon. Sie fragte sich, was wohl ihre Kinder gerade taten, ob sie glücklich waren, ob sie Angst hatten, ob sie ihr Mittagessen zu sich genommen hatten …

Kommt. Sie sandte die Nachricht aus, zuerst an die Luftgeister, schickte sie mit dem Wind zu ihnen. *Kommt,* flüsterte sie den Bäumen zu. *Kommt,* rief sie zum Feuer und zum Wasser. *Kommt,* Eis und Erde.

Als Erstes spürte sie einen Windhauch auf dem Gesicht. Die Luft roch süß, mit einem Hauch von Salzwasser und überreifen Früchten, wie sie in einem Umkreis von hundert Meilen um den Wald herum nicht wuchsen, und der Wind tanzte um sie herum, strich durch ihr Haar, über ihren Hals. Naelin wandte sich um und sah, wie sich der

Windhauch zu einem tanzenden Geist verfestigte. Andere gesellten sich zu ihm und tollten in einem Kreis um Naelin herum. Ihre durchscheinende Haut schimmerte im Licht der Feuergeister. Ein Erdgeist kletterte über den Balkon herein und plumpste auf den Fußboden – eine Kröte mit einem Knabenkopf. Ein Baumgeist aus knorrigen Stöcken hockte sich auf den Balkon. Er riss mit seinen dürren Fingern am Stoff der Markise. Sie schärfte sich ein, ihm nicht Einhalt zu gebieten.

Weitere Geister strömten in den Raum. Sie spürte, wie sie durch das Balkonfenster krochen, spürte sie wie Insekten auf ihrer Haut. Ven öffnete die Tür, und neue drängten herein – Luftgeister aus den Laternen, Baumgeister aus Wänden und Böden, Erdgeister aus der Küche und den Blumengärten.

Die meisten waren winzig, so groß wie ihre Handfläche. Sie zischten durch den Raum, gackernd und kreischend, jagten einander. Ein Eisgeist verzierte eine Wand mit Eisblumen. Ein Feuergeist landete im Kamin, steckte ein Holzscheit in Brand und schleuderte ihn einem anderen Geist zu. Sie warfen ihn hin und her, und Funken stoben zur Decke empor. Ein Wassergeist ließ es in einer Ecke regnen.

Naelin wäre am liebsten schreiend aus dem Raum gerannt.

Stattdessen zwang sie sich stillzustehen.

Sie spürte, wie die Geister um sie herumwirbelten, allzu nah. Ein Erdgeist schmiegte sich an ihren Knöchel, während ein Baumgeist an ihrem Arm hochlief und sich ein Luftgeist in ihr Haar schlängelte. Da waren winzige Füße auf ihrer Kopfhaut. Schweiß kribbelte an ihrem ganzen Körper, und Naelin wischte sich die Handflächen an ihrem Rock ab. Ihr Mund war trocken, und das Herz hämmerte ihr so heftig in der Brust, dass es wehtat. Sie hatte nicht genug Luft zum Atmen. Die Geister schienen ihr alle Luft wegzunehmen, und sie rang nach Atem.

»Beruhigt Euch«, mahnte Ven.

»Hilft nicht«, erinnerte sie ihn.

»Atmet einfach.«

»Versuche ich ja.« Sie zwang sich, langsam Luft zu holen und dann tief auszuatmen. Es gab nicht weniger Luft im Raum als zuvor; das wirkte nur so. Die Geister drängten näher an sie heran. Ihre Krallen berührten Naelin, sie zogen sie über ihre Haut, ohne sie zu verletzen. Sie fühlte ihr Blut pulsieren und war sich nur allzu bewusst, wie leicht die Geister es vergießen könnten.

Ein Baumgeist atmete auf ihren Nacken, sein Atem war heiß und roch nach feuchtem Moos. Es kostete sie ihre ganze Willenskraft, sich ihn nicht vom Körper zu reißen und durch den Raum zu schleudern.

»Habt Ihr Euch schon an sie gewöhnt?«, fragte Ven.

»Nein. Und Ihr?«

»Nein. Es könnte vielleicht doch eine fürchterliche Idee gewesen sein.«

»Habe ich Euch ja gesagt.« Sie merkte, dass er neben sie getreten war. Er hielt sein Schwert in der Hand bereit. Seine Augen schossen im Raum hin und her.

»Wie lange möchtet Ihr die Sache noch fortsetzen?« Vens Stimme war höflich.

»So lange es eben braucht.« Sie ließ sich nieder und setzte sich im Schneidersitz auf den Boden. Das Wasser von drei Wassergeistern sammelte sich um sie herum und durchnässte ihren Rock. Ein Feuergeist landete auf ihrem Handrücken, und sie zuckte zusammen. Der Geist kicherte und flog davon.

»Und woher wollt Ihr wissen, wann es genug ist?«

Immer noch höflich. Es begann ihr allmählich ein ganz klein wenig auf die Nerven zu gehen.

»Entweder ich werde dadurch von meiner lähmenden Angst geheilt, oder ich bin irgendwann so traumatisiert, dass ich als zuckendes Häufchen Elend auf dem Boden enden werde.« Naelin legte sich die Hände auf die Knie und konzentrierte sich darauf, ein- und auszuatmen, während um sie herum etwa hundert ihrer schlimmsten Albträume lachten und durch den Raum wirbelten, krochen und flogen und schlitterten.

»Klingt gut.«

Hamon blieb draußen vor den Gemächern seiner Mutter stehen. »Hat sie versucht, den Raum zu verlassen?«

Der Wachposten auf der linken Seite straffte sich. »Nicht in unserer Schicht, Herr.«

»Und davor?« Er konnte sich nicht vorstellen, dass sie nicht versucht haben sollte, an den Grenzen zu rütteln, die er ihr gesetzt hatte – sie mochte noch nicht einmal einen echten Anlass haben, ihre Quartiere zu verlassen, aber das würde sie nicht daran hindern, zu stöbern und zu stochern, bis sie irgendwelche Schwachstellen fand. Sie war ein gefangenes Raubtier.

»Die vorangegangene Schicht hat keine Bewegung gemeldet.«

Da Hamon dem vor ihm stehenden Wachmann zuvor noch nicht begegnet war, wiederholte er seine Warnung. »Redet nicht mit ihr. Nehmt nichts von ihr an. Esst niemals irgendetwas, das sie berührt oder in dessen Nähe sie sich befunden hat oder auf das sie auch nur gehaucht hat. Am besten, ihr lasst euch von ihr überhaupt nicht berühren. Oder, noch besser, lasst sie gar nicht erst nahe genug heran, dass sie euch berühren könnte. Sie ist eine Giftschlange.«

Die Wachen blickten ihn verblüfft an. Derjenige, der bisher noch nicht gesprochen hatte, sagte: »Sie ist Eure Mutter.«

»Und genau deshalb solltet ihr mir in diesem Punkt vertrauen.« Er wies mit dem Kopf auf die Tür. »Schließt sie auf. Und geht nicht auf sie ein, nicht einmal, wenn sie das Wort direkt an euch richtet.« Der erste Wachposten nickte und öffnete den Riegel, der mit einem lauten, dumpfen Poltern zurückglitt. Er drehte den Knauf, und Hamon sah, dass der Mann angespannt war wie eine Feder, bereit, von der Tür wegzuspringen. Der andere Wachposten hatte die Hand auf sein Schwert gelegt. *Gut*, dachte Hamon.

Hamon trat ins Zimmer und wartete, bis die Wachposten die Tür hinter ihm zugezogen und verschlossen hatten. Erst dann ging er weiter. »Hallo, Mutter.«

Seine Mutter lag der Länge nach auf dem Sofa, ihre nackten Füße auf eine mit Gold verzierte Briefkiste gestützt, die wahrscheinlich allein mehr wert war als das ganze Haus, in dem er seine Kindheit verbracht hatte. An dem langen Arbeitstisch beugte sich Arin über ein Reagenzröhrchen. Sie rührte sich nicht, als Hamon eintrat. Konzentriert hielt sie ihren Blick starr auf einen Teelöffel mit Pulver gerichtet, das sie nun vorsichtig in das Glasröhrchen hineingab.

Sie sollte eigentlich nicht immer noch hier sein!, dachte er. *Warum war sie …*

Seine Mutter legte einen Finger auf die Lippen, und Hamon hielt inne; was er zu sagen beabsichtigt hatte, blieb ihm in der Kehle stecken. Als Arin damit fertig war, das Pulver in das Röhrchen zu schütten, sanken ihre Schultern herab und sie atmete tief aus. Dann legte sie den Teelöffel in das dafür bestimmte Gefäß zurück.

»Dichte das Röhrchen ab, und dann wirf die Handschuhe in den Korb«, wies seine Mutter das Mädchen an. »Du darfst keinerlei Vergiftung riskieren.«

Arin gehorchte und warf ihre Handschuhe in einen Korb unter dem Tisch, in dem sich bereits Handschuhe häuften. Hamon fragte sich, wie die beiden sich so viele Handschuhe hatten besorgen können, wenn seine Mutter nicht mit den Wachen gesprochen hatte … und dann wurde ihm klar, dass er die Antwort direkt vor der Nase hatte. Er hatte den Wachen keinerlei Anweisungen erteilt, was die Schwester der Königin betraf. Ihr stand es frei, zu kommen und zu gehen, wie es ihr beliebte. Höchstwahrscheinlich hatte sie die Handschuhe beschafft, ebenso wie alles andere, was seine Mutter brauchte oder haben wollte, darunter auch den Birnensekt und all die Pralinen. Deshalb also hatte Mutter nicht an den Gittern ihres Käfigs gerüttelt. Es war nicht notwendig gewesen. Sie hatte ein Schlupfloch für sich gefunden. »Schlau«, murmelte er.

»Ja, ich weiß«, sagte Mutter. Dann fügte sie hinzu: »Worauf genau beziehst du dich damit?«

Er antwortete nicht. Sein erster Impuls bestand darin, Arin zu packen und sie so weit wie möglich von hier wegzuschicken, aber das wäre nicht klug gewesen – nicht, bis er wusste, was Mutter mit ihr angestellt hatte. »Was lässt du sie da tun?«

»Üben.« Mutter schwang die Beine von der Briefkiste herunter. »Nein, Mädchen, du darfst es nicht luftdicht verschließen. Man muss die Substanz atmen lassen. Sauerstoff ist ein wichtiger Bestandteil. Pass einfach nur auf, dass du das Röhrchen nicht umstößt, sonst wirst du eine Stunde lang Blut spucken.«

»Du bringst der Schwester der Königin bei, wie man Gifte herstellt.« Seine Stimme war tonlos. Er hatte die Hände zu Fäusten geballt, und jetzt zwang er sich, sie zu entspannen. Wenn sie das machte, um ihm eins auszuwischen, dann wollte er ihr nicht die Genugtuung geben, sich anmerken zu lassen, dass sie auch Erfolg damit gehabt hatte. »Die Königin würde das nicht gutheißen.« Er sprach mit bewusst freundlicher Stimme.

»Nein, Hamon, ich bringe meiner *Gehilfin* bei, Gifte herzustellen.« Mutter strahlte Arin an. »Und eine weise Königin wird kein Wissen missbilligen, das gerecht und frei erworben wurde. Arin ist eine geschickte Schülerin, und sie hat eine ruhige Hand.«

Arin sah ihn nun zum ersten Mal seit seinem Eintreten an und ließ ein Lächeln aufblitzen. »Das kenne ich von meiner Bäckerausbildung. Man muss sehr genau sein, um ein einmal perfektioniertes Rezept exakt zu wiederholen, und zum Dekorieren braucht man eine ruhige Hand. Habt Ihr jemals versucht, ein Blütenblatt aus Zucker zu formen?«

»Pah, dieses Mädchen als Bäckerin auszubilden war reine Verschwendung«, ging seine Mutter dazwischen. »Ich habe ihr eine wahre Berufung gegeben und eine ehrenvolle Aufgabe!« Sie breitete pathetisch die Arme aus.

»Ich habe dir gesagt, du sollst sie wieder in Ordnung bringen«, erwiderte Hamon. »So geht das einfach nicht.« Sie war Daleinas Schwester! Mutter musste sie auf der Stelle freigeben, bevor Daleina etwas davon mitbekam, bevor ein dauerhafter Schaden angerichtet wurde und bevor die Sache unkorrigierbar und unverzeihlich wurde.

Seine Mutter lächelte dieses herablassende »Mutter weiß es am besten«-Lächeln, das er nicht ausstehen konnte. Mit honigsüßer Stimme sagte sie: »Bist du wirklich gekommen, um *darüber* mit mir zu reden?«

Er öffnete den Mund, schloss ihn wieder, schäumte innerlich und öffnete ihn abermals. Eigentlich sollte er darauf bestehen, dass sie Arin freigab. Er hatte Daleina versprochen … Aber seine Mutter hatte recht – er war wegen einer anderen Bitte hergekommen, und er kannte sie gut genug, um zu wissen, dass er sie niemals dazu würde überreden können, ihm zu helfen, wenn er auf seiner Forderung bestand.

Daleina würde es ihm nicht danken, wenn sie erfuhr, dass er seiner Mutter gestattet hatte, Arin mit ihren Zaubereien zu umgarnen. Ja, sie würde ihm womöglich niemals verzeihen. Aber sollte sie ihn hassen, solange sie nur lebendig war; das war alles, was wirklich zählte. Das Problem Arin konnte warten. Und im Moment war sie einigermaßen sicher. Seine Mutter würde ihrer neuen Gehilfin schon keinen Schaden zufügen, nicht, solange sie ihr nützlich war.

Er zwang sich, den Blick von Arin abzuwenden, und knirschte: »Wir brauchen noch einmal deine Sachkenntnis, Mutter.«

Mutter setzte sich aufrecht und klatschte in die Hände. »Wunderbar! Hast du noch mehr Blut, das ich untersuchen kann? Diesmal hätte ich gern, dass meine Gehilfin ausprobiert, wie …«

»Wir brauchen dein Wissen über Menschen. Dein Wissen über Leute, die Gifte herstellen, um genau zu sein. Königin Daleina benötigt die Namen all derjenigen, die über die Fähigkeit verfügen, das Gift für den Falschen Tod zu mischen.«

»Oh, Hamon, du weißt, dass ich dir die Namen meiner Kollegen nicht nennen kann.« Ihre Stimme klang, als würde sie ihn schelten, weil er um Süßigkeiten gebettelt hatte. »Zu unserem eigenen Schutz arbeiten wir im Geheimen. Mein Leben wäre in Gefahr, wenn andere wüssten, dass ich ihre Namen preisgegeben habe.«

»Wenn sie unschuldig sind, wird ihnen kein Leid widerfahren.«

»Niemand von uns ist unschuldig. Das weißt du.« Sie lächelte Arin nachsichtig an. »Überhaupt nur herzlich wenige von uns – von allen Menschen – sind unschuldig. Und du bist es jedenfalls mit Sicherheit nicht, mein Liebling. Weiß deine geliebte Königin von den Aktivitäten deiner Jugendzeit?«

»Sie weiß alles.« Er durfte ihr nicht erlauben, vom Thema abzuschweifen. Keine Gespräche mit anderen Menschen waren je so schwer wie die mit seiner Mutter. Er war immer sehr gut darin gewesen, ein Gespräch in eine bestimmte Richtung zu lenken. Nur bei ihr funktionierte das nicht. »Wenn du versuchst, mich zu erpressen, muss ich dich enttäuschen.«

Darüber lachte sie doch tatsächlich. Es war kein fröhlicher Laut, eher wie das Klirren von Eis und genauso kalt. »Lieber Junge, ich habe bereits jeden Hebel, den ich brauche.«

Tut mir leid, Arin, dachte er. Sobald Daleina in Sicherheit war, würde er ihr helfen. »Dann sichere dir weiteres Wohlwollen, indem du uns diesen Gefallen tust. Die Königin wünscht Namen und wenn möglich Adressen. Sie will eine Probe von dem Gift.«

»Kein Giftmischer würde zugeben, das Gift hergestellt zu haben, das die Königin tötet.«

»Wenn der Giftmischer nicht gewusst hat, gegen wen das Gift eingesetzt werden sollte, dann würde ihm Straffreiheit zugesichert werden. Man würde ihn oder sie von allen zuvor begangenen Verbrechen freisprechen und das eigene Gewerbe ohne Beeinträchtigungen weiter betreiben lassen.«

»Das könnte den Betreffenden in der Tat interessieren.«

Sie machte jedenfalls den Eindruck, als interessiere es *sie*. Nachdenklich klopfte sie sich mit den Fingern auf die Zähne und musterte Hamon, als sei er eine dreiköpfige Maus – einmal hatte sie eine solche Kreatur geschaffen, nachdem sie eine Muttermaus mit einem ihrer Seren infiziert hatte. Hamon hatte sie zu seinem Haustier gemacht, bis dann seine Mutter darauf bestanden hatte, dass er das Tier tötete, damit sie dessen Gehirn studieren konnte. Sie hatte ihn alle drei Hälse des Geschöpfs brechen lassen, obwohl einer schon genug gewesen wäre. Seine Kindheit war voller solcher lustiger Erinnerungen. Er sah wieder zu Arin hinüber und nahm sich fest vor, einen Weg zu finden, sie aus dem Einflussbereich seiner Mutter zu befreien, sobald Daleina geheilt war.

»Freigesprochen von allen zuvor begangenen Verbrechen, ungeachtet ihrer Schwere, als Gegenleistung für eine Probe des Giftes«, unterstrich Hamon noch einmal und fragte sich, ob er da nicht mehr versprach, als er halten konnte.

Seine Mutter lächelte. »Also könnte ich meinen Kollegen gewissermaßen die Möglichkeit zu einem vielleicht sehr lukrativen Geschäft eröffnen, nicht wahr? Aber verrate mir, was habe ich selbst von dieser Freundlichkeit? Wird man mir ebenfalls eine solche Straffreiheit gewähren?«

Er fand die Vorstellung durchaus reizvoll, seine Mutter im Gefängnis sitzen zu sehen, ohne die Möglichkeit, ihre Tränke zusammenzubrauen. Ohne die Möglichkeit, irgendjemandem ein Leid anzutun. Außerstande, sich jemals wieder störend in sein Leben zu drängen. *Ein Kindertraum,* dachte er. »Hilf uns, und ich werde dafür sorgen. Unter bestimmten Vorbehalten.«

Ihre Augenbrauen schnellten in die Höhe. »Vorbehalten? Ich glaube nicht, dass du in der Position bist, Forderungen zu stellen. Korrigiere mich, wenn ich mich irre, aber du brauchst mich. Daher stelle *ich* hier die Bedingungen. Ich will Straffreiheit, zusätzlich zu der hohen Stellung im Palast, über die wir bereits gesprochen haben.«

Das Letzte überging er erst einmal. »Man wird dir für deine vergangenen Verbrechen Straffreiheit gewähren«, antwortete Hamon. »Aber ich werde dich nicht darin unterstützen, dass du auch in Zukunft weitere Verbrechen begehen kannst.« Schon den ersten Satz zu sagen war für ihn qualvoll gewesen. Er hatte immer daran geglaubt, dass die Vergangenheit seiner Mutter sie eines Tages einholen würde.

»Das kann ich akzeptieren – solange es mir erlaubt bleibt, mich selbst zu verteidigen. Nur für den Fall, dass meine Apothekerkollegen etwas dagegen einzuwenden haben, dass ich ihre Namen nenne«, erklärte Mutter. »Schnapp dir ein Blatt Papier. Ich werde dir Namen an die Hand geben, und wenn du irgendeinen davon nicht mitbekommst, ist das nicht meine Schuld.«

Er griff hastig nach Papier, während sie bereits mit ihrer Aufzählung begann.

Kapitel 20

Nach drei Tagen hatte Daleina die ersten Berichte von ihren Ermittlern erhalten. Darunter waren sowohl Rückmeldungen jener, die sie losgeschickt hatte, um die trauernden Familien der verstorbenen Thronanwärterinnen zu besuchen, als auch Berichte der Untersuchungsbeamten, die die Giftmischer verhört hatten. Auf Pergamentrollen geschrieben und versiegelt mit den offiziellen Zeichen, wurden sie ihr auf silbernen Tabletts geliefert. Sie öffnete sie in ihrem Thronsaal, mit Bayn an ihrer Seite und Wachen draußen vor der Tür, dann zerstörte sie sie. Das brüchige Papier zerriss und zerbröselte mühelos in ihren Händen. Ein Luftgeist, der sie beobachtete, ließ einen Windhauch aufkommen, und die kleinen Pergamentfetzen wirbelten auf und flogen zum Fenster hinaus. Sie ließ sie fliegen.

Keine Neuigkeiten. Keine Verdächtigen.

Natürlich konnten sie sich nicht völlig sicher sein. Menschen lügen. Menschen verbergen Dinge. Aber ihre Leute waren gründlich, und sie war überzeugt, dass diese Berichte genau und zutreffend waren.

Die Ermittler verteilten sich nun immer weiter im Wald. Viele der Familien der Thronanwärterinnen stammten von außerhalb der Hauptstadt, einige sogar von der Grenze, und die meisten Giftmischer lebten versteckt. Sie brauchten mehr Zeit, doch Daleina wusste nicht, wie viel Zeit ihr noch blieb. Und sie zweifelte mehr und mehr daran, dass sie denjenigen finden würden, der sie vergiftet hatte.

Langsam verlor sie die Hoffnung, und das tat ebenso weh, wie Blut zu verlieren.

Einer ihrer Wachposten öffnete die Tür. »Kommandantin Alet meldet sich wie befohlen zum Dienst.«

Daleina richtete sich auf. Vielleicht hatte ja Alet Neuigkeiten. »Natürlich, erlaubt ihr einzutreten, und dann lasst uns allein.« Bayn hob den Kopf, um zu beobachten, wie Alet in den Thronsaal geschritten kam, dann stramme Haltung annahm und wartete, bis die andere Wache gegangen war. Die schweren Türen fielen scheppernd zu – Daleina hatte heute den Bernsteinthronsaal ausgewählt. Mit seinen massiven eisenbeschlagenen Türen, den aus alten Schwertern gefertigten Wandleuchtern und den mit goldenem Bernstein besetzten Wänden strahlte er einen Ernst aus, der ihr passend erschien. Auch ihr Thron war mit Bernstein überzogen, und die Armstützen schmiegten sich glatt unter ihre Finger.

»Alet, bitte, sagt mir, dass Ihr etwas entdeckt habt«, eröffnete Daleina das Gespräch.

»Es tut mir leid, meine Königin, aber ich habe nichts herausfinden können.«

Daleina schloss kurz die Augen, um diesen neuerlichen Schlag zu verdauen, dann öffnete sie sie wieder. »Könnt Ihr dann wenigstens jeden Verdacht gegen die Meister ausräumen?«

»Noch einmal, es tut mir leid, aber das kann ich nicht.« Sie erläuterte, wie sie jeden und jede der Meister besucht und sie mitten in der Ausbildung ihrer Kandidatinnen überrascht hatte, wie sie ihnen unverfängliche Fragen gestellt hatte, die sie überrumpeln sollten. Wann immer es ihr möglich gewesen war, hatte sie sie heimlich bei der Verrichtung ihres Tagwerks beobachtet. »Die meisten sind Euch wirklich treu ergeben, glaube ich. Aber es bedarf nur eines Einzigen.«

Daleina merkte, dass sich ihre Finger um die Armlehnen des Throns klammerten. »Aber wer?«

»Ich habe keinen Beweis. Nur Verdachtsmomente«, antwortete Alet. »Und diese Verdachtsmomente bestehen aus nicht mehr als einem dumpfen Gefühl.«

»Ich vertraue Euren dumpfen Gefühlen.«

»Ich werde die entsprechenden Personen erst einmal weiter beobachten müssen. Wenn ich die Erlaubnis bekommen könnte, ihre Quartiere zu durchsuchen, dann könnte ich womöglich …«

»Erlaubnis erteilt. Tut, was Ihr tun müsst, Alet. Tausende von Menschenleben stehen auf dem Spiel – und das ist keine Übertreibung. Aber, bitte, ich muss es wissen: Wen verdächtigt Ihr?«

»Es gibt zwei, deren Verhalten weitere Ermittlungen rechtfertigen würde: Meister Ambir …«

Daleina beugte sich ruckartig vor. »Nein!« Ihr Aufschrei erschreckte Bayn, und der Wolf erhob sich. Ambir war ein lieber alter Mann, den der Verlust seiner Kandidatin Mari während der Thronprüfungen fast völlig gebrochen hatte. Daleina hatte Maris Tod mit ihm zusammen beweint, hatte seinen Schmerz gespürt. Es konnte nicht Ambir sein!

»Wie gesagt, ich habe keine Beweise«, mahnte Alet. »Es ist nur so: Seine Trauer geht so tief, dass sie alles durchdringt, was er tut.«

Daleina nickte. Sie versuchte, sich Ambir als den Giftmörder vorzustellen, aber es gelang ihr nicht. Er war erfüllt von Kummer, nicht von Hass … *Aber Verzweiflung kann sich in Wut verwandeln.* »Und der oder die andere Verdächtige?« Sie wappnete sich innerlich für die Antwort.

»Meisterin Piriandra.« Dieser Name zumindest war keine gar so große Überraschung. Daleina atmete tief aus, und Alet fuhr fort: »Sie hat lautstark ihre Missbilligung über Euch als Königin zum Ausdruck gebracht, außerdem hat sie zwei Kandidatinnen bei der Ausbildung so hart gefordert, dass sie gestorben sind.«

Daleina hatte von den Todesfällen gehört und gab sich selbst die Schuld daran. Sie hatte Piriandras Kandidatin anerkannt, obwohl sie gewusst hatte, dass das Mädchen noch zu jung war. »Ich habe den Meistern aufgetragen, ihre Kandidatinnen hart zu fordern. Ich trage ebenfalls Verantwortung am Geschehenen.«

»Wie gesagt, ich habe nur Verdachtsmomente. Aber ich glaube, sie reichen aus, um eine Fortsetzung der Ermittlungen zu rechtfertigen. Habe ich Eure Erlaubnis, das zu tun?«

»Ja, natürlich«, antwortete Daleina. »Ihr seid bis auf Weiteres aus dem Wachdienst entlassen. Alet … ich frage Euch das als Eure Freundin, nicht als Eure Königin … glaubt Ihr, einer der Meister könnte mich so sehr hassen?«

Alets Stimme wurde sanfter. »Niemand könnte Euch hassen.«

Bayn stieß ein Schnauben aus, als wolle er seine Zustimmung zum Ausdruck bringen.

»Aber«, fuhr Alet fort, »das bedeutet nicht, dass Euch niemand von ihnen töten würde.«

Kommandantin Alet nahm ihren Abschied, und Daleina lehnte sich auf ihrem Thron zurück. Der Wolf drückte sich an ihr Bein, und sie strich ihm mit den Fingern durchs Fell. Am liebsten hätte sie Arin bei sich behalten. Sie wollte jemanden zum Reden haben, wollte sich trösten lassen, doch stattdessen hatte sie ihrer Schwester erneut versichert, dass sie mit Bayn und ihren Wachen ausreichend geschützt sei, und Arin war nicht geblieben, um ihr zu widersprechen. Sie war regelrecht geflohen, als gäbe es da einen anderen Ort, wo sie lieber sein wollte. *Zumindest ist Arin in Sicherheit*, tröstete sich Daleina zum wiederholten Mal.

Neben ihr knurrte Bayn leise, und Daleina sah, dass der Truchsess den Thronsaal betreten hatte. Er stand geduldig an der Tür, seinen Stapel Papiere an die Brust gedrückt. Sie wusste nicht, wie lange er schon da stand.

»Tretet näher«, forderte sie ihn auf.

Er verneigte sich und kam dann herbeigeeilt.

Sie musterte ihn: Er war ein kleiner Mann mit fleckiger brauner Haut und Zügen, die so zart und so perfekt geformt waren, dass sein Gesicht aussah wie aus Holz geschnitzt. Er erinnerte sie an eine von ihrer Mutter geschnitzte Puppe, die Arin früher besessen hatte. Plötzlich wurde ihr klar, dass sie nicht das Geringste über ihn wusste, noch nicht einmal seinen Namen. »Vergebt mir die Frage, aber wie werdet Ihr eigentlich genannt?«, wandte sie sich an ihn.

Er verbeugte sich abermals. »Der Truchsess.«

Er verstand es sehr gut, sich keine Gefühle von seinem perfekt geformten Gesicht ablesen zu lassen. »Euren Namen bitte«, stellte sie klar. »Ich habe Euch immer meinen Truchsess genannt, aber Ihr müsst darüber hinaus doch einen Namen haben.«

Einen Moment lang zögerte er, so als habe sie ihm eine allzu persönliche Frage gestellt und er müsse noch darüber nachdenken, ob ihre Position den gesellschaftlichen Fehltritt rechtfertige. »Belsowik, Euer Majestät.«

»Und woher kommt Ihr?«

»Von hier, Euer Majestät. Wir stammen von hier. Mein Vater war vor mir Truchsess und seine Mutter vor ihm, und das so bis sieben Generationen zurück.«

Sie blinzelte verblüfft. »Mir war nicht bewusst, dass es ein erbliches Amt ist.«

»Das ist es auch nicht. Aber die erforderlichen Fähigkeiten, die sind erblich.« Er tippte sich mit einem Finger an den Kopf. »Vergebt mir meine Unbescheidenheit, aber wenn Ihr beabsichtigt, mich zu ersetzen …«

»Natürlich nicht. Mir ist nur einfach klar geworden, dass ich sehr wenig über Euch weiß.«

Er zuckte die Schultern und schien sich ein klein wenig zu entspannen. »Es gibt kaum etwas Interessantes über mich zu wissen, Euer Majestät. Ich lebe, um der Krone zu dienen.«

Sie bemerkte, dass er »Krone« sagte, nicht Königin, und sie fragte sich, ob das etwas zu bedeuten habe. »Ihr dient ihr auf bewunderungswürdige Weise. Eure Vorgänger wären stolz auf Euch.«

Der Truchsess verneigte sich zum dritten Mal. »Ich weiß Eure Freundlichkeit zu schätzen. Allein, wir haben einen Zeitplan einzuhalten. Die Minister Quisala und Isolek warten draußen. Darf ich sie hereinführen?«

Daleina unterdrückte einen Seufzer. Sie bezweifelte, dass die beiden gute Neuigkeiten hatten. »Bitte, fahrt fort in Eurer Arbeit.«

Er blieb für einen Moment an der Tür stehen. »Ihr solltet wissen, dass Ministerin Quisala im Norden Familie hat, in der Nähe von Birken, an der Grenze. Ihr Interesse an diesem Thema ist nicht nur theoretischer Natur.«

Das war eine interessante Information. Daleina straffte sich. »Vielen Dank, Truchsess.«

Er neigte den Kopf und öffnete die Tür. Die beiden Minister kamen herein. Daleina musterte sie – beide sahen aus, als hätten sie seit ihrem letzten Gespräch mit ihr nicht geschlafen. Minister Isoleks Augen waren so tief eingesunken, dass sie unter seinen buschigen Brauen verschwanden, und Ministerin Quisala wirkte gebrechlich. Sie zitterte beim Gehen, zwar nur schwach, aber merklich.

»Ihr bringt Neuigkeiten?«, fragte Daleina.

»Ja, Euer Majestät.« Minister Isolek verneigte sich.

»Bitte, nehmt Platz.« Daleina deutete auf die Stühle. »Wie der Truchsess euch entweder bereits mitgeteilt hat oder noch mitteilen wird, habe ich in Kürze eine Zusammenkunft mit meinen Meistern, aber natürlich kann ich einige Minuten für eure Neuigkeiten erübrigen.« Sie hoffte, dass das die Begegnung kürzer halten würde, als es die letzte gewesen war. Sie war sich sicher, dass der Truchsess den Termin absichtlich so gelegt hatte – die Meister waren die Einzigen, die im Rang noch über den Ministern standen, und daher auch die Einzigen, die zu empfangen Vorrang hatte.

»Es hat einen feindlichen Einfall gegeben.« Ministerin Quisala schlug mit der Hand auf die Armlehne ihres Stuhls, als sie sich hineinsinken ließ. Die Stühle im Thronsaal waren nicht gepolstert, um nicht zu längerem Verweilen einzuladen. Daleinas Thron dagegen war mit Samt ausgeschlagen.

»Eine unbeabsichtigte Überquerung der Grenzen haben sie es genannt«, stellte Minister Isolek klar. »Ein einzelner Trupp Soldaten aus Semo hat gestern kurz nach Mitternacht seine Stellung verlassen, um einen nächtlichen Jagdausflug zu machen …«

»Das haben sie behauptet«, warf Ministerin Quisala ein.

»Das haben sie behauptet«, wiederholte Minister Isolek. »Während der Jagd haben sie die Orientierung verloren und sind versehentlich in die nordöstlichen Wälder Aratays geraten. Unsere Grenzpatrouille hat sie drei Meilen westlich der Grenze in der Nähe von Ogdare ausfindig gemacht.«

»Drei Meilen!«, rief Ministerin Quisala aus. »Drei Meilen sind kein Versehen. Ich sage Euch, das war ein vorsätzlicher Einfall, um die Sicherheit unserer Grenze zu testen, und es war ihnen möglich, mit einem ganzen Trupp Soldaten drei Meilen tief in unser Gebiet einzudringen, bevor unsere Patrouille sie abgefangen hat. Sie wissen jetzt, dass wir schwach sind. Wir haben nicht genug Wachen, um Tag und Nacht die Grenze in ihrer gesamten Länge im Auge zu behalten, und erst recht nicht, um sie gegen einen feindlichen Einmarsch zu schützen.«

»Königin Merecot wird keine Invasion starten«, unterstrich Daleina. »Sie hat mir entsprechende Zusagen gegeben.« Elegant formuliert, auf schickem Briefpapier. Merecot hatte sich schockiert über die Unterstellung gezeigt, irgendetwas könne ihre Freundschaft trüben. Sie möge Daleina immer noch gern und habe ihre gemeinsame Kindheit in guter Erinnerung behalten. Sie verspüre eine besondere Nähe sowohl zu Daleina als auch, durch sie, zum Volk von Aratay. In ihrem Brief äußerte sie zudem den festen Wunsch, diese Freundschaft zu einem zukünftigen Zeitpunkt, zu dem sie allerdings keine näheren Angaben machte, neu aufleben zu lassen … Es hatte überhaupt nicht nach irgendetwas geklungen, was Merecot je wirklich sagen würde. Aber das Briefpapier war recht hübsch gewesen. »Auch wenn ich nicht versprechen kann, dass das wirklich etwas bedeutet.« Tatsächlich kannte sie Merecot gut genug, um sich ziemlich sicher zu sein, dass es gar nichts bedeutete.

»Dann müsst Ihr Truppen aussenden!«, sagte Ministerin Quisala. »Unsere Grenzen sind ungeschützt!«

Sie hat recht. Doch leider war da noch die Sache mit dem Falschen Tod … So gern hätte sie ihren Ministern erklärt, warum sie wirklich zögerte. Daleina schloss die Augen, sandte ihre Sinne aus und fühlte nach den Geistern in der Hauptstadt. Sie waren wieder einmal angezogen worden und hatten sich im Palast versammelt. Es sei Teil von Kandidatin Naelins Ausbildung, hatte Ven erklärt. Naelin versuche, sich unempfindlich gegen die Anwesenheit von Geistern zu machen. Über die vergangenen drei Tage hinweg hatte sie sie in den Palast kommen lassen. Hunderte von ihnen drängten sich in den Gemächern der verstorbenen Königin Fara zusammen. Es rief Daleina in Erinnerung, wie viele Geister selbst in einem derart überfüllten Gebiet wie der Hauptstadt lauerten. Sie waren die wahre Gefahr, nicht Semo.

Aber vielleicht war es ein Fehler, Semo ganz außer Acht zu lassen. Sie konnte einige Wachen erübrigen … ein Drittel aus jeder Stadt?

Die Tür wurde geöffnet, und der Truchsess streckte den Kopf herein. »Ihr werdet im Saal der Meister erwartet, Euer Majestät. Ich entschuldige mich tausendmal für die Störung.«

Sie erhob sich. »Ich werde darüber nachdenken. Ihr erhaltet meine Antwort, sobald ich von den Meistern zurückgekehrt bin. Ich danke euch beiden für eure Klugheit und eure Neuigkeiten. Bitte, nehmt euch einen Moment Zeit, um euch auszuruhen. Selbst wenn ein feindlicher Einmarsch bevorsteht, kann die Angelegenheit noch eine Stunde warten.«

Ministerin Quisala schien jedoch nicht willens, das so hinzunehmen. »Königin Merecot ist so aufgestellt, dass sie sich schnell bewegen kann, und wir sind momentan nicht in der Lage, sie aufzuhalten. Ich bitte Euch, daran zu denken, dass Euer Volk auch an der Grenze lebt, nicht nur in den Städten. Jeder in Aratay hat Anspruch auf Schutz, und es ist Eure Pflicht, für diesen Schutz zu sorgen. Das habt Ihr geschworen.« Ihr Gesicht war gerötet, und Minister Isolek legte ihr eine Hand auf den Arm. Sie musterte seine Finger mit einem Blick, als zöge sie es in Erwägung, sie abzubeißen, und er nahm die Hand hastig weg. Quisala sah wieder zur Königin hin. »Ich flehe Euch an: Sendet unverzüglich Truppen an die Grenze.«

Als würden tausend Nägel über ihre Haut kratzen, spürte Daleina, wie sich über ihr die Geister zerstreuten. Sie huschten an den Palastwänden herab und verschwanden in die Erde. Sie verschmolzen mit dem Wind und wirbelten mit ihm herum. Sie schmeckte sie in der Luft. Ven musste Naelins Unterricht beendet haben – jetzt war er vermutlich bereits auf dem Weg in den Saal. »Ich habe nicht Nein gesagt. Ich habe gesagt, dass ich darüber nachdenken werde.«

»Dann muss das genügen«, antwortete Ministerin Quisala, und Daleina kam sich vor, als sei sie von ihrer Großmutter ausgescholten worden – dabei konnte sie sich nicht einmal erinnern, je eine gehabt zu haben. Sie sank zurück auf ihren Thron, während der Truchsess die beiden Minister aus dem Raum führte. Als er die Tür aufhielt, schlüpfte ein Feuergeist hindurch und entfachte eine der Laternen.

Daleina sah ihm zu, wie er um die Flamme herumsummte, als sei er eine Biene, dann zwang sie sich aufzustehen. Sie musste sich mit ihren Meistern in deren Saal treffen. *Wieder hoch hinauf.* Und diesmal fürchtete sie sich noch mehr davor, oben anzukommen, als vor dem Hinaufsteigen selbst. Sie würde ihren Meistern ins Gesicht blicken müssen, mit dem Verdacht im Herzen, dass mindestens einer von ihnen ihr so sehr den Tod wünschte, dass er gewillt war, dafür ganz Aratay in Gefahr zu bringen.

Während Daleina die Treppe hinaufstieg, war sie umringt von Geistern. Der Hermelingeist kreiste über ihr, während Baumgeister zwischen ihren Füßen umherhuschten. Sie schritt entschieden aus, nicht willens, sich von ihnen ins Stolpern bringen zu lassen. Die Geister hatten sich nicht weit vom Palast entfernt. Die meisten waren nach Naelins Übungsstunde vielmehr in der Nähe geblieben. Sie erschienen ihr wie eine Last, die sie niederdrückte. Daleina wünschte, sie könnte ihnen befehlen, den Palast zu verlassen, nur damit sie wieder das Gefühl bekam, genug Luft zum Atmen zu haben. Aber sie wollte nicht das Risiko eingehen, dadurch womöglich den nächsten falschen Tod zu beschleunigen. Bisher hatte sie Glück gehabt, aber eines Tages würde das Glück sie verlassen … zumindest, solange sie den Giftmischer und das Gift nicht gefunden hatten.

Wenn sie erst einmal eine Probe des Giftes aufgetrieben hatte, würde sie mit Freuden Truppen an die Grenze verlegen. Oder auch, sobald sie über eine taugliche Thronanwärterin verfügte. Doch solange sie weder das eine noch das andere hatte, konnte sie ihr Volk den Gefahren von innen nicht schutzlos ausliefern, während sie sich auf die von außen drohenden Gefahren vorbereitete. Sie hatte keinerlei Hoffnung, dass die Meister ihr mitteilen würden, die Kandidatinnen seien nun bereit für die Thronprüfungen. Doch wenn sie wider Erwarten Ja sagten, würde sie die Bitten der Minister erfüllen.

Als sie am oberen Ende der Wendeltreppe ankam, war sie völlig außer Atem. Kurz blieb sie stehen, legte die

Hände auf die Knie und atmete tief durch. *Krankheit oder nur Bewegungsmangel?* Zwar kletterte sie nun nicht mehr ständig durch den Wald wie früher, aber es war auch nicht gerade so, als würde sie den ganzen Tag nur auf ihrem Thron sitzen. Sie nahm sich vor, mit Hamon darüber zu reden. Es fiel ihr nicht schwer, so zu tun, als sei sie nicht krank, solange sie sich auch nicht krank fühlte. Aber wenn sich das änderte, musste sie vielleicht auch ihr Vorhaben aufgeben, die Sache geheim zu halten.

Alle Meister befanden sich bereits im Saal, als Königin Daleina hereinrauschte. Luftgeister schwebten um die Bögen herum, und ein Erdgeist hatte sich mit weißen Rosen bedeckt. Er hing verkehrt herum an einer der Säulen und war dort kaum zu bemerken, bis auf sein Gesicht, das zwischen den Dornen und Blättern hervorlugte. Sie wagte es nicht, die Geister fortzuschicken.

Plötzlich fühlte sie sich zu müde für Spielchen. Sie ließ sich in ihren Thron sinken und betrachtete die Gesichter ihrer Meister. Meister Ven hatte den Stuhl in der Mitte in Beschlag genommen, direkt ihr gegenüber. Er sah sie an, als könnten seine Augen ihre Haut durchdringen und das Gift darin wegbrennen. Zumindest er wollte nicht, dass sie starb, dessen war sie sich sicher.

Links von ihm saß Meister Ambir, der älteste der Meister. Der Tod seiner Kandidatin hatte etwas in ihm zerbrochen und ihn um Jahrzehnte altern lassen. Seine Hände zitterten und seine Augen tränten immerzu, aber trotzdem hatte er eine neue Kandidatin zur Ausbildung erwählt. Es fiel ihr schwer zu glauben, dass er der Giftmörder sein könnte, trotz allem, was Alet gesagt hatte. *Sie muss sich irren.* Soweit Daleina das erkennen konnte, war er nicht so verbittert, dass sich sein Kummer in Zorn verwandelt hätte. Er war noch immer bis ins Mark von dieser tiefen Trauer durchtränkt und betrachtete die Welt aus Augen, die ewig enttäuscht zu sein schienen. Seine neue Kandidatin, die unter einer derartig dunklen Wolke des Elends ausgebildet werden musste, tat ihr leid.

Neben ihm saß Piriandra. Konnte sie eine Meuchelmörderin sein? Sie polierte gerade eines ihrer Messer, während sie darauf wartete, dass die Zusammenkunft begann. Ihre Aufmerksamkeit schien der Schneide ihres Messers zu gelten, sie blickte nicht einmal zu Daleina auf. Nach dem Massaker hatte sie schnell von Trauer auf Zorn umgeschaltet. Daleina war mit Alet einer Meinung, dass sie hoch oben auf der Liste der Verdächtigen stand. Auch wenn ihre Kandidatin kürzlich gestorben war, befreite sie das doch nicht von jedem Verdacht – Pläne gingen eben manchmal schief. Aber konnte sie die Königin wirklich tot sehen wollen, und das mit einer solchen Leidenschaftlichkeit, dass sie dafür riskierte, ganz Aratay zu zerstören? Auch wenn Alets Verdacht Daleinas eigenem Argwohn neue Nahrung gab, war es doch schwer zu glauben.

Neben Piriandra saß Sevrin, der nie viel von Daleina gehalten hatte. Er hatte von Anfang an keinen Hehl daraus gemacht, dass er sie als Königin für ungeeignet hielt. Doch kam er als Verdächtiger eher weniger infrage, einfach weil er seine Abneigung so offen zeigte. Allerdings befreite ihn das auch nicht von jedem Verdacht.

Havtru war zum Zeitpunkt des Massakers noch kein Meister gewesen. Er hatte keinen Grund, sie zu hassen. Aber sie wusste auch nur wenig über ihn. Er hatte unter Königin Faras Herrschaft seine Frau verloren und hatte reichlich Gründe gehabt, ihre Vorgängerin zu hassen. Vielleicht hatte er diesen Hass auf Daleina übertragen.

Tilden und Gura?

Sie ordnete sie beide in der Mitte ein – beide hatten

bei dem Massaker Kandidatinnen verloren, beide waren auf Abstand zu ihr gegangen, beide hatten der Krone und Aratay und erst zuletzt ihr selbst die Treue geschworen. Sie schienen als Verdächtige eher infrage zu kommen als Sevrin, weil sie ihre Missbilligung nicht freimütig geäußert hatten …

Alle fünfzehn ihrer Meister waren hier, und ein jeder von ihnen bildete in der Hauptstadt eine oder mehrere Kandidatinnen aus. Während sie sie so ins Auge fasste, wurde ihr bewusst, dass ihre Antwort auf die Fragen »Könnte er es sein?« und »Könnte sie es sein?« fast immer lautete: »Es ist möglich. Unwahrscheinlich, aber möglich.«

Sie konzentrierte sich wieder auf Piriandra und versuchte, ihrem Gesichtsausdruck zu entnehmen, wie tief ihr Hass auf sie ging. *Sie ist eine Meisterin!* Meister beschützten Aratay.

Für einen Moment stellte Daleina sich vor, wie es wohl wäre, sie alle anzuklagen, zu verkünden, dass sie vergiftet worden sei und dass einer von ihnen dahinterstecke, um dann zu beobachten, wie sie sich gegeneinander wandten. Vielleicht würde sich dadurch herausstellen, wer der Schuldige war … Vielleicht aber würde es sie auch von ihrem vorrangigen Ziel ablenken, das darin bestand, eine Thronanwärterin auszubilden, die Daleina beerben konnte, und Daleinas Verdächtigungen würden den Schuldigen oder die Schuldige nur warnen. Er oder sie könnte dann zerstören, was immer von dem Gift noch übrig war, wenn es überhaupt noch etwas davon gab, und sie hätte ihre Chance vertan.

Was war besser: die geringe Aussicht, sich selbst zu retten, oder die große zur Rettung Aratays?

Sie spürte die Armlehnen des Throns unter den Händen, das Gewicht der Krone auf ihrem Kopf, spürte die

Geister, die in der Nähe herumlungerten … »Berichtet mir von euren Fortschritten. Sind eure Kandidatinnen auf die Thronprüfungen vorbereitet?«

Sevrin sprang wie von der Tarantel gestochen von seinem Stuhl auf. »Darum geht es? Ihr habt uns einfach nur herbeizitiert, damit wir Euch auf den neuesten Stand bringen?«

»Setzt Euch, Meister Sevrin«, mahnte Daleina. »Die Tradition ruft uns hierher. Es ist der dritte Mond des Monats, oder habt Ihr das etwa vergessen?«

Er errötete und stammelte eine Entschuldigung.

»Ihr sucht nach jemandem, dem Ihr böse sein könnt«, mutmaßte sie. »Ich möchte Euch höflich bitten, dafür jemand anderen als mich auszuwählen. Mir gefällt diese Situation ebenso wenig wie Euch.« Sie rückte Sevrin auf ihrer Liste der Verdächtigen um einige Positionen nach unten. Er mochte ihren Tod wünschen, aber er wünschte ihn nicht so schnell, wie das Gift sie töten würde. Wenn er der Meuchelmörder wäre, würde er so lange warten, bis er sich sicher sein konnte, eine ausgebildete Kandidatin parat zu haben, und dann erst würde er sich ihrer entledigen. Außerdem fehlte es ihm an der Raffinesse, um von Gift Gebrauch zu machen. »Meisterin Jalsia« – sie wandte sich der ganz links sitzenden Meisterin zu –, »erstattet mir bitte Bericht.«

Jalsia erhob sich. »Meine erste Kandidatin ist bereits innerhalb der ersten Ausbildungswoche gestorben, aber meine neue Kandidatin hat gezeigt, dass sie fünf Arten von Geistern zu befehligen vermag. Doch die sechste entzieht sich ihr noch. Sie hat zwar Erdgeister beschwören können, aber ausschließlich schwache Geister. Dennoch bin ich sehr angetan von der Hingabe, mit der sie zur Sache geht; sie wird unermüdlich an sich arbeiten, bis sie bereit ist. Es dauert noch etwa einen Monat, schätze ich.«

»Vielen Dank, Meisterin Jalsia. Meister Keson?«

Einer nach dem anderen erstatteten sie Bericht über ihre Fortschritte, und Daleina konnte nicht umhin, eine beunruhigende Entwicklung zu bemerken: Es waren Kandidatinnen gestorben. Mindestens vier, darunter Piriandras neueste Kandidatin, das junge rothaarige Mädchen aus der Akademie. *Die, die ich gerade erst kennengelernt habe.* Sie war noch zu jung gewesen, zu unvorbereitet. *Meine Schuld.* Die Meister überforderten ihre Kandidatinnen und folgten damit Daleinas Befehl.

Sie öffnete den Mund, um ihnen zu sagen, dass sie vorsichtiger sein müssten, und Schwärze kam in ihre Augen geströmt. Hastig umklammerte sie die Armlehnen des Throns, während sie spürte, wie Hunderte von Geistern in den Palast einfielen. Mit aller Macht versuchte sie, eine Warnung hinauszuschreien. Aber bevor sie es tun konnte, starb sie.

Wieder einmal.

Ven sah die Königin zur Seite sacken, die Augen leer, ihre Arme schlaff, und er sprang mit gezogenem Schwert auf. »Achtung! Passt auf!«, rief er.

Nur Sekunden nach ihm schossen die anderen Meister von ihren Stühlen hoch. Piriandra machte einen Satz erst auf ihren eigenen Stuhl und von dort auf einen der Torbögen – und im nächsten Moment war die Luft erfüllt von den unmenschlichen Schreien der Geister.

Luftgeister mit Klauen wie geschärfte Messer, die in der Sonne blitzten, stürzten sich auf den Saal herab. Andere mit haifischähnlichen Zähnen strömten in rasender Geschwindigkeit von den Seiten heran. Es war, als hätten sie bereits gewartet. Und vielleicht hatten sie genau das ja tatsächlich getan. Dutzende von ihnen, in allen Größen, einige kleiner als Vens Faust, andere doppelt so groß wie er, flogen auf die Meister zu. Und die Meister kämpften.

Ven schlug sein Schwert in jeden Geist, der auf ihn zukam, hackte nach links und nach rechts, wirbelte herum und trat um sich. Um sich herum sah er die anderen das Gleiche tun.

»Ven, runter!«, schrie Piriandra.

Ven ließ sich zu Boden fallen, und ihr Messer segelte über seinen Kopf und grub sich in den Flügel eines Geistes. Ven nickte ihr dankend zu und bahnte sich dann hastig einen Weg in Richtung Thron, mitten durch die tobenden Kämpfe hindurch. Meister Ambir hatte es als Erster dorthin geschafft und sich über die Königin geworfen, um sie zu beschützen – und dort war er gestorben, die Kehle aufgerissen.

Ven ließ sich neben der Königin fallen und kämpfte mit dem einen Arm weiter, während er mit dem anderen am Hals der Königin nach dem Puls tastete. Er spürte nichts. Ihr Körper fühlte sich weich und warm an, aber sie bewegte sich nicht.

Falscher Tod oder richtiger Tod?

Er konnte es erst wissen, wenn sie wieder erwachte – falls sie je wieder erwachte.

Und bis dahin … Ven schlug einen Purzelbaum und stieß sein Schwert dann nach oben, um einen puppenähnlichen Luftgeist aufzuspießen, der sich an den Knöchel von Meister Tilden geheftet hatte. Tilden nickte zum Dank und wandte sich wieder seiner vorherigen Beschäftigung zu, die darin bestand, mit einer Keule systematisch kleinere Geister aus der Luft zu schlagen.

An den Wänden des Saals wirbelte Sevrin fast genauso

schnell herum wie die Geister selbst. Er hielt zwei Messer in Händen, mit gebogenen Klingen, und schnitt damit so schnell durch die Luft, dass das Silber zu verschwimmen schien.

Die Meister waren dazu ausgebildet, die Geister nicht zu töten, sondern sie nur schwer genug zu verletzen, dass sie die Flucht ergriffen, aber diese Geister flohen nicht. Sie bluteten rotes, silbernes und blaues Blut auf den polierten Holzboden, und sie setzten ihre Angriffe unablässig fort.

Doch Ven bemerkte, dass es nur Luftgeister waren, die die Meister angriffen. Wo waren die Erdgeister, die Feuergeister, die Wassergeister, die Holzgeister, die Eisgeister? *Unter uns,* dachte er. Im Palast. »Folgt mir!«, rief er und stürmte in Richtung Treppe.

»Aber die Königin!«, schrie Meister Gura.

Die Geister würden Daleina nichts antun. Sie war bereits tot. Aber es gab viele weitere Menschen im Palast, die noch nicht tot waren, und falls – *wenn* korrigierte er sich – Daleina wieder aufwachte, würde sie wollen, dass er so viele von ihnen gerettet hatte, wie er nur konnte. Als er die Wendeltreppe hinunterrannte, griffen ihn die Luftgeister von den Seiten an, und die Holzgeister reckten sich aus dem Baum nach ihm. Sie packten seine Knöchel und Arme, bohrten sich von unten und von der Seite in ihn. Er schwang unermüdlich weiter seine Klinge und schnitt sie von sich los, während er versuchte, nicht daran zu denken, was er vorfinden würde, sobald er unten ankam.

Kapitel 21

Naelin lag im Schlafgemach der verstorbenen Königin in einer Pfütze aus Dreck auf dem Boden. Es war schön, hier so auf dem Boden, ohne Geister um sich herum. Sie atmete ein und aus, ohne die seltsame Mischung aus Salz, Kiefernnadeln, Moos und Asche zu schmecken. Alle Geister waren draußen, schwirrten und huschten um den Palast herum. Sie waren in der Nähe geblieben, aber sie waren nicht direkt hier bei ihr, und das machte es schön.

Es funktioniert einfach nicht, dachte sie.

Noch immer hatte sie sich nicht an sie gewöhnt. Die Angst vor ihnen war ebenso groß wie zuvor. Sie hatte sich nicht gegen sie abgehärtet. Stattdessen hatten die Albträume noch zugenommen. Manchmal überfielen sie sie sogar, wenn sie wach war. Naelin hatte Ven nichts von diesen Albdrücken erzählt – von den Augenblicken, da ihr Brustkorb wie eingeschnürt war, ihre Lunge zusammengequetscht, ihre Haut feucht von Schweiß und ihr Gesichtsfeld so stark eingeengt, dass sie nur noch sehen konnte, was sich direkt vor ihr befand.

Das Problem war, dass sie sie alle spüren konnte, selbst den letzten kleinen, boshaften Geist. Sie spürte ihre Abneigung wie eine wunde Stelle auf der Haut, stets offen und blutig. Ehe sie ihre Ausbildung begonnen hatte, hatte sie keine Ahnung gehabt, dass es so viele von ihnen gab. Sie ballten sich in den Bäumen. Sie erfüllten die Luft.

Sie durchdrangen das Wasser, immer in der Nähe, immer beobachtend und lauschend, stets voller Hass. Naelin versuchte, ihren Geist zu verschließen, sie nicht mehr wahrzunehmen. Wenn sie einfach nur einmal einen Moment für sich haben könnte. Nur diesen einen Augenblick, wo sie …

Ein Schrei zerriss ihre Gedanken.

Sie fuhr hoch und setzte sich kerzengerade auf. Draußen. Es kam von außerhalb des Raumes, aus dem Flur, direkt draußen vor der Tür. Wie Ven es sie gelehrt hatte, weitete sie ihr Bewusstsein über die Grenzen ihres Körpers hinaus aus, und sie spürte – einen Geist? Es kam ihr jedenfalls wie ein Geist vor, aber einer, der zerfetzt oder von innen nach außen gestülpt worden war. Er zuckte und krümmte sich, als leide er Schmerzen, nur dass es kein Schmerz war, es war … Ekstase, nackte, brutale Freude, die aus ihm herausfloss und in Naelin hineinströmte. Sie hatte das Gefühl, als müsse sie daran ersticken. *Halt!*, befahlen ihm ihre Gedanken.

Der Geist hörte sie nicht. Mühsam rappelte sie sich hoch. Um den Befehl zu verstärken, öffnete sie ihr Bewusstsein weiter, und aus allen Richtungen spürte sie die Geister. Sie drehten sich, wirbelten und kreiselten, als seien sie drauf und dran, in tausend Stücke zu explodieren.

Unmöglich, etwas zu sehen. Alles tropfte rot vor ihr, und die Welt schien zu kippen. Sie tastete sich durch den Raum und schlug gegen einen der Bettpfosten. Krampfhaft klammerte sie sich daran fest, spürte das stabile Holz und versuchte, ihr Bewusstsein aus dem wilden Strudel herauszuziehen.

Er wollte sie in sich hineinsaugen. Er würde sie ertränken.

Sie klammerte sich an den Pfosten und versuchte sich aus dem Ansturm von Qual, Freude und Verlangen herauszuziehen.

Blut, der Geschmack von Blut. Sie schmeckte metallische Salzigkeit auf der Zunge und begriff, dass sie sich tief in die Lippe gebissen hatte.

Hör auf.

Diesmal galt der Befehl ihr selbst.

Sie war ein Mensch und kein Geist. Sie konnte ihre Gefühle beherrschen. Naelin zog sich ganz in sich selbst zurück und konzentrierte sich auf ihren Atem, spürte, wie er ihr in die Lunge drang und sie ausfüllte. Mit aller Macht richtete sie ihre Aufmerksamkeit auf ihre Haut, die Grenzen ihres Körpers – sie war hier im Raum, nicht gespalten und über den Palast verteilt.

Noch ein Schrei und immer weitere. Naelin lief durch den Raum, hin zur Balkontür und riss sie auf. Draußen war es, als hätte ein Sturm den Palast getroffen. Die Leiber der Geister verdunkelten den Himmel und verdeckten die Sonne. Sie wirbelten und krähten.

Unten sah sie Menschen davonlaufen, während sich Geister auf sie herabstürzten.

Sie greifen an! Warum greifen sie an?

Die Geister konnten hier nicht angreifen, nicht in Anwesenheit der Königin. Der Palast sollte eigentlich der sicherste Ort in ganz Aratay sein. »Erian. Llor.« Sie sprach ihre Namen laut aus, als hätte das eine Wirkung wie ein Talisman, und dann lief sie zu der Tür, die zu den Schlafzimmern führte. Sie musste zu ihnen. Sie musste unbedingt …

Da war Blut im Flur, strömte an der Wand hinab.

Eine Frau kauerte an der Seite, reglos, den Kopf auf die Brust gesenkt. Einer ihrer Arme war umschlungen von

Ranken, die aus der Wand wuchsen. Der andere Arm war zerfetzt worden, und der Knochen glänzte durch das Rot ihrer Muskeln. Blut sammelte sich um sie herum und sickerte in den Teppich. Naelin rannte auf sie zu und blieb dann stehen. Die Frau war tot, daran bestand kein Zweifel.

Ein Geist hatte sie getötet. Hier, im Palast.

So etwas kann nicht geschehen! So etwas sollte nicht möglich sein!

Und dann kam ihr ein noch schlimmerer Gedanke:

Was habe ich getan …?

Sie hatte die Geister hierhergerufen. Was war, wenn …

In dem Moment hörte sie weitere Schreie vor sich, aus dem Treppenhaus. Erian und Llor befanden sich fünf Stockwerke weiter unten. Naelin lief zur Treppe. Sie tastete sich mit ihrem Bewusstsein vorwärts, in den Bereich vor sich, und spürte ein Knäuel von Geistern. Auch sie waren umfangen von dem gleichen rasenden Wirbelwind aus Freude und Qual. Einer, ein Wassergeist, ließ Wasser durch ein Fenster quellen und in einem Sturzbach die Treppe hinabströmen. Ein Eisgeist folgte ihm auf den Fuß und ließ das Wasser gefrieren, während ein Baumgeist dafür sorgte, dass aus der Decke des Treppenhauses Dornen sprossen.

Sie grub ihnen ihr Bewusstsein ins Fleisch. *AUFHÖREN!*

Für einen Augenblick hielten sie inne, aber sie vibrierten, als halte Naelin sie nur mit ihrer reinen Willenskraft fest, und sie war überzeugt, dass sich die Geister sofort losreißen würden, sobald sie aufhörte, den Befehl auszusenden. Sie würde es ihnen nicht gestatten. *Ich habe sie hierhergeholt; das alles ist meine Schuld.* Während sie den Befehl aussandte, rannte sie die Treppe hinunter und raste durch eine Gruppe von drei Feuergeistern. Als sie an ihnen vorüber war, ließ sie sie los und stürzte sich auf den nächsten Geist.

Sie war zu langsam. Erian und Llor waren zu weit weg. Und zu viele Geister tosten zwischen ihr und ihnen. In der Mitte des Treppenhauses brannte ein Feuergeist. Funken landeten auf dem Holz, loderten auf und wurden zu Feuern. Der Geist kicherte boshaft.

Naelin dachte nicht darüber nach, ob sie es überhaupt tun konnte. Ihr blieb keine Wahl.

Sie öffnete ihr Bewusstsein und spürte abermals die Geister, fühlte ihre wilde Wut. Zunächst ließ sie diese Wut in sich hineinströmen, dann griff sie nach ihr, fest, als handele es sich um den Arm eines widerspenstigen Kindes. Sie hielt beharrlich fest und griff dann weiter um sich, packte Geist um Geist und hielt sie fest.

Sie hatte das Gefühl zu zersplittern, aber sie klammerte sich an den Gedanken an Erian und Llor. Die Geister mussten ihr gehorchen, weil sie ihre Kinder beschützen musste. Eine andere Möglichkeit gab es nicht. *Ich habe das Ganze verursacht. Ich muss es in Ordnung bringen.*

Naelin stieß die Hände in das Wasser, das die Treppe hinabfloss, und tauchte ihr Bewusstsein in das Wasser, in die Wände, in das Feuer und in die Luft. Hinaus, immer weiter, bis Naelin den gesamten Palast umfasste. Sie spürte die Erdgeister in den Gärten, die Feuergeister, die in den Treppenhäusern tobten, die Luftgeister oben auf dem Turm … *Tut nichts Böses!*

Plötzlich hatte sie das Gefühl, als konzentriere sich jeder Geist unvermittelt ganz allein auf sie. Ihr Herz begann zu hämmern, und ein weiteres Mal hörte sie die Todesschreie ihrer Mutter, aber sie behielt das Bild Erians und Llors fest vor Augen. Sie spürte, wie sich die Geister um sie versammelten. Sie kamen aus jedem Winkel des Palastes … genauso, wie sie es ihnen im Rahmen ihrer Ausbildung befohlen hatte, aber diesmal fühlte sie ihren Hass. Sie wollten ihr Blut. Sie wollten die Luft aus ihrem Leib pressen, wollten ihre Knochen zerquetschen, ihr Fleisch verbrennen …

Tut! Nichts! Böses!

Sie brannte die Worte in sie ein, trieb sie ihnen tief in die Leiber hinein.

Die Geister drängten näher heran, wollten, brauchten ihren Schmerz, ihr Blut, ihren Tod.

Und sie hielt sie fest, bis sie sich nicht mehr regten.

Königin Daleina spürte eine Last auf sich. Sie öffnete die Augen. Ihre Lider waren starr und steif, als wären sie stundenlang zugeklebt gewesen. Sie schaute zu dem blauen Himmel über ihr auf, der von einem Kreis aus Bäumen umrahmt war. Dann drehte sie den Kopf und sah, dass Meister Ambir über ihr lag.

»Meister Ambir?« Auch ihre Kehle war steif und starr und ihr Mund trocken. Am schlimmsten war, dass es ihr vorkam, als würden ihre Gedanken im Schlamm waten. Sie konnte sich keinen Reim darauf machen, warum sie hier war, warum er hier war und was überhaupt geschehen war.

»Euer Majestät!«, hörte sie eine Frauenstimme rufen. Als Daleina über Ambir hinwegschaute, sah sie Meisterin Piriandra von Bogen zu Bogen durch den Kreis des Saals springen. Piriandras Messer waren gezückt und glitschig von Blut. Sie hatte eine Schnittwunde, die sich an ihrem Oberschenkel hinabzog und aus der rote Regentropfen perlten. Daleina gefror das Blut im Leib – wenn Alet mit ihrem Verdacht richtig lag, dann wollten entweder Piriandra oder Ambir sie tot sehen …

»Bewegt Euch, Meister Ambir«, befahl Daleina, schob ihn weg und setzte sich auf. Der Körper glitt mit einem dumpfen Aufprall zu Boden. Erst da begriff sie, was sie da vor sich hatte: einen Leichnam. Der alte Meister war tot. Sein Rücken war zerfetzt worden und seine Kehle mit einem dicken Stachel durchstoßen.

Auf einen Schlag rauschten die Gedanken in ihrem Kopf zusammen, nahmen endlich wieder eine verständliche, zusammenhängende Abfolge an. *Falscher Tod.* Daleina rappelte sich hoch, sandte ihr Bewusstsein aus und tastete nach den Geistern. Sie hatten sich mehrere Stockwerke tiefer versammelt, in ein einziges Treppenhaus hineingezwängt. Warum … *Warum tut nichts zur Sache,* machte sie sich klar. *Meister Ambir tut nichts zur Sache. Piriandra tut nichts zur Sache.* Sie musste weiteres Sterben verhindern. Das war alles, was zählte.

So schnell sie konnte, zwang sie den Geistern ihr Bewusstsein auf und sandte den Grundbefehl aus: *Tut nichts Böses.* Sie spürte, wie er in ihnen widerhallte, ein Echo fand und zurückprallte. *Tut. Nichts. Böses.* Dann weitete sie den Befehl über den Palast hinaus aus, berührte die Geister im Wald dahinter. Aber die wilde Wut der Geister hatte sich nicht ausgebreitet. Aus irgendeinem Grund war sie auf den Palast beschränkt geblieben.

Sie musste sie erreichen, musste herausfinden, musste wissen, warum oder wer … als sie versuchte, zwei Schritte zu gehen, gaben ihre Beine unter ihr nach und sie sackte zusammen. Sie hielt sich an einem der Stühle der Meister fest. Bevor sie ihre Kräfte wieder sammeln konnte, kam Meisterin Piriandra auf sie zugeeilt. »Ihr lebt!«

Daleina fühlte im Umkreis nach Geistern und versuchte, einen zu sich zu rufen, damit er sie wenn nötig verteidigen konnte, aber die Geister waren noch immer im Treppenhaus zusammengeballt und wurden dort festgehalten. »Berichtet mir, was passiert ist.«

»Ihr habt das angerichtet«, antwortete Piriandra. »Eure Schwäche. Euer Versagen. Ihr habt das alles über Euch selbst und über uns alle gebracht.«

Sie weigerte sich, sich auf einen Streit einzulassen. Stattdessen schob sie den Stuhl zwischen sich und die Meisterin und fragte hastig: »Wie viele sind gestorben?« *Arin!*, dachte sie. Ihre Schwester hielt sich im Palast auf. Sie hätte sie weiter wegschicken sollen. Nach Hause. Noch weiter. Aus Aratay hinaus und nach Chell oder sogar nach Elhim.

Eine Männerstimme – Meister Havtru – antwortete: »Wir wissen es nicht.«

»Wie lange war ich …« – ihre Stimme versagte bei dem Wort *tot* – »… fort?«

Piriandra zog ein rostfarbenes Tuch aus ihrer Tasche und wischte ihre Messer ab, um sie dann in ihre jeweiligen Scheiden zurückzuschieben. »Zu lange.« *Sie wird mich nicht töten, solange Havtru hier ist,* schoss es Daleina durch den Kopf. Ihre Gedanken überschlugen sich. *Sie will keine Zeugen haben.* Derjenige, der Daleina vergiftet hatte, hatte ein unbekanntes Gift gewählt, eines, das die Symptome einer Krankheit nachahmte, und ihr eben keine Klinge durch die Rippen gejagt. Es war klar, dass er oder sie nicht geschnappt werden wollte. Wenn Daleina nur sorgsam darauf achtete, niemals mit ihr allein zu sein …

»Wo ist Ven?«, fragte Daleina. Er sollte hier sein und sie verteidigen. Dann schob sie diesen Gedanken von sich. Er wusste, dass sie sich in Sicherheit befand, solange sie tot war. Bestimmt war er fortgegangen, um jene zu verteidigen, die nicht sicher waren. Wie etwa Arin. »Ich muss wissen, was passiert ist. Helft mir.«

Havtru eilte zu ihr hin und stützte sie. Ein wenig langsamer half ihr Piriandra auf der anderen Seite. Daleina kam es vor, als hätten sich ihre Knochen in weiche Butter verwandelt. Ihre Knie knickten ein, und sie musste sich stark auf die beiden Meister stützen.

Sie schaffte drei Schritte, dann blieb sie stehen. »Das geht zu langsam. Geht fort, alle beide. Findet heraus, was passiert ist. Helft, wem ihr helfen könnt. Ich werde hierbleiben und meine Kräfte sammeln.«

Piriandra ließ sie los, und Daleina sackte halb zu Boden, dann hatte Havtru sein Gewicht verlagert, um ihr an seiner Seite Halt geben zu können. »Wir lassen Euch nicht allein, Euer Majestät«, entschied er.

Einen Moment lang zögerte sie. Sie wollte mit niemandem allein sein, aber Havtru war ein neuer Meister. Er konnte noch keinen Groll gegen sie hegen, nicht? Doch, konnte er. Jeder und jede von ihnen konnte sie tot sehen wollen. Oder keiner von ihnen. Oder … sie konnte nicht klar denken. Ihr war, als kreischten die Geister in ihrem Kopf so laut und so schrill, dass ihr Schädel zu zerspringen drohte. »Das ist ein Befehl.«

»Vergebt mir, Euer Majestät. Eure Sicherheit wiegt mehr als Eure Befehle und geht vor«, wandte Havtru ein. »Meister Ven hat sich in diesem Punkt sehr klar ausgedrückt, als er mich auserwählt hat. Ihr seid dem Tode nur knapp entronnen. Wir werden Euch nicht allein lassen, bis ihr Euch gänzlich erholt habt.«

»Na schön. Geht, Piriandra. Havtru wird mir seinen Wert beweisen.« Sie ließ Havtru nicht aus den Augen und hoffte, dass es kein Fehler war, den sie bereuen würde, hoffte, dass sie ihn nicht falsch eingeschätzt hatte und dass das Gleiche für Ven galt. Wenn sie ihrem eigenen Urteil auch nicht trauen konnte, meinte sie doch, Vens Urteil trauen zu können.

Meisterin Piriandra eilte zur Treppe hinüber und lief lautlos die Stufen hinab. Daleina blieb mit Havtru allein zurück. Es wehte nicht einmal das leiseste Lüftchen. Keine Geister in der Nähe.

Sie entschied sich für unverblümte Offenheit. »Wenn Ihr mich tötet, solange es keine Thronanwärterin gibt, wird ganz Aratay darunter leiden.«

Seine Augen weiteten sich. »Euer Majestät!«

Entweder, er war ein hervorragender Schauspieler, oder er war unschuldig. Sie entschied sich, Letzteres zu glauben, schloss die Augen und sandte ihr Bewusstsein zu dem Knäuel aus Geistern im Treppenhaus aus. Die Feindseligkeit der Geister hatte sich wieder gelegt, und die Feuergeister verteilten sich erneut in den Laternen. Sie leitete die Wassergeister zu den Feuern, die überall im Palast aufgeflammt waren. Dann gab sie den Erdgeistern den Befehl, die Verwerfungen im Erdreich unter der Stadt auszugleichen. Sie wies die Baumgeister an, den Palast wieder wachsen zu lassen und ihn an den Stellen zu reparieren, wo etwas auseinandergerissen worden war, auch sollten sie die Äste verdorren lassen, die dort gewachsen waren, wo sie nicht wachsen sollten. Menschen konnte sie nicht erfühlen, aber sie konnte spüren, wo die Geister gewesen waren – welchen Schaden sie angerichtet hatten, und ihr Magen krampfte sich zusammen. So viel Schaden und Unheil.

Ich hoffe, das wird keinen weiteren falschen Tod auslösen. Sie musste die Kontrolle zurückgewinnen … aber sie zu gewinnen bedeutete, dass sie zugleich das Risiko einging, sie wieder zu verlieren. Trotzdem, sie hatte keine Wahl.

Nachdem sie die Geister verteilt und jeweils beschäftigt hatte, öffnete sie die Augen wieder. Havtru starrte in den Himmel, mit dem Rücken zu ihr, und er hielt einen Stab in den Händen. Die Luftgeister erfüllten nun wieder den Himmel und huschten von Wolke zu Wolke, als hätten sie nicht soeben noch versucht, alle Menschen zu töten.

Langsam fühlte sie sich ein wenig stärker. »Ich muss sehen, was passiert ist.«

Havtru legte seinen Stab beiseite, kam zu ihr herüber und hob sie ohne ein Wort auf die Arme. Sie wollte protestieren, aber sie wusste, dass sie nicht genug Kraft für die Treppe hatte. *Und wen sollte ich auch beeindrucken? Inzwischen müssen ohnehin alle das Vertrauen in mich verloren haben.*

Als er sie die Treppe hinuntertrug, sah sie die Risse in den Stufen. Es sah so aus, als habe jemand versucht, das Treppenhaus aus der Außenwand des Baums zu reißen. Risse schlängelten sich an der Wand empor, und das Geländer war förmlich von Ranken stranguliert. Weiter unten sah sie überall Ranken die Außenwände des Palastes überziehen, als hätten sie die Wände zusammenquetschen wollen, bis sie barsten.

Am Fuß der Treppe sah sie die ersten Leichen: Palastdiener, eine Frau und ein Mann, die Arme umeinander geschlungen, als hätten sie versucht, sich gegenseitig Mut und Trost zu spenden. Die Frau war jung, fast noch ein Mädchen, und ihr Haar von ihrem eigenen Blut mit roten Strähnen durchzogen. Das Bein des Mannes war verbrannt.

Der nächste Tote, weiter den Gang hinunter, war völlig unkenntlich, eine Masse aus geschwärztem Fleisch. »Schaut nicht hin, Euer Majestät«, sagte Havtru.

»Ich muss. Es war meine Schuld.«

»Es war Eure Krankheit. Ihr dürft Euch keinen Vorwurf machen.«

Und doch machte sie sich Vorwürfe – weil sie den

Giftmörder noch immer nicht gefunden hatte, weil sie es überhaupt zugelassen hatte, dass jemand sie vergiftete, weil sie die Meister nicht dazu angetrieben hatte, sich noch stärker anzustrengen, um eine Thronanwärterin zu finden. »Bringt mich zum östlichen Treppenhaus.«

Sie kam an anderen vorbei, die noch lebten, aber verletzt und benommen waren. Sie starrten sie an. Ein Palastdiener sprang auf und küsste ihre Hand. »Ihr lebt!«, rief er.

»Helft ihnen«, wandte sie sich an Havtru und zeigte auf die Verletzten. »Wickelt das hier um ihre Wunden.« Sie grub die Finger in eines der Löcher ihres Rocks und zerriss den Stoff. Havtru ließ sie aus seinen Armen herunter und half ihr, Streifen abzureißen, die die Breite von Verbandsbinden hatten.

»Aber Euer Kleid ...«, stotterte der Palastdiener.

»Wickelt den Stoff fest um ihre Wunden, so fest Ihr könnt. Der Blutfluss muss gestoppt werden.« Sie erinnerte sich daran, dass Hamon das Gleiche für andere Verletzte getan hatte. »Sie dürfen nicht noch mehr Blut verlieren. Sagt ihnen, dass sie ihre verletzten Gliedmaßen hochlegen und stützen sollen. Es werden bald Heiler hier sein.« Hoffte sie jedenfalls.

Die Hälfte der Menschen, an denen sie vorbeikamen, sah sie voller Dankbarkeit an – sie bemerkte die Erleichterung, die in viele ihrer Gesichter geschrieben war. Ihre Königin lebte. Die Geister waren gebändigt. Aber andere starrten sie mit Blicken an, die wie Dolche waren. Daleina zuckte jedes Mal zusammen, zwang sich aber, ihre Blicke zu erwidern. Sie glaubten, sie hätte sie im Stich gelassen, waren der Ansicht, dass sie die Geister absichtlich hätte angreifen lassen.

Ich muss ihnen die Wahrheit sagen. Bald. Die wildesten Spekulationen würden ins Kraut schießen. Aber wenn sie ihnen erzählte, dass sie todkrank war, ehe sie über eine Thronanwärterin verfügte, die sie beerben konnte, würde Panik in der Stadt und überall in Aratay ausbrechen. »Wie weit ist Eure Kandidatin, Meister Havtru?«, fragte Daleina leise.

»Offen gesagt, sie ist noch nicht so weit. Sie kann schon sehr gut einen Geist nach dem anderen herumkommandieren. Einen Geist auf und ab fliegen lassen und zur Seite, ihn akrobatische Kunststückchen ausführen lassen und so weiter und so fort. Aber sie kann ihren Willen nicht genug ausdehnen, um mehr als nur einen auf einmal zu befehligen. Wir arbeiten daran. Sie wird das schon noch schaffen, denn sie ist ein tüchtiges Mädchen. Gibt sich große Mühe. Ihr werdet sie mögen.«

Es spielte keine Rolle, ob Daleina sie mochte oder nicht. Wenn sie nicht mehrere Geister zugleich befehligen konnte, war sie als Königin nicht geeignet. »Wie viele Tage braucht sie noch, bis es ihr gelingt?«

»Das kann ich nicht sagen. Ich habe noch nie zuvor eine Kandidatin ausgebildet. Aber Esiella hat mir gesagt, sie habe es nun ein Jahr lang versucht und es schon zweimal beinahe geschafft. Vielleicht noch einige Monate? Ich weiß nicht, ob meine Kandidatin diejenige sein kann, die Ihr braucht, Euer Majestät. Ich würde das ihr gegenüber natürlich nicht aussprechen, aber ich denke, Ihr wünscht in dem Punkt Offenheit.«

»Das ist richtig. Danke, Havtru.« Sie hoffte, dass die anderen Kandidatinnen bereits weiter fortgeschritten waren. Sie musste die Thronprüfungen bald ankündigen, idealerweise zum gleichen Zeitpunkt, an dem sie auch ihre Krankheit bekanntgab. Die Thronprüfungen würden die Leute ablenken und die Kandidatinnen anspornen, sich bereitzumachen. »Bitte, spornt sie so gut an, wie Ihr könnt. Ich kann nicht zulassen, dass sich noch einmal eine solche Katastrophe ereignet.«

»Wenn ich wirklich ehrlich sein soll …«

»Bitte, seid ehrlich.«

»Viele der anderen Meister waren, sagen wir mal, in ihren Berichten sehr optimistisch. Ich glaube nicht, dass irgendeine von ihren Kandidatinnen schon wirklich bereit ist. Nicht im mindesten.«

»Keine Einzige?« Gewiss übertrieb er. Sie mussten inzwischen doch nahe dran sein.

»Nun ja, Yanan hatte eine Kandidatin, die schon relativ weit fortgeschritten war, aber sie ist gestorben. Und die von Gura … sie war der Ansicht, auch ihre Kandidatin könne bereit sein, aber die ist ebenfalls gestorben. Immer wieder sterben gerade die besten. Wir überfordern sie allzu sehr, meine ich. Menschen haben ihre Grenzen. Selbst Ihr habt Grenzen. Ihr solltet mir gestatten, Euch in Eure Gemächer zu bringen. Die Heiler sollten sich um Euch kümmern.«

Endlich hatten sie das östliche Treppenhaus erreicht. Die Wände waren nach außen gewölbt, aber da war keine Spur mehr von den Geistern und auch nicht der geringste Hinweis darauf, wer oder was sie hierhergeholt hatte. Dieser Raum sah nicht anders aus als all die anderen. Sie hatte erwartet, eine Unmenge von Leichen vorzufinden, aber da war keine einzige. Wozu hatten sie sich hier versammelt, wenn nicht, um anzugreifen? Daleina hatte geglaubt, hier würde sich ihr der schlimmste Anblick von allen bieten, aber der Raum war seltsam verlassen.

»Erlaubt mir, Euch auf Eure Gemächer zu bringen«, wiederholte Havtru.

»Ich muss herausfinden, wo meine Schwester ist«, wandte Daleina ein. »Und mich davon überzeugen, dass sie sich in Sicherheit befindet.«

»Das kann eine der Wachen übernehmen.« Havtru rief einen der Wachposten an, und eine unverletzte Frau mit Blutspuren auf der Wange kam herbeigelaufen. »Sucht nach der Schwester der Königin und sorgt dafür, dass sie an einen sicheren Ort gebracht wird.«

Die Wache verneigte sich und eilte davon.

»Also, werdet Ihr Euch jetzt ausruhen?«, fragte Havtru die Königin.

Sie nickte und bat ihn nicht einmal, sie selbst gehen zu lassen. Stattdessen lehnte sie sich nur an seine Brust und ertrug all die Blicke, während sie nun an immer weiteren ihrer Untertanen vorbeikamen.

Als sie sich den königlichen Gemächern näherten, kam Alet auf sie zugelaufen. Ihr Helm war verrutscht und ihr Haar zerzaust. Ihre Rüstung war mit Blut und Ruß überzogen, und sie hatte einen ausgefransten Riss in ihrem Ärmel. »Königin Daleina!«

»Mit mir ist alles in Ordnung«, beruhigte sie ihre Freundin. »Ich bin erleichtert, Euch unversehrt zu sehen.« Hier, endlich, hatte sie eine Freundin, die sie nicht verloren hatte. Sie dachte an Linna und Revi und Mari und wie sehr sie sie doch im Stich gelassen hatte.

Während Alet den Raum auf Geister absuchte, trug Havtru die Königin ins Innere.

Das Gemach war unberührt – ein makellos gemachtes Bett, wunderschön strömte das Sonnenlicht durch die offenen Balkontüren, im Kamin brannte ein kleines Feuer. Für einen Moment war sie geschockt, dann wurde ihr klar, dass hier ja niemand gewesen war, der hätte verletzt werden können. Der Angriff der Geister hatte sich nur auf diejenigen Bereiche des Palastes gerichtet, wo es Menschen zu töten gegeben hatte. »Es ist meine Schuld«, keuchte sie. Als Havtru den Mund öffnete, um etwas zu sagen, winkte sie ab. »Ich weiß, ich habe das alles nicht beabsichtigt. Aber Piriandra hat recht: Ich habe versagt. Ich kann meine Pflicht nicht erfüllen. Wir müssen die Thronprüfungen sofort durchführen.«

»Dann werden weitere Kandidatinnen sterben«, prophezeite Havtru. »Sie sind noch nicht bereit.«

»Macht sie bereit.«

»Man kann sie nicht einfach mit Willenskraft dazu zwingen, bereit zu sein. Nicht einmal Ihr könnt das, Euer Majestät.«

Sie schloss die Augen, als er sie behutsam auf das Bett legte. »Ich kann es versuchen.« Sie hörte ihn die Vorhänge rund um das Bett zuziehen und dann zur Tür zurückgehen, wo er sich leise mit Alet unterhielt. Er würde hierbleiben und sie bewachen, das wusste sie, zusammen mit Alet. Ven hatte ihn ordentlich ausgebildet.

Er war ein guter Lehrer, Ven. Sie dachte an seine Schülerin, die Frau namens Naelin. Vorhin hatte er keine Gelegenheit mehr gehabt, Daleina von ihren Fortschritten zu berichten, bevor sie zusammengebrochen war. Sie hoffte, dass Naelin so gute Fortschritte gemacht hatte, wie er es erwartet hatte. Die Berichte der Meister und Havtrus Bemerkungen hatten ihr den deutlichen Eindruck vermittelt, dass niemand sonst so weit war.

Sie spürte, dass ein Geist im Raum eintraf. Die Vorhänge erzitterten, doch Daleina bewegte sich nicht. Selbst wenn sie müde war, konnte sie doch einen einzelnen Geist befehligen, wenn es sein musste, das wusste sie. Aber wenn es nicht sein musste, würde sie die dafür nötige Energie nicht opfern und keinen weiteren falschen Tod riskieren. Der Geist hockte sich ans Fußende ihres Bettes.

Schließlich öffnete sie die Augen, um ihn grimmig anzusehen.

Es war ein Baumgeist, winzig und knorrig, mit Blättern am ganzen Körper. Wahrscheinlich derselbe Geist, der sie schon zuvor in ihrem Schlafgemach aufgesucht hatte. »Bist du gekommen, um dich an meinem Missgeschick zu weiden?«, fragte sie ihn.

»Jawolll«, raunte er.

»Wenn du so freundlich sein könntest, dich anderswo zu weiden, wäre das wunderbar.« Am liebsten hätte sie ihm befohlen zu verbrennen. Sie wollte jeden Geist vernichten, der an dem heutigen Gemetzel beteiligt gewesen war.

»Ihr Blut war so süß. Es ist in unsere Äste geflossen.«

»Verschwinde«, wies sie ihn an, aber sie legte nicht die Wucht eines echten Befehls in das Wort.

»Wir beobachten. Wir warten. Ihr werdet wieder fallen, und noch mehr von uns werden sich bereithalten.« Er rieb sich die Hände, und es klang wie das Rauschen der Blätter im Wind. »Wir werden feiern und schlemmen.«

Er hat recht. Beim nächsten Mal würde der Blutzoll noch höher sein, denn mehr Geister würden sich bereithalten, würden warten, beobachten. Sie konnte das nicht zulassen. Sobald nur irgendwer als Thronanwärterin bereit war, musste sie abdanken, ob der Giftmischer nun gefunden worden war oder nicht.

Sie hob die Stimme. »Kommandantin Alet! Meister Havtru!«

Die beiden Krieger kamen in ihr Schlafgemach gestürmt, Schwerter und Messer gezückt. Kreischend schoss der Geist aus dem Fenster. Alet verschloss Türen und Fenster hinter ihm und Havtru schritt mit erhobenem Schwert durch den Raum.

Aber selbst mit diesen beiden an ihrer Seite fühlte sie sich nicht sicher.

Kapitel 22

Sobald sie spürte, dass die Königin die Kontrolle über die Geister übernahm, rannte Naelin los. Sie kletterte über die Wurzeln, die sich aus den Wänden wölbten, und bahnte sich einen Weg die Treppen hinunter. In jedem Raum und auf jedem Flur befanden sich Diener und Höflinge, und Heiler bewegten sich zwischen ihnen umher. Sie sah Laken über Leichen, viel zu vielen Leichen. Menschen – viele, die selbst verwundet schienen, die eigentlich im Bett liegen sollten – entfernten die Überreste von Feuern und hackten Äste ab, die aus den Wänden gewachsen waren. Naelin blieb nicht stehen.

Erian. Llor.

Sie stürmte in ihr gemeinsames Zimmer – aber da war niemand. »Erian! Llor! Seid ihr hier? Antwortet mir bitte. Kommt raus. Es ist jetzt alles sicher. Bitte, bitte, hoffentlich geht es euch gut.« Sie lief zu den Vorhängen, die den Blick auf die Betten versperrten, und riss sie zurück. Auf einem der Laken waren Blutstropfen. Ihre Knie knickten ein, aber sie erlaubte es sich nicht zusammenzubrechen. »Erian! Llor! Kommt heraus! Ich bin es, Mama!«

Sie zwang sich, innezuhalten und zu lauschen. Schließlich hatte sie selbst ihnen beigebracht, sich zu verstecken. Ihre Kinder waren vernünftig. Sobald sie wussten, dass keine Gefahr mehr bestand … aber hatten sie denn überhaupt eine Möglichkeit gehabt zu wissen, dass eine Gefahr bestanden hatte? Sie hatten sich im Palast sicher gefühlt. Leise, lauschend suchte sie weiter. Unter dem Bett. Im Kleiderschrank. Hinter dem Sofa. Das Polster war zerfetzt worden. Ranken schlangen sich um einen Spiegel, und durch seine Mitte verlief ein Riss.

»Naelin?« Ven stand in der Tür.

Sie lief zu ihm hin. »Ich kann Erian und Llor nicht finden.«

»Das seid Ihr gewesen, nicht wahr? Ihr habt den Geistern Einhalt geboten.«

»Helft mir suchen. Bitte. Sie hätten sich bestimmt versteckt, aber da ist Blut auf dem Bett, und …« Ihr schlug das Herz bis zum Hals. Ihre Kinder waren klug und schnell. Und klein. Sie konnten sich in alle möglichen Verstecke hineinzwängen. Suchend sah sie sich im Raum um.

Der Kleiderschrank war fest von Ranken umhüllt, von den Geistern dicht verschlossen. Sie trat an ihn heran und presste das Ohr gegen das Holz. »Erian? Llor?«

Schwach, von dem dicken Holz gedämpft, hörte sie eine Stimme aus dem Schrank. »Mama?« Llor!

»Llor, mein Schatz, alles in Ordnung? Ist Erian bei dir?«

»Sie hat mich reingeschubst! Mama, ich komme nicht raus! Es ist dunkel!« Sie konnte kaum verstehen, was er sagte. Sie hörte, dass er zu weinen anfing oder auch weiterweinte, unterbrochen von einem gewaltigen Schluckauf, der seinen Körper erbeben ließ, und drehte sich um – aber Ven war bereits da und hackte mit seinem Schwert auf die Ranken ein.

»Geht Erian suchen«, wies Ven sie an. »Ich befreie ihn solange.«

»Llor, mein Schatz, drück dich hinten an die Wand. Hinten an die Schrankwand drücken! Verstanden? Meister Ven holt dich da raus. Ich muss Erian suchen. Weißt du, wo sie sich versteckt hat?«

Er weinte noch immer, aber seine Antwort war Nein. Erian hatte ihn in den Kleiderschrank gestoßen, ihm befohlen, leise zu sein, und versprochen, die Geister von ihm wegzulocken. *Mein tapferes Mädchen,* dachte Naelin.

Einen Moment lang stand sie reglos da und versuchte, sich an Erians Stelle zu versetzen. Erian musste gemerkt haben, dass etwas nicht stimmte, und sie hatte ihren Bruder in den Kleiderschrank verfrachtet, aber vielleicht hatte sie keine Zeit mehr gehabt, sich ebenfalls zu verstecken. Vielleicht waren die Geister bereits zu nah gewesen. Vielleicht hatte sie sie von Llor ablenken wollen. Sie musste weggelaufen sein – sie könnte versucht haben, durch die Tür hinauszugelangen, aber wenn die Geister dort hindurchgekommen waren ... der einzige andere Weg aus dem Raum hinaus war der Balkon.

Erian war nie gern geklettert, aber wenn es die einzige Möglichkeit war, würde sie es tun. *Mein tapferes Mädchen.* Naelin rannte auf den Balkon hinaus. »Erian? Erian!« Sie beugte sich über das Geländer und schaute nach unten.

Erian klammerte sich ungefähr fünf Meter weiter unten an die Ranken.

Sie hatte die Augen fest zusammengekniffen, und sie zitterte. Naelin sah Blut auf ihrem Arm, ein leuchtend roter Fleck hob sich von ihrem weißen Kleid ab. »Halt durch, Erian! Wir kommen! Ven! Ven, sie ist dort draußen!«

Erian schrie.

Die Ranken begannen ihren Klammergriff um den Palast zu lösen, als würden sie zurückgezogen.

»Lass nicht los!«, rief Naelin.

»Mama!«

Ihr Schrei traf Naelin mitten ins Herz. Bevor sie ein weiteres Mal nach ihm rufen konnte, war Ven schon auf dem Balkon und schwang sich über das Geländer. Er bohrte sein Messer tief in das Holz des Baums, sodass er einen Haltegriff hatte. »Ich komme, Erian«, rief er ihr zu. »Halt durch.«

Naelin fühlte ein Gewicht gegen ihren Oberschenkel schlagen. Llor umklammerte ihre Hüften und vergrub das Gesicht an ihrem Bauch. »Mama!« Sie legte die Arme um seinen Kopf, wandte den Blick jedoch nicht von dem Geschehen unter ihr ab.

Sie ist zu weit unten, schoss es Naelin durch den Kopf. Die Ranken schrumpften, verschwanden Stück für Stück im Palast. Naelin hielt das Balkongeländer weiter fest umklammert und konzentrierte sich. Ihr Bewusstsein tastete sich vor, in den Baum hinein, und griff nach den Holzgeistern, die die Ranken aufrollten und das ganze Durcheinander entwirrten. *Aufhören*, befahl sie ihnen. *Lasst sie wieder wachsen*.

Sie leitete sie hin zu den Ranken, die ihre Tochter festhielten und verhinderten, dass sie in die Tiefe stürzte.

Sie weigerten sich.

Die Königin hatte ihnen einen anderen Befehl gegeben – sie spürte es tief in ihnen, ein widerhallendes Echo: *Setzt alles wieder instand*. Sie reparierten den Palast. Natürlich, sie mussten das tun. Die Königin zwang sie dazu, und ihre Gewalt war wie Eisen um den Verstand der Geister.

Naelin hämmerte auf dieses Eisen ein. Sie drückte, sie stieß, sie sägte. *Lasst wachsen. Jetzt. Lasst wachsen.* Und dann spürte sie, wie ihr Befehl zu ihnen durchdrang und etwas in ihrem Inneren zersprang. Sie zwangen das Holz hinaus, ließen einen neuen Balkon unter Erians Füßen hervorspringen. Als nun die Ranken in der Rinde des Baumes verschwanden, brach das Mädchen auf dem neuen Balkon zusammen.

Ven kletterte weiter hinunter, rammte Messer um Messer ins Holz, bis er sie erreichte. »Halt dich an mir fest«, sagte er mit sanfter Stimme zu Erian.

Schluchzend klammerte sie sich an ihn, und er begann wieder nach oben zu klettern, erneut mithilfe seiner Messer als Haltegriffe. Sie kamen nur langsam voran, und Naelin drückte Llor fest an sich, während sie zusahen, wie die beiden heraufkletterten. Als sie nahe genug herangekommen waren, beugte sie sich vor und half, Erian auf den Balkon zu ziehen. Sie umarmte Erian mit festem Griff und hielt sie an sich gedrückt. Erian schlang ihrerseits die Arme mit aller Kraft um Naelins Hals.

Ven sprang neben sie beide auf den Balkon. »Sind alle wohlauf?«

Naelin löste sich von ihren Kindern, um sie in Augenschein zu nehmen. »Da ist Blut. Wer blutet? Was tut euch weh?« Erian und Llor stürzten sich wieder auf sie und pressten sich erneut fest an sie. Sie wurde nach hinten geworfen, fing sich aber sogleich wieder.

Schließlich gelang es ihr, sie zu beruhigen. Sie verband ihre Wunden und steckte sie ins Bett, wo sie sich aneinanderklammerten, als sei jeder das Schmusetier des anderen. Dann nahm sie auf der anderen Seite des Zimmers Platz und wachte über sie, während die Kinder miteinander tuschelten und schließlich einschliefen. Naelin ließ den Kopf in die Hände sinken und wünschte, sie könnte ebenfalls schlafen.

Sie spürte Vens Hand auf ihrer Schulter. »Das habt Ihr gut gemacht«, lobte er.

»Sie hätte sterben können. Beide hätten sie sterben können. Ich hätte sie verlieren können.«

»Ihr habt sie gerettet. Ihr habt eine ganze Menge Menschen gerettet.« Er hockte sich neben sie und nahm ihre Hand. Sie spürte die Wärme seines Körpers, die Kraft seiner Finger, und es tröstete sie. »Ich habe gewusst, dass Ihr es könnt. Versteht Ihr jetzt, warum Ihr gebraucht werdet?«

»Nein. Ich verstehe überhaupt nichts mehr. Warum ist das passiert? Wir sind im Palast!« Sie senkte die Stimme. »Wir sollten hier sicher sein, hier bei der Königin.«

Ven schwieg.

Er hielt immer noch ihre Hand.

Als sich das Schweigen in die Länge zog, schaute Naelin zu ihm auf. Sein Blick war auf einen Punkt außerhalb des Fensters gerichtet, aber nicht so, als blicke er etwas Bestimmtes an, sondern eher, als denke er nach, und sein Mund war leicht verzerrt. »Was läuft da schief? Was ist passiert?«

»Die Königin ist vergiftet worden. Mit der Folge, dass sie jetzt unter dem Falschen Tod leidet. Alle Meister waren mit ihr im Raum, als sie ihren letzten Ohnmachtsanfall hatte – ich bin mir sicher, die Geister haben ebenfalls zugeschaut und auf ihre Gelegenheit gewartet. Die Befehle der Königin haben keine Wirkung, solange sie tot ist.«

Naelin starrte ihn an. Sie hatte ein Dutzend Fragen: Wie war das möglich? Wer würde so etwas tun? Und warum? Sie entschied sich für die wichtigste Frage von allen: »Wenn es ein Gift ist, gibt es dann ein Gegenmittel?«

»Vielleicht. Wir wissen es noch nicht.«

»Wie viel Zeit bleibt ihr?«

»Ich hoffe, noch Monate. Aber es sind wahrscheinlich nur Wochen. Deshalb brauchen wir Euch.« Er drückte sanft ihre Hand. »Naelin, Ihr seid die mächtigste Kandidatin, der ich je begegnet bin und von der ich je gehört habe. Ihr seid die Einzige mit genug ungeschulter, reiner Naturgewalt über die Geister, um schnell genug ausgebildet zu werden. Ich bin überzeugt, dass es niemanden sonst gibt, der das schaffen kann.«

Sie hörte, wie ehrlich er es meinte. Er glaubte alles, was er sagte, und sie hatte keinen Grund, daran zu zweifeln. Tatsächlich wurde eine ganze Reihe ihrer Beobachtungen jetzt verständlicher. Naelin hatte sich immer für einen praktischen Menschen gehalten. Sie wollte nur das eine: dass Erian und Llor in Sicherheit waren. Wenn die sterbende Königin keine Thronanwärterin hatte, die sie zu beerben vermochte, dann waren Naelins Kinder in Gefahr. Und wenn es da wirklich niemanden sonst gab …

»Gut, ich mache es.«

Eine Stimme ertönte vom Bett her. »Mama, nein!«

Erian.

Sie ließ Ven stehen und ging zu ihnen hinüber. Llor schlief tief und fest, um sein Kissen zusammengerollt, aber Erians Augen waren weit geöffnet. Naelin schlang die Arme um ihre Tochter und drückte sie an sich.

»Bitte, tu das nicht, Mama«, flüsterte ihr Erian ins Ohr. Ihr Atem kitzelte. Naelin atmete tief ein, sog den Duft von Fliederseife, getrocknetem Schweiß und kleinem Mädchen ein. Erian passte noch immer in ihre Arme, obwohl ihre Beine weit über Naelins Schoß hinausragten.

»Ich verspreche, ich werde so vorsichtig sein, wie ich nur kann. Noch vorsichtiger als Llor, als er seinen ersten Baum hinaufgeklettert ist. Erinnerst du dich daran?« Sie drückte das Kinn ihrer Tochter hoch, damit Erian sehen konnte, dass Naelin lächelte und keine Angst hatte – oder sich zumindest alle Mühe gab, so zu tun als ob.

Ein schwaches, zögerliches Lächeln. »Du hast ihn

gezwungen, zwei Sicherungsseile anzulegen, für den Fall, dass eines reißen könnte, und du hast ihn so gut gepolstert, dass er wie ein Würstchen ausgesehen hat.«

»Und der Helm? Erinnerst du dich auch an den?«

»Es war ein Topf! Du hast ihn mit Handtüchern ausgepolstert.«

»Und als er gefallen ist?«

Ihr Lächeln stockte. »Du hast ihn aufgefangen.«

Naelin strich ihr übers Haar. »Die Königin braucht mich, damit ich auch Aratay auffange. Und ich muss dafür bereit sein. Verstehst du das?«

»Ja, Mama.«

Sie lügt, dachte Naelin. Aber andererseits: Das tue ich ja auch.

Die Beerdigungszeremonien begannen im Morgengrauen, als das fahlgelbe Licht hier und da zwischen den Blättern hindurchdrang und die Vögel so munter zwitscherten, dass Daleina wünschte, sie könne ihre Bogenschützen bitten, sie alle abzuschießen. Es erschien ihr falsch, dass die Vögel zwitscherten, falsch, dass die Sonne schien, falsch, dass der Himmel blau und der Wind lind war, falsch, dass die Geister um den Palast herum zwischen den Rosen umherhuschten und in den Springbrunnen spielten, als hätten sie nicht soeben noch das Blut von Daleinas Untertanen getrunken … *Ruhig,* mahnte sie sich. *Bleib gelassen.* Sie achtete darauf, dass ihre Schritte gleichmäßig blieben, als sie nun vom Palast zum Begräbnishain ging, umringt sowohl von Wachen als auch von Höflingen. Kommandantin Alet ging auf ihrer linken Seite, und Meister Ven schritt auf ihrer rechten neben ihr her. Menschen säumten die Brücken und Wege und sahen schweigend zu, wie die Königin an ihnen vorüberzog.

Sie hatte im Laufe des vergangenen Jahres zu viele Menschen beerdigt. Zuerst ihre Freunde, und jetzt … Das waren die Menschen, die sie eigentlich beschützen sollte! Menschen, die ihr vertrauten, die sich auf sie verließen, die … *Es ist nicht meine Schuld. Aber irgendjemand trägt die Schuld daran.* Jemand, vielleicht sogar jemand in dieser Menschenmenge, hatte sie vergiftet. Dieser Jemand war verantwortlich für die jüngsten Todesfälle.

Dieser Jemand, er oder sie, war es, den ihre Bogenschützen erschießen sollten. Nicht die Vögel.

Glocken läuteten, süß, ein Laut voller Hoffnung. Es war nun ihre Aufgabe, von Hoffnung und Leben inmitten der Trauer zu sprechen. Sie hatte eine Rede vorbereitet, während sie mechanisch ihr Frühstück in sich hineingestopft hatte – Hamon hatte neben ihr gestanden und darüber gewacht, dass sie auch jeden Bissen hinunterschluckte. Sie hatte nichts davon geschmeckt.

Er war irgendwo in der Menge, ganz in der Nähe. Ihr Blick fiel auf ihn, und sie versuchte, aus seinem ruhigen, friedlichen, gemessenen Gang Kraft für sich selbst zu ziehen. Er warf einen Blick zu ihr zurück, und seine Augen waren voller Mitgefühl.

Vor ihr hatte sich ein Meer von Blumen über den Hain gelegt. Die Familien der Gefallenen … *Gefallene,* dachte sie. *Als seien sie lediglich gestürzt, zusammengebrochen. Als seien sie nicht gewaltsam in Stücke zerrissen worden. Wortwörtlich aus dem Leben gerissen.* Sie spürte die Blicke der überlebenden Familienmitglieder auf sich ruhen, und sie spürte die Anklage in diesen Blicken.

Neben ihr zog ein Höfling eine Glocke aus der Tasche seiner Gewänder und läutete sie. Auch ein weiterer Mann, ein Palastdiener, ließ seine Glocke ertönen. Und dann erklang noch eine, ihre. Die Familien hielten sich an den Händen, standen schweigend neben den frischen Gräbern, als nun überall im Hain Glocken läuteten, ihr hohes Klingeln zu einem einzigen schrillen Schluchzen verschmolz.

Königin Daleina trat vor und hob die Hände, und die Glocken verstummten. Hoffnung. Trauer. Sie wusste, was man von ihr zu sagen erwartete.

Sie entschied sich, es nicht zu sagen.

»Im Moment hasst ihr mich«, begann Daleina und hob die Stimme, damit sie laut und vernehmlich über den Hain hallte. Ihre Worte sanken in die Stille wie Regentropfen auf die reglose Oberfläche eines Teichs. »Ihr gebt mir die Schuld an dem, was geschehen ist. Ich lebe, und die Menschen, die ihr liebt, sind tot. Ihr seht mich hier stehen, in Seidengewändern und mit Juwelen geschmückt, und ihr denkt: ›Wenn die Königin nicht tot ist, sollten mein Vater, meine Mutter, meine Schwester, mein Bruder, mein Kind, mein Freund es auch nicht sein.‹« Sie selbst hatte Glück gehabt – ihre Schwester hatte überlebt –, aber so viele waren tot.

Alle lauschten und schwiegen. *Nicht alle,* verbesserte sie sich. Die Vögel, die über ihnen durch die Blätter flogen, riefen und sangen. Eichhörnchen huschten über die Äste. Die Geister gruben sich durch die Erde und schlüpften durch die Luft.

Sie sah weder ihre Meister an noch ihre Höflinge oder ihre Palastdiener. Nicht einmal Alet oder Ven oder Hamon. Stattdessen schaute sie in die Augen der Verwandten der Toten. »Ich will euch sagen, dass es mir leidtut. Es tut mir leid, dass ich es bin, die hier steht, und nicht die Menschen, die ihr liebt. Es tut mir leid, dass ich sie nicht habe retten können. Es tut mir leid um die Leere, die ihr in euch spürt.« Sie strich das Papier glatt, das sie in der Hand hielt, die Notizen für ihre Rede, dann zerknüllte sie das Blatt und strich es erneut glatt, während sie weitersprach: »Ich könnte euch jetzt erzählen, dass die Zeit eure Wunden heilen wird. Aber ich finde, es wäre grausam, das zu sagen, denn im Moment wollt ihr nicht, dass die Zeit eure Wunden heilt. Ihr wollt nicht vergessen. Denn vergessen bedeutet, dass sie wirklich fort sind.« Sie dachte an ihre Freundinnen – an Linnas Lächeln, an Maris Stimme, an Revis Lachen. Sie dachte an Magistra Bei und an die Freunde ihrer Kindheit, an all jene, die in Graubaum gestorben waren. »Ich will nicht, dass ihr sie jemals vergesst. Aber ich will, dass ihr das hier vergesst – den Schmerz, den ihr heute empfindet, und der sich anfühlt, als würde er eure Haut auffressen und eure Seele verzehren. Stattdessen will ich, dass ihr euch an die Freude erinnert, die diese Menschen in euer Leben gebracht haben. Ihr sollt euch an die Augenblicke erinnern, in denen sie euch zum Lächeln gebracht haben oder zum Weinen, die Augenblicke, in denen sie euch das Gefühl gegeben haben, lebendig zu sein. Ich will, dass ihr die Art und Weise in Ehren haltet, wie sie geformt haben, wer ihr seid und zu wem ihr werdet. Denn sie sind ein Teil von euch, jetzt und für immer. Ich weiß, dass das nicht das Gleiche ist. Und ich weiß, dass es nicht genug ist. Ich weiß auch, dass ich euren Schmerz nicht wahrhaft verstehen kann, denn euer Schmerz ist nicht mein Schmerz. Es ist euer Schmerz, ganz allein eurer, und es ist völlig in Ordnung, wenn ihr ihn heute und über so viele Tage hinweg, wie es nötig ist, tief und ganz empfindet, so lange, bis ihr wieder Freude empfinden könnt.«

Die Vögel sangen weiter. Die Eichhörnchen huschten weiter umher.

Aber die Geister hörten zu.

Und auch ihre Untertanen.

»Fühlt den Schmerz. Fühlt den Zorn. Fühlt den Kummer. Fühlt den Verlust. Und dann, wenn ihr das alles gefühlt habt, vergebt ihnen, dass sie euch verlassen haben. Vergebt euch selbst dafür, dass ihr immer noch hier seid.« *Vergebt mir,* wollte sie hinzufügen. »Vergebt dem Leben, dass es kurz und zerbrechlich ist. Vergebt der Zeit, dass sie verstreicht. Vergebt …« Sie stockte, als ihr Blick auf die Augen eines kleinen Jungen fiel. Er war noch sehr klein, vielleicht vier oder fünf Jahre alt, und steckte in zu großen Kleidern, die er sich für die Beerdigung ausgeborgt haben musste. Er umklammerte die rechte Hand eines Mannes in der Kleidung der Palastdiener. Seine Hand wurde von der Hand des Mannes förmlich verschluckt, und er starrte Königin Daleina aus roten, geschwollenen, zornigen Augen an.

Unvermittelt sagte Daleina: »Ihr verdient es zu erfahren, warum.«

Sie hörte die Meister unruhig werden und murmeln. Einer von ihnen sagte: »Euer Majestät …«

Sie brachte sie alle mit einem Blick zum Schweigen. Dann erhob sie die Stimme, damit man sie auch außerhalb des Hains hören konnte, und verkündete: »Ich bin krank. Aufgrund meiner Krankheit war ich für einen bestimmten Zeitraum außerstande, die Geister im Zaum zu halten – während dieser Zeit sind die Menschen, die ihr geliebt habt, gestorben. Es könnte wieder geschehen. Ich werde mich vielleicht wieder erholen, vielleicht aber auch nicht. In dieser Zeit der Unsicherheit bitte ich jeden Einzelnen von euch, alle Anstrengungen zu unternehmen, um euch selbst zu schützen. Haltet Amulette bereit. Reist nicht allein. Haltet euch von den Geistern fern, so gut ihr könnt.«

Ein Raunen lief durch die Menge. Manche weinten. Einige wenige schrien.

Die Königin hob beide Hände. »Ich habe meine Meister gebeten, ihre Kandidatinnen vorzubereiten. Die Thronprüfungen zur Bestimmung der Thronanwärterinnen werden in zehn Tagen stattfinden.«

Jetzt erhoben die Meister ihre Stimmen, protestierten – das sei zu früh! Sie könnten das nicht schaffen! Sie verlange das Unmögliche!

»Zehn Tage bis zu den Thronprüfungen!«, wiederholte sie.

Und die Geister riefen ohne ihren Befehl alle durcheinander: »Zehn Tage!«

Beim Klang ihrer Stimmen drängten sich die Menschen zusammen und schauten zum Himmel und zu den Bäumen auf. In das Schweigen hinein sagte Königin Daleina: »In zehn Tagen werdet ihr eine Thronanwärterin haben, die mich zu beerben vermag. Wenn ich bis dahin geheilt bin, wird die Thronanwärterin eine sichere Zukunft gewährleisten. Wenn ich bis dahin nicht geheilt bin, werde ich abdanken, und eure neue Königin wird euch beschützen. Bis dahin passt gut auf euch auf.«

Kapitel 23

Arin stand am Fenster. Sie hörte in der Ferne gedämpfte Glocken, den süßen, quälenden Klang Hunderter Glocken, und sie wusste, dass sie jetzt eigentlich bei den Beerdigungen sein sollte. »Meine Schwester braucht mich.« Sie hatte Daleina seit der Tragödie nur ein einziges Mal für einige Minuten gesehen, sodass sie einander hatten versichern können, dass sie lebten und unverletzt waren, und dann hatten die Meister, Berater und Höflinge ihre Königin wieder gebraucht.

Hamons Mutter schnalzte mit der Zunge. »Ich brauche dich mehr, mein Schatz.«

Eine plötzliche warme Welle des Glücks wogte über sie hinweg – die Art von Whiskywärme, die einem die Kehle hinunterbrennt und in Arme und Beine schießt. Die Glückswallung traf sie so unvermittelt, dass ihr schwindlig wurde, und sie wandte sich vom Fenster ab, um ihre Fürsprecherin anzulächeln.

Frau Garnah saß entspannt auf einem Stuhl am Kamin, schob sich gerade ein glasiertes Schokoladenbällchen in den Mund und kaute. Sie hatte bereits Dutzende davon verzehrt. Die Schnürbänder an ihrem Hals waren voller Schokoladenflecken. Arin hatte die Schokoladenbällchen spät am vergangenen Abend aus der Küche stibitzt, hatte sie unter ihren Röcken gehortet und sich damit davongemacht. Noch nie zuvor hatte sie etwas gestohlen, aber

Frau Garnah hatte sie haben wollen, und der Küchenchef war nicht da gewesen, sodass sie ihn auch nicht hätte fragen können. »Was braucht Ihr denn von mir?«, wollte Arin wissen.

»Ich brauche deine ruhigen Hände, um sechs Tropfen Zinnwohl, drei Tropfen Ziegenmilch und einen Teelöffel Zucker abzumessen. Der Zucker bildet das Rückgrat des Ganzen. Laien glauben, er sei dazu da, den Trank zu versüßen, aber das stimmt nicht, oder jedenfalls nicht ganz. Der Zucker ist eine entscheidende Zutat. Man darf daran nicht sparen.«

Arin wandte sich vom Fenster ab und ging zu dem langen Esstisch hinüber. Sie hatte die Wachen überredet, Arin den Tisch in den Raum schleppen zu lassen. Der Tisch war voller Reagenzröhrchen, Schalen und Bechergläser. An seinem einen Ende stand Frau Garnahs kostbares Mikroskop, aus Kernholz geschnitzt und ausgestattet mit Glaslinsen von unschätzbarem Wert. Entlang der Rückseite des Tisches waren Behälter mit Gewürzen und Pulvern in alphabetischer Reihenfolge aufgestellt. Arin wählte die genannten Zutaten aus und maß sie sorgfältig in eine kleine Schale ab, die eigentlich für Appetithäppchen gedacht waren – auf Frau Garnahs Bitte hin hatte sie sich bei einem Teil der Küchenausstattung bedient, um etwas zum Mischen und Messen zu haben. »Was bewirkt dieses Mittel?«

»Was meinst du denn, dass es bewirkt?«

Arin überlegte. Als sie das letzte Mal eine falsche Antwort gegeben hatte, war sie von der Enttäuschung in Frau Garnahs Stimme ganz niedergeschmettert gewesen. Sie hatte fast eine ganze Stunde lang unter dem Tisch gekauert und geweint. *Höchst demütigend,* dachte sie. Sie konnte gar nicht glauben, dass sie derart überreagiert hatte. Das sah ihr gar nicht ähnlich. Sie wollte auf keinen Fall, dass sich so etwas wiederholte. »Ziegenmilch beruhigt, aber gemischt mit Zinnwohl … ist es ein Schlafmittel?«

»Haut dich schneller um als ein Schlag auf den Kopf«, antwortete Frau Garnah fröhlich. »Der einzige Nachteil ist, dass das Ganze zu einem Pulver getrocknet werden muss, was vorsichtiges Backen erfordert. Deshalb verwenden die meisten stattdessen die nicht so viel giftigen Rauch erzeugenden Tamar-Blätter, was ihr Mittel allerdings erheblich weniger wirkungsvoll macht. Aber du, meine liebe Bäckerin, solltest kein Problem damit haben.«

Stirnrunzelnd betrachtete Arin das Mittel. Eine weitere Mixtur, die Daleina nicht helfen würde. »Wir haben eigentlich die Aufgabe, meine Schwester zu retten. Inwiefern kann das hier helfen?« Dann durchfuhren sie die Schuldgefühle wie ein Stich – sie sollte die Anweisungen von Frau Garnah nicht infrage stellen! Frau Garnah war weise und gütig! Tränen brannten in ihren Augen. »Es tut mir so leid! Ich wollte wirklich nicht …«

Frau Garnah winkte ab. »Neugier ist etwas Gutes! Sie ist ein Zeichen für einen regen Geist. Jetzt sag mir: Wenn du dieses Mittel in eine Speise geben solltest, was würdest du kochen, um seinen Geschmack zu überdecken? Vergiss nicht, dass du es in Pulverform anwendest.«

»Mandelkuchen. Ich würde weniger Zucker nehmen und dem Pulver das Süßen überlassen. Der Geschmack der Mandeln sollte die Bitterkeit von Zinnwohl überlagern.« Vage wurde Arin bewusst, dass Frau Garnah ihre Frage nicht beantwortet hatte. Aber dann wurde dieser Gedanke sogleich durch einen anderen ersetzt: Sie hatte gewusst, dass Zinnwohl bitter schmeckt. Aber woher hatte Arin das gewusst? Sie hob das Pulver an die Nase und schnupperte. »Ich kenne dieses Aroma.«

»Schütte das Gemisch in eine Phiole, dann fangen wir mit dem nächsten Mittel an.«

Während ihre Hände Frau Garnahs Anweisungen befolgten, versuchte sie, das Rätsel zu lösen, weshalb ihr dieses Aroma vertraut vorkam. Sie hatte mit Sicherheit nie mit Zinnwohl gekocht. Auch in den Palastküchen hatte sie es nicht gesehen. Schon immer hatte sie Aromen hervorragend herausschmecken können … Doch die Erinnerung entschlüpfte ihr wie ein Fisch, jedes Mal, wenn sie versuchte, danach zu greifen. »Was genau bewirkt denn Zinnwohl?«

»Ah, eine hervorragende Frage.«

Freude durchströmte sie.

»Es setzt die volle, eigentliche Kraft einer Ingredienz frei. Für sich allein genommen hat es nur wenig Wirkung. Aber als Zutat in einem Trank oder Pulver … Peng! Verstehst du, das ist das Schöne an unserer Arbeit. Einzelne Bestandteile allein vermögen gar nichts. Erst wenn sie kombiniert werden, entfalten sie ihre Wirkung. Es ist das Zusammenwirken, das zu bestimmten Folgen führt. In diesem Fall verstärken einige Tropfen Zinnwohl die beruhigende Kraft der Ziegenmilch so sehr, dass, wer die Mischung einnimmt, voll und ganz ins Reich der Träume katapultiert wird.« Sie wedelte mit den Händen durch die Luft. »Es verstärkt, was normalerweise nur eine Art von sinnbildlicher Wirkung ist.«

Arin machte sich in ihr Büchlein eine Notiz zur Wirkung von Zinnwohl und fertigte außerdem eine Liste der Zutaten für das Schlafmittel an. »Würde das Zusammenwirken der Inhaltsstoffe nicht dadurch verändert, dass man das Mittel einem Kuchen beifügt? Schließlich enthält ein Kuchen ja noch weitere Zutaten.«

»Kluges Mädchen. Aber du weißt immer ganz genau, was du in deinen Kuchen geben musst, nicht wahr?«

Ja, das wusste sie. Sie … »In meinem Kuchen ist Zinnwohl gewesen.«

Garnah schob sich ein weiteres Schokoladenbällchen in den Mund. »Natürlich war es drin.«

Frau Garnahs lobender Tonfall ließ Wärme in ihr aufsteigen, doch dann schüttelte sie den Kopf und versuchte, klar zu denken. Das war eindeutig *nichts* Gutes. Sie sollte darüber nicht froh sein. »Ihr habt ein Mittel in meine Torte gegeben? Warum? Welches Mittel? Was habt Ihr …« Sie verkniff sich den Rest. Frau Garnah musste einen guten Grund gehabt haben. Sie musste gesehen haben, dass da etwas in Arin gewesen war, das wieder in Ordnung gebracht oder geheilt werden musste, oder …

»Sag du es mir.«

Arin schloss die Augen und versuchte, den Geschmack in ihrer Erinnerung zurückzurufen. Vanille, Zucker, Mehl, Ei … all die gewohnten Zutaten. War da zusätzlich etwas Süßes gewesen? Etwas Salziges? Sie erinnerte sich nur an das seltsam scharfwürzige Aroma.

Die nur halb aufgegessene Torte war in eine Ecke des Raums gerollt worden. Sie war jetzt altbacken und trocken wie abgelagertes Feuerholz, und die Glasur war hart geworden. Arin öffnete die Augen und ging zu der Torte hinüber. Ihr Teller war unter den Tisch geschoben worden – Frau Garnah hatte sich geweigert, irgendwelche Diener in den Raum zu lassen, nicht einmal zum Saubermachen. Arin nahm ihr fast aufgegessenes altes Stück sowie ein neues Stück und trug beides zurück an den Tisch. Sie prüfte die Tortenstücke, dann roch sie an ihnen. Sie stieß den Finger hinein und spürte, wie die Torte zwischen ihren Fingerspitzen zerkrümelte. Die Glasur des Stücks, von dem sie gegessen hatte, fühlte sich nicht ganz so trocken und noch etwas schmierig an.

Wieder schaute sie zu Frau Garnah hinüber, die sie gelassen anlächelte. »Habt Ihr mich vergiftet?«, fragte Arin, und dann überkam sie das Gefühl der Scham wie ein Schlag ins Gesicht, weil sie so etwas auch nur hatte in Erwägung ziehen können … Es konnte kein Gift gewesen sein. Sie fühlte sich nicht krank, und ihr war nicht schlecht. Dafür fühlte sie viel zu … *viel.* »Meine Gefühle. Ihr habt sie beeinflusst?«

Frau Garnah wischte sich mit einem zusammengeknüllten Stück Spitzenstoff Schokolade von den Wangen und streckte sich in ihrem Stuhl aus. Sie legte die Füße auf ein Kissen. »Wenn du nicht dahinterkommst, wie ich das gemacht habe, bist du nicht würdig, meine Gehilfin zu sein.«

Angst.

Aufregung.

Stolz.

Jedes dieser Gefühle durchströmte Arin, und zum ersten Mal fragte sie sich, ob es überhaupt wirklich ihre eigenen Gefühle waren. Es gab Tränke und Pulver, um jemanden starke Gefühle empfinden zu lassen, das wusste sie. Roter Paprika gemischt mit Sinsanwurzel machte wütend. Mark aus Mausknochen, kombiniert mit Salz und Ekerblättern, versetzte Menschen in Angst und Schrecken. Sie stöberte in ihren Notizen – sie hatte von Mitteln erfahren, die das Blut dicker werden ließen, die das Herz beruhigten, die Muskeln entspannten, Zorn linderten, Furcht, Verzweiflung oder Ekstase hervorriefen …

Sie hatte alles immer sehr tief empfunden. Den Stolz auf ihre Schwester – sie war immer der Ansicht gewesen, dass Daleina die Beste sei und auch das Beste verdiene. Die Leidenschaft für ihre Arbeit – als sie sich entschieden hatte, Bäckerin zu werden, hatte sie sich mit Leib und

Seele hineingestürzt, unaufhörlich gearbeitet und sogleich Pläne geschmiedet, ihre eigene Bäckerei zu eröffnen. Ihre Liebe zu Josei – als sie sich in ihn verliebt hatte, war das Hals über Kopf und ohne jeden Vorbehalt geschehen, mit umfassenden, ausgereiften Plänen für die Zukunft. Und dann die Verzweiflung und die Wut, als er gestorben war. Sie hatte geglaubt, ganz und gar in Kummer und Schmerz ertrinken zu müssen.

Nachdenklich stülpte sie die Lippen vor und untersuchte die verschiedenen Bestandteile der Torte auf dem Tisch. *Zinnwohl setzt die volle, eigentliche Kraft einer Ingredienz frei* … Verstohlen warf sie einen Blick in Richtung Frau Garnah und hob ihren tortenverklebten Finger an die Lippen. Zuerst kostete sie von dem unbehandelten Stück. Sie ließ die Torte auf ihrer Zunge zergehen und nahm all ihre Zutaten in sich auf. Sie kannte sie sämtlich – es war schließlich ihre Torte. Den Blick immer noch auf Frau Garnah gerichtet, kostete sie dann das mit dem Wirkstoff versetzte Stück.

Behielt es prüfend im Mund.

Mehr Salz. Ein Hauch Zucker. Muskatnuss? Nein, es war süßer, fast überdeckt vom Aroma von Vanille und Zucker. Sie hätte es nicht bemerkt, hätte sie sich nicht so sehr darauf konzentriert.

Arin verließ sich ganz auf ihren Instinkt und sammelte verschiedene mögliche Zutaten zusammen. Sie schnupperte ihren Duft, dann fügte sie dem unbehandelten Tortenstück kleine Mengen hinzu, damit der Geschmack passte. Während sie mischte, hinzufügte und schnupperte, verlor sie jedes Zeitgefühl. Schließlich warf sie das Stück Torte weg und holte sich ein neues.

Sie versuchte es noch einmal.

Und noch einmal.

Die Konsistenz … der Geruch … und endlich auch der Geschmack.

»Es ist dumm, an sich selbst zu experimentieren«, bemerkte Frau Garnah. »Hamon hat sich früher genauso benommen wie du. Ich kann dir gar nicht sagen, wie viele Male ich heimgekommen bin und diesen törichten Jungen in der Werkstatt bewusstlos auf dem Boden gefunden habe. Schließlich habe ich ihm eine Katze mit nach Hause gebracht. Er war untröstlich, als sie starb, aber besser die Katze als er, habe ich ihm gesagt. Verstehst du, ich habe ihn wirklich geliebt. Ich tue es immer noch. Er ist mein Sohn. Er wird immer mein Sohn sein. Ich weiß nicht, was ich getan habe, um eine derartige Geringschätzung von ihm zu verdienen.«

Sie fühlte eine heftige Regung in sich aufsteigen – einen Drang zu trösten. Wieder brannten ihr Tränen in den Augen. Arin schüttelte den Kopf, als könne das die Wolke all der *vielen* Gefühle vertreiben. »Es ist nicht nur ein einzelnes Gefühl. Es sind alle zusammen, und sie richten sich auf Euch.« Sie richtete den Blick wieder auf ihre Notizen. Keines der Mittel, die sie gelernt hatte, passte hier, aber wenn man sie kombinierte? »Ihr habt mir eine Art Liebestrank verabreicht.«

Frau Garnah sah sie an und zog einen Kussmund. »Ahh, wie süß. Und, nein, versuch es noch mal.«

Arin nahm etwas von der mit dem Mittel versetzten Glasur und rieb sie erneut zwischen den Fingern. »Mehr Ei, zusätzlich?«

»Ja, ein besonderes Ei. Ein befruchtetes Ei, das allererste, das dieser Vogel gelegt hat. Man muss es trocknen und zu Pulver zermahlen, dann kann es eine mächtige Wirkung entfalten.«

Ein ungeschlüpftes Ei. Das erste Ei. Das erste Kind.

Zinnwohl verstärkt, was normalerweise nur eine Art von sinnbildlicher Wirkung ist. »Ihr habt veranlasst, dass ich auf Euch geprägt bin. Wie ein Entenküken. Sodass ich Euch immerzu folgen und Euch gefallen will, ja förmlich von Euch besessen bin.« Als sie es aussprach, verspürte sie eine wirbelnde Übelkeit in sich aufsteigen. Frau Garnah konnte doch nicht … Sie würde doch nicht …

»Richtig. Ich schätze, in gewisser Weise ist es wohl tatsächlich eine Form von Liebestrank.« Frau Garnah lächelte, als sei sie ganz entzückt von Arins Leistung.

»Ich bin Eure Katze. Ihr habt mit mir herumexperimentiert.«

»Ich musste sichergehen, dass es bei einem Menschen wirkt, bevor ich es an meinem Hamon ausprobiere. Gefühle sind ja schön und gut, aber ich musste auch sicherstellen, dass sie nicht zugleich die Intelligenz eines Menschen beeinträchtigen. Ganz ehrlich, ich habe nicht erwartet, dass es so gut funktionieren würde.«

Plötzlich spürte sie, wie sie von einer wilden Wut gepackt wurde. *Da haben wir es endlich,* schoss es ihr durch den Kopf. Ihr wirkliches, ureigenes Gefühl, unberührt vom Zinnwohl. »Es hat funktioniert, weil ich an Euch glauben wollte. Ich *wollte* Euch vertrauen.« Das Mittel verstärkte ihre Gefühle, insbesondere die positiven. Aber es diktierte sie nicht. Es zwang ihre Gefühle nicht, sämtlich positiv und freundlich zu sein. Diese zornige Wut – sie kam aus ihrem Inneren, konzentriert, aber ihr eigenes Gefühl. Sie klammerte sich an diese Wut, als befände sie sich mitten in einem Sturm und als sei sie der stärkste Baum ringsum. Sie gab ihrem Zorn Raum, ließ sich von ihm tragen und spürte, langsam, wie sich die trüben Wolken von ihrem Bewusstsein hoben. »Bei ihm wird es nicht funktionieren.«

Frau Garnahs Lächeln erstarb. »Warum sagst du das?«

»Weil er Euch nicht lieben will.«

»Und du wolltest mich lieben? Du hast mich kaum gekannt, und was du über mich gewusst hast, war mit Sicherheit nur Schlechtes. Ich habe gesehen, wie Hamon dir seine Warnungen zugeflüstert hat. Dass du mir nicht vertrauen sollst. Mir nicht glauben. Nicht einmal ansehen sollst du mich, grauenhaftes Ungeheuer, das ich bin.«

»Er hat Euch hierhergeholt, um meine Schwester zu heilen«, gab Arin zurück. »Und daher … Ja, ich wollte an Euch glauben. Unbedingt. Ihr hättet mir dafür kein Mittelchen zu verabreichen brauchen.« Sie empfand alles nun endlich wieder klar. Ihre Gedanken waren wieder ihre eigenen. Ihre Gefühle ihre eigenen. Ihr wütender Zorn hatte weggebrannt, was immer Frau Garnah ihr angetan hatte.

Frau Garnah musterte sie. »Hm. Sieht so aus, als sei das Mittel nicht stark genug gewesen. Du hast seine Wirkung abgeschüttelt, nicht wahr? Es ist dein Zorn auf mich. Selbstgerechter Zorn ist ein Gefühl, das sich schwer unterdrücken lässt.« Sie seufzte. »Ich wusste, dass du ein kluges Mädchen bist. Deshalb wollte ich dich auch als meine Gehilfin. Aber jetzt, nehme ich an, wirst du vor mir davonlaufen, so wie es alle tun.«

Sie sollte es wirklich tun. Schließlich hatte Frau Garnah eines ihrer Mittel gegen sie eingesetzt. Aber Arin zögerte. Sie schaute auf den Arbeitstisch, auf das Mikroskop, die Reagenzröhrchen, die Kräuter und die Pulver.

Das Mittel war nicht der Grund gewesen, warum Arin mit alledem so gut umzugehen vermocht hatte. Das war vielmehr Arin selbst gewesen. Arin hatte die erhaltenen Lektionen verinnerlicht, die Ingredienzen vorbereitet, die Experimente durchgeführt und die Ursache für die Krankheit ihrer Schwester gefunden.

Wenn sie noch mehr lernte … vielleicht konnte sie dann auch das Heilmittel finden.

»Bringt mir alles bei«, feilschte Arin, »und ich werde bleiben. Ich werde mehr als Eure Gehilfin sein; ich möchte Euer Lehrling sein.«

Frau Garnahs Augen leuchteten auf. »Ach, wirklich?«

»Ja, *Lehrmeisterin* Garnah.«

Naelin beobachtete Königin Daleina von der anderen Seite des Begräbnishains aus. Die junge Königin stand vollkommen reglos da, als posiere sie einem Künstler für ihr Porträt. Ihr Rücken war durchgedrückt, sie hielt ihr Kinn hocherhoben, und ihre Hände waren leicht verschränkt. Es war der Inbegriff einer gefassten königlichen Haltung. *Das arme Mädchen muss schreckliche Angst haben,* dachte Naelin.

»Sie sieht gar nicht krank aus«, flüsterte Erian.

»Ihre Haut ist nicht krank«, flüsterte Llor zurück. »Es ist all das in ihrem Inneren, was krank ist. Richtig, Mama?«

Naelin beugte sich hinunter und drückte die Lippen auf Llors Kopf. »Ja, das ist richtig, mein Schatz. Manchmal werden Menschen tief in ihrem Inneren krank, und manchmal gibt es nichts, was irgendwer tun kann, um Abhilfe zu schaffen.«

Um sie herum weinten Menschen. Einige wehklagten laut. Andere blieben stumm, ihre Schultern zitterten und sie verbargen die Gesichter in den Händen. Wieder andere standen nur still da und starrten die Königin an, als könnten sie deren Worte ungeschehen machen oder als warteten sie auf die Pointe eines makaberen Scherzes.

»Werden wir alle sterben, Mama?«, fragte Llor. »Ich will nicht sterben, niemals. Dann müssen alle weinen. Und ich hasse Kleider, die kratzen. Warum muss ich kratzige Kleider tragen?«

»Ich werde dich nicht sterben lassen«, versicherte ihm Naelin. »Und es ist höflich, sich für eine Beerdigung hübsch anzuziehen.«

»Aber du hast mir gesagt, es sei nicht höflich, sich in der Öffentlichkeit zu kratzen, und mich juckt es überall.«

Sie hätte am liebsten gelacht, aber es war weder der richtige Zeitpunkt noch der richtige Ort dafür. Als sie wieder zu der Königin hinüberschaute, sah sie zum ersten Mal den Anflug einer Gefühlsregung auf ihrem schönen Gesicht: einen flüchtigen Moment der Panik. Um sie herum stritten die Meister miteinander. Einige schrien. Und die Menge wurde immer lauter … »Es gibt für alles eine Zeit und einen Ort«, erklärte Naelin an Llors Adresse gerichtet. »Das hier ist eine Beerdigung, und wir müssen alle den gebührenden Respekt zeigen.« Sie führte ihre Kinder ein Stück weiter und versuchte, wieder mit der Menge zu verschmelzen. Plötzlich wollte sie nicht hier sein, nicht mit all diesen Menschen und all ihren Gefühlen um sie herum. Es konnte gefährlich sein. So viel Emotionen, so viele Menschen … Das Ganze machte auf sie nicht mehr den Eindruck eines ernsten, feierlichen Anlasses; es war mehr, als würden Funken auf getrockneten Zunder fallen.

Der Blick der Königin traf sich mit dem ihren.

Naelin blieb stehen.

Sie kann das nicht wieder in Ordnung bringen, begriff Naelin. Sie hat gesagt, was sie sagen musste, die Wahrheit, und jetzt lag es bei den Menschen, darauf zu reagieren. *Sie werden nicht gut darauf reagieren.*

Jemand prallte hart mit Naelin zusammen, und sie taumelte zur Seite. Sie drückte Erian und Llor fester an sich. Menschen schrien und begannen zu schubsen und zu drängeln. Dann sah sie, wie sich die Wachen enger um die Königin scharten, die Hände auf den Schwertgriffen.

»Mama?«, fragte Erian. »Können wir jetzt gehen? Bitte?«

Naelin hörte die Angst in der Stimme ihrer Tochter. »Ja«, fing sie an, dann wurde ihr klar, dass die Menge nur tiefer in das Wäldchen hineingedrängt war. Alle Ausgänge waren von Menschen verstopft. Dahinter weitere Menschen. Wenn es zu einem Aufruhr kam …

Die Königin ergriff nun erneut das Wort. »Wir sind hier, um die Toten zu ehren …«

Aber ein Mann schrie: »Ihr habt sie getötet!«

Eine Frau in seiner Nähe brüllte ihm ins Gesicht. Er hob die Faust, und sie rammte ihm die eigene Faust ans Kinn. Er prallte zurück, dann begann die Traube von Menschen um ihn und um die Frau herum zu drängeln, zu stoßen und zu boxen. Die Menge wogte, und Naelin wurde nach vorn gerissen.

»Mama!«, rief Llor.

Naelin wiederholte die Worte der Königin: »Wir sind hier, um die Toten zu ehren.« *Die Toten ehren.* Sie sandte den Gedanken aus, mit Wucht, und spürte, dass die Geister sich versammelten und von überall ringsum herbeiströmten. *Ehrt sie!*

Und es begann zu schneien: Weiße Blütenblätter brachen aus den Bäumen über ihnen hervor und wehten herab. Zu Hunderten, Tausenden, Millionen bedeckten sie die Menschen. Auf dem Boden unten öffneten sich unvermittelt weitere Blüten unter den Füßen der Menschen. Ranken wanden sich um ihre Knöchel und erblühten dann mit weiteren weißen Blumen.

Wind peitschte durch das Wäldchen – kräftiger, zielgerichteter Wind. Er ließ die silbernen Glocken läuten, die die Menschen in den Händen hielten oder die sie sich in die Taschen gesteckt hatten. Naelin suchte den Blick der Königin und formte mit den Lippen das eine Wort: *»Ihr!«*

Königin Daleina breitete die Arme weit aus und legte den Kopf in den Nacken. Blütenblätter fielen auf ihre Arme und ihr Gesicht. Für alle anderen sah es so aus, als sei sie es, die das bewirkte, als habe sie das Kommando über die Geister. Aber es war Naelin, die sie fest im Griff hielt, sie durch das Wäldchen leitete. *Tut nichts Böses. Ehrt die Toten.*

Die Luftgeister begannen mit Stimmen zu singen, durch die der Wind wehte. Sie wisperten in wohltönendem Einklang, während sie durch die Bäume flogen, ein wortloses Lied, das voller Kummer und Hoffnung war – Gefühle, von denen Naelin nie gedacht hätte, dass ein Geist sie würde empfinden können, und erst recht nicht, dass er sie in ein Lied zu verwandeln vermochte.

Alle Menschen standen reglos da, die Augen groß, die Münder geöffnet. Sie sah Staunen auf ihren Gesichtern, während die Geister um sie herum Schönheit schufen. Wassergeister flogen vorbei und hinterließen Tröpfchen in der Luft, und als die Sonne sie traf, glänzten überall um den Hain herum winzige Regenbogen.

»Wir ehren unsere Toten«, sprach Königin Daleina. Ihre Stimme ertönte so klar wie die Glocken im Hain. »Wir danken ihnen dafür, dass sie in unser Leben getreten sind, und wir werden uns voller Freude an sie erinnern.« Dann zog sie sich zurück – gelassen und königlich, aber sie zog sich trotzdem zurück –, ihre Wachen um sie versammelt.

Kleinlaut geworden teilte sich die Menge und ließ die Königin passieren. Naelin fasste Erian und Llor an den

Händen und schlüpfte ebenfalls durch die Menge nach draußen, schlug einen Bogen um die vielen Leute, um dann den Palast von der Seite her zu erreichen. Erst als sich die Tore hinter ihr geschlossen hatten, ließ sie die Hände ihrer Kinder los.

Hinter ihr fielen noch stundenlang die Blütenblätter.

Kapitel 24

Zehn Tage!

Kandidatin Esiella war es so schlecht, dass sie glaubte, sich womöglich übergeben zu müssen. Ja, ziemlich sicher sogar. Sie hatte im Begräbnishain gegen ihre Übelkeit angekämpft, aber jetzt war sie wieder zurück im Übungsraum, einem gemieteten Raum nördlich des Palastes.

Sie ließ sich auf die Knie fallen, hielt sich den Bauch und öffnete den Mund. Nichts. Sie atmete mehrmals tief durch. Ihr war immer noch nach Erbrechen zumute. Und sie konnte sich immer noch nicht übergeben.

»Ah, komm schon, du schaffst das«, sagte Meister Havtru.

Will er mich etwa dazu ermutigen … mich zu übergeben?

Nein. Er meint, dass ich die Thronprüfungen überleben kann.

Sie schüttelte den Kopf und fühlte im gleichen Moment seine schwere, warme Hand auf dem Rücken. Wieder füllte sie ihre Lunge tief mit Luft, und der Knoten in ihr schien sich ein wenig zu lösen. Ihr Meister war immer so aufmunternd. Er machte ihr Mut. Er hatte sogar Mitgefühl gezeigt, als sie einen Erdgeist beschworen und der ihm ins Bein gebissen hatte.

»Ich kann das nicht schaffen«, widersprach sie. »Ich kann nicht in zehn Tagen bereit sein! In zehn Monaten vielleicht. Aber in zehn *Tagen*?« Sie hob den Kopf und sah ihm in seine gütigen Augen. Sie hatte gewusst, dass er sie mit dieser Mischung aus Zuneigung, Verständnis, Mitgefühl und Zuversicht anschauen würde. Aus irgendeinem verrückten Grund glaubte er an sie, und das war außergewöhnlich. Niemand hatte je zuvor an sie geglaubt. Nicht ihre Mutter, die sie immer nutzlos genannt hatte, wenn sie versucht hatte, im Haus zu helfen, und schlimmer als nutzlos, wenn sie das nicht versucht hatte. Nicht ihr Vater, der ihr an ihrem sechsten Geburtstag eröffnet hatte, dass sie nicht hätte geboren werden sollen, und der dann zur Tür hinausgegangen war, um nie wieder zurückzukehren. Nicht ihre Schwestern, die ihr die Kleider gestohlen hatten, wann immer sie sie nicht versteckt hatte. Nicht ihr älterer Bruder, der sie ständig geschlagen hatte, aber nur an Stellen, wo man es nicht sah. Und auch nicht ihre Lehrerin, die sie als Lügnerin bezeichnet hatte, als sie versucht hatte, sie darauf aufmerksam zu machen, dass sie Geister spüren könne. Oh, wie sie den Tag genossen hatte, an dem sich herausgestellt hatte, dass die Lehrerin im Unrecht gewesen war! Es war einer der schönsten Augenblicke in ihrem Leben gewesen, als sie durch jene Tür hatte treten dürfen!

Meister Havtru hatte sie gerettet.

Und jetzt würde sie ihn enttäuschen.

Sie holte tief Luft. »Ich will es noch einmal versuchen.«

Er legte ihr eine Hand auf die Schulter, und sie taumelte ein Stück nach vorn, bis sie das Gleichgewicht wiedergefunden hatte. Dann lächelte sie ihn unsicher an. »Sagt mir, was ich tun soll.«

»Hast du bei der Beerdigung die Blütenblätter fallen sehen? Wie wäre es, wenn du die Geister auffordern würdest, ein paar von diesen Blumen wachsen zu lassen? Es scheint etwas zu sein, das eine Königin hin und wieder tun muss.« Er lächelte sie aufmunternd an, und sie dachte, dass es doch ein Jammer war, dass seine Frau gestorben war, bevor sie Kinder bekommen hatte. Er wäre ein wunderbarer Vater gewesen.

»In Ordnung.« Das würde sie hinbekommen. Blumen. Sie schloss die Augen und sandte ihr Bewusstsein aus, auf der Suche nach Baumgeistern. Es waren drei in der Nähe, zwei größere und ein kleinerer. Sie wählte den kleineren aus und konzentrierte sich auf ihn. *Komm.*

Erst spürte sie nur, dass er über die Äste huschte, dann hörte sie ihn – zart trippelnde Schritte auf einem Ast. Sie hörte außerdem Meister Havtru sein Messer ziehen, das vertraute, leise Klirren von Metall auf der ledernen Scheide. Er hielt immer eine Waffe in der Hand, wenn Geister in der Nähe waren. Es war nicht so, dass er ihr nicht vertraute, hatte er Esiella gegenüber beteuert. *Sie* waren es, denen er nicht traute.

Lasst wachsen. Lasst blühen. Sie stellte sich die Ranke vor, die sie haben wollte, und dann die Blume. Sie wiederholte dieses Bild, schob es dem kleinen Geist entgegen. *Komm schon, du kannst das.*

»Gut«, murmelte Meister Havtru. »Sehr gut.«

Sie öffnete die Augen. Blütenblätter fielen im Inneren des Übungsraums. Nur wenige, aber trotzdem. Sie hatte es geschafft! Wenn sie Königin wäre, würde sie wissen, wie man der Toten gedachte … Ihr drehte sich der Magen um, und sie konnte nichts dagegen tun. Plötzlich fiel sie auf die Knie und erbrach sich, wobei sie den Eimer weit verfehlte.

Blütenblätter fielen in die Sauerei hinein, die sie da angerichtet hatte, und der Geist huschte davon.

Auf Hände und Knie gestützt, schnappte Esiella keuchend nach Luft. Ihr Magen war leer, ihr Kopf fühlte sich leicht an. Und ihre Seiten schmerzten. Tränen brannten in ihren Augen.

Meister Havtru tätschelte ihr den Rücken, diesmal ganz sachte. »Ist schon gut. So etwas passiert den Besten von uns. Ich hol dir ein paar Handtücher zum Saubermachen. Keine Sorge deswegen, du hast deine Sache gut gemacht!«

Sie hörte, wie er den Raum verließ. Seine Schritte entfernten sich, dann ging die Tür. Sie richtete sich auf, sodass sie auf den Fersen kniete. Ihre Mundwinkel klebten, aber sie hatte nichts, um sie abzuwischen. Sie presste die Augen zusammen und ließ den Tränen freien Lauf.

Würde sie Königin werden, müssten viele Menschen sterben. Sie würde tagtäglich neue Blütenblätter über immer mehr frischen Gräbern fallen lassen müssen. Sie war nicht bereit, und sie konnte auch nicht rechtzeitig bereit sein. Von ferne hörte sie Stimmen: Havtru und eine andere Stimme. Eine gedämpfte Stimme, die sie nicht erkannte. Sie versuchte nicht, zu verstehen, was sie sagten. Sicher verheimlichte Meister Havtru gerade, dass ihr schlecht geworden war, und schwärmte stattdessen in den höchsten Tönen davon, wie gut sie sich doch machte. Er lobte sie mehr, als sie es verdiente – um ihr Selbstbewusstsein zu stärken, wie er sagte.

Es führte ihr ihr fortwährendes Versagen nur umso mehr vor Augen.

Vielleicht hatten ihre Familie und die Lehrerin recht gehabt, was sie betraf. Vielleicht verdiente sie die Möglichkeit einfach nicht, die sich ihr hier bot. Meister Havtru sollte seine Zeit mit einer Schülerin verbringen, die nicht ständig zusammenbrach.

Esiella hörte die Tür knarren, ein kaum wahrnehmbares Geräusch, aber sie hörte es trotzdem – Meister Havtru.

Er kam, um nach ihr zu sehen.

Sie drehte sich nicht um. Noch war sie nicht bereit, ihm ins Gesicht zu sehen.

Ich sollte ihm sagen, dass er seine Zeit verschwendet. Ich werde niemals gut genug sein. Doch sie wusste, was er erwidern würde. Er würde nur wiederholen, was er ihr immer sagte: dass er an sie glaube, und wenn sie nicht an sich selbst glaube … nun, dann würde er eben so stark glauben, dass es für sie beide reichte. Sie habe Talent, würde er sagen. Sie müsse nur darauf vertrauen. *Hör auf ihn,* ermahnte sie sich. *Nicht auf deine Vergangenheit.*

»Ich werde mir noch mehr Mühe geben«, versprach sie. »Ich werde Euch nicht enttäuschen.«

Esiella drehte sich um.

Es war nicht Meister Havtru.

Sie spürte, wie ihr das Messer in den Leib glitt.

Und ihr letzter Gedanke galt den Blütenblättern, die nun für sie fallen würden.

Naelin hätte nicht anzugeben vermocht, was die Tatsache, dass sie nicht überrascht war, als die Königin von Aratay in ihren Übungsraum gerauscht kam, über ihr Leben in letzter Zeit aussagte. Sie stürzte sich sofort in einen tiefen Knicks, und der Feuergeist, der im Kamin tanzte, zischte. Funken stoben heraus und fielen auf die Kacheln.

»Ihr dürft Euch erheben«, sagte die Königin. Sie gab ihren Wachen ein Zeichen, und sie verneigten sich und zogen sich zur Tür zurück. Der Wolf Bayn kam hinter der Königin in den Raum getrottet, dann schlossen die Wachen die Tür und ließen Naelin mit Ihrer Majestät und Bayn allein.

Unsicher, was sie sagen sollte, kniete sich Naelin hin, um Bayn zu begrüßen. Er kam schwanzwedelnd auf sie zugelaufen, und sie kraulte ihn hinter den Ohren. »Die Kinder haben dich vermisst«, ließ sie den Wolf wissen.

Er ließ die Zunge aus dem Maul hängen und schaffte es irgendwie, traurig auszusehen.

»Keine Sorge. Sie werden dir verzeihen, wenn du sie bald mal besuchen kommst«, fügte Naelin hinzu. »Was solche Gefühlsdinge anbelangt, reicht ihr Gedächtnis nicht weiter als das von Kolibris.«

Er ging zum Feuer hinüber und knurrte den Geist an. Der Geist huschte den Schornstein hinauf, und der Wolf rollte sich an der Feuerstelle zusammen. Naelin erhob sich und wandte sich der Königin zu. Hier im Haus, wo die Schatten kreuz und quer über den Raum fielen, wirkte die Königin noch erschöpfter, als Naelin erwartet hatte. Graulila Schatten lagen um ihre Augen, und ihre Wangen waren bleich. Ihre Hände zitterten leicht. Naelin hätte sie am liebsten zu einem Sofa voller Kissen geführt und in warme Decken gehüllt, aber sie vermutete, dass das ein eher unpassendes Verhalten gewesen wäre. Sie wagte eine Frage. »Geht es Euch auch gut, Euer Majestät?«

Königin Daleina stieß einen bellenden Laut aus, der halb Lachen, halb Weinen war. »Einmal abgesehen von der Tatsache, dass ich am Sterben bin? Oh ja, es geht mir recht gut.« Sie glitt durch den Raum und nahm dann in einem Sessel neben Bayn Platz. Sie setzte sich ganz vorn auf die Kante, als habe sie nicht die Absicht zu bleiben. »Ich bin hergekommen, um mich bei Euch zu bedanken, aber jetzt, da ich hier bin, weiß ich nicht, wo ich anfangen soll. Ihr habt heute viele Menschenleben gerettet.«

»Ich nehme an, Meister Ven hat Euch mitgeteilt, dass ich mich eines anderen besonnen habe?« Naelin fühlte, wie ihr Gesicht heiß wurde. »Ich meine, was das Thronanwärterin-Sein betrifft. Also den Versuch, eine zu werden. Die Ausbildung. Mich dazu ausbilden zu lassen, um einmal Thronanwärterin zu sein, nicht, dass ich … Soll heißen, ich will nicht anmaßend sein, Euer Majestät.« *Ach du meine Güte!* Ihr hatte es nicht mehr derart die Sprache verschlagen, seit sie ein Kind gewesen war. Im Geiste gab sie sich selbst einen Klaps. *Lass das.*

Die Königin deutete auf das Prunksofa neben sich. »Bitte, nehmt Platz.«

Naelin sank in die Kissen. Das Sofa war sehr niedrig, zu niedrig, und die Kissen sackten unter ihr weg. Sie musste die Beine zur Seite biegen, aber sie schaffte es. Es war erstaunlich, dass ein simples Diadem auf dem Kopf eines Menschen einem ein derartiges Unbehagen bereiten konnte.

Königin Daleina sah sich im Raum um, und Naelin war sich nur zu bewusst, welches Chaos sie angerichtet hatte. Die Wände waren an einigen Stellen angesengt, Dreck war tief in den Teppich getreten worden, die Matratze auf dem Bett der ehemaligen Königin war verschwunden – ein Wassergeist, den Naelin nicht zu beherrschen vermocht hatte, hatte sie völlig durchweicht. »Königin Fara mochte es gern luxuriös«, bemerkte Königin Daleina. »Ich sehe, Ihr habt den Raum ein wenig umdekoriert.«

Naelin zuckte zusammen. Sie hätte versuchen sollen, sauber zu machen. Eine intensive Putzaktion hätte viele der Flecken entfernen können ... Sie begutachtete den Raum und listete im Geiste all die Dinge auf, die sie hätte wieder in Ordnung bringen oder säubern können. »Ich habe hier geübt.«

»Das sehe ich.« Die Königin musterte Naelin. *Selbst wenn sie nicht auf dem Thron sitzt, wirkt sie wie eine Königin,* dachte Naelin. Sie fragte sich, ob das gespielt war oder einfach ihre normale Persönlichkeit oder vielleicht die Folge davon, dass sie die Krone trug. Die Königin trommelte mit den Fingern auf die Armlehnen und fuhr fort, Naelin so eindringlich anzusehen, dass sie sich allmählich wie ein Insekt vorkam, das die Aufmerksamkeit eines Kätzchens erregt hatte. »Ihr könnt völlig frei sprechen, müsst Ihr wissen. Ich werde Euch nicht von meinen Wachen den Kopf abschlagen lassen, wenn Ihr mich verärgert. Außerdem spricht Kommandantin Alet in den höchsten Tönen von Euch.«

Naelin hatte Alet seit Tagen nicht mehr gesehen. Es war schön zu wissen, dass die Kommandantin eine gute Meinung von ihr hatte. Sie war bereits davon ausgegangen, trotzdem freute sie sich über die Bestätigung. »Ihr habt das Richtige getan, als Ihr den Menschen die Wahrheit gesagt habt. Jetzt können sie sich vorbereiten.«

»Ich kann es nicht vorhersehen, wie also können die Menschen sich da vorbereiten?« Ruckartig stand die Königin auf und ging zum Balkon. Im Türbogen blieb sie stehen und schaute hinaus.

Naelin erhob sich ebenfalls und strich sich Haar und Rock glatt. Sie hatte sich umgezogen und trug nun nicht mehr das Brokatgewand, das die Palastdiener ihr für die Beerdigungen zur Verfügung gestellt hatten. Stattdessen war sie in ihre hochstrapazierfähigen – und die Waschfrau sehr strapazierenden – Kleider geschlüpft, die Wasser, Feuer und Schmutz zu trotzen vermochten. »Nun gut, jetzt, da ich es weiß, kann *ich* vorbereitet sein. Das nächste Mal …«

»Ich werde Euch ausbilden.«

»Euer Majestät?«

Die Königin wirbelte zu ihr herum, und ihre sonnengelben Röcke rauschten um ihre Beine. »Leider gibt mir der Plan, den mein Truchsess für mich gemacht hat, nur herzlich wenig Zeit. Es gibt viele, die nach meiner heutigen Ankündigung eine Audienz wünschen. Menschen müssen beruhigt werden. Meister müssen beschwichtigt werden. Nicht alle sind der Ansicht, dass meine Bekanntmachung die richtige Entscheidung war … Aber das ist nicht Euer Problem. Euer Problem ist, dass Ihr über allzu viel Macht verfügt. Ihr habt nie gelernt, Eure Kräfte im kleinen Maßstab einzusetzen.«

»Es ist mir eine Ehre …«

»Oh, um der Geister willen, hört auf, mich wie eine Königin zu behandeln. Kommt her.« Königin Daleina winkte sie heran. Als Naelin neben sie auf den Balkon trat, deutete die Königin auf einen Baumgeist, der einige Meter entfernt an einer Eichel knabberte. Er hockte auf einem Türmchen, die Hinterbeine in die Rinde gestemmt. Der Baumgeist war nicht größer als Naelins Faust und so knorrig, dass er aussah wie eine übergroße Walnuss. Sein Gesicht war ein Geflecht aus Runzeln, und seine spindeldürren Holzbeine waren übersät von tiefen, faulig wirkenden Knoten. »Nun sagt mir: Was will er?«, fragte die Königin.

Den Tod, dachte sie. Er wollte, dass ihrer beider Blut ins Moos sickerte, dass sie beide ihren letzten Atemzug in den Wind hauchten, dass ihre Körper in die Erde sanken. »Er will alle Menschen töten. Will frei sein von unseren Befehlen. Will alles niederreißen, was wir aufgebaut haben. Will unseren Kindern die Kehlen aufschlitzen und unsere Zukunft zerstören.«

»Einfacher. Was will er in ebendiesem Moment?«

Naelin musterte den Geist, der die Eichel so emsig mit seinen Zähnen bearbeitete, dass kleine Eichelstückchen durch die Luft flogen. »Zu Mittag essen?«

»Genau. Wenn Ihr also möglichst wenig Macht einsetzen wollt, um diesen Geist dazu zu bringen, einen Baum wachsen zu lassen, wählt einen Baum aus, der auch wachsen will. Und dann erteilt dem Geist keinen Befehl. Ihr braucht ihn nicht zu schikanieren – das erfordert mehr Macht. Ihr müsst ihm nur einen Stups geben. Ihn aufmuntern. Ihn dazu überlisten, das zu tun, was Ihr wollt, indem Ihr ihn glauben lasst, er würde das tun, was er selbst will.«

»So wie man Kinder dazu bewegt, beim Abwasch zu helfen, indem man ein Spiel daraus macht.« Naelin dachte an Erian und Llor. Sie hatte die Hausarbeit zu einem Wettbewerb umgestaltet – wer kann die Laken am schnellsten richten, wer kann seinen Teller am besten abspülen, wer kann am meisten Tage hintereinander daran denken, sein Handtuch aufzuhängen. Hier wurde das alles von den Palastdienern erledigt. »Meine Kinder werden furchtbar verwöhnt sein, wenn wir …« Sie brach ab und verschluckte den Rest: »nach Hause kommen«. Vor ihrem inneren Auge sah sie ihr Zuhause: ihre gemütliche Küche, wo von den Dachsparren getrocknete Kräuter herunterhingen, die Betten, auf denen sich hoch die Daunendecken türmten, die sie selbst angefertigt hatte, der Holzboden, von langen Jahren ihrer Schritte ausgetreten – und dann schob sie das Bild unerbittlich beiseite. *Mein Zuhause gibt es nicht mehr.* Oder zumindest war es so weit außerhalb ihrer Reichweite, dass es aufs Gleiche herauskam. »Gut, ich werde es versuchen.«

»Sehr schön.«

Naelin holte tief Luft und sammelte sich. Sie machte ihren Kopf frei und sandte dann einen einzelnen Gedanken durch die Luft zu dem Geist hin: *Mehr?*

Er merkte auf, erhob sich auf die Hinterbeine und stellte seine Ohren lauschend nach vorn.

Sie stellte sich einen Nussbaum vor. Malte das Bild einer Belennuss, ihre rosa Schale, ihr weiches Inneres. Sie schob dem Geist das Bild entgegen. *Lass mehr wachsen, iss mehr.*

»Behutsam«, mahnte Königin Daleina. »Schlagt es ihm nur vor.«

Naelin nahm ihre Gedanken ein Stück weit zurück. Der Geist sah sich um – nach unten, nach oben, nach links, nach rechts – seine Bewegungen waren schnell und ruckartig.

»Konzentriert Euch auf das, was er will. Bestärkt ihn in seinem Wunsch.«

Du hast Hunger. So großen Hunger. Du willst mehr zu essen. Sie stellte sich erneut den Baum vor, mit seinen verschlungenen Ästen und seiner knorrigen Rinde. Dann füllte sie seine Äste mit Büscheln von Nüssen. Der Geist zwitscherte wie ein Eichhörnchen, und Naelin schmeckte den zugleich bitteren und buttrigen Nussgeschmack auf ihrer eigenen Zunge.

»Gut«, lobte die Königin leise. »Jetzt leitet ihn zu einer der verödeten Stellen im Land. Gleich hier im Osten gibt es so eine Stelle. Eine halbe Meile von hier. Macht nur den Vorschlag. Befehlt es ihm nicht.«

»Und wie mache ich das?«

»Stellt es Euch vor.«

»Aber ich habe diesen Ort nie gesehen.«

»Die Geister kennen ihn. Lenkt Euer Bewusstsein nach Osten und blickt durch ihre Augen.«

»So etwas können wir?«

Die Königin legte Naelin die Hände auf die Schultern und drehte sie nach Osten. »Lasst Eure eigenen Gedanken schweigen und schaut. Denkt an ihre Augen und betrachtet sie als Eure Augen.«

Naelin sandte ihr Bewusstsein aus, erweiterte es, so wie Ven es sie gelehrt hatte. Sie streifte die Geister, die den

Palast umgaben, und zog an ihnen vorbei. So viele Geister. Wühlten sich durch die Erde, flogen, schliefen, krochen …

»Sie sind nicht anders als Ihr«, betonte die Königin. »Sie sind Ihr. Teile von Euch. Seht mit ihnen, durch sie hindurch.«

Sie spürte … Kopfschüttelnd fuhr Naelin zurück. Sie hatte den Hunger der Geister gespürt, ihren Hass und, schlimmer noch, ihre Gleichgültigkeit. Sie hatte ihre Sonderbarkeit gefühlt, ihre schlüpfrige, schleimige …

»Ihr dürft sie nicht hassen«, mahnte Königin Daleina, und Naelin hatte den Eindruck, dass sie traurig klang. »Das war für mich das Schwerste, als sie mich gekrönt haben. Sie hatten meine Freundinnen getötet, und … Aber wie auch immer, man darf seinen Fuß nicht hassen, selbst wenn er wehtut. Man darf seine Augen nicht hassen, selbst wenn sie brennen. Wenn Ihr sie wirklich sorgfältig und genau befehligen wollt, müsst Ihr sie als einen Teil von Euch akzeptieren, statt mit roher Gewalt auf sie einzuknüppeln.«

Eine schöne Idee, aber praktisch nicht umsetzbar. »Ich hasse sie, und ich werde sie immer hassen.«

»Das dürft Ihr nicht«, erwiderte Königin Daleina. »Ihr und ich … wir können uns den Luxus zu hassen nicht mehr leisten.«

»Ich verzeihe nicht so schnell.« Sie dachte an Renet. An ihn zu denken war wie ein Faustschlag in den Magen. Sie hätten eigentlich ihre Zukunft zusammen verbringen sollen, gemeinsam alt und schrullig werden, Enkelkinder auf den Knien schaukeln lassen, einander mit Suppe füttern, wenn sie zu schwach geworden waren, um zu kauen … Er hatte ihr das genommen. Es fiel ihr leicht, ihn zu hassen; aber nicht, ihm zu vergeben. »Mag schon sein, dass ich da charakterliche Mängel habe.«

Die Königin verdrehte die Augen – ein sehr unköniglicher Gesichtsausdruck. »Glaubt Ihr etwa, ich hätte keine Mängel?«

»Natürlich glaube ich das, Euer Majestät. Einmal abgesehen davon, dass Ihr Euch habt vergiften lassen und dann die Wahrheit vor allen verborgen gehalten habt, sodass Euer Zusammenbruch alle unvorbereitet getroffen hat.« Sofort wünschte Naelin, sie könne das Gesagte wieder zurücknehmen. Das hier war die *Königin*. So durfte man mit der Königin nicht reden! Wenn Erian oder Llor mit irgendjemandem so geredet hätte, hätte Naelin ihr Kind in die Ecke gesetzt und dort als Strafe auf einem unbequemen Hocker sitzen lassen.

Aber Daleina seufzte nur und wirkte – wenn überhaupt – ein wenig kleinlaut. »Ich habe versucht, Panik und Unruhe zu vermeiden. Meine Hoffnung war, eine Thronanwärterin parat zu haben, bevor irgendjemand etwas davon erfahren musste. Aber die Meister haben mich wissen lassen, dass ihre erwählten Kandidatinnen noch nicht bereit sind. Ja, sie sind sogar so weit davon entfernt, die Prüfungen bestehen zu können, dass es geradezu lächerlich ist. Ob ich die Thronprüfungen nun in zehn Tagen oder in zwei Monaten abhalte, sie werden sterben. Alle. Wie beim Krönungsmassaker, nur dass es nun wirklich meine Schuld sein wird.«

Naelin hatte das Gefühl, als sei die Luft plötzlich dünner geworden. »Warum habt Ihr dann …«

»Ihr seid die Einzige, die nah genug dran ist«, unterbrach die Königin, »und wenn Ihr nicht aufhört, Euch an Euer Ego zu klammern, als sei Euer Hass eine Art Kinderdecke, dann sind wir alle verloren.«

»Ihr seid viel weniger diplomatisch, als ich das von einer Königin erwartet hätte«, bemerkte Naelin.

Die Königin errötete leicht. »Ich hatte einen schlimmen Tag.«

»Nein, macht nichts. Es ist sogar gut so. Ihr mögt jung sein, aber Ihr seid eine hervorragende Königin. Ich hoffe wirklich sehr, dass Ihr nicht sterbt.« Naelin meinte das von ganzem Herzen. Sie hatte die Königin noch nie zuvor wirklich als eine Persönlichkeit betrachtet, als einen echten Menschen aus Fleisch und Blut, mit Gefühlen und Gedanken, Träumen und Hoffnungen und Ängsten.

Zu Naelins Überraschung lächelte Königin Daleina. »Freut mich, dass wir in diesem Punkt einer Meinung sind.« Sie streckte die Arme aus und ergriff Naelins Hände. Die Hände der Königin waren winzig, mit Knochen, die so leicht und zart wie die eines Vogels wirkten, und zugleich seltsam rau – sie hatte genauso viele Kletterschwielen wie Naelin. »Wir werden es gemeinsam versuchen. Doch passt auf. Wenn ich von meiner Macht Gebrauch mache, kann das Ohnmachtsanfälle auslösen.«

»Warum wollt Ihr dann riskieren …«

»Ihr müsst lernen. Und Ihr müsst schnell lernen. Die Sache sollte einigermaßen sicher sein, da Ihr den Großteil der eigentlichen Arbeit übernehmen werdet. Weitet Euer Bewusstsein zusammen mit mir aus …«

Naelin tat wie geheißen – und diesmal spürte sie … sie hatte keine Worte dafür, aber es fühlte sich wie ein Windhauch um sie herum an. Sie trieb in diesem Windhauch, berührte sachte die Geister rund um den Palast. Sie jagte dem Wind hinterher, folgte ihm und sah …

Ein Wäldchen.

Ein kahles, verödetes Wäldchen, aber es war verzerrt, als betrachte sie es durch Regentropfen hindurch. Sie sah es zugleich von oben, von unten und aus allerlei verschiedenen Winkeln, sodass der verödete Flecken Land ganz verzogen wirkte.

»Berührt so viele Baumgeister, wie Ihr nur könnt. Legt ihnen nahe, dass sie vielleicht ja Hunger haben könnten.«

Naelin sandte die Gedanken weit aus: *Hungrig? Essen? Wachsen lassen?*

Mit einem Aufschrei schwärmten die Geister zu der verödeten Stelle hin aus. Zuerst nur einige wenige, dann mehr, dann noch mehr, bis Dutzende von ihnen in die Erde eintauchten, sich wieder erhoben und neue Bäume mit sich zogen: Nussbäume und Obstbäume … Nur wenige Sekunden später war das Fleckchen Erde wieder lebendig und gefüllt mit reifen Nüssen und Früchten. Naelin spürte, wie die Geister ihren Festschmaus begannen.

Die Königin ließ ihre Hände los. »Fühlt Ihr Euch erschöpft?«

»Nein.« Sie sollte jetzt wohl irgendetwas dergleichen empfinden – das waren eine Menge Geister gewesen –, aber sie tat es nicht. Tatsächlich fühlte sie sich sogar unglaublich gut, als sei ihr Blut durch Schokolade ersetzt worden. Sie merkte, wie sich ein Lächeln um ihre Lippen legte. »Und Ihr?«

»Ich bin nicht ohnmächtig geworden, und niemand ist gestorben.« Die Königin musterte Naelin einen Moment lang, und ein Lächeln huschte auch über ihr Gesicht. »Wollen wir es noch einmal machen?«

Diesmal war es Naelin, die nach den Händen der Königin griff.

Kapitel 25

Erian stellte die Miyan-Spielfiguren auf das Brett. Jede Figur war aus einem anderen schönen Stein gearbeitet: Jade, Quarz und andere, deren Namen sie nicht kannte. Einer der Steine wies ein gelbes Blitzmuster auf. Ein anderer hatte rosa Flecken. Mama hatte gesagt, das Spiel habe ein Vermögen gekostet und sei nicht als Kinderspielzeug gedacht.

Aber diese Regel zu brechen war viel besser, als Llor frei herumlaufen zu lassen. Er hatte, nachdem sie entdeckt hatten, dass keine Wachen sie beaufsichtigten, keine zwei Stunden gebraucht, um nicht nur den Speiseaufzug zu finden, der zur Küche hinabführte, sondern auch den Weg über die Hintertreppen zur Waffenkammer sowie ein offenes Fenster, durch das man ins Gewächshaus gelangte. Erian war es müde, hinter ihm herzujagen.

»Wenn du nicht still sitzt«, erklärte Erian, »werde ich Mama bitten, dich an einen Stuhl zu binden.«

»Das wird sie nicht tun«, antwortete Llor. »Und wenn du mich zum Spielen zwingst, werde ich mogeln.«

»Wenn du mogelst, werde ich es den Palastwachen erzählen.«

»Wenn du es den Wachen erzählst, werde ich einen Frosch in dein Bett setzen.«

»Wenn du einen Frosch in mein Bett setzt, werde ich

schreien. Und dann werden die Wachen gleich wiederkommen.«

Llor zappelte auf seinem Stuhl herum. »Aber Miyan ist so *langweilig*.«

»Nicht, wenn du nicht mogelst.«

Er griff nach einer der Spielfiguren, ließ sie über das Brett galoppieren und gegen eine andere Figur prallen. »Peng, peng, peng.«

»Leg den Stein weg.« Sie stellte die letzten Figuren auf das Brett. Sie *glaubte*, dass das nun die richtige Anordnung war, alle Figuren in Halbkreisen aufgestellt, aber sie war sich nicht hundertprozentig sicher. Wieder griff sie nach der Jadefigur und betrachtete sie mit missmutigem Blick.

»Wenn Vater hier wäre, würde er mit mir Verstecken spielen.«

Erian spürte einen Kloß im Hals, als hätte sie etwas Klebriges verschluckt. »Gut, aber das ist er eben nicht, und du musst mit mir vorliebnehmen. Außerdem hasst Mama Verstecken spielen. Sie weiß gern, wo wir sind.« Schnell blinzelte sie, damit keine Tränen flossen. Sie hatte sich fest vorgenommen, nicht zu weinen; sie musste stark sein, für Mama.

Er murmelte so leise, dass Erian nicht sicher sein konnte, ob sie richtig gehört hatte: »Du bist langweilig.«

Er ist so … so … grrrr! Wütend knallte sie die Miyanfigur aufs Brett, und ihr brach der Arm ab und segelte durch den Raum. Er landete neben dem Kamin auf dem Teppich.

»Ooh«, murmelte Llor. »Das war ich nicht.«

Die Tür zu ihren Räumen schwang auf. »Was warst du nicht?«, fragte eine Frauenstimme.

Sowohl Erian als auch Llor sprangen von ihren Stühlen auf. »Alet!« Sofort war das Spiel vergessen, und sie stürzten zu der Kommandantin hinüber. Llor erreichte sie zuerst, warf sich ihr entgegen und umklammerte ihren Hals. Erian folgte dahinter. Sie wollte Alet ebenfalls umarmen, war sich aber unsicher, ob das auch in Ordnung war. Dann streckte Alet ihren freien Arm nach Erian aus, und Erian schlang die Arme um sie. Die Wache roch metallisch, nach rostigem Kupfer. Erian rümpfte die Nase.

»Habt Ihr gegen Geister gekämpft?«, fragte Llor.

»Nicht heute, kleiner Krieger. Aber ich bin draußen in der Hauptstadt gewesen und habe da ein paar Dinge für die Königin erledigt. Ich bin gerade erst zurückgekommen und hab mir gedacht, ich schau mal nach, ob meine beiden Lieblingskrieger Hunger haben.«

Wie aufs Stichwort begann Erians Magen zu knurren. »Wir haben gefrühstückt, aber …« Das war noch vor der Beerdigung gewesen, und Erian war nicht so recht nach essen zumute gewesen. Und dann war Mama zu einer weiteren Übungsstunde verschwunden und hatte sie allein gelassen. *Jedenfalls so allein, wie wir das in einem Palast voller Fremder sein können.*

»Kann ich Euch den geheimen Gang zur Küche zeigen, den ich gefunden habe?«, fragte Llor und sprang von einem Fuß auf den anderen.

»Wenn er geheim ist, bist du dir dann auch sicher, dass du mir davon erzählen solltest?«

Abrupt hörte er mit dem Herumhüpfen auf.

Alet lachte. »Das war nur ein Witz. Ja bitte, zeig mir den Gang.«

»Wir könnten aber auch einfach die Treppe nehmen«, schlug Erian vor.

Aber Llor stürmte bereits zur Tür und riss sie auf. »Der Palast ist wirklich groß. Nein, nicht groß. Dieses Wort ist zu klein. Warum ist das Wort ›groß‹ so ein kleines, kurzes

Wort? Es sollte eigentlich eine richtig gigantische Zahl von Buchstaben haben.«

»›Gigantisch‹ ist ein großes Wort«, erwiderte Alet, während sie ihm folgte, »vor allem für einen kleinen Jungen.«

Llor stellte sich auf die Zehenspitzen. »Ich bin nicht klein. Ich bin ›gedrungen‹. Das hat Mama gesagt.«

»Natürlich«, gab Alet zurück, dann zauste sie dem Jungen das Haar. Erian unterdrückte einen Seufzer – Mama hatte an diesem Morgen geschlagene fünfzehn Minuten lang versucht, ihm das Haar zu kämmen. Andererseits waren die Beerdigungen vorüber, und niemanden dürfte es jetzt wohl sonderlich kümmern, wie sie beide aussahen. Sie waren einfach zwei weitere Kinder im Palast. Erian fragte sich, ob überhaupt irgendjemand wahrnahm, dass sie hier waren. Der Palast war so groß ... *gigantisch* ... dass sie wohl in irgendeins der hundert Zimmer in irgendeinem der Baumäste hätten einziehen und dort jahrelang wohnen können, ohne dass man sie bemerkt hätte. »Wo ist eure Mutter?«, fragte Alet.

»Beim Üben«, antwortete Erian.

»Sie übt die ganze Zeit«, klagte Llor. »Aah, da ist ja der Geheimgang!« Er huschte voraus, ließ sich dann auf die Knie fallen und kroch hinter einen Wandteppich. Er streckte den Kopf darunter hervor. »Seht ihr, da ist eine kleine Tür! Da kommt man direkt hinunter in die Küche.«

Kommandantin Alet bückte sich und hob den Wandteppich an. »Du hast den Aufzug gefunden. Schlauer Junge. Das Küchenpersonal gebraucht ihn, um damit Speisen in die oberen Stockwerke zu befördern. Er geht direkt nach oben, bis ganz hinauf zum Turm der Königin, dem höchsten Punkt des Palasts. Wenn du an dem Seil ziehst – siehst du, hier« – sie machte es vor –, »wird dadurch ein Schrank nach oben befördert. In der Küche gibt es eine Kurbel, aber man kann es von jedem Stockwerk aus mit der Hand machen.«

»Oder man kann einfach am Seil hinunterklettern. Kommt mit!«

Alet lachte. »Ich passe da nicht rein.«

Er fing schon an hinunterzurutschen. »Wer als Erster unten ist!«

Nicht schon wieder! »Muss ich wirklich hinterher?« Erian hatte immer noch offene rote Stellen an den Handflächen vom letzten Mal, als sie Llor das Seil hinunter nachgejagt war.

Die Kommandantin klopfte ihr auf die Schulter. »Wir zwei gehen zu Fuß, wie zivilisierte Menschen.«

Sie erreichten die Küche. Alet nickte den Köchen zu, als sie in den Raum schritt. Erian wünschte, sie könnte einen Raum ebenfalls so betreten wie Alet – die Kommandantin schien ihn sofort völlig auszufüllen. Sie hoffte, einmal wie Alet sein zu können, wenn sie erwachsen war. Sie fasste mit den Händen nach ihrem Haar und strich es zurück, damit es so aussah wie das von Alet. Dann betrachtete sie ihr Spiegelbild in einem Kupfertopf und ließ die Hände sinken. *Ich sehe lächerlich aus.*

Gegenüber, auf der anderen Seite der Küche, hockte Llor auf einer Arbeitsplatte. »Ihr seid langsam«, verkündete er. Erian bemerkte, dass eine der Köchinnen Llor ein weißes Tuch um die Hand gebunden hatte – er musste sich an dem Seil die Haut aufgeschürft haben. *Geschieht ihm ganz recht,* dachte Erian.

In der Speisekammer griff sich Alet ein Tablett, das mit Gebäckstücken beladen war. Sie trug es zu einem kleinen Tisch neben einem Fenster und setzte sich rittlings auf einen Stuhl. »Komm«, sagte sie zu Llor. »Nach einem solchen Abenteuer müsst ihr zwei euch stärken. Hast du dir mit solchen Sachen die Zeit vertrieben, wenn eure Mutter zum Üben fort gewesen ist?«

»Ja«, bestätigte Llor stolz. »Ich bin schlau.«

»Wenn sie hier wäre, würde sie dir niemals erlauben, so durch die Wände zu klettern«, betonte Erian. »Sie sollte eigentlich wirklich hier sein. Llor hört nicht auf mich, und irgendwann wird er sich noch wehtun.«

Alet bediente die beiden mit Gebäckstücken, die sie auf Servietten legte. »Du darfst deiner Mutter keine Vorwürfe machen, weil sie so viel übt. Sie will euch nur beschützen.«

»Sie will Thronanwärterin sein«, berichtete Llor. »Sie hat Meister Ven gesagt, dass sie es tun würde.« Llor ließ sich auf einen Stuhl plumpsen und stopfte sich Gebäck in den Mund. Erian setzte sich neben ihn und wählte ein Stück Gebäck aus, das aussah, als sei es mit Zimt bestäubt worden.

Die Kommandantin schien zu erstarren. Ihr Gesicht wurde ganz bleich, und sie sah Erian an, als warte sie auf eine Bestätigung. *Sieh mal an, sie ist auch beunruhigt!*, ging es Erian durch den Kopf.

»Mama hat ihre Meinung geändert und Ja gesagt«, erklärte Erian.

»Und jetzt übt und trainiert sie *andauernd*«, jammerte Llor mit vollem Mund.

»Kau erst einmal«, befahl ihm Erian. An Alet gewandt fügte sie hinzu: »Und wenn Mama bei uns ist, macht sie sich immerzu Sorgen.« *Und ich mache mir Sorgen um sie.* »Sie hat Albträume. Wir hören sie.«

Alet machte keinerlei Anstalten, ihr Gebäck zu essen. Stattdessen zerrieb sie Krümel zwischen den Fingern und schaute aus dem Fenster. Sie sah genauso aus wie Vater, als Mama ihm eröffnet hatte, dass sie fortgehen würden. »Ich hätte nicht erwartet, dass sie ihre Meinung ändern würde. Ich war mir sicher …«

Erian kam plötzlich eine Idee. »Könnt Ihr nicht mit ihr reden? Ihr sagen, warum sie es nicht tun sollte?« Bestimmt würde Mama auf Alet hören. Sie waren Freundinnen.

»Ja!«, schaltete sich Llor ein. »Bringt sie dazu, ihre Meinung wieder zurück zu ändern! Auf Euch würde sie hören!«

»Ihr wisst, dass eure Mutter euch sehr lieb hat, ganz gleich, was sie entscheidet und was sie tut«, ergriff Kommandantin Alet wieder das Wort. »Ihr seid ihr Ein und Alles, ihre Sonne und ihr Mond.«

»Erian ist kein Mond«, wandte Llor ein.

»Ja, nun, du bist auch nicht die Sonne.«

»Bin ich doch.«

Sie hatte nicht vor, mit ihm darüber zu streiten, wer jetzt was war. Stattdessen wandte sie sich wieder an Alet. »Wie können wir sie dazu überreden, keine Thronanwärterin zu werden? Ich will nicht, dass sie stirbt!«

»Das will ich auch nicht. Ich werde mit ihr reden«, versprach Alet. »Aber eure Mutter ist sehr stur. Sie weiß ganz genau, was sie will. Wenn ich sie nicht überzeugen kann … Ihr solltet im Palast nicht allein sein. Es ist nicht sicher. Eure Mutter hätte jemanden finden sollen, der euch beaufsichtigt.«

»Mama glaubt, wir würden bewacht«, erklärte Erian. »Sie glaubt, wir wären sicher auf unseren Zimmern geblieben. Und dass ständig Leute da wären, die auf uns aufpassen.« Sie warf Llor einen tadelnden Blick zu. »Ich hab dir doch gesagt, dass du uns in Schwierigkeiten bringen würdest.«

»Nicht, wenn sie es nicht weitererzählt«, betonte Llor.

»Ihr werdet es auch nicht weitererzählen, Kommandantin Alet, nicht wahr?«

Alet stieß einen tiefen Seufzer aus. »Nein. Aber ihr braucht jemanden, der auf euch aufpasst. Vielleicht können wir ja eine Gouvernante für euch finden.«

»Keine Gouvernante!«, rief Llor und spuckte Krümel aus.

»Ich bin zu alt für eine Gouvernante«, gab Erian zu bedenken.

»Dann eine Wache? Ich könnte euch eine eigens zuweisen lassen«, schlug Alet vor.

Sie hatten zu Beginn Wachen gehabt – Meister Ven hatte sie ihnen zugeteilt, und Mama hatte sie für geeignet befunden –, aber diese Wachen waren nach dem Angriff der Geister nicht zurückgekommen, und Mama war zu beschäftigt gewesen, um es zu bemerken. Erian überlegte, ob sie vielleicht tot waren. Viele Menschen waren gestorben. »Könnt Ihr unsere Wache sein?«

Llor hüpfte auf seinem Stuhl auf und ab. »Ja! Bitte, bitte, bitte! Und der Wolf auch! Er kann immer mein Abendessen haben. Und Ihr könnt meinen Nachtisch haben. Na ja, die Hälfte davon.«

Aber Alet schüttelte den Kopf. »Ich habe Verpflichtungen.« Sie schien ein wenig in sich zusammenzusinken, als sei sie noch erschöpfter als Mama, was unmöglich schien – Kommandantin Alet war jemand, der eigentlich überhaupt niemals müde sein dürfte. Sie war der stärkste Mensch, dem Erian je begegnet war. »Aber ich werde dafür sorgen, dass ihr eine richtige …«

»Nein!«, heulte Llor.

»Wir werden schon zurechtkommen«, versicherte Erian der Wache. »Ich kenne jemanden, der auf uns aufpassen wird, wenn wir ihm schreiben und darum bitten.«

Llors Heulen brach jäh ab. »Wen denn?«

Aber Erian antwortete nicht. Stattdessen fügte sie hinzu: »Ich werde mich darum kümmern. Ihr braucht Mama nichts davon zu erzählen. Aber würdet Ihr bitte mit ihr reden? Sie überzeugen, lieber keine Thronanwärterin zu werden?«

Alet nickte. »Ich werde es versuchen.«

Erian biss in ihr Gebäckstück und dachte an den Brief, den sie an ihren Vater schreiben musste.

Mit gezücktem Schwert beobachtete Ven, wie Naelin ein halbes Dutzend Baumgeister befehligte, als sei sie eine Orchesterdirigentin und die Geister ihre Instrumente. Sie hatte die Gärtner hinausgeworfen und einen der Blumengärten des Palastes übernommen. Drei Geister woben Rosenranken die Palastwand hinauf. Ein weiterer zwang Büsche, in bestimmten Formen zu wachsen: als Tänzerinnen, Bären, Vögel. Zwei andere hatten sich der Einrichtung eines neuen Kräutergartens verschrieben, weil Naelin darauf bestand, dass Gärten nicht nur schmückend sein, sondern auch eine praktische Bedeutung haben sollten. Sie summte vor sich hin, allerdings glaubte Ven, dass sie sich dessen gar nicht bewusst war. Sie war ganz auf ihre Arbeit konzentriert.

Er hätte ihr den ganzen Tag lang zusehen können.

Sie machte eine Armbewegung, und ein Geist flog in die Höhe, um eine Ranke um ein Fenster zu winden. Von einem Moment auf den anderen erblühten Rosen und umrahmten das Fenster mit riesigen roten Blüten. Er sah zu, wie Naelin über einen Schmetterling lachte, der aufschreckte, als eine Knospe sich unter ihm öffnete. Ihr Lachen war so warm und süß wie heiße Schokolade. Er fragte sich, ob ihr irgendwer je gesagt hatte, wie umwerfend sie doch war, und ob sie es dann geglaubt hätte.

Trotzdem, so gebannt er auch von ihr war, er war dennoch geschult genug, um das Geräusch leiser Schritte hinter sich wahrzunehmen. Die aufgewühlte Erde dämpfte sie, aber Ven hörte es trotzdem, ebenso wie das Rascheln seiner Kleidung, wenn der Mann sich bewegte. Also, ja, er wusste, dass da ein Mann hinter ihm war. Es war ihm nur nicht so wichtig. Naelin bot einen viel interessanteren Anblick.

»Eure Aufgabe ist es eigentlich, sie zu bewachen«, sagte der Mann – Heiler Hamon. »Ich hätte Euch inzwischen erdolchen können, wenn ich gewollt hätte. Hätte hier oder auch hier Eure Wirbelsäule durchtrennen können.« Ven spürte Hamons Finger über seinen Rücken und seinen Nacken streichen.

Rasch wirbelte er herum, ließ sein Bein vorschnellen und riss Hamon die Füße weg. Hamon plumpste in die weiche Erde eines Blumenbeetes. Ehe er auch nur richtig Atem holen konnte, kniete Ven schon auf seiner Brust.

»Oder Ihr hättet mich flach auf den Boden legen können, bevor ich auch nur mein Messer gezogen hätte«, fuhr Hamon im Plauderton fort.

Ven ließ ihn los und half ihm auf.

»Uff. Danke.« Hamon schüttelte die Erde ab, die an seinem Umhang klebte. Ven beugte sich vor und zupfte ihm ein Blatt von der Schulter. Dann richtete er seinen Blick wieder auf Naelin. Sie errichtete in der Mitte des Gartens eine Skulptur, indem sie Erdgeistern befahl, Felsen aus dem Boden hervortreten zu lassen. Die Skulptur hatte vage die Umrisse des Palastbaums. »Hat sie denn keine Angst mehr wegen des Kraken?«, fragte Hamon.

»Sie hat mit Daleina geübt«, berichtete Ven. »Sie kann

das.« Naelin verfügte nicht über die Reichweite, um das ganze Land zu beschützen – eine derartige Macht besaß nur eine Königin –, aber sie hatte genug Kraft, um den Palast zu verteidigen und vielleicht sogar die ganze Hauptstadt, sollte Daleina einen weiteren Ohnmachtsanfall erleiden.

Naelin breitete die Arme weit aus, trat zurück, und Wassergeister barsten mitten aus der Skulptur hervor. Wasser stürzte wogend zu Boden – sie hatte einen Springbrunnen geschaffen. Es war ein sehr hübscher Springbrunnen.

»Und die anderen Meister haben keine Einwände? Das ist einseitige Begünstigung.«

»Es ist so am zweckdienlichsten. Sie wissen, dass ihre Kandidatinnen nicht einmal annähernd bereit sind. Daleinas letzte Ohnmacht hat ihnen Angst eingejagt.« Sie hatten ein Treffen abgehalten. Es war viel gebrüllt und geschrien worden. Daleina hatte sich alles angehört und dann genickt und erklärt, sie habe die Sorgen und Befürchtungen der Meister zur Kenntnis genommen und hoffe, dass sie sich nun besser fühlten, nachdem sie sie hatten zum Ausdruck bringen können. Sie selbst könne sich jedoch nicht besser fühlen, ganz gleich, wie lange sie über die Sache redeten, denn sie sei diejenige, die hier am Sterben war. Das hatte sie zum Schweigen gebracht. Ven war stolz auf sie gewesen.

»Da wir gerade davon sprechen, ihnen Angst einzujagen … ich muss Euch um einen Gefallen bitten.«

Ven sah Hamon an und bemerkte die Ringe unter seinen Augen, die eingefallenen Wangen, sein ungekämmtes Haar und die zerknitterten Kleider. Dabei gab sich Hamon für gewöhnlich größte Mühe mit seinem Äußeren, das hatte ihm sein einstiger Lehrer so eingebläut – das äußere Erscheinungsbild war für einen Heiler sehr wichtig. Es beruhigte die Patienten. Ven vermutete, dass die Suche nach dem Heilmittel nicht gut verlief. »Natürlich. Noch immer kein Glück bei den Nachforschungen nach dem Giftmischer?«

Hamon schüttelte den Kopf. »Es geht um eine andere Angelegenheit.«

»Es gibt keine anderen Angelegenheiten. Es gibt nur eine Sache, die zählt.« Er nahm sich vor, mit Kommandantin Alet über Naelins Fortschritte zu sprechen. Da Naelin sich so schnell weiterentwickelte, sollte sich Daleina die Sache mit ihrer Abdankung noch einmal genau überlegen. Er wollte diesen Moment so lange wie möglich hinauszögern.

»Ihr müsst Euch einen Leichnam ansehen. Eigentlich sind es sogar mehrere.«

Das war eine Bitte, die er nicht jeden Tag hörte.

»Könnt Ihr einen Wachposten rufen, der auf Naelin aufpasst?«

Ven drehte sich auf dem Absatz um und rief: »Bayn? Bewache Naelin.«

Der Wolf, der sich dösend zusammengerollt hatte, stand auf, streckte sich und trottete dann zu Naelin hinüber. Er trank aus dem neuen Brunnen und legte sich dann zu Naelins Füßen nieder. Sie kraulte Bayn geistesabwesend hinter den Ohren und machte sich dann wieder daran, den Geistern Anweisungen zu geben. Ven überlegte, ob er ihr raten sollte, sich ein wenig auszuruhen, kam aber zu dem Schluss, dass sie sich von ihm wohl nicht derart würde bemuttern lassen wollen. Er folgte Hamon aus den Gärten hinaus.

Hamon steuerte das Leichenschauhaus des Palastes an. Das aus Stein errichtete Gebäude befand sich hinter dem Schatzpavillon. Es war von Schlingpflanzen umrankt, damit es sich unauffällig in die Bäume einpasste, aber seine Mauern bestanden aus Steinen, wie man sie tief unter der Erde fand. Der Legende zufolge hatte einst eine Königin aus alten Zeiten das Gebäude nach dem Tod ihres Gemahls aus dem Inneren der Erde hervorgerufen, und es war an die Oberfläche gestiegen, eine hohle Kammer mit einer Totenbahre darin. Sie hatte den Leichnam ihres Mannes einundvierzig Tage lang darin aufbewahrt, bis sie seinen Mörder neben ihn hatte betten können. Erst dann hatte sie die Erlaubnis gegeben, dass man ihn beerdigte. Der Raum stank noch immer nach uraltem Tod. Ven mochte ihn nicht besonders.

Zwei Wachen nickten ihnen zu, als sie vorübergingen, aber Hamon schien sie nicht einmal zu bemerken. Seine Hände zitterten, als er die Tür öffnete. »Macht Euch auf etwas gefasst.« Er reichte Ven eine Gesichtsmaske aus weicher Baumwolle und streifte dann auch sich selbst eine übers Gesicht.

Im Inneren begannen Vens Augen sofort zu tränen. Der Raum roch nach Weihrauch und war von süßem, schwerem Blumenduft erfüllt; Gerüche, die – erfolglos – versuchen sollten, den Gestank nach verwesendem Fleisch und altem, schalem Blut zu überdecken. Das hier war kein uralter Tod, es war ein frischer.

Auf den Tischen lagen Leichen. Alle waren sie unbedeckt. Alle waren junge Frauen – eigentlich noch Mädchen – in unterschiedlichen Stadien der Verwesung. Sorgfältig schob Ven all seine Gefühle beiseite und unterdrückte den Drang, einfach zur Tür hinauszumarschieren und sie fest hinter sich zu verschließen. »Ihr habt Leichen ausgegraben«, bemerkte er mit ruhiger Stimme.

»Es war die Idee meiner Mutter.« Hamon hob die Hand, um möglichen Einwänden zuvorzukommen. »Ich weiß, ich sollte mir ihre Ideen nicht anhören, aber in diesem Fall … sie meinte, es bestünde die Möglichkeit, dass der Giftmörder an anderen Opfern experimentiert hat, bevor er versucht hat, die Königin zu töten. Andere Opfer, deren Tod leicht einer anderen Ursache zugeschrieben werden könnte. Wenn der Giftmischer schon zuvor getötet hat, könnte sich daraus ein Hinweis auf seine oder ihre Identität ergeben … oder ein Hinweis auf das Gift selbst.«

»Habt Ihr irgendwelche derartigen Hinweise gefunden?«, fragte Ven.

»Bedauerlicherweise nicht. Doch während ich diese jüngsten Todesfälle untersucht habe, habe ich etwas Beunruhigendes entdeckt.«

Ven fand eigentlich alles an der Untersuchung von Leichen beunruhigend. Es waren insgesamt sechs. Die meisten waren aufgerissen worden – ein offener Brustkorb, ein Bein, das aussah, als sei es von einem wilden Tier zerfetzt worden, vom Knochen abgezogenes Fleisch … »Diese Mädchen sind nicht an irgendeiner Gifteinwirkung gestorben. Sie sind von Geistern getötet worden.« Er hatte diese Art von Verletzungen viel zu oft gesehen, um daran Zweifel zu haben.

»Ja, ich weiß. Nur dass … sie es eben nicht sind.« Hamon trat von einer Leiche zur nächsten. »Diese ist durch einen Schlag mit einem stumpfen Gegenstand auf den Kopf gestorben. Und dieser hier wurde die Kehle aufgeschlitzt. Die hier hat drei Wunden unter dem Brustkorb. Bei der dort ist die Wunde im Rücken.« Er winkte Ven näher an eine der Leichen heran, eine, die noch nicht allzu lange tot war.

Ven warf einen kurzen Blick in das Gesicht des Mädchens und bedauerte es sofort – er kannte sie, es war die Rothaarige, die er an der Akademie als mögliche Kandidatin in Erwägung gezogen hatte und die dann von Piriandra erwählt worden war. Beilena. Er fluchte, dann sah er sich die anderen Gesichter an. Er erkannte noch eine – Esiella, Havtrus Kandidatin.

»Sind sie alle Kandidatinnen?«, wollte Ven wissen.

»Vergesst, wer sie gewesen sind und was hätte geschehen können oder sollen. Schaut nur hierher, auf diese Wunde. Seht Euch die Präzision an, wie sauber der Schnitt ausgeführt worden ist … Und wenn Ihr hineinschaut« – Hamon streifte Handschuhe über und zog Beilenas Wunde auseinander, um die durchtrennten Muskeln und den Knochen darunter zu zeigen –, »seht Ihr, wie der Schnitt geführt wurde, mit einer Drehung? Und wie tief er eingedrungen ist? Er hat eine Kerbe im Knochen hinterlassen. Seht Ihr das?«

Ven war kein Arzt. Er hatte in seinem Leben reichlich brutale Gewalt gesehen – und war selbst daran beteiligt gewesen. Aber zuzuschauen, wie Hamon so ganz ungerührt die Haut toter Mädchen abzog … »Ähm, für den Fall, dass ich mich übergeben müsste …?«

»Eimer ist unter dem Tisch. Betrachtet sie nicht als Menschen. Seht sie als Rätsel, das es zu lösen gilt. Und sagt mir: Wenn Ihr einmal den Umständen, unter denen sie gefunden wurden, keine Beachtung schenkt, wenn Ihr alles außer Acht lasst, was Ihr über sie wisst, wer sie gewesen sind und was sie getan haben – was hat diesen Schnitt verursacht?«

»Ein Messer«, antwortete er ohne Zögern.

»Wieso seid Ihr Euch da so sicher?«

Er zeigte auf eine bestimmte Stelle des Leichnams. »Der Schnitt auf dem Knochen.«

»Könnte auch eine Kralle gewesen sein. Oder ein Zahn.«

»Es ist kein Biss«, widersprach Ven. »Es ist nur ein einziger Schnitt.«

»Eine einzige Kralle? Eine einzige Klaue?« Hamon musterte ihn eindringlich. Ven kam es so vor, als würde er eine Prüfung ablegen. Er beugte sich über die Tote und versuchte, sich nur auf die Wunde zu konzentrieren, nicht auf das Gesicht des Mädchens und schon gar nicht auf den Gedanken, wie jung sie gewesen war und welche Angst sie ausgestanden haben musste. *Ich kenne solche Verletzungen*, dachte Ven. *Ich habe solche Verletzungen selbst verursacht*.

»Jeder Geist, den ich jemals gesehen habe, greift an, um zu zerreißen, nicht um zu erdolchen – ihr Instinkt besteht darin zu zerstören«, erklärte Ven. »Sie benutzen dazu Krallen und Zähne. Daher sollten zahlreiche Wunden vorhanden sein, nicht nur ein einzelner Schnitt. Es besteht kein Zweifel, dass das ein Messer war.« Und die Geister benutzen keine Messer. Ven sah Hamon an. »Ihr glaubt also …«

»Das hier ist die Wunde, die sie getötet hat. Alle anderen Wunden, einschließlich der Eiszapfen, die angeblich ihre Kehle durchbohrt haben, wurden ihr erst *nach* ihrem Tod zugefügt.«

»Sie wurde erdolcht und dann …« Hatte man sie für die Geister liegen gelassen? Sie ihnen ausgehändigt? Sie verstümmelt, damit es so aussah, als seien es Geister gewesen? Er straffte sich und betrachtete die anderen Toten. »Was ist mit den Übrigen?«

»Einige sind eindeutig von Geistern getötet worden. Aber nicht alle.« Er führte Ven durch das Leichenschauhaus und machte ihn auf die verschiedenen Verletzungen aufmerksam. Im schlimmsten Fall waren der Kandidatin Arme und Beine erfroren – es war ein Eisgeist gewesen –, aber was sie getötet hatte, war ein Stich mit dem Messer gewesen. Es sei schwer zu erkennen gewesen, erklärte Hamon, aber sobald er gewusst hatte, wonach er suchen musste … Hamon zeigte Ven auch die Verletzungen an drei anderen Mädchen. Als sie damit fertig waren, verließen sie das Leichenschauhaus und zogen sich die Masken vom Gesicht.

Ven füllte sich die Lungen mit der angenehm frischen Luft der Gärten. Ohne noch einmal zurückzuschauen, ließ er das Leichenschauhaus hinter sich und stapfte in Richtung Schatzpavillon.

»Habe ich recht?«, fragte Hamon.

»Ja«, bestätigte Ven. »Irgendjemand ermordet Kandidatinnen.« *Und ich habe Naelin allein gelassen.* Er rannte los. Seine Füße hämmerten über die Wege und zerdrückten die zarten Blumen, die in den Ritzen wuchsen. Er sprang über eine der Baumwurzeln, kletterte auf eine weitere, rannte sie entlang, sprang über schmückende Statuen und Ranken.

Er erreichte den Garten …

Der Wolf erhob sich und kam auf ihn zugelaufen. Er wedelte mit dem Schwanz. Naelin stand oben auf ihrem neuen Springbrunnen, und die Wassergeister wirbelten um sie herum und ließen Regen auf alle Blumenbeete fallen, aber nirgendwohin sonst. Naelin hatte die Augen geschlossen und sie lächelte, nur ein ganz klein wenig, allein die Mundwinkel waren ein Stück hochgezogen.

»Du bewachst sie«, befahl Ven dem Wolf. »In jeder Sekunde, wo ich nicht in ihrer Nähe bin, bist du da.« Er kniete sich hin und sah dem Wolf direkt in die Augen. »Kannst du mich verstehen?«

Der Wolf musterte ihn ruhig und dann – deutlich sichtbar und erkennbar mit Absicht – nickte er.

»Ich danke dir«, sagte Ven mit ernster Stimme. Eines Tages würde er Daleina fragen müssen, was sie über den Wolf wusste – woher er gekommen war und warum er so intelligent war –, aber erst später, sobald sie wieder gesund war. Im Augenblick reichte es aus, dass Bayn tun würde, worum er ihn gebeten hatte.

Ven erhob sich und ging zu Naelin hinüber.

Sie würde nicht wie eines dieser Mädchen im Leichenschauhaus enden. Sie war mächtig und intelligent und fest entschlossen … Als er sie erreichte, öffnete sie die Augen. Bei seinem Anblick lächelte sie. »Mache ich meine Sache nicht gut?«, fragte sie. »Und, ja, ich will ein Lob hören. Also, tut Euch keinen Zwang an. Sagt mir, dass ich umwerfend bin, und ich werde erröten und es abstreiten, aber insgeheim werde ich ganz Eurer Meinung sein, denn das … ich hätte nie gedacht, dass ich so etwas hinbekomme.«

Er hätte sie am liebsten in die Arme genommen und ihr gesagt, dass sie wahrhaftig umwerfend sei.

Aber sie war noch nicht fertig. »Mich wurmt nur, zugeben zu müssen, dass Renet vielleicht doch recht gehabt hat. Ich nehme an, das bedeutet, dass ich mich bei ihm eigentlich entschuldigen müsste.«

»Er hat Euch und Eure Kinder trotzdem in Gefahr gebracht«, erwiderte Ven. Ihr früherer Ehemann war ihrer nicht würdig. Aber das war nicht das Gespräch, das er jetzt zu führen beabsichtigte. »Ihr müsst vorsichtig sein …«

»Glaubt Ihr wirklich, ich sei nicht vorsichtig genug?«

Aus dem Augenwinkel sah er, wie sich die Geister zerstreuten. Erdgeister tauchten in den Untergrund ein, Luftgeister zogen wirbelnde Kreise zu den Wolken empor, Baumgeister huschten über die Äste. Er legte ihr die Hände auf die Schultern. »Lasst mich erst ausreden, bevor Ihr wütend auf mich werdet. Ihr seid bereits vorsichtig im Umgang mit Geistern. Doch ich will, dass Ihr auch vorsichtig im Umgang mit Menschen seid.« Und er berichtete ihr, was Hamon ihm gezeigt hatte, was er mit eigenen Augen gesehen hatte, ohne auf Einzelheiten einzugehen. Während er redete, spürte er, wie sie in sich zusammensackte.

Und dann richtete sie sich auf und sah ihm in die Augen. »Also schön. Die Geister wollen mich töten. Die Menschen wollen mich töten. Sonst noch etwas?«

Er verspürte den Impuls, sie zu küssen.

Aber er tat es nicht. Stattdessen zog er eines seiner Messer hervor, den kurzen Dolch, den er im Stiefel stecken hatte, und sagte: »Ich werde Euch beibringen, wie Ihr die ganze Sache überleben könnt.«

Kapitel 26

Drei Tage lang trainierte Naelin. Sie arbeitete mit Königin Daleina zusammen, sooft die Königin es einrichten konnte, und mit Ven während aller anderen Stunden des Tages. Sie lernte, ihr Bewusstsein so auszuweiten, dass sie mehrere Geister zugleich kontrollieren konnte, und sie lernte, wie ihr Körper sofort auf einen möglichen Angriff reagieren konnte.

»Ihr braucht nicht zu wissen, wie man tötet«, hatte Ven ihr erklärt. »Ihr müsst nur wissen, wie man nicht getötet wird. Ein kleiner, aber wichtiger Unterschied.« Er ließ sie dieselben Manöver ein ums andere Mal wiederholen: wie man sich aus einem Klammergriff befreite, wie man einem Messerstich auswich, wie man sich drehte, damit ein Messer nur dort traf, wo es nicht lebensbedrohlich war. »Das ist nichts, was Ihr Euch verstandesmäßig einprägen müsst; Euer Körper wird das übernehmen.« Und so übte sie, denn er hatte ihr die ermordeten Mädchen detailliert genug beschrieben. Sie musste nicht mehr hören, um zu wissen, dass sie lernen sollte, sich zu schützen.

Er bestand außerdem darauf, dass sie sich jederzeit und überallhin vom Wolf Bayn begleiten ließ, was in Ordnung war, wenn auch ein wenig peinlich in Bad und Toilette. Für gewöhnlich drehte sich das Tier höflich zur Wand. Doch war die Sache ein Vorteil, wenn sie einen freien Moment hatte, um ihren Kindern einen Besuch abzustatten. Llor vergab ihr ihre ständige Abwesenheit, wenn er dafür die Gelegenheit erhielt, mit dem »Hündchen« zu spielen, und nicht einmal Erian konnte ärgerlich bleiben, wenn Bayn ihr die Wange ableckte.

Und so hielt sie auch am Abend des dritten Tages, nachdem Ven ihr mitgeteilt hatte, dass sie für heute fertig seien, in Königin Faras alten Gemächern nach Bayn Ausschau. Er saß am Kamin und kaute auf dem Oberschenkelknochen eines Rehs herum. »Bereit für kleine Kinder, die dir mit klebrigen Fingern im Fell herumwühlen?«

Er schlug mit dem Schwanz auf den Boden und kam dann zu ihr gelaufen.

»Ich werde Euch ebenfalls begleiten«, meldete sich Ven zu Wort.

Sie machte sich nicht die Mühe einzuwenden, dass sie im Palast schon sicher sei – bei all den Wachen, die durch sämtliche Gänge patrouillierten und mit einem sehr großen Wolf an ihrer Seite. Ein wenig Überängstlichkeit war eine gute Sache. Geradezu bewundernswert. Auf dem Weg die Wendeltreppe in den Hauptbereich des Palastbaums hinunter warf sie ihm einen Blick zu. Der Gesichtsausdruck unter seinem Bart war finster, seine Stirn gerunzelt, und die Augen blickten grimmig. »Ihr macht den Eindruck, als würdet Ihr unter Druck stehen«, bemerkte sie, auch wenn das eine Untertreibung war. »Bekommt Ihr vielleicht nicht genug Schlaf?«

Er hörte auf, finster dreinzuschauen. »Versucht Ihr, mich zu bemuttern?«

»Das richtige Wort wäre ›nörgeln‹. Ich versuche, so lange an Euch herumzunörgeln, bis Ihr nicht nur auf mich, sondern auch auf Euch selbst achtgebt. Mit mir selbst ist nämlich alles bestens.« Tatsächlich kam sie sich vor, als habe man sie zuerst eine Treppe hinuntergerollt und dann auf ihr herumgetrampelt, aber das war keiner Erwähnung wert. Außerdem hatte sie Kopfschmerzen, die in ihrem Schädel hämmerten, als hätten sich dort ein paar winzige Trommler versteckt.

»Ich hab's im Griff.«

»Natürlich habt Ihr das. Bis Ihr vor Erschöpfung und Unterernährung zusammenbrecht. Betrachtet es doch einmal so: Ich nörgele nur an Euch herum, weil Ihr mir etwas bedeutet.«

Für einen Moment zögerte er mitten im Schritt, und es sah aus, als wolle er etwas sagen, aber dann ging er nur wortlos weiter die Treppe hinunter. Sie wollte ihn fragen, ob es bei der Untersuchung der Morde oder auf der Suche nach dem Giftmischer irgendwelche Fortschritte gegeben habe. Aber wenn es welche gegeben hätte, hätte er sicher nicht so angespannt gewirkt. Sie fragte sich, ob es denn jemals irgendjemanden gegeben hatte, der sich so sehr um ihr Wohlergehen gesorgt hatte wie er. Dann rief sie sich ins Gedächtnis, dass er eigentlich nur wollte, dass sie die nächste Thronanwärterin wurde. Er schätzte sie für das, was sie tun konnte, und nicht dafür, wer sie war. In diesem Punkt war er Renet nicht unähnlich.

Sie dachte immer noch an ihren früheren Ehemann, als sie durch die Tür in die Gemächer ihrer Kinder trat – und da war er.

Renet.

Er saß auf dem Sofa zwischen Erian und Llor und wirkte frisch gewaschen, mit zerzaustem feuchtem Haar, Samtkleidern, die nicht die seinen waren, und einem einfältigen Gesichtsausdruck, der hundert Prozent Renet war.

Naelin blieb so abrupt in der Tür stehen, dass Bayn mit der Schnauze von hinten gegen ihre Oberschenkel prallte.

Dann schob er den Kopf an ihr vorbei und lugte in den Raum.

»Hündchen!«, rief Llor und schoss vom Sofa hoch.

Sie spürte Vens Hand auf ihrer Schulter und seinen Atem in ihrem Nacken, als er ihr nun ins Ohr flüsterte: »Soll ich bleiben oder gehen?«

Es gefiel ihr, dass er fragte. »Bleibt bitte«, raunte sie zurück und trat in den Raum.

Bayn drängte an ihr vorbei und sprang zu Llor hinüber. Llor schlang dem Wolf die Arme um den Hals. »Tu das nicht, Llor«, ermahnte ihn Erian. »Er hat gefressen. Du beschmierst dir nur dein Hemd mit Blut, und Mama hat keine Zeit, es auszuwaschen.«

»Ich werde mich darum kümmern, Erian«, sagte Renet. »Ich kann Flecken herausbekommen. Im Gegensatz zur landläufigen Meinung bin ich nicht völlig nutzlos.« Er lächelte, um den Worten die Schärfe zu nehmen, als brauche er nur seinen Charme spielen zu lassen, um sich einen Weg zurück in ihr Leben zu eröffnen.

Naelin hatte das Gefühl, als drehe sich alles um sie. Sie wünschte, sie könnte die Kopfschmerzen aus ihrem Schädel vertreiben. Sie hatte definitiv nicht mehr die Energie übrig, um mit dieser Situation fertigzuwerden. »Der Palast hat seine eigene Wäscherei. Das weißt du, Erian. Und Renet, du hast in deinem ganzen Leben noch nie einen Fleck ausgewaschen. Aber das ist viel weniger wichtig als die Frage: *Was hast du hier zu suchen?*«

Llors Augen weiteten sich. »Au weia, Mama ist wütend.«

Ja, wollte sie sagen. *Genau das bin ich.* Sie war nur einen Sekundenbruchteil davon entfernt, entweder laut loszubrüllen oder sich in ein heulendes Häufchen Elend zu verwandeln. Dieses Szenario hier konnte sie jetzt wirklich nicht gebrauchen. Sie wollte es nicht, und sie hatte es auch nicht verdient. Abwechselnd spreizte sie die Finger und ballte sie zu Fäusten, immer wieder, versuchte ihre Atmung zu beruhigen, ruhig zu sprechen und nicht in Tränen auszubrechen oder mit Gegenständen um sich zu werfen oder wild herumzubrüllen oder einfach zur Tür hinauszurennen. »Renet, antworte mir bitte.«

»Du brauchst mich hier«, erklärte Renet. »Die Kinder brauchen mich. Sie haben es gesagt.«

»Vater ist ganz schnell gekommen!«, rief Llor. »Ist das nicht wunderbar, Mama?« Sein Gesicht leuchtete, als brauche er es nur fröhlich genug verkünden, um sie davon zu überzeugen, wie großartig diese Tatsache doch sei. Vielleicht war er auch einfach nur wirklich glücklich darüber. Sein Vater war hier. Hurra.

»Um die Wahrheit zu sagen, bin ich bereits auf halbem Weg hierher gewesen«, sagte Renet und setzte wieder seinen einfältigen Gesichtsausdruck auf.

»Llor, Erian …« Sie war drauf und dran, sie ins Nebenzimmer zu schicken, damit sie ohne die Kinder mit Renet sprechen konnte, aber sie sah den Ausdruck auf Erians Gesicht. Erian grub die Zehen in den Holzboden und schaute in alle Richtungen, nur nicht zu Naelin hin. »Erian?«

»Kommandantin Alet hat gesagt, wir bräuchten jemanden, der auf uns aufpasst, während du mit den Geistern übst.« Erians Worte überschlugen sich. »Und ich bin zu alt für eine Gouvernante, und wir wollten nicht irgendeine Wache, die wir nicht kennen. Vater hat gesagt, dass er uns vermisst hat und dass es ihm wirklich, wirklich leid tut.«

Renet erhob sich, und sie kannte diesen Gesichtsausdruck: den bußfertigen Welpenblick, den er vor Jahren perfektioniert hatte. Früher hatte er sie damit zum Lachen gebracht, bis sie ihm verziehen hatte, was immer er an Lächerlichem angestellt hatte. Er hatte dann immer geschworen, es nie wieder zu tun, und sie hatte ihn geküsst und für eine Weile hatte er sich daran erinnert, nach Hause zu kommen, wie er es versprochen hatte, statt sich draußen im Wald herumzutreiben, oder daran, das verdorbene Essen ein gutes Stück weit vom Haus wegzubringen, statt es einfach unten an die Baumwurzeln zu kippen, oder daran, Llor zur richtigen Zeit von der Schule abzuholen … *Alles Dinge, die ich ihm eigentlich gar nicht erst hätte sagen müssen sollen,* ging es ihr durch den Kopf. Sie dachte daran, wie sie immer hinter ihm hatte her sein müssen, als sei sie seine Mutter und habe drei Kinder statt zweien. Sie dachte daran, wie sie seine Geistesabwesenheit, seine verrückten Ideen, seine Begeisterung für lächerliche Risiken früher als liebenswert oder sogar aufregend empfunden hatte. Aber so konnte sie es jetzt nicht mehr sehen.

Er hatte sich nicht verändert.

Sie hatte sich verändert.

»Mama, darf er bleiben?«, fragte Erian.

»Es tut mir aufrichtig leid«, bemerkte Renet. »Ich … können wir unter vier Augen reden?« Er verneigte sich vor Meister Ven. »Vergebt mir, Herr, aber meine Frau …«

»Frühere Frau«, korrigierte Ven. »Sie hat Euch verlassen und es vor Zeugen kundgetan.«

»Ich hoffe sehr, dass sie sich noch eines anderen besinnt«, meinte Renet.

Erian trat neben Renet und griff nach seiner Hand. »Wir wollen wieder eine Familie sein, Mama.«

Naelin kam sich vor, als habe sich ihr eines von Vens Messern in den Leib gebohrt. Alle drei sahen sie mit gespanntem Blick an: Erian, Llor und Renet. Es wäre so ungeheuer einfach, jetzt Ja zu sagen. Sie schloss die Augen.

Den ganzen Tag hatte sie gegen Geister gekämpft, gegen ihren eigenen Körper, gegen das Schicksal. Sie wollte nicht auch noch gegen ihre Familie kämpfen. »Renet …«

»Ich schwöre, dass ich die Kinder nie wieder in Gefahr bringen werde«, versprach Renet. »Was ich getan habe, war falsch, das weiß ich. Ich war im Unrecht, weil ich nicht über die Folgen nachgedacht habe. Oder zumindest nicht über die unliebsamen Folgen. Mir war einfach klar, dass du sie beschützen würdest. Ich habe geglaubt, es würde gut gehen. Du weißt ja, dass ich ein Optimist bin. Ich war überzeugt davon, dass sich alles regeln würde, wenn ich dich nur irgendwie dazu bringen könnte, dass du merkst, wie unglaublich du bist …«

»Hör auf. Hör einfach auf.« Der Schmerz in ihrem Kopf hämmerte heftiger. Sie presste die Augen zusammen und versuchte, den Schmerz fortzuzwingen, damit sie nachdenken und auf eine vernünftige Weise reagieren konnte. Noch immer spürte sie Vens Hand auf ihrer Schulter, und sie fühlte, wie sich Bayn an ihre Seite drückte, fühlte seinen warmen, pelzigen Körper, der sie aufrecht halten würde, falls sie etwas brauchte, das sie aufrecht hielt.

»Sie sind auch meine Kinder«, erklärte Renet, »und ich liebe sie.«

Sie wusste, was sie sehen würde, wenn sie jetzt die Augen öffnete: Renet, der die Arme um Erian und Llor gelegt hatte, der Inbegriff des perfekten Vaters. Und er *war* ihnen ja auch ein guter Vater, meistens jedenfalls. Er liebte sie. Auch wenn er gelegentlich zerstreut und leichtsinnig war, so liebte er doch seine Kinder. Und sie himmelten ihn an. Sie wusste, wenn sie die Augen öffnete, würde sie Hoffnung in den Augen ihrer Kinder leuchten sehen. Sie warteten darauf, dass sie sagte, sie würde ihm verzeihen, wie sie das immer tat.

»Ich werde der perfekte Ehemann sein«, versicherte Renet. »Gib mir eine Chance, Naelin. Bitte. Sieh nur, schau mich an, wie ich vor dem Meister der Königin bettle und meinen Stolz opfere. Ich werde dich abgöttisch lieben, dich anhimmeln, dir huldigen, nur gib mir noch eine Chance. Ich schwöre, ich werde auf dich hören. All deine Wünsche werde ich berücksichtigen. Ich werde alles tun, was du von mir verlangst.«

Sie antwortete nicht. Konnte nicht antworten. Konnte nicht denken. »Ich habe nicht gewollt, dass du kommst. Ich habe es dir verboten, und du bist trotzdem gekommen. Inwiefern soll das eine Berücksichtigung meiner Wünsche sein?«

»Die Kinder haben mich gebraucht.« Er klang gekränkt, verletzt, und es war ihr Impuls zu heilen, zu trösten, wiedergutzumachen, so wie sie es immer tat.

Sie öffnete die Augen, und das Bild, das sich ihr bot, war genauso, wie sie es sich vorgestellt hatte: Renet mit den Armen um die Kinder, Erian mit Tränen auf den Wangen, Llor mit einem hoffnungsvollen Lächeln. Und dann riss sich Erian von Renet los und kam auf sie zugelaufen. Naelin ließ sich instinktiv aufs Knie fallen, und Erian warf sich in Naelins Arme. Sie vergrub das Gesicht am Hals ihrer Mutter. Naelin atmete den süßen Duft ihres Haares ein, den zarten Hauch von Heckenkirsche und Lavendel. Erian passte immer noch so gut in ihre Arme. Naelin fragte sich, wie lange das noch so bleiben würde. Erian wuchs mit jedem Jahr, und bald würde sie sich nicht mehr so von ihrer Mutter trösten lassen wollen. »Ich habe ihm geschrieben«, flüsterte ihr Erian ins Ohr. »Es tut mir leid, Mama. Ich habe ihn gebeten herzukommen.«

Naelin drückte Erian noch fester an sich. *Das* konnte sie verzeihen, mühelos. »Schon in Ordnung, Kleines. Ich kann das verstehen.« Sie hatte sie allein gelassen, während sie mit den Geistern beschäftigt war. Sie mussten einsam und verängstigt gewesen sein. Da sie keine andere Möglichkeit gesehen hatte, das zu ändern, hatte Erian eben ihre eigene Lösung gefunden. In gewisser Weise war das sehr schlau gewesen. Naelin löste sich von ihr und zwang sich zu einem Lächeln. »Nur weil sich das Verhältnis zwischen eurem Vater und mir verändert hat, heißt das nicht, dass sich auch das Verhältnis zwischen mir und euch beiden verändert hat oder das zwischen eurem Vater und euch. Ich liebe euch, und er liebt euch, und daran wird sich niemals etwas ändern.«

»Naelin?« Renets Stimme klang zögernd. »Was willst du damit sagen?«

»Du weißt, was ich damit sagen will, Renet.« Naelin stand auf, den Arm immer noch um ihre Tochter gelegt. »Du kannst bleiben, wenn du willst. Sei unseren Kindern ein Vater. Ich werde die Palastdiener bitten, ein Quartier für dich in der Nähe zu finden.« Oder vielleicht doch nicht so nah. Auf einem anderen Stockwerk. In einem anderen Baum. Einem anderen Land.

»Aber nicht hier bei dir?«

»Richtig«, bestätigte sie.

Renets Züge verdüsterten sich. »Ist es wegen ihm?« Er zeigte auf Ven.

Naelin klappte der Unterkiefer herunter. Meinte er … Unterstellte er ihr … Sie schüttelte fassungslos den Kopf. Ven hatte nichts mit der gescheiterten Ehe von ihr und Renet zu tun – ihre Liebe war schon vor Jahren gestorben, lange bevor der Meister auch nur von der Existenz Ost-Immertals gehört hatte. »Es ist wegen dir und mir, und wenn du das nicht begreifen kannst …« Sie brach ab, bevor ihr vor ihren Kindern etwas herausrutschte, was sie später bedauern würde. Er war nach wie vor ihr Vater. Sie hatte nicht das Recht, vor ihnen mit ihm ins Gericht zu gehen, obwohl sie es gerne tun würde. Mühsam unterdrückte sie den Drang, ihn wie einen ungehorsamen Erstklässler in die Ecke zu stellen, damit er über seine Worte nachdachte. Stattdessen drehte sie sich um und schritt zur Klingelschnur hinüber. Sie riss kräftiger daran, als eigentlich notwendig.

Zum Glück brauchte sie nicht lange zu warten, bis eine Palastdienerin erschien. »Dieser Mann hat eine lange Reise hinter sich und ist ganz bestimmt hungrig. Könntet Ihr ihn bitte in die Küche bringen und dann dafür sorgen, dass ein Schlafgemach für ihn vorbereitet wird« – sie hätte beinahe gesagt, ein Gemach in der Nähe von ihren Zimmern, aber dann besann sie sich eines Besseren –, »im Hauptturm? Direkt über den Küchen?«

»Natürlich.« Die Dienerin verneigte sich.

An Renet gewandt fügte sie hinzu: »Ich beginne bei Morgengrauen mit der Ausbildung. Dann kannst du wiederkommen und dich um die Kinder kümmern.«

»Naelin, das ist doch lächerlich«, protestierte er. »Du bist meine Frau, und sie sind meine Kinder. Und ich brauche deine Erlaubnis nicht, wenn ich Zeit mit ihnen …«

Ven ging dazwischen. »Kandidatin Naelin ist auf ausdrückliche Einladung der Krone hier. Ihr seid es nicht. Wenn Eure Anwesenheit im Palast Kandidatin Naelin in irgendeiner Weise von ihrer Ausbildung ablenkt, wird man Euch bitten zu gehen.«

Llor begann zu weinen.

Naelin schloss abermals die Augen. Sie wäre am liebsten einfach zu Boden gesackt. Aber sie nahm ihre letzte Kraft zusammen. Aufrecht und mit entschlossener Miene blieb sie stehen, bis Renet mit der Dienerin den Raum verlassen hatte. Selbst dann gestattete sie es sich nicht zusammenzubrechen. Sie nahm ihre Kinder in die Arme, als die Tür hinter ihm zuschlug. »Alles wird gut werden«, versprach sie ihnen.

»Das kannst du nicht wissen«, versetzte Erian und riss sich von ihr los. »Aber so sind wir zumindest nicht allein, wenn du getötet wirst.« Sie lief ins Schlafzimmer und knallte die Tür hinter sich zu.

Llor schluchzte noch lauter.

Naelin umarmte ihn und versuchte, ihn hochzunehmen, aber ihre Muskeln waren müde und zitterten, und er war ein kräftiger Sechsjähriger. Ven trat zu ihr, hob ihn hoch und trug ihn zusammen mit ihr ins Badezimmer. Dort half Ven, Llors Tränen zu trocknen und ihn bettfertig zu machen, ihn zu waschen, ihm die Zähne zu putzen und ihm sein Nachthemd anzuziehen. Zusammen steckten sie ihn ins Bett, und Naelin küsste ihn auf die Stirn. »Stirb nicht, Mama«, flehte Llor schläfrig.

»Das werde ich nicht«, antwortete sie und hoffte, dass das auch der Wahrheit entsprach.

Der Wolf kam hereingetrabt und leckte Llor die Nasenspitze. Llor kicherte, dann schloss er die Lider. Naelin wachte noch einen Moment länger über ihn, bis er gleichmäßig atmete. Dann ging sie in ihr Schlafzimmer, wo sich Erian auf Naelins Bett geworfen hatte.

»Du bist wütend auf mich«, sagte Erian. »Aber es tut mir nicht leid.«

»Mir aber tut es leid«, erwiderte Naelin und küsste Erian auf die Stirn. »Und ich bin nicht wütend auf dich. Ich bin auf die Situation wütend. Ich bin wütend über jede Sekunde, die ich von euch getrennt sein muss. Ich bin wütend darüber, dass sich die Dinge ändern. Aber ich bin nicht wütend auf dich. Und selbst wenn ich es wäre, weißt du was? Ich würde dich dann trotzdem immer noch liebhaben.«

»Aber Vater hast du nicht mehr lieb.«

Naelin seufzte. »Menschen ändern sich.«

»Was ist, wenn *ich* mich ändere, und du beschließt, dass du mich nicht mehr liebhast?«

Sie wollte dieses Gespräch jetzt nicht führen. Im Stillen verfluchte sie Renet dafür, dass er sie dazu gezwungen hatte. »Wie wäre es, wenn ich es verspreche?«

»Du hast Vater geheiratet. Hast du es ihm da nicht auch versprochen?«

Da hatte sie nicht ganz unrecht. Naelin hätte ihn eigentlich ihr Leben lang lieben sollen. Sie hatten sich ein gemeinsames Leben aufgebaut, ein Zuhause gehabt, ihre Kinder aufgezogen. Eigentlich sollten sie zusammen alt werden. Wenn sie ihm nur diesen einen Fehler verzeihen könnte … Nur, dass es nicht nur dieser eine Fehler gewesen war. Er hatte nur das Fass zum Überlaufen gebracht. Es ging um die Tatsache, dass er nie erwachsen geworden war, nie Verantwortung übernommen hatte, nie überhaupt … Aber Erian wartete auf ihre Antwort. »Das ist etwas anderes.«

»Warum?«

»Weil er mir genauso alle möglichen Dinge versprochen hat … und er hat seine Versprechen nicht gehalten. Ich habe ihn geliebt, und er hat geglaubt, das würde bedeuten, dass er keine Verantwortung zu tragen hätte, dass ich ihn und euch bemuttern, dass ich ihm seine Probleme abnehmen und immer seine Fehler korrigieren würde. Dass ich auf uns alle aufpassen werde, ganz gleich, welchem Hirngespinst er gerade nachjagt … und dadurch hätte ich beinahe dich und Llor verloren. Aber das werde ich nicht zulassen. *Das* verspreche ich.«

Erian entspannte sich. Sie tappte in das Zimmer hinüber, in dem sie und Llor schliefen, und Naelin deckte sie zu und küsste sie auf die Stirn. Erian lächelte sogar Ven an und tätschelte Bayn den Kopf. Dann verließ Naelin zusammen mit Ven und Bayn auf Zehenspitzen den Raum und schloss die Tür hinter sich.

»Alles in Ordnung mit Euch?«, fragte Ven.

»Ich muss mich bei Euch für dieses ganze Familiendrama entschuldigen«, begann Naelin. »Ich weiß, derlei ist nicht die Aufgabe eines Meisters.« Sie versuchte, ein Lächeln zustande zu bringen, aber es kostete sie zu viel Kraft. Sie ließ sich auf das Sofa sinken.

»Dafür ist es aber die Aufgabe eines Freundes.« Er setzte sich neben sie.

»Oh, das ist lieb. Wisst Ihr, Ihr seht tödlich gefährlich aus, aber tief im Inneren seid Ihr ein süßes kleines Kätzchen.« Ohne darüber nachzudenken, lehnte sich Naelin an ihn und bettete ihre Wange an seine Brust. Nach einem Moment legte er ihr den Arm um die Schultern, und ihr wurde plötzlich bewusst, wie nah sie sich waren. Sie waren einander schon zuvor nah gewesen während ihrer Ausbildung, vor allem wenn er ihr beibrachte, wie man sich aus Klammergriffen befreite und Messern auswich, aber jetzt, wo Renets Unterstellung immer noch in der Luft hing, war das etwas ganz anderes. Sie spürte, wie sich sein Oberkörper mit jedem Atemzug hob und senkte, und sie atmete seinen Geruch ein: eine Mischung aus Leder, Schweiß und Kiefernnadeln. Sie könnte jetzt wegrücken. Aufstehen, Gute Nacht sagen, in ihrem eigenen Bett einschlafen. Aber so … war es schön.

Und so schlief sie schließlich ein, den Kopf an seine Schulter gebettet, in seinen Armen – sicher und geborgen.

Zwei weitere Tage der Ausbildung.

Naelin verbrachte die Vormittage mit Königin Daleina und die Nachmittage mit Ven. Während der ganzen Zeit blieb der Wolf Bayn an ihrer Seite. Sie gewöhnte sich an, zu jeder Mahlzeit eine Extraportion rohes Fleisch zu erbitten, sodass auch er etwas zu essen hatte. »Du solltest draußen sein und jagen«, erklärte sie ihm. »Du bist ein Wolf. Das ist so die wölfische Art.«

Er sah sie nur aus seinen gelben Wolfsaugen an und legte sich dann an den Kamin in den Gemächern der verstorbenen Königin Fara.

»Er mag Euch«, bemerkte Ven.

»Er mag das Fleisch.«

»Das auch.« Ven trat hinter sie und legte Naelin eine Hand auf den Unterarm. »Also, was tut Ihr, wenn ich Euch packe, Euch herumwirbele und dann versuche, Euch zu erdolchen?« Er zog sie herum, und sie drehte sich ihm entgegen. Seine andere Hand war zur Faust geballt, als halte er ein Messer darin. Sie spürte seine Faust an ihrem Bauch. Hätte er ein echtes Messer gehalten, wäre sie bereits tot.

Es war jedoch kein Messer, und sie war sich der Tatsache sehr bewusst, wie nah er ihr doch war und dass er sie an sich drückte. Es war verdammt ablenkend. Naelin entwand sich seinem Griff und stieß den Ellbogen hoch. Sie traf ihn fest genug, dass er sie losließ.

»Schneller. Wenn Ihr angegriffen werdet, habt Ihr keine Zeit, um über Eure Reaktion nachzudenken. Es muss zum Reflex werden.« Als er sie das nächste Mal herumwirbelte, drehte sie sich und stieß im gleichen Moment. »Gut. Noch einmal.«

Sie wiederholten die Übung immer wieder, bis sie schwitzte und Hunger hatte und das Ganze gründlich leid war. Als sie zum hundertsten Mal herumwirbelte, rief sie in Gedanken einen Luftgeist – einen kleinen. Sie drehte sich, und der Luftgeist zog Ven die Füße weg.

Er kippte nach hinten um.

Der Luftgeist hockte sich auf die Armlehne des Sofas und kicherte. Es war ein winziger Geist, der größtenteils aus weißen und braunen Federn bestand. Sein Kichern war schrill und klirrend, wie das Geräusch von zerbrechendem Glas.

Naelin schickte den Geist weg und grinste Ven an. »Erwischt!«

»Schlau.« Er streckte die Hand aus. Sie griff zu und zog. Er war nicht im mindesten außer Atem, der verdammte Kerl. Tatsächlich sah er so aus, als könnte er noch stundenlang so weitermachen.

»Ich muss mich ausruhen«, erklärte sie ihm.

»Ein Angriff könnte in jedem Moment kommen.« Er wirbelte sie abermals herum. Doch diesmal bewegte sie sich nicht. Sie ließ sich von ihm halten, dicht an seiner Brust. Legte den Kopf schief und musterte sein Gesicht. Es war der Bart, der ihn so streng und ernst aussehen ließ. Dadurch konnte man die Sanftheit seiner Lippen nicht erkennen. Seine Augen waren nicht streng. Er sah besorgt aus, und sie wusste mit Bestimmtheit, dass er den größten Teil seiner wachen Stunden damit zubrachte, sich entweder um sie oder um Daleina zu sorgen.

»Es ist ein Jammer, dass Ihr kein Vater seid«, sagte sie.

»Wie bitte?«

»Ihr würdet Eure Kinder von ganzem Herzen lieben.«

»Ich bin nicht fürs Elternsein geschaffen. Es passt nicht zu meinem Lebensstil. Und warum dieses Thema? Wollt Ihr etwa Zeit schinden?«

»Ja. Ich bin müde. Ich habe es Euch gesagt, ich muss mich ausruhen.«

»Dann tut das.« Er ließ sie los, und ihr wurde plötzlich kalt, als ein Luftzug zwischen ihnen hindurchfuhr. Die Fenster zum Balkon standen offen. Er ging hinüber und schloss sie, als hätte er gesehen, dass es sie fröstelte. Wahrscheinlich hatte er das auch wirklich. Er beobachtete sie sehr genau, das wusste sie. *Weil er mich beurteilen will,* rief sie sich in Erinnerung. *Das ist alles.* Sie wusste, Königin Daleina verließ sich darauf, dass er ihr Bescheid gab, sobald Naelin für die Thronprüfungen bereit war.

»Was wärt Ihr jetzt, wenn Ihr kein Meister geworden wärt?«, fragte sie.

»Ihr versucht immer wieder, mich näher kennenzulernen, als sei ich kompliziert. Aber das bin ich nicht. Ich habe schon in jungen Jahren gewusst, dass es meine Verantwortung ist, die Familientradition fortzuführen. Das war mein Ziel. Ich habe immer an diesem Ziel festgehalten.«

»Ihr habt nie ein normales Leben führen wollen? Ein Haus, eine Frau, eine Familie?«

»Das war nicht meine Bestimmung.«

Naelin schnaubte. Sie glaubte nicht an Bestimmung. Sie glaubte an völlig willkürliche Zufälle, mit denen man fertigwerden musste, um sich ein lebenswertes Leben zu schaffen. »Ihr seid nie verliebt gewesen?«

Er wandte den Blick ab. »Ein einziges Mal.«

»Was ist passiert?« Sobald sie die Frage gestellt hatte, schoss es ihr durch den Kopf, dass sie vielleicht besser nicht in ihn dringen sollte. »Ihr braucht diese Frage nicht zu beantworten. Wir können weiter üben.« Naelin trat wieder dichter vor ihn hin. Sie würde stoßen und herumwirbeln oder was auch immer sie zu tun hatte.

»Sie hat sich verändert. Und dann ist sie gestorben.«

Naelin legte ihm die Hand auf den Arm. »Das tut mir leid.«

»Auch das ist das Schicksal von Meistern: Menschen zu lieben, die sterben.«

Sie wollte etwas Mitfühlendes erwidern. Sie wusste, dass die Situation genau das erforderte, aber was er sagte, klang so unglaublich pathetisch. »Auch auf die Gefahr hin, gefühllos zu klingen: Wir alle müssen sterben, also liebt unweigerlich jeder immer Menschen, die sterben. Die Tatsache, dass Eure Liebe gestorben ist, macht Euch nicht zu einem dieser finsteren, Trübsal blasenden Helden aus den alten Geschichten. Gut, wenn man es genau nimmt, macht Euch die Tatsache, dass Ihr sowohl Trübsal blast als auch ein Held seid, zwar schon zu eben so einem Kerl, aber das ist es nicht, was ich zu sagen versuche. Ich meine … ich weiß nicht, was ich meine. Nur, dass Ihr Euch nicht so zu sorgen braucht. Ich habe nicht vor zu sterben.«

»Gut«, antwortete er.

Und als er sie diesmal herumwirbelte, drehte sie sich wieder nicht von ihm weg. Diesmal küsste sie ihn stattdessen, und er erwiderte ihren Kuss.

Kapitel 27

Daleina lehnte sich auf ihrem Thron zurück und rieb sich die Schläfen. Sie hatte ihre Krone bereits abgelegt – es würde ja auch so wohl kaum jemand vergessen, dass sie die Königin war –, aber ihr Kopf schmerzte immer noch. Schlafmangel, hatte Hamon ihr erklärt. Und die Belastung. *Nichts, was ich irgendwie verhindern könnte.* »Ihr haltet doch mit irgendetwas hinterm Berg und druckst herum, und das gefällt mir nicht«, ließ sie ihre Minister wissen.

Minister Isolek rutschte unbehaglich auf seinem Stuhl mit der hohen Rückenlehne herum. »Es ist nur so, dass es uns kein Vergnügen bereitet, Euch diese Neuigkeit zu überbringen.«

»Ihr wollt nicht verkünden müssen: ›Wir haben es Euch ja gesagt‹?«, mutmaßte Daleina.

»Genau das«, bestätigte Ministerin Quisala. Sie wirkte kleiner als zuvor, als sei sie während der vergangenen wenigen Wochen geschrumpft. Ihre Runzeln waren noch tiefer geworden, sodass ihre Haut jetzt mehr wie die Rinde eines Baumes aussah. Sie beugte sich über den Tisch und legte kleine Markierungen auf die Karte von Aratay. Minister Isolek sprang vor und nahm ihr die Marken ab, dann positionierte er sie entlang der Grenze zu Semo, im Nordosten geballt. Ministerin Quisala sackte für einen Moment auf ihrem Stuhl zusammen und richtete sich dann wieder auf – Daleina zog es in Erwägung, der Frau den Befehl zu erteilen, mehr zu schlafen, aber das wäre wahrscheinlich genauso wirkungsvoll wie Hamons Ermahnungen an Daleina, sich auszuruhen. Sie hatten beide Besseres zu tun.

»Im Laufe der letzten Tage haben wir beträchtliche Bewegungen hier beobachtet« – Isolek zeigte auf die Karte –, »sowie hier, im Nordosten. Jede Markierung kennzeichnet eine Truppenstellung. Das bedeutet, dass drei Einheiten gleich hinter der Grenze in Nimoc stehen und eine weitere nordöstlich von Ogdare und noch eine nordöstlich von Nordgarat, sodass nur eine einzige nördlich von Birken zurückgeblieben ist.«

»Es besteht kein Zweifel«, ergänzte Quisala. »Hier handelt es sich nicht um eine Übung.«

Oh, Merecot, warum tust du das?, dachte Daleina. »Wir können noch mehr Gesandte schicken …«

»Euer Majestät …« Isoleks Stimme war sanft und ruhig. »Wir glauben, dass die Zeit gekommen ist, sich einzugestehen, dass die Diplomatie versagt hat.«

»Königin Merecot fällt in unser Land ein«, stellte Quisala fest und schlug mit ihrer zerbrechlichen Faust auf den Tisch, »und wir müssen darauf reagieren. Es könnte bereits zu spät sein. Sie wird über die Nordgrenze eindringen – die Wachen dort sind nicht zahlreich genug, um eine Armee dieser Größe aufzuhalten. Sie könnten schnell bis Mittriel vordringen.«

»In diesem Punkt sind wir uns uneins, Euer Majestät«, ergriff Isolek wieder das Wort. »Königin Merecot wird nicht von Norden kommen; sondern von Nordosten. Sie hat nicht genug Soldaten, um Mittriel einzunehmen, selbst wenn sie erfolgreich an den Grenzstädten vorbeikommt.«

»Was der Fall sein wird«, warf Quisala ein, die Stimme voller Bitterkeit. »Wir haben diese Städte beklagenswert schlecht geschützt.« Dann warf sie einen raschen Blick auf Daleina. »Und das mit Grund. Ich verstehe das jetzt.«

Daleina nickte zum Zeichen, dass sie nicht verärgert war, zumindest nicht, was ihre Berater anging.

»Ihre Truppen mögen so Stellung bezogen haben, dass sie die Hauptstadt angreifen kann, aber nicht mit einer hinreichend großen Armee, um sie auch zu erobern«, sagte Isolek. »Unsere Spione haben keine Zunahme der Truppenstärke im Norden gemeldet. Wir glauben, dass es eine andere Erklärung gibt – dass sie vielleicht versucht, sich ein Stück von Aratay unter den Nagel zu reißen, um es Semo einzuverleiben und ihre Grenzen zu erweitern, statt einen größeren militärischen Einfall zu wagen. Schaut Euch die Truppenstärke in der Nähe von Ogdare und Nordgarat an!« Isolek klopfte auf die Karte. »Wir müssen eine Entscheidung treffen, wohin wir unsere Soldaten entsenden wollen: in den Nordosten, um dort einen Einfall zu verhindern, oder nach Norden, um Mittriel zu verteidigen. Frei heraus gesagt, ich meine, die Entscheidung ist klar: in den Nordosten. Es ist der einzige Ort, an dem sie genügend Soldaten positioniert hat, um eine echte Bedrohung darzustellen.«

»Aber damit riskieren wir, Mittriel schutzlos zu lassen!«, wandte Quisala ein. »Und wenn Ihr Euch irrt, werden die Grenzstädte mit Sicherheit überrannt. Birken wird zerstört werden.«

»Seht Euch die Zahlen an, Quisala!« Isolek stieß mit dem Finger so fest auf die Karte, dass er eine Delle hinterließ. »Sie hat keine Chance, Mittriel zu erobern. Ohne Frage liegt die Bedrohung im Nordosten. Dorthin müssen wir Soldaten entsenden … vorausgesetzt, wir können überhaupt welche erübrigen. Euer Majestät …«

Jetzt, wo sie Kandidatin Naelin im Palast wusste, machte sich Daleina weniger Sorgen, dass die Geister die Hauptstadt angreifen könnten, sollte sie erneut in Ohnmacht fallen. Was ihr allerdings Sorgen machte, war diese Truppeneinheit nördlich von Mittriel. Ja, es war nur ein einziger Trupp, aber Ministerin Quisala hatte recht: Wenn Daleina alle Wachen in den Nordosten schickte, war die Hauptstadt schutzlos, und wenn Daleina in der Schlacht fiel, bevor eine Thronanwärterin ernannt worden war, und Merecot Mittriel einnehmen konnte … dann würde sie womöglich das ganze Land einnehmen können. »Es hängt alles davon ab, ob sie sich nur einen kleinen Teil Aratays einverleiben oder ob sie das ganze Land erobern will«, überlegte sie laut.

»Euer Majestät, Ihr kennt sie am besten«, meldete sich Quisala zu Wort und breitete seufzend die Hände aus.

Sie will alles, dachte Daleina. Ehrgeiz war immer Merecots hervorstechendstes Charaktermerkmal gewesen. Daleina beugte sich über die Karte und studierte sie erneut. Zwischen der Hauptstadt und der Nordgrenze lag sehr viel Wald, aber Daleina kannte das Land dort. Sie hatte dessen Gestalt gespürt, als sie sich selbst in die Geister hineinversenkt hatte. Sie war bei ihnen gewesen, als sie über das Land geflogen waren. Die Birkenwälder Richtung Norden ließen sich mühelos durchqueren, in direkter Linie bis nach Mittriel. »Die Sache im Nordosten ist eine Finte, um uns aus der Reserve zu locken. Sie will, dass wir Truppen dorthin schicken, sodass Mittriel ungeschützt ist. Es ist eine Falle.«

Quisala schlug auf den Tisch. »Genau wie ich gesagt habe!«

»Aber sie hat nicht genug Truppen, um Mittriel einzunehmen«, protestierte Isolek. »Zwischen der Grenze und der Hauptstadt befinden sich jede Menge Wald und sehr viele Menschen, die sich erheben werden, um ihre Heimat zu verteidigen. Mit einem einzigen Trupp Kämpfer schafft sie das nicht.«

Daleina schloss die Augen. Sie wollte es nicht aussprechen, wusste aber, dass es ausgesprochen werden musste. »Sie wird sich der Geister bedienen.«

Sowohl Quisala als auch Isolek erhoben Protest. Keine Königin würde *je* Geister gegen Menschen einsetzen. Das machte man einfach nicht. Es verstieß gegen alles, was eine Königin zu tun geschworen hatte.

Doch Daleina wusste mit Sicherheit, dass das nicht alle Königinnen davon abgehalten hatte – Königin Fara hatte nicht gezögert, Geister gegen Menschen einzusetzen.

Daleina dachte an Sata und an Mari, die beide auf Befehl der verstorbenen Königin von sechs Baumgeistern zerquetscht worden waren. Als sie die Königin vergiftet hatten, hatte Fara gerade mit einem Geist darüber verhandelt, das Leben von Dorfbewohnern gegen mehr Macht und Kontrolle einzutauschen. Merecot mochte vielleicht nicht das Gleiche vorhaben, aber sie würde den Geistern ohne Zögern befehlen zu tun, was immer ihrer Meinung nach getan werden musste.

»Schickt die Truppen nach Norden. Wir schützen Mittriel.« Wenn Königin Merecot die Hauptstadt einnahm, bevor eine Thronanwärterin bereit war, konnte sie ganz Aratay für sich beanspruchen. Daleina musste Merecots Leute aus Mittriel fernhalten, in sicherem Abstand zum Thron.

»Aber der Nordosten … er wird überrannt werden.«

»Können wir beides beschützen?«

Isolek musterte die Karte. »Nein. Ihr müsst Euch entscheiden. Wenn Ihr Euch irrt, werden unsere gesamten Truppen am falschen Ort sein und Däumchen drehen, während sich Königin Merecots Armee den Nordosten einverleibt.«

»Und wenn ich recht habe?«

»Dann werden all unsere Truppen am richtigen Ort sein und gegen Geister kämpfen, während Königin Merecots Armee den Nordosten trotzdem einnimmt.« Minister Isolek ließ sich resigniert in seinem Stuhl zurückfallen. »Ihr zeichnet ein trostloses Bild, Euer Majestät. Es ist eine Wahl, die keine echte Wahl ist.«

Wie ehrgeizig war Merecot? Würde sie sich wirklich der Geister bedienen, um die Hauptstadt anzugreifen?

Sehr ehrgeizig. Und: Ja, würde sie.

Es musste einen Weg geben, das gesamte Volk zu beschützen. Sie trommelte auf der Tischplatte herum. Wenn sie keinen weiteren falschen Tod befürchten müsste, könnte sie die Hauptstadt mithilfe von Geistern verteidigen. Nur, dass sie niemals so stark sein würde wie Merecot. Nicht einmal ansatzweise.

Aber Naelin war es. Zumindest würde sie es sein, sobald sie Königin war.

Daleina brauchte nur abzudanken und die Krone an Naelin zu übergeben. Sie konnte dann die Truppen in den Nordosten entsenden, um gegen die Armee zu kämpfen, während Naelin Mittriel gegen Merecots Geister verteidigte.

Die Frage war jedoch: War Naelin bereit, Königin zu werden?

Und war Daleina bereit zu sterben?

Die Trommeln hatten es verkündet: Die Thronprüfungen würden bei Morgengrauen stattfinden. Naelin aß mit

Erian und Llor auf ihren Zimmern zu Abend – ohne Renet. Oder zumindest schob sie die Speisen auf ihrem Teller mit der Gabel hin und her. Sie brachte es nicht fertig, mehr als einige wenige Bissen zu schlucken. Während die Kinder mit ihren eigenen Tellern beschäftigt waren, nahm Naelin heimlich ein Stück Steak von ihrem Teller und verfütterte es unter dem Tisch an Bayn.

»Ich habe Erian heute im Miyan besiegt«, verkündete Llor.

»Das ist ja wunderbar«, antwortete Naelin.

Erian flüsterte Naelin ins Ohr: »Ich habe ihn gewinnen lassen.«

Naelin tätschelte Erian die Schulter, was so viel heißen sollte wie: Natürlich hast du das getan, das war ganz richtig so, sprich das aber nicht aus, da Llor es mitbekommen könnte.

»Du hast mich *nicht* gewinnen lassen«, protestierte Llor.

»Du hättest das gar nicht mitbekommen sollen. Ich habe geflüstert!«

»Ich habe anständig und ehrlich gewonnen, weil ich schlau bin«, beteuerte Llor.

Erian sah ihn mürrisch an. »Wenn du so schlau bist, wie kommt es dann, dass du deine Socken in die Einmachbeize getaucht hast?

Ich musste den Köchen erklären, dass du ihre Lieferung ruiniert hast.«

Er zuckte die Schultern. »Ich habe experimentiert. Wenn ich erwachsen bin, werde ich Wissenschaftler wie Heiler Hamon. Aber nicht bei Menschen, denn das innere Zeug von Menschen ist eklig. Und man muss mit einer Menge Kacka arbeiten.«

»Llor!«

»Heiler Hamon hat das gesagt. Es war ein Teil seiner Ausbildung. Er musste lernen, wie ein Körper funktioniert, und zwar alles. Und dazu gehört auch das Ka …«

»Wenn du noch einmal ›Kacka‹ sagst …«, mahnte Erian.

»Gerade hast du es gesagt.«

Naelin lächelte beide Kinder an. Es war nicht einmal ein gezwungenes Lächeln. Sie liebte sie beide so sehr, als müsse ihr das Herz aus der Brust springen. Tränen brannten ihr in den Augen.

»Mama hat morgen einen großen Tag«, sagte Erian. »Du solltest heute ganz besonders brav sein.«

»Schon in Ordnung.« Naelin beugte sich über den Tisch und nahm ihrer beider Hände. »Benehmt euch, wie immer ihr wollt. Seid ihr selbst. Ihr seid wunderbar, genau so wie ihr seid. Vergesst das nie.« Sie drückte ihre Hände.

Jetzt schien Erian den Tränen nah.

»Mach dir um mich keine Sorgen«, versuchte Naelin sie zu beruhigen. »Der beste Meister, den Aratay jemals hatte, *und* die Königin selbst haben mich ausgebildet. Es wird alles gut werden.« *Ich glaube es schon beinahe selbst,* schoss es ihr durch den Kopf.

Nach dem Abendessen legte sie die beiden in ihr eigenes Bett – sie hatte vor, später zu ihnen hineinzukriechen, sobald sie sichergestellt hatte, dass alles vorbereitet war. Aber noch konnte sie sich nicht schlafen legen. Ihr schwirrte viel zu sehr der Kopf vor Gedanken, als dass sie hätte einschlafen können. Sie würde noch einige Übungen machen müssen, bis sie erschöpft und müde war, und dann schlafen gehen.

Also schob sie die Möbel an die Seite und begann mit einigen der Dehnübungen, die Ven sie gelehrt hatte. Sie war jetzt stärker als früher – auch körperlich, nicht nur geistig. Sie hatte Muskeln an den Armen, die früher nicht da gewesen waren, und sie konnte sich vorbeugen und problemlos ihre Zehen berühren.

Nicht, dass sich die Geister davon beeindrucken lassen würden.

Plötzlich hörte sie vom Balkon her einen dumpfen Aufprall. *Seltsam,* dachte sie. Sie sandte ihr Bewusstsein aus und tastete nach Geistern in der Nähe. Über ihr waren einige Baumgeister, die sich an die Außenseite des Palastbaums klammerten, und im Flur befanden sich ein paar Feuergeister, die in den Laternen tanzten, auf dem Balkon jedoch war kein Geist.

Sie ging nachsehen – und stieß auf ihre Freundin. »Alet!«

Kommandantin Alet hockte auf dem Balkon, als sei sie von oben heruntergefallen. Sie richtete sich auf und meinte: »Es tut mir leid, dass ich einfach so bei Euch hereinschneie, sozusagen. Meister Ven wollte, dass ich nach Euch sehe. Morgen ist ein wichtiger Tag, und Ihr wisst, wie übervorsichtig er ist. Da im Flur bereits eine Wache postiert ist, habe ich mir gedacht, ich sichere mal diesen Notausgang.«

Naelin trat auf den Balkon hinaus und schaute nach unten. Aus der Außenwand ragten einige Fahnenmasten, auch gab es Fenster, aber sie lagen alle weit auseinander. Der Nachtwind peitschte um sie und ließ Naelins Röcke flattern. »Ihr seid heraufgeklettert?«

»Genauer gesagt hinuntergeklettert.« Alet zeigte zu einem anderen Balkon hinauf.

»Ihr hättet Euch die Beine brechen können. Oder das Genick.«

»Ich habe jede Menge Übung«, antwortete Alet. Sie trat von einem Fuß auf den anderen, und Naelin hatte den Eindruck, dass sie nervös wirkte … *Der morgige Tag ist für jeden in Aratay wichtig,* ging es Naelin durch den Kopf.

»Ihr seid nicht die Einzige, die ständig trainiert. Wo wir schon dabei sind … seid Ihr für morgen bereit?«

Das war die entscheidende Frage. »Ich hätte gern noch ein paar Tage mehr gehabt. Oder Jahre. Oder ein Leben. Aber, ja, ich schätze, ich bin bereit. Auch Ven findet, dass ich es bin, oder er sagt es vielleicht auch nur, um mich zu beruhigen.« Sie glaubte eigentlich nicht, dass er sie belügen konnte oder belügen würde, aber sie wusste auch, wie inständig er sich wünschte, dass sie bereit war. *Er sieht vielleicht nur das, was er sehen will,* überlegte sie.

»Ihr könnt immer noch ablehnen«, gab Alet zu bedenken. »Das wäre nichts Unehrenhaftes. Jede Menge anderer Kandidatinnen haben bereits abgelehnt. Sie wissen, dass sie nicht bereit sind, und Königin Daleina hat ihre Entscheidung mit Freuden gebilligt. Sie will einige mögliche zukünftige Thronanwärterinnen parat haben. Ihr könntet diese Thronprüfungen problemlos auslassen, eine andere Kandidatin Thronanwärterin werden lassen und warten, bis Ihr gebraucht werdet.«

Sie wünschte, dem wäre so. Aber nach dem, was sie von Ven wusste, gab es im Moment niemanden sonst. Keine der anderen Kandidatinnen war auch nur ansatzweise bereit, obwohl mehrere vorhatten, es zu versuchen. »Ich werde jetzt gebraucht. Offenbar hat Renet damals recht gehabt: Ich bin stark und mächtig. Wisst Ihr, Erian hat mir schon vor einigen Tagen erzählt, dass Ihr auf ein Gespräch mit mir vorbeikommen wolltet. Ich hatte Euch früher erwartet.«

»Ich musste mich um andere Angelegenheiten kümmern. Und … nun ja, ich hatte gehofft, ich würde dieses Gespräch nicht führen müssen. Ich hatte gehofft, Ihr würdet von allein zur richtigen Entscheidung gelangen.«

Naelin war verwirrt. »Wie bitte?«

»Naelin, bitte, lasst Euch nicht darauf ein. Ihr könnt immer noch alles haben, was Ihr wollt: die Sicherheit Eurer Familie. Ich kann Euch helfen. Ich kann Euch aus dem Palast bringen. Jetzt auf der Stelle! Ihr könnt davonlaufen, zusammen mit Erian und Llor. Ven wird es gar nicht erfahren. Ihr könnt weit, weit weg von hier gehen. Sogar Aratay verlassen. Ein neues Leben anfangen, in den Bergen von Semo. Dort wärt Ihr in Sicherheit.«

Naelin schüttelte den Kopf. Ihre Verwirrung wuchs. »Und was würde aus Aratay werden, wenn ich fortginge?«

»Es wird an Semo fallen. Königin Merecot wird sich um die Menschen hier kümmern, als seien sie ihr eigenes Volk. Ihr braucht das nicht zu tun. Es muss nicht in Eurer Verantwortung liegen. Es gibt noch eine andere Möglichkeit.«

Naelin konnte nicht glauben, dass Alet ihr das tatsächlich vorschlug – Aratay im Stich zu lassen!

»Ihr glaubt, wenn Ihr Euch weigert, werden die Geister alle Einwohner töten, aber dem ist nicht so. Merecot würde es nicht zulassen. Sie ist im Begriff, Aratay zu retten. Sobald Königin Daleina fällt …«

»Ihr meint, sobald sie stirbt.« Sie wollte so etwas nicht hören. Es war verrückt. »Wie könnt Ihr das nur sagen?«

»Sie wird sterben, ganz gleich, was ich sage oder was ich empfinde oder was ich will«, gab Alet zurück. »Entweder sie dankt ab und die Geister töten sie, oder sie bleibt Königin und der Falsche Tod tötet sie. Ich versichere Euch, dass diese zweite Möglichkeit keine Katastrophe ist, auch wenn Ihr das glaubt.«

»Aber … Ihr sprecht von einem Krieg. Einem feindlichen Einfall!« Sie konnte nicht fassen, dass Alet so etwas sagte. Alet war eine königliche Wache! Sie hatte der Krone einen Eid geleistet!

»Es wird kein Krieg sein, solange niemand anfängt, sich zu verteidigen«, entgegnete Alet. *Sie meint das ernst,* wurde sich Naelin bewusst. »Bitte, Naelin. Ihr könntet mit Euren Kindern fliehen. Sie in Sicherheit bringen, in dem Wissen, dass für das Volk von Aratay schon gesorgt sein wird. Das ist alles, was Ihr je gewollt habt. Ihr seid jetzt gut genug ausgebildet, um Eure Familie vor den Geistern schützen zu können. Nehmt dieses Wissen mit und lauft davon.«

Naelin schüttelte den Kopf. Sie dachte an Ven und an die junge Königin. »Wenn ich Königin werde, kann ich Daleina beschützen. Ich kann die Geister daran hindern, ihr etwas anzutun, bis ein Heilmittel gefunden wird. Sie braucht vielleicht gar nicht zu sterben. Und Ven … wenn ich fortgehe und Semo in Aratay einfällt, wird er kämpfen. Ihr wisst, dass er kämpfen wird. Und Ihr werdet ebenfalls kämpfen müssen.« Es sei denn, Alet plante, ebenfalls davonzulaufen. *Nein, das würde sie nicht tun. Und ich will nicht mehr darüber reden.* Naelin wandte sich um, um wieder hineinzugehen. »Ich kann dieses Gespräch jetzt nicht führen.«

Drinnen in ihren Gemächern heulte Bayn auf.

Sie spürte, wie Alet ihren Arm packte und sie herumwirbelte …

… und Naelin reagierte reflexartig, so wie Ven es ihr beigebracht hatte: Sie drehte sich zur Seite und stieß ihre Hand nach oben. Das abgewehrte Messer drang in Naelins Seite, schnitt ihr die Haut auf, traf jedoch keine Organe. Noch während Naelin herumfuhr, sprang der Wolf durch den Torbogen und warf sich gegen Alet.

Naelin stolperte zurück und hielt sich die Seite, dann rief sie die Geister.

In Schwärmen stürzten sie sich auf den Balkon: Baumgeister kamen über die Palastwände gehuscht, Feuergeister platzten durch den Schornstein nach draußen, und Wassergeister rauschten in einer Woge aus Regen auf sie ein. Kreischend scharten sie sich um Alet. Die Kommandantin schrie.

Halt!, befahl Naelin. *Fesselt sie!*

Die Baumgeister banden Ranken um Alets Handgelenke und Knöchel. Rinde schloss sich um ihren Bauch und fesselte sie an den Balkon. *Geht,* wies sie die Geister an. Sie schob sie mit ihrer Gedankenkraft von sich, hielt sie aber in der Nähe.

Sie sah Alets Gesicht. Es war schlimm zugerichtet worden. Die Feuergeister hatten ihre Wange verbrannt. Ein Auge war zugeschwollen. Ihr Haar qualmte. Naelin hatte die Geister nicht schnell genug aufhalten können – war viel zu langsam gewesen. Sie roch den Gestank von verbranntem Fleisch.

»Mama?«, hörte sie eine Stimme hinter sich. Erian.

»Geh zurück in mein Zimmer«, befahl sie. »Sofort. Schließ die Tür ab. Sorg dafür, dass die Fenster fest geschlossen sind.«

Erian zögerte. »Die Kommandantin …«

»Sofort!« Erian wich zurück. Naelin hörte das Schloss klicken und richtete ihre Aufmerksamkeit wieder auf Alet. Bayn hatte sich über die Frau gestellt. Seine Zähne waren gebleckt. Naelin bemerkte, dass Alet auch rund um die Rinde herum blutete, die sie auf dem Boden festhielt. Rot tropfte es auf den Balkon, breitete sich zu einer Lache aus. *Sie hat noch weitere Verletzungen außer der Brandwunde,* durchzuckte es Naelin.

Holt Hamon, befahl sie den Luftgeistern. *Und bringt Ven her. Sofort!*

Sie kniete sich neben die Frau, die sie für ihre Freundin gehalten hatte, und wartete.

Kapitel 28

Ven verließ Daleinas Thronsaal mit dem dringenden Bedürfnis, auf etwas einzuschlagen. Er verabscheute Daleinas Vorhaben und hatte seiner Meinung deutlich, schlüssig und nur mit einem Minimum an Geschrei Ausdruck verliehen. Ihr Plan könnte den Nordosten und Mittriel *vielleicht* retten; er könnte aber auch sowohl Daleina als auch Naelin töten und letzten Endes überhaupt niemanden retten. Sie versuchte, alles zu geben und die Heldin zu sein, aber es gab hier keine gute Wahlmöglichkeit.

Er stampfte durch die Flure des Palastes.

Sie hatte ihm gesagt, dass sie vorhabe, die Thronprüfungen abzusagen. Bei Morgengrauen wolle sie verkünden, dass sie Naelin zu ihrer Thronanwärterin und Nachfolgerin erklärte. Es gab keine anderen Kandidatinnen, die auch nur ansatzweise so weit waren, und Daleinas Meinung nach war Naelin mit dem, was sie hatte durchmachen müssen, bereits hinreichend geprüft worden. Statt die Thronprüfungen über sich ergehen zu lassen, würde sich Naelin dem Hain der Königin und der Krönungszeremonie stellen müssen, und das ganz allein.

Und Ihre königliche Majestät hatte es Ven überlassen, Naelin darüber in Kenntnis zu setzen.

Es war wirklich ein schlechter Plan.

Eine durch und durch schlechte Idee.

Naelin würde das überhaupt nicht gut finden. Er fand

es ja selbst schon überhaupt nicht gut. Sie sollte zuerst die Thronprüfungen ablegen, damit sie ihre Fähigkeiten auf die Probe stellen konnte, bevor sie es mit jedem einzelnen Geist in Aratay zugleich aufnehmen musste. Es war nicht richtig, dass sie diese Verantwortung schon so bald tragen musste. Und Daleina sollte sich selbst nicht so schnell aufgeben. Schließlich arbeiteten Hamon und seine Mutter immer noch daran, ein Heilmittel zu finden! Die königlichen Ermittler suchten noch immer nach dem Giftmischer! Daleina zufolge hatte Alet nicht alle Meister von jedem Verdacht befreien können. In der Zwischenzeit waren drei weitere Kandidatinnen ermordet worden – der Öffentlichkeit hatte man erzählt, sie seien von Geistern getötet worden, aber Hamon und Ven waren überzeugt, dass in Wahrheit ein Meuchelmörder dahintersteckte. Auch was die Ermittlungen in der Richtung betraf, hatten sie keinerlei Fortschritte gemacht.

Sie brauchten mehr Zeit!

Er hörte etwas durch den Wind zischen und hatte sein Schwert schon gezogen, bevor er auch nur ganz herumgefahren war. Drei Luftgeister kamen auf ihn zugeschossen. *Daleina!* Sie hatte die Kontrolle über die Geister verloren! Sie würde …

Aber es wurden keine Schreie laut.

Im letzten Moment richtete er die Schwertspitze nach oben, und die Luftgeister flogen unter ihm hinweg, rissen ihn von den Füßen. Er machte sich darauf gefasst, ihre Zähne und Krallen zu fühlen … aber die Geister hielten ihn nur sanft fest und flogen ihn schnell durch die Lüfte – schneller, als er rennen konnte, schnell wie der Wind, die Treppe hinauf, aus dem Fenster hinaus und dann direkt am Palastbaum in die Höhe. Er hielt sein Schwert mit festem Griff umklammert.

Sie setzten ihn auf einem Balkon ab.

Er nahm das Bild in sich auf, das sich ihm hier bot: Naelin, gegen das Balkongeländer gesackt, hielt sich mit den Händen die Seite. Blut befleckte ihre Finger. Alet, von Wurzeln und Ranken auf dem Boden festgehalten. Ihr Gesicht war zur Hälfte verbrannt, und eine Blutlache hatte sich unter ihr gebildet.

Das Herz wollte ihm in der Brust zerspringen. Er zwang es, sich zu beruhigen.

Das Schwert bereit, ließ er seinen Blick über das Umfeld schweifen, hielt Ausschau, wer die beiden Frauen angegriffen haben könnte.

Eine halbe Sekunde später setzten die Luftgeister Hamon neben Ven ab. Der Heiler eilte sofort an Naelins Seite. Naelin – die tapfere, selbstlose Naelin – schüttelte den Kopf. »Nein, kümmert Euch um Alet.«

»Ihr seid es, die überleben muss«, widersprach Hamon.

»Ich habe den Angriff abwehren können. Es ist nur ein Kratzer.«

»Das entscheide ich.« Hamon zwang sie, die Hand wegzunehmen, und drückte auf ihre Seite. Ven kniete sich neben ihn und erkannte, dass sie recht hatte: Es war nur eine Fleischwunde. Ein Stich mit dem Messer. *Sie wird überleben,* durchzuckte es ihn – und die Erleichterung brandete über ihn hinweg wie eine Flutwelle. »Haltet den Verband fest«, befahl Hamon, dann wandte er sich Kommandantin Alet zu.

»Was ist passiert?«, fragte Ven. Er bemerkte, dass sich Bayn über Alet gestellt hatte und sie bewachte – *nein, er bewacht Naelin,* korrigierte er sich. »Hast du die Kontrolle verloren?« Er wünschte, dass das die Antwort wäre. Aber sie hatte die Luftgeister ausgeschickt, um ihn und Hamon zu holen. So handelte niemand, der die Kontrolle verloren hatte. Und die Wunde war ein einziger glatter Schnitt, wie von einer Klinge, nicht von Krallen … Er hatte alle nötigen Anhaltspunkte klar vor Augen. Er wollte sie nur nicht zusammenfügen.

»Seid nicht so begriffsstutzig«, krächzte Alet. Sie hustete, und Blut spritzte hervor. »Ich habe versucht, sie umzubringen. Aber Ihr … Ihr habt sie gut ausgebildet, als ich … nicht darauf geachtet habe. Ihr solltet … stolz auf sie sein.«

»Nicht sprechen«, mahnte Hamon. »Eure Lunge ist womöglich verletzt. Erst müssen diese Wurzeln von ihr weg sein, damit ich mich um sie kümmern kann.« Er warf Naelin einen Blick zu, und sie nickte. Baumgeister begannen, das Holz von der Wunde zu schälen.

Ven richtete sein Schwert auf Alets Kehle. »Eine falsche Bewegung, und Ihr seid tot.«

»Ich sterbe sowieso«, flüsterte Alet.

»Warum?«, fragte Naelin. Ihre Stimme klang so nackt und verletzlich, dass Ven ihren Schmerz wie schneidende Nägel auf seiner Haut spürte. Er wollte sie trösten. Oder Alet mit seinem Schwert aufspießen. Oder beides. »Ich habe geglaubt … Ihr wärt meine Freundin. Ich habe Euch vertraut.«

Ven hatte ihr ebenfalls vertraut. Er hatte ihr Daleinas Leben ebenso wie dasjenige Naelins anvertraut. Sie war mit ihm durch den Wald gereist, hatte ihm geholfen, Naelin zu finden, hatte über Daleina gewacht, wenn er das nicht hatte selbst tun können. Er hatte geglaubt, sie zu kennen! Er hatte gedacht, er wäre gut darin zu erkennen, ob jemand ein Geheimnis hütete – er erinnerte sich, dass er ihr gegenüber sogar einmal damit geprahlt hatte –, doch nie im Leben wäre sein Verdacht auf sie gefallen.

Ich hätte es erraten sollen, irgendwie, dachte er. Es war

schließlich seine Aufgabe, stets aufmerksam und vor allen möglichen Bedrohungen auf der Hut zu sein. Er hatte versagt, und Naelin wäre beinahe gestorben.

»Es tut mir leid, Naelin.« Alet versuchte, den Kopf in Naelins Richtung zu drehen. Er sah sie zusammenzucken, und er hörte Hamon nach Luft schnappen, als das Holz von ihr glitt und die Wunde sichtbar wurde. Es war, da bestand kein Zweifel, eine wirklich üble Sache. Sie war regelrecht entzweigerissen worden. *Das sind Geisterwunden.* Naelin musste die Geister gerufen haben, um sich zu verteidigen, nachdem sie die Klinge abgewehrt hatte. Er spürte den Impuls, ihr zu sagen, dass er stolz auf sie war.

»Halt!«, rief Hamon. »Lasst das Holz lieber an Ort und Stelle! Es hält sie zusammen.«

Naelin bewegte die Lippen, und die Holzstücke fügten sich wieder ineinander. Die Geister zwitscherten sich Rufe zu. Die Rinde schloss sich über Alets Rumpf. Alet hustete abermals. Ihr Atem klang wie ein Rasseln. Ven kannte dieses Geräusch – er hatte es schon zu oft gehört, um es verwechseln zu können. Alet starb.

Ven legte Hamon die Hand auf die Schulter.

Hamon wandte sich von Alet ab. Er hockte sich neben Naelin, zog weiteres Zubehör aus seinem langen Heilergewand und machte sich daran, Naelins Verletzung zu behandeln.

Naelin schlug seine Hand weg. »Heiler Hamon, kümmert Euch um Alet. Sie ist schlimmer verletzt …«

»Pst«, machte er. »Ich kann ihr nicht helfen; Euch kann ich helfen.«

Ven kniete sich neben Alet. »Warum habt Ihr das getan?«

»Weil sie nicht fortgegangen ist«, antwortete Alet. Ihre Stimme war ein gebrochenes Flüstern. »Sie hätte sich weigern können. Ich hatte geglaubt, dass sie das tun würde. Gehofft, dass es nicht so weit kommen müsste, dass ich … aber dann …« An Naelin gewandt fügte sie hinzu: »Wenn Ihr Nein gesagt hättet, hätte ich Euch in Ruhe lassen können. Aber das habt Ihr nicht getan, daher konnte ich Euch nicht …«

»Beeilt Euch mit Euren Fragen«, wies Hamon Ven an, während er Naelin behandelte.

»Habt Ihr die anderen Kandidatinnen getötet?«, fragte Ven. Der Stich mit dem Messer. Er rief sich das Aussehen der Leichen ins Gedächtnis zurück – er hatte sich gefragt, wie der Mörder so nah an sie hatte herankommen können.

»Ja.«

»Warum?« Er bemühte sich um einen gleichmäßigen Tonfall. Er würde sie *nicht* töten. Sie lag bereits im Sterben.

Gleichwohl verspürte er den brennenden Wunsch, es zu tun.

Er erwartete keine Antwort, aber sie gab ihm trotzdem eine. Sie gab sich alle Mühe, so laut wie möglich zu sprechen, als wolle sie sicher sein, dass er sie auch hörte, als brauche sie sein Verständnis. »Es sollte niemand Starkes übrig bleiben, wenn Königin Daleina stirbt. Merecot … es war wichtig, dass die Kandidatinnen starben. Jetzt wird es eine friedliche Machtübernahme werden. Sie wird sich um unser Volk kümmern.«

Ven gab sich alle Mühe, seinen Zorn im Zaum zu halten. Er umklammerte das Heft seines Schwertes. Obwohl keine Gefahr mehr bestand, hatte er es nicht wieder in die Scheide gesteckt. »Mord ist nicht ›friedlich‹.«

»Ich habe einige wenige getötet, um die vielen zu retten.« Alet schloss die Augen. »Merecot braucht Aratay. In Semo … gibt es zu viele Geister und nicht genug Land.

Sie muss … Semo braucht … Sie hat einen Plan. Einen guten Plan. Sie wird sich nicht aufhalten lassen. Aratay und Semo, geeint. Es wird Frieden herrschen.«

»Es *hat* Frieden geherrscht, bevor Ihr begonnen habt, Menschen zu ermorden«, versetzte Ven. Er konnte die Schroffheit in seiner Stimme nicht unterdrücken. Wollte es auch gar nicht. »Ihr seid eine königliche Wache, Alet! Eure Königin hat Euch vertraut!« Ein finsterer Gedanke kam ihm in den Sinn. »Habt Ihr versucht, auch sie zu töten? Habt Ihr Daleina vergiftet?«

Hamon erstarrte. »Fragt sie, welches Gift sie genommen hat. Fragt sie, ob sie noch etwas davon übrig hat.«

Alets Lider flatterten.

»Haltet sie am Leben«, befahl Ven.

Aber Hamon war bereits an ihrer Seite. »Ich kann keine Wunder wirken. Ich kann ihr Leben nur um wenige Minuten verlängern. Und vielleicht nicht einmal das.« Er wühlte Kräuter aus seinen Taschen. Mit zitternden Fingern fand er, was er gesucht hatte, und füllte seine Hand damit. Dann schob er ihr die Kräuter in den Mund. »Hier. Nehmt das zu Euch. Mehr habe ich nicht.«

»Hilft«, murmelte Alet. Erneut begannen ihre Lider zu flattern.

Ven kniete sich noch näher an sie heran, damit er sie hören konnte. Er hatte es versäumt, Alet zu verdächtigen. Aber jetzt würde er keine Fehler mehr machen. »Das Gift. Wo ist es?«

»Zu spät«, antwortete Alet. »Es tut mir leid. Sagt Daleina … es tut mir leid.«

»Warum ist es ›zu spät‹?«, fragte Hamon. »Was ist das für ein Gift?«

Alet antwortete nicht. Sie atmete nur, in flachen Zügen und mit einem grauenvollen Rasseln, und Ven unterdrückte den heftigen Wunsch, laut aufzuschreien. Diese Frau hatte alle Antworten, die sie brauchten, und nun entglitt sie ihnen.

»Sagt es uns!«, forderte Ven. Er konnte ihr nicht drohen. Er hatte keinerlei Druckmittel gegen sie in der Hand. Und sie hatte keinen Grund, ihm irgendetwas zu erzählen …

»Merecot, meine Schwester«, wisperte Alet. Er konnte kaum hören, was sie sagte. »Naelin, Ihr versteht … was Ihr tut … für Eure Familie. Habe es für meine Schwester getan. Sagt Daleina … es tut mir leid. So furchtbar leid. Es war besser so. Diente dem großen Ganzen … Ihr müsst das verstehen: Es war für das Wohl aller. Ich bin eine Heldin.«

Ihr seid eine Mörderin, wollte Ven widersprechen. Er verkniff es sich. Stattdessen fragte er: »Alet, wo ist das Gift?«

»Gute Medizin. Keine Schmerzen. Ich danke Euch. Eine Freundlichkeit … die ich nicht erwartet habe. Ihr werdet es verstehen, wenn Merecot kommt. Ihr werdet verzeihen. Ich habe getan, was notwendig war, für die Zukunft unseres Volkes.«

»Warum ist es ›*zu spät*‹?«, fragte Hamon noch einmal. Seine Stimme war gleichmäßig und beruhigend, als lege er Alet einfach nur schlafen. »Sagt es uns, Alet, warum ist es ›zu spät‹?«

»Weil ich es ihr bereits gesagt habe. Die Thronprüfungen. Sie wird bei Morgengrauen anfangen.«

»Wer ist ›sie‹?«, verlangte Ven zu erfahren. »Königin Merecot? Anfangen womit?« Aber er glaubte, die Antwort bereits zu kennen. »Sie beginnt mit dem Angriff auf Aratay?«

»Sagt es meiner Schwester: Ich bin als Heldin gestorben.«

Sie sprach nicht noch einmal.

Kapitel 29

Hoffnung.

Die tote Frau bedeutete genau das, begriff Hamon. Sobald er Kandidatin Naelins Wunde genäht hatte – die heilen würde; es war ihr gelungen, die Klinge von allen lebenswichtigen Organen fernzuhalten –, ließ er sich neben der Meuchelmörderin auf die Knie nieder.

Er musste sie und all ihre Besitztümer durchsuchen. Sie mochte ihm nicht verraten haben, um was für ein Gift es sich handelte und ob sie noch etwas davon übrig hatte, aber zumindest hatte er jetzt endlich einen Ort, an dem er danach suchen konnte! Er weigerte sich, die Möglichkeit in Betracht zu ziehen, dass sie den Rest weggeworfen hatte oder eben nichts mehr davon übrig war.

»Haltet meine Königin am Leben«, wandte er sich an Ven. Sein Blick war auf den Körper der Toten geheftet. Er machte sich daran, ihre Taschen zu durchsuchen, die äußeren zuerst. »Ich brauche nur Zeit.«

»Zeit dürfte gerade das sein, was wir nicht haben«, entgegnete Ven.

»Dann verschafft uns Zeit. Findet eine Möglichkeit, das Geschehen zu verzögern.« Nichts in den äußeren Taschen. Vielleicht in den inneren? »Sagt ihr, ich sei nahe dran, ein Heilmittel zu beschaffen. Gebt mir einfach Zeit!«

»Ich will ihr keine falsche Hoffnung machen«, bekannte Ven.

»Es ist keine falsche Hoffnung! Ich *werde* ein Heilmittel für sie finden. Und wenn ich es gefunden habe, muss sie am Leben sein, um es einnehmen zu können. Lasst sie nicht zur Märtyrerin werden.« Er sprang auf und packte Ven vorn an seiner Rüstung, krallte die Fäuste ins Leder. »Ihr seid ihr Meister. Erweist Euch auch als dieser Meister.«

Vens Züge blieben unverändert. »Beeilt Euch.«

»Das werde ich.« Er schritt zur Tür und riss sie auf. »Ihr und Ihr« – er zeigte auf zwei erschrocken zusammenfahrende Wachen – »werdet jetzt eine Tote hier heraustragen und mir folgen.« Er würde bei seiner Arbeit nicht allein sein. Er würde die Tote und all ihre Habseligkeiten zu seiner Mutter bringen. Gemeinsam würden sie Daleina retten.

Au, au, au. Naelin presste sich die Hand auf die Seite. Hamon hatte sie genäht, aber es schmerzte trotzdem noch so sehr, als ob … als ob … nun ja, eben als ob jemand ein Messer in sie hineingestoßen hätte. Sie stand auf und lehnte sich an das Balkongeländer, während ein Wachmann und zwei Palastdiener Heiler Hamon mit der Toten halfen.

Der Toten.

Alet.

Oh, Alet.

Wenn doch nur …

Aber es war keine Zeit für derartige Gedanken. Es war keine Zeit für irgendetwas. »Ich muss Erian und Llor in Sicherheit bringen.« Sie würde nicht über sie wachen können. Auch Ven nicht. Oder Alet. *Arme Alet. Ihre Schwester …* Naelin wusste, dass sie eigentlich auf sie zornig sein sollte. *Später vielleicht.* Später konnte sie fühlen, was immer sie wollte. Zorn. Mitleid. Trauer. Schuld. »Renet muss auf die beiden aufpassen.« Sie verabscheute es, sich eingestehen zu müssen, dass sie sich nun auf ihn zu verlassen hatte, und fand es ganz schrecklich, dass er in jeder erdenklichen Beziehung recht behalten hatte.

Hastig trat sie auf die Schlafzimmertür zu, doch Ven hielt sie auf. »Wasch dich zuerst. Du erschreckst sie sonst.«

Es war schön, dass er daran dachte und im Blick behielt, wie ihre Kinder sich fühlen würden. Naelin wechselte die Richtung und eilte zum Waschbecken in einem Winkel des Raums. Sie schrubbte sich die Hände und versuchte, nicht daran zu denken, dass es ihr Blut war, was sie da abwusch, verscheuchte die Erinnerung daran, wie es sich angefühlt hatte, als das Messer in sie hineingeglitten war … dieser Moment, bevor es anfing wehzutun, sie aber schon wusste, dass es gleich wehtun würde. Und so war es dann auch gekommen. Ven hatte von irgendwoher einen langen Überrock für sie aufgetrieben, und sie hüllte sich darin ein, um ihre blutbefleckten Kleider zu verbergen. Es funktionierte nicht vollständig, aber es war besser. Sie bemerkte, dass Ven die Vorhänge vor der Tür zum Balkon vorgezogen hatte, eine Erlösung.

Dann klopfte sie an die Tür und rief: »Erian? Llor? Die Luft ist rein. Ihr könnt jetzt aufschließen.«

Sie hörte das Schloss klicken, und dann purzelten Erian und Llor gleichzeitig heraus, zwängten sich zusammen durch die Tür, um sich in Naelins Arme zu werfen.

»Da waren schreckliche Geräusche, Mama!«, weinte Llor. Er umklammerte sein Stoffeichhörnchen, das seine Schwester aus alten Bettlaken für ihn angefertigt hatte. Beide Knopfaugen waren herausgefallen.

»Ich weiß, mein Schatz.« Naelin streichelte ihm übers Haar. »Und jetzt müsst ihr euch beeilen. Ihr beide bleibt heute Abend bei eurem Vater. Die Königin braucht mich, und ich muss mich vergewissern, dass ihr in Sicherheit seid und euch bei jemandem befindet, der euch liebt. Also, seid brav und kommt mit mir.«

Alle fünf – Naelin, Ven, Erian, Llor und Bayn – verließen rasch die Zimmer und eilten über die Flure. Unterwegs weitete Naelin ihr Bewusstsein aus und berührte die Geister rund um den Palast und dann weiter draußen, in der Hauptstadt. Sie spürte keinen feindlichen Einfall, aber andererseits konnte sie auch nicht weit über die Grenzen der Stadt hinausdringen. Sie fragte sich, was wohl Daleina spüren konnte. Als Königin konnte sie jeden Geist innerhalb der Grenzen ihres Reiches fühlen. Also sollte sie auch in der Lage sein, zu bemerken, wenn Geister der Königin von Semo nach Aratay eindrangen.

An Renets Tür angelangt klopfte Naelin.

Keine Antwort.

Sie klopfte lauter.

Von drinnen hörte sie schlurfende Schritte. Ein gedämpftes Schnaufen. Und dann wurde die Tür geöffnet. Renet stand mit nacktem Oberkörper in der Tür, ein Handtuch um den Hals. Seine Haare waren nass und standen ihm in alle Richtungen vom Kopf ab. Wären sie noch zu Hause gewesen, sie hätte sie ihm gekämmt.

Doch zu Hause war weit, weit weg.

Sie schob Erian und Llor in den Raum. »Pass gut auf sie auf, Renet.«

»Natürlich.« Er öffnete den Mund, um weitere Fragen zu stellen, aber sie ließ ihm keine Zeit dafür. Rasch beugte sie sich zu ihren Kindern hinunter und umarmte Erian und Llor.

»Gehorcht eurem Vater«, wies sie sie an. »Es sei denn, er schlägt etwas Gefährliches vor. In diesem Fall dürft ihr nicht auf ihn hören. Ich verlasse mich darauf, dass ihr zwei euch klug und sehr erwachsen aufführt, bis ich zurück bin.«

»Gehst du irgendwohin?«, fragte Renet.

In den Krieg, dachte sie. Aber sie sprach es nicht aus. »Sorg dafür, dass sie in Sicherheit sind.«

Sie sah, dass Renet zu Ven hinüberschaute, und sie konnte nicht umhin, ihren Blick ebenfalls auf Ven zu richten. Er sah Renet finster an, und sie hatte den Eindruck, dass Renet ihn als Nächstes beleidigen oder einen Streit mit ihm vom Zaun brechen würde. Aber Renet sagte nur: »Kümmert auch Ihr Euch um ihre Sicherheit.«

»Das werde ich«, versprach Ven.

Dann war es an der Zeit, die Königin aufzusuchen und ihr Dinge zu berichten, die sie nicht würde hören wollen.

Königin Daleina lauschte auf die Geräusche der Stadt. Von ihrem Balkon aus hörte sie das Summen von Stimmen. Sie waren zu weit entfernt, um einzelne Worte zu verstehen, aber sie vernahm das leise Murmeln ineinander verwobener Stimmen von den Brücken und Wegen, die dem Palast am nächsten waren. Sie hörte Vögel zu ihren Bäumen zurückfliegen und Geister, die durch die Blätter raschelten, während sie die Äste entlanghuschten. Irgendwo in weiter Ferne sang jemand. Und sie hörte Glocken, vielleicht von der Akademie her. Daleina fragte sich, ob die Akademie nicht zu weit weg war, um noch in ihrer Hörweite zu sein.

Die nächtlichen Laute waren beruhigend, und sie brauchte etwas Ruhe und Trost. Dieser Tag heute war für sie wirklich sehr …

Ihre Tür wurde ruckartig aufgerissen. »Königin Daleina?« Ven kam in den Raum geschritten. Hinter ihm folgten Kandidatin Naelin und der Wolf Bayn. *Sieht so aus, als sei dieser Tag noch nicht vorüber*, ging es Daleina durch den Sinn.

»Euer Majestät, sie haben darauf bestanden, zu …«, begann ihr Wachposten.

Sie winkte ihn weg. »Ihr seid voller Blut«, stellte sie fest. Dunkle Flecken hatten Naelins langen Überrock durchtränkt. Sofort stieg Panik in ihr auf, doch sie kämpfte sie nieder: *Ich brauche sie unversehrt!* »Ist das Euer eigenes Blut? Wart Ihr schon bei einem Heiler?«

»Bei Heiler Hamon.« Naelin nickte. »Euer Majestät …« Sie zögerte.

»Euer Majestät, Heiler Hamon glaubt, er habe jetzt einen Anhaltspunkt, um ein Heilmittel für Euch zu finden«, berichtete Ven. »Ich würde Euch niemals belügen – es ist immer noch nur eine vage Möglichkeit, aber … es besteht Hoffnung. Wir wissen jetzt, wer Euch vergiftet hat. *Falls* es Hamon gelingt, das Gift unter den Sachen dieser Frau zu finden, ist er *vielleicht* in der Lage, ein Gegenmittel herzustellen.«

Daleina stockte der Atem. Ein Heilmittel!

Er hob die Hand. »Das sind die guten Neuigkeiten. Es gibt auch schlechte Neuigkeiten. Jede Menge sogar. Die Meuchelmörderin war niemand anderes als Kommandantin Alet. Sie arbeitete im Auftrag einer Frau, von der sie angegeben hat, sie sei ihre Schwester: Königin Merecot. Die Königin von Semo plant, Aratay zu erobern. Alet hat uns vor ihrem Tod mitgeteilt, dass Semo von Geistern regelrecht überschwemmt sei und dass Königin Merecot mehr Land brauche. Mit den Morden haben sie versucht, dieses Ziel mit minimalem Blutvergießen zu erreichen. Ohne eine Königin oder eine verfügbare und fähige Thronanwärterin wäre es ihr ein Leichtes, Aratay einzunehmen. Sie plant den Beginn ihrer Invasion bei Morgengrauen, wenn wir durch die Thronprüfungen abgelenkt sein werden.«

Naelin starrte ihn an. »Du bist wirklich schrecklich im Überbringen von Neuigkeiten. Versuchst du gerade, einen falschen Tod auszulösen?« Naelin ging zu Daleina hinüber und fasste sie an den Händen.

Daleina wurde bewusst, dass sie sich tatsächlich ans Herz gefasst hatte, aber nur weil es so heftig schlug, als wolle es ihr aus dem Körper springen. Sie ließ sich von Naelin zu einem Stuhl führen. Naelin griff nach einem Krug und schenkte der Königin ein Glas Wasser ein. Daleina nahm das Glas und hielt es in den Händen, ohne zu trinken. »Alet?«, fragte Daleina. »Und Merecot?« Sie sah Naelin nicht an. Ihr Blick war auf Ven geheftet. Er würde sie niemals belügen.

»Ja.«

Dieses *Ja* schmerzte zutiefst. Als würde ihr ein Messer in den Bauch gerammt. Aber sie durfte sich davon nicht ablenken lassen, nicht jetzt. Sie musste die Kontrolle behalten – der Schmerz konnte warten, aber der feindliche Einfall in ihr Land nicht. Also knüllte sie ihre Gedanken und Gefühle zusammen und stopfte sie erbarmungslos tief, tief hinab.

Daleina stellte das Glas ab, dann sandte sie ihr Bewusstsein aus – weit über den Palast und über die Hauptstadt hinaus, durch die Wälder, hin zur Nordgrenze … und spürte sie: Geister, andere Geister, zu denen sie nicht durchdringen und deren Gedanken sie nicht bestimmen konnte. Sie fühlten sich schlüpfrig an, wie feuchtes Moos zwischen ihren Fingern. Sie spürte ihre Vielzahl, spürte, wie sie zwischen ihren eigenen Geistern umherwirbelten.

»Bei Morgengrauen, habt Ihr gesagt?«

»Ja.«

»Sie warten nicht auf das Morgengrauen.« Daleina berührte ihre eigenen Geister, spürte ihre Wut und ihre Angst. »Sie haben die Grenze bereits überquert.« Sie spürte, wie ihre Erdgeister hastig das Weite suchten – die Felsen hoben sich um sie herum aus dem Boden, doch die Ursache waren nicht ihre Erdgeister. Daleina sprang auf und ging zur Tür. Sie riss sie auf und befahl den Wachen: »Einer von euch soll die Minister Isolek und Quisala suchen gehen. Bringt sie hierher.« Sie brach ab und überlegte. »Nein, bringt sie zum Turm der Königin. Dort sind wir nicht nur abgeschieden, sondern können auch in Richtung Norden blicken. Außerdem will ich, dass Direktorin Hanna von der Nordost-Akademie sowie Meisterin Piriandra kommen.« Sie schloss die Tür, und ihre Wachen eilten davon, um ihren Befehlen Folge zu leisten.

Naelin und Ven behielten sie genau im Auge.

Sie ging auf und ab, und ihr langes Kleid streifte die Kanten der Möbel im Raum. Die Teppiche dämpften das Geräusch ihrer Schritte. Sie spürte die Geister um sich herum, im Palast – keiner von ihnen war alarmiert. Bisher jedenfalls. Die fremden Geister waren immer noch zu weit entfernt.

Sie hatte Zeit.

Falls sie bereit war, die Grenze zu opfern.

»Ich hatte gehofft, ich würde mehr Zeit haben, um uns vorzubereiten, um unsere Soldaten zu verlegen und in Stellung zu bringen und um Euch vorzubereiten, Naelin.« Daleina holte tief Luft. »Wir haben die folgenden Wahlmöglichkeiten: Die erste besteht darin, dass ich meine Macht dazu einsetze, die Geister in der Nähe der Nordgrenze zu kontrollieren. Um den feindlichen Einfall abzuwehren. Aber wenn ich das tue, gehe ich das Risiko ein, einen falschen Tod zu erleiden und dadurch jegliche Kontrolle über die Geister zu verlieren – und die Geister werden sich in dem Moment, wo sie spüren, dass meine Macht über sie geschwunden ist, gegen unser Volk wenden. An der Grenze sind die Geister für Euch, Naelin, zu weit entfernt, als dass Ihr sie bändigen könntet. Viele Menschen würden sterben.«

»Möglichkeit eins ist schlecht«, kommentierte Ven. »Kapiert.«

»Wahlmöglichkeit zwei: Ich danke sofort ab, hier an Ort und Stelle. Ihr werdet Königin – begebt Euch geradewegs zum Hain der Königin und ergreift die Macht über die Geister. Dann kontrolliert Ihr die Geister und setzt sie dazu ein, um den feindlichen Einfall an der Grenze abzuwehren.«

»Ebenfalls schlecht«, meinte Ven. »Während Naelin die Eindringlinge abwehrt, ist sie womöglich nicht in der Lage, Euch zu verteidigen. Die Geister werden Euch töten.«

»Aber sie werden unser Volk nicht töten.« Ihr gefiel diese Möglichkeit auch nicht, vor allem, wenn Hamon wirklich so nahe dran war, ein Heilmittel zu finden … aber wie nahe dran war er? Wie viel Zeit musste sie ihnen noch verschaffen? Alet hatte vielleicht überhaupt nichts mehr von dem Gift in ihrem Besitz gehabt. »Wahlmöglichkeit Nummer drei ist die eigennützigste, aber es ist auch die, die am ehesten aufgehen könnte. Wir lassen den feindlichen Einfall seinen Lauf nehmen und halten die Eindringlinge nicht an der Grenze auf. Stattdessen warten wir, bis sie die Hauptstadt erreicht haben, und sobald sie hier sind, innerhalb von Naelins Reichweite, wird Naelin unsere Geister gegen Merecots Geister kämpfen lassen, während unsere Soldaten Merecots Soldaten zurückschlagen. Sobald Hamon dann das Heilmittel hat, kämpfe ich mit Naelin zusammen. Gemeinsam werden wir sie vertreiben.«

Naelin runzelte die Stirn. »Was geschieht mit dem Gebiet von Aratay, das zwischen der Grenze und der Hauptstadt liegt?«

»Wir räumen das Gebiet, so gut wir irgend können.« Doch auch ihr Bestes würde in diesem Fall nicht viel bedeuten. Sie würden keine Zeit haben. Das wusste sie. Merecot würde sich von der Geschwindigkeit der Soldaten nicht beeinträchtigen lassen; sie würde sich mit der Geschwindigkeit von Geistern vorwärtsbewegen und ihre Soldaten mit sich ziehen. Daleina wandte sich an Naelin: »Merecot ist stark und mächtig. Und sie hatte eine gute Ausbildung. Sie ist außerdem eine Königin, mit der ganzen zusätzlichen Machtfülle, die damit verbunden ist. Das, worum ich hier bitte …«

»Ich mache es«, unterbrach Naelin. »Es gibt sonst niemanden, der es tun könnte. Das weiß ich. Ich werde mich zwischen die Königin von Semo und Aratay stellen, zwischen sie und meine Kinder, so lange, wie Ihr mich braucht.«

Als sich nun der Wolf, wie zum Zeichen der Zustimmung, an sie lehnte, verspürte Daleina einen schwachen Hoffnungsschimmer. Ihr selbst gefiel dieser Plan ganz und gar nicht. Sie würde untätig dasitzen und warten müssen, während Merecots Geister ihr Reich in Stücke rissen. Ihr Volk war ungeschützt. Aber es war der beste Weg, um ein Maximum an Menschenleben zu retten … vielleicht sogar ihr eigenes.

Kapitel 30

Vielleicht würde man Kommandantin Alet zu einem späteren Zeitpunkt in allen Ehren oder zumindest mit Würde beerdigen, aber vorerst legte man ihren toten Körper auf einen Küchenwagen, auf dem zuletzt ein Kuchen gestanden hatte. Hamon hatte all ihre Siebensachen, die er aus ihren Quartieren hatte herbeischleppen lassen, im Zimmer seiner Mutter auf dem Boden ausgebreitet. Er, seine Mutter und Daleinas Schwester Arin durchwühlten sie.

»Nicht die Art, wie ich den heutigen Abend zu verbringen erwartet hätte«, bemerkte seine Mutter. »Hättest du den Leichnam denn wirklich mitbringen müssen? Ihm haftet so ein Geruch an.«

»Jedem Tod haftet ein Geruch an«, antwortete Hamon, ohne aufzuschauen. »Das solltest gerade du inzwischen wissen. Du hast schließlich jede Menge davon selbst verursacht.«

»Also, jetzt hör aber auf. Redet man etwa so mit jemandem, der einem erlaubt, seinen Teppich zu benutzen?«, antwortete Hamons Mutter tadelnd. Sie griff nach einem Behälter mit Kosmetikartikeln, öffnete ihn, schnupperte an seinem Inhalt, schloss ihn dann wieder und warf ihn über ihre Schulter. Er fiel klappernd zu Boden, öffnete sich und ließ Rougepulver über die Seitenwand eines Sofas zerstäuben.

»Streng genommen ist es Königin Daleinas Teppich,

und hast du inzwischen irgendetwas gefunden?« Hamon wusste, dass er sich seine Frustration nicht anmerken lassen sollte – was im Übrigen für überhaupt jedes Gefühl galt. Jedes Gefühl war für seine Mutter ein Spielzeug, mit dem sie ihre Spielchen treiben konnte. Er hatte die Theorie aufgestellt, dass es wohl daran lag, dass sie selbst keine Gefühle hatte. Bis auf Neugier. Die hatte sie in Überfülle. Es war ein Jammer, dass sie auch nicht durch den geringsten Funken von Moral gezügelt wurde. Er machte eine Kopfbewegung in Richtung Arin und wandte sich an seine Mutter: »Sie sollte nicht hier sein.«

»*Sie* hat sich aber dafür entschieden, hier zu sein«, gab Arin zurück, ohne von Kommandantin Alets Sachen aufzuschauen.

»Es ist wahr«, schaltete sich Mutter selbstzufrieden ein. »Sie ist aus freien Stücken hier. Nicht alle halten mich für böse.«

Hamon wandte sich nun Arin zu. »Arin, sie hat eines ihrer Mittelchen bei dir eingesetzt …«

»Ich weiß. Die Wirkung hat sich inzwischen gelegt. Ich weiß, was ich tue, Hamon.«

Er schüttelte den Kopf. Sie konnte es unmöglich verstehen. Selbst wenn sie die Wirkung des Mittels überwunden hatte, hatte seine Mutter immer noch einen furchtbar schlimmen Einfluss auf sie. »Ach ja? Und was machst du?«

»Ich rette meine Schwester.« Arin zog eine schwarze Schachtel aus einem Stapel Kleider. Sie lehnte sich zurück und legte die Schachtel auf ihren Schoß. »Ich glaube, ich habe es gefunden.«

Alle drei steckten die Köpfe zusammen, als sie nun die Schachtel öffnete. Mehrere Reihen von gläsernen Phiolen waren zwischen schwarze Seide gepackt. Hamons Mutter beugte sich vor und nahm eine davon heraus. Sie hielt sie ins Kerzenlicht und schüttelte sie leicht. Eine bernsteinfarbene Flüssigkeit schwappte darin herum. »Interessant. Sehr interessant. Und kein Bestandteil der medizinischen Ausrüstung einer gewöhnlichen Wache.« Sie legte die Phiole zurück in die Schachtel.

Hamon wählte die nächste Phiole aus. Sie enthielt weiße Kristalle, unter die goldene Teilchen gemischt waren.

»Ein Vermögen wert«, bemerkte Mutter. »Weißt du, was das ist?«

»Dirthium.« Es lockerte die Muskeln, senkte die Hemmschwelle und versetzte in einen Zustand der Glückseligkeit. Es sei denn, man nahm zu viel davon, dann führte es zu einem qualvollen Tod, der einem die inneren Organe zerfetzte, während es gleichzeitig sämtliche Sinneswahrnehmungen verwirrte. Er legte die Phiole wieder in die Schachtel.

»Deine Freundin hatte einen wohlhabenden Gönner«, bemerkte Mutter.

»Ihre Schwester«, erwiderte Hamon kurz angebunden. Das Dirthium war ein starker Hinweis darauf, dass Alet die Wahrheit gesagt hatte – *aber wo ist das Gift?*

Nachdem sie alles untersucht hatten, blieben drei Phiolen mit unbekannten Substanzen darin übrig. Mutter klatschte in die Hände wie ein Kind. »Wie aufregend! Wenn wir jetzt nur jemanden hätten, an dem wir diese Substanzen testen könnten …«

»Nein«, widersprach Hamon. »Wir testen sie mit unserer medizinischen Ausrüstung.«

»Pah. Mit dir kann man wirklich gar keinen Spaß haben.«

»Mindestens eine dieser Flüssigkeiten ist tödlich«, betonte er.

Mutter hielt eine der Phiolen in die Höhe. »Aah, vielleicht aber auch alle drei!« Fröhlich vor sich hin summend, trug sie die erste Phiole zu ihrem improvisierten Arbeitstisch. »Nur ein Tropfen, meine Liebe«, wandte sie sich an Arin. »Sobald wir die Zusammensetzung der Verbindung herausgefunden haben, brauchen wir mehr davon, um ein Gegenmittel herstellen zu können, und dann noch mehr, um dieses Gegenmittel zu testen. Da sich mein Sohn weigert, dabei praktisch vorzugehen …«

»Kein Mord«, fiel ihr Hamon ins Wort. »Wir sind hier, um den Tod zu verhindern, nicht um ihn zu verursachen.« Das war ein Satz, den laut auszusprechen wirklich nicht nötig sein sollte. Während er nervös im Raum herumstand, fasste er seine Mutter und die Schwester der Königin genau ins Auge. Mutter hatte sich gut ausgerüstet und sich mithilfe einer Kombination aus Küchengeräten und medizinischen Utensilien ein recht ansehnliches Labor geschaffen. Aber es war Arin, die das Kommando übernahm.

Es war Arin, die mit den Giften hantierte.

Es war Arin, die die Experimente vorbereitete.

Und es war Arin, die ruhig, unbeirrt und ernst blieb, während Hamon nicht von ihrer Seite wich und seine Mutter von ihrem mit Kissen überladenen Sofa aus ihre Anweisungen erteilte.

Arin war es auch, der es gelang, das Gift zu bestimmen: eine Mischung aus Herzwohl, Soldatengras und sechs anderen Bestandteilen, die zusammenzumischen eigentlich niemand je die Idee hätte haben dürfen. Die drei drängten sich um den Arbeitstisch und starrten die unschuldig und harmlos wirkende bernsteinfarbene Flüssigkeit an.

»Und jetzt«, entschied Mutter, »machen wir uns an die Arbeit.«

Direktorin Hanna spürte jeden Knochen ihres Körpers knacken, als sie die Palasttreppe hinaufstieg. Sie war seit Jahren nicht mehr im Turm der Königin gewesen, und sie hatte den Besuch dort nicht vermisst. Ihr eigenes Büro lag schon hoch genug, herzlichen Dank auch, aber man ließ den Ruf einer Königin nicht unbefolgt, nur weil es unbequem oder unbehaglich war, ihm Folge zu leisten – und das war es mit Sicherheit. Als sie oben ankam, war sie völlig außer Atem.

Mehrere andere Menschen drängten sich bereits in dem kleinen Raum zusammen: Königin Daleina, Meister Ven, Meisterin Piriandra, der Truchsess des Palastes und zwei Minister, die sich beide in enge Holzstühle gezwängt hatten und recht unglücklich und verdrießlich wirkten, entweder wegen der momentanen Lage oder wegen der Sitzordnung. Vielleicht aber bereitete ihnen auch nur der große Wolf Unbehagen, der sich zu ihren Füßen zusammengerollt hatte.

Und dann war da auch noch die Person, deren Anwesenheit sie von allen am meisten überraschte: Kandidatin Naelin.

Naelin hier anzutreffen hatte Hanna gewiss nicht erwartet. Trotzdem, Hanna hätte ihre gegenwärtige Stellung im Leben nicht erreicht, wenn sie nicht gelernt hätte, sich ein wenig in Geduld zu üben. Hanna wusste, dass alles – oder zumindest das meiste – bald seine Erklärung finden würde.

»Ist auch alles in Ordnung mit Euch?«, fragte Ven die Direktorin.

»Nur das Alter«, erwiderte sie. »Nichts, was ein wenig sterben nicht zu kurieren vermöchte.«

Einer der beiden Minister, ein Mann mit einem Vollbart – *Minister Isolek*, fiel ihr plötzlich ein –, sprang auf und bot ihr seinen Stuhl an. Hanna bedeutete ihm, wieder Platz zu nehmen. Würde sie sich hinsetzen, das wusste sie, würden sich ihre Muskeln verkrampfen, und es wäre nur umso schwerer, wieder aufzustehen.

»Danke, dass ihr gekommen seid«, richtete Königin Daleina das Wort an die Runde. »Schon bald werden Gerüchte im Palast die Runde machen, wenn erste Neuigkeiten aus dem Norden durchsickern. Bis dahin befinden wir uns hier am ungestörtesten Ort in ganz Aratay. Naelin wird, solange wir reden, sämtliche Geister fernhalten.« Hanna bemerkte, dass Naelin wie gebannt aus dem Fenster starrte. Ihre Fäuste waren geballt, und ihr Blick suchte den Nachthimmel und das dunkle Blätterdach des Waldes unter ihnen ab. Hanna wusste, dass sie nicht nur mit den Augen schaute, was bedeutete, dass sie seit ihrer letzten Begegnung große Fortschritte gemacht hatte.

Es war eine klare, frische Nacht, und der Wind blies durch die offenen Fenster des Turms herein. Die Flammen in den Laternen flackerten, und Schatten huschten über das Gesicht der Königin. *Sie sieht müde aus,* dachte Hanna. *Genau wie wir alle.* Sie bezweifelte, dass die meisten Menschen im Königreich viel Schlaf gefunden hatten, seit die Königin ihre Krankheit bekanntgegeben hatte.

Meisterin Piriandra runzelte finster die Stirn. »Warum sind wir hier?«

»Ihr kommt gleich zur Sache, also … feindliche Truppen fallen in unser Land ein. Der Einmarsch hat bereits begonnen.« Während Hanna nach Luft schnappte, lächelte Daleina traurig ihre beiden Minister an. »Ich hatte recht: Sie kommen von Norden direkt auf Mittriel zu.«

»Ich weiß, dass Ihr Euch darüber nicht freut«, bemerkte Ministerin Quisala steif.

»Sie spüren es, wenn jemand schwach ist«, warf Piriandra ein, und Hanna hätte sie am liebsten für den feindseligen Tonfall in ihrer Stimme gerügt. Ob jung oder nicht, unerfahren oder nicht, mächtig oder nicht mächtig, Daleina war die Königin.

»Folgendes wissen wir bereits«, ergriff Ven das Wort, bevor Hanna etwas äußern konnte. »Königin Merecot hat veranlasst, dass Königin Daleina vergiftet worden ist. Dazu hat sie sich eines langsam wirkenden Mittels bedient, dessen Symptome denen einer natürlichen Krankheit gleichen.«

»Vermutlich hat sie vorausgesehen, dass ich genauso reagieren würde, wie ich es auch getan habe: dass ich unsere Soldaten, statt sie an die Grenzen zu entsenden, in Mittriel zurückbehalte, damit sie mein Volk für den Fall, dass ich die Kontrolle über die Geister verliere, zu beschützen vermögen«, erklärte Daleina. Hanna hatte den Eindruck, dass die Königin jetzt auf und ab gehen würde, wenn sie könnte, aber dafür war der Raum zu dicht mit Menschen gefüllt. Stattdessen zappelte sie nervös herum, zupfte an den Ärmeln ihres Gewandes und spielte mit ihrem Perlenschmuck. »Ich bedaure meine Entscheidung nicht, auch wenn sie sich als beinahe katastrophal erwiesen hat – Merecot hat unsere wenigen Grenztruppen wirkungsvoll ausgeschaltet. Wir haben keinerlei Warnung von ihnen erhalten, als der Einfall begonnen hat.«

»Woher wisst Ihr dann davon?«, fragte wiederum Piriandra.

»Ich kann sie spüren«, antwortete Daleina schlicht.

Ven ergriff erneut das Wort. »Wir glauben, dass Königin Merecot von diesem Gift Gebrauch gemacht hat, weil sie sich genug Zeit verschaffen wollte, um Semos Soldaten *und* die Geister des Landes an unserer Grenze zusammenziehen zu können.«

»Wir schicken unsere Truppen nach Norden, um sie aufzuhalten.« Minister Isolek erhob sich. »Wenn wir sie sofort losschicken, können sie in Birken sein, ehe …«

»Nein«, unterbrach ihn Daleina. »Wir beziehen unsere Stellung hier in Mittriel. Ich will, dass jeder Soldat, jeder Meister und jede Kandidatin am Nordrand der Stadt positioniert werden.«

Ministerin Quisala schnappte hörbar nach Luft. »Aber die Grenzstädte! Ihr könnt unmöglich …«

Daleina fiel ihr ins Wort: »Wir müssen. Naelin, wie weit reicht Eure Macht?«

Naelin bewegte sich nicht vom Fenster weg. »Nicht weiter als zwei Meilen über die Nordgrenze der Stadt hinaus. Wenn Ihr dafür sorgt, dass sie innerhalb dieses Umkreises bleiben, kann ich sie schützen.«

»Wer ist sie überhaupt?«, begehrte Meisterin Piriandra auf. »Ich nehme keine Befehle von einer Kandidatin entgegen.«

»Sie ist meine Thronanwärterin«, verkündete Daleina.

Meisterin Piriandra begann laut herumzuschreien, ebenso wie die Minister Isolek und Quisala. So ginge das nicht! Die Thronprüfungen müssten abgehalten werden! Sie konnte nicht – sie würde doch nicht, sie durfte nicht einfach …

Als sie endlich Luft holen mussten, ergriff Direktorin Hanna das Wort. »Sie hat Euch bewiesen, dass sie dieses Amtes würdig ist?«

»Ja«, antwortete Daleina.

»Dann reicht mir das.« Mit einem einzigen Blick brachte Hanna die anderen zum Schweigen. Schließlich hatte sie in der Ausbildung und Einschätzung möglicher Thronanwärterinnen eine jahrzehntelange Erfahrung. Sie nahm an, dass Daleina genau deshalb heute um ihre Anwesenheit gebeten hatte – sie sollte der Entscheidung der Königin mehr Glaubwürdigkeit und Autorität verleihen. »Zum gegenwärtigen Zeitpunkt können wir es uns nicht leisten, ohne eine Thronanwärterin zu sein. Im Moment wäre eine Thronprüfung sowohl ein unnötiger Luxus als auch ein unkluges Risiko, und es gibt keine anderen geeigneten Kandidatinnen. Es heißt also, entweder Naelin nehmen oder gar keine haben.«

Die anderen verstummten. Piriandra schluckte sichtlich herunter, was immer sie noch zu sagen vorgehabt hatte. »Meisterin Piriandra«, wandte sich Daleina der Meisterin zu – »hiermit ernenne ich Euch zur Anführerin der Meister und ihrer Kandidatinnen. Ihr seid eine unserer erfahrensten Meisterinnen.«

Meisterin Piriandra straffte die Schultern und erwiderte steif: »Bei allem schuldigen Respekt, Euer Majestät, ich bin vielleicht nicht Eure beste Wahl. Meine Fehleinschätzung hat zwei Kandidatinnen das Leben gekostet.«

»Über das Schicksal der ersten Kandidatin kann ich nichts sagen, aber was die zweite betrifft …«

Hanna sah die Königin zögern.

Ven sprach an ihrer Stelle. »Sie wurde ermordet, Piriandra. Wir glauben, dass Eure Kandidatin Beilena auf Befehl der Königin Merecot von einer Agentin aus Semo getötet worden ist.«

»Ihr Tod ist nicht Eure Schuld gewesen«, ergänzte Daleina.

Alle Farbe wich aus dem Gesicht der Meisterin. Ihre Hand wanderte zum Schwertgriff. Direktorin Hanna legte Piriandra die Hand auf die Schulter. »Später ist Zeit für Rache«, mahnte sie Piriandra leise.

»Keine Rache«, entschied Daleina. »Ich will, dass Ihr

Euch ganz auf den Schutz unserer Soldaten konzentriert. Bekommt Ihr das hin? Die Meister mitsamt ihren Kandidatinnen anzuführen? Unsere Soldaten vor den Geistern zu schützen, die Merecot in den Kampf gegen sie schickt?«

»Natürlich.« Piriandra verneigte sich.

»Minister, Ihr sorgt dafür, dass unsere Truppen den menschlichen Feind ins Visier nehmen. Es ist nur ein einziger Trupp. Ihr solltet in der Lage sein, sie aufzuhalten. Ministerin Quisala, Ihr befehligt die Soldaten im Nordosten der Stadt, und Ihr, Minister Isolek, kümmert Euch um den Nordwesten. Wir dürfen nicht zulassen, dass Merecot die Hauptstadt erobert.«

»Aber die Geister …«, protestierte Isolek.

»Wir werden Euch vor ihnen beschützen«, versprach Meisterin Piriandra.

»Ihr nehmt Euch nur diejenigen vor, die die Truppen direkt angreifen«, wandte sich Daleina an die Meisterin. »Die anderen lasst Ihr passieren. Habt Ihr verstanden? Eure einzige Aufgabe besteht darin, Merecot und ihre Soldaten aus Mittriel fernzuhalten.«

Piriandra wollte Einwände erheben: »Wenn aber die Geister …«

»Thronanwärterin Naelin wird sich um die Geister kümmern, die die Stadt ins Visier nehmen. Eure Pflicht gilt den Soldaten. Ihr dürft nicht zulassen, dass der Feind die Hauptstadt einnimmt. Direktorin Hanna« – Daleina drehte sich zu ihr um –, »Ihr müsst die Akademie schützen. Ich glaube, dass Merecot Angreifer schicken wird, um Euch und Eure Schülerinnen direkt zu attackieren. Ihre bisherige Strategie ist es gewesen, jeden auszuschalten, der Macht über die Geister besitzt. Die Akademien werden zu ihren vorrangigen Zielen gehören. Informiert

Eure Kolleginnen und Kollegen und bereitet dann Eure Schülerinnen darauf vor.«

Hanna unterdrückte ein Schaudern. Gewiss würde Merecot doch keine Schülerinnen angreifen. Sie waren noch Kinder! Andererseits hätte sie auch nie für möglich gehalten, dass Merecot ihr Heimatland angreifen würde. Also, ja, wenn es wirklich so weit kam, würde Hanna ihre Schülerinnen bewachen – falls nötig, unter Einsatz ihres Lebens. »Wir werden uns für einen möglichen Angriff bereit machen«, versprach Hanna. Auch ihre Lehrerinnen und Lehrer würden alle das gleiche Versprechen abgeben, das wusste sie.

Daleina richtete das Wort an den Truchsess. »Es werden Flüchtlinge aus dem Norden und dem Nordosten kommen. Die Menschen werden Angst haben. Sie werden zum Palast fliehen.«

Er verneigte sich. »Wir werden dafür sorgen, dass sie nicht hineinkommen.«

Sie schüttelte den Kopf. »Ich will ja gerade, dass Ihr sie hereinlasst. Öffnet die Lagerräume. Verteilt Vorräte. Stellt im Thronsaal und auf den Fluren Pritschen auf. Macht vom Palast jede Verwendung, die Ihr für richtig haltet, um so viele wie möglich aufzunehmen.«

Der Truchsess wirkte angenehm überrascht. »So soll es geschehen.«

»Euer Majestät«, protestierte Minister Isolek, »wird Königin Merecot nicht auch den Palast ins Visier nehmen?«

»Ja, aber als Beute. Sie wird ihn nicht zerstören«, antwortete Daleina. »Sie will ihn für sich selbst. Und wir werden ihn ihr nicht überlassen. Sie wird hier nicht herrschen.«

Hanna war noch nie so stolz auf sie gewesen wie in diesem Moment. Daleina wirkte vom Scheitel bis zur Sohle wie eine echte Königin. Es würden viele Geschichten über sie geschrieben und noch viel mehr Lieder über sie gesungen werden, die in diesem Augenblick ihren Anfang nahmen.

Vorausgesetzt, irgendjemand überlebt, um davon erzählen zu können, dachte Hanna.

Kapitel 31

Daleina umklammerte den Sims des Turmfensters mit den Händen. Der Wind umpeitschte sie. Blätter wirbelten über die Stadt, und die Bäume schwankten. Sie konnte sie spüren: die fremden Geister. Wie eine Welle kamen sie durch den Wald herangeströmt, eine Woge, die alles hinwegfegte, was ihr in die Quere kam.

Merecots Erdgeister pflügten durch das Land und verschoben die Steine im Felsgrund, sodass sie sich aufstellten und sich durch die Erdoberfläche bohrten. Das Land geriet in Unruhe, und die Bäume stürzten um. Daleina spürte, dass ihre eigenen Geister vor Wut heulten. Aber Naelin hielt sie zurück, auf einen Radius von zwei Meilen um die Stadt beschränkt.

Der Feind war noch nicht nah genug.

Das Ganze folgte einer klaren Logik: Wenn Daleina ihre Geister kontrollierte und dabei ohnmächtig wurde, würden sie ihren Tod spüren und sich gegen Daleinas Volk wenden. Falls das außerhalb von Naelins Reichweite geschah, wären sie nicht aufzuhalten. Also war es besser abzuwarten und Naelin von Anfang an die Kontrolle über sie übernehmen zu lassen. Das Risiko somit ganz zu vermeiden.

Daleina bohrte die Finger in das Holz und wünschte, sie hätte es gewagt, das Kommando über die Geister selbst zu übernehmen. Nördlich der Stadt flohen Menschen vor der Zerstörung. Ihre Häuser zerfielen um sie herum. Die Erde selbst übte an ihnen Verrat. *Sie*, ihre Königin, verriet sie. Sie hatte geschworen, sie zu beschützen, und jetzt stand sie hier, scheinbar untätig, während die Menschen ihre Häuser und womöglich sogar ihr Leben verloren.

Ich könnte abdanken, dachte sie. Sie konnte Naelin die Krone sofort übergeben. Dann könnte Naelin die Geister in ganz Aratay befehligen … es sei denn, sie konnte es eben nicht. Die Krönung könnte scheitern. Noch nie zuvor hatte es eine Krönungszeremonie mit nur einer einzigen Thronanwärterin gegeben, und es gab keine Garantie, dass die Geister Naelin als Königin annehmen würden. Außerdem müsste sie die Krone ohne Wahrung der traditionellen siebentägigen Frist übernehmen. Daleina wusste nicht, ob die Geister ohne diese sieben Tage überhaupt eine neue Königin akzeptieren würden. Vielleicht würden sie es tun, wenn die neue Königin mächtig genug war – die sieben Tage konnten auch eine bloße Tradition sein –, aber sie hätte es nicht mit Bestimmtheit sagen können. Nein, das Risiko war zu groß. Sie würde die Stellung halten und abwarten, bis die Geister die Hauptstadt erreichten und bis Hamon ein Heilmittel für sie hatte. Er *musste* es finden.

Alet …

Nein, ich darf jetzt nicht an sie denken. Noch nicht. Sie hatte so viele Freunde verloren, durch Tod, und jetzt auch noch durch Verrat. Jeder Verlust war ein Gefühl, als würde man ihr gewaltsam einen Teil ihrer Seele nehmen. Sie wusste nicht, wie viel sie noch würde ertragen können, aber sie war nicht bereit aufzugeben. Abzudanken kam ihr wie ein Eingeständnis des eigenen Versagens vor. »Bin ich eigennützig, Ven?«, fragte sie leise.

Er stand neben ihr, nah genug, um ihre Worte zu hören.

Naelin stand auf seiner anderen Seite – sie ließ sich nicht anmerken, ob sie mitgehört hatte, was Daleina gesagt hatte, und Daleina hoffte, dass dem nicht so war. »Ihr müsst es sein. Aratay braucht Euch.«

»Naelin könnte die Sache übernehmen.«

»Ich werde nicht noch eine Königin beerdigen«, erwiderte Ven.

Also hielt sie ihre Macht im Zaum und die Geister in der Nähe.

Die Minister hatten ihren Soldaten Befehle erteilt. Sie wusste, dass auch sie warteten, während die Flüchtlinge in die Hauptstadt strömten. Ihr Truchsess nahm so viele auf wie nur möglich. Er hatte in den Gärten Zelte aufschlagen lassen. Die Palastköche verteilten Speisen, und die Diener gaben Decken und andere Bedarfsgegenstände aus. Sie hatte von Hamon die Nachricht erhalten, dass sich ihre Schwester bei ihm befand – Arin war in Sicherheit, zumindest für den Augenblick, und wenn es ihnen gelang, die Eindringlinge aus Mittriel fernzuhalten, würde sie auch weiterhin in Sicherheit bleiben.

»Ich kann es nicht ausstehen zu warten«, bemerkte Ven.

Um ein Haar hätte Daleina lachen müssen. Er klang wie ein missmutiges Kind. Ein ersticktes Kichern entschlüpfte ihrer Kehle.

Neben einem der Turmfenster schnaubte Naelin. »Sei froh, dass wir noch warten dürfen. Sobald das Warten endet, beginnt das Töten und Sterben. Ich würde lieber für alle Ewigkeit warten.«

»Fühlst du das denn nicht auch? Diesen Geschmack der Luft, das Schlagen des Herzens – irgendwo tief in dir musst du doch den Wunsch haben, all deine geballte Energie rauszulassen. Loszulegen. Deiner Wut und deiner Angst Luft zu machen.«

»Das meiste ist Angst«, bekannte Naelin. »Wie sollte ich in der Lage sein, eine Königin zu besiegen?«

»Du brauchst nur sie und ihre Geister zurückzuhalten, bis Hamon das Heilmittel gefunden hat«, antwortete Ven. »Du brauchst sie nicht zu besiegen, du musst nur Zeit gewinnen. Bis Daleina ebenfalls kämpfen kann.«

Es ist nur so, dass Merecot immer stärker gewesen ist als ich, ging es Daleina durch den Kopf; sie sprach es aber nicht laut aus. Es war der beste und der einzige Plan, den sie hatten. Daleinas Vorteil bestand darin, dass sie ihre Heimat verteidigte. Ihr Volk. Ihre Schwester. Sie hoffte, dass das genügen würde.

Daleina lehnte sich aus dem Fenster und schaute über das Blätterdach, über Aratay hinaus. Der Feind war nah genug, um sichtbar zu sein: Dick hing die Luft über dem Land, wie ein Nebel, der sich schwer über den Wald breitete. Es war wie eine Mauer, die auf die Hauptstadt zurückte. Daleina verspürte den Drang, auf diese Mauer einzuschlagen.

»Da ist ein neuer Berg entstanden.« Daleina streckte die Hand aus und deutete. Ein Berggipfel – oder die schattenhafte Ahnung eines Berggipfels – hatte sich aus dem wirbelnden Schwarm erhoben. *Merecot verwandelt unser Land. Mein Land.*

»Wir werden alles wieder in Ordnung bringen«, versicherte Naelin. Ihre Stimme hatte einen tröstlichen Klang – sie musste Daleina ihre Gefühle angemerkt oder sie erraten haben. »Nach dem Töten und dem Sterben kommen das Aufräumen und Wiederherstellen.«

»Du kannst dich doch nicht etwa *darauf* freuen?« Ven sah Naelin ungläubig an, als habe sie ihm gerade mitgeteilt, dass ihr sein Bart nicht gefalle. Daleina fragte sich, ob er unter all seiner scheinbar lässig-entspannten Tapferkeit Angst empfand. Bestimmt war dem so. Sie fragte sich, ob er sie um ihretwillen oder um seiner selbst willen versteckte.

»Versuch gar nicht erst, den Krieg zu verherrlichen«, gab Naelin zurück. »Ich werde keinen Gefallen daran finden, ganz gleich, wie berauschend er deinen Behauptungen nach auch sein mag. Es ist besser, einen Kampf zu vermeiden, als einen zu gewinnen. Nicht einmal Königin Merecot will kämpfen. Deshalb hat sie Alet zu ihrem Werkzeug gemacht.«

Daleinas Augen weiteten sich plötzlich. »Ihr habt recht«, stieß sie aufgeregt hervor. Königin Merecot wollte Aratay nicht zerstören; sie wollte das Land regieren. Das war Daleina bereits klargeworden, als sie zusammen mit den Ministern die Karte studiert hatte. Und sie hatte es auch gewusst, als sie die Flüchtlinge in ihren Palast eingeladen hatte. Aber sie hatte es bisher versäumt, den Gedanken zu Ende zu denken, bis zu seiner logischen Schlussfolgerung. Merecot wollte Königin von Aratay und von Semo werden. Und um das zu erreichen, musste sie sowohl die Hauptstadt als auch die Geister des Landes für sich beanspruchen. »Ihr müsst zum Hain gehen. Sofort.«

Sowohl Naelin als auch Ven starrten sie an.

»Was?«, fragte Naelin.

»Wir werden Euch nicht allein lassen«, betonte Ven im gleichen Moment.

Naelin nickte. »Euer Majestät, wir sind hier, um Euch zu verteidigen.«

»Der Angriff. Der große Auftritt. Warum tut sie das?« Daleina wartete die Antwort nicht ab. Bis zu diesem Moment war Daleina davon ausgegangen, Merecot wisse nichts von ihrer Krankheit – all ihre strategischen Maßnahmen hatten auf dieser Annahme gegründet –, doch natürlich *hatte* Merecot davon gewusst. Sie hatte die Krankheit ja verursacht. Merecot war immer stärker gewesen als Daleina – bei einer direkten Konfrontation mit ihr würde Daleina ihre ganze Kraft und Klugheit brauchen, um sie aus der Stadt fernzuhalten, und das wusste Merecot. Sie versuchte, Daleina dazu zu zwingen, zur Verteidigung der Hauptstadt all ihre Macht einzusetzen – sie versuchte, einen falschen Tod auszulösen. Und sie hatte Alet alle Kandidatinnen töten lassen, die die Krone hätten übernehmen können. *Oh, Alet, wie konntest du so etwas tun? Schwester oder nicht, Königin oder nicht, du hättest dich weigern müssen, ihr Folge zu leisten!* »Sehr raffiniert. Sie hat ihre Geister und Soldaten nicht mitgebracht, um die Stadt zu erobern. Sie hat sie mitgebracht, um sie zu *schützen*.«

Ven deutete aus dem Fenster auf den herannahenden Sturm von Geistern hinaus. »Das ist ein feindlicher Einfall.«

»Ja, im Moment. Aber wenn ich falle … Sie plant, mit ihrem Einmarsch einen falschen Tod bei mir zu provozieren, und inmitten des Chaos wird sie sich in den Hain der Königin begeben. Sie wird versuchen, sich selbst schon *während* der Invasion zu krönen, nicht erst danach! Und das Volk wird sie unterstützen, weil Merecots Geister in der Zwischenzeit alle Menschen retten werden. Sie gewinnt die Macht, das Land, die Geister, das Volk – alles, was sie je besitzen wollte, und alles mit einem Schlag.« Was bedeutete, dass es genau einen Weg gab, ihr ein Schnippchen zu schlagen. Eine Möglichkeit zu siegen. Daleina sah Ven und Naelin so leidenschaftlich und entschieden an, wie sie nur konnte. »Sie weiß nicht, dass es Alet nicht gelungen ist, Euch zu töten. Ihr müsst sie aufhalten. Geht in den Hain. Auf der Stelle.«

»Und was macht Ihr?«, fragte Naelin.

»Ich werde Königin sein, solange ich kann.«

Naelin mochte es überhaupt nicht, mithilfe von Luftgeistern von einem Ort zum anderen zu gelangen, aber sie sah keine andere Möglichkeit. Sie sandte ihr Bewusstsein aus und rief einen herbei. *Fliege mit uns.* Sie ließ es nicht wie einen Befehl klingen. So, wie Daleina es ihr beigebracht hatte, lockte sie stattdessen – sie wählte einen rastlosen Geist aus, dem es nicht gefiel, an der Grenze festgehalten zu werden, und zog ihn heran wie einen Fisch an einer Angelleine. Er kam eifrig herbei. Sic kletterte auf das Fenstersims und streckte die Hand nach Ven aus. »Was jetzt kommt, wird dir gefallen«, teilte sie ihm mit.

Er zog die Augenbrauen hoch. »Wir springen?«

»Ja«, erwiderte sie und stürzte sich aus dem Fenster, riss ihn mit sich. Einige schreckliche, berauschende Sekunden lang stürzte sie in die Tiefe, und dann war der Luftgeist da. Sie prallte auf seinen Rücken. Ven landete schräg zu ihr und richtete sich schnell wieder auf. Er half ihr, sich hinzusetzen, und schlang ihr die Arme um den Bauch.

»Siehst du, ich glaube, heimlich sehnst du dich nach Abenteuern«, bemerkte Ven, »aber du findest, dass du das eigentlich nicht tun solltest.« Sie hörte die erzwungene Leichtigkeit in seiner Stimme – insgeheim, das wusste sie, schnürte ihm Besorgnis die Kehle zu. Sie ließen ihre Königin allein.

Sie zwang Leichtigkeit auch in ihre Stimme. »Oh? So gut kennst du mich inzwischen?«

»Ja.« Seine Stimme drang warm an ihr Ohr. »Im Moment versuchst du zu entscheiden, ob der Wunsch, mir wegen meiner Unausstehlichkeit den Ellbogen in die Seite zu rammen, das Risiko wert wäre, dass ich herunterfalle.«

Naelin konnte nicht anders: Sie musste lachen. »Du willst mich nur von meiner Angst ablenken.« Sie drehte den Kopf, um ihn anzusehen. Er saß ganz dicht hinter ihr auf dem Luftgeist, keinen Fingerbreit entfernt. »Danke«, sagte sie, dann küsste sie ihn.

Er umfasste ihr Gesicht mit den Händen und erwiderte ihren Kuss, leidenschaftlich und süß. Der Wind umtoste sie, und sie spürte, wie der Luftgeist über die Wipfel der Bäume strich. Die ersten Strahlen des Sonnenaufgangs breiteten sich in den Blättern aus und beleuchteten sie grün und golden.

Sie löste sich von Ven und gab dem Geist Anweisungen: *Flieg tiefer. Lass dich nicht sehen.*

Der Geist sank herab, und sie rasten durch die Bäume. Verschwommen huschten sie an ihnen vorüber: ein grüner Klecks, ein braunes Aufblitzen. Sie flogen immer schneller und schneller, und die Farben verliefen ineinander, als schmelze der Wald um sie herum. Ein Zweig traf sie am Knöchel, und es brannte, als er ihr die Haut aufriss.

Hinter sich spürte sie, wie die fremden Geister in den Bereich ihrer Reichweite eindrangen. Sie fühlten sich an wie in Wasser gegossenes Öl. Die Geister glitten durch ihr Bewusstsein wie ein Schauder, der durch den Körper zieht.

»Bist du bereit?«, fragte Ven.

Ihre Antwort überraschte sie selbst. »Ja.«

Vor ihnen lag der Hain.

Meisterin Piriandra hörte die Geister aus Semo, bevor sie sie sah. Sie klangen wie ein Sturm – ein Sturm von der Art, der stämmige Eichen entzweibrach, die Häuser aus ihren Ästen riss und Pflanzen plattdrückte, die zuvor hundert heftigen Regengüssen getrotzt hatten. Sie hängte sich in den Drahtpfad ein, stieß sich ab und sauste zwischen den Bäumen hindurch. »Macht euch bereit!«, rief sie den Soldaten unter sich zu. An die Kandidatinnen gewandt brüllte sie: »Haltet sie fest bei euch! Unsere Geister sind eure Pfeile; ihr seid der gespannte Bogen! Auf mein Kommando!«

Vor ihr endete der Draht. Während sie noch durch die Luft flog, griff Piriandra nach oben und klinkte sich aus. Sie fiel, dann landete sie in der Hocke auf einem Aufbau unter ihr. Sofort zog sie ihr Schwert und stellte sich dem herantosenden Sturm entgegen. »Haltet eure Stellung! Nicht zurückweichen!«

Durch die Bäume erhaschte sie einen Blick auf den größten Erdgeist, den sie je gesehen hatte: eine monströse Masse aus Schlamm und Steinen. Auf seinem Rücken ritt eine Frau mit schwarzem Haar und einer mit kristallenen Dornen besetzten Krone.

Königin Merecot von Semo.

Sie befand sich in einer sicheren Position hinter den fremden Geistern und den einmarschierenden Soldaten, außer Reichweite jeglicher Pfeile. Während sie zwischen ihren Truppen hin und her ritt, schrie sie …

»Macht euch bereit!«, rief Piriandra den anderen Meistern zu.

Und dann griffen die fremden Geister an.

Erdgeister wühlten sich durch den Boden. Sie sah Ungeheuer mit spitz zulaufenden Rücken, scharfen Dornen und Krallen und andere, die aussahen wie Hügel aus Steinen mit Felsblöcken als Armen. Luftgeister peitschten über den Himmel und verdeckten das schwache Licht der Morgendämmerung. Es waren so viele, dass ihre durchscheinenden Körper zu grauen Streifen verschwammen.

Der Wind traf die vordersten Reihen wie ein Fausthieb, und der Boden barst unter ihren Füßen.

Piriandra stürzte zu Boden und klammerte sich an den Aufbau, der unter ihr schwankte. »Kommt schon«, murmelte sie. »Zieht an uns vorbei.« Wenn Königin Daleina sich irrte, wenn die Hauptmasse der Geister nicht in Richtung Stadt strömte, sondern stattdessen blieb und kämpfte, wenn sie mehr an einem Gemetzel als an der Eroberung des Landes interessiert waren … Königin Daleina war jung, schwach, krank und unerfahren, und Thronanwärterin Naelin war nur eine unerprobte, kaum ausgebildete Waldbewohnerin. *Wir werden alle hier draußen sterben*, schoss es Piriandra durch den Kopf. Die Geister würden sie in Stücke reißen, bevor sie auch nur eine Möglichkeit zu kämpfen bekamen. Es gab zu wenige Kandidatinnen, um sich zu verteidigen … *Aber ich bin nicht schwach. Ich werde kämpfen.*

Piriandra erhob ihre Stimme und rief: »Jetzt!« Sie stieß ihr Schwert in die Luft.

Die Soldaten stürmten vorwärts.

Und die Geister flogen über sie hinweg und um sie herum – genau wie Königin Daleina es prophezeit hatte –, um das Stadtzentrum anzusteuern. *Na ja, gut, was weißt du denn schon?* Jetzt musste Piriandra hoffen, dass die Voraussagen der Königin hinsichtlich der von ihr gewählten Thronanwärterin genauso gut zutrafen.

»Schützt unsere Soldaten«, befahl Piriandra den Kandidatinnen. »Lasst euch auf keine Kämpfe mit den Geistern ein, es sei denn, sie greifen unsere Truppen an. Habt ihr verstanden?« Sie hatte ihnen diesen Befehl schon einmal erteilt, aber es schadete nicht, ihn zu wiederholen. Als die fremden Geister sie umströmten, musste sie sich mühsam zurückhalten, um nicht mit ihrem Schwert auf sie einzustechen. Piriandra und die Übrigen hatten die Aufgabe, die menschliche Armee der Feinde aufzuhalten. Mehr nicht. Nicht zuzulassen, dass die Soldaten die Hauptstadt einnahmen. Nicht zuzulassen, dass die fremde Königin einen Fuß in ihre Stadt setzte. »Verteidigt einfach nur unsere Soldaten. Lasst die fremden Geister in Ruhe.«

Königin Daleina, dachte sie, *ich hoffe, Ihr wisst, was Ihr tut.*

Und dann hatte sie keine Zeit mehr zum Nachdenken. Sie sprang auf den Waldboden, landete zwischen zwei Soldaten und drosch auf einen Erdgeist ein, der versuchte, die Männer in Stücke zu reißen.

Direktorin Hanna hatte die Akademie in Luftgeister gehüllt. Sie umkreisten sie als ein kontrollierter Wirbelsturm. Die anderen Lehrer hatte sie über die ganze Akademie verteilt Stellung beziehen lassen. Magistra Chirra hatte Erdgeistern aufgetragen, einen Graben rund um die Wurzeln der Akademiebäume auszuheben, und Magistra Sondriane hatte den Graben von Wassergeistern fluten lassen. Die Geister lauerten unter der Oberfläche im Wassergraben, bereit, jedweden Feind in die Tiefe zu ziehen.

Magistra Sondriane hatte bemerkt, dass den Geistern diese Vorstellung sehr gut gefiel.

Die Schülerinnen hatten sich im Übungskreis zusammengeschart. Hanna wünschte, sie hätte sie auf ihren Zimmern einschließen und ins Bett stecken können, aber sie erinnerte sich daran, wie gut Merecot im Umgang mit Baumgeistern gewesen war – sie könnte die Schülerinnen mühelos zwischen deren eigenen Zimmerwänden zerquetschen, wenn ihr danach war. Magistra Klii, die auf Feuergeister spezialisiert war, hatte die Schülerinnen mit einem Feuerring umgeben. Insgesamt also drei Schichten des Schutzes. Besser konnte es die Direktorin nicht machen. Niemand hatte eine Akademie je so gründlich und sorgfältig geschützt.

Sie hoffte, dass es ausreichen würde.

In ihrem Büro hoch oben im Akademiebaum sah sie zu, wie die fremden Geister über die Stadtgrenzen strömten. Sie hörte das Knacken und Krachen der Bäume, als sie unter dem Ansturm umstürzten. Und sie sah und spürte, wie Königin Daleina Aratays Geister ausschickte, um sich dem näher kommenden Sturm entgegenzustürzen.

Direktorin Hanna war vorbereitet, als sich nun etliche Geister aus den feindlichen Schlachtreihen lösten und in Richtung Akademie flogen. Sie verstärkte ihre Macht über die Luftgeister und bereitete sie auf die Angreifer vor. Sie würde es mitten in der Luft mit ihnen aufnehmen …

Die Erdgeister kamen von unten.

Sie gruben sich durch die Wurzeln. Magistra Klii sandte ihnen die Feuergeister entgegen, aber ihre steinernen Leiber brannten nicht. Magistra Sondriane ließ die Wassergeister Sturzbäche hinabströmen, um die Erdgeister in den Untergrund zurückzuspülen. Aber die Steingeschöpfe kamen wieder aus dem Schlamm und dem Dreck hervorgekrochen.

Die Kinder schrien.

Und das Fenster neben Hannas Schreibtisch zersplitterte, als die Luftgeister dagegenschlugen. Sie fuhr herum, rannte durch die Bürotür hinaus zur Treppe – und dann sprang sie. Noch im Fallen rief sie Luftgeister zu sich, und drei kamen herbeigeflogen und bremsten ihren Sturz. Sie flog hinunter zu den Kindern. Als die fremden Geister nun immer näher herandrängten, legten die Direktorin und die Lehrerinnen einen Panzer um sie herum: Holz, Erde, Feuer, Wasser, Wind und Eis. Sie setzten ihn aus verschiedenen Schichten zusammen und klammerten sich in seinem Inneren alle aneinander, während es der Feind um sie herum brennen, regnen und frieren ließ und die fremden Geister, im Versuch, zu ihnen durchzudringen, an ihrem Panzer rissen und zerrten.

Sie ist zu stark, dachte die Direktorin. Ihre ehemalige Schülerin war nur noch mächtiger geworden. Thronanwärterin Naelin würde sie nicht besiegen können. Nur eine Königin konnte hoffen, eine Königin zu besiegen. *Kämpft gegen sie, Daleina. Kämpft mit allem, was Ihr habt.*

Kapitel 32

Allein, nur in Begleitung eines Wolfes, stand Daleina auf dem Turm der Königin und sah zu, wie die Geister von Semo über die Grenzen der Stadt hinwegfegten. Sie wünschte, sie hätte noch die Gelegenheit gehabt, sich von ihrer Schwester zu verabschieden. *Sorg dafür, dass ihr nichts geschieht, Hamon,* flehte sie in Gedanken. »Bist du bereit?«, fragte sie den Wolf.

Er hob zur Antwort den Kopf und heulte.

Sie breitete die Arme aus und ließ ihrem Bewusstsein freien Lauf. *Kämpft!*

Der Befehl flog durch die Luft. Daleina spürte, wie er ihre Geister entfesselte, und sie fühlte, wie sie sich erhoben, um sich den Eindringlingen in den Weg zu stellen. Sie spürte den wirbelnden Zorn ihrer Geister, ihren Trotz und ihr pures Vergnügen. Die Gefühle der Geister überschwemmten ihren Körper und erfüllten ihre Kehle, bis alles, was sie sehen, alles, was sie fühlen, und alles, was sie atmen konnte, die Geister waren. Ihr Heulen war Daleinas Heulen. Ihr Zorn war Daleinas Zorn. Sie selbst war bei ihnen, als sie nun in die graue Masse der feindlichen Luftgeister eintauchten und sich durch die Phalanx der Erdgeister pflügten.

Luftgeister schnitten durch Wassergeister, zerteilten sie zu Tausenden von Tröpfchen. Wassergeister umarmten Feuergeister, und um sie herum barst Holz und Stein, während sie kämpfend auf den Waldboden krachten. Daleinas Erdgeister wurden unter den Füßen riesiger Gebirgserdgeister zertrampelt, und so sandte sie Eisgeister aus, um die Gelenke der Feinde erstarren zu lassen, und Wassergeister, um den Boden unter ihnen aufzuweichen.

Daleina kämpfte so, wie sie es geplant hatte: klug und geschickt. Sie konnte Merecot nicht mit bloßer Macht besiegen, aber sie konnte sie überlisten. Also schickte sie ihre Geister hinter die Eindringlinge und ließ sie aus allen möglichen Richtungen zuschlagen, aus denen diese keine Angriffe erwarteten. Sie ließ Eisgeister in die Reihen von Merecots Soldaten schlüpfen, was Merecot dazu zwang, zu deren Schutz Feuergeister einzusetzen. Sobald die Feuergeister nah genug waren, fing Daleina sie mit Erdgeistern ein, begrub sie im Boden oder stellte ihnen Fallen mit Ästen, die ihre Wassergeister mit Wasser besprüht hatten.

Der Wald brannte.

Aber die Stadt brannte nicht.

Ich werde es schaffen, schärfte sie sich ein. *Du wirst Aratay nicht erobern. Du kannst nicht siegen.*

Aber sie konnte ebenfalls nicht siegen. Sie hielt die Feinde nur hin, sorgte dafür, dass sie in Naelins Reichweite blieben, hinderte sie daran, mehr von ihren Untertanen zu töten, aber es würde ihr nicht gelingen, sie zu besiegen. Merecot nährte ihre Geister mit ihrer Kraft – und sie war sehr, sehr stark.

Daleina sandte ihr Bewusstsein aus und schickte mehrere Geister in Richtung Akademie. Sie fegten die feindlichen Geister von den Wänden, zerrten sie aus dem Übungsring, begruben sie in der Erde, überfluteten sie mit Wasser. Gleichzeitig ließ sie ihre Geister durch die Straßen streifen – ihre Untertanen versteckten sich, und ihre

Geister beschützten die Menschen und stürzten sich auf alle fremden Geister, die versuchten, Türen aufzustemmen und Fenster aufzubrechen. Sie sandte andere ihrer Geister zum Palast, um die Flüchtlinge zu verteidigen.

Als sie die Schwärze aufsteigen spürte, versuchte sie sofort, ihr Geisterheer abzuziehen. Sie versuchte, sie aus der Stadt zu schicken, weg von ihren Untertanen, Richtung Hain. Daleina schob sie so weit fort, wie sie konnte, und hoffte, dass sie Naelin genug Zeit verschafft hatte.

»Jetzt, Bayn«, sagte sie, zu dem Wolf gewandt. »Geh ihn suchen.«

Sie hörte, wie er aus dem Turm lief, als sie zusammenbrach.

Arin biss sich so fest auf die Unterlippe, dass sie Blut schmeckte. Sie konnte und musste es schaffen. Sie brauchte sich nur zu konzentrieren und ihre Hand ruhig zu halten. Bisher hatten sie zwölf mögliche Gegenmittel ausprobiert, und keines hatte gewirkt, wenn sie mit einem Tropfen des Giftes in Kontakt kamen, das sich wiederum in einem Tropfen von Arins Blut aufgelöst hatte. Jetzt war sie bei ihrem dreizehnten Versuch.

Hinter ihr stritten sich Hamon und seine Mutter. Schon wieder.

Das Gift war wie ein Chamäleon und veränderte sich, wann immer es in die Nähe von menschlichem Blut kam und sich an die Zellen haftete. Es versteckt sich im Blut, hatte Garnah gesagt. Tarnt sich. Sie bewunderte dieses Gift, das konnte Arin erkennen. »So eine schlaue Schönheit«, murmelte Garnah immer wieder, was stets dazu führte, dass Hamon sie anzubrüllen begann. Glücklicherweise brauchte Arin keinen der beiden für ihre Tätigkeit.

Sie hockte sich hin, sodass sie auf gleicher Höhe mit

dem Krug war, und ließ einen Tropfen destillierten Wassers herausquellen. Er fiel in die Tropfen ihres Blutes – sie hatten zunächst mit Proben von Daleinas Blut angefangen, waren dann aber zu Arins Blut übergegangen, als ihnen das Blut von Daleina ausgegangen war. Sie hatten keine Zeit, zu Arins Schwester zu gehen und sie zur Ader zu lassen, und außerdem sei sie ohnehin beschäftigt, hatte Hamon gesagt.

»Was könnte wichtiger sein als eine neue Entdeckung?«, fragte Garnah.

Arin empfand genauso. Daleina sollte eigentlich hier bei ihnen sein. Es war schließlich ihr Leben, das sie zu retten versuchten. *Sie ist wahrscheinlich irgendwohin unterwegs, um etwas fürchterlich Edelmütiges zu tun.* Natürlich hatte sie keinen Zweifel daran, dass sich Lehrmeisterin Garnah aus ganz anderen Gründen für die Ergebnisse ihrer Forschungen interessierte – sie liebte die Gifte selbst, nicht die Menschen.

Arin stellte das Mikroskop ein, legte ein präpariertes Glasplättchen darunter und spähte hinein. Sie beobachtete, wie sich die Zellen zusammenzogen und dann ausdehnten, als sie vom Gift attackiert wurden.

Hinter ihr hörte sie Hamon sagen: »Doch, das tue ich. Ich liebe sie! Ist es das, was du hast hören wollen? Wirst du sie jetzt ermorden, nur um zu sehen, wie ich reagiere? Oder um mich dadurch dazu zu bringen, dass ich dich brauche? Das wird nämlich nicht funktionieren. Du treibst mich damit nur weiter von dir weg.«

»Mein Junge, ich versuche, sie zu retten!« Garnah gelang es, den Tonfall der verletzten Unschuld perfekt zu treffen. Arin ging davon aus, dass Hamon ihre Maske sofort durchschaute. Er hatte viel mehr Erfahrung mit seiner Mutter als sie.

»Lehrmeisterin Garnah«, ging Arin dazwischen, »was würde geschehen, wenn wir Farnwedelmoosextrakt hinzufügen?« Sie wusste, warum man Farnwedelmoosextrakt nicht zum Backen verwenden durfte – wenn es mit Zucker in Kontakt kam, reagierte es auf verheerende Weise.

»Aah, interessant … aber nein. Nicht, wenn ihr nicht wollt, dass sich eure Königin eine Woche lang übergibt.«

»Hauptsache, sie lebt«, warf Hamon ein.

»Traurigerweise wäre das keine der Nebenwirkungen dieser Anwendung«, sagte Garnah. »Aber wenn man Rotflechte hinzufügen würde …« Garnah trat neben Arin, griff nach einer ihrer Phiolen und ließ die Flüssigkeit darin kreisen. »Vielleicht gehen wir die Sache ganz falsch an. Vielleicht könnten wir das Gift umlenken, statt es zu attackieren. Ihm ein neues Ziel geben.«

Der Palast erzitterte, und die Werkbank schwankte zur Seite. Arin hielt das Mikroskop fest an sich gedrückt, damit es nicht zu Boden fiel. Die Röhrchen und Gefäße klapperten gegeneinander. Von draußen ertönten Schreie, und Hamon eilte ans Fenster.

»Sieht nicht gut aus«, sagte er finster.

»*Das* ist nicht unser Problem«, kam es von Garnah. »Du musst endlich lernen, dich auf eine Sache zu konzentrieren. Dass du das nie gekonnt hast, hat dich immer daran gehindert, Herausragendes zu leisten. Statt dich voll und ganz dem anstehenden Problem zu widmen, lässt du dich von Belanglosigkeiten ablenken.«

»Das Leben anderer Menschen ist keine Belanglosigkeit.«

Arin hätte ihm am liebsten gesagt, dass er aufhören solle zu versuchen, sie zu ändern. In gewisser Hinsicht hatte Garnah recht. Er konzentrierte sich auf das falsche Problem – seine Mutter – statt auf das richtige: das Gift.

Ja, draußen schrien Menschen und einige starben wahrscheinlich. So wie Josei gestorben war. Aber das machte ihre gegenwärtige Aufgabe nur noch wichtiger. Wichtig für all jene, die noch nicht die Menschen verloren hatten, die sie liebten. »Sagt mir, was ich tun soll«, wandte sich Arin an Garnah.

»Noch mehr bluten«, antwortete Garnah. Bevor Arin überhaupt reagieren konnte, hatte sie ihr auch schon eine Klinge über den Arm gezogen und fing die Blutstropfen auf einem Glasplättchen auf. »Gut, fang mit einer neuen Versuchsreihe an. Beginne mit der Rotflechte …«

Vor sich hin murrend verband Hamon Arins Schnittwunde, während sie die einzelnen Bestandteile miteinander mischte, ohne dem brennenden Schmerz in ihrem Arm Beachtung zu schenken. Er schaute nach wie vor immer wieder zum Fenster hin.

»Hamon, wenn du dich nicht konzentrierst, kannst du geradeso gut zu ihr gehen«, meinte Garnah.

»Ich werde gehen, sobald ich ein Gegenmittel habe, das ich ihr verabreichen kann«, antwortete Hamon.

Der Palast erzitterte erneut, aber diesmal war Arin darauf vorbereitet. Der Kronleuchter schwang heftig hin und her, und ein brennendes Holzscheit rollte aus dem Kamin. Flammen sprangen auf den Teppich über. Hamon trat sie aus und schob das Holzscheit zurück ins Feuer. Dann kippte er einen Eimer mit Sand über das Feuer und löschte es. Rasch dichtete er den Kamin ab. Anschließend überprüfte er die Riegel an den Fenstern und zog die Vorhänge zu.

Aus dem Flur draußen vor dem Zimmer hörte Arin Schreie.

Das war sehr nahe. Viel zu nahe.

Die feindlichen Geister konnten nicht jetzt schon bis

zum Palastbaum vorgedrungen sein. Man hatte ihr gesagt, dass sie an der Stadtgrenze aufgehalten würden. Sie hätten den Palast überhaupt nicht erreichen dürfen. Ihre Sorge um Daleina wuchs. »Hamon …«, begann Arin.

»Irgendetwas stimmt da nicht«, sagte Hamon. »Ich gehe jetzt zu ihr.«

Er eilte zur Tür hinüber und öffnete sie.

Ein Geist kam mit ausgefahrenen Krallen auf ihn zugeflogen, die gebleckten Zähne auf Hamons Hals gerichtet. Arin schrie. Garnah machte einen Satz nach vorn und griff sich eine der Phiolen, doch Arin hielt sie am Arm fest. »Nein, Ihr verletzt sonst Hamon!«

Hamon trat nach dem Geist, aber der griff ihn dennoch an. Und dann schob sich eine große graue Gestalt durch die Tür, stürzte sich auf den Geist und schmetterte ihn an die Wand. Arin erkannte, dass es ein Wolf war – Bayn!

Während der Geist die Flucht ergriff, bleckte der Wolf seine blutverschmierten Zähne und drehte sich zu Hamon um. Er sah ihn an, packte dann das Gewand des Heilers mit den Zähnen und zog daran. »Daleina?«, fragte Hamon.

»Geh«, forderte Arin ihn auf.

»Geh zu ihr«, sagte auch Garnah seufzend.

Er lief aus dem Raum, den Wolf an seiner Seite.

Garnah verriegelte die Tür hinter ihm. »Vielleicht kommen wir jetzt endlich mit unserer Arbeit weiter.« Sie trat zu Arin hinüber, da krachte klirrend das Fenster auf. Ein Luftgeist flog heulend herein, und ehe Arin auch nur schreien konnte, hatte ihm Garnah auch schon die Phiole, die sie in der Hand hielt, ins Gesicht geworfen.

Der Geist schrie und schlug sich mit den Krallen gegen das Gesicht, dann ergriff er die Flucht.

»Und *jetzt* können wir endlich etwas Arbeit geschafft bekommen.«

»Was war das eben?« Arin hatte noch nie einen Geist auf diese Weise flüchten sehen – Amulette konnten die Geister abwehren, aber dieser Geist hatte sich verhalten, als ob …

Garnah klopfte auf den Tisch. »Konzentrier dich, mein Lehrling. Wir haben eine Aufgabe zu erledigen.«

Seite an Seite beugten sie sich über den Arbeitstisch. Arin maß ab und mischte. Garnah spähte durch das Mikroskop. Sie probierten aus. Blieben erfolglos.

Und dann … und dann … waren sie *nicht* mehr erfolglos.

Garnah schaute vom Mikroskop auf. »Arin? Sperr deine jungen Augen auf und sag mir, ob du siehst, was ich sehe.«

Sie schaute hin, und ihr stockte der Atem. »Ich sehe, was Ihr seht.« Ihr Herz klopfte wild. Sie wischte sich die Hände an ihrem Rock ab und gab sich alle Mühe, ruhig zu bleiben. »Könnte das klappen?«

»Das wissen wir erst, wenn wir es versuchen«, antwortete Garnah.

»Aber wenn sie …«

»Wir brauchen es nicht an der Königin auszuprobieren.« Garnah machte eine Kopfbewegung hin zur verschlossenen Tür. »Es gibt andere im Palast, die viel näher sind.«

Arin wollte nicht glauben, dass Garnah wirklich das vorschlug, was sie vermutete. »Es gibt hier niemanden außer Daleina, der diese Krankheit hat.«

»Nun ja, noch nicht, aber …« Sie deutete auf die Tür, die auf den Flur hinaus führte. »Es sollte sich doch ein nicht benötigter Wachmann oder ein Diener oder irgendjemand sonst finden lassen.«

Arin schüttelte so heftig den Kopf, dass ihr davon schwindlig wurde. »Nein.«

»Das Mittel muss getestet werden. Unter einem Mikroskop zu arbeiten ist nicht das Gleiche wie die Arbeit am menschlichen Körper. Das musst du doch wissen. Wenn du einen Kuchen backst, probierst du ihn ja auch, oder etwa nicht? Du hoffst nicht einfach, dass deine Kombination von Aromen schon richtig schmecken wird, nur weil du das Rezept richtig befolgt hast. Wir machen einfach nur einen Wachmann krank, und dann heilen wir ihn – er wird noch nicht einmal etwas merken.«

»Auf gar keinen Fall. Daleina würde das nicht wollen.«

»Deine Schwester will leben«, entgegnete Garnah. »Außerdem braucht sie nichts davon zu wissen.«

Draußen vor dem Fenster hörte sie einen furchtbaren Krach. Sie lief hin und zog die Vorhänge zurück. Mit einem Satz sprang sie zurück und schlug sich die Hände vor den Mund, um nicht laut aufzuschreien. Geister! Überall! Und Menschen … Bäume stürzten um. Gewaltige Bäume sackten zur Seite und verkeilten sich ineinander, und die Gärten unter ihnen waren völlig verwüstet. Arin merkte, wie sie zitterte. Sie hatte so etwas schon einmal gesehen … als die alte Königin gestorben war, als Josei gestorben war, als alles beinahe zerstört worden wäre. Aber jetzt, hier, im Palast …

»Reiß dich zusammen, Mädchen«, herrschte Garnah sie an.

»Sie hat die Kontrolle über die Geister verloren«, rief Arin. »Deshalb ist Bayn gekommen, um Hamon zu holen. Sie ist tot. Ein falscher Tod. Kein echter Tod.« Sie konnte nicht wirklich tot sein. Nicht Daleina. Nicht jetzt, da sie so nah dran waren, sie zu retten! Arin rannte zu dem Gegenmittel hin. »Wir müssen es tun.«

»Ihr Körper ist geschwächt, und das Mittel ist stark. Wenn es nicht das Richtige ist, wird es sie höchstwahrscheinlich für immer töten. Du hast nur einen einzigen Versuch.«

»Dann probiert es an mir aus.« Sie wirbelte zum Arbeitstisch herum und schnappte sich das Gift. Vage nahm sie zur Kenntnis, dass Garnah sie nicht aufhielt. Tatsächlich beobachtete Hamons Mutter sie sogar voller Eifer, die Hände gefaltet, als stünde sie kurz davor, das beste Geschenk ihres Lebens zu bekommen.

Arin führte das Reagenzröhrchen an ihren Mund und goss sich das Gift auf die Zunge.

Es schmeckt wie Brombeeren, fand sie. Und Zucker.

Sie schluckte.

»Gut«, sagte Garnah. Sie schob Arin die Phiole mit dem Gegenmittel in die Hand, und Arin trank davon. »Sehr gut.« Dann reichte sie Arin ein Messer. »Jetzt blute.«

Arin drückte die Klinge in ihren Arm. Eine Linie aus roten Tropfen perlte hervor. Sie hielt den Arm über eine Glasplatte des Mikroskops. Und sie blutete noch einmal, blutete für ihre Schwester.

Kapitel 33

Der Hain der Königin.

Naelin hätte nie erwartet, diesen Ort je zu Gesicht zu bekommen. Sie hatte ihn auch gar nicht sehen wollen. Grauenvolle Dinge waren hier geschehen. Sie gab dem Luftgeist Weisung, sie abzusetzen, dann stiegen sie und Ven ab.

»Du schaffst das, das kannst du«, sagte Ven.

Sie sah ihn an. Er starrte zu den Bäumen hinauf, als drohten sie ihn zu zerquetschen. Sie wusste, dass er damals hier gewesen war. Er musste gesehen haben, wie Königin Daleina aus dem Hain kam, nach dem Massaker. Vielleicht war er auch hineingegangen und hatte die Toten gesehen. »*Du* kannst es schaffen«, gab sie zurück.

Seine Augen weiteten sich für eine Sekunde, dann nickte er.

Wo die Bäume begannen, sprang Ven auf eine der dicken Wurzeln und begann zu klettern. »Ich halte nach Königin Merecot Ausschau. Spürst du irgendwelche Geister?«

Naelin sandte ihre Sinne aus – das Innere des Hains wirkte leer. Friedlich. Sie kletterte über die Wurzeln und zwängte sich zwischen zwei Baumstämme. Wenige Sekunden später befand sie sich mitten im Hain. Sie schaute sich um und war regelrecht schockiert darüber, wie wunderschön er war. Und so friedlich und ruhig. Das

Morgenlicht fiel durch die Blätter und breitete sich über den Moosboden aus. Ein orangefarbener Schmetterling kreiste träge um eine Blume. Langsam ging sie weiter, ihre Schritte waren gedämpft. Sie hörte nichts von all den Geräuschen aus der Stadt – die Schreie und Rufe, das lärmende Krachen, alles war in der Ferne verhallt.

Dann sandte sie erneut ihre Sinne aus, um die Geister zu berühren. Ihre Aufmerksamkeit war ganz und gar nach außen gerichtet, auf die Armee aus dem Norden konzentriert. Sie brodelten und tosten wie ein Sturm. Naelin hörte die Befehle der Königin nicht, aber sie spürte die Reaktion der Geister. Königin Daleina setzte die Geister dazu ein, um von unten, von hinten und von oben anzugreifen: Wasser gegen Feuer, Erde gegen Eis, Luft gegen Erde … Sie griff sie nicht frontal an; sie versuchte vielmehr, die Stellungen der fremden Geister zu unterlaufen. »Ich glaube, die Königin ist im Begriff zu siegen, zumindest jedenfalls hält sie ihnen wacker stand.« Bisher hatte ihre Kontrolle über die Geister keinen falschen Tod ausgelöst. *Ich hoffe, dass ich wirklich bereit bin,* dachte Naelin. Sie war jetzt eine Spur weiter von der Stadtgrenze entfernt als zuvor, aber die Geister waren immer noch in ihrer Reichweite. Sie konnte Kontakt zu ihnen aufnehmen, wann immer es notwendig wurde.

Naelin beschattete die Augen mit der Hand und sah zu den Bäumen empor. Ven war hoch hinaufgeklettert und halb zwischen den Ästen versteckt. Er hatte ein kleines Fernrohr aus der Tasche gezogen und schaute nach Norden.

»Irgendetwas zu sehen?«, rief sie.

»Ich komme mir vor, als wäre ich vor der Schlacht davongelaufen«, sagte er, während er das Fernrohr sinken ließ.

»Es ist uns *befohlen* worden.« Vom Kreis der Bäume umgeben und vom übrigen Wald abgeschirmt, kam es Naelin so vor, als hätte man sie, damit ihr nichts passierte, in einem Schrank versteckt wie ein Familienerbstück. Der blaue Himmel hier und der laue Wind, der sanft über die Blätter strich, schienen weit entfernt von dem Chaos und der Zerstörung, die sie hinter sich gelassen hatten. »Ich glaube, Königin Daleina hat uns belogen, oder wir haben sie missverstanden. Königin Merecot konzentriert sich ganz auf die Hauptstadt – sie kommt nicht hierher, nicht, ehe sie nicht die Hauptstadt erobert hat.«

»Daleina kennt Merecot. Wenn sie meint, dass …«

»Ich glaube nicht, dass Königin Daleina uns hierhergeschickt hat, um gegen Merecot zu kämpfen. Ich glaube, sie hat uns vielmehr hierhergeschickt, damit ich in Sicherheit bin.« Naelin spürte die Schlacht wie Nadelstiche auf der Haut. So weit entfernt. Und doch nahe genug, dass sie die Geister immer noch spüren konnte. Und wenn sie es versuchte, konnte sie immer noch die Kontrolle über sie ergreifen und sie befehligen. »Ich bin nur ihre Vorsorge für den Notfall.« Wenn Daleina die Eindringlinge weiterhin abwehren konnte, war es wahrscheinlich, dass Königin Merecot und ihre Armee es niemals so weit nach Süden schaffen würden, dass sie den Hain erreichten. Und wenn nicht, wenn Daleina einen weiteren falschen Tod erlitt … dann würde Naelin sie aus der Sicherheit des Hains abwehren. Es war schlau durchdacht. Die Eindringlinge aus Semo würden nicht wissen, mit wem sie kämpften, solange sie hier versteckt war.

»Das ist schon möglich«, räumte Ven ein. »Aber sie könnte …«

Doch offenbar konnte sie nicht.

Naelin spürte den Augenblick, in dem Daleina die Kontrolle über die Geister verlor. Es war, als zerberste eine Glasvase, und ihr Kopf füllte sich mit Schreien. Von Ferne hörte sie Ven nach ihr rufen. Sie spürte wilde Freude, Wut, Hunger durch sie hindurchbranden …

Tut nichts Böses!, befahl sie. Sie sandte den Gedanken so weit ringsum über das Land, wie sie nur konnte. Sie hämmerte ihn in die Geister hinein. Aber es waren so viele! So viele mehr als nur die im Palast. Die Königin musste sie auch aus dem Wald dahinter herbeigeholt haben.

Der Blutrausch hatte sie bereits erfasst, und sie hörten nicht auf sie. Sie würde es nicht schaffen, sie zurückzurufen. Sie musste sie umlenken. *Ja. Das kannst du.* Wie Königin Daleina es sie gelehrt hatte, trieb sie sie an und lenkte ihre Konzentration auf den Feind. Sie ließ sie den Felsgrund neu formen, die Steinblöcke, die die fremden Geister ausgegraben hatten, wieder mit Erde bedecken, befahl ihnen, die Bäume wieder wachsen zu lassen, die entwurzelt worden waren – aber sie kämpften gegen sie an.

Sie wollten Blut.

Sie wollten Tod.

Menschliches Blut. Menschlichen Tod. Naelin presste sich beide Hände fest an den Kopf. Es verlangte die Geister so sehr danach, dass es wehtat. Sie ließ sich nach vorn fallen, stürzte in dem weichen Boden auf die Knie. Der Erdkrake bewegte sich, unter der Stadt, und erschütterte den Palast. *Erian und Llor!* Mit aller Macht packte sie den Kraken und lenkte ihn weg von der Stadt.

Aber es waren zu viele; sie konnte sie nicht alle kontrollieren. Bestenfalls konnte sie sie im Zaum halten, ihr Zerstörungswerk begrenzen, aber sie konnte das nicht über einen unbestimmten Zeitraum hinweg tun, und der Feind überrollte die Hauptstadt. Sie konnte Semos Geister nicht abwehren, solange sie versuchte, die Geister Aratays zurückzuhalten …

»Sie kommt!«, rief Ven. Er kletterte höher in den Baum hinauf.

»Ich kann sie nicht bekämpfen!« Naelin konnte kaum die Geister im Zaum halten. Völlig unmöglich, gleichzeitig die Geister davon abzuhalten, die Stadt zu zerstören, *und* einer Königin auf dem Gipfel ihrer Macht die Stirn zu bieten.

»Naelin … du hast recht gehabt, aber nicht aus den Gründen, die du vermutest«, sagte Ven. »Sie hat dich nicht hierhergeschickt, damit du kämpfst; sie hat dich hergeschickt, um einen Kampf zu vermeiden!«

Naelin verstand nicht, was er meinte.

Und dann, plötzlich, verstand sie es doch.

Meisterin Piriandra rammte ihr Schwert in die Seite eines Erdgeistes. Er marschierte weiter. Als er seinen gewaltigen Arm nach ihr schwang, duckte sie sich darunter hinweg. Kieselsteinchen regneten auf ihren Kopf herab. Sie riss das Schwert aus der Scheide und stach abermals zu.

Unter ihr hob und senkte sich der Waldboden wie die Wellen eines Meeres. In Aratay gab es vorwiegend Baumgeister, aber in Semo herrschten die Erdgeister vor. Ihr war bis jetzt nicht bewusst gewesen, wie schwierig es war, gegen sie zu kämpfen. Piriandra kletterte auf einen der Bäume hinauf und klammerte sich an einen Ast, als der Baum hin und her zu schwanken begann. Sie ließ ihren Blick über die feindlichen Soldaten schweifen – es war schwer, sie in der Flut der Geister zu entdecken, aber sie konnte genau den Ort ausmachen, wo sich die … *Wo ist sie denn?* »Kann irgendwer Königin Merecot sehen?«, rief sie. »Alle Augen auf den Feind! Könnt ihr sie sehen?«

Die Königin von Semo hatte sich hinter den Soldaten befunden und von dort aus die Geister kommandiert. Sie war klug genug gewesen, sich außerhalb der Reichweite jedweder Pfeile zu halten, aber sie war allgegenwärtig gewesen, wie sie so vor und zurück geritten war. Jetzt sah Piriandra sie nicht mehr. Sie wusste nicht, was das bedeutete, doch ihr Bauchgefühl sagte ihr, dass es nichts Gutes sein konnte.

Aber wie auch immer, sie hatte kaum Zeit, darüber nachzudenken. Zwei Erdgeister versuchten, die Reihen der Wachen zu durchbrechen, indem sie die Soldaten hüfttief in die Erde hinabzogen. Piriandra lief über die Wurzeln und half, Soldaten in die Bäume hinaufzuheben. Sie kletterten an den Stämmen empor wie Ameisen, als nun einer der Geister aus Aratay mitten im Weg der Erdgeister eine Springquelle emporschießen ließ. Das Wasser schwemmte sie zurück. *Gut*, dachte Piriandra. Vielleicht gelang es ihnen, sich darauf zu konzentrieren, die Soldaten aus Mittriel herauszuhalten – *einen Ort, zu dem man nicht vorstoßen kann, kann man auch nicht erobern*. Natürlich würde sie sich besser fühlen, wenn sie wüsste, wo sich Königin Merecot befand, aber …

Einer der Soldaten schrie auf. Piriandra schwang sich zu ihm hinauf. Er lag flach auf einem Ast, ein Baumgeist hielt ihn hinabgedrückt. Der Geist hatte seine Zähne in sein Bein versenkt. Piriandra sprang auf den Ast und versetzte dem Geist einen harten Tritt gegen die Brust. Er flog zurück und krachte gegen den Stamm. Und dann waren Geister überall rings um sie herum.

Unsere Geister. Die Geister Aratays. »Sie sind wild geworden!«, rief sie. »Verteidigt euch!« Sie hob ihr Schwert, dann sprang sie auf die nächste Ranke, schwang sich nach unten und schlug mit ihrem Schwert um sich, als sich die Luft- und die Baumgeister nun gegen die Bewohner Aratays wandten.

Der Schrei breitete sich durch die Reihen der Kämpfer aus. »Die Königin! Die Königin ist tot! Königin Daleina ist tot!« Während Piriandra weiterkämpfte, sah sie die ersten Soldaten fallen, gefangen zwischen den Krallen und Zähnen. »Sie wird wieder aufwachen!«, rief Piriandra. »Kämpft, ihr Idioten! Verschafft ihr Zeit!«

Sie stieß zu den anderen Meistern hinzu, die sich um die Kandidatinnen herum aufgestellt hatten. Das Schwert in der schwitzenden Hand kämpfte sie Schulter an Schulter mit Meister Havtru und Meister Keson, half, die verbliebenen Kandidatinnen zu verteidigen, aber es waren zu viele Angreifer.

Überall um sie herum starben Menschen.

Soldaten. Kandidatinnen. Meister.

Sie wusste, dass auch in der Stadt Menschen sterben mussten.

Mütter, Väter, Brüder, Schwestern, Kinder.

Und plötzlich wusste sie, dass sie nicht warten konnten. Wenn sie darauf warten wollten, dass Königin Daleina wieder erwachte, würden sie alle tot sein. Sie würde über einen leeren Wald herrschen.

»Haltet sie auf!«, rief sie den Kandidatinnen zu. »Lasst sie erstarren!«

»Ihr meint …«

»Ja!«

»Aber Königin Daleina wird wieder erwachen!«, schrie Havtru.

»Wenn wir so lange warten, sind wir bei ihrem Erwachen alle tot!« An die Kandidatinnen gewandt brüllte sie: »Tut, was ich euch sage!«

Alle gleichzeitig begannen sie zu rufen: *»Wählt! Wählt!«*

Piriandra spürte den Befehl, obwohl sie selbst keine Macht über die Geister besaß. Er rauschte wie ein Wind durch den Wald.

Und die Geister schwebten davon.

Alle Geister Aratays zogen sich zurück, langsam, abgelenkt – die Luftgeister schwebten in die Luft hinauf, die Erdgeister versanken in der Erde, die Baumgeister wanderten ziellos weg von den Körpern, über die sie sich eben noch hergemacht hatten.

Da sie plötzlich auf keine Gegenwehr mehr stießen, verstärkten die Geister aus Semo ihren Angriff.

Piriandra sprang vor eine der Kandidatinnen, um einem Luftgeist in den Weg zu treten, und spürte einen stechenden Schmerz in der Seite. Sie blickte an sich herab. Ein Erdgeist hatte sich aus dem Schlamm neben ihr erhoben und ihre Lende durchbohrt. Ein weiterer stechender Schmerz durchzuckte ihren Arm. Sie schwang ihr Schwert und kämpfte weiter, auch wenn ihr das Blut aus dem Leib floss.

Jetzt, wo sich ihr nur noch die Schwerter der Meister und die Speere und Schwerter der Soldaten entgegenstellten, rollte die Armee von Semo über die Stadtgrenze hinweg und hinein in die Hauptstadt Mittriel.

Als sie an Piriandra vorbeirauschten, sank sie auf die Knie. Das Schwert entglitt ihren Fingern, und sie presste die Hände auf ihre aufgeschlitzte Seite. *Ich habe versagt,* dachte sie.

Das Letzte, was sie hörte, waren Schreie.

Es könnten ihre eigenen gewesen sein.

Naelin spürte, wie der Befehl die Geister durchdrang: *Wählt!*

Nein!, dachte sie. *Königin Daleina wird wieder auf-*

wachen! Wartet, bis sie erwacht! Aber die Geister waren bereits im Bann des uralten Befehls. Sie spürte, wie sie sich vom Geschehen lösten und dann ziellos umhertrieben. Ihre Gefühle verloren ihren Zusammenhalt. Sie würden bis zur nächsten Krönungszeremonie in diesem Zustand verbleiben.

»Sie kommt«, rief Ven. »Und sie bringt ihre Geister mit!«

Naelin streckte ihre Sinne nach den Geistern aus. *Helft mir! Kämpft!* Aber sie wogten nur teilnahmslos um sie herum. Sie verfügte über keinerlei Mittel der Verteidigung, außer Vens Schwert. Und wenn sie sich nicht verteidigen konnte … konnte die Stadt sich auch nicht verteidigen. Nicht einmal der Palast. Und auch nicht Erian und Llor.

Königin Merecot war auf dem Weg in den Hain der Königin.

Und Naelin wusste, was sie tun musste. Was Königin Daleina von ihr wollte.

Sie streckte ihren Geist nach den Geistern aus und berührte sie mit ihrem Bewusstsein, drang so weit zu ihnen hinaus, wie sie irgend konnte. Sie strich über sie hinweg und konzentrierte ihre Gedanken. *Wählt mich.*

Macht mich zur Königin.

Kapitel 34

Erian hockte unter dem Tisch, die Arme um Llor geschlungen. Ihr Vater kauerte neben ihnen. »Wenn wir leise sind, merken sie nicht, dass wir hier sind«, flüsterte Vater. Etwas Schweres krachte gegen die Tür, und er zuckte zusammen. Draußen im Flur erklangen Schreie. Immer neues Getöse wurde laut, und sie hörten das Klirren von berstendem Glas.

»Ich will zu Mama«, wimmerte Llor.

»Scht«, machte Erian.

»Eure Mama ist dort draußen und hilft, uns zu beschützen«, ergriff Vater das Wort.

»Sie macht es falsch«, klagte Llor. »Sie sollte hier drinnen sein und dafür sorgen, dass uns nichts passieren kann. Du hättest sie nicht so wütend machen dürfen. Dann wären wir jetzt alle zusammen. Es ist deine Schuld!« Seine Stimme wurde mit jedem Wort lauter.

Erian schlug Llor die Hand auf den Mund. »Scht! Sonst hören dich die Geister!«

Er biss ihr in die Hand.

»Ich gehe Mama suchen!« Er hechtete vor, unter dem Tisch heraus, und sowohl Vater als auch Erian hasteten eilig hinter ihm her. Er war schnell wie ein Eichhörnchen, flitzte durch den Raum, sprang über das Sofa und schoss unter einem Tisch hindurch zur Tür. Dann riss er den Riegel zurück und warf die Tür auf, im gleichen Moment, als

Vater ihn erreichte – und eine junge Frau hereingestürmt kam.

Sie schlug die Tür zu und verriegelte sie wieder. Dann sank sie zu Boden, ein Glasfläschchen an die Brust gedrückt. Ihr Haar war versengt, und sie hatte Schmutzflecken auf der Wange. Sie kam Erian irgendwie bekannt vor.

»Alles in Ordnung?«, wandte sich Erians Vater an sie.

»Es hat geklappt!«, sagte die Frau. Eigentlich war sie noch ein Mädchen. Sie sah aus, als sei sie ungefähr vierzehn. Älter als Erian, aber nicht so alt wie Mama und Vater. »Ich bin nicht tot. Nicht vorübergehend. Und auch nicht auf Dauer. Es hat geklappt, und ich muss es zu ihr bringen.« Ihre Stimme wurde immer schriller.

»Ganz ruhig«, sagte Vater. »Es ist jetzt nicht sicher, irgendwohin zu gehen. Dort draußen sind Geister. Du kannst dich hier mit uns verstecken.« Dass Vater »verstecken« sagte, machte Erian mehr Angst als all das Geschrei draußen. Es war immer Vater, der aus dem Haus spazierte und dabei seine Axt vergaß. Vater, der vergaß, ihnen Amulette in die Schultaschen zu stecken. Vater, der meinte, alles würde gut werden, solange sie nur heiter und optimistisch waren. Mutter war immer sehr wütend geworden, wenn er so etwas sagte.

Das ältere Mädchen schüttelte den Kopf. »Kann ich nicht. Muss zur Königin. Ich kann es schaffen. Kann sie heilen. Aber die Geister sind gekommen. Sie … ich weiß nicht, ob Lehrmeisterin Garnah noch am Leben oder tot ist. Ich weiß nicht, ob sie vielleicht alle tot sind. Ich habe es einfach an mich gerissen und bin losgerannt.« Tränen liefen ihr über die Wangen.

»Du sagst unverständliches Zeug«, erklärte Llor.

»Scht«, wies ihn Erian zurecht. »Sie ist aufgeregt.« Aber sie sah es genauso wie Llor. Sie wusste nicht, wovon das verängstigte Mädchen da redete, geschweige denn, wer Lehrmeisterin Garnah war.

»Die Königin ist im Turm«, wandte sich das wirr redende Mädchen an Vater, »im höchsten. Dem Turm der Königin. Damit sie die Schlacht sehen kann. Ich muss dorthin, aber es sind überall Geister … Ihr müsst mir helfen!« Sie zeigte ihnen das Fläschchen, das sie an sich gedrückt hatte: eine Phiole mit einer rubinroten Flüssigkeit. »Das hier wird die Königin heilen.«

Erian starrte die Flüssigkeit an. Die Königin heilen!

Wenn es der Königin besser ging … dann müsste Mama keine Thronanwärterin mehr sein. Dann könnte sie bei ihnen bleiben. Sie müsste sich nicht ihrer Ausbildung widmen, sie würden nicht hier im Palast sein müssen, sie würde Vater verzeihen, und sie konnten alle nach Hause zurückkehren! *Wenn es der Königin besser geht, wird Mama nicht sterben.*

Vater schüttelte den Kopf. »Ich habe meiner Frau versprochen, mich um unsere Kinder zu kümmern. Keine Risiken einzugehen. Ich muss beweisen, dass sie mir vertrauen kann …«

»Wir helfen dir«, versprach Erian und schnitt ihrem Vater das Wort ab. Dann wandte sie sich an ihren kleinen Bruder. »Llor, wir müssen ganz vorsichtig und raffiniert vorgehen, um an den Geistern vorbeizukommen.«

Ein Grinsen erhellte sein Gesicht. »Ich bin der Raffinierteste von allen.« Er ließ sich auf den Boden fallen und drückte das Gesicht gegen den schmalen Spalt unter der Tür. »Sieht unordentlich aus dort draußen«, vermeldete er. »Aber nichts bewegt sich. Wir könnten jetzt gehen!«

»Llor, Erian, ihr geht nirgendwohin«, versetzte ihr Vater mit entschlossener Stimme. »Ich habe Eurer Mutter versichert …«

»Mama würde es tun«, wandte Erian ein. »Sie würde der Königin helfen wollen. Sie hilft ihr auch jetzt gerade.« Sie riegelte die Tür auf und spähte hinaus.

Vater beugte sich zur Tür hinüber und drückte sie wieder zu. »Ich weiß, dass ich Fehler gemacht habe. Aber seit eurer Geburt, seit ich euch beiden ins Gesicht geschaut habe, wollte ich euch alles geben. Ich wollte nie Nein sagen. Ich wollte euch nie zum Weinen bringen. Also habe ich eure Mutter Nein sagen lassen. Ich habe allein sie die Elternrolle übernehmen lassen, damit ich euer Freund sein kann, derjenige, der euch glücklich macht. Ich habe geglaubt, wenn eure Mutter hierherkäme, wenn sie Thronanwärterin würde, dann würden wir alles haben, was wir brauchen – und müssten uns nie mehr um irgendetwas Sorgen machen. Ihr könntet alle Spielsachen und Bücher haben, die ihr euch nur wünscht, wir könnten so viel zu essen haben, wie wir nur wollten, das größte Haus besitzen … Es war dumm von mir. Das weiß ich jetzt. Ich habe nicht gedacht, dass es gefährlich werden würde. Eure Mutter … nichts hat sie je aufhalten oder ihr Angst machen können. Ich habe nicht richtig nachgedacht … Wie dem auch sei, jetzt bin ich hier, und ich werde euch beschützen und kluge Entscheidungen treffen, selbst wenn das bedeutet, Nein zu sagen. Also, nein, ihr dürft diesen Raum nicht verlassen. Wir bleiben hier versteckt, wo wir sicher sind, bis alles vorüber ist.«

Das ältere Mädchen griff in eine Tasche ihres Rocks, zog eine Handvoll Staub heraus und blies ihn Vater ins Gesicht. Er brach auf dem Boden zusammen.

»Du hast Vater getötet!«, rief Llor. Er ballte die Fäuste und rannte auf sie zu. Erian fing ihn ab und legte den Arm um ihn. Vater sah nicht tot aus, nicht einmal verletzt.

Eine Sekunde später begann Vater zu schnarchen.

»Er wird wieder aufwachen«, versicherte das Mädchen.

»Alle Achtung!«, entfuhr es Llor sichtlich beeindruckt. Erian ließ ihn los – von einem Augenblick auf den anderen schien er sein Verlangen, dem Mädchen eine Tracht Prügel zu verpassen, völlig vergessen zu haben. »Wie hast du das gemacht?«

Das Mädchen antwortete nicht. »Ihr beide bleibt hier. Versteckt euch. Dort draußen ist kein Platz für Kinder. Die Geister sind wild geworden.«

»Aber du hast gesagt, dass du Hilfe brauchst!«, wandte Erian ein. »Ich will helfen.« Vor allem, wenn die Königin wieder krank war. Das bedeutete, dass Mama dort draußen war und ganz allein gegen die Geister kämpfte. *Ich muss helfen!*

»Du bist nicht viel älter als wir«, warf Llor ein. Und dann weiteten sich seine Augen, als sei ihm plötzlich etwas Wichtiges eingefallen. »Erian« – er zog sie näher heran und flüsterte: »Wir können nicht mit ihr gehen! Mama hat gesagt, dass wir auf keinen Fall mit einem Fremden irgendwohin gehen sollen!«

Er hatte recht. Aber wenn sie Mama helfen konnten … »Wie heißt du?«, wollte Erian wissen.

»Arin«, antwortete das Mädchen. »Ich bin die Schwester der Königin.« Sie öffnete die Tür einen Spaltbreit und streckte den Kopf hinaus. Erian stellte fest, dass es draußen leise war: kein Getöse mehr. Sie warf einen vorsichtigen Blick an Arin vorbei und sah keine Geister. Allerdings war da ein riesiges Durcheinander: Die Hälfte des Daches war eingestürzt.

»Ich habe dich schon mal gesehen!« Erian erinnerte sich daran, das andere Mädchen im Garten gesehen zu haben – die Königin hatte sie ihr gezeigt, als sie ihr das erste Mal begegnet waren. »Die Sache geht in Ordnung. Sie ist keine Fremde«, ließ sie Llor wissen.

»Ich gehe jetzt«, entschied Arin. »Bleibt hier und versteckt euch.«

»Wir kommen mit dir«, beharrte Erian.

»Ich habe keine Zeit, mich mit euch zu streiten …«, begann Arin.

Erian fiel ihr ins Wort. »Dann tu es auch nicht.«

»Moment!«, sagte Llor und stopfte Vater sein Stoffeichhörnchen unter den Arm. Vater murmelte im Schlaf irgendetwas, schnarchte dann aber leise weiter.

Alle drei schlüpften sie auf den Flur hinaus. Llor packte Erians Hand, als sich die Tür hinter ihnen schloss. Über allem lagen Schatten, und es war seltsam still. Auf Zehenspitzen schlichen sie durch den Flur und stiegen über zerbrochene Kronleuchter. Brandspuren überzogen die Holzwände. Sie waren kreuz und quer mit einem Gewirr von Ranken überzogen, als handele es sich um Verbände für die Brandwunden.

Arin eilte weiter. »Sie ist dort o …«

Sie blieb stehen.

Llor rannte in sie hinein. »He!«

»Scht«, mahnte Erian. »Was ist los?« Sie versuchte, einen Blick an Arin vorbei zu werfen.

»Die Treppe ist weg.« Arin trat zur Seite, und Erian und Llor drängten vorwärts. Die Treppe nach unten befand sich noch immer in gutem Zustand, die Treppe nach oben war jedoch eingestürzt, zusammengedrückt, als seien die Wände von Riesenhand zerquetscht worden. »Ich kenne keinen anderen Weg hinauf.«

Llor legte seine Hände um ihre. »Ich kenne alle Wege!« Er zog die beiden Mädchen von der Treppe weg, und sie eilten durch den Flur zurück.

Er führte sie durch das Labyrinth von Gängen zu einer anderen Treppe und hinauf, aber noch bevor sie das nächste Stockwerk erreicht hatten, war das Treppenhaus von Ästen versperrt, die sich zu einer undurchdringlichen Barriere verknäult hatten.

»Nein!«, rief Arin.

»Folgt mir«, beharrte Llor. »Es gibt noch eine weitere Treppe.«

Sie eilten durch den nächsten Flur – und blieben dann erneut stehen. Hier war die Wand aus dem Gebäude gerissen worden. Erian packte Llors Arm gerade noch rechtzeitig, bevor er weiter vorwärtspreschen konnte. Draußen waren Bäume und der Himmel, und die Treppe baumelte ins Leere hinaus.

In der Stadt bewegten sich Geister ziellos zwischen geborstenen Bäumen umher. Mehrere Baumwipfel hingen umgeknickt herab, in der Mitte zersplittert, und Erian sah schwarzen Rauch den Himmel dunkel verfärben.

Diesmal rannte Llor nicht gleich wieder davon. Er blieb stehen und starrte in den freien Himmel hinein, als habe ihm jemand sein Lieblingsspielzeug gestohlen. Alle drei standen sie Seite an Seite da.

»Llor«, fragte Erian, »gibt es noch irgendwelche anderen Treppen?« Sie kannte die Antwort. Sie hoffte einfach nur, dass sie sich irrte.

Er schluckte. »Nein.«

Arin umklammerte die Phiole mit dem Heilmittel. »Ich muss da hoch! Sie braucht mich. Versteht ihr nicht? Sie hat mich noch nie zuvor gebraucht. Immer ist sie diejenige gewesen, die mich beschützt hat. Die jeden beschützt hat. Aber jetzt habe ich die Möglichkeit, sie zu retten …«

Ein plötzlicher Gedanke durchzuckte Erian so heftig, dass sie einen Schritt zurück machte. »Der Geheimgang!

Llor, hat Kommandantin Alet nicht gesagt, dass er bis ganz nach oben führt?« Sie kniete sich vor ihren Bruder hin und zwang ihn, statt der umherwirbelnden Geister und dem Rauch da draußen sie anzusehen. »Ganz bis nach oben in den *Turm der Königin*?«

»Ja!« Aufgeregt zog er an ihren Händen, bis sie alle drei wieder den Flur entlangliefen.

»Es ist nicht wirklich ein Geheimnis. Es ist ein Speiseaufzug«, erklärte Erian an Arin gewandt, während sie weiterrannten. »Das Küchenpersonal verwendet ihn, um Mahlzeiten nach oben zu transportieren, damit sie nicht all die Treppen hinaufsteigen müssen.«

»Ja, du könntest darin nach oben fahren! Als seist du etwas zu essen!«, verkündete Llor.

»Er wird durch eine Kurbel in der Küche bedient«, erklärte Erian.

Arin nickte. »Ich habe damit schon einmal einen Kuchen nach oben befördert. Aber wie …«

Das könnte klappen! Bestimmt! »Wir könnten die Kurbel für dich drehen, und dann kannst du mit dem Aufzug nach oben fahren.« Zusammen sollten die beiden Kinder in der Lage sein, die Kurbel zu bedienen – es hatte nicht allzu schwer ausgesehen.

Plötzlich hörte Erian hinter sich ein Knistern.

Als sie sich umdrehte, sah sie, wie sich Eis auf der Wand ausbreitete. Es war, als würde sich eine vielfingrige Hand um den Palast legen. »Ein Eisgeist! Rennt schneller!«

Wind umpeitschte sie und schleuderte Eissplitter in alle Richtungen. Einer traf Erian an der Wange. Es brannte, dann spürte sie es nass ihr Gesicht hinunterlaufen und wusste, dass sie blutete. Aber sie lief weiter, stolperte über ihre eigenen Füße und rannte trotzdem immer schneller.

Hinter ihnen, in einem nahen Flur, kreischte der Geist.

»Schneller!«, schrie Llor.

Sie bogen um eine Ecke und hatten den Speiseaufzug erreicht. Zusammen mit Arin und Llor hob Erian die Tür an. »Schnell, schnell, schnell!«, rief Erian. Sie hörte den Geist im Gang hinter ihnen – sie wusste nicht, ob auch er sie gesehen hatte. Vielleicht hatte er eine andere Richtung eingeschlagen. Ihre Finger waren so kalt, dass es wehtat, sie zu bewegen, und der Wind heulte weiter. Der Geist war in der Nähe, aber er hatte sie noch nicht erreicht.

Arin zog an dem Seil, und der Aufzug kam nach oben. Sie klinkte den Sperrmechanismus ein, der verhinderte, dass der Aufzug wieder in die Tiefe hinabschoss, sobald sie das Seil losließ. »Lauft, alle beide! In die Küche! Bevor der Geist euch findet!« Ohne sich durch einen Blick zurück zu vergewissern, ob sie auch gehorcht hatten, versuchte Arin hineinzuklettern – und Erian sah sofort, dass sie zu groß war. Der Schrankraum im Inneren selbst war zwar geräumig, doch die Öffnung war schmal und eng. Arin konnte die Beine nicht weit genug anziehen, um hindurchzupassen. Sie ächzte und krümmte sich, versuchte, sich mit Gewalt hineinzuzwängen. »Es geht nicht«, keuchte sie.

Llor hüpfte von einem Fuß auf den anderen. »Ich bin klein! Ich passe da rein!«

Arin schüttelte den Kopf. »Es ist zu gefährlich. Wenn etwas schiefgeht, wenn ein Geist dich findet, sitzt du in der Falle. Ich kann dich nicht gehen lassen. Ich muss einen anderen Weg finden.«

»Aber ich kann das!«, rief Llor.

Erian wandte sich an Llor: »Du fährst da nicht hoch.« Würde ihn ein Geist in dem Schacht finden, säße er in der Falle, ohne irgendwohin davonlaufen zu können. Außerdem konnte dort oben wirklich alles auf ihn warten. Weitere Geister. Eine tote Königin. »Ich mache es.« Sie kletterte in den Aufzug und streckte die Hand nach dem Heilmittel aus. »Du musst mir versprechen, auf Llor aufzupassen. Ihn vor den Geistern zu verstecken. Und Llor, du musst mir versprechen, auf Vater aufzupassen, wenn er aufwacht.« Ihr Herz hämmerte wie verrückt. Sie wollte Llor nicht allein lassen, aber ihn mitzunehmen war eine allzu unverantwortliche …

Der Eisgeist schrie erneut, jetzt viel näher. *Er kommt!*

Llor kletterte zu ihr herein und stieß mit den Ellbogen und Knien gegen sie, als er sich nun mit ihr zusammen in den Aufzug quetschte. »Ich bin hier drinnen genauso sicher wie dort draußen. Noch sicherer! Bitte lass mich nicht allein!«

Es war das Bitte. Arin zögerte kurz, dann reichte sie Erian die Phiole. »Die Königin ist meine Schwester. Nicht nur eine Königin. Sie gehört zur Familie. Bitte …«

»Wir schaffen das schon«, versprach Erian. »Kannst du die Kurbel in der Küche drehen? Ich glaube nicht, dass ich stark genug bin, um uns bis ganz nach oben hinaufzuziehen.« *Ich weiß, dass ich nicht stark genug bin.* Es war ein weiter Weg bis nach oben.

»Das kann ich«, antwortete Arin. »Und das mache ich auch.«

Erian steckte die Phiole in ihre Tasche und trat gegen den Sperrmechanismus, um den Speiseaufzug in Bewegung zu setzen. Er ruckelte nach unten, aber sie und Llor klammerten sich an das Seil an der Rückwand des Aufzugs und hielten es fest. Gemeinsam zogen sie daran. Der Speiseaufzug bewegte sich mit einem Ruck nach oben.

Schon bald waren sie in Dunkelheit gehüllt.

Unter sich hörten sie Arin schreien.

Kapitel 35

Arin schlug die Tür zum Speiseaufzug zu, als der Eisgeist um die Ecke gefegt kam. Sie sah ihn vor sich – viel zu nah – mit seinen Augen wie weißen Steinen und seinem mit Stacheln aus Eis bedeckten Körper. Er öffnete den Mund und stürzte sich kreischend auf sie.

Sie stieß einen Schrei aus.

Und dann rannte sie los.

Rechts, links, dann wieder rechts, dann eine Treppe hinunter. Sie dachte nicht nach. Rannte nur. Hinter sich hörte sie Eissplitter gegen die Wände klatschen. Die Stufen unter ihren Füßen waren glitschig von Eis – fast wäre sie hinabgeschlittert. Hastig hielt sie sich am Geländer fest. Sie schaute nicht zurück.

Kälte brannte ihr im Nacken, und der Wind heulte in ihren Ohren. Vor sich sah sie, wie der Flur sich wand und krümmte – die Wände wellten sich kräuselnd, als sei das Holz Wasser. Ranken schlängelten sich über den Boden.

Ein Baumgeist!

Sie blickte zurück.

Der Eisgeist hing an der Decke des Treppenhauses. Er hatte seine Eisstacheln in das Holz gestoßen und musterte Arin, als sei sie ein höchst schmackhaftes Stück Fleisch. *Er spielt mit mir,* durchzuckte es sie. Jeden Augenblick konnte er sie töten. »Daleina!«, schrie Arin. »Daleina, hilf mir!«

Sie wusste, dass ihre Schwester sie nicht hören konnte.

Sie selbst befand sich weit unten am Fuß des Palastbaums, und Daleina war ganz oben. Möglicherweise lebte Daleina noch nicht einmal mehr und konnte sie ohnehin nicht mehr hören. *Denk das nicht.* Daleina musste einfach noch am Leben sein, und schon bald würde sie aufwachen und wieder die Kontrolle über die Geister übernehmen … Aber geheilt wäre sie erst, wenn dieses kleine Mädchen und ihr Bruder oben bei ihr eintrafen, was ihnen ohne ihre Hilfe nicht gelingen konnte.

Arin lief weiter, im Wissen, dass sie, falls sie nicht dem Eisgeist zum Opfer fiel, es mit dem Baumgeist zu tun bekommen würde. Tränen rannen ihr über die Wangen. *Ich will nicht sterben. Bitte, ich will nicht …*

Hinter ihr kreischte der Eisgeist abermals, und sie schlug sich die Hände auf die Ohren und lief noch schneller. Ihre Füße verhedderten sich in den Ranken. Sie fiel auf die Knie, und die Ranken schlossen sich um ihre Knöchel. »Nein!« Sie versuchte, sie wegzuzerren, rammte die Fingernägel in das weiche Holz und zog an den Ranken.

Der Baumgeist huschte auf sie zu. Er sah aus wie ein verknäulter Knoten aus Brombeergestrüpp, aber mit Steinen als Augen und Dornen als Händen. Er stürzte sich auf ihre Schulter. Schmerz durchschoss sie, als er sich in ihren Arm bohrte, und sie schrie und versuchte, den Arm wegzureißen.

»Schütz dein Gesicht!«, vernahm sie eine Stimme.

Arin vergrub das Gesicht in den Händen, dann spürte sie, wie Flüssigkeit auf sie spritzte – sofort begann ihre Haut zu brennen. Sie schrie erneut. Jedes Stückchen Fleisch, das von der Flüssigkeit berührt wurde, schien in Flammen zu stehen. Aber der Holzgeist brüllte noch lauter als sie.

»Befrei dich, Mädchen!«

Arin zwang ihre Finger, die Ranken von sich zu schütteln – sie lösten sich leicht –, und rappelte sich hoch. Sie wischte sich mit den Ärmeln Gesicht, Hals und Arme ab, wischte die Flüssigkeit weg.

Ein eisiger Luftschwall krachte ihr in den Rücken und warf sie nach vorn.

»Runter! Krieche!«

Sie gehorchte, obwohl sie nicht erkennen konnte, wer die Befehle rief. Als sie aufschaute, sah sie Lehrmeisterin Garnah um die Ecke treten und eine Phiole über Arins Kopf schleudern. Sie zersprang, und Flammen züngelten über den Flur.

»Jetzt! Mir nach!«, befahl Lehrmeisterin Garnah.

Arin sprang auf und rannte los. Sie schaute einmal kurz zurück und sah den Eisgeist in Flammen gehüllt. Sein Körper war ganz verkrümmt und schwarz, aber er lebte noch, schrie noch. »Wie habt Ihr das gemacht? Was ist in dieser Phiole gewesen?«

»Unterricht später; jetzt geht's ums Leben.«

»Ihr seid gekommen, um mir zu helfen?« Arin starrte Lehrmeisterin Garnah an. Die ältere Frau hatte Blut an der Wange und am linken Arm. Ihr Rock war zerrissen und von Ruß und Dreck befleckt. »Ihr lebt?«

»Offensichtlich. Jetzt müssen wir aber …«

»Ich muss in die Küche. Bitte helft mir!«

Zu ihrer Überraschung fragte Lehrmeisterin Garnah nicht, warum. »Ich will in diesem Palast alle Freiheiten haben. Und vollständigen Straferlass für alles, was ich getan habe oder vielleicht noch tun werde. Schwöre, dass du deine Schwester davon überzeugen wirst, mir zu geben, was ich will, und ich bringe dich, wohin immer du willst.«

»Das wird sie tun.« Wenn das Gegenmittel Daleina rettete, würde ihre Schwester zustimmen, das wusste sie.

Lehrmeisterin Garnah hob eine Hand. Sie war noch nicht fertig. Arin hätte am liebsten laut losgeschrien – sie hatten keine Zeit, um zu feilschen! »Und ich will jederzeit Zugang zur Königin haben, wann immer ich ihn brauche.«

»Na schön«, sagte Arin. »Solange Ihr versprecht, ihr nichts anzutun. Und dass Ihr mir beibringt, wie man herstellt, was immer in dieser Phiole war.« Sie hatte noch nie von einem Mittel gehört, mit dem man Geister verletzen konnte.

»Das kann ich leicht versprechen. Ich will meinen Sohn wiederhaben, und der einzige Weg zu ihm führt über die Königin. Gewinne sie für mich, und ich werde ihn für mich gewinnen. Du hast das Gegenmittel?«

Arin wusste nicht, ob Lehrmeisterin Garnah wirklich die Wahrheit sagte, aber jetzt war weder die Zeit noch der Ort, sich darüber Sorgen zu machen. »Ich habe eine Möglichkeit, es zu ihr zu bringen, aber dafür müssen wir sofort in die Küche. Ich muss die Kurbel des Aufzugs drehen – drinnen ist das Gegenmittel. Es ist die einzige Möglichkeit, sie zu erreichen.« Sie würde auf die Knie fallen und betteln, falls das erforderlich war. Aber sie brauchte es nicht zu tun. Lehrmeisterin Garnah stellte keine weiteren Fragen oder Forderungen mehr. Sie drückte Arin eine braune Flasche ohne Etikett in die Hand und scheuchte sie vorwärts.

»Wasch damit die Feuerflüssigkeit weg«, befahl sie. »Damit keine Narben zurückbleiben.«

Während sie weitere Treppen hinuntereilten, benetzte Arin ihre Haut überall, wo es brannte, mit der Flüssigkeit. Sie hatte eine kühlende Wirkung. Dann stöpselte sie die Flasche wieder zu und steckte sie in eine ihrer Taschen – als Lehrmeisterin Garnah plötzlich stehen blieb und den Zeigefinger auf ihre Lippen legte.

Sie schlichen weiter, die Treppe hinunter. Arin fragte sich, wie viele Treppen noch folgen würden, bis sie die Küche erreicht hatten, und wie viele weitere Geister sie zwischen hier und dort erwarteten.

Weitere Stufen.

Und immer weitere.

Und dann: die Küche!

Durch die Tür erhaschte Arin einen kurzen Blick auf die Backöfen und … Lehrmeisterin Garnah stieß sie zurück und drückte sie platt an die Wand.

»Geister?« Arin formte das Wort lautlos mit den Lippen. »Wie viele?«

Lehrmeisterin Garnah bedeutete ihr mit einem Nicken, selbst einen Blick hineinzuwerfen.

Arin beugte sich vor und spähte um die Ecke des Treppenhauses in die Küche hinein. Und erblickte einen Albtraum. Drei Geister … nein, vier … nein, da war noch einer! Ein Luftgeist tat sich am Körper einer toten Köchin gütlich. Ein Erdgeist riss den Boden auf. Drei Baumgeister hatten ein halbes Dutzend anderer Köche mit Ranken umwickelt. Einige von ihnen waren offensichtlich tot. Andere … Arin hoffte, dass sie ebenfalls tot waren. Der Boden und die Wände waren voller Blutspritzer, und da waren … Körperteile. Menschliche Körperteile.

Sie spürte, wie ein Würgen in ihr aufstieg. Hastig presste sie sich die Hände auf den Mund und zog sich zu Lehrmeisterin Garnah zurück. Während sie fest die Augen schloss, versuchte sie auszulöschen, was sie gesehen hatte, aber überall sah sie nur noch rot. Sie konnte es jetzt auch riechen, widerlich süß und metallisch. Als lecke man eine Kupfermünze ab. Der Geruch hing ihr unangenehm in der Kehle. »Das sind zu viele«, flüsterte Arin.

»Wie viele genau, und wo befinden sie sich?«

»Fünf.« Sie beschrieb, wo sie waren: an der Wand, an der Herdstelle, unter einem Tisch. Die Toten beschrieb sie nicht. Wollte nicht an sie denken. Sie wollte so tun, als seien sie nicht wirklich, als sei das alles nur ein Traum, ein grauenhafter Albtraum.

Lehrmeisterin Garnah griff an ihren Gürtel und begann Beutel davon zu lösen. Sie drückte Arin fünf Phiolen in die Hand, dann band sie ihr die anderen Beutel um die Hüfte. »Wirf sie ihnen, wenn möglich, in die Münder, und dann lauf schnell zur Kurbel. Das wird sie nicht töten, aber es sollte sie verlangsamen.« Einige der Beutel behielt sie für sich. »Wenn du es schaffst, denk an dein Versprechen.«

Arin nickte, obwohl ihre Gedanken wild durcheinanderschrien. *Tu das nicht! Dort sind Geister! Sie werden dich umbringen!* Aber Daleina musste geheilt werden. Sie war die Einzige, die alldem Einhalt gebieten konnte. Und Arin und Lehrmeisterin Garnah waren die Einzigen, die Daleina helfen konnten.

»Viel Glück«, sagte Lehrmeisterin Garnah. »Versuche, am Leben zu bleiben. Du bist der beste Lehrling, den ich je gehabt habe, mit Ausnahme meines Sohnes natürlich.«

»Moment mal – Ihr kommt nicht mit?«

»Die Königin ist deine Schwester, nicht meine«, erwiderte Lehrmeisterin Garnah. »Jetzt sieh mich nicht so an. Ich habe nie behauptet, ich wäre selbstlos, und ich hätte nicht so lange überlebt, wenn ich alle möglichen aberwitzigen Risiken eingegangen wäre.«

»Wenn ich sterbe, kann ich mein Versprechen nicht halten.«

»Wirf die Phiolen und sieh zu, dass du nicht danebentriffst.« Sie tätschelte Arin die Schulter. Es war nicht gerade tröstlich. »Überleb erst einmal, und dann werde ich dir beibringen, wie man dieses Zeug herstellt.«

Arin schluckte mühsam. Ihr Mund war so trocken, dass sie gar nicht mehr wusste, was Speichel war. Ihr Herz schlug so schnell und heftig, dass sie es vom Kopf bis zu den Zehen spüren konnte. Sie umklammerte die Phiolen mit ihren schweißnassen Händen.

Wirf die Phiolen, sagte sie sich. *Wirf sie einfach und dreh die Kurbel. Und das war's dann auch schon.*

Sie machte einen Schritt nach vorn und ging die letzten Stufen in die Küche hinab. Unten angekommen erstarrte sie, den Blick unverwandt auf die Geister gerichtet und auf die Leichen und das Blut und …

Ein Baumgeist entdeckte sie. Er kreischte auf und kam auf sie zugeflogen.

Wirf!

Eine halbe Sekunde später gehorchte ihr Arm, und sie schleuderte eine Phiole.

Sie traf daneben. Die Phiole prallte gegen einen Tisch und zerbarst. Die Flüssigkeit floss aus und zischte auf dem Stein. Der Baumgeist öffnete seine Kiefer, und Arin warf eine zweite Phiole.

Sie traf den Baumgeist mitten zwischen die Zähne.

Das Glas zersprang, und die Flüssigkeit sprühte in den Mund des Geistes. Der Geist prallte zurück, als hätte sie ihm einen Dolch in den Leib gejagt. Und dann stürzten sich sämtliche Geister auf sie, und sie warf Phiolen in alle Richtungen, eine nach der anderen.

Die Luft war erfüllt mit unmenschlichen Schreien, und Arin schrie ebenfalls.

Und dann war die Luft plötzlich leer. Die Geister lebten alle noch, schrien und krümmten sich auf dem Boden, aber sie griffen nicht mehr an. Arin rannte zur Kurbel hin. Sie rutschte in einer Blutlache aus, stürzte und rappelte sich dann wieder hoch.

An der Kurbel angekommen begann sie zu drehen. Fester und fester, schneller und schneller.

Hinter sich hörte sie die Geister wieder lauter werden. Sie wagte einen Blick zurück. Allmählich erholten sie sich von der Wirkung der Substanz in den Phiolen. Arin tastete nach ihrem Gürtel. Sie hatte noch welche.

Als der Erdgeist den Kopf hob, warf sie eine weitere Phiole. Als der Baumgeist auf sie zukroch, die nächste. Sie drehte weiter an der Kurbel und unterbrach nur, um Phiolen zu werfen.

Und dann hatte sie keine mehr.

Der Aufzug war noch nicht ganz oben.

»Lauf, Mädchen!«, schrie Lehrmeisterin Garnah und schleuderte ein Pulver in die Küche.

Arin rannte durch das Pulver hin zur Treppe. Ein Baumgeist fuhr mit seinen Krallen über ihr Bein. Sie spürte, wie seine Dornen ihr die Haut zerfetzten, aber sie ließ sich nicht aufhalten. Sie stürmte an den Geistern vorbei und zur Treppe.

Lehrmeisterin Garnah griff nach ihrem Arm, und gemeinsam liefen sie hinauf, weg von der Küche.

Arin hoffte, dass sie genug getan hatte, dass die Kinder weit genug oben waren, um den Rest des Weges aus eigener Kraft zu schaffen, dass sie nicht bereits tot waren und dass auch ihre eigene Schwester noch lebte.

Die Geister in der Küche heulten, und Arin hatte keine Zeit mehr, um sich Sorgen zu machen. Sie rannte.

Es war still im Inneren des Schachts. Die einzigen Geräusche waren das Quietschen des Seils und ihr ächzender Atem, während sie zogen, zogen und zogen. Zuerst ruckte der Aufzug, doch dann fanden sie einen Rhythmus und er stieg gleichmäßiger in die Höhe.

»Gut, dass ich keine Angst vor der Dunkelheit habe«, bemerkte Llor.

»Ja, wirklich«, pflichtete Erian ihm bei. Sie selbst war nicht besonders scharf auf Dunkelheit. Sie versuchte, sich nicht auszumalen, dass Geister zu ihnen in den Schacht hineinkommen könnten. Sie wären nicht in der Lage wegzulaufen; sie könnten nur in die Tiefe stürzen. Sehr, sehr tief. Erian ertappte sich dabei, dass sie die Ohren spitzte und lauschte.

»Ich habe vor gar nichts Angst.«

»Dann hast du nicht genug Fantasie«, gab Erian zurück.

Llor dachte einige Minuten lang über ihre Worte nach. Sie konnte förmlich hören, wie es in seinem Kopf arbeitete. »Ich habe ein wenig Angst vor Feuergeistern. Sie könnten das Seil in Brand stecken, und dann würden wir in die Tiefe stürzen. Und ich habe auch ein wenig Angst vor Baumgeistern. Wenn sie die Wände nach innen wachsen lassen, werden wir zerquetscht. Und Eisgeister ...«

»Llor, bitte, halt den Mund.«

Er gehorchte.

Erians Arme begannen zu schmerzen. Sie wusste nicht, ob sie noch viel länger ziehen konnte. Ob Arin es bis in die Küche geschafft hatte? Vielleicht war sie auf Geister gestoßen. Vielleicht war sie tot.

Denk so etwas nicht, ermahnte sie sich.

Sie ließ sich an das Seil sinken und schnappte keuchend nach Luft. »Ich muss mich ausruhen.« Sie hakte das Seil ein, damit sich der Aufzug nicht nach unten bewegte. Ihre Armmuskeln fühlten sich gezerrt an und gedehnt wie auseinandergezogene Karamellmasse.

Llor kauerte sich neben sie. »Was machen wir jetzt?«

»Wir warten. Arin wird die Kurbel drehen. Sie muss nur in der Küche ankommen.« Falls sie es dorthin schaffte.

Falls ihr nicht zu viele Geister im Weg waren. Falls sie nicht bereits tot war.

Gemeinsam warteten sie in der Dunkelheit.

Die Minuten zogen sich in die Länge.

Als sie das Gefühl hatte, dass es jetzt wieder ging, zog Erian erneut an dem Seil. Diesmal schaffte sie es nur einige wenige Male, daran zu ziehen, bis sich ihre Arme anfühlten, als stünden sie in Flammen. Erneut musste sie eine Pause machen. *Ich schaffe es nicht. Ich bin nicht stark genug.*

Die Spitze des Turms befand sich so unglaublich hoch über ihnen. Unvorstellbar hoch. Erians Augen wurden heiß, und sie wischte sich mit dem Handrücken die Tränen weg.

»Weinst du?«, fragte Llor in der Dunkelheit.

»Nein.«

»Doch, tust du wohl.«

»Tu ich nicht.« Dann fügte sie hinzu: »Ich will nicht weinen.«

»Mama sagt, es ist in Ordnung zu weinen, wenn einem etwas wirklich wehtut. Hast du Schmerzen, Erian? Ich habe ein unangenehmes Gefühl im Fuß. Es kribbelt so. Hast du das auch manchmal in den Füßen? Es hilft, wenn du sie schüttelst.« Der Aufzug fing an zu wackeln – Llor schüttelte seinen Fuß. »Glaubst du, wir werden hier drin sterben? Wenn nie jemand erfährt, dass wir hier sind, meinst du, wir werden verhungern? Was meinst du, wie ist es zu verhungern?«

»Wir werden nicht verhungern«, gab sie zurück. »Red nicht so.«

»Was ist, wenn ich Pipi machen muss?«, fragte er.

»Mach das nicht.«

»Aber was ist, wenn ich wirklich dringend muss?«

Sie hörte ein Knarren und Knacken über ihnen und

erstarrte. Neben ihr verstummte Llor, ohne dass sie es ihm erst zu sagen brauchte. Sie spitzte die Ohren, versuchte herauszufinden, was da war. Dann vernahm sie ein Krabbelgeräusch, wie wenn ein Streifenhörnchen über getrocknete Blätter läuft.

»Was ist das?«, flüsterte Llor. »Ist es ein Geist?«

Es konnte ein Geist sein. Mit allergrößter Wahrscheinlichkeit war es einer. Sie schlang die Arme um Llor. Falls es einer war, konnten sie nirgendwohin davonrennen. Es gab auch kein Versteck, außer dort, wo sie waren. Sie konnten nichts tun, außer zu warten.

Also warteten sie in der Dunkelheit und lauschten auf den Geist, der im Schacht umherkroch.

Die Zeit verstrich. Sie wusste nicht, wie viel Zeit. Es könnten Stunden oder auch nur Minuten gewesen sein. Jedenfalls erschien es ihr wie eine Ewigkeit. Sie fragte sich, ob sie wohl jemals wieder etwas anderes als diesen Aufzug zu sehen bekommen würde, ob sie je wieder das Sonnenlicht sehen würde und Mama oder Vater. Wieder begann sie zu weinen, diesmal richtig, und ihre Tränen tropften auf Llor, aber er schwieg. Er drückte sie nur fester an sich.

Der Aufzug machte einen Ruck nach oben.

»Erian, was ist los?«, wisperte Llor. Seine Stimme war hoch und verängstigt. »Ist das Arin?«

Sie stiegen nun schneller auf, immer höher nach oben. »Ja, ich glaube, sie ist es.« Hoffnung keimte in ihr auf, und sie schaute nach oben, als könne sie in der Dunkelheit etwas sehen, als gäbe es etwas anderes zu sehen als die Decke des Aufzugs.

»Sie hat es geschafft«, hauchte Erian. »Wir werden es schaffen.«

Der Aufzug blieb ruckartig stehen.

Stille.

Und dann das Krabbeln. Jetzt war es näher. Llor presste sich an sie, und sie hielt ihn fest gedrückt. Es hörte sich an, als befände sich die Geräuschquelle direkt über ihnen. *Ohne Zweifel ein Geist.*

Sie bewegten sich wieder nach oben.

Höher.

Ein dumpfer Aufprall auf dem Dach.

»Er ist über uns«, flüsterte ihr Llor direkt ins Ohr.

Sie antwortete nicht. Es gab nichts zu sagen. Wenn der Geist merkte, dass sie in diesem Aufzug waren … Sie hörte ihn knurren, dieses vertraute und schreckliche Grollen eines Baumgeistes, direkt über ihnen. Er fuhr mit ihnen zusammen Aufzug.

Und dann hielt der Aufzug erneut an.

Sie warteten.

Diesmal setzte er sich nicht wieder in Bewegung.

Langsam und geräuschlos löste sich Erian von Llor. Ihre Muskeln hatten Gelegenheit gehabt, sich auszuruhen. Sie konnte jetzt weitermachen, konnte sie beide ein klein wenig weiter nach oben ziehen. Also griff sie nach dem Seil und machte sich ans Werk.

Der Geist auf dem Dach bewegte sich – sie hörten seine Pfoten, als er hin und her stapfte –, aber Erian ließ sich nicht abhalten. Sie machte weiter, selbst als ihre Arme wieder zu schmerzen begannen.

Sie stiegen höher und höher, bis das Dach des Aufzugs – endlich, endlich – gegen einen Widerstand stieß und das Seil ruckartig an seinem Ende angelangt war. Sie waren angekommen. In der obersten Etage des höchsten Turms. Des Turms der Königin. Gemeinsam machten sie den Aufzug fest.

Erian bückte sich und öffnete die kleine Tür. Sie hörte

eine gedämpfte menschliche Stimme, männlich, und hoffte, dass es jemand Freundliches war. Sie zwängte sich aus dem Aufzug und legte dann einen Finger auf die Lippen, um Llor zu bedeuten, still zu sein. Er sprang neben ihr heraus, und gemeinsam schlichen sie die letzten Stufen zur obersten Turmebene hinauf.

Erian riskierte einen Blick um die Ecke und sah einen Mann in Heilerkleidern, der sich über ein zu einem Haufen gewölbtes Etwas aus Seide und Spitze beugte und … *die Königin!* Sie stürmte los und zog im Rennen die Phiole aus ihrer Tasche.

Als der Heiler ihre Schritte hörte, wirbelte er herum. Er hielt ein Messer in der Hand. Erian blieb stehen, dann hörte sie einen Laut, halb Wimmern, halb Bellen. Llor rief: »Hündchen!« Er lief zu Bayn hin.

Aber Bayn sprang an ihm vorbei. Die Kiefer weit aufgerissen stürzte sich der Wolf mit einem Satz auf den Baumgeist, der aus dem Aufzugsschacht geklettert kam. Bayn hielt ihn fest und drückte ihn zu Boden – es war ein kleiner, etwa so groß wie ein Streifenhörnchen, mit Dornenkrallen. Heulend schlug er nach Bayns Gesicht, aber Bayn fiel über ihn her.

Vor ihren Augen riss der Wolf den Geist in Stücke. Erian starrte ihn fassungslos an, außerstande, den lieben Wolf, den sie kannte, mit dem wilden, grausamen Tier, das sie nun vor Augen hatte, in Einklang zu bringen. Der Geist war nur noch eine schlaffe, leblose Puppe. Knurrend schüttelte der Wolf den Geist zwischen seinen Kiefern hin und her und ließ ihn schließlich fallen.

»Erian, die Königin!«, rief Llor und zupfte an ihrem Ärmel.

Erian hielt dem Heiler die Phiole hin. »Das hat uns die Schwester der Königin gegeben.«

Llor nickte heftig. »Sie hat gesagt, dass die Königin es nehmen muss und dann geht es ihr besser.«

Der Geist lag reglos da, in einer Lache aus braunem Blut, das wie Baumsaft aussah. Erian versuchte, nicht hinzuschauen. Bayn kam auf sie und Llor zugelaufen, und Llor schlang dem Wolf die Arme um den Hals.

Mit zitternder Hand nahm der Heiler die Phiole entgegen. Erian, Llor und Bayn drängten in den Turmraum und sahen zu, wie der Heiler der Königin den Kopf in den Nacken drückte, vorsichtig ihre Lippen öffnete und ihr die Flüssigkeit in den Mund goss.

Hamons Hand bebte, als er Daleina das Gegenmittel in den Mund schüttete. Er strich ihr über die Kehle, versuchte sie dazu bewegen zu schlucken, obwohl sich ihr Körper unter seinen Händen tot anfühlte – tot war. Von ihr ging jene unverkennbare kühle Reglosigkeit aus, die ein typisches Kennzeichen für den Falschen Tod war. Oder auch für den echten Tod. Er wusste nicht, ob es jetzt so weit gekommen und der Fall eingetreten war, wo der falsche Tod zum wahren Tod wurde, demjenigen, aus dem sie nicht wieder erwachen würde. Hamon betete, dass sie aufwachen würde. Dass das Gegenmittel wirkte.

Er hielt ihren Kopf nach hinten geneigt, sodass ihr die Flüssigkeit die Kehle hinunterfloss. Hinter ihm warteten still die beiden Kinder und der Wolf. Alle sahen sie die Königin an, als könnten ihre Blicke bewirken, dass sich Daleinas Lunge plötzlich füllte, dass ihr Herz wieder schlug, ihre Augen sich öffnen würden. Hamon hob ihre Hand an die Lippen und küsste ihre Finger. »Wach auf, Daleina.«

Sie wachte nicht auf.

»Was ist, wenn es nicht wirkt?«, fragte das Mädchen ängstlich.

»Es wird wirken«, sagte der Junge. »Es ist Medizin. Medizin macht einen gesund.«

Nicht immer, dachte Hamon. Er wusste das nur allzu gut. Außerhalb des Turms hörte er den Lärm der Schlacht tosen – der Verteidigungsring an der Stadtgrenze war durchbrochen worden, und die feindlichen Geister befanden sich nun innerhalb der Stadt, in der Nähe des Palastes. Und ihre eigenen Geister waren ebenfalls dort draußen, töteten, verbrannten, zerstörten.

»Mama gibt mir Medizin, wenn ich krank bin«, fuhr der Junge fort. »Sie schmeckt scheußlich. Vielleicht mag die Königin den Geschmack nicht und vielleicht wacht sie deshalb nicht auf. Wenn doch Mama nur hier wäre.«

»Sie wird uns holen kommen«, versicherte das Mädchen.

»Wahrscheinlich wird sie wütend sein, dass wir Vater allein gelassen haben«, meinte der Junge.

»Nein. Wird sie nicht.«

Hamon zwang sich, den Blick auf die beiden zu richten. Sie waren wirklich noch klein. Der Junge konnte nicht älter als sechs sein. »Wie heißt ihr?«

»Ich bin Llor.« Der Junge deutete mit dem Daumen auf sich. »Meine Schwester heißt Erian.«

»Wo sind eure Eltern?«

»Vater schläft«, berichtete Llor. »Die Schwester der Königin hat ihm irgendeinen Staub ins Gesicht gepustet, und er ist eingeschlafen. Und Mama ist weggegangen, um gegen die Ungeheuer zu kämpfen.«

»Glaubt Ihr, Vater wird wieder aufwachen?«, fragte Erian. »Arin hat es versprochen.«

»Wenn er nicht von allein aufwacht, kann ich ihn wecken«, versicherte Hamon. In Anbetracht der Risiken, die diese Kinder auf sich genommen hatten, um ihm das

Gegenmittel zu bringen, war es das mindeste, was er tun konnte. Selbst wenn die Substanz nicht wirkte.

»Ich wüsste nicht, wie«, meinte Llor. »Ihr steckt in diesem Turm fest. Alle Treppen sind eingestürzt, und Ihr seid zu groß, um in den Aufzug zu passen.«

Hamon schaute zu der Schwester des Jungen hinüber, die ernst nickte. Sie zuckte zusammen, als nun ein Baum in der Nähe des Palastes barst. Der Himmel war dunkel vor Geistern, und Hamon konnte nicht erkennen, ob sie aus Aratay oder aus Semo stammten. Mittlerweile zweifelte er ohnehin, ob das überhaupt noch eine Rolle spielte. Die Menschen starben so oder so. Er sollte jetzt eigentlich dort draußen sein und den Verletzten helfen. Stattdessen war er hier; nicht willens, sich einzugestehen, dass das Gegenmittel wirkungslos, dass Daleina unwiederbringlich verloren war und dass es nun der wahre Tod war und sie niemals mehr wieder …

Der Wolf beugte sich vor und leckte der Königin über die Wange.

Daleina krampfte.

Sie schnappte nach Luft, und ihr Körper zuckte und krümmte sich. Hamon griff nach ihr und drückte sie mit beiden Armen an sich. »Atme, Daleina. Komm schon, atme.« Er spürte, wie Wärme ihre Gliedmaßen durchströmte, spürte, wie sich ihr Brustkorb hob, als sie ein zweites und dann ein drittes Mal Atem holte. »Daleina?«

Die Königin öffnete die Augen.

Seine Augen füllten sich mit Tränen. »Daleina.«

Sie setzte zu sprechen an. Ihre Stimme war rau und gebrochen. »Meine Schwester?«

Das kleine Mädchen, Erian, antwortete. »Sie hat uns geholfen, zu Euch zu gelangen. Sie ist in der Küche – es muss ihr gut gehen. Denn wenn es ihr nicht gut ginge, hätte sie die Kurbel nicht drehen können.«

»Es geht ihr gut«, sprach Hamon beruhigend auf sie ein. »Genau wie dir.«

Daleina holte abermals Luft. »Nein, es geht mir nicht gut. Es gibt noch eine andere Königin.«

Kapitel 36

Naelin war es, als würde sie durch starken Regen schweben. Ihr Bewusstsein war in Grau gehüllt und die Gedanken, Gefühle und Sinne von Tausenden von Geistern prasselten auf sie ein. Sie verschluckten Naelin, und sie hatte das Gefühl, sich in diesem Sturm aufzulösen.

Verzweifelt versuchte sie, sich an ihre eigenen Gedanken und Erinnerungen zu klammern, daran, wer sie war. *Erian. Llor.* Sie hielt sich an dem Bild von ihnen fest. Es war ihr Anker, der ihr half, sich durch die Unmengen von anderen Bewusstheiten in ihren eigenen Körper zurückzuziehen.

Und dann fand sie, was sie gesucht hatte: sich selbst. Sie spürte ihren eigenen Atem, spürte die raue Rinde der Wurzeln unter sich. Als sie die Augen öffnete, sah sie einen Flecken blauen Himmels über sich.

»Ich kann sie alle spüren«, flüsterte sie.

Jeden einzelnen Geist, in ganz Aratay.

»Naelin, sie ist hier!«, rief Ven ihr zu. »Du musst die Geister kontrollieren! Lass sie für dich arbeiten!«

Naelin tauchte ihr Bewusstsein tief in die Erde hinein und sandte ihren Willen aus. *Komm zu mir,* befahl sie dem Erdkraken. Er bewegte sich eifrig und schnell unter der Oberfläche und raste auf den Hain zu. Den anderen Geistern befahl sie: *Haltet den Feind auf.*

Nicht zerstören. Nur aufhalten. Ihrem Tun Einhalt gebieten.

Ihr Vorrücken aufhalten, die Zerstörung aufhalten, sie dort zurückhalten, wo sie sich befanden.

Bis Naelin mit Merecot sprechen konnte.

Von Königin zu Königin.

Sie erhob sich, und es kam ihr so vor, als sei ihr Körper jetzt irgendwie größer als zuvor. Als sei sie mit den Bäumen verbunden, mit der Erde, der Luft, auf eine Weise, die über das nur Sinnbildhafte hinausging. Ihr Atem war der Himmel. Ihr Blut war der Saft in den Bäumen. Ihr Herz war in der Erde, tief unten. Sie *war* Aratay. Und Königin Merecot war ein Eindringling. Trotz all ihrer Geister gehörte sie nicht hierher. Aber Naelin gehörte hierher. Sie war die Bäume, die Felsen, die Luft, die Flüsse und Bäche. Sie war die Mutter dieser Erde.

Naelin machte einen Schritt, und es war, als würde sie gleiten. Sie hob die Hände und rief Baumgeister zu sich, und sie teilten die Bäume, um den Hain zu öffnen.

Auf den Rücken zweier Luftgeister stehend kam die Königin von Semo in den Hain geflogen. Drei Feuergeister flogen hinter ihr her, und Funken landeten auf den Gräsern und im Moos. Naelin sandte ihre eigenen Geister aus, nur einige wenige, um die Flammen zu löschen.

Königin Merecot war jung, genauso jung wie Königin Daleina, mit schwarzem Haar, das im Wind flatterte, und einem Kleid, das wie die Sonne leuchtete. Eine weiße Haarsträhne glänzte unter ihrer Krone. So wie die Strähne in Alets Haar. Naelin faltete die Hände vor sich und wartete, bis sie nah genug herangekommen war, dann sagte sie: »Willkommen in Aratay.«

Die Geister wiederholten ihre Worte. *Willkommen, willkommen, willkommen.*

Sie fügte hinzu: »Und jetzt muss ich Euch bitten, das Land zu verlassen.«

Verlassen, verlassen, verlassen.

Königin Merecots Gesicht verzerrte sich in plötzlich auflodderndem Zorn, dann glättete es sich sofort wieder zu einem friedlichen Lächeln. Sie war wunderschön, die Art von Schönheit, die aus einem absolut unangreifbaren Selbstvertrauen entsprang. Sie verströmte Kraft, Jugend und Überzeugung. »Bitte, tretet beiseite.«

»Das kann ich nicht.« Sie tat Naelin fast schon leid. Merecot sah aus wie eine Frau, die noch nie ein Nein vernommen hatte, die noch nie gescheitert war, nie jemandem begegnet war, der stärker war als sie selbst. Bis auf den heutigen Tag.

»Ich will Euch nicht wehtun.« Ihre Stimme klang ehrlich und aufrichtig, aber Naelin glaubte ihr nicht. Die Geister flüsterten: *Lügen, Lügen, Lügen.* »Ich will niemandem etwas antun. Das habe ich noch nie getan.«

»Dann lasst es«, sagte Naelin ruhig und sachlich. »Beendet diesen Krieg.«

»Ich *muss* Aratay haben«, antwortete Königin Merecot. »Mein Volk braucht dieses Land.«

»Und was ist mit meinem Volk?« *Sie ist nur ein Kind,* begriff Naelin. Ein Kind, das noch mehr Spielzeug haben will, als es bereits besitzt. Sie schüttelte den Kopf. »Versucht es, wenn Ihr wollt. Ihr werdet scheitern, denn Ihr befindet Euch in meinem Land und stellt Euch den Geistern entgegen, die hierhergehören. Ihr könnt nicht gewinnen.« Sie konnte all die Geister spüren, die in ihrem Kopf umherwirbelten, ihr auf der Haut kitzelten. Nie hätte sie gedacht, dass das ein so berauschendes, wunderbares Gefühl sein könnte.

»Königin Daleina würde verstehen, was ich getan habe

und was ich tun muss. Ich habe eine Verantwortung, meinem Volk und meinem Land gegenüber: Ich habe geschworen, die Menschen zu beschützen und zu nähren, und was ich tue, ist die einzige Möglichkeit, um dem gerecht zu werden.« Es klang beinahe so, als halte sie ihre Worte für vernünftig, als gehe sie davon aus, Naelin dazu überreden zu können, ihr Aratay abzutreten. »Unter den bisherigen Verhältnissen werden wir nicht überleben. Es gibt viel zu viele Geister in Semo. Die Berge – sie sind in Bewegung, heben und senken sich. Wir müssen unseren Landbesitz erweitern, oder mein Volk wird sterben. Es ist nichts Persönliches; das ist es nie gewesen. Daleina ist meine liebste Freundin, aber mein Volk braucht dieses Land. Ohne das Land werden meine Untertanen sterben.«

»Ihr könnt Aratay nicht haben«, erwiderte Naelin. »Es ist nicht Euer Land. Es ist meines.« Mein Land, das ich beschützen werde. Das ich lieben werde. So wie Erian und Llor. Sie hatte all die Menschen, die Geister, die Felsen und Bäume und Flüsse als ihre Kinder angenommen.

Königin Merecot verengte die Augen zu schmalen Schlitzen, aber Naelin war bereit. Als Merecots Geister auf sie zuflogen, ließ sie sie von ihren eigenen abfangen. Luft traf auf Luft. Feuer traf auf Feuer. Holz traf auf Holz. Und unter der Erde erreichte der Krake den Hain. Seine Fangarme brachen durch das Gestein und packten die Erdgeister, die sich hinter Naelin angeschlichen hatten.

Haltet sie fest, befahl Naelin. *Tötet nicht.*

Königin Merecot hatte es nicht verdient, dass die Geister ihres Landes getötet wurden. Und ihr Volk schon gar nicht. Sie würde …

»Greift an!«, befahl Königin Merecot.

Blitze krachten in den Boden, und Feuer peitschte in einem Kreis um Naelin herum. Die Erde gab nach und barst, und Naelin schrie auf, als sie in einen Felsspalt hinabstürzte. Sie sandte ihr Bewusstsein aus, und drei Luftgeister schossen unter sie, fingen sie auf, aber Merecots Luftgeister fielen über sie her und zwangen sie, Naelin loszulassen. Naelin wurde gegen die Wand des Felsspalts geschmettert.

Hände aus Erde streckten sich aus dem Boden und umklammerten Naelins Handgelenke. Sie spürte, wie sich eine Wurzel um ihre Kehle schlang und sich zuzuziehen begann. Verzweifelt tastete sie mit ihren Sinnen nach ihren eigenen Geistern – aber sie schienen plötzlich weit weg, wie ein Wispern in der Ferne.

Sie ist zu stark, begriff Naelin.

Ich werde sterben.

Als die Wurzel ihren Hals zudrückte, dachte sie an ihre Kinder. Sie hatte geschworen, sie zu beschützen, doch hier war sie nun, meilenweit von ihnen entfernt, in der Falle.

Schwarze Punkte tanzten vor ihren Augen.

Naelin rief nach dem Erdkraken und spürte, wie er sich in der Erde bewegte, spürte, wie er mit den Geistern aus Semo rang, spürte, wie er versuchte, sie aus seinem Land zu vertreiben. Dann rief sie den Wassergeistern zu, die Erde um die Bäume herum zu lockern. Sie rief ihre Baumgeister, damit sie die Wurzel zwangen, sie loszulassen. Aber Merecots Befehlsgewalt über ihre Geister war unumschränkt.

Es tut mir leid, Erian. Es tut mir leid, Llor. Ich habe euch lieb. Sie wünschte, sie könnten sie hören, wünschte, sie könnte sie noch ein letztes Mal sehen. Dunkelheit stieg auf und legte sich wie ein Schatten über ihre Augen. So hatte sie wirklich nicht enden wollen. Sie dachte an Ven und wie sehr er an sie geglaubt hatte … *Es tut mir leid.*

Und dann Dunkelheit.

Schwarzes Nichts.

Leere.

Sie schwebte durch die Stille, ihre Gedanken verdämmerten, ihr Ich zerfiel. Sie war eine Wolke, die sich am Himmel auflöste. Wasser, das in der Sonne verdunstete. Schnee, der im Frühling schmolz. Der Tod war hier, um sie willkommen zu heißen.

Naelin hörte – nein, sie *fühlte* eine Stimme. Fern. Sanft. Lieblich. Wie die zarte erste Ahnung des Sonnenaufgangs. *»Es gibt noch eine andere Königin«*, flüsterte die Stimme. Plötzlich kam es ihr so vor, als sei sie zweigeteilt und sie schaue aus einem Turm hinaus, in das Gesicht eines Heilers und auf … *Erian und Llor!* Sie waren da und blickten auf sie herab. Nein, nicht auf sie. Auf … Königin Daleina? War sie …

Die Wurzel um ihren Hals lockerte sich.

Nur ein klein wenig, aber es war genug.

Luft strömte in ihre Kehle. Schmerz schoss ihr in den Kopf, und sie war wieder in ihrem Körper, wach, lebendig. Erneut nahm sie Kontakt zu ihren Geistern auf, drängte sie. *Befreit mich!*

Die Luftgeister stürzten auf sie herab, und Erdgeister nagten an der Wurzel, die sie umschlungen hielt. Sie fiel in die gefiederten Arme eines Geistes und wurde aus dem Abgrund emporgehoben.

Der Hain brannte. Flammen tobten durch die Bäume, und Rauch erfüllte die Luft. Merecot hatte ihre Geister aus Semo um sich geschart und rief weitere zu sich. Naelin sah, dass die Luft um die andere Königin herum klar und rein war, und sie rief ihre eigenen Geister zu sich, ließ sie frische Luft durch den Rauch blasen. Sie atmete ein, und Luft strömte ihr schmerzhaft durch die Kehle.

Königin Merecot hatte sich von Naelin abgewandt, richtete ihren Blick der Hauptstadt zu, dem Palast und Naelins Kindern. »Lasst sie in Ruhe!«, schrie Naelin. »Ihr kämpft gegen mich!« Sie war nicht so gut ausgebildet wie Merecot, aber sie war stark, und diesmal war sie bereit – sie konnte Daleina Zeit verschaffen, genug Zeit, um Erian und Llor zu beschützen, vielleicht genug, um Aratay zu retten.

Dafür würde es sich lohnen zu sterben.

Merecots Luftgeister versperrten Naelins Wassergeistern den Weg und hielten sie von den Flammen fern, daher hieß Naelin abermals ihren Erdkraken kommen. Sie befahl der Erde, sich zu erheben und die Flammen mit Schmutz und Stein zu verschlucken.

Als das Feuer erlosch, richtete Merecot ihre Aufmerksamkeit wieder auf Naelin. Sie hob die Arme und lenkte ihre Geister direkt auf Naelin zu …

Und dann brach Merecot zusammen.

Kapitel 37

Naelin starrte auf die bewusstlose Merecot, die lang ausgestreckt über den Wurzeln lag, und dann sah sie zu Ven auf, der mit gezücktem Schwert hinter Königin Merecot stand. Er hatte sie mit dem Griff seines Schwertes niedergeschlagen.

Sie spürte, wie sich ihre Lippen zu einem unwillkürlichen Lächeln verzogen. Die Königin von Semo war so sehr auf ihre eigene Macht konzentriert gewesen, auf die Macht der Königinnen, dass sie keinerlei Aufmerksamkeit für einen einfachen offenen und direkten Angriff mehr übrig gehabt hatte – nun ja, so offen und direkt ein Angriff eben sein mag, wenn er von hinten kommt. »Danke, Ven«, sagte Naelin. Sie legte all ihre Gefühle in diese beiden Wörter: Alles, was sie für Aratay empfand, für ihre Kinder, für sich selbst, für ihn.

»Keine Ursache, gern geschehen. Ich danke *dir* dafür, dass du sie abgelenkt hast.« Er erwiderte ihr Lächeln, und es war, als käme hinter den Wolken die Sonne hervor. Sie fühlte sich, als müsse jetzt ringsum Gesang ertönen. Plötzlich verspürte sie den unerklärlichen Drang, laut loszulachen.

Naelin sandte ihre Geister aus, um die Überreste des Feuers zu löschen und dafür zu sorgen, dass der Rauch sich verzog. Man hörte die Geister aus Semo an den Rändern des Hains rascheln – von den Geistern Aratays dort eingeschlossen. Sie spürte, dass die Geister Aratays die Geister aus Semo überall in der Stadt festhielten und nicht losließen.

Schließlich schloss sie die Augen und sandte ihre Sinne aus – fühlte und sah, wie Daleina sich erhob und Luftgeister beschwor. Sie alle kletterten auf die Rücken der Geister: Daleina, Hamon, Erian, Llor und der Wolf Bayn, und dann flogen sie los. *Kommt her,* sandte Naelin ihnen einen Gedanken. *Zum Hain der Königin.*

Wir kommen, antwortete Daleina auf gleiche Weise. Ihre Worte hallten durch die Geister wider. Naelin konnte nicht in Daleinas Gedankenwelt hineinsehen, aber sie konnte sie *durch* die Geister hören. Sie konnte sie hören, weil die Geister sie hören konnten.

»Die Königin … sie ist nicht tot«, berichtete Naelin. Ihre Kehle schmerzte beim Sprechen, aber sie brachte den Satz trotzdem heraus. »Erian und Llor … sie leben. Wir leben.« Mit zwei Schritten hatte sie Ven erreicht. Er schlang die Arme fest um sie, und sie legte die ihren um ihn.

Sie küssten sich noch, als die Luftgeister eintrafen.

Königin Daleina ließ Merecot von Baumgeistern in Ranken hüllen. Sie war noch immer bewusstlos, aber Hamon meinte, dass sie bald aufwachen würde. *Bindet sie gut fest,* dachte Daleina.

Bayn saß neben Merecot, seine schweren Pfoten auf dem Bauch der Königin, und drückte sie auf den Boden. Als die Geister sie ausreichend gefesselt hatten, nickte Daleina ihnen und dem Wolf dankend zu, dann schaute sie zu den anderen auf. Ven stand neben Naelin – er war durch ihre Kinder zur Seite gedrängt worden, hielt sich aber immer noch dicht in ihrer Nähe. »Ihr lebt und macht

Gebrauch von Eurer Macht«, wandte sich Ven an Daleina. »Bedeutet das, dass … seid Ihr …«

»Sie ist geheilt«, bestätigte Hamon. »Meine Mutter hat das Gegenmittel herstellen können. Ihr unterlaufen keine Fehler. Ich werde das Blut der Königin untersuchen, sobald alles vorüber ist, aber ich habe keinerlei Zweifel.« Seine Stimme war wieder durch und durch erfüllt von seinem alten, zuversichtlichen Selbstbewusstsein.

Ven atmete tief aus. Die Anspannung wich sichtlich von ihm, und Erleichterung stand ihm ins Gesicht geschrieben. Daleina bemerkte, wie müde er wirkte. Er sah viel älter aus, als er in Wirklichkeit war, als hätten die letzten Stunden ihn ausgequetscht wie einen nassen Putzlumpen. Sie fühlte sich sehr ähnlich, aber sie weigerte sich, es sich anmerken zu lassen.

Die Sache war noch nicht ausgestanden.

»Euer Majestät«, ergriff Naelin das Wort. »Es ist nie meine Absicht gewesen, Euch Eure Krone zu nehmen.« Sie versuchte, einen Knicks zu machen, konnte es aber nicht. Ihre Kinder klammerten sich an sie, hängten sich an ihre Schultern wie schwere Halsketten. Sie wirkte mitgenommen von dem Kampf, den sie im Hain ausgefochten hatte, aber sie war unversehrt.

»Ihr habt sie mir gar nicht weggenommen«, entgegnete Daleina. »Die Geister erkennen mich immer noch als Königin an. Sie haben uns beide als ihre Königin angenommen.« Sie brachte ein Lächeln zustande – ungeachtet der Tatsache, dass ihre alte Freundin gefesselt vor ihren Füßen lag und dass eine weitere Freundin sie verraten hatte und dafür gestorben war.

»Kein Land hat jemals zwei Königinnen gehabt. Ich werde auf der Stelle abdanken.«

»Nein«, wandte Ven ein. »Dann bringen sie dich um.«

Naelins Kinder begannen zu weinen. Daleina erinnerte sich nicht an ihre Namen, aber dieses Geräusch kannte sie. Sie hatte es in ihrem Palast gehört, in der Stadt, als sie aus ihrem falschen Tod erwacht war. Sie würde es in ihren Träumen hören. Naelin tröstete ihre Kinder und sagte: »Sie kann Gebrauch von ihrer Macht machen. Sie kann mich beschützen.«

»Bis wieder jemand versucht, sie zu töten«, gab Ven zu bedenken.

Daleina sah Naelin zögern – ihre Unsicherheit stand ihr deutlich ins Gesicht geschrieben. Sie hatte die Arme fest um die Schultern ihrer Kinder gelegt. Beide Kinder waren still geworden und klammerten sich immer noch, leise wimmernd, an ihre Mutter.

»Dankt nicht ab. Noch nicht«, bat Daleina. »Aratay wird Euch vielleicht immer noch brauchen.«

»Ihr meint ihretwegen.« Naelin deutete mit dem Kopf auf Merecot.

Wie sie so dalag, sah sie immer noch ganz so aus wie die alte Freundin, die Daleina in Erinnerung hatte. Sie war nur einige Jahre älter geworden. Aber ihr Gesicht war unverändert. Es war nicht das Gesicht einer Mörderin. *Ach, Merecot.* »Sie hat mich vergiften lassen.« Daleina versuchte zu verstehen, wie sie das hatte tun können, wie überhaupt irgendjemand einen Freund töten konnte. »Sie ist schon immer sehr ehrgeizig gewesen, aber ich hätte nie gedacht … ich wäre nie auf den Gedanken gekommen, dass sie …«

»Du könntest diese Bedrohung aus der Welt schaffen«, sagte Hamon mit leiser Stimme. »Jetzt und für immer. Es würde ganz schmerzlos gehen. Sie müsste nie wieder aufwachen.«

»Wenn Ihr sie tötet, muss ihr Volk leiden«, wandte sich Naelin mahnend an Daleina.

Da hatte sie recht. Die Geister Semos würden wild werden, und dann hätten alle darunter zu leiden. »Ich werde sie nicht töten«, entschied Daleina. *Ich bringe keine Freunde um.* »Ihre Geister befinden sich in unserem Land. Ich will nicht, dass sie hier wild werden, und ich will auch ihre Krone nicht.« Es war schon schwer genug, die Verantwortung für ganz Aratay zu tragen. Auf keinen Fall wollte sie noch mehr Menschenleben auf dem Gewissen haben.

»Du könntest die Krone an dich reißen«, meinte Ven zu Naelin. »Gib Aratay auf und übernimm die Kontrolle über Semo. Ich könnte sie für dich töten. Daleina, Ihr müsstet nicht dabei zusehen.« Er hatte einen Ausdruck in den Augen, der seine Worte Lügen strafte. Es wirkte, als seien die Worte Gift auf seiner Zunge. *Er will sie nicht töten,* schoss es Daleina durch den Kopf. Aber er würde es tun, wenn seine Königinnen es von ihm verlangten.

Der kleine Junge keuchte auf. »Töten ist Unrecht!«

»Scht«, machte das kleine Mädchen. Und dann umarmte sie ihren Bruder.

Daleina schaute auf Merecot hinab, die sich zu regen begann. Ihr Kopf kippte zur Seite, und sie stöhnte. Sie hatte so großen Schaden angerichtet, sowohl über ihre Schwester Alet als auch durch ihre Armee. Daleina wusste, dass sie zornig sein sollte. Aber sie war nur traurig. »Der Junge hat recht.«

»Daleina, sie hat versucht, dich zu töten«, ergriff Hamon wieder das Wort. Seine Stimme war immer noch leise, aber sie hörte das Beben der Wut darin. Wut und Angst. »Und sie *hat* andere getötet. Sie könnte es wieder tun.«

»Ein Heiler, der den Tod befürwortet?« Daleina richtete den Blick auf ihn und bemerkte, wie erschöpft er aussah, als hätte er wochenlang nicht geschlafen, als hätte er jeden wachen Moment damit verbracht, sich Sorgen zu machen und zu arbeiten … *Genau das hat er auch getan,* dachte sie. *Für mich.* »Da spricht deine Mutter aus dir.« Sie sagte es freundlich, aber energisch.

Er erbleichte und verstummte.

»Nein«, sagte Daleina entschieden. »Ich werde keine weitere Königin töten. Wir finden eine andere Lösung.« Sie hob den Blick, um Naelin in die Augen zu sehen. Königin Naelin. *Es passt zu ihr,* überlegte Daleina. *Die Mutter Aratays.* »Es sind bereits genug gestorben.«

Naelin schwieg für einen Moment – Daleina kam es so vor, als würde sie von ihr abwägend beurteilt, als würden all ihre Fehler und Mängel zusammengezählt und deren Korrektur ins Auge gefasst, all ihre Stärken gewürdigt und aufgelistet. Dann sagte Naelin: »Ja.«

Zu Daleinas Füßen stöhnte Merecot und versuchte, sich auf die Seite zu rollen, aber die Ranken hielten sie fest. Die Baumgeister zwitscherten und zogen die Ranken noch fester. Bayn knurrte. Daleina kniete sich neben ihre alte Freundin. Merecots Lider öffneten sich flatternd, und eine starke Gefühlswallung durchfuhr Daleina – war es Kummer? Zorn? Sie wusste es nicht. Vielleicht Mitleid.

»Du lebst«, sagte Merecot.

»Ja.«

Merecot kämpfte noch einmal gegen die Baumgeister an und blieb dann still liegen. »Ich habe gehört, du seist krank. Da ich wusste, dass Aratay eine neue Königin brauchen würde, bin ich gekommen. Um zu helfen …«

»Lüg mich nicht an, Merecot«, unterbrach Daleina. »Ich weiß, was du getan hast, und es tut mir leid, dir mitteilen zu müssen, dass deine Schwester Alet tot ist. Und das ist deine Schuld.« Die Worte waren wie Glasscherben in ihrer Kehle. Es schmerzte, sie auszusprechen. Daleina dachte an ihre eigene Schwester. Die Geister hatten bestätigt, dass sie lebte und wohlauf war. Wieder in Sicherheit, jedenfalls fürs Erste.

»Alet …« Merecots Augen füllten sich mit Tränen.

Daleina konnte nicht erkennen, ob die Tränen echt waren. Sie hoffte, dass sie es waren, hoffte es um Alets willen.

Naelin, die hinter Daleina stand, ergriff nun das Wort. »Befehlt Euren Geistern, die Kämpfe einzustellen. Oder unsere Geister werden sie in Stücke reißen, und Semo wird vernichtet. Eure Berge würden den Tod Eurer Geister nicht überleben.« Ihr Tonfall duldete keine Widerrede.

Mutter der Welt, dachte Daleina.

Merecot sah zuerst Naelin an, dann Daleina. »Ihr seid beide … Ach, wie überaus schlau. Und kompliziert. Ich glaube nicht, dass es so etwas zuvor je schon einmal gegeben hat. Wie wollt ihr nur regieren – mit zwei Königinnen?«

»Das ist nicht dein Problem«, antwortete Daleina.

»Aber Semo ist mein Problem«, betonte Merecot, während sie sich abmühte, sich aufrecht hinzusetzen. Selbst gefesselt und auf dem Boden liegend zog sie alle Aufmerksamkeit auf sich, als säße sie auf einem Thron. Sie war eine geborene Königin. »Unter den gegenwärtigen Umständen können wir nicht überleben. Wir sind von Geistern überlaufen. Es gibt einfach nicht genug Land für sie alle. Sie werden mein Reich in Stücke reißen. Mein Volk heimatlos machen. Hilflos.«

»Warum hast du dann nicht um Hilfe gebeten?«, fragte Daleina. »Warum stattdessen diese Aktion?«

Merecot schnaubte. »Was hättest du denn gemacht, wenn ich zu dir gekommen wäre? Mir dein Land überlassen, wenn ich nur mal eben Bitte gesagt hätte?«

Merecot war noch immer ganz genauso nervtötend, wie Daleina sie in Erinnerung hatte. Sie hätte sie am liebsten geschüttelt. Oder losgeschrien. Oder geweint. All das hätte vermieden werden können! Wenn Merecot ihr nur vertraut hätte, wenn sie versucht hätte, mit ihr zusammenzuarbeiten, wenn sie irgendetwas anderes gemacht hätte, als in den Krieg gegen sie zu ziehen! »Ich weiß nicht, was ich gemacht hätte! Aber zusammen hätten wir eine bessere Lösung finden können.«

Naelin kniete sich neben Daleina und richtete das Wort an Merecot. »Das können wir noch immer. Es ist noch nicht zu spät. Ihr kehrt nach Hause zurück, mitsamt Euren Geistern, und dann werdet Ihr Gesandte ausschicken, in guter, ehrlicher Absicht. Wir werden auf dem Wege der Diplomatie eine gerechte Lösung finden, die gut für unser beider Länder ist.«

»Eine Lösung ohne Mord«, bekräftigte Daleina Naelins Worte. »Merecot, wie konntest du nur? Wie konntest du versuchen, eine deiner wenigen Freundinnen zu meucheln? Und deine Schwester dazu als Werkzeug benutzen?« Ihr war bewusst, dass sie schrie, aber es kümmerte sie nicht.

Von den Baumgeistern gefesselt, das Kleid mit Dreck und Blutflecken besudelt und die Krone schief auf dem Kopf, strahlte Merecot eine seltsame Mischung aus stolzem Hochmut und bemitleidenswertem Elend aus. Die kunstvoll geflochtenen Zöpfe, die ihr schwarzes Haar zusammengehalten hatten, waren in Auflösung begriffen. »Ich hatte keine andere Wahl.«

»Es gibt immer eine andere Wahl«, versetzte Naelin, und Daleina hörte sie zögern, ehe sie hinzufügte: »Zugegeben, manchmal hat man auch nur die Wahl zwischen zwei Übeln.«

Merecot nickte, als habe sie eine Verbündete gefunden. »Meine Wahlmöglichkeiten waren fürchterlich: Ich konnte entweder eine gute Freundin oder eine gute Königin sein, aber nicht beides zugleich. Ich habe versucht, mein Volk zu retten! Das müsst ihr verstehen.«

»Ihr könnt ihr nicht trauen«, sagte Hamon leise.

»Ich traue ihr auch nicht«, antwortete Daleina. »Aber ich kenne sie.« Merecot wollte ihren Thron behalten. Sie wollte Semo stark und sicher sehen. Man konnte sich darauf verlassen, dass sie in Wahrung ihres eigenen Vorteils handeln würde.

»Daleina, glaub mir bitte, dass es mir leidtut«, flehte Merecot. »Ich wollte nicht …«

Daleina schnitt ihr das Wort ab. »Ich sage dir jetzt, was zu geschehen hat: Du nimmst deine Geister und gehst zurück nach Norden. Unterwegs machst du so viel von dem angerichteten Schaden wieder gut, wie du kannst, und dann überquerst du die Grenze und bleibst dort. Wenn du damit fertig bist, deine Wunden zu lecken, wirst du Gesandte ausschicken, genau wie es Königin Naelin vorgeschlagen hat, und wir werden Semos Probleme gemeinsam erörtern wie zivilisierte Menschen.« Sie beugte sich zu ihr vor. »Und noch etwas, Merecot: Verwechsle Gnade nicht mit Vergebung.«

Sie befahl den Baumgeistern, sie freizulassen. Im gleichen Moment begann es in ihrem Kopf zu arbeiten. Was könnte man tun, um Semo zu helfen?

Über die Geister verbunden sahen Königin Daleina und Königin Naelin zu, wie Königin Merecot auf den Rücken von Luftgeistern davonflog, nachdem sie ihren Geistern den Befehl gegeben hatte, das Land wieder in seinen alten Zustand zurückzuversetzen. Flüsse flossen nun wieder.

Bäume wuchsen. Und die Wunden Aratays begannen zu heilen.

Naelin – *Königin* Naelin – setzte sich ihren Sohn auf den Schoß und zog ihre Tochter enger an sich, als sie sich an den Stamm eines der Bäume im Hain der Königin zurücklehnte. Erian atmete gleichmäßig und schlief bereits, und Llor war dem Einschlafen sehr nahe. Naelin spürte, dass Daleina die Geister nach Norden lenkte. Sie sandte ihre eigenen Gedanken aus und trieb die Geister ebenfalls vorwärts, befahl ihnen, beim Aufräumen zu helfen. Es würde nicht vollständig gelingen. Man konnte neue Bäume wachsen lassen, aber die alten ließen sich nicht wiederherstellen. Verlorene Leben konnten nicht wieder zurückgebracht werden. Aber zumindest tat es gut, Schäden beheben zu können.

»Es könnte ein Fehler gewesen sein«, bemerkte Ven leise. Er saß hinter ihr auf einer Wurzel, und sie spürte die Wärme seines Atems im Nacken.

»Schon möglich«, räumte Naelin ein. Merecot konnte es einfach noch einmal versuchen. Weitere Meuchelmörder ausschicken. Wieder in Aratay einfallen. Sie könnte jetzt, da ihr Plan gescheitert war, völlig verzweifelt sein. Oder vielleicht war sie auch klug und begriff, dass sie ihr helfen konnten. Gemeinsam konnten sie eine bessere, weniger blutige Lösung finden. Es musste eine Lösung geben.

»Du glaubst nicht, dass es einer ist.« Es war keine Frage. »Wenn Daleina beschlossen hätte, sie zu töten … und wenn ich zugestimmt hätte …« Er klang, als kenne er ihre Antwort bereits, bevor er seine Worte auch nur formuliert hatte.

»Ja, ich hätte dich daran gehindert.« Sie beugte sich über ihre schlafende Tochter und drückte ihr die Lippen auf das Haar. Es roch ein wenig nach Rauch und stark nach Staub. Erians Hände und Arme waren schmutzig und ihre Handflächen rot. Und die von Llor genauso. Später würde sie die beiden nach allem fragen, was sie gesehen, gehört und getan hatten. Für den Augenblick war es genug, dass sie alle zusammen waren. Plötzlich schoss ihr ein Gedanke durch den Kopf. »Aber das hast du gewusst. Du hast es gewusst, als du angeboten hast, sie zu töten, nicht wahr?« Sie drehte sich zu ihm um, soweit sie es konnte, ohne ihre Kinder zu stören, und schaute Ven in die Augen.

Er streichelte ihr die Wange. »Ja.«

Sie lächelte. »Bin ich so berechenbar?«

»Du bist so *gut*. Du wirst eine gute Königin abgeben.«

Naelin blickte über den Hain hinweg und sah zu Daleina hinüber. Die Königin von Aratay stand neben ihrem Heiler, und ihre ganze Konzentration war nach Norden gerichtet. Sie hatte nicht wieder das Bewusstsein verloren, obwohl sie von ihrer Macht über die Geister einen so starken Gebrauch machte. »Aratay hat bereits eine gute Königin.«

»Und jetzt hat es zwei«, gab Ven zurück. »Ein doppeltes Glück. Und auch ich bin doppelt glücklich, weil ich dich gefunden habe.« Er rückte näher und lehnte sich an sie.

Llor bewegte sich auf ihrem Schoß. »Und mich«, murmelte er schläfrig.

Ven lachte leise, ein Rumoren, das sie durch ihren Rücken hindurch spüren konnte. »Dreifach glücklich, weil ich dich, Erian und Llor gefunden habe.«

»Und auch das nette Hündchen«, sagte Llor.

»Ja, auch Bayn.«

Der Wolf hob den Kopf und musterte sie mit seinen gelben Augen. Dann rutschte er näher heran und legte den Kopf über Naelins Füße, wie als Zeichen der Zustimmung zu Vens und Llors Worten.

Naelin hatte das Ganze eigentlich nicht als Glück verstanden. Schicksal vielleicht? Oder einfach das Zusammenwirken der Entscheidungen vieler Menschen, die sie letztlich alle hier in diesem Hain zusammengeführt hatten.

Doch vielleicht spielte es keine Rolle, wie sie es nannten, Zufall, Glück oder bewusste Entscheidung, solange sie nur zusammen waren.

Sie zog Erian und Llor noch ein Stück enger an sich heran und spürte deren Wärme. Hinter sich spürte sie Ven und Bayn zu ihren Füßen – sie alle waren schützend um sie herum, sie alle glaubten an sie. Und trotz allem, was ringsum drohen mochte, fühlte sie sich zum ersten Mal seit langer Zeit sicher.

Kapitel 38

Weiße Blüten fielen auf frische Gräber, so viele und so oft, dass der süße Duft mit dem Abendwind durch Mittriel wehte und den Bewohnern der Stadt so vertraut wurde wie der Geruch von Brot aus den Bäckereien und der Schweiß der Arbeiter, die die Stadt wieder instand setzten.

Zwei Tage nach Königin Merecots Rückzug sprach Königin Daleina auf den Beerdigungen für Meisterin Piriandra und all den anderen Meistern und Kandidatinnen, die gefallen waren. Daleina würdigte Hingabe, Mut und Opferbereitschaft der Verstorbenen, und sie befahl den Geistern, die Luft mit weißen Blumen zu erfüllen und mit ihnen die Erde zu bedecken. Einen Tag später wohnte sie den Beerdigungen der gefallenen Stadt- und Palastwachen bei, außerdem denen der von den Geistern getöteten Diener und Höflinge. Wieder war die Luft voller Blumen. Dann ging es in die Ruine der Nordost-Akademie, wo Direktorin Hanna eine Zeremonie für die getöteten Schülerinnen, Lehrer und Angestellten abhielt. Seit sie die Akademie zusammen mit ihren Schülerinnen verteidigt hatte, waren Hannas Beine gelähmt. Darauf folgte die Gedenkfeier für die Männer, Frauen und Kinder von Aratay – jede Familie hatte ihre eigene private Beerdigung, aber Daleina wollte ihr ganzes Volk und all seine Verluste gebührend ehren. Bei dieser Feierlichkeit fielen die Blütenblätter so reichlich wie der Schnee in einem winterlichen Sturm.

Am Ende all der Trauerfeiern hatte Daleina die Nase gründlich voll von all dem Tod, all dem Schmerz, all den Tränen. Der Kummer und die Schuldgefühle hatten sie durchtränkt wie ein Regen, der jeden Zentimeter ihrer Haut aufgeweicht hatte. Davor gab es kein Entkommen für sie. Und es gab noch immer jemanden, den es zu beerdigen galt: die Kommandantin.

Niemand wünschte eine Beerdigung für Alet.

Bis auf Daleina. Und zu ihrer Überraschung auch Naelin. Die andere Königin gesellte sich zu Daleina, als diese sich im Bernsteinthronsaal mit mehreren Ministern stritt.

Alle Minister verbeugten sich bei Königin Naelins Eintritt. Ihr folgte dichtauf der Truchsess, und Daleina war sich sicher, dass er sie hierhergebracht hatte – er war deutlich bestrebt, seine Pflicht beiden Königinnen gegenüber zu erfüllen. Er war es auch gewesen, der darauf bestanden hatte, einen zweiten Thron auf dem Podium aufzustellen. Sie hatten sich ihn aus dem Saal des Sonnenaufgangs geborgt, und seine Pastelltöne rieben sich mit dem intensiven, feierlichen Gold des Bernsteinthronsaals. Aber andererseits gab es da auch überhaupt eine ganze Menge, was sich rieb, wenn es zwei Königinnen im Land gab.

Naelin hatte bisher noch nie auf ihrem Thron gesessen.

»Euer Majestät …«, hob einer der Minister zu sprechen an, dann brach er ab, als wisse er nicht, wie er fortfahren sollte – es war Minister Xanon, der am energischsten darauf gedrängt hatte, Alets Leichnam in einer schmucklosen, nicht namentlich gekennzeichneten Kiste nach Semo bringen zu lassen.

»Ihr habt über die Beerdigung für Kommandantin Alet gesprochen«, begann Naelin. Sie besaß das Talent, eine simple Feststellung wie einen Tadel klingen zu lassen. Das bewunderte Daleina an ihr.

Minister Xanon schaute für einen Moment drein wie ein Kleinkind, das mit schokoladenverschmiertem Gesicht erwischt wird, dann gewann er seine Fassung wieder. »Sie hat Hochverrat begangen. Sicherlich kann eine solche Verbrecherin nicht geehrt oder betrauert werden. Ihr Tod ist ein Sieg, keine Tragödie.«

»Jeder Tod ist eine Tragödie, Minister …« Sie ließ den erwarteten Namen nicht folgen.

»Xanon«, ergänzte der Minister mit einer weiteren Verbeugung.

»Sie war sowohl unsere Freundin als auch unsere Feindin, Minister Xanon«, erklärte Naelin. »Wir werden unsere Freundin betrauern, die von unserem Feind getötet wurde. Bestimmt könnt Ihr verstehen, dass ein Leben vielschichtiger ist als ein Schlagwort. Wir können die Person lieben, die sie war, während wir verachten, was sie getan hat.«

»Gut gesprochen«, murmelte Daleina. Sie hatte den Großteil der vergangenen Stunde hinweg nach solchen Worten gesucht. Kurz fragte sie sich, ob Naelin nicht vielleicht eine bessere Königin war als sie selbst. *Es tut nichts zur Sache, ob sie das ist oder nicht,* überlegte sie. *Die Geister haben uns beide erwählt.*

»Aber … aber die Menschen …«, stammelte Minister Xanon.

Es wurde Zeit, diese Auseinandersetzung zu beenden, und zwar gemeinsam, als Königinnen. Daleina lenkte Naelins Blick auf sich, dann zwinkerte sie vielsagend zu den beiden Thronen hin. Seite an Seite rauschten sie an den Ministern vorbei, stiegen auf das Podium und nahmen nebeneinander Platz.

»Die Menschen können empfinden, was immer sie

empfinden wollen«, verkündete Daleina. »Wir werden unsere Freundin beerdigen.«

Es gab keine weiteren Einsprüche.

Gleichwohl blieb die Beerdigung für Kommandantin Alet im kleinen Rahmen.

Nur Daleina, Naelin, Ven und Hamon, außerdem Naelins Kinder und der Wolf Bayn waren zugegen. Arin hatte sich erboten mitzukommen, doch Daleina hatte sie wissen lassen, dass das nicht nötig sei – Arin hatte die Erlaubnis, der Bestattung fernbleiben zu dürfen, mit Erleichterung aufgenommen. Für sie war es an der Zeit, all die endgültigen Abschiede hinter sich zu lassen und sich wieder dem Leben zuzuwenden.

Daleina jedoch hatte mit alledem noch nicht abgeschlossen.

Alets Leichnam war in weiße Leinentücher gehüllt und lag in einem Sarg aus rotem Zedernholz. Sie sollte nicht in den Wäldern Aratays beerdigt werden – sie würde zu ihrer Schwester nach Semo gebracht werden, damit sie in den Bergen ihre letzte Ruhe fand.

Daleina war sich nicht wirklich im Klaren darüber, wie sie empfand. Schließlich war es Merecots Schuld gewesen, dass Alet getötet hatte, und daher trug Merecot auch die Schuld daran, dass sie gestorben war.

Sie konnte Alet verzeihen.

Merecot konnte sie nicht verzeihen. Noch nicht. Vielleicht niemals.

Aber Alet verdiente es, unter den sterblichen Überresten ihrer eigenen Leute allen Frieden zu finden, der ihr möglich war. Nicht einmal Daleinas Zorn konnte ihr das verweigern.

Sämtliche Anwesende sprachen nacheinander und

berichteten von ihren Erinnerungen an Alet. Selbst die Kinder. Erian erzählte, wie ihr Alet beigebracht habe, sich mit Faustschlägen zu verteidigen, und Llor verkündete, er habe sie einmal lachen hören, und es sei ein nettes Lachen gewesen. Ven berichtete von ihren besonderen Fertigkeiten und ihrem starken Selbstvertrauen. Naelin beschrieb den Schmerz und das Bedauern in Alets Augen und kam auf all die mit ihr geführten Unterredungen zu sprechen, in denen Alet ihr versteckte Warnungen hatte zukommen lassen, die ihr erst jetzt verständlich geworden waren.

Daleina kam als Letzte an die Reihe. Es hatte so vieles gegeben, was sie über Alet nicht gewusst hatten, einschließlich der Tatsache, dass sie Merecots Schwester war – sie hatten ja nicht einmal gewusst, dass Merecot überhaupt eine Schwester gehabt hatte. Aber heute trat das in den Hintergrund. Sie dachten an den Menschen, den sie gekannt, für den sie Alet gehalten hatten. »Kommandantin Alet ist mehr als nur meine Wache gewesen. Sie war es, die die Leere ausgefüllt hat, die entstanden ist, als die Thronanwärterinnen starben und ich meine Freundinnen verlor. Sie war die Freundin, mit der ich geredet habe, auf die ich mich gestützt, der ich vertraut und die ich geliebt habe, in einer Zeit, da ich mich als die neue Königin so sehr allein gefühlt habe.«

Hamon nahm ihre Hand. »Du bist niemals allein gewesen, Daleina.«

»Und du bist auch jetzt nicht allein«, ergänzte Naelin. Sie nahm Daleinas andere Hand und Erian die ihre, dann Llor die Hand von Erian, dann Ven die von Llor, bis sie alle im Kreis um die tote Alet standen und einander an den Händen hielten.

Die Blütenblätter begannen zu fallen. Und Daleina fühlte, dass sie in Frieden und Einklang war mit der Welt.

Epilog

Königin Merecot von Semo stand an ihrem Fenster und sah zu, wie ihre Geister einen Berg auseinandernahmen. Zwei Erdgeister, ein jeder dreißig Meter hoch, bewarfen einander mit Felsblöcken. Luftgeister fingen die Felsen auf und stießen sie immer höher und höher hinauf, dann ließen sie sie fallen, sodass sie wie Meteore in den weichen Boden einschlugen. Feuergeister versengten und schwärzten die Erde, und Wassergeister weichten den Boden auf, bis die ganze Front des Berges abrutschte und als Schlammlawine ins Tal donnerte.

Sie konzentrierte sich, und mithilfe kleiner Erdgeister lenkte sie die heranstürzenden Schlammmassen von dem Dorf unten im Tal ab. Und ihre Eisgeister ließ sie die herabfallenden Felsen mit eisigen Windböen von ihren Untertanen weglenken.

Sie konnte ihr Volk beschützen.

Im Moment jedenfalls.

Aber wie lange noch? Es gab zu viele Geister in Semo, und es war nur eine Frage der Zeit, bis sie ihr Land ganz und gar in Fetzen reißen würden. Und wie lange würde es dann dauern, bis auch das übrige Renthia das gleiche Schicksal erlitt? Alles, was sie erbaut, alles, was ihre Völker erschaffen hatten, würde zerstört werden. Ihre Städte würden dem Erdboden gleichgemacht, ihrer aller Leben ausgelöscht werden. In Renthia würden schlimmere Zustände herrschen als in den ungebändigten Landen.

Verflucht sei Daleina. Und verflucht sei diese Frau, Naelin.

Und verflucht sei auch sie selbst.

»Ich habe versagt«, stellte Merecot fest.

»Ja, das habt Ihr«, sagte die alte Frau hinter ihr. »Ihr habt zugelassen, dass Eure Gefühle Euer Urteilsvermögen trüben. Als ich Königin war, war da nichts Weiches und Sanftes an mir. Ich habe keine Gnade gezeigt.«

Merecot ballte die Fäuste, dann öffnete sie sie wieder, um einem Luftgeist zu befehlen, einen Felsblock von der Burg wegzulenken. Der Felsen krachte in einen der riesigen Erdgeister. »Meine Schwester ist *tot*. Ich bin das Gegenteil von sanft und schwach gewesen. Tatsächlich habe ich sogar zu viel geopfert.«

»Wie viel ist zu viel, wenn die ganze Welt auf dem Spiel steht?« Die alte Königin erhob sich und trat mit schwankenden Schritten neben Merecot ans Fenster. Sie roch nach getrockneten Äpfeln, und ihr Gesicht war so schrumpelig wie eine faulige Frucht. »Ihr habt die Möglichkeit zu vollbringen, was ich nicht habe tun können: Ihr könnt das alles wieder in Ordnung bringen. Ja, Ihr habt einen Rückschlag erlitten; nun arbeitet daran, dass er Euch in Eurer Entschlossenheit nur noch bestärkt.«

»Der Preis ist zu hoch.« Sie dachte an Alet – die so ungeheuer tapfere Alet. Sie war immer so gewesen: die jüngere Schwester, die auf die ältere, verwegenere achtgab. Als sie kleine Kinder gewesen waren, war es die fünfjährige Alet gewesen, die einen Baumgeist verscheuchte, den die sechsjährige Merecot beschworen hatte, um mit ihm zu spielen. Alet war es, die sich selbst das Schwimmen beibrachte und dann darauf bestand, dass Merecot es ebenfalls lernte. Und Alet war diejenige, die zurückblieb, als ihr Vater im Sterben lag, die stark genug war, um ihn zu füttern, ihn zu waschen, seine Tränen wegzuwischen und ihn von seinem Erbrochenen und seinen Exkrementen zu säubern, während Merecot zuerst in die Akademie und dann nach Semo geflohen war. An wen hätte sie sich wenden sollen, wenn nicht an Alet, als Merecot klar wurde, dass sie Königin eines dem Untergang geweihten Landes geworden war?

Die alte Königin schnaubte. »Kein Preis ist zu hoch. Ihr müsst die Heldin sein, von der Renthia nicht weiß, dass es sie braucht. Ihr allein habt die Macht, daher tragt auch Ihr allein die Verantwortung. Stellt Euch Eurem Schicksal.«

»Hört auf zu reden, als wärt Ihr irgendeine weise alte Prophetin«, erwiderte Merecot. Die ehemalige Königin von Semo war weder weise noch eine Prophetin; sie war lediglich alt. Und sie wurde immer lästiger. Sie täte gut daran, sich zu erinnern, dass sie überhaupt nur noch aufgrund von Merecots Schutz lebte. »Ihr hättet es auch tun können – Ihr hattet einmal die Macht dazu –, aber Ihr habt viel schlimmer versagt als ich. Stattdessen habt Ihr zugelassen, dass *das hier* geschehen ist.« Sie deutete auf das Fenster, auf die Geister dahinter, deren wilde Wut nur durch Zerstörung gestillt werden konnte.

Die alte Königin schwieg einen Moment lang. Als sie wieder zu sprechen anfing, war ihre Stimme sanfter und freundlicher. »Ihr habt recht – ich bin nicht weise. Indessen habe ich den Vorteil der nachträglichen Einsicht, den Ihr mit Euren jungen Jahren nicht habt. Ich sehe in Euch eine Möglichkeit, altes Unrecht wiedergutzumachen und vergangene Fehler zu korrigieren. Nicht nur jene, die ich verschuldet habe, sondern die einer jeden Königin von

Renthia, seit es Königinnen gibt. Ihr könnt die Welt zu einem besseren Ort machen, wenn Ihr es nur wagt.«

Draußen schlug der Blitz ein, und ein Feld fing Feuer. Merecot zwang die Wassergeister sofort, es regnen zu lassen, um die Flammen zu löschen. Dann schleuderte sie einen weiteren Felsblock nach den Erdgeistern. *So können wir auf Dauer nicht überleben. Wenn ich die Welt wieder in Ordnung bringen kann … dann muss ich es tun.* »Ich wage es.«

Die alte Königin tätschelte ihr anerkennend den Arm, und ein Gefühl der Wärme durchströmte Merecot. Ihre eigene Mutter hatte sie nie richtig akzeptiert. Es war schön, dass da jemand war, der begriff, dass Merecot die richtigen Entscheidungen traf – die schwierigen Entscheidungen.

In ihrer Entschlossenheit bestärkt sandte Merecot ihren Willen aus und zwang die kämpfenden Geister, voneinander abzulassen. Sie hatten für den heutigen Tag genug Gelegenheit zum Spielen gehabt. Jetzt war es an der Zeit, die verängstigten Menschen aus ihren Häusern kommen und sie ihr Leben leben zu lassen. Morgen durften die Geister ihre Wut weiter austoben. »Es bleibt also dabei? Ich versuche es noch einmal, jedoch diesmal mit dem Ziel, *zwei* Königinnen von Aratay aus dem Weg zu räumen?«

Die alte Königin lächelte. »Es dürfte jetzt nicht mehr schwierig sein. Die Geister werden sich zwei Königinnen im selben Land nicht gefallen lassen. Schon bald werden sie es begreifen. Ihr müsst nur den Beschützer der Königinnen loswerden.«

Merecot war überrascht. Sie war nicht davon ausgegangen, dass Meister Ven eine sonderlich große Bedrohung darstellte. Natürlich hatte er sie im Hain überrumpelt, aber jetzt, da sie wusste, dass sie ihn im Auge behalten musste, würde er kein zweites Mal eine Bedrohung für sie sein. »Ihr meint den Meister?«

Die alte Königin lachte. »Ach, mein liebes, unschuldiges Kind, nein.«

»Von wem sprecht Ihr dann?«

»Ich würde meinen, es ist offensichtlich. Ihr müsst den Wolf töten.«

Im Herzen Aratays, im Palast, kam der Wolf namens Bayn in Königin Naelins Schlafgemach getrottet. Sie schlief tief und fest, ihre Kinder links und rechts neben sich. Der Junge hatte sein Stoffeichhörnchen auf den Boden fallen lassen. Dort lag es, vom Mondlicht umflutet.

Behutsam nahm Bayn das Spielzeug zwischen die Zähne und legte es neben den Jungen. Dann umkreiste er das Bett und schubste den Arm des Mädchens zurück auf die Matratze. Sie murmelte etwas im Schlaf und schmiegte sich enger an ihre Mutter.

Es gab jetzt mehr von diesen weichen, seltsamen Menschen zu beschützen, aber das war gut. Es war besser, ein Rudel zu haben. Zuvor war er allzu lange allein gewesen.

Tatsächlich jedoch war seine Erinnerung daran, was »zuvor« gewesen war, sehr verschwommen. Er war sich bewusst, dass er nicht wie andere Wölfe war. Letztlich war er sich gar nicht sicher, ob er denn überhaupt schon immer ein Wolf gewesen war, aber das bekümmerte ihn nicht. Er kannte jetzt seine Aufgabe:

Sie alle zu beschützen. Um jeden Preis.

Danksagung

Vor ein paar Jahren habe ich ein Schreibseminar mitten im Wald mitgemacht. Während ich bewunderte, wie das Licht zwischen den dicht stehenden Bäumen hindurchfiel, stolperte ich über die eigenen Füße, fiel aufs Gesicht und schlug mir die Lippe auf. Das war die Geburtsstunde von Renthia mit all seinen blutrünstigen Geistern. Bäume + Blut = dieses Buch.

Also danke ich jenen Bäumen für die etwas schmerzhafte Inspiration.

Ich bedanke mich außerdem bei meiner großartigen Agentin, Andrea Somberg, die von Anfang an an mich geglaubt hat; bei meinem sagenhaften Lektor David Pomerico, meiner fantastischen Verlegerin Caroline Perny sowie bei Jennifer Brehl, Priyanka Krishnan, Pam Jaffee, Angela Craft, Shawn Nicholls, Amanda Rountree, Virginia Stanley, Chris Connolly und all den anderen wunderbaren Menschen von HarperCollins, die dazu beigetragen haben, Renthia zum Leben zu erwecken.

Und von ganzem Herzen danke ich meinem Ehemann, meinen Kindern, meiner ganzen Familie und meinen Freunden. Ihr alle wirkt Magie, und ich liebe euch sehr.